고요한 중심을 찾아서

시작비평선 0018 홍용희 평론집 고요한 중심을 찾아서

1판 1쇄 펴낸날 2018년 9월 10일
1판 2쇄 펴낸날 2018년 10월 1일
지은이 홍용희
펴낸이 이재무
책임편집 박은정
편집디자인 민성돈, 장덕진
펴낸곳 (주)천년의시작
등록번호 제301-2012-033호
등록일자 2006년 1월 10일
주소 03132 서울시 종로구 삼일대로32길 36 운현신화타워 502호
전화 02-723-8668
팩스 02-723-8630
홈페이지 www.poempoem.com
이메일 poemsijak@hanmail.net

ⓒ홍용희, 2018, printed in Seoul, Korea

ISBN 978-89-6021-385-2 04810
     978-89-6021-122-3 04810(세트)

값 30,000원

고요한 중심을 찾아서

홍용희 평론집

천년의
시 작

머리말

시란 육체가 작고 목소리가 나직한 장르이다. 시적 전언 역시 말하지 않기 위해 하는 말이고 은폐하기 위해 개진하는 어법을 지향한다. 그래서 오늘날과 같은 거대 문명사회에서 시의 존재감은 마치 여백처럼 공소하다. 그렇다면 오늘날 시의 위상과 가치는 어디에서 찾을 수 있을까?

당나라의 유종원은 소지욕기통疏之欲氣通이라고 했다. 통하고자 하면 성글어야 한다는 것이다. 말은 끝이 있지만 뜻은 끝이 없다고 했던가. 끝이 없는 뜻을 통하게 하기 위해서는 공소한 여백이 요구된다. 말이 많으면 오히려 말에 막히기 때문이다. 공소한 여백이 생동하는 기운, 영성, 예감, 감응 등을 생성시키고 소통시키는 고리이며 이음새이다.

이 점은 야단법석의 전통 민예, 탈춤 현장에서 좀 더 실감 있게 목도된다. 탈춤의 열두 마당은 고리의 매듭을 마디절로 전개된다. 최초의 터 벌임이나 길놀이 고사에서 뒤풀이까지 셋과 넷이 처음 아닌 처음에서 끝 아닌 끝으로 돌아가는 이음새에 해당하는 고리가 공소이다. 이 빈터의 마당이 탈춤에서 성속의 소통, 미적 감응의 전이, 관객의 정서적 울림과 반향을 불러일으키는 자리이다. 문득 열리는 텅 빈 마당의 소슬함이 없이는 관객의 추임새, 즉 흥취의 물결이 일어나지 않는다. 빈 마당, 공소에서 탈춤의 극적 상황이 수렴되고, 다시 관객들 속으로 그리고 세상으로 퍼져 나가는 확장이 일어난다. 빈 마당이 창조의 '고요한 중심'인 것이다.

그렇다면, 오늘날과 같이 극심한 혼돈의 사회에서 공소한 여백의 창조적 개입은 어느 때보다 깊이 요구된다고 말해 볼 수 있지 않을까? 우울과 피로의 현대적 일상성에서 시의 고즈넉한 존재성은 신생의 중심으로서의 가능성을 지니고 있기 때문이다. 이 점이 또한 거대한 현대사회에서 순도 높은 시가 더욱 많이 씌여지고 읽혀져야 하는 중요한 이유라고 생각된다.

이번 평론집의 목차를 정리하면서 이 땅의 시인들이 추구한 제각기 서로 다른 목소리로 심원한 정신세계의 지극함에 이르고자 하는 다양한 풍경이 경이롭게 다가오곤 했다. 일제 강점기 암울한 시대는 물론 해방 이후 오늘날에 이르기까지 많은 시인들이 고즈넉한 언어로 신성과 구극을 향한 여정을 숙명처럼 밀고 나가고 있었다.

제1부는 우리 시의 원형 상상을 보여 준 시인들의 시인론을 중심으로 다루었다. 주로 상실과 고난의 시대 속에서 형이상을 개척하는 '고독과 신성'의 메아리에 집중하였다. 특히 '지구화 시대의 가치 규범과 동학의 생명사상'을 비롯한 전통문예사상에 관한 논의는 21세기 지구화 시대의 지구문화론에 기여할 수 있는 우리의 민족미학의 가능성을 탐색하고 있다. 이것은 포스트 한류를 선도해 나갈 한국문학의 미학적 원형을 모색하는 일과 연관된다는 점에서 중요한 의미를 지닌다. 제2부는 자발적 가난의 언어로 내적 초극을 지향하는 '구극과 무위'의 세계에 주목하였다. 그리움을 앓는 서정과 질박한 결기의 언어의 끝에는 무위의 평명함이 빛나고 있었다.

제3부는 우리 시대 시인들의 어둠으로 그린 높고 위태롭고 환한 길을 최대한 가까이에서 호흡하고자 하였다. '작고 나직하여서' 크고 높고 아득할 수 있는 가능성이 여기에 있었다.

그동안 써온 글들을 책으로 묶으면서 서늘한 외로움과 부끄러움을 느낀다. 이러한 외로움과 부끄러움의 근원을 나는 스스로 모르지 않는다. 그러나 이 글들을 쓰는 시간들이 가장 나에게 밝은 시간이었음은 분명하다. 문학은 나에게 큰 위안이고 숙제이다. 이 책의 출간을 위해 애써 주신 천년의시작 식구들에게 고마움을 전한다.

2018년 가을날

홍용희

차례

머리말

제1부 고독과 신성

원형 상상과 주술 공감—김소월론 • 10

거경궁리의 정신과 예언자적 지성—이육사론 • 34

마음의 미의식과 허무 의지—김영랑론 • 58

고독과 신성의 변증—김현승론 • 82

해방공간과 이념적 선택의 도상학—설정식론 • 103

존재론적 극복과 영원성의 향유—구상론 • 127

죽음 의식과 삶의 언어—조병화론 • 151

구극의 언어와 형이상의 개척—최동호론 • 173

탈주의 양식론과 내적 초극의 언어—황지우론 • 192

최승호와 불교적 상상—최승호론 • 216

'귀수성'과 동학혁명운동의 현재적 가능성—신동엽, 「금강」론 • 240

'흰 그늘'의 미의식과 생명사상론 • 263

1980년대 현실주의 시사와 역동적 중도의 지형 • 284

지구화 시대의 가치 규범과 동학의 생명사상 • 309

제2부 구극과 무위

부감법의 시학과 사랑의 언어—오세영, 「밤하늘의 바둑판」 • 336

고요한 중심을 찾아서

사랑 그 찬란한 결핍—문정희, 『사랑의 기쁨』 • 349

청빈과 고요의 언어—조정권, 『검은 먹으로 흰 꽃을 그리다』 • 362

시적 계시 혹은 성속일여의 세계관—고진하, 『거룩한 낭비』 • 368

고요와 견성의 미학—이재무, 『슬픔은 어깨로 운다』 • 379

실존적 삶의 지층과 북방의식—정철훈, 『뻬쩨르부르그로 가는 마지막 열차』 • 393

톈산에서의 실존을 위하여—최석, 『톈산산맥 아래에서』 • 406

무위와 성찰의 언어—이상옥, 『그리운 외뿔』 • 418

시천주 혹은 공경의 생태학을 위하여—김익두, 『숲에서 사람을 보다』 • 425

그리움을 잃는 소년—허연, 『오십 미터』 • 439

질박한 결기 혹은 현존재성의 언어—박현수, 『겨울 강가에서 예언서를 태우다』 • 445

당신과 속삭이지만 당신은 부재하고—방민호, 『나는 당신이 하고 싶은 말을 하고』 • 458

박명의 정서와 감각—송희복, 『저물녘에 기우는 먼빛』 • 471

"젓갈" 혹은 견인과 초극의 미의식을 위하여—김완, 『바닷속에는 별들이 산다』 • 479

제3부 작고 나직하여서

맑고 친숙한 죽음 • 490

작고 나직하여서 • 498

'흰 그늘'의 눈부심을 위하여 • 505

메타—리얼리티meta—reality를 위하여 • 515

지독하도록 낯익은 고통 • 523

역설적 통합의 미학을 위하여 • 533

"모래시계"의 말을 찾아서 • 540

서성거림의 시간성을 위하여 • 547

반대일치의 고리, 그 창조적 여백의 소슬함 • 554

서정주, 입고출신의 미학적 계보에 관한 재인식 • 562

히스테리아의 여로 • 573

어둠으로 그린 높고 위태롭고 환한 길 • 581

무위의 자화상을 위하여 • 585

제1부

고독과 신성

원형 상상과 주술 공감

—김소월론

1. 서론

김소월의 시 세계는 우리 시사에서 가장 친숙하고 낯익은 특성을 지닌
다. 그의 시집『진달래꽃』은 간행 이래 오늘날에 이르기까지 우리 시사에서
그 어느 시집보다 지속적으로 가장 많은 독자들로부터 깊은 미적 감응을 불
러일으키고 있다. 그렇다면, 그의 시 세계가 폭넓은 공감을 얻으며 많은 독
자들을 지속적으로 확보할 수 있었던 배경은 무엇일까? 그것은 그의 시 세
계가 우리 민족의 가장 보편적인 원형상징과 근접하다는 점에서 찾아볼 수
있다. 실제로 김소월에 관한 기존의 논의는 시적 언어, 감각, 정서, 운율,
배경 등에 걸쳐 민족적, 토속적 원형에 가깝다는 점이 기본 바탕을 이룬다.

원형이란 태고부터 현대에 이르는 긴 시간 동안 수없이 반복되었으며 또
한 반복되어 갈 인류의 근원적인 행동 유형을 가능하게 하는 선험적 조건이
다.[1] 원형은 일종의 "전승된 심령 행위의 형식"[2]이다. 그래서 브룩스(Cleanth

---

1 인류가 죽음에 대하여, 사랑과 미움에 대하여, 어린이에 대하여, 크나큰 조물주의 힘,
  현자의 지혜에 대하여, 남성이 여성에, 여성이 남성에 대하여 느끼고 생각하고 행동
  해온 모든 것, 그 태초로부터의 체험의 침전이 바로 원형이다(이부영,『분석 심리학』,
  일조각, 1998, 100-101쪽 참조).

Brooks)의 경우 원형(archetype)에 대해 "원초적 이미지, 집단 무의식의 일부로서 무수한 경험에서 나온 심리적 잔재, 한 종족에 상속되어 내려오는 반응 표시 형태의 일부를 뜻"[3]한다고 규정한다. 원형은 다양한 문학 작품 속에서뿐만 아니라 신화, 꿈, 의례화된 사회적 행동 양식 등에서도 설화적 구상, 인물 유형, 이미지 등을 통해 드러난다.

따라서 원형 상상의 이미지는 과거의 기억을 재생시키는 단순한 재생적 상상력이 아니라 현재와 과거, 가까운 것과 먼 것의 연속적인 소통과 통합의 내적 창조력으로 작동한다. 이것은 개인의 무의식 속의 능력이며, 또 개인을 초월한 한 민족의 집단 무의식의 심리 작용인 것이다.[4] 따라서 이러한 원형이 문학 작품 속에 구체적으로 현현되면 독자들로부터 쉽게 합일된 주술 공감을 불러일으킨다. 주술 공감이란 시적 이미지가 정보 전달의 기능을 넘어 분석 이전에 이미 독자들의 정서적 동일시와 합일을 획득하는 속성을 가리킨다.[5]

김소월의 시 세계를 가로지르는 핵심적인 내용은 죽음까지 파고드는 사랑이다. 그래서 그의 시적 삶은 사랑, 죽음, 이별, 그리움의 정서가 주조를 이룬다. 이러한 시적 제재들은 인간사에서 가장 보편적으로 반복되는 원형 상상의 의미 패턴이다. 김소월은 이러한 원형 상상의 의미 패턴을 전통적이고 토속적인 정한의 화소와 미적 감각을 통해 절실하게 노래하는 면모를 보

2 칼 융이 개념화한 원형은 인간 내면에 자리 잡고 있는 원초적 이미지로서 정신에 생래적으로 주어져 있는 잠재적인 집단 성향을 반영한다(C. G. 융, 한국융연구원 C. G. 융 저작 번역위원회, 『원형과 무의식』, 솔, 2002, 106-108쪽 참조).

3 셸던 노먼 그레브스타인, 석경징 역, 「신화형성비평서설」, 이선영 편, 『문학비평의 방법과 실제』, 삼지원, 1991, 324쪽.

4 융은 신화 속에 나타나는 전형적 모티브를 프로이트의 무의식 이론을 도입하여 설명했다. 그러나 융은 인류가 보편적으로 공유하고 있는 집단 무의식의 차원을 설정한다. 그에 의하면 보편적 무의식은 선천적 인간 심리의 기층이며, 원형이라 부르는 몇 가지 일정한 형에 따른 작용에 의하여 여러 가지 의미를 마음속에 발생시킨다. 이러한 이미지는 개인의 경험이나 환경, 문화의 차이 등이 반영되어 다종다양한데, 그중에서도 같은 원형에 의해 만들어지는 것에는 그 다양성을 초월한 공통성이 있다고 설명한다.

5 김융희, 『예술, 세계와의 주술적 전통』, 책세상, 2000, 35쪽 참조.

여 준다. 그래서 그의 시편은 대체로 분석 이전에 이미 심층적 차원에서 정서적 합일을 불러일으키는 주술 공감을 확보한다. 민족적 전통의 원형 상상은 이미 개인적 범위를 넘어 민족적 저변 의식의 공유 대상이기 때문이다.

그의 시적 출발은 사랑하는 대상의 죽음이다. 그러나 시적 화자는 죽음을 승인하지 않는다. 그래서 그의 시편에서 삶과 죽음은 불연속적 연속성을 이룬다. 그의 시적 어법에 모순 통합의 이중화(duplication)의 속성을 지니는 반어와 역설의 수사가 자주 등장하는 까닭이 여기에 있다. 반어와 역설을 통해 삶과 죽음, 사랑과 원망, 객관적 상황과 심미적 주관이 서로 중층적으로 공존하고 있다. 또한 그의 시 세계는 그리움의 정서가 주조를 이룬다. 부재하는 대상에 대한 사랑의 열도가 강렬할수록 그리움의 열도 역시 높아진다. 이때 그리움의 정서가 극한의 경지에 이르면 시적 화자는 저승과 통교하는 주술적 영역에 도달한다. 저승과의 통교를 통해서만이 부재하는 대상과 사랑의 완성을 이룰 수 있기 때문이다. 이 논문은 이러한 문제의식을 바탕으로 김소월 시 세계의 특성을 순차적으로 고찰하고자 한다.

2. 죽음의 제의와 미적 주관성

김소월 시의 원점은 "님"의 부재이다. 그의 시 세계에 나타나는 사랑, 그리움, 죽음, 눈물 등의 이미저리는 모두 기본적으로 "님"의 부재를 바탕으로 전개된다. 다음 시편은 "님"이 이승을 떠난 직후의 슬픔을 격정적으로 노래하고 있다.

산산히 부서진이름이어!
허공중虛空中에 헤여진이름이어!
불너도 주인主人업는이름이어!
부르다가 내가 죽을이름이어!

심중心中에남아잇는 말한마듸는

끗끗내 마자하지 못하엿구나.

사랑하든 그사람이어!

사랑하든 그사람이어!

붉은해는 서산西山마루에 걸니웟다.

사슴이의무리도 슬퍼운다.

떠러저나가안즌 산山우헤서

나는 그대의이름을 부르노라.

서름에겹도록 부르노라.

서름에겹도록 부르노라.

부르는소리는 빗겨가지만

하눌과땅사이가 넘우넓구나.

선채로 이자리에 돌이되여도

부르다가 내가 죽을이름이어!

사랑하든 그사람이어!

사랑하든 그사람이어!

—「초혼」전문

"초혼", 즉 고복 의식의 현장이다. 고복皐復에서 고皐는 길게 빼어 부르는 소리를 뜻하고, 복復은 혼을 부르는 것을 뜻한다. 임종 직후 북쪽을 향해 망자의 이름을 세 번 불러 다시 소생시키고자 하는 간절한 소망을 의례화한 민간 풍속이 고복이다. 물론 고복을 통해 망자를 소생시킬 수 있다고 믿는 것은 아니다. 다만, 이를 통해 망자에 대한 슬픔과 애도를 표출하는 것이다. 다시 말해, 고복은 수동적 초혼의 의례이다. 그러나 이 시에서 고복 의식은 예외적인 특이점을 지닌다. 망자를 결코 망자로 승인할 수 없다는 전제 속에서 이루어지는 적극적인 초혼이다.

1연은 망자의 이름을 부르는 초혼이 시작되는 대목이다. 화자는 망자의 "이름"을 애타게 부르지만 어디에서도 대답이 없다. 부르는 소리는 "허공중"에 흩어질 따름이다. 이미 망자의 "이름"은 지상의 권역을 벗어나 "허공"의 질서에 따르고 있다. 이때 "허공"은 천상의 세계 즉, 저승을 표상한다. 저승으로 떠난 자가 "초혼"에 응할 리가 없다. 이제 화자는 망자의 죽음을 받아들이고 목욕례와 염으로 이어지는 장례 절차의 다음 순서를 치러야 한다. 그러나 화자의 "초혼" 의식은 멈추지 않는다. "부르다가 내가 죽을" 때까지 이어지고 있다. "심중心中에 남아잇는 말한마듸"도 "끗끗내 마자하지 못"했기 때문에 망자의 죽음을 결코 승인할 수 없다. 화자의 그칠 줄 모르는 "초혼"에 "사슴의 무리도 슬퍼운다". 화자의 슬픔이 지극해지면서 삼라만상이 이에 조응한다. 화자의 정서적 지향은 어느덧 망자 중심으로 변한다. "떠러저나가안즌 산山"이란 언표가 이를 가리킨다. 망자가 떠나간 저승(천상)을 중심으로 보면 이승의 산은 아득히 "떠러저나가안즌" 곳이 된다. "떠러져나가안즌"이란 저승과 이승의 거리를 가리킨다. "떠러져나가안즌"의 공간적 거리가 4연에 오면 "하늘과땅사이"로 표현된다. "하늘과땅사이"가 너무 넓어서 "부르는 소리는 빗겨"간다. 아무리 "서름에 겹도록" 불러도 저승까지 닿을 수는 없다. 3, 4연은 망자와 자신과의 아득한 거리를 객관적으로 느끼는 대목이다.

그렇다면, 화자에게는 신택의 문제가 남는다. 하나는 망자의 고복을 그치고 다음 장례 절차를 진행하는 것이고, 다른 하나는 망자의 죽음을 승인하지 않는 '적극적 초혼'을 지속하는 것이다. 화자는 주저 없이 후자를 선택한다. "선채로 이 자리에 돌이" 될 때까지 "이름"을 부르겠다고 한다. 전통적인 망부석 설화가 재현되고 있다. 집단 무의식의 설화적 제재가 감각적으로 의식화됨으로써 감정적 격정의 깊이가 더욱 증폭되고 있다.

시적 화자가 망부석 설화에서처럼 "돌"이 되는 것은 이승에서 망자와 합일할 수 있는 유일한 방법이다. 즉 "죽음을 사는 행위",[6] 삶 속에서 죽음을 구가하는 행위이다. 죽음까지 파고드는 절대적 사랑의 비가이다. 그러나, 화자는 현실적으로 망자와 소통하는 "돌"이 되지는 못한다. 그래서 망자에 대한 고복 의식 이후의 절차를 진행할 수밖에 없다. 이때 그가 선택하는 방식은 대상의 객관적인 죽음을 승인하지 않는 주관적 인식 속에서의 의례이다. 주관적 진실과 객관적 사실이 서로 단절되고 충돌하고 있는 것이다. 그래서 김소월의 시 세계는 출발부터 불연속적 연속성의 어법이 요구된다. 그의 시집 전반에 걸쳐 역설과 반어[7]가 주조를 이루는 까닭이 여기에 있다. 그의 시집의 표제작이기도 한 다음 작품 역시 이러한 상황을 선명하게 드러낸다.

나보기가 역겨워
가실때에는
말업시 고히 보내드리우리다

녕변寧邊에약산藥山
진달내꼿
아름따다 가실길에 뿌리우리다

가시는거름거름
노힌그꼿츨

6 김승희, 「언어의 주술呪術이 깨뜨린 죽음의 벽」, 『김소월』, 서강대학교 출판부, 1995.
7 반어와 역설은 공통적으로 모순의 조화라는 특성을 지닌다. 반어가 표현과 상반되는 내용, 표면적 화자와 상반되는 이면적 화자라는 이중성을 지니고 역설은 표현 자체에 상반된 두 요소의 공존이라는 이중성을 지니고 있다(박현수, 『시론』, 예옥, 2011, 371쪽).

삽분히즈려밟고 가시옵소서

나보기가 역겨워
가실때에는
죽어도아니 눈물흘니우리다

—「진달래꽃」 전문

이 시는 한국 시사에서 실연의 아픔을 다룬 대표적인 작품으로 알려져 있다. '가다'와 '보내다'가 시상의 전면에서 긴밀한 상응 구조를 이루고 있기 때문이다. 그러나 이 시의 본질적 이해를 위해서는 '가다' '보내다'에 초점을 두기보다 "가실 때에는"이라는 가설에 주목하는 것이 더욱 요구된다. 시적 서사를 면밀하게 분석할수록 실연의 정황으로 받아들이기 어렵다. 상대가 떠나가는 이유가 그 어디에도 제시되어 있지 않다. 이 점은 시적 화자의 진술에서도 마찬가지이다.

물론, 떠나는 자가 자신이 떠나는 이유를 구체적으로 설명하는 경우는 드물다. 그러나 남은 자는 대체로 그 이유를 충분히 짐작한다. 하지만 여기에서 시적 화자는 상대가 떠나가는 이유에 대한 생각을 제대로 표현하지 않고 있다. 다만, 4연 중에 2연에 걸쳐 "나 보기가 역겨워 가실 때에는"이라는 가설을 반복적으로 내세우고 있다. 그는 정말 떠나는 대상이 "나 보기가 역겨워" 간다고 판단했을까? 그보다는 떠나는 대상이 차라리 "나 보기가 역겨워 가"길 바라는 간절한 원망을 투영하고 있는 것이 아닐까? 이 점은 상황과 표현, 표현과 표현이 서로 어긋나고 모순되는 반어와 역설이 김소월의 시적 어법의 특징이라는 점을 염두하지 않더라도 어렵지 않게 짐작된다. "나 보기가 역겨워" 간다면 "말 없이 고이 보내 드"릴 뿐 아니라 "진달래꽃"을 "뿌려"줄 수도 있다고 진술하고 있기 때문이다. 이것은 역설적으로 상대가 "나 보기가 역겨워" 간 것이 아니라는 점을 어렵지 않게 추론하게 한다. 그는 왜 이렇게 상대방이 자신이 싫어서 떠났다고 믿으려고 하는 것일까? 시적 정황의 핵심은 바로 여기에 있다. 시적 화자는 떠나는 상대가 저승으로 간 것이 아니라 이승의 어느 먼 곳으로 갔다고 생각하고 싶은 것이다.[8] 그래서 죽음이 아니라 "나 보기가 역겨워서" 이별하는 것이라고 받아들이고자 한다.

이렇게 되면, 사랑하는 사람의 죽음을 주관적으로는 승인하지 않을 수 있기 때문이다. 여기에 이르면, 그가 "나 보기가 역겨워 가"시는 님을 향해 "죽어도" "눈물" 흘리지 않으면서, "진달래꽃"을 뿌려 "사뿐히 즈려밟고 가시"도록 혼신을 다하는 역설적 행위[9]의 배경을 이해할 수 있다. 이것은 마치 「초혼」에서 "선채로 이 자리에 돌이" 될 때까지 상대의 죽음을 승인하지 않고 지속적으로 "이름"을 부르며 "사랑하든 그 사람"의 죽음을 승인하지 않겠다는, 절대적 "사랑"의 의지에 상응한다.

또한, 여기에서 주목할 것은 "아름따다 가실길에" 뿌려둔 "영변寧邊에약산藥山/ 진달내꽃"을 "삽분히즈려밟고 가시"는 모습이 상여 행렬을 연상시킨다는 점이다. "영변寧邊에약산藥山"이라는 구체적인 지명이 등장하는 것은 꽃상여가 망자가 살던 마을 길을 가고 있기 때문이다. "삽분히즈려밟고"라는 근육감각은 산 자가 아니라 죽은 자의 그것으로 느껴진다. 사뿐사뿐 "즈려밟는" 감각은 사람의 발걸음이 아니라 망자의 영혼이 걷는 가벼운 발걸음에 어울리기 때문이다. 이렇게 보면, 시적 화자는 사랑하는 대상의 객관적인 죽음의 의식을 주관적으로 해석하여 그 죽음을 끝까지 부정하는 방식으로 슬픔을 표현하고 있는 것이다. 물론 여기에는 사랑하는 대상과의 영원한 이별을 결코 받아들일 수 없다는 절대적 사랑이 기본 바탕을 이룬다.

연행 상상과 추술 공간

---

8 지금까지 「진달래꽃」에 관한 논의는, 이 시를 대체로 '이별' 혹은 '실연'의 시로 규정해 왔다. 지금까지 객관적인 사별의 상황을 이승에서의 이별로 설정하고 섬세하게 분석한 논의는 강웅식(「소월素月 시의 사회성」, 『서정시가 있는 문학 강의실』, 유니스타, 1998)이 유일한 것으로 파악된다. 여기에서 「진달래꽃」 분석은 강웅식의 문제의식에서 많은 도움을 받았다.

9 "나 보기가 역겨워 가"시는 님을 향해 "죽어도" "눈물" 흘리지 않으면서, "진달래꽃"을 뿌려 "사뿐히 즈려밟고 가시"도록 혼신을 다하는 행위는 표면적인 모순 너머 존재하는 심층적 의미를 추구한다는 점에서 역설에 해당된다.

그러나 그의 주관적 원망에도 불구하고 "진달래꽃"을 "즈려밟고" 가신 님의 죽음은 엄연한 객관적 사실이다. 그래서 그의 시집 도처에는 사랑하는 "님"의 죽음이 산재한다.

> 제석산 붙는 불은 옛날에 갈라선 그 내 님의/ 무덤의 풀이라도 태웠으면!
>
> ──「나는 세상 모르고 사랏노라」 부분

> 잔듸,/ 잔듸,/ 금잔듸,/ 심심산천深深山川에 붓는불은/ 가신님 무덤
> 까엣 금잔듸.
>
> ──「금金잔듸」 부분

> 그대 가자 맘속에 생긴 이 무덤/ 봄은 와도 꽃 하나 안 피는 무덤.
>
> ──「외로운 무덤」 부분

"선채로 이 자리에 돌이" 되는 극한의 상황에 이를 때까지 "님"의 "이름"을 부르는 "초혼"이 있었지만, "님"의 상여 행렬을 "나 보기가 역겨워 가는" 이승의 이별이라고 아무리 강변했지만, 그러나 "님"은 기어코 "무덤" 속에 묻히었다. 이제 "님"의 장례 절차는 모두 끝났다. 그래서 시적 화자에게 절대적 상실은 삶의 기본 전제가 된다. 이러한 상황에서 다음과 같은 표백은 필연이 된다.

> 그런데 우리님이 가신뒤에는
> 아주 저를바리고 가신뒤에는
> 전前날에 제게잇든 모든 것들이
> 가지가지업서지고 마랏습니다
>
> ──「옛니야기」 부분

"제게잇든 모든 것들이" 무의미해진 상실감 속에서 삶을 지탱할 수 있는 방법은 무엇일까? 그것은 가신 "님"을 그리워하는 것이다. 그리움만이 부재하는 "님"과의 단절을 심정적으로나마 극복할 수 있기 때문이다.

3. 절대적 사랑과 역설의 수사학

지금까지 살펴본 바대로, 김소월의 시는 "님"의 죽음에서 출발한다. 그러나 그는 "님"의 죽음을 승인하지 못한다. 그래서 "선채로 이 자리에 돌이" 될 때까지 "님"의 이름을 부르고자 하거나, "님"의 장례 절차를 이승에서의 일시적인 이별의 제의로 규정한다. 객관적 사실과 주관적 진실이 서로 충돌한다. 이 점은 그리움을 노래하는 시편에서도 동일하게 적용된다. 그의 그리움의 정서는 부재하는 "님"을 현존하는 실재로 설정하는 역설[10] 속에서 전개된다. 다음 시편은 부재의 "님"을 현존하는 실재로 설정하는 '의지적 역설'을 바탕으로 전개된다.

연행 상상과 추술 공간

> 당신은 무슨일로
> 그리합니까?
> 홀로히 개여울에 주저안자서

---

10 휠라이트는 역설이란 경이감과 흥미를 일으키고 새로운 투시를 제시하는 시적 방법이라고 설명한다. ① 표층적 역설: 관습적 모순 어법 ② 심층적 역설: 모순을 극복하고 초월적인 동일성을 획득하는 바탕 ③ 진술과 암시의 역설적 상호작용: 이미저리 속에 내포되어 있는 암시적인 진리와 상호작용을 일으킴으로써 시적 의미를 고양시키는 방법 등으로 나눈다. 또한 역설의 성격으로는 크게 감성적인 느낌을 표출하는 정서적 역설, 신념이나 희망 또는 의지가 두드러진 의지적 역설, 사변적인 사상이나 설교에 바탕을 둔 관념적 역설 등으로 나누어 볼 수 있다. 김소월의 시 세계에서는 이들 세 가지 역설이 상황에 따라 두루 구사되고 있다.
Phlip Wheelwrite, The Burning Fountain, Indiana University press, 1968, pp. 96-100(오세영,「김소월, 그 삶과 문학」, 서울대학교출판부, 2000, 47쪽 재인용).

파릇한풀포기가
도다나오고
잔물은 봄바람에 해적일때에

가도 아주가지는
안노라시든
그러한약속約束이 잇섯겟지요

날마다 개여울에
나와안자서
하염업시 무엇을생각합니다

가도 아주가지는
안노라심은
구지닛지말라는 부탁인지요

　　　　　　　　　　　　　—「개여울」 전문

　시적 화자는 "당신은 무슨일로/ 그리합니까?"라고 원망의 어조로 묻고
있다. 그러나 이것은 궁극적으로 자기 자신을 향한 질문이기도 하다. "당
신"을 야속하게 생각하고 원망하는 까닭이 모두 당신의 객관적인 행위가 아
니라 자신의 심정적인 추론으로 이루어져 있기 때문이다. 시적 배경은 텅
빈 들판에 "풀포기가" 돋아나오고 "개여울"의 "잔물"이 다시 "해적"이기 시
작하는 절기이다. 겨울이 되면서 사라졌던 것들이 다시 소생하고 있다. 이
때 화자는 새봄의 "풀포기"와 개여울의 "잔물"에서 "당신"을 떠올린다. 재
생하는 새봄의 풍경에서 떠나간 "당신"의 회귀를 연상하고 있는 것이다. 그
래서 "가도 아주 가지는/ 안노라시든/ 그러한약속約束이 잇섯"을 것이라고
자연스럽게 말하게 된다. 물론 이것은 "당신"의 객관적인 전언은 아니다.

그러나 순환하는 자연의 이치가 이를 입증한다고 믿는다. 이 점은 "날마다 개여울에/ 나와안자서/ 하염업시" 생각할수록 더욱 강한 확신으로 다가온다. 그렇다면, "당신"이 "아주가지는/ 안노라"고 한 까닭이 무엇일까? 그것은 "구지닛지말라는 부탁"이 아닐까. 물론, 시적 화자의 이러한 추론은 화자 자신이 "당신"을 아무리 잊으려고 노력해도 잊지 못하는 내적 심리 상태를 가리킨다. 화자는 자신의 간절한 그리움을 "구지닛지말라는" "당신의" "부탁"인 것으로 해석해 보는 것이다. 객관적인 상황과 주관적인 인식이 서로 모순 속에 조화를 이루는 의지적 역설을 통해 간곡한 그리움을 증폭시키고 있다. 이와 같은 역설의 원리는 김소월 시의 특징적인 방법론으로 빈번하게 등장한다.

한때는 만흔날을 당신생각에
밤까지 새운일도 업지안치만
아직도 때마다는 당신생각에
축업은 벼개까의꿈은 잇지만

낫모를 딴세상의 네길꺼리에
애달피 날져무는 갓스물이요
캄캄한 어둡은밤 들에헤메도
당신은 니저바린 서름이외다

당신을 생각하면 지금이라도
비오는 모래밧테 오는눈물의
축업은 벼개까의꿈은 잇지만
당신은 니저바린 서름이외다

　　　　　　　　　　—「님에게」 전문

시상의 전반이 섬세한 '정서적 역설'의 기법 속에 개진되고 있다. "한때는 만흔날을 당신생각에/ 밤까지 새운일도 업지안치만"이라고 하는 것은 밤새 워 당신을 그리워했다는 사실의 우회적 표현이다. 특히 1연 1, 2행의 한정 적인 부정의 어사는 3, 4행의 반전을 전제로 하는 어법이지만 3, 4행이 반 전의 기대에 부응하지 않는다. "만흔날을 당신생각에/ 밤까지 새운일도 업 지안치만", 그러나 지금은 그렇지 않다는 것이 아니라, 여전히 "당신생각 에" "벼개"가 젖는 "꿈"을 꾼다는 것이다. 1, 2행과 3, 4행의 어법이 서로 어 긋나는 대위적對位的 관계를 이룬다.

2연 또한 이 점은 동일하다. "애달피 날져무는 갓스물"이란 표현 역시 "날 져무는"의 하강적 심상과 "갓스물"의 상승적 심상이 서로 대위되면서 슬픔 이 배가되고 있다. 2연 3, 4행의 "캄캄한 어둡은밤 들에헤매도/ 당신은 니저 바린 서름이외다" 역시 역설의 긴장 관계를 이룬다. "캄캄한 어둡은밤 들" 을 헤맨다는 것은 당신을 그리워한다는 것의 반증이지만 그러나 정작 잊어 버려서 서럽다고 표현하고 있다. "님"을 잊지 못해서 생긴 서러움을 잊어버 린 서러움이라고 말하고 있다. 상황과 표현이 모순되는 '정서적 역설'을 통 해 그리움이 배가되고 있다. 이러한 시적 기법은 3연에 오면 좀 더 전면화 된다. "당신을 생각하면 지금이라도/ 비오는 모래밧테 오는눈물"처럼 슬픔 의 격정이 분출되고 "축업은 벼개까의꿈"처럼 서러움이 젖어든다. 그러나 시적 화자는 4연에 이르면 "당신은 니저바린 서름"이라고 진술한다. 상황 과 표현이 서로 상반되는 반어적 수사를 통해 그리움의 정감을 강조하고 있 다. 이러한 반어와 역설을 통한 강조는 상황과 표현, 표현과 표현 사이의 모순의 격차가 클수록 더욱 증폭된다. 또한 이러한 정서적 반어와 역설은 서로 상반된 감정의 동일화, 즉 반대일치를 통해 복잡한 정감의 입체적, 동 시적, 연속적 표현을 가능하게 한다.

다음 시편은 이러한 정황을 좀 더 감각적으로 선명하게 드러낸다.

그립다
말을 할까
하니 그리워

그냥 갈까
그래도
다시 더한번番

저산山에도 가마귀, 들에 가마귀,
서산西山에는 해진다고
지저겁니다

압강江물, 뒷강江물,
흐르는물은
어서 따라오라고 따라가쟈고
흘너도 년다라 흐릅듸다려

―「가는길」 전문

시적 화자의 정서적 움직임이 실감 있게 개진되고 있다. 시적 화자의 "가
는길"이 선조적인 수직형이 아니라 제자리를 반복적으로 맴도는 배김새[11]의
맺고 푸는 행보를 드러낸다. 시적 화자는 "가는길"에서 "그립다/ 말을" 한
다. 그러자 이내 그리움이 밀려든다. 시적 화자의 내면의식은 가면서도 "가
는길"을 거역하는 그리움으로 미만해 있었던 것이다. "그냥 갈까". 그러나
그냥 가지 못하고 "다시 더한번番" 되돌아온다. 가지만 가지 못하는, 즉 지

---

11 배김새란 탈춤 등에서 갈 듯하다가 가지 않고 돌아설 듯하다가 돌아서지 않는 발걸음
의 반복적 행위를 일컫는 용어이다.

속과 중단, 단념과 미련이 반복되는 전통 춤의 역설적인 배김새 행보이다. 그렇다면, "가는길"이 가는 길이 될 수 있는 방법은 무엇일까? 이때 자연 현상이 "가는길"을 재촉한다. "저산山에도 가마귀, 들에 가마귀"가 "서산西 山에는" "해진다고/ 지저"귄다. 이것은 날이 어두워졌으니 갈 길을 재촉하라는 것과 서산에 해가 지듯이 세상의 모든 만남은 이별을 겪게 된다는 이치를 동시에 표상하는 것으로 보인다. 4연은 "흐르는 물"이 "가는길"은 가야 하는 길임을 일러준다. "어서 따라오라고 따라가쟈고/ 흘러도 년다라" 흐르고 있는 것이다. "서산西山에" 지는 해와 "흐르는 물"은 시적 화자의 맺고 푸는 행위의 반복인 '배김새'의 행보와 달리 선조적인 직선의 형상을 드러낸다.

물론, 자연현상의 직선적인 행보가 시적 화자의 갈 듯하면서 다시 오는 배김새 행보의 변화를 수반할 것으로 보이지는 않는다. 반대일치의 역설은 가야 한다는 당위성이 부각되면 그에 비례하여 가지 못하는 정서적 저항성도 커지는 특성을 지니기 때문이다.

4. 현실적 삶의 초상과 저승과의 통교

김소월의 시적 어법의 기저를 이루는 반대일치의 이중적 역설이 단일한 평서형으로 해소되는 지점은 꿈의 세계이다. 꿈은 심미적 주관성에 해당하는 소망 충족의 공간이기 때문이다. 그래서 김소월의 시편에는 꿈이 자주 등장한다.

> 나히차라지면서 가지게되엿노라
> 숨어잇든한사람이, 언제나 나의,
> 다시깁픈 잠속의꿈으로 와라

붉으렷한 얼골에 가늣한손가락의,

모르는듯한거동擧動도 전前날의모양대로

그는 야저시 나의팔우헤 누어라

그러나, 그래도 그러나!

말할 아무것이 다시업는가!

그냥 먹먹할뿐, 그대로

그는 니러라. 닭의 홰치는소래.

깨여서도 늘, 길꺼리엣사람을

밝은대낫에 빗보고는 하노라

—「꿈으로 오는 한 사람」 전문

시적 화자는 "꿈"속에서 현실에서는 불가능했던 그리운 사람과의 해후를 이룬다. "꿈이라도 꾸면은!/ 잠들면 맛날넌가"(「눈 오는 저녁」)라고 노래하던 염원을 이루게 된 것이다. 꿈속에서 만난 사람의 형상과 신체적 특징이 모두 "전前날의 모양" 그대로이다. 꿈속의 해후에서는 현실과 달리 마치 "말할 아무것이 다시업는" 것처럼 "그냥 먹먹할뿐"이다. 꿈속에서는 현실의 화법이 제대로 구사되지 못한다. "닭의 홰치는소래"에 의해 꿈은 깨고 그는 다시 사라진다. 그러나 "꿈"은 잔상 기억으로 남아 지속적으로 현실 속에 작용한다. "깨여서도 늘, 길꺼리엣사람을/ 밝은대낫에 빗보고는" 한다. 길거리에서 만나는 사람을 꿈에서 만난 "숨어잇든 한사람"으로 인식하는 착시현상이 일어나기도 한다. 현실 세계가 꿈의 잔상으로부터 자유롭지 못한 형국이다.

이러한 현상은 물론 꿈에서는 소망 충족이 가능하기 때문이다. 그래서 그는 꿈자리에 대해 "제가 이 자리 속에서 잠자고 놀고 당신만을 생각할 그때에는 어무러한 두려움도 없고 괴로움도 잊어버려지고 마는데요. 그러면 님이여! 저는 이 자리에서 종신토록 살겠어요."(「꿈자리」)라고 고백하기도 한다. 그에게 "영의 헤적임"(『꿈 2』)에 해당하는 꿈은 삶의 준거인 것이다.[12] 그러나 현실은 결코 꿈의 공간으로 대체되지 않는다. 그래서 그에게 현실은 '저만치' 떨어진 숙명적인 소외의 공간이다. 다음 시편은 이러한 자신의 삶의 초상을 묘사하고 있는 것으로 파악된다.

산에는 꼿픠네
꼿치픠네
갈 봄 녀름업시
꼿치픠네

산山에
산山에
픠는 꼿츤
저만치 혼자서 픠여잇네

산山에서 우는 적은새요
꼿치죠와
산山에서
사노라네

산山에는 꼿지네

---

12 김소월의 시편에는 소망 충족의 열린 공간으로서 꿈의 이미저리가 자주 등장한다. 제목으로 제시된 작품만도 「꿈자리」 「꿈1」 「꿈2」 「꿈꾼 그 옛날」 「꿈길」 「꿈으로 오는 한 사람」 「그를 꿈꾼 밤」 「몹쓸 꿈」 「옛 님을 따라 가다 꿈깨어 탄식함이라」 등이 있다. 이외에도 작품 속에 꿈이 중요한 이미지로 등장하는 경우로 「개여울의 노래」 「산 위에」 「기억」 「눈 오는 저녁」 「닭소리」 「고향」 「고적한 날」 「서로 믿음」 「봄바람」 「늦은 가을비」 「벗과 벗의 옛 님」 「빗소리」 「깊고 깊은 언약」 「황촉불」 「우리집」 「바리운 몸」 등이 있다.

26

꽃치지네

갈 봄 녀름업시

꽃치지네

—「산유화山有花」 전문

시상의 전개가 매우 단아하게 정제되어 있다. 김소월의 시에서 드물게 감
정의 노출이 드러나지 않는 시편이다. 시상의 흐름이 객관적인 관조적 거리
속에서 전개되고 있다. 각 연마다 동일하게 반복되는 각운과 4행의 형식이
단정한 절제와 균정미를 배가시키고 있다.

이 시의 중심 소재는 "꽃"이다. 시적 제재로 등장하는 "산"과 "새"가 모두
"꽃"을 중심으로 전개된다. 1연은 "산"에 "꽃"이 피고 있음을 묘파하고 있
다. 정중동靜中動이다. 가시적으로 "산山"은 부동태이고 "꽃"은 역동태이다.
"산山"은 쉬임 없이 "꽃"을 피우는 생성의 토양이며 삶의 터전으로서 "꽃"에
게는 세상을 뜻한다. 2연의 시안詩眼은 이 시의 핵심적인 주제의식을 함축
하고 있는 "저만치"에 있다. "꽃"은 "산山"에서 피지만 "저만치 혼자서"핀다.
이때 "저만치"는 "꽃"과 "산"과의 거리가 아니라 산 속에서도 산의 다른 사
물들과 어울리지 못하는 심리적 소외의 거리를 가리킨다. 이것은 세상 속
에 태어나 살면서도 세상 속에 동화되지 못하는 외로운 존재론적 숙명을 가
리킨다. 이러한 소외의 공간적 거리는 앞에서 살펴본 「초혼招魂」에서의 "하
늘과땅사이가 넘우넓구나"에서 지적한 죽은 님이 존재하는 "하늘"과 시적
화자가 존재하는 "땅" 사이의 공간적 거리와 상응한다.[13]

---

13 오세영의 연구는 김소월 시 세계 전반에 나타나는 저만치(「산유화」)의 거리감을 구체
  적으로 규명한다. 그는 이러한 거리감으로 ① 「먼 후일」 「못잊어」 등에서 '먼 후일'
  '한세상' 등으로 표상된 시간적 거리 ② 「초혼」 「구름」 「옷과 밥과 자유」 등에서 제시
  된 '하늘과 땅 사이' '저기 저' 등에서 제시된 공간적 거리 ③ 「엄마야 누나야」 「산」 등
  에서 보여 준 강변에 살지 못하는 단절감, 삼수갑산으로 돌아갈 수 없는 삶의 조건 등
  으로 드러나는 관념상의 거리 등을 든다(오세영, 『김소월, 그 삶과 문학』, 서울대학
  교출판부, 2000, 136쪽 참조).

27

3연에서는 "산에서우는 적은새"가 등장한다. "새"가 "산"에서 사는 까닭은 "꽃"이 좋기 때문이다. 여기에서 "새"가 "꽃"을 좋아한다는 것은 "새" 역시 "꽃"과 동일성을 지닌 존재자라는 것으로 해석된다. 즉 "새" 역시 "꽃"처럼 세상과 어울리지 못하는 소외와 고독의 존재자이다. "산"속의 모든 존재들이 제각기 "저만치"의 소외와 고독의 거리 속에 살고 있는 것이다. 이것은 세상 속, 무리 속에서도 외로움과 고독에 시달리는 시적 화자의 존재론적 숙명을 표상한다. 4연은 "꽃"이 지고 있음을 묘파하고 있다. 여기에서 "산山" 역시 "갈 봄 녀름업시" 지는 "꽃"의 소멸의 귀의처를 가리킨다. 정중동이다. 1연의 경우처럼 "산山"은 부동태이고 "꽃"은 역동태이다. 그러나 1연의 생성의 미감과 달리 소멸의 미감이 시상을 채우고 있다. "산山"은 끊임없는 생성의 세계이면서 동시에 소멸의 세계이다.

이상에서 보듯, 이 시는 "꽃"을 중심으로 한 "산山" "새"의 이미지를 통해 생성과 소멸 그리고 절대적 소외와 고독이 반복되는 세상의 존재론적 특성을 노래하고 있음을 알 수 있다. 특히, 이 시에서의 "꽃"의 구체적인 의미는 이미 "허공중虛空中에 헤여진" 부재하는 "이름"을 "서름에겹도록 부르"(「초혼招魂」)는 절대적 그리움에서 벗어나지 못한 시적 화자의 초상이라고 할 것이다. 다시 말해, 김소월은 "저만치" 핀 "꽃"의 이미지를 통해 자신의 초상을 또렷하게 객관화하고 있는 것이다.

이와 같이 세상 속에서도 세상으로부터 "저만치" 거리감을 느낄 수밖에 없는 시적 화자는 다음과 같이 불쌍하고 서러운 정한의 "접동새"(「접동새」)의 이미지와 쉽게 동질감을 느끼게 된다. 고통스런 존재자의 감수성이 이에 상응하는 집단적 저류(ein kolletiver Unterstrom)[14]의 감수성과 쉽게 친연성을 지니는 형국이다.

---

14 T. W. 아도르노, 김주연 역, 「시와 사회에 대한 강연」, 문학과지성사, 1985, 21 쪽 참조.

접동

접동

아우래비접동

진두강津頭江가람까에 살든누나는

진두강津頭江압마을에

와서웁니다

옛날, 우리나라

먼뒤쪽의

진두강津頭江 가람까에 살든누나는

이붓어미싀샘에 죽었습니다

누나라고 불러보랴

오오불설워

싀새움에 몸이죽은 우리누나는

죽어서 접동새가 되엿습니다

아웁이나 남아되든 오랩동생을

죽어서도 못니저 참아못니저

야삼경夜三更 남다자는 밤이깁프면

이산山 저산山올마가며 슬피웁니다

—「접동새」 전문

널리 알려진 바대로 시상의 기본 구도가 향토적 설화[15]에 바탕을 두고 있다. 향토적 설화의 기본 화소는 계모의 시기와 학대로 죽은 누나가 9명의 동생들에 대한 걱정으로 저승에 가지 못한 채, 접동새가 되어 밤마다 슬피 울었다는 것이다. 널리 알려진 '계모 학대 설화'가 시적 모티프를 이루고 있다. 죽음의 경계까지 넘나드는 상실과 시련의 전통 설화가 "부르다가 내가 죽을 이름"을 "설움에 겹도록 부르"(「초혼招魂」)는 시적 화자에게 정서적 친연성을 느끼게 했을 것이다. 이 점은 시상의 전개에서도 확연히 드러난다.

1연은 접동새의 울음소리이다. "아우래비접동"에서 아우래비는 아홉 오라버니를 축약한 말이다. 접동새가 아홉 명의 오라비와 남동생을 울음소리로 되뇌는 까닭은 무엇인가? 2, 3, 4, 5연은 이에 대한 사연을 노래하고 있다. "의붓어미 시샘에 죽"은 "누나"가 "아홉이나 남아 되던 오랩동생을/ 죽어서도 못잊어" 슬피 울고 있는 것이다. 이렇게 보면, "아우래비 접동"이란 의성어는 이승에서 듣는 저승의 소리이다. 다시 말해, "아우래비 접동"은 이승과 저승의 통교의 소리이다.

김소월의 시적 삶은 출발부터 이미 현실 속에 부재하는 죽은 님과의 교감과 소통의 갈망이 기본 구도를 이루고 있었다. 이를테면, "그대 가자 맘 속에 생긴" "무덤"(「외로운 무덤」)을 가슴에 품은 채, "밤마다 닭소리가 날이 첫시면/ 당신의 넋맞이로 나가"(「님의 말씀」)는 삶을 반복하는 그에게 저승과 통교하는 "접동새"의 노래에서 자기 동일성을 발견하는 것은 자연스럽게 이해된다. 4연은 이 점을 분명하게 드러낸다. 4연의 시적 정조는 1, 2, 3, 5연의 객관적인 서술적 전언과 달리 감정의 직정적 분출이 두드러지고 있다.

---

15 이 시와 관련된 설화는 소월의 숙모인 계희영에 의해 소상하게 해명되고 있다. 계희영은 당시 서북 지방에 널리 유포된 이 설화를 자신이 직접 조카 소월에게 들려주었음을 밝히고 있다(계희영, 『내가 기른 소월』, 장문각, 1969). 한편, 김소월의 시 세계에서 설화적 배경을 바탕으로한 작품으로는 이 외에도 「춘향과 이도령」「팔베개노래」「어버이」「후살이」「물마름」 등을 꼽을 수 있다.

"누나라고 불러보랴/ 오오, 불설워"에서의 반복되는 시적 탄성은 "설화 속의 주인공인 누나가 이젠 시인의 누나로 동일화"[16]되는 양상을 보여 준다. 3연에서는 "옛날, 우리 나라" "진두강 가람 가에 살든 누나"라고 전언하던 3인칭의 객관적 서술 속의 누나가 4연에서는 1인칭의 시점에서 "우리 누나"로 호칭되고 있다. 이승과 저승의 경계를 넘나드는 "접동새"의 설화 속에서 어느덧 자신의 비극적인 삶을 동일화시키는 모습을 보여 주고 있는 것이다.

이와 같은 저승과의 통교의 양식은 다음 시편에 오면 더욱 직접적으로 드러난다.

> 그누가 나를헤내는 부르는 소리
> 붉으스럼한언덕, 여긔저긔
> 돌무덕이도 음즉이며, 달빗헤,
> 소리만남은노래 서리워엉겨라,
> 옛祖上들의記錄을 무던둔그곳!
> 나는 두루찾노라, 그곳에서
> 형적없는노래 흘너퍼져,
> 그림자가득한언덕으로 여긔저긔,
> 그누구가 나를헤내는 부르는소리
> 부르는소리, 부르는소리,
> 내넉슬 잡아끄러헤내는 부르는소리.
>
> ―「무덤」 전문

"그 누가 나를 헤내는 부르는 소리"가 들린다. "나는 두루 찾"는다. "돌무덕이"가 "음즉이"고 있다. "무덤"이 소리의 출처이다. 무덤 속에서부터 솟

---

16 오세영, 『김소월, 그 삶과 문학』, 서울대학교출판부, 2000, 71쪽.

아 나오는 사자死者의 목소리가 시상의 중심음을 이루고 있다. 사자의 "형적업는 노래"가 점차 "그름자 가득한 언덕"을 뒤덮고 있다. 죽음의 광기가 시적 화자의 주변을 잠식하고 있는 것이다. 시적 화자는 "부르는 소리, 부르는 소리, / 내 넉슬 잡아 끄러헤내는 부르는 소리"에 둘러싸이게 된다. 저승과의 통교가 가시화되고 있는 장면이다. 사자의 언어가 이승으로 침투하고 있다. 김소월 시가 도달한 주술적 소통의 현장이다. 민족적 전통의 설화적 상상력으로부터 출발한 죽음과의 주술적 소통이 자신의 시적 삶 속에서 구현되고 있다.

이것은 물론, 시적 화자 자신의 강한 죽음충동의 산물이기도 하다. 현실 속에서 항상 "저만치" 떨어진 소외의 격절감을 느끼며 죽은 "님"과의 해후를 갈망하던 그에게 죽음의 광기가 근접해 온 것으로 보인다. 원시적 상상이 강렬한 현재적 체험에 연결되고 있다. 그의 시적 삶이 "무덤"의 "소리"가 만들어낸 주술 속에 휩싸이는 지점에서 그의 자연적 삶 역시 마감된 것으로 보인다.[17] 죽음의 원형의식의 욕망이 자연적 삶의 파국을 초래한 것으로 해석된다.

물론, 이러한 죽음충동의 근저에 대해서는 국권을 상실한 식민지 상황으로 인한 '민족성에서 오는 크나큰 공감'[18]의 진폭으로 해석해 볼 수도 있을 것이다. 죽음으로 이끌려 가고 있던 김소월의 시적 삶은 시대성의 문제와 상응하기도 하기 때문이다. 이렇게 보면, 김소월이 "부르는 소리"에 반응하여 삶과 죽음의 간극을 드러내는 것은 파열된 세계의 전체성을 반영하고 있는 것[19]이라고 할 수 있다.

---

17 널리 알려진 바대로 김소월은 1934년 12월 23일 32살의 나이에 자살로 생을 마감한다.

18 오장환, 「조선시朝鮮詩에 있어서 상징象徵」, 『신천지新天地』, 1947. 1, 142쪽.

19 최동호, 「김소월시金素月詩의 무덤과 부서진 혼魂」, 정한모 편, 『김소월 연구』, Ⅱ—29, 새문사, 1982.

5. 결론

　김소월의 시 세계는 사랑하는 님의 죽음에서 출발한다. 그러나 그는 님의 죽음을 승인하지 않는다. 그래서 그의 죽은 님에 대한 제의적 절차는 역설적인 미적 주관성의 양상을 드러낸다. 그의 대표작인 「진달래꽃」은 이를 구체적으로 보여 준다. 그는 사랑하는 님과의 사별이라는 객관적 상황을 미적 주관성을 통해 이승에서의 이별로 설정한다. 사별의 대상이 이승에서의 이별이라면 "꽃"을 뿌려주겠다는 것이다. 현실 속에서 죽은 님과의 연속성은 주로 그리움, 꿈 등의 이미지리로 변주된다. 특히 그리움의 정서는 삶과 죽음, 이승과 저승, 사랑과 원망이라는 상반된 모순이 불연속적 연속성을 이루는 반어와 역설의 수사를 통해 절묘하게 구현된다. 한편, 그의 죽은 님에 대한 그리움의 정서는 마침내 저승과 통교하는 언어 세계에 도달한다. 죽은 님과의 사랑은 저승과의 통교의 언어를 통해 완성형에 이를 수 있기 때문이다. 그러나 이와 같은 죽은 님과의 사랑의 완성은 시인의 죽음을 대가로 지불해야 한다. 김소월의 요절은 이러한 시적 삶과 무관하지 않아 보인다.

　이상의 요약적 정리에서 보듯, 김소월의 시 세계는 죽음, 사랑, 이별, 그리움 등으로 이어지는 인간사의 가장 보편적인 원형적 의미 패턴을 집중적으로 보여 준다. 그래서 그의 시편은 매우 낯익고 친숙하게 다가온다. 원형은 개인의 범주를 넘어 집단의 공유 대상이기 때문이다. 특히 그는 이러한 원형적 의미 패턴을 민족적 전통의 화소와 정서적 감각을 통해 노래함으로써 민족적 구성원으로부터 분석 이전에 이미 정서적 합일을 획득하는 주술 공감을 확보한다. 그는 우리 민족 내면에 잠들어 있는 원형 상징을 식민지 치하에 있던 비극적 상실의 시대 속에서 정한의 정서와 감각으로 깨웠던 것이다. 그가 우리 시사에서 대표적인 국민 시인으로 자리매김한 배경도 이러한 문면에서 파악된다.

거경궁리居敬窮理의 정신과 예언자적 지성

—이육사론

1. 서론

이육사(1904~1944)는 일제강점기의 항일운동가이며 선비적 지절의 세계
관을 웅혼한 어조로 노래한 대표적인 시인이다. 이 점은 그의 필명에서부
터 직접적으로 드러난다. 이미 널리 알려진 바대로 이육사라는 이름은 그
가 1927년 '대구 장진홍 의거'에 연루되어 복역할 때의 수인 번호이다. 그
는 자신의 수인 번호를 1930년부터[1] 시작 발표의 필명으로 사용하기 시작
한 것이다. 1년 7개월간 겪은 첫 감옥살이의 고통[2]을 부정과 관조의 객관화
과정을 통해 자신의 필명으로 전환시켰던 것이다.

---

1 이육사의 호적명은 원록이다. 그는 원삼 또는 활이란 이름을 스스로 지어 쓰기도 했
  다. 이후 1930년 10월《별건곤》제5권 제9호에 〈대구사회단체 개관〉이라는 평문을 발
  표하면서 장진홍 의거 사건으로 복역할 때의 수인 번호 이육사二六四를 사용하기 시작
  한다. 목차에는 이활로 기재하였으나 작품에는 '대구大邱 이육사二六四로 기재하고 있
  다(김희곤, 『새로 쓰는 이육사 평전』, 지영사, 2000, 24면 참조).
2 그는 대구 장진홍 의거 사건(1927. 10. 18.)에 가담하지 않았으나 그와 그의 형 원
  기, 동생 원일, 원조가 모두 연루자로 체포되어 장진홍이 잡힐 때까지 고초를 겪는다.

이육사의 시 세계 역시 이와 같은 창조적 관조의 미의식이 중심음을 이룬다. 그의 시 세계에서 창조적 관조는 항일운동에 매진했던 자신의 체험적 삶의 현실로부터 스스로 미적 거리를 확보하는 계기이면서 동시에 그 궁극적 의미를 재인식하고 삶의 지향성을 차원 높게 열어가는 계기로 작용한다. 그래서 그의 시 세계는 마침내 절망의 현실 속에서 자기 초극의 언어와 예언적 지성을 노래하는 단계로 나아간다. 그렇다면, 일제강점기에 누구보다 치열하게 국권 회복을 위해 온몸을 던졌던 그가 창조적 관조의 세계를 지속적으로 견지할 수 있었던 주된 배경은 무엇일까? 그것은 유년기부터 생활 감각과 가치관으로 체화된 유학적 전통의식과 직접 연관되는 것으로 보인다. 이미 널리 알려진 바대로, 이육사는 우리나라 성리학의 태두에 해당하는 퇴계 이황의 14대손이며 유림의 요람에 해당하는 안동 예안에서 태어나 조부[3]로부터 한학을 익히며 유년기를 보냈다. 그는 "나이 여섯 살 때 소학小學을 배우"[4]고 "가을 벌레의 찬소리가 뜰로 하나 가득" 찰 때면, "시월 중순부터 매월 초하루 보름으로 있는 강講을 낙제치 않기 위해", 중용, 대학, 논어, 시전詩傳, 서전書傳 등을 외우곤[5] 했음을 직접 전언한다.

이육사의 삶에 대한 시적 인식과 가치관 역시 유년기부터 체화된 이러한 유학적 가풍과 학문의 연장선에 놓인다. 그는 평소에도 "낙이불음 애이불상樂而不淫 哀而不傷"(『논어論語』의 〈팔일편八日篇〉과 『시경詩經』의 〈관저장關雎章〉에 대한 공자의 평) 즉 "즐거워하되 지나치지 않고 슬퍼하되 마음이 상하도록 정도를 넘지 않는다"는 구절을 경구처럼 외웠다고 한다.[6] 그의 이러한 시적 인식은 윤곤강의 시집을 평하는 글에서도 직접 드러난다. 그는 윤곤강의 「황

3 육사의 조부는 치헌痴軒으로 보문의숙을 세워 초대 숙장(교장)을 지낸 학식 높은 선비였다(김희곤, 위의 책, 47-48면 참조).

4 이육사, 「전조기」, 김종회 편, 『이육사: 광야』, 범우사, 2005, 184면.

5 이육사, 「은하수」, 김종회 편, 위의 책, 206-207면 참조.

6 신석초, 「이육사의 인물」, 『나라사랑』 16집, 1974, 104쪽.

혼」에 대해 "시와 자신과의 일정한 거리를 두면서 '생각'하는 여유를 갖고 고요히 읊어본"[7] 시적 정서를 평가하고 있다. 그는 마음의 균형을 잃지 않고 항상 깨어 있도록 하는 미적 관조의 자각을 창작 방법론으로서 중요시하고 있는 것이다.

　그가 강조한 이와 같은 미적 관조는 유학을 배우는 자세와 수양 방법론의 핵심 명제에 해당하는 거경궁리居敬窮理와 직접 상통한다. 그의 직계 조상이었던 이황이 가장 강조하기도 했던 거경궁리란 학문하는 이론적 방법이면서 학문을 통하여 얻은 가치 실현의 실천적 방법을 가리킨다. 거경이란 자신의 마음을 항상 흩어지지 않도록 고요하게 모으는 것을 말하고 궁리란 사물의 구극에 도달하여 이치를 터득하는 것을 가리킨다. 거경이 자신의 심신을 주관적으로 수양하는 활동이라면 궁리는 객관적이고 보편적인 원리나 가치를 탐구하고 파악하는 활동이다. 이러한 거경궁리의 모색이 극에 이르면 활연관통豁然貫通[8]의 경지를 열어나간다. 이러한 과정에 대해 주자는 "사물의 이치를 하나하나 철저히 궁구하여 그 극처極處에 다다르게 되면 궁극적으로 내가 갖고 있는 지식이 천하의 이치와 활연관통豁然貫通하게 된다"[9]고 설명한다. 이육사의 시적 삶에서 확연히 드러나는 고통의 극한에서 스스로 이를 대상화하고, 더 나아가 자신과 세계에 대한 본질적인 자각과 발견의

7　이육사, 「윤곤강 시집 『빙화氷華』 기타」, 『인문평론』, 1940. 11.
8　활연관통에 대해서는 주자가 『대학』을 편찬하면서 격물치지편을 보강한 〈보망장〉에서 집중적으로 언급된다. 주자는 활연관통에 이르면 모든 사물의 표表와 리裏, 정精과 조粗가 드러나지 않음이 없이 되고 내 마음의 온전한 체體와 용用이 밝혀지지 않음이 없게 된다고 설명하고 있다. 그 전문을 밝히면 다음과 같다.
　所謂致知在格物者, 言欲致吾之知, 在卽物而窮其理也. 蓋人心之靈莫不有知, 而天下之物莫不有理, 惟於理有未窮, 故其知有不盡也. 是以大學始敎, 必使學者則凡天下之物, 莫不因其已知之理而益窮之, 以求至乎其極. 至於用力之久, 而一旦豁然貫通焉, 則衆物之表裏精粗無不到, 而吾心之全體大用無不明矣. 此謂格物, 此謂知之至也(補網章). 조지훈, 박종홍, 이상은 교주校註, 『대학, 중용』, 현암사, 1975, 58~59면.
9　조지훈, 박종홍, 이상은 교주校註, 위의 책, 58~59면 참조.

보편적인 영역을 추구해 나가는 특징적인 면모는 거경궁리居敬窮理의 인식론과 긴밀하게 상응하는 것임을 알 수 있다.

이 글은 이러한 문제의식을 토대로 이육사의 시 세계를 거경궁리의 미의식에 입각하여 조망해 보기로 한다. 이것은 지금까지 그의 시 세계에 관한 논의가 일제강점기 항일운동의 체험적 삶과 지나치게 긴밀한 연관 속에서 이루어짐으로써 시적 성과를 좀 더 풍요롭게 독자적으로 파악하기 어려웠던 관행을 극복하고, 아울러 그의 시 세계에 대해 다소 막연하게 논의되었던 유학적 전통 의식과의 연관성을 구체적이고 섬세하게 규명해내는 의미를 지닌다.

2. 거경居敬 혹은 비관적 현실과 역동적 의지

이육사는 수인 번호에서 연원하는 필명의 내력에서 드러나듯 치열한 독립투사로서의 길을 실천하다가 미처 해방을 보지 못한 채, 북경의 형무소에서 순국한다. 이때 그의 나이는 겨우 40세였다. 그의 시작 생활은 1930년 《조선일보》에 「말」을 발표한 이후 순국할 때까지 10여 년 동안에 걸쳐 집중된다. 그러나 그는 항일운동에 온몸을 투신하면서도 그 격정의 현장을 직정적으로 표출하는 경우가 거의 없었다. 그의 시적 삶은 체험적 현장 속에 함몰되지 않고 이를 스스로 대상화하여 관조하는 미적 거리를 통해 역동적인 생의 의지와 가능성을 열어나가는 면모를 보여 준다. 이것은 그가 생득적으로 체화한 유학의 거경존양居敬存養의 가치관에서 연원하는 것으로 파악된다. 중국 사서의 하나인 《대학》 팔조목의 기본 조항으로서 성심, 정심, 수신, 제가, 치국, 평천하의 기반이 되는 격물치지格物致知에서 발전한 용어인 거경궁리에서 거경居敬은 학문적 수양의 태도이면서 실천의 가치이다.

거경의 속성은 ① 마음의 균정을 항상 지키며[10] ② 늘 자각 상태에 있어야 하고 ③ 일관되어야 한다[11]는 것으로 정리된다. 이러한 경의 구비 조건을 갖추고 있으면 마음은 항상 자유, 자주, 자각의 상태에 놓이게 되어, 외부세계의 동요에도 흐트러지지 않는 균정을 유지할 수 있는 것으로 해석된다.

이육사가 1938년에 발표한 수필 〈계절의 오행〉의 다음 인용 단락은 그에게 생활 감각으로 체화된 거경존양居敬存養의 세계관을 엿볼 수 있다.

> 열 다섯 애기시절은 '수신제가치국평천하修身齊家治國平天下'의 도道를 다 배웠다고 스스로 들떠서 남의 입으로부터 '교동驕童'이란 기롱譏弄까지도 면치 못하였건마는 어쩐지 이 시절이 되면 마음 한편이 허전하고 무엇이 모자라는 것만 같아 발길은 저절로 내 동리 강가로만 가는 것이었습니다.
> 이렇게 말하면 누구나 그곳에 무슨 약속한 사람이라도 있었구나 하고 생각을 하면 그것은 여간 잘못된 생각이 아닙니다. 본래 내 동리란 곳은 겨우 한 백여 호나 될락 말락한 곳, 모두가 내 집안이 대대로 지켜 온 이 땅에는 말도 아니고 글도 아닌 무서운 규모가 우리들을 키워 주었습니다.

인용문은 《대학》의 수신제가치국평천하를 이미 열다섯에 마쳤다는 것, 그럼에도 불구하고 마음의 동요가 있을 때가 있지만 그것도 마을의 "말도 아니고 글도 아닌 무서운 규모가" 생활 세계의 통어 기제로 작동하고 있었

---

10 《맹자》〈고자상告子上〉에 따르면 "잡으면 곧 있게 되고 놓으면 곧 사라지며 무시로 출입하여 그 간 곳을 모르니, 오직 마음을 이르는 구나"라고 하였다. 이처럼 걷잡을 수 없는 마음을 이곳, 이 일에 생생하게 집중시키는 균형 감각을 가리킨다(이상은, 『퇴계의 생애와 학문』, 예문서원, 1999, 167-175면 참조).

11 이상은 외, 위의 책, 1999, 167-177면 참조.

다는 것이다. 육사에게 "수신제가치국평천하"의 유학적 가르침과 "한 백여 호 되는" 집안 마을의 풍속이 안팎에서 동시적으로 거경의 생활 감각을 함양시켰음을 드러내는 전언이다.

　이육사의 데뷔작인 다음 시편은 거경의 세계관이 내밀하게 내재되어 있다.

　　　훗트러진 갈기
　　　후주군한 눈
　　　밤송이 가튼 털
　　　오! 먼길에 지친 말
　　　채죽에 지친 말이여!

　　　수긋한 목통
　　　축처―진 꼬리
　　　서리에 번적이는 네굽
　　　오! 구름을 헷치려는 말
　　　새해에 소리칠 힌말이여!

　　　　　　　　　　　　　　　　　　―「말」 전문

　1930년 1월 《조선일보》에 발표된 이육사의 데뷔작이다. "말"의 외양에 대한 감각적 묘사의 순서에 따라 시상이 전개되고 있다. 1연은 말의 지친 모습이 주조를 이루는 데 반해 2연은 말의 생동하는 활력과 의지가 주조를 이루고 있다. "훗트러"지고 "후주군"하고 "밤송이 가튼" 감각적 형용은 정상적인 생활을 하지 못하고 있는 말의 모습을 환기시킨다. 그것은 4, 5행에서 전언하고 있듯이 "먼길에" 지치고 "채죽에 지친" 탓이다.

　1연의 하강적 시상은 2연에 들면 점차 상승적 기운으로 전환된다. "수긋한 목통"과 "축처―진 꼬리"의 이미지에 대한 해석이 1연의 "피곤에 지친 말의 모습"[12]의 연장선으로 파악할 수도 있고 "현실을 초극하려는 긍정적인 모습"[13]으로 파악할 수도 있는 애매성을 지닌다. 그러나 "수긋"한 목통이나 축 처진 꼬리는 말의 일반적인 모습이므로 굳이 1연의 연장선에서 해석할 필요는 없다. 오히려 2연의 3, 4, 5행으로 전개되는 말의 역동적인 도약의 전조로 읽는 것이 더욱 자연스럽다. 말이 "구름을 헷치려" 하고 "새해에 소리" 치고자 한다는 것은 말의 높은 기상과 더불어 미래지향적인 결의의 표현이다. 2연의 4, 5행은 말의 구체적인 실체에 대한 묘사가 아니라 시적 화자의 상상적 열망의 표출이다. 따라서 시적 묘사의 대상인 말은 존재하는 실체가 아니라 상상적 관념의 대상임을 알 수 있다. 다시 말해, 시적 대상으로서 말의 형상이 처음부터 시인의 내면적 정서의 반영태인 것이다. 따라서 "먼길"과 "채죽"에 지쳤으나 "구름을 헷치"며 "새해에 소리칠 흰말"은 시인의 초상으로 해석해 볼 수 있다. 1929년 5월, '대구 장진홍 의거' 사건에 연루되어 옥고를 치르고 난 이후 너무도 고통스럽지만 그러나 1930년 경오년의 말띠 해를 맞이하여 다시 재도약하고자 하는 결의가 시적 중심 내용인 것이다. 그리고 이러한 재도약의 역동적인 의지가 결과적으로 그의 시적 삶의 출발점이 되고 있다.

한편, 4형제와 함께 모진 고문을 당하며 1년 7개월간의 억울한 옥고를 치르고 나온 직후의 상황을 술회한 20대 청년의 목소리로는 그 시적 정조가 매우 정제되고 안정되어 있다. 격정적인 울분과 저항 의지가 어디에서도 직정적으로 표면화되고 있지 않다. 이와 같이 "먼길"과 "채죽"에 지친 자신의 모습을 시적 상관물 "말"을 통해 내밀하게 투사할 수 있는 것은 스스로 분노와 절망의 체험적 현실 속에 함몰되지 않고 마음의 균정을 유지해 내는 거

12 김삼주, 「비극적 현실인식과 초월의지」, 『한국현대시인론』, 1995, 311-312면.
13 이숭원, 「구조주의적 시의 절정과 내면구조」, 『동양문학』 3, 1988, 256-257면.

경의 자세를 지니고 있기 때문으로 파악된다.[14] 거경존양居敬存養[15]이 하강의 비관적인 현실 속에서 다시 상승의 가능성을 노래하는 역동적인 의지의 저력으로 작용하고 있는 것이다.

이와 같은 거경존양은 자신의 삶의 연대기를 반추하고 있는 다음 시편에서도 면밀하게 내재되어 있음을 확인할 수 있다.

「너는 돌다리ㅅ목에 줘왔다.」든
할머니 핀잔이 참이라고 하자

나는 진정 강江언덕 그 마을에
벌어진 문바지였는지 몰라?

그러기에 열여덟 새봄은
버들피리 곡조에 부러보내고

첫사랑이 흘러간 항구港口의 밤
눈물 섞어 마신술 피보다 달드라

공명이 마다곤들 언제 말이나 했나?
바람에부처 돌아온 고장도 비고

---

14 이육사의 시에서 절망적인 상황은 대체로 낙관적인 의지로 반전되는 양상을 보인다. 예외적인 경우로 「노정기路程記」「초가草家」「아편」「바다의 마음」「편복」 등을 꼽을 수 있으나 이들 작품에서도 과도한 허무의식과 감상성을 드러내지는 않는다.

15 거경존양居敬存養에서 '존양'이란 선한 본디의 성품을 보존하고 함양함을 가리킨다. 따라서 거경존양은 깨어 있는 자각 상태에서 일관되게 구극에 이르는 자세를 보존하고 함양함을 가리킨다.

서리 밟고 걸어간 새벽길우에
간肝잎만 새하얗게 단풍이 들어

거미줄만 발목에 걸린다해도
쇠사슬을 잡어맨듯 무거워졌다

눈우에 걸어가면 자욱이 지리라고
때로는 설레이며 파람도 불지

—「연보年普」 전문

시로 쓰는 시적 자아의 자전적 연대기이다. 이 시는 8연으로 구성되어 있고, 전반부 4연과 후반부 4연으로 나누어진다. 전반부는 지나온 삶에 대한 반추가 중심을 이루고 후반부는 현재적 삶이 중심을 이룬다. 특히 마지막 부분인 8연은 이 시 전반의 의미와 성격의 규정력으로 작용한다.

시상 전개의 출발점이 스스로 탄생의 근거마저 부정하면서 시작되고 있음을 볼 수 있다. 이것은 자기 삶의 연대기를 처음부터 버려진 자의 비극적 운명으로 인식하는 극도의 비관적인 인식이다. 3연의 "그러기에 열 여덟 새 봄은/ 버들피리 곡조에 부러보내고"라는 구절은 버려진 비극적 운명이기에 청춘의 시절에도 슬픔에 젖은 채 지낼 수밖에 없었다는 자기 고백이다. 4연의 "첫사랑이 흘러간 항구港口의 밤/ 눈물 섞어 마신 술 피보다 달더라"라고 노래하는 퇴폐적 낭만주의의 분위기가 묻어나는 시적 정황 역시 뿌리 없는 자의 떠돌이 의식에서 비롯된다. 이것은 그의 자전적 연대기를 노래한 또 다른 작품 「노정기路程記」에서 "목숨이란 마치 깨여진 배쪼각"이라는 인식과 상통한다. 난파된 "배쪼각"의 표류와 같이 늘 불안하고 고단한 삶이 운명처럼 연속되고 있었음을 전언하고 있는 것이다.

5연에 이르면 시상의 흐름은 현재형으로 전환되고 있다. "공명이 마다곤들 언제 말이나 했나/ 바람도 부처 돌아온 고장도 비고"라는 것은 공명을 언어 환영을 받는 것은 바라지도 않았지만 "돌아온 고장"마저 비어 있다는 사실에 당혹해하는 불모 의식과 상실감이 짙게 배어있다. 6연에서는 차가운 새벽길에 "간肝 잎"이 "새하얗게 단풍이" 든 모습을 시각적으로 드러내고 있다. 표류하는 삶 속에서 극도로 지친 내면 심리가 "간肝 잎"의 이미지를 통해 감각화되고 있는 것이다. 7연의 발목에 걸린 "거미줄"이 "쇠사슬"처럼 느껴지는 것은 표류하는 불모의 삶 속에서 지친 자신의 상황에 대한 극명한 표현이다. 이것은 앞에서 다룬 그의 데뷔작 「말」에서 "훗트러진/ 후주군한/ 밤송이 가튼" 먼 길과 채죽에 지친 말의 상태에 비견된다.

시적 화자가 이처럼 고통스런 삶의 연대기를 지속적으로 반복하는 까닭은 무엇인가? 그것은 8연에서 암시적으로 드러난다. "눈우에 걸어가면 자욱이 지리라"는 인식 때문이다. 다시 말해, 현실과 타협하지 않고 스스로 고행의 "연보年譜"를 운명처럼 지속하는 것은 그것이 뒷날 다른 사람들의 바람직한 삶의 지표로 작용할 수 있다는 인식 때문이다. 자신의 삶의 연대기를 회고하면서 동시에 스스로 그 의미와 당위적 가치를 점검하고 있다.

8연이 제시하는 이러한 시적 정황은 서산대사의 좌우명으로 널리 알려진 다음의 시편을 환기시킨다.

눈 덮인 들판을 걸어갈 때는   답설야중거踏雪夜中去

발걸음 하나라도 어지럽히지 마라   부수호란행不須胡亂行

오늘 내가 가는 이 길은   금일아행적今日我行蹟

뒷 사람의 이정표가 될 것이므로   수작후인정遂作後人程

자신의 삶의 흔적이 "뒷 사람의 이정표"가 될 수도 있다는 자성의 경계 의식이 노래되고 있다. 이러한 성찰적 경계 의식이 「연보年譜」의 중심음으로 작동하고 있는 것이다. 자신의 마음의 평정과 자각을 잃지 않는 거경의 세계관을 다시 확인할 수 있다. 퇴계 이황은 『성학십도』의 「경재잠도」에서 경을 일상 생활에서의 실천 덕목으로 강조한다. 그것이 마음을 보존하여 늘 다른 곳으로 흐르지 않도록 하는 자각적인 삶[16]이기 때문이다. 「연보 年譜」에는 이와 같은 일상 생활 감각에서의 거경居敬의 자세가 내재되어 있는 것이다.

결국, 이 시는 시적 화자의 고행의 연대기가 불온한 현실과 타협하지 않는 불굴의 태도에서 비롯되는 것이며 아울러 이것은 앞으로도 지속되어야 할 자신의 당위적인 삶의 행로라는 점을 분명하게 진단하고 있다고 할 것이다. 그렇다면, 고통, 불행, 불안, 고초 등으로 점철되는 자신의 연대기를 더욱 적극적이고 강렬하게 지속적으로 밀고 나갈 수 있는 용이한 방법론은 무엇일까? 그것은 스스로 금강석처럼 찬연하면서도 견고해지는 것이 아닐까? 이러한 의문 앞에 이육사의 대표작 중의 하나인 「절정絶頂」이 놓인다.

3. 궁리窮理 혹은 창조적 관조와 초극

거경존양居敬存養이 유학의 수양의 요체로서 자각적인 마음의 집중(주일무적主一無敵)을 통해 바람직한 덕성을 견지하는 태도를 가리킨다면 궁리窮理는 사물의 구극에 이르러 이치를 직관하는 것을 가리킨다. 궁리窮理는 『대학』에 나오는 성의誠意, 정심正心, 수신修身, 제가齊家, 치국治國, 평천하平天下의 기반이 되는 격물치지格物致知에 상응한다. 격물치지란 주자에 따르면 "사물에 다가가 극진히 하여 이치를 터득하는 것"으로 해석된다. 여기에서 더 나아가 주자는 격물치지의 극처에 이르면 사물의 이치를 막힘없이 직관할 수 있는 존재론적 대전회에 해당하는 활연관통豁然貫通의 세계에 진입할 수 있음을 지적한다. 그래서 주자가 주장한 '격물치지'를 통한 '활연관통'은 마치 불교에 있어 모든 분별지의 길목이 차단된 상태(妙悟要窮心路絶)에서 화두를 타

---

16 최영진, 『퇴계 이황』, 살림, 2007, 107-108면 참조.

파하여 '활연대오豁然大悟[17]를 이룬다'는 유가의 선법에 비견된다.[18]

이육사의「절정」은 우리 시사에서 첨예한 극한의 상황에서 존재의 전회를 이루어나가는 양상을 날카롭게 보여 주는 대표적인 작품이다.

> 매운 계절季節의 채쭉에 갈겨
> 마츰내 북방北方으로 휩쓸려오다.
>
> 하늘도 그만 지쳐 끝난 고원高原
> 서리빨 칼날진 그우에서다
>
> 어데다 무릎을 꿇어야 하나?
> 한발 재겨 디딜곳조차 없다.
>
> 이러매 눈 감아 생각해 볼밖에
> 겨울은 강철로 된 무지갠가 보다.
>
> —「절정絶頂」 전문

시적 형식이 한시적 4단 구성의 기 · 승 · 전 · 결 구조에 상응한다. 시조의 4단 구성은 고도의 절제미, 안정된 균정미, 절도 있는 파격미, 태평스런

---

17 활연대오란 유가의 활연관통과 유사한 의미인 바, '마음이 활짝 열리듯이 크게 깨달음을 얻는 일'을 가리킨다.

18 송 대의 성리학은 불학佛學을 극복하기 위한 새로운 신유학 운동의 성격을 지녔는데, 정자가 '거경'을 주장하였던 것은 성리학을 불교의 선법의 수준으로 끌어올리기 위한 것이기도 했다. "주자는 불교의 그 치밀한 형이상학과 심리학, 그리고 노장의 광대한 우주론과 관조적 탈속에 도전해야 했기에 그에 버금가는 이기의 형이상학과 성정의 심리학을 일상의 도덕성과 접합하는 사상적 모험을 감행할 수밖에 없었"던 것이다(한형조 외,「불교와 주자학」,『유교의 공부론과 덕의 요청』, 청계, 2004, 참조).

유장미[19] 등을 구비한 균형과 조화의 구현을 추구한다. 「절정絶頂」 역시 가파르고 숨 가쁜 격정과 파격의 정서가 주조를 이루고 있으나 한시적 4단 구성의 형식미학을 통해 정제된 균정미를 획득하고 있다.

시적 화자는 "매운 계절의 채찍", 즉 극도의 억압적인 상황에 내몰리면서 점점 더 험난한 "북방으로 휩쓸려" 온다. 그곳은 "하늘도 그만 지쳐 끝난" 곳이다. 사람은 물론 어떤 생명체도 뿌리 내릴 수 없는 "서리발 칼날"의 금속성의 불모지대이다. "끝"과 "우"가 극한의 정점을 표상하고 있다. "무릎을 꿇"을 곳은 물론이거니와 "한발 재겨 디딜 곳조차" 없다. 백척간두의 극점이 자아내는 비장감이 배어나온다. "매운 계절의 채찍"은 점점 더 가까이 엄습해 오고, 이로부터 더 이상 피할 수 있는 곳도 없어 보인다. 죽음의 절규와 비명이 곧 터져 나올 것 같은 절체절명의 긴장이 감돈다. 여기에서 선택 가능한 자기 구원의 출구는 무엇일까?

이러한 질문 앞에 4연이 전개된다. 그러나 4연의 정조는 의외로 차분하고 안정되어 있다. 화자는 극도의 불안한 상황에 전혀 동요하지 않고 평상심의 어조로 "이러매 눈감아 생각해 볼 밖에"라고 담담하게 진술하고 있지 않은가?[20] 이 시의 씨눈은 "이러매"의 미적 관조에 있다. 시상의 흐름이 접속 부사 "이러매"를 거치면서 절명의 정점으로부터 새로운 차원 변화가 일어난다. 1, 2, 3연에 걸쳐 점층화된 금속성의 수직적 피라미드가 4연에 오면서 부드럽게 전환되고 있는 것이다. "이러매 눈 감아 생각해 볼 밖에"가 죽음, 닫힘, 절망을 소생, 열림, 희망으로 전환시키는 전기를 이루어내고 있다.

한편, 시적 화자가 이처럼 가파른 극한의 정점에서 미적 관조의 세계로 들어갈 수 있었던 배경은 어디에 있었을까? 그것은 이육사에게 유년기부터 깊이 내면화된 유학적 세계관과 전통 의식에서 연원하는 것으로 파악된다.

---

19 김학성, 「시조의 양식적 독자성과 현재적 가능성」, 『한국고전시가의 전통과 계승』, 성균관대학교 출판부, 2009, 299-301면 참조.

20 홍용희, 「시와 선禪의 상관성 한 고찰」, 어문연구학회, 2009. 9, 544면.

그는 절벽처럼 깍아지른 극한의 상황 속에서 유학적 수양의 핵심 명제인 거경궁리居敬窮理의 세계관에 집중하고 있었던 것이다. 이때, 시적 성화聖化가 불꽃처럼 일어난 것이다. "하늘도 그만 지쳐 끝난 고원/ 서리발 칼날진 그 우에"서 "강철로 된 무지개"라는 급격한 존재의 카타스트로프catastrophe가 일어난다. "이러매 눈감아 생각해보는", 마음의 자각적인 집중이 "겨울은 강철로 된 무지개"라는 명제를 낳는 산실인 것이다. 거경궁리의 정신이 타파해 낸 활연관통豁然貫通의 경지이다.

따라서 이 시의 중심점은 "이러매 눈감아 생각해 볼 밖에"에 있다. 그러나 지금까지 이 시에 관한 논의는 대체로 결구의 두 번째 행에만 주목하면서 첫 행에 대한 논의를 소홀히 했다. 그래서 1, 2, 3연의 기·승·전과 4연 결의 불연속적 연속성을 제대로 규명해 내지 못했을 뿐 아니라 정작 4연 2행의 의미도 제대로 규명하지 못했다. 4연의 첫 행에 대해 주목했다고 할지라도 이를 "외적 세계 혹은 상황과의 단절"[21]로 파악하는 것은 시상의 불연속성 속의 연속성이라는 중요한 흐름을 간과하는 오류이다. 앞에서 지적한 활연관통은 거경궁리와 긴밀한 유기적 연관성 속에서 촉발되기 때문이다.

그렇다면 4연의 활연관통의 세계에 해당하는 "강철로 된 무지개"가 가리키는 것은 무엇인가? 지금까지 "강철로 된 무지개"에 대한 논의는 대부분 "강철"과 "무지개"를 각각 나누어서 서로 독립적으로 의미를 규정하고 이를 다시 조합하는 방식으로 전개되었다. 그리하여 전자는 "구속, 죽음, 압박, 도구적, 물질적 삶" 등을 후자는 "자유, 생성, 해방, 정신적 실존" 등을 표상하는 서로 모순된 이미지로 파악하고, 이를 바탕으로 모순의 의미망 위에 겨울의 실존성이 존재한다는 시인의 자각을 표현[22]한 것으로 해명하는 논의가 개진되기도 했다.

그러나 하나의 시적 의미의 수사적 단위는 하나의 생물적 유기체로 인식

21 오세영, 「비극적 초월과 세계인식」, 김용직, 『이육사』, 서강대학교출판부, 1995, 177면.
22 오세영, 위의 논문, 175면.

해야지 분해와 조합이 가능한 기계주의적 인식론의 대상일 수 없다. 따라서, "강철로 된 무지개"를 하나의 의미 실체로 이해하는 것이 바람직하다. 기존 논의의 선입관을 버리고 "강철로 된 무지개", 즉 찬연한 빛을 발하는 견고한 강철의 이미지를 직시하면 어렵지 않게 금강석을 떠올리게 된다. "하늘도 그만 지"치고 "서리빨"이 "칼날 진" 극한의 상황이 금강석을 제련한 토양이며 배경이 되었던 것이다. 여기에서, 금강석은 금강심의 물질적 감각화로 볼 수 있다. 1, 2, 3연의 극한적 상황이 시적 화자가 인식하는 고통스런 현실의 정서적 상관물인 것처럼 4연의 "강철로 된 무지개" 역시 내적 심리의 물질적 반사체이다.

이육사의 산문 「계절의 오행」의 다음 단락은 이를 좀 더 명확하게 인식하는 데 도움을 준다.

> 그러나 시인의 감정이란 얼마나 빠르고 복잡하다는 것을 세상치들이 모르는 것뿐이오. 내가 들개에게 길을 비켜 줄 수 있는 겸양을 보는 사람이 없다고 해도 정면으로 달려드는 표범을 겁내서는 한 발자국이라도 물러서지 않으려는 내 길을 사랑할 뿐이오. 그렇소이다. 내 길을 사랑하는 마음, 그것은 나 자신에 희생을 요구하는 노력이오. 이래서 나는 내 기백을 키우고 길러서 <u>금강심金剛心에서 나오는 내 시를 쓸지언정</u> 유언은 쓰지 않겠소(밑줄: 인용자).

인용문은 "정면으로 달려드는 표범" 앞에서도 물러서지 않는 "기백"을 키우고 길러서 "금강심"에 이르고자 하는 의지를 드러내고 있다. 금강심이란 무엇인가? 그것은 모든 번뇌를 끊을 수 있는 깨달은 자의 견고한 마음을 가리킨다.[23]

---

23 특히 불가에서는 금강경, 금강반야바라밀다경 등에서 드러나듯 금강석을 깨달음의 결정으로 인식한다.

이러한 문맥을 「절정絶頂」의 마지막 연에 대응시키면, "강철로 된 무지개"란 "한발 재겨디딜 곳조차 없는" 극한의 상황 속에서도 추호도 흔들리지 않고 평상심을 지킬 수 있는 "금강심"의 정신 세계를 가리키는 것으로 해석된다. 시적 자아는 극한적인 외적 고통의 상황을 내면화시키면서 동시에 스스로 외적 고통을 고통으로 인식하지 않는 내적 단련의 결정체에 도달한 것이다.

주자는 "사물의 이치를 하나하나 철저히 궁구하여 그 극처極處에 다다르게 되면 궁극적으로 내가 갖고 있는 지식이 천하의 이치와 활연관통豁然貫通하게 됨으로써 내가 본래 가지고 있는 심지心知를 밝힐 수 있고, 그 작용에 의해 정심正心을 이룰 수 있다."[24]고 설명한다. 따라서 시적 화자는 "강철로 된 무지개"의 세계에 진입하면서 본래 가지고 있는 심지心知를 밝힐 수 있고, 정심正心을 이룰 수 있는 단계로 나아간 것으로 해석된다.

한편, 4연 결구에 대한 이러한 해석을 바탕으로 시상의 흐름을 1, 2, 3연 간의 관계성 속에 초점을 두고 다시 읽어보기로 한다. 그동안 많은 논자들은 1, 2, 3연에서 4연으로 전개되는 마디절을 수동형에서 능동형으로의 전이점으로 파악하고, 이를 전제로 "비극적 황홀"[25] "비극적 초월"[26] "자기 소멸을 통한 상황 초월"[27] 등으로 진단해 왔다. 그러나 이것은 시적 내면의 심리적 층위의 흐름을 좀 더 섬세하게 고려하지 않은 결과로 이해된다. 이들의 논의는 1연의 "매운 계절의 채쭉에 갈겨/ 마츰내 북방으로 휩쓸려 오다"에서 "휩쓸려 오다"의 피동형에 지나치게 얽매인 데에서 비롯된다. 시적 화자가 "매운 계절의 채쭉에 갈겨" 북방의 고원으로 밀려온 것 역시 심리적 층위에서는 "매운 계절"과 타협하지 않으려는 능동적인 선택의 결과이다. 이 점은 "마츰내"라는 부사어의 사용에서도 엿볼 수 있다. "마츰내"라는 부사

24 이상은, 『퇴계의 생애와 학문』, 예문서원, 1973, 167-169면 참조.
25 김종길, 「한국시에 있어서의 비극적 황홀」, 『시에 대하여』, 민음사, 1986, 410면.
26 오세영, 「비극적 초월과 세계인식」, 『이육사』, 서강대학교출판부, 1995.
27 이남호, 「비극적 황홀의 순간 묘파」, 『문학사상』, 1986년 2월호.

어는 선행하는 부정적인 내용의 문장을 극복하고 난 다음, 바로 이어지는 후행의 문장의 내용을 긍정할 때 쓰이는 용언이다. 따라서, 시적 자아가 북방의 가파른 고원으로 휩쓸려 온 것은 능동적인 의지의 선택지였던 것으로 해석된다. 또한 2연의 "서릿발 칼날진 그 우에 서다"에서 "서다"는 주체적인 능동성을 드러내는 용언이다. 따라서 3연의 "어데다 무릎을 꿇어야 하나/ 한발 재겨 디딜곳 조차 없다"를 "막다른 벼랑 앞에서 무릎 꿇고자 함을 보여"[28] 주는 것이 아니라 '무릎을 꿇도록 강요당한다 할지라도 이에 굴복하지 않을 수 있는 공간적 상황'에 와있음으로 해석된다. 시적 화자가 "북방"의 "서릿발 칼날진" 곳으로 "휩쓸려" 온 까닭이 "매운 채쭉"에 굴복하며 살지 않기 위한 의도였기 때문이다. 다만, "서릿발 칼날"처럼 혹독한 북방의 고원에서 스스로 이를 감당하며 살아갈 수 있는 방법 찾기가 관건이다. 과연 그것은 무엇일까? "이러매 눈감아 생각해 볼 밖에". 거경궁리에 돌입하지 않을 수 없다. 그리고 거경궁리의 극점에서 스스로 금강심으로 무장하는 것, 즉 "강철로 된 무지개"를 만나고 있는 형국이다.

이와 같이 자기 단련의 결정체로서 스스로 "강철로 된 무지개"의 차원에 이르면, "동방은 하늘도 다 끝나고/ 비 한방울 나리잖는 그때에도/ 오히려 꽃은 빨갛게 피"는 것처럼 "내 목숨을 꾸며 쉬임 없는 날"을 맞이할 수 있는 방법과, "북北쪽 「쓴드라」에도/ 찬 새벽은/ 눈속 깊이 꽃 맹아리가 옴자거려/ 제비떼 까맣게 날라오길 기다리"면서 "마침내 저바리지 못할 약속約束"(「꽃」)을 지킬 수 있는 내공을 확립하게 되는 것이다.

4. 활연관통豁然貫通의 기상과 예언적 울림

이육사의 시 세계는 불모와 상실의 현실에 시달리고 지치면서도 거경의

28 오세영, 위의 논문, 171면.

자세를 견지하고 실천해 왔으며 나아가 궁리의 과정을 통해 가혹한 고통의 극점에서 자기 구원과 초극의 방법을 터득해 나가는 면모를 보여 주었다. 이러한 일련의 과정은 거경궁리의 과정을 통한 활연관통의 세계로 정리해 볼 수 있다. 특히 거경궁리에서 활연관통으로의 전이가 도올하게 빛나는 지점을 「절정絕頂」에서 구체적으로 목도할 수 있었다. 이제, 「광야廣野」「청포도」 등의 작품에 이르면 활연관통의 기상이 거침없이 우주적 무한으로 확장되고 있음을 볼 수 있다. 「절정絕頂」에서는 폐쇄적인 정언의 형태로 드러난 활연관통의 명제가 다음 시편에서는 시공간의 경계를 가로질러 아득한 「광야廣野」 속으로 거침없이 펼쳐지고 있다.

까마득한 날에
하늘이 처음 열리고
어데 닭 우는 소리 들렸으랴

모든 산맥山脈들이
바다를 연모戀慕해 휘달릴때도
차마 이곳을 범犯하던 못하였으리라

끊임 없는 광음光陰을
부지런한 계절季節이 피여선 지고
큰 강江물이 비로소 길을 열었다

지금 눈 나리고
매화향기梅花香氣 홀로 아득하니
내 여기 가난한 노래의 씨를 뿌려라

다시 천고千古의 뒤에

백마白馬타고 오는 초인超人이 있어

이 광야曠野에서 목놓아 부르게 하리라

—「광야廣野」 전문

　시적 분위기가 우리 시사에서 유래를 찾기 어려운 원대하고 웅혼한 대륙
적인 풍모[29]를 느끼게 한다. 천·지·인의 기원 신화에서부터 아득한 미래
의 역사적 예언이 한자리에서 연속성을 이루고 있다. 이처럼 거침없는 우
주적 상상력이 전통적인 한시적 4단 구성의 기·승·전·결의 원리 속에
포괄되면서 고전적 절도와 기품을 획득하고 있다. 1, 2연이 기, 3연이 승,
4연이 전, 5연이 결에 해당한다. 신화적 무한으로 치닫는 시적 상상이 정
제된 형식 미학과 만나면서 수렴과 확산의 탄력적인 긴장력과 역동성을 획
득하고 있다.

　1, 2연은 하늘(천)과 땅(지), 3연은 인간(인)의 기원 신화가 각각 제시되고
있다. 1연은 "하늘이 처음 열리"는 근원의 신성한 세계이다. 근원의 시간은
창조적 생명의 에너지가 넘쳐흐르는 절대적 신성의 찰나이다. 태초의 신성
성이 "어디 닭 우는 소리 들렸으랴"는 반어적인 어법을 통해 절도 있게 그려
지고 있다. '어디 닭 우는 소리조차 들렸겠는가?'라는 질문으로 태초의 절대
적 신성성을 집약적으로 그려내고 있는 것이다.

　2연은 땅의 기원 신화를 노래하고 있다. 여기에서는 "모든"이라는 전체
관형사, "휘"달린다라는 강세 접두사, "차마"라는 절대 부사가 "범하던 못하
다"라는 단정적 서술과 결합함으로써 웅장한 남성주의와 대륙적 기상을 일
깨워 준다.[30] 그 어떤 불순물도 섞일 수 없었던 신성한 절대 공간으로서 "이
곳"의 기원이 노래되고 있다.

　3연은 하늘과 땅이 열린 이래 "끊임없는 광음光陰"과 "계절"의 무수한 반

29 정한모, 「육사시의 특질과 시사적 의의」, 『나라사랑』 16집, 1974.
30 김재홍, 「투사의 길, 시인의 길」, 『한국현대시인연구』, 일지사, 1984 참조.

복을 거쳐 인간 문명이 열리기 시작했음을 노래하고 있다. 3행의 "비로소"는 1, 2연의 하늘과 땅의 신화가 인간 세상의 출현을 기다려왔음을 암시한다. 그리하여 마침내 우주의 만물을 생성시키고 다스리는 천·지·인 삼재의 원리가 형성된 것이다.

시적 구성 원리의 기승전결에서 전 단락에 해당하는 4연에 이르면 시공간의 거리를 훌쩍 뛰어넘어 현재적 상황이 전개된다. "지금 눈내리고 매화향기 홀로 아득"한 장면이 펼쳐진다. 반복되는 계절적 순환의 새로운 제의적 출발의 시간이다. 1, 2, 3연이 천지인의 태초의 생성 과정을 노래했다면 4연은 1연 단위 속에서 반복되는 제의적 순환의 원형이다. 이때 시인은 "여기 가난한 노래의 씨"를 뿌린다. 시적 정황으로 보아 이 "노래"는 기원 신화의 신성성을 머금고 있는 제의적 주술이다. "닭우는 소리"도 들릴 수 없었고 "차마 이곳을 범하"지 못했던 신성한 과거는 신성한 미래를 재생시키는 주술적 동력으로 작용할 것이다. 이를 당시의 시대 상황과 연관시켜 볼 때, "이육사는 신화적인 사제자로서 조국의 재생 제의, 잃어버린 모국의 신춘 제의를 집행하고 있는 사제자"[31]라고 할 것이다.

마지막 결의 단락에 해당하는 5연은 미래의 예언자적 울림을 노래하고 있다. "다시 천고千古의 뒤에"에서 "천고千古"란 천년을 뜻하는 것이 아니라 다가올 새로운 시대를 가리키는 것으로 해석된다. 이 시의 시상 전개가 이미 처음부터 현실 세계의 논리적 규정을 넘어서고 있기 때문에 수치적 표현의 실재에 얽매일 필요는 없다. "백마白馬 타고 오는 초인超人이 있어/ 이 광야에서 목놓아 부르게 하리라"에서 "백마白馬 타고 오는 초인超人"은 1, 2, 3, 4연에 나타난 시적 정황의 연속성 속에서 살펴볼 때 우주적 존재 원리의 이법을 통찰해 내는 활연관통豁然貫通의 주체로 해석된다. 다시 말해, 그는 천지인의 삼재 원리에 해당하는 기원의 신화와 미래적 삶의 원형을 직시할 수 있는 현자인 것이다. 그를 통해, "내 여기 가난한 노래의 씨를" "이 광야

31 김열규, 「〈광야〉의 씨앗」, 『이육사』, 서강대학교 출판부, 130면.

에서 목놓아 부르게 하리라"는 것은 이 광야에 신성한 제의적 재생의 주술
이 실현되도록 하겠다는 것이다. 이것은 또한 이 광야의 미래에 기원의 신
성성의 재현이 다시 이루어질 것이라는 예언적 울림에 다름 아니다. 활연
관통의 통찰력이 제기하는 예언자적 지성이 웅혼한 남성적 어조를 통해 울
려 퍼지는 현장이다.

　한편, 다음 시편은 활연관통의 주체에 해당하는 "백마白馬 타고 오는 초
인超人"이 "청포를 입고 찾아 오"는 "손님"의 이미지로 변주되고 있어 더욱
주목을 환기한다.

　　　　내 고장 칠월七月은
　　　　청포도가 익어가는 시절

　　　　이 마을 전설이 주저리 주저리 열리고
　　　　먼데 하늘이 꿈 꾸며 알알이 들어와 박혀

　　　　하늘밑 푸른 바다가 가슴을 열고
　　　　흰 돛단 배가 곱게 밀려서 오면

　　　　내가 바라는 손님은 고달픈 몸으로
　　　　청포를 입고 찾아 온다고 했으니

　　　　내 그를 맞아 이 포도를 따 먹으면
　　　　두 손은 함뿍 적셔도 좋으련

　　　　아이야 우리 식탁엔 은쟁반에
　　　　하이얀 모시 수건을 마련해 두렴

　　　　　　　　　　　　　　　　　　—「청포도」 전문

이 시는 기다림의 정서를 노래하고 있다. 기다림의 대상은 "청포를 입고 찾아"오는 손님이다. 어째서 손님은 "청포"를 입고 있을까? 그것은 "내 고장 칠월七月"의 "청포도"의 비밀과 연관된다. "내 고장 칠월七月"의 "청포도"는 "이 마을 전설"과 "먼데 하늘의 꿈이" "알알이 들어와 박혀" 있다. "청포도"가 우주적 존재성을 지닌다. 이것은 앞의 「광야」에서 논의한 천 · 지 · 인의 삼재 원리와 그 기원 신화가 스며있는 "청포도"라고도 설명된다. 따라서 "청포를 입고 찾아 오"는 "손님"은 우주의 존재 원리를 통찰하는 활연관통의 주체로 설명되는 "백마白馬 타고 오는 초인超人"의 또 다른 모습이라고 할 수 있다. 따라서 "내 그를 맞아 이 포도를" 함께 "따 먹는"다는 것은 "다시 천고千古의 뒤에/ 백마白馬 타고 오는 초인超人"과의 만남을 가리킨다. "내 그를 맞아 이 포도를 따 먹으면/ 두 손은 함뿍 적셔도 좋으련"이라고 하는 것은 그와의 만남이 더욱 깊고 의미 있기를 바라는 소망이다.

한편, 여기에서 가장 중요한 것은 "청포靑袍를 입고 찾아"오는 "손님"을 기다리는 '나'의 정체는 무엇인가 하는 것이다. 그것은 역시 「광야」의 분석에서 도출한 "조국의 재생 제의, 잃어버린 모국의 신춘 제의를 집행하고 있는 사제자"로서의 시적 화자라고 할 것이다. 실제로 시적 배경이 신화적 사제의 거처에 어울리는 환상적 분위기를 자아내고 있다. 따라서 신화적 사제자인 시적 화자가 "다시 천고千古의 뒤에/ 백마白馬 타고 오는 초인超人"에 해당하는 "청포靑袍를 입고 찾아"오는 "손님"과 만난다는 설정은 신성한 미래 역사의 재현이 멀지 않았다는 것을 가리키는 것으로 해석된다. "백마白馬 타고 오는 초인超人"은 "내 여기 가난한 노래의 씨앗"을 "이 광야에서 목 놓아 부"를 당사자이기 때문이다. 이렇게 보면, 이 시는 결국, 이육사가 도달한 거경궁리와 활연관통의 시적 삶이 직시하는 신성한 미래의 역사에 대한 예언자적 지성이며 울림이라고 할 것이다.

5. 결론

지금까지 이육사의 시 세계에 대해 유학적 수양의 이론적 방법론과 실천에 해당하는 거경궁리와 활연관통의 세계관에 입각하여 조망해 보았다. 이것은 이육사의 시 세계의 근간을 이루는 유학적 전통 의식과 선비적 지절의 세계를 이루는 실체를 구체적이고 섬세하게 규명하는 의미를 지닌다. 그는 항일운동가의 급박한 실천적 삶 속에서도 마음의 균정을 잃지 않고 그 본원적 의미와 가치를 탐색하는 거경궁리의 정신을 지속적으로 보여 주었다.

이육사의 직계 조상이기도 한 퇴계 이황은 거경궁리에서 궁리에 대해 "같은 것에 나아가서도 다른 것이 있음을 알고 다른 것에 나아가서도 같은 것이 있음을 보아야 하며, 둘로 나누어도 일찍이 분리되지 않는 것을 해치지 아니하며 합쳐서 하나로 만들어도 실제로는 서로 뒤섞이지 않는 데 귀착되어야"[32] 함을 강조한다. 거경의 정신을 바탕으로 추구하는 일관되면서도 유연하고 입체적인 궁리의 방법론을 제기하고 있다. 이육사의 시편에 자주 등장하는 수렴/확산, 소멸/생성, 부정/긍정 등의 불연속적 연속성이나 역설적이고 탄력적인 시적 인식론은 이러한 거경궁리의 정신과 자세에서 연원하는 것으로 해석된다. 그가 극명한 고통의 표상인 수인 번호였던 이육사二六四를 자신의 필명 이육사李陸史로 새롭게 전환시킨 역설적인 면모도 거경의 유연하고 입체적인 관조적 객관화에서 연원하는 것으로 보인다.

또한 그의 시적 삶은 거경궁리의 극점에서 활연관통의 경지를 타파해 나가는 면모를 유감없이 보여 주었다. 그의 시적 정신사의 지형은 1930년 「말」을 통해 등단한 이래 「절정」을 분수령으로 하여 「꽃」 「광야」 「청포도」 등에 이르면 활연관통의 직관을 통한 예언자적 지성이 본격적으로 노래되고 있다. 특히 「광야」의 경우 신화적 무한으로 치닫는 활연관통의 세계는 궁극적으

---

32 정범진, 『증보퇴계전서』 권3, 1985, 185면.

로 "다시 천고千古의 뒤"에 새롭게 현현될 역사적 신성성을 직시하는 예언자적 확신의 노래로 펼쳐지고 있음을 볼 수 있다. 이와 같은 이육사의 예언자적 지성은 비단 일제강점기로부터의 해방의 의미로 국한되지 않는다. 천 · 지 · 인 삼재 원리를 관통하는 기원 신화의 신성성은 다시 "천고千古"의 뒤로 이어지는 유구한 미래 역사의 창조적 재현의 원형적 주술로서 작용하기 때문이다. 따라서 이육사의 거경궁리와 활연관통의 시 세계는 고답적인 과거형이 아니라 오늘날의 노래이며 미래형의 노래로서 영원성을 지닌다고 할 것이다.

마음의 미의식과 허무 의지
—김영랑론

1. 서론: 마음의 미감과 그 파탄의 도정

김영랑의 시적 삶은 마음의 노래와 그 파탄의 미적 행로로 요약해 볼 수 있다. 이미 선행 연구에서 여러 차례 논의되었던 바처럼,[1] 1930년《시문학》에 「동백닙에 빗나는 마음」을 비롯한 열세 편의 작품을 발표하면서 시단에 등장한 이래 1950년 작고하기까지 그가 남긴 87편의 시에서 가장 압도적으로 많이 등장하는 시어는 "마음"이다. 그의 시 세계 속 중심음은 내밀한 마음의 작용과 감응에 따라 결정되는 양상을 보인다.

그렇다면 마음이란 무엇인가? 마음은 우리에게 너무도 친숙한 용어이지만 그러나 정작 어떤 실체도 형태도 없다. 그래서 마음에 대한 개념 규정을 위한 시도는 당혹감에 부딪히게 된다. 다만, 일반론적인 층위에서 논의를 개진해 보면, 마음이란 논리적, 이성적 사고 이전의 본질적이고 생래적

---

1 김영랑의 시에 마음이라는 시어가 자주 등장한다는 점을 주목한 논문으로는 '정한모, 「김영랑론」, 『문학춘추』 1권 9호, 1964.; 김학동, 「영랑 김윤식론」, 『한국현대시인연구』, 민음사, 1977.' 등이 대표적이다.

인 차원의 감성적, 추상적 영역에 해당되는 것으로 이해할 수 있다. 그래서 마음의 영역에는 감각과 의미, 경험과 선험, 구체와 보편, 내재성과 초월성, 지각과 체험 등이 분리되지 않은 전일적 특성을 지닌다. '마음이 차다' '마음이 따뜻하다' 등과 같은 표현은 마음의 추상적이고 전일적인 특성을 보여 준다.

　불교 철학에서 마음은 모든 존재를 인지하는 거울과 같은 존재로서 세계관의 바탕을 이루는 본래면목을 통칭한다. 그래서『화엄경』에서는 "만일 어떤 사람이 삼세 일체의 부처를 알고자 한다면(약인욕료지삼세일절불若人欲了知三世一切佛), 마땅히 법계의 본성을 관하라(응관법계성應觀法界性). 모든 것은 오로지 마음이 지어내는 것이다(일절유심조一切唯心造)"라고 하여 윤회의 실상 역시 마음이 일으키는 업으로 규정한다. 그래서 불가에서는 본래의 마음을 찾는 마음공부의 중요성을 역설한다.

　한편, 최근 과학자들의 연구 결과에 따르면, 마음은 뇌의 작용이다. 뇌의 모든 기능이 활성화된 총체로서 마음이 나타난다는 것이다. 그래서 마음의 정의를 '정보를 수집, 처리, 보관하는 뇌의 고등 기능'으로 요약한다. 이렇게 보면, 따뜻한 마음은 '나의 뇌가 외부의 자극에 대해서 반응할 때 상대방이 따뜻한 감정을 느낄 수 있도록 내 몸의 행동을 조절하고 명령하는 것이다'.[2] 그렇다면, 모든 사람들이 비슷한 뇌를 가지고 있으나 제각기 마음이 다른 까닭은 무엇일까? 그것은 사람마다 이미 형성된 100조가 넘는 뉴런 네트워크에 투입된 정보의 차이와 부모로부터 물려받은 유전자 정보에 차이가 있기 때문이다. 여기에서도 추론할 수 있는 마음이란 신경세포 뉴런, 시냅스, 유전자 정보 등이 유기적으로 어우러진 결정체이면서 동시에 몸의 행위와 의지를 총괄하고 조절할 수 있는 형이상학적인 주체라는 것이다.

　한편, 김영랑의 시 세계에 등장하는 마음의 실체란 어떠한가? 그것 역

2 이영돈, 『마음』, 예담, 2006, 20-32쪽 참조.

시 앞에서 논의한 내용들처럼 자신의 고유한 생래적 특성과 형질의 포괄적인 반영태로서 전일적이고 추상적인 미분성의 대상으로 이해할 수 있다. 특히 1930년대《시문학》파의 중심 멤버였던 그의 시 세계가 추구한 마음의 세계는 지성적인 요소가 스며들기 이전의 '투명하고 자연발생적인' 근원 심상의 단계에 해당한다. 따라서 마음의 층위는 박용철이 김영랑의 시 세계에 대해 지적한 바처럼 "세계의 정치경제政治經濟를 변혁變革하려는" 이성적인 정신사의 층위보다 더욱 근원적인 "우리의 신경을 변혁시키려는" 층위에 해당하는 것이다.[3]

그래서 그가 강조하는 '마음'이 시상의 중심음을 이루면 시적 정조와 감각이 매우 부드럽고 유려하게 순화된 형태로 형상화되는 양상을 드러낸다. 외부 세계에 대한 체험과 인식이 생래적이고 추상적이고 전일적인 '마음'의 망막을 통해 반사되는 것이 그의 시 창작 방법론의 특성인 것이다.

그래서 그의 초기 시편에는 체험적 현실의 고통이 구체적으로 제기되지 않고 부드럽고 유려한 시적 정조의 저변에 드리워진 음영으로 추상화되어 배어 나온다. 그러나 1930년대 후반을 마디절로 하는 중기의 시 세계와 해방 이후 후기의 시 세계에 이르면,[4] '자연발생적인' 차원의 마음의 질서가 파탄되면서 현실 삶에 대한 비애, 부정, 허무의식 등이 '날것'의 언어로 직접

---

3 그의 시詩에는 세계의 정치경제政治經濟를 변혁變革하려는 류類의 야심野心은 추호秋毫도 없다. 그러나 "너 참 아름답다. 거기 멈춰라"고 부르짖은 한 순간瞬間을 표현表現하기 위하야, 그 감동感動을 언어言語로 변형變形시키기 위하야 그는 사신적捨身的 노력努力을 한다. 그는 우리의 신경을 변혁시키려는 야심이 있는 것이다(박용철, 「병자시단丙子詩壇의 일년성과一年成果」, 『박용철전집朴龍喆全集』 2권, 시문학간詩文學刊, 1940).

4 김영랑의 작품 활동에 대한 시기 구분은 대체로 초기시(1930~1935)와 후기시(1940년 전후~1950)로 이분하는 경우와 초기 시(1930~1935), 중기 시(1938~1940), 후기 시(1946~1950)로 삼분하는 경우가 있다. 이러한 시기 구분의 차이는 초기 시 세계가 순수자아의 섬세한 내면의식이라는 점에서 공통적이지만 1930년대 후반 이후의 시 세계를 사회의식의 확장과 비판 정신으로 뭉뚱그리는 경우와 일제 치하와 변별되는 해방 이후의 시대 상황, 참여의식의 강도, 산문성의 농도 등의 차이를 고려하는 경우이다.

표출되는 양상을 보인다. 이때, 그의 시 세계에서 시적 언어를 불러들이고 모아서 절묘한 미감으로 형상화해 내는 전통적인 남도의 운율도 휘발되고 만다. 일제의 가혹한 탄압과 해방 직후의 혼란 그리고 전쟁으로 이어진 격동의 역사가 마음의 평정과 운용 원리를 파탄시킨 것이다. 이것은 또한 그의 탈역사적인 마음의 언어가 격동의 역사의 소용돌이를 헤쳐나가지 못한 채 파산되고 만 것으로 해석된다. 그래서 그의 현실에 대한 직접적인 부정과 비탄의 언어는 점차 허무의식으로 떨어지면서 시적 밀도와 균형감각을 잃게 되는 국면에 처하게 된다. 자연발생적인 마음의 언어를 상실함으로써 시적 사회성과 역사의식을 획득하는 결과로 연결되지 못한 것이다. 그리고 전쟁의 소용돌이 속에서 그만 목숨을 잃게 되면서[5] 그의 결 고운 서정 세계와 정치의식이 탄력적으로 결부된 새로운 시적 가능성은 완전히 차단된다. 여기에서는 이와 같이 김영랑의 시 세계를 마음의 미감과 그 파행의 과정이라는 전제 속에서 순차적으로 고찰하고자 한다.

2. 마음의 언어와 '촉기燭氣'의 미의식

주지하듯, 김영랑은 1930년 《시문학》파의 가장 핵심적인 창립 멤버이다. 《시문학》을 창간한 박용철의 "내가 시문학을 하게 된 것은 영랑 때문"[6]이었다는 고백에서도 볼 수 있는 바처럼 김영랑은 《시문학》파의 순수시론의 지향성에 가장 부합하는 면모를 보인다. 《시문학》파의 가장 핵심적인 시적 지향성은 박용철이 김기림의 「오전午前의 시론詩論」에서 표방한 "생리生理에서 출발한 시를 공격하고 지성의 고안考案을 주장한 것"을 비판하면서

---

5 김영랑은 1950년 9월 27일 서울 장충동 친척 집에서 은신하다가 복부에 파편을 맞고 이틀 후인 29일 47세의 나이로 사망하고 말았다.

6 『박용철 전집』 제2권, 〈후기〉, 시문학사, 1940 참조.

오히려 시란 "생리生理의 소산"이라고 강조한 논지에서 선명하게 드러난다.[7] 박용철이 주장한 생리에 바탕을 둔 시란 어떤 특정한 감정이나 형이상학적인 지성의 요소가 배제된, 자연발생적 서정이 순수하게 표출된 시를 가리킨다. 그리하여《시문학》파의 시 세계는 주제론적인 측면에서 볼 때에도 모더니즘의 문명 비판이나 내면 성찰, 생명파의 생의 근원적 고뇌, 청록파의 자연 인식과 같은 형이상학적인 지평이 없[8]는 특성을 보인다.

바로 이와 같이《시문학》파의 지성적 요소가 개입되기 이전의 자연발생적인 정서적 양상이 김영랑의 시 세계에서는 "내 마음"의 감각과 리듬으로 표상된 것으로 파악된다. 그의 시에서 "마음"이 자연발생적인 근원 심상에 해당한다는 것은 다음과 같은 시편을 통해 확인해 볼 수 있다.

돌담에 소색이는 햇발가치
풀아래 우슴짓는 샘물가치
내마음 고요히 고흔봄 길우에
오날하로 하날을 우러르고 싶다

—「돌담에 소색이는 햇발」(1930. 5.) 부분

가장 근원적인 자연 심상과 동일성을 지향하는 주체로서 "내 마음"이 등장하고 있다. "내 마음"이 곧 "햇발"과 "샘물"이 되고자 하는 것이다. 그리하여 "오날하로 하날을 우러르고 싶다". 온종일 하늘을 우러르고 싶다는 것은 이미 인간의 지성적 판단과 의지의 차원 밖에서 가능한 목소리이다. 가장 근원적인 자연적 자아로서 인간의 "마음"이 강조되고 있는 것이다.

그의 "마음"은 이처럼 본질적이고 자연발생적인 근원에 해당하기 때문에 이를 제대로 이해하고 공유할 수 있는 대상을 찾기란 어려운 일이다. 다음

---

7 박용철, 「을해시단총평乙亥詩壇總評」,《동아일보》, 1935. 12. 25.
8 오세영, 『20세기 한국시 연구』, 새문사, 1989 참조.

시편은 이러한 정황을 노래하고 있다.

내마음을 아실 이
내혼자ㅅ마음 날가치 아실 이
그래도 어데나 게실것이면

내마음에 때때로 어리우는 티끌과
소김없는 눈물의 간곡한 방울방울
푸른밤 고히맺는 이슬가튼 보람을
보밴듯 감추엇다 내여드리지

아! 그립다
내혼자ㅅ마음 날가치 아실이
꿈에나 아득히 보이는가

행말근 옥玉돌에 불이 다러
사랑은 타기도 하오련만
불비테 연긴듯 히미론 마음은
사랑도 모르리 내혼자ㅅ마음은

―「내마음을아실이」(1931. 10.) 전문

시적 정조와 감각이 매우 여리고 섬세하고 아름답다. 주로 유성음(ㄴ, ㄹ, ㅁ, ㅇ)으로 이루어진 부드럽고 결 고운 시적 어감이 형체가 없는 "마음"의 심상을 감각화하는 데 효과적인 역할을 하고 있다. 시상의 흐름을 따라가면, "내 마음" "날가치 아실이"는 그 어디에도 없다. 그것은 다른 사람들과 공유하기 어려운 깊은 내면의 고유한 개별성에 해당되기 때문이다. 그리하여 그곳에는 "소김업는 눈물"이나, 은밀하게 맺히는 "이슬가튼 보람"

이 머문다. 자신의 가장 순연한 진정성과 본래의 모습이 내재하는 곳이다.

시적 화자는 자신의 간곡한 내면을 공유할 수 있는 대상을 그리워한다. 그러나 그것은 "꿈에나 아득히 보"일 따름이다. "불비테 연긴듯" 스쳐 가는 "히미론 마음"을 감지할 수 있는 대상은 어디에도 없기 때문이다. 이 점은 물론 "내 마음"의 은밀성을 강조하는 것이지만 동시에 세속화된 외부 세계와의 불화를 가리키는 것으로도 해석된다. 외부 세계는 이미 그 본성을 상실했기 때문에 자신의 순연한 "마음"과 소통하지 못한다는 것이다.

한편, 이 시편은 외부 세계의 비루성과 그에 따른 자신과의 소통 부재에서 오는 단절감과 소외 의식을 노래하고 있지만 기본적인 시적 미감은 가볍고 투명하고 순백하다. 시적 내용과 표현 방식이 서로 대칭적으로 충돌하고 교차하는 '엇'의 형식[9]을 이루고 있다. 슬픔과 비애를 슬픔과 비애로 직접 표출하지 않고 오히려 아름답고 경쾌한 시적 표현을 통해 노래하는 이러한 역설의 방식은 김영랑이 직접 전언한 바 있는 "촉기燭氣"의 미의식에 해당되는 것으로 풀이된다.

> 영랑永郎은 남창男唱으론 임林방울의 소리를 좋다 하고, 여창女唱으론 이화중선李花中仙과 그 아우 이중선李中仙의 소리를 좋다고 소개紹介하면서, 특特히 이중선의 소리엔 '촉기燭氣'가 있어 더 좋다고 했다.
>
> '촉기燭氣'라는 것은 무엇인가 물으니, 그것은 같은 슬픔을 노래부르면서도 그 슬픔을 딱한데 떨어뜨리지 않는 싱그러운 음색音色의 기름지고 생생生生한 기운을 말하는 것이라 했다.
>
> 나는 물론 이 전前에도 이화중선李花中仙 형제兄弟의 소리판을 들어본 일이 없었으므로 그의 교시敎示에 의依해서 이날, 이 두 형제兄弟의 소리들을 유의留意해서 비교比較하여 들어 보았다.

---

9 판소리나 민요에서 내용과 표현 간의 반대일치 혹은 역설적 표현을 일컫는 용어이다.

들어 보니, 아닌게아니라 형兄 이화중선李花中仙의 육자六字백이의 그
오랜 슬픔의 이끼 묻은 음조音調들에 비比해, 아우 중선中仙의 소리의
촉기燭氣라는 것은 내게도 이해理解가 갔다.
그리고 동시同時에 영랑永郎이 중선中仙의 소리를 소개紹介하면서 말하
고 있는 그 '촉기燭氣'라는 것은, 바로 영랑永郎 자신自身의 시詩의 특
질特質이기도 하다는 것을 나는 이때 깨달았다.
슬픔이라 하더래도 그의 시詩는 모두 충분充分한 '촉기燭氣'들이 있는
것이다.[10]

　촉기란 무엇인가? "슬픔을 노래 부르면서도 그 슬픔을 딱한데 떨어뜨리
지 않는 싱그러운 음색音色의 기름지고 생생生生한 기운"을 가리킨다. 바로
이 전통적인 판소리의 미의식인 "촉기"가 앞의 시편 「내마음을아실이」의 미
적 방법론과 상응한다는 점을 알 수 있다.
　전라도 강진의 대지주 집안이었던 김영랑은 집 뜰에 300여 그루의 모란
을 알뜰히 가꾸고 소리꾼을 수시로 청하여 풍류를 즐긴 것으로 전한다. 그
의 시편에서 「북」「거문고」「가야금」 등의 악기가 제목으로 전면에 등장하는
데에서도 볼 수 있는 바처럼, 거문고, 북, 가야금 등의 전통악기를 가까이
했으며, "서울에서 외국인 초청 음악회나 유명한 음악회가 있다 하면 원근
을 막론하고 올라와서" 관람할 정도로 열성적이었다고 한다.[11] 이와 같은 음
악과의 깊은 친연성이 '촉기'의 미적 방법론을 내면화하여 16세의 이른 나이
에 겪은 상처喪妻의 고통과 식민지 현실의 고통 속에서도 빼어난 언어 감각
과 유미주의적 미의식을 유감없이 구사하는 데 동력이 되었던 것으로 보인
다. 또한 그의 시편에는 "눈물/슬픔/서러움/애닳음" 등의 직접적인 정감의

10　서정주, 〈영랑의 일〉, 《현대문학》 96호, 1962. 12.
11　남형원南亨媛, 「새 자료資料를 통해 본 김영랑金永郎의 생애生涯」, 「문학사상」, 1974.
　　9 참조.

이미지가 자주 등장하지만 방만한 감상으로 편향되지 않고 내밀한 절조를 견지하는 양상을 보인다. 이 점 역시 '촉기'의 방법론이 지닌 역설적 긴장을 통한 미의식의 연속성으로 파악할 수 있다.

그러나 이러한 자연발생적 순연성을 지향하는 마음의 노래는 점차 파탄의 행로를 걷게 된다. 1935년 『영랑시집永郎詩集』이 발간된 이후 4년여의 공백기를 거친 이후 발표된 중기 시와 다시 6년여의 공백기를 지나 발표하기 시작한 후기 시들에서는 시적 주조음을 이루던 마음의 근원 심상과 촉기의 미의식이 사라지고 직서적인 화법과 날카로운 부정의 언어가 전면에 등장한다.

3. 마음의 파탄과 부정의 정신

앞에서 지적한 바대로 김영랑의 초기 시 세계는 "슬픈 것이건 기쁜 것이건 간에 두루 촉기燭氣가 있"었으며, 그래서 "그의 슬픔은 암담하지 않고 일종의 싱싱함을 지"[12]니고 있었다. 그러나 1930년대 후반부터 그의 시 세계는 "촉기"가 배어 나오는 마음의 평상심을 상실하게 되면서 시적 어조와 성향의 전환을 겪게 된다. 그것은 맑고 투명한 마음에 "독毒"이 차오르고 있었기 때문이다. "돌담에 소색이는 햇발"이나 "풀아래 웃음짓는 샘물" 같은 자연스런 마음의 평온이 "독毒"의 야수적 공격성으로 대체되고 있는 것이다.

> 내 가슴에 독毒을 찬지 오래로다
> 아직 아무도 해害한일 없는 새로 뽑은독毒
> 벗은 그 무서운 독毒 그만 흩어버리라 한다

---

12 서정주, 『서정주문학전집 5』, 일지사, 1972, 119쪽.

나는 그독毒이 선뜻 벗도 해害할지 모른다 위협하고

독毒 안 차고 살아도 머지 않어 너 나 마주 가버리면
누억천만屢億千萬 세대世代가 그 뒤로 잠잣고 흘러가고
나중에 땅 덩이 모자라져 모래알이 될 것임을
「허무虛無한듸!」 독毒은 차서 무엇 하느냐고?

아! 내 세상에 태어났음을 원망 않고 보낸
어느 하루가 있었던가 〈허무處無한듸!〉 허나
앞뒤로 덤비는 이리 승냥이 바야흐로 내 마음을 노리매
내 산체 짐승의 밥이되어 찢기우고 할퀴우라 네 맛긴 신세임을

나는 독毒을 차고 선선히 가리라,
마금날 내 외로운 혼魂 건지기 위하여

———「독毒을 차고」(1939. 11.) 전문

　1935년 이래 4년여의 공백기 이후 발표한 시에서 김영랑은 "독毒"이 차오
른 가슴을 내보이고 있다. "독毒"은 상대를 해치는 야수적인 공격성을 속성
으로 한다. "독毒 안 차고 살아도 머지않어 너 나 마주 가버리면" "모래알"
이 되고 말 인생사에서 과연 저주와 공격의 "독毒은 차서 무엇 하느냐고?"
스스로 반문해 본다. 그러나 시적 화자는 "독毒"으로 무장하지 않을 수 없
다. "앞뒤로 덤비는 이리 승냥이 바야흐로 내 마음을 노리"고 있는 상황이
기 때문이다. 그에게 "독毒"은 절박한 방어기제이다. 다시 말해, 외부 세계
의 독이 침입하는 상황으로부터 자신을 지키기 위해 시적 화자의 내면으로
부터 "독毒"이 필요한 형국이다. 시적 화자는 이제 "나는 독毒을 차고 선선
히 가리라"라고 선언한다.
　실제로 김영랑의 후기 시는 이와 같이 "독毒을 차고" 가는 긴박한 저항의

과정 속에서 펼쳐진다. 그렇다면, 여기에서 그가 "독毒"으로 무장하지 않을 수 없게 하는 "앞뒤로 덤비는 이리 승냥이"가 가리키는 대상은 무엇일까? 그것은 1930년대 후반의 일본의 극악한 식민지 지배 체제와 직접 연관된다. 중일전쟁(1937)과 태평양전쟁(1941)을 거치면서 군국주의를 확대해 나가고 있던 일본은 우리나라에 이른바 '내선일체론' '황민화정책' '창씨개명제 발동' '한글 폐지' 등의 지배 정책을 조직적으로 단행하였다.

김영랑이 이러한 시대적 상황을 "내 마음을 노리"는 "앞뒤로 덤비는 이리 승냥이"로 인식한 점은 그의 전기적 삶의 검토를 통해서도 어느 정도 추론할 수 있다. 그는 순수시의 상징처럼 알려져 있지만 개인적 연대기는 식민지 현실에 대한 저항의 행적을 뚜렷하게 보여 주고 있다. 이를 요약적으로 검토하면, 먼저, 그는 이미 고등학교 재학시절 고향 강진에서 3·1독립만세운동을 주도하여 대구형무소에서 6개월간의 옥고를 치른다. 형무소에서 나온 그는 이후 독립투사의 길을 걷기 위해 중국 상해로 건너가려는 계획을 세우기도 한다.[13] 둘째, 그는 1920년 동경 청산학원 유학 시절 무정부주의자이자 혁명가로 유명한 박열과 같이 하숙 생활을 한다. 이때의 경험은 그에게 민족의식과 저항 정신을 체계적으로 내면화하는 중요한 계기가 되었을 것이다.[14] 그는 실제로 강진에 거주하면서 신흥사회주의적 문화 운동을 펴기도 하였다. 셋째, 해방이 될 때까지 신사 참배, 창씨개명 등을 거부하였다. 그는 자녀들이 학교에서 창씨개명을 안 한 탓에 선생님들로부터 괴로움을 당했지만 "응, 다음에 창씨 한다고 그래라"[15]라는 말만 반복할 뿐 끝

---

13 남정원南亭媛, 「새 자료資料를 통해 본 김영랑金永朗의 생애生涯」, 『문학사상』, 1974. 9 참조.

14 영랑은 문학의 꿈나라를 몽상하기도 했지만 그가 같은 하숙에서 친하게 지내는 한 혁명 청년이 있었으니 그가 바로 유명한 박열 씨였다. 미래의 시인 영랑과 미래의 혁명가 박열은 3·1 운동을 앞둔 일제의 무단 정치하에서 억누를 수 없는 민족의 의분을 느껴왔던 것이다(이헌구, 『영랑시집』, 박영사, 1959, 5~6쪽).

15 김현철, 「나의 아버지 영랑 김윤식」, 『시와시학』, 2007년 봄호, 105쪽.

까지 거부하였다. 넷째, 그는 "단 한편의 친일 문장도 남기지 않은 영광된 작가"[16]군에 속한다.

이러한 구체적인 사례에서 보듯, 그는 일제에 대한 민족적 저항 의식이 투철했으며 이를 일상생활 속에서 일관되게 견지하고 있었음을 알 수 있다. 물론, 그가 한용운이나 이육사처럼 직접 독립운동을 전면에서 선도하지는 않았지만 일본 유학까지 다녀와서도 고향으로 낙향하여 오랜 은둔 생활을 한 것은 일제 치하에서 현실과 타협하지 않고 자신의 절조를 지키기 위한 선택으로 평가된다. 그리하여 그는 "우리 지난날의 시인들 가운데서 영랑처럼 숨을 때 고스란히 잘 숨고, 나타나 춤출만 할 때를 잘 가려 춤추고 간 사람을 육안으론 더 보지 못하였다"[17]는 평가를 들을 수 있었던 것이다.

다음 시편에서는 이러한 정황을 실감 있게 읽을 수 있다.

> 검은벽에 기대선채로
> 해가 스무번 박괴였는듸
> 내 기린麒麟은 영영 울지를못한다
>
> 그 가슴을 퉁 흔들고간 노인老人의손
> 지금 어느 끝없는향연饗宴에 높이앉었으려니
> 땅우의 외론 기린이야 하마 이져졌을나
>
> 박같은 거친들 이리떼만 몰려다니고
> 사람인양 꾸민 잣나비떼들 쏘다다니여
> 내 기린은 맘둘곳 몸둘곳 없어지다

16 임종국, 『친일문학론』, 1966, 467쪽.
17 서정주, 『서정주문학전집 5』, 일지사, 1972, 311쪽.

문 아조 굳이닫고 벽에기대선채

해가 또한번 박긔거늘

이밤도 내 기린은 맘놓고 울들 못한다

—「거문고」(1939. 1.) 전문

시적 화자의 참담한 고통과 비애를 "거문고"를 통해 표현하고 있다. "해가 수무번" 바뀌었으나 거문고는 제 소리를 내지 못하고 오직 "검은 벽에 기대선채로" 인고의 세월을 보내고 있을 뿐이다. 언젠가 "기린麒麟(거문고)"의 "그 가슴을 퉁 흔들고간 노인老人의손"이 있었지만, 이미 오랜 세월이 흘러 그 노인마저 "기린麒麟"을 잊었을 것이다. "기린麒麟"은 하염없이 외롭고 고적한 세월을 견디고 있다. 그러나 "기린麒麟"의 바깥 세계와 단절된 유폐된 생활은 지속될 수밖에 없다. "박같은 거친들 이리떼만 몰려다니고/ 사람인양 꾸민 잣나비떼들 쏘다다니여/ 내 기린은 맘둘곳 몸둘곳 없"기 때문이다. 여기에서 "이리떼"와 "잣나비떼"란 현실 세계를 가리키는 것으로서 험열한 일제 치하를 표상한다. "해가 또한번 박긔거늘" "이리떼"와 "잣나비떼"가 점령하고 있는 현실은 변화될 가능성이 없다. 그래서 "이밤도 내 기린은 맘놓고 울들 못한다". 부정적인 현실뿐만이 아니라 그 변화의 가능성마저 없는 절망적 상황이 시적 정조를 에워싸고 있다.

이와 같은 전망 부재의 절망적 상황은 다음과 같은 시편에서 구체적으로 확인할 수 있다.

큰칼 쓰고 옥獄에 든 춘향春香이는

제마음이 그리도 독했든가 놀래었다

성문이 부서지고 이 악물고

사또를 노려보는 교만한 눈

그는 옛날 성학사成學士 박팽년朴彭年이

불지짐에도 태연하였음을 알았었니라

오! 일편단심一片丹心

…(중략)…

믿고 바라고 눈아프게 보고싶든 도련님이

죽기전前에 와주셨다 춘향春香이는 살았구나

쑥대머리 귀신얼굴된 춘향이 보고

이李도령은 잔인殘忍스레 웃었다 저 때문의 정절情節이 자랑스러워

「우리 집이 팍 망亡해서 상上거지가 되었노라」

틀림없는 도련님 춘향春香은 원망도 안했니라

오! 일편단심一片丹心

모진 춘향春香이 그 밤 새벽에 또 까무러쳐선

영 다시 깨어나진 못했었다 두견은 우렀건만

도련님 다시 뵈어 한恨을 풀었으나 살아날 가망은 아조 끊기고

왼몸 푸른 맥脈도 확 풀려 버렸을법

출도出道 끝에 어사는 춘향春香의 몸을 거두며 울다

「내 변가卞哥 보다 잔인무지殘忍無智하여 춘향을 죽였구나」

오! 일편단심一片丹心

—「춘향春香」(1940. 9.) 부분

　　판소리 춘향전의 시적 전유이다. 춘향은 변사또의 강요에 대해 "성학사成
學士 박팽년朴彭年"과 같은 기개로 "사또를 노려"본다. 가슴에 "독毒을 차고
선선히 가"(「독毒을 차고」)는 비장한 모습의 한 전형이다. 물론, 그의 이와 같
은 목숨을 건 정절의 동력은 이도령을 향한 "일편단심一片丹心"이다. 여기까
지는 춘향전의 서사와 동일하다. 그러나 가장 극적인 마무리 부분이 춘향전
과 상치된다. 춘향전은 춘향이 겪은 온갖 고초를 상쇄할 만큼의 행복한 결

말이 기다리고 있지만 여기에서는 그렇지 못하다. "「우리 집이 팍 망亡해서 상上거지가 되었노라」"고 말하는 이도령을 만난 이후 춘향은 변사또의 지배력으로부터 벗어날 수 없음을 알게 되면서 그만 죽어버린다. "도련님 다시 뵈어 한恨을 풀었으나 살아날 가망은 아조 끊기"었음을 알게 되자 "왼몸 푸른 맥脈도 홱 풀려 버"린 것이다. "출도出道 끝에 어사는 춘향春香의 몸을 거두며 울"지만 그러나 춘향이 다시 살아날 수는 없다.

이 시편은 춘향의 죽음으로 결말을 몰고 감으로써 온갖 고초에 대한 어떤 대가도 부여하지 않는다. 이와 같이 모든 독자들이 알고 있는 춘향전의 서사를 상반되게 변용시켜 노래하는 것은 그의 철저히 비관적인 현실인식을 암유적으로 드러내는 것이다. 어떤 전망도 기대할 수 없는 절망적 상황이 그의 현실인식인 것이다. 그래서 그는 문득 죽음충동을 느끼는 허무 속으로 빠져들기도 한다.

본시 평탄했을 마음 아니로다
구지 톱질하여 산산 찢어놓았다

풍경이 눈을 흘리지 못하고
사랑이 생각을 흐리지 못한다

지처 원망도 않고 산다

대채 내노래는 어듸로 갔느냐
가장 거륵한것 이눈물만

아쉰 마음 끝네 못빼앗고
주린 마음 끄득 못배불리고

어피차 몸도 피로워졌다

바삐 관櫝에 못을 다져라

아모려나 한줌 흙이 되는구나

—「한줌 흙」 전문

　1940년 《조광》에 발표된 이 시편은 김영랑의 시적 삶의 현황을 진솔하게
드러내고 있다. 극악한 현실이 "본시 평탄"하지 않았던 마음을 "구지 톱질
하여 산산 찢어 놓"았다. 그리하여 "내 노래는 어"디론가 가버린 것이다.
"아쉰 마음 끝네 못빼앗고/ 주린 마음 끄득 못배불"린 채, 내 마음의 "노래
는" 마감되었다. 이제 그의 맑고 투명한 마음의 시 세계는 파탄에 이르렀다
는 것이다. 이것은 곧 자연발생적인 순수시를 표방한, 《시문학》을 대표하
는 인물로서의 초기 시 세계와 단절하였음을 의미한다. 순연한 "내 마음"의
평정을 잃었을 때 그는 일제 치하와 해방기를 통과한 대부분의 이 땅의 시
인들처럼 파행적인 역사 현실 속에 조급하게 휘둘리게 된다. 이제 그는 일
제 말기의 탄압을 어떻게 헤쳐나갈 것인가. 이에 대한 그의 응답은 매우 비
관적이다. "어피차 몸도 피로워졌다/ 바삐 관櫝에 못을 다져라// 아모려나
한줌 흙이 되는구나"라고 전언한다. 그는 스스로 도저한 피로와 절망과 허
무 속에 빠져들고 있는 것이다.

4. 도저한 허무와 죽음충동

　김영랑은 1930년대 후반 전망 부재의 극악한 식민지 체제에서 "촉기"의
미의식에 입각한 마음의 노래마저 잃고 즉자적인 절망과 허무에 시름하였
으나 해방 정국을 맞이하게 된다. 해방은 그에게 4년여의 시적 공백을 딛고
다시 창작 활동을 펼치게 한다. 1945년부터 그가 죽음을 맞이하는 1950년까

지에 이르는 그의 후기 시 세계가 여기에 해당한다. 해방은 그에게도 이 땅
의 모든 백성들처럼 자유와 기쁨과 희망으로 다가온다.

바다 하늘 모두다 가젓노라

옳다 그리하야 가슴이 뼈근치야

우리 모두 다 가잣구나 큰바다로 가잣구나

우리는 바다없이 살었지야 숨막히고 살었지야

그리하여 쪼여들고 울고불고 하엿지야

바다없는 항구 속에 사로잡힌몸은

살이 터저나고 뼈 튀겨나고 넋이 흐터지고

하마터면 아주 꺼꾸러져 버릴 것을

오—바다가 터지도다 큰바다가 터지도다

…(중략)…

우리 큰배타고 떠나가잣구나

창랑滄浪을 헤치고 태풍颱風을 거더차고

하늘과 맛이흔 저수평선水平線 뚜르리라

—「바다로 가자」(1947. 8. 7.) 부분

시적 화자는 해방을 "큰하늘과 넓은 바다"의 주인됨으로 표현한다. 그동
안 우리는 하늘과 바다를 갖지 못한 삶을 살았던 것이다. "그리하여 쪼여들
고 울고불고" "살이 터저나고 뼈 튀겨나고 넋이 흐터지"는 삶을 영위할 수
밖에 없었다. 이제 바다가 열리면서 희망의 세상이 다가왔다. 그래서 화자
는 "창랑滄浪을 헤치고 태풍颱風을 거더차고/ 하늘과 맛이흔 저수평선水平線
뚜르리라"고 외친다. 상실과 절망과 허무가 사라지고 기대와 희망과 의지
가 전면에 떠오르고 있다. 그러나 그의 희망찬 결의는 이내 더욱 깊은 절

망으로 치환되고 만다. 우리 역사에서 해방은 '배반된 희망'으로 귀결되기 때문이다.

한편, 해방을 맞이한 이듬해 김영랑은 중앙과는 거리가 먼 고향 전남 강진의 삶을 정리하고 서울로 이사를 한다. 일제 치하에서 낙향하여 은둔함으로써 "끝까지 지조를 지키며 단 한편의 친일문장도 남기지 않은 영광된 작가"[18]로서의 삶을 지켜내었던 그가 해방과 더불어 중앙으로 진출한 것이다. 그는 해방 이후 현실 정치에도 깊이 관여하여 대한독립촉성국민회 활동, 1948년 초대 민의원(제헌국회)선거 출마 등의 활동을 펼치기도 한다. 이와 같은 현실 정치의 경도는 그의 시적 삶의 미적 거리를 휘발시키면서 직접적이고 즉자적인 정론적 시 세계로 더욱 치닫게 한다. 특히 '배반된 희망'의 해방 정국은 그의 시적 삶을 일제 치하 때보다 더 깊은 허무, 절망, 죽음충동으로 몰고 간다.

다음 시편은 해방 직후 벌어진 대결과 죽임의 혼란상에 대한 비탄을 직정적으로 노래하고 있다.

> 오…… 망亡해 가는 조국祖國이모습
> 눈이 참아 감겨젓슬까요
> 보아요 저흘러내리는 싸늘한 피의줄기를
> 피를 흠벅마신 그해가 일곱번 다시뜨도록
> 비린내는 죽엄의거리를 휩쓸고 숨다젓나니
> 처형處刑이 잠시 쉬논그새벽마다
> 피를 싯는물차車 눈물을퍼부어도 퍼부어도
> 보아요 저흘러내리는생혈生血의 싸늘한 피줄기를
>
> ─「새벽의 처형장處刑場」(1948. 11. 14.) 부분

---

18 임종국, 위의 책.

죽어도죽어도 이렇게 죽는 수도 있나이까
산채로 살을 깍기여 죽었나이다
산채로 눈을 뽑혀 죽었나이다
칼로가 아니라 탄환으로 쏘아서 사지를 갈갈히 끈어 불태웠나이다
흣한 겨레이 피에도 이렇안 불순不純한 피가 석겨있음을 이제 참으로
알었나이다

…(중략)…

아우가 형을 죽였는 데 이럿소이다
조카가 아재를 죽였는 데 이렀소이다
무슨 뼈에사모친원수였기에
무슨 정치政治의 탈을썼기에
이래도 이 민족民族에 희망을 붓처 볼 수 있사오리까
생각은 끈기고 눈물만 흐릅니다

—「절망絶望」(1948. 11. 16.) 부분

　　잔혹한 피의 현장이 묘사되고 있다. 좌우 이념의 대립이 극심해지면서 "눈
이 참아 감겨"지지 않는 주검들이 난무하고 있다. 시적 화자의 놀랍고 두렵
고 안타까운 심정이 직서적으로 분출되고 있다. 특히 두 번째 시편의 "-있
나이까" "-나이다" 등의 서술형 어미의 반복은 "생각은 끈기고 눈물만" 흐
르는 상황을 드러낸다. 여기에는 시적 거리와 역사의식이 개입할 여지가
없다. 오직 참혹한 상황에 대한 즉자적 묘사가 있을 뿐이다. 동족 간의 학
살과 그 피비린내가 진동하는 해방 직후의 풍경 앞에서 시적 화자는 "이 민
족民族에 희망을 붓처 볼 수" 없다는 절망만을 느낀다. "생각은 끈기고 눈물
만 흐"를 뿐이다. 순연한 마음의 노래가 시적 원형을 이루는 김영랑의 시
세계는 해방 직후의 충격적 상황 속에서 완전히 방향 감각과 판단 능력을

상실하게 된 것이다. 해방 직후 서울로 이사하면서 정국의 소용돌이에 직접 노출되자 특유의 순정하고 유려한 시적 삶은 완전히 파국에 직면하게 된다. 그의 후기 시편들이 대체로 길고 서술적인 산문 지향성을 보이는 배경이 여기에 있다.

한편, 다음 시편은 해방 직후 상황에 대한 김영랑의 역사의식을 어느 정도 엿볼 수 있어서 주목된다. 해방 이후 4년이 지난 세월에 대한 성찰이 그려지고 있다.

연옥煉獄의반세기半世紀 짓밟히어 지늘끼고도
다시 선뜻 불같이 일어서는 우리는 대한大韓의 훗한겨레
쇠사슬 즈르릉 풀리던 그날
어디하나 이단異端있어 행열行列을 빠져나더뇨
삼천만三千萬은 낯낯이 가슴맺힌 독립獨立을 외쳤을뿐

…(중략)…

벌써 왜倭놈과의싸움도 지난듯 싶은데
사년四年동안은 누구들 때문에 흘린 피드냐
만민공화萬民共和의 세계헌장世界憲章 발맞추는 대한민국大韓民國
민주헌법이 글으드냐 토지개혁土地改革을 안한다드냐
도시 대서양헌장大西洋憲章이 미흡未洽트란말이지
사십팔대육四十八對六인데 육六이 더 옳단말이지
철鐵의 장막帳幕은 숨막혀도 독재獨裁하니 좋았고
민주개방民主開放이 명랑明朗하여도 인권평등人權平等이 싫드란말이지

…(중략)…

사십년四十年 동안의 불다름에도 얼은 남은 겨레로다

사년四年쯤의 싸움이사 우리는 백년百年도 불가살이

이젠 벌써 시비是非를 따질 때가 아니로다

                —「감격 팔八. 일오一五」(1949. 8. 15.) 부분

    1949년 서울신문에 발표한 8·15기념 시이다. 일제식민지 현실에서 "삼천만三千萬은 낱낱이 가슴 맺힌 독립獨立을 외쳤을 뿐"이었으나 정작 독립 이후에는 극심한 분열과 대립이 연속되고 있다. 그토록 바라던 해방이 또 다른 참상을 몰고 온 것이다. 이에 대해 해방 이후 4년 동안 흘린 피에 대한 김영랑의 원망은 "만민공화萬民共和의 세계헌장世界憲章 발맞추는 대한민국大韓民國/ 민주헌법"을 "글으"다고 생각하는 세력, "도시 대서양헌장大西洋憲章이 미흡未洽"하다고 주장하는 세력, "사십팔대육四十八對六인데 육六이 더 옳"다는 세력, "철鐵의 장막帳幕은 숨막혀도 독재獨裁하니 좋앗"다는 세력, "민주개방民主開放이 명랑明朗하여도 인권평등人權平等이 싫"다는 세력을 향하고 있다. 그는 해방 직후 대한민국의 정통성과 자본주의적 질서에 반대하는 좌익세력의 준동을 집중적으로 비판하고 있는 것이다. 그러나 그의 주장은 이러한 비판을 넘어 "이젠 벌써 시비是非를 따질 때가 아니"라는 데 모아진다. 어떤 이념이나 주의로도 동족 간의 살육은 있을 수 없다는 것이다.

    그러나 해방 직후 상황은 더욱 깊은 갈등과 분쟁을 확산시키면서 분단체제의 고착화와 동족상잔의 전쟁을 예고한다. 이와 같은 참담한 정국 앞에서 그에게 다가오는 것은 죽음충동이다.

걷든걸음 멈추고서서도 얼컥 생각키는것 죽엄이로다

그죽엄이사 서룬살적에 벌서 다 이저버리고 사라왔는듸

왠노릇인지 요즘 작고 그죽엄 바로닥어온듯만 싶어져

항용 주춤서서 행길을 호기로히 달리는 행상行喪을 보랐고있느니

내 가버린뒤도 세월이야 그대로 흐르고 흘러가면 그뿐이오라

나를 안어길으든 산천山川도 만년萬年한양 그모습 아름다워라

영영 가버린 날과 이세상 아모 가젤것 없으매

다시 찾고 부를인들 있으랴 억만영겁億萬永劫이 아득할뿐

—「망각忘却」(1949. 8.) 부분

　김영랑은 반복되는 절망의 상황 앞에서 죽음충동과 허무주의에 함몰되고 있다. 그래서 그는 "걷든걸음 멈추고서서도 얼컥 생각키는" 죽음의 유혹에 시달린다. 이러한 죽음충동은 이내 자기 연민과 도저한 허무의식으로 연결된다. "내 가버린뒤도 세월이야 그대로 흐르고 흘러가면 그뿐이" 아닌가. 자신의 삶이 하염없이 허무하게 느껴진다. 이토록 걷잡을 수 없는 허무의식으로부터 벗어나는 방법은 무엇일까? 그것은 다시 죽음이다. 그는 "이 허무虛無에선 떠나야 될것을// 살이 삭삭/ 여미고 썰릴지라도/ 마음 평안히/ 가기 위하야// 아! 이것/ 평생을 딱는 좁은 길."(「어느날 어느때고」, 『민성民聲』6권 3호, 1950. 3.)이라고 전언한다. 마치 그는 스스로 자신의 죽음을 예감하고 준비하는 것처럼 보인다.

　해방 정국의 혼란은 기어코 한국전쟁으로 이어진다. 그리고 전쟁의 공방전은 민간인이었던 그의 목숨마저 앗아간다. 1950년 9월 28일 그는 세상을 영영 떠나고 만다. 이로써 그의 시 세계에서 시적 완성도가 가장 빛났던 순연한 마음의 노래가 다시 회복될 가능성은 완전히 차단되고 만다. 그래서 김영랑이 남긴 다음 시편은 시적 삶에 대한 그의 안타까움이면서 동시에 독자들의 안타까움이기도 하다.

오…… 모도다 못도라오는

먼— 지난날의 놓인마음

—「놓인 마음」(1948. 10.) 부분

5. 결론

앞에서 살펴보았듯이 김영랑의 초기와 중, 후기의 시 세계는 큰 편차를 보여 준다. 1930년에서 1935년에 이르는 초기 시편은 그의 시 세계에서 가장 많이 등장하는 "마음"의 감각과 미의식이 주조를 이룬다. 그의 시 세계에서 "마음"은 지성적인 사고 이전의 전일적인 미분성의 대상으로서 순수자아의 근원 심상에 해당한다. 따라서 그의 마음의 노래에는 시대정신의 날카로운 문제의식이 아니라 부드럽고 유려하고 순화된 미감이 확연히 드러난다. 그에게 역사적 현실의 고통은 마음의 노래 속 비애와 슬픔의 정조로 내면화되어 추상적으로 투영되고 있는 것이다. 판소리의 전통적 미학에 해당하는 '엇' 혹은 '촉기'의 미의식이 그가 초기 시편을 창작하는 원리로 작용하는 것이다. 이것은 이를테면, 박용철이 김영랑의 시 세계에 대해 지적했던 바처럼, "세계의 정치경제政治經濟를 변혁變革하려는 류類의 야심野心"이 아니라 그 이전의 근원적인 "우리의 신경을 변혁시키려는 야심이 있는 것이다".[19]

그러나 1939년부터 1940년 그리고 해방 이후에 해당하는 중, 후기에 이르면 시대정신에 대한 날카로운 문제의식이 전면에 부각되고 순연한 "마음"의 미의식과 감각은 휘발되고 만다. 일제 말의 가혹한 탄압과 해방 이후의 혼란상이 순수자아의 "마음"의 노래를 파탄시킨 형국이다. 그러나 이것이 곧 그의 시적 삶에서 사회성과 역사의식을 풍요롭게 획득하는 계기로 작용한 것은 아니다. 다시 말해, 그의 시 세계는 시대적 현실에 대한 미적 수용과 형상화를 이루어내지 못한 채 산문 지향적인 직서적 서술과 비탄에 그치는 양상을 드러낸다. 특히 후기 시편에 오면 해방 정국의 극심한 혼란이라는 '배반된 희망' 속에서 감당할 수 없는 충격과 절망으로 인해 죽음충동에 시달리는 면모를 보여 준다. 그의 시적 삶은 현실 부정의 정신을 스스로 날카

제1부 고독과 산양

---

19 박용철, 「병자시단丙子詩壇의 일년성과一年成果」, 『박용철전집朴龍喆全集』 2권, 시문학간詩文學刊, 1940.

롭게 다듬으면서 특유의 정서적 감성과 '시대적 리듬'을 획득할 수 있는 신생의 길을 열어가야 할 국면에 이른 것이다. 그러나 1950년 한국전쟁의 소용돌이는 김영랑의 목숨을 앗아가고 만다. 이로써 그의 시적 삶의 새로운 가능성도 완전히 잃어버리게 된다. 이것은 김영랑의 시적 삶의 비극이면서 동시에 한국시사의 큰 손실이다.

고독과 신성의 변증

―김현승론

1. 서론

시와 종교는 공통적으로 인간이 유한적 존재자라는 결핍의 지점에서 연원한다. 그러나 결핍을 극복해 가는 방식은 서로 다르다. 종교는 인간의 맞은편에 충만과 영원의 절대자를 설정하고 그에 대한 순종을 통해 구원을 추구한다. 반면에 시적 창조 행위는 절대자를 선택하는 대신 인간 실존과 세계를 선택한다. 시의 세계는 불안과 고독과 절망 속에 있는 단독자로서의 존재성으로부터 스스로 진정한 자유와 영원을 성취해 나간다. 시와 종교는 기본적으로 인간의 존재론적 본질에 대한 견성에서는 공통점을 지니지만 그 초극의 방법론에서는 차이를 지니는 것이다.

김현승의 시 세계는 이러한 시와 종교적 속성의 공통 기반과 차이성을 동시에 보여 준다. 그의 시적 삶은 기독교적 세계관을 바탕으로 한다. 그러나 그의 시적 삶에서 신앙은 기복적 믿음이나 해방신학의 실천보다 자기 탐구와 완성을 향한 구도의 대상이며 가치 척도[1]로서 전면에 부각된다. 이를테면, 그의 시 세계에서 신앙은 자신과 세계의 본질을 발견하고 이를 생활 속에서 구현하고 실현하기 위한 자기 수양과 구도의 도정으로서 의미를 지닌다. 그래서 그의 시적 삶은 초월적이면서 동시에 내재적이다. 그가 추구하는 신은 외부적 존재자이면서 동시에 내면화된 근원적 자아인 것이다. 따라서 그의 시 세계에서 기독교는 동양적 세계관에서 강조하는 수행의 궁극적 가치로서의 도道와 깊은 연속성을 지닌다. 도道란 추구할 외적 대상이면서 동시에 자신의 내적 본성에 해당하기 때문이다.

그의 시편에 집중적으로 나타나는 고독의 극점을 향한 과정 또한 초월적 신의 존재성에 다가가는 과정이면서 내재적 자기 수행의 과정이다. 여기에서 전자가 우위에 놓이면 기독교적 신앙이 전면화되고 후자가 우위에 놓이면 인간의 내재성이 전면화된다. 고독의 극점에서 그가 대면한 "영원"은 근원적인 존재론적 가치 일반으로서 기독교적 유일신과는 거리가 멀다. 이때 그의 기독교적 세계관은 방법론적 회의를 겪게 된다. 그러나 그에게 이러한 방법적 회의는 다시 신에 대한 완전한 귀속으로 귀결된다. 방법적 회의의 과정이 오히려 신을 향한 비약적 초월의 계기로 작용한 것이다. 그래서 마침내 "나는 이날 이후 시를 버릴지언정 나의 구원인 나의 신앙을 다시금 떠날 수는 없다"[2]는 확신을 갖게 된다. 그는 유한적 존재자로서의 실존적 결

---

1 신앙의 믿음은 세 가지 유형으로 나뉜다. 첫째 기복형, 둘째 구도형, 셋째 개벽형이 그것이다. 기복형은 그 중심적 관점이 질병이나 재앙과 같은 구체적 사건을 해결하고자 하는 데에서 찾는, 이를테면 생존 동기를 갖는 믿음이다. 구도형은 자아의 완성, 진리의 탐구를 모티프로 하기 때문에 삶의 현존적 조건과 이상에 대한 깊은 각성을 추구하게 된다. 개벽형은 역사의 황금시대가 올 것이라고 기대하고 그때가 올 것을 준비하는 현실 변혁에 관심이 집중된다. 기독교에는 이들 세 가지 요소가 모두 있다고 할 수 있다. 다만, 신앙인에 따라 어느 요소가 전면에 두드러지느냐의 차이가 있을 것이다. 김현승의 시 세계는 삶의 본질을 찾는 구도의 요소가 단연 앞선다고 할 수 있다 (윤이흠, 『한국인의 종교관』, 서울대학교출판부, 2007, 128-129쪽 참조).

2 김현승, 「나의 생애와 나의 확신」, 시인사, 1985, 299쪽.

핍에 대한 초극의 방법으로 신의 구원을 선택한 것이다. 그의 삶에서 외적 초월의 신이 인간의 내재적 가능성을 압도하는 지점이다.

여기에서는 이러한 문제의식 속에서 김현승의 시적 삶에서 기독교적 세계관과 그 구도적 성격을 살펴보고 이를 바탕으로 고독의 의미와 방법적 회의를 통한 절대 신앙의 도달 과정을 중심으로 논의하기로 한다. 특히 여기에서 그의 기독교적 구도의 성격을 규명하기 위한 방법론을 노자의 도道 철학과의 상관성 속에서 주목해 보기로 한다. 이러한 과정은 지금까지 김현승의 시 세계에서 인간의 내재성과 신적 초월을 이원론적인 분리와 갈등 관계로 파악해 온 논의[3]를 극복하고 아울러 고독과 구도가 갖는 시적 의미의 관계성을 온전히 규명하는 데 도움이 될 것이다.

제1부 고독과 신성

2. 신의 창조성과 시적 모방

기독교는 어느 종교보다 지상의 모든 존재자의 창조자이며 주재자로서의 신의 권능을 종지宗旨로 내세운다. 인간 삶 역시 신의 예정에 의해 주재되고 인도된다. 그렇다면 이러한 상황 앞에서 문학의 창조성, 자생성, 독창성이 설 자리는 어디일까? 피조물에게 해당되는 최고선은 피조물다운, 즉 파생되거나 반사된 대상으로서의 존재성이다. 그래서 성 아우구스티누스는 자신을 창조한 하나님께 집중하기보다 자신의 내재적 가능성에 집중하는 것은 피조물로서의 교만이고 타락임을 지적한다. 이러한 원칙에 입각하면 시

---

3 김현승의 시 세계에서 인간적 내재성과 신앙을 이원론적으로 조망한 대표적인 논의로는 '김윤식, 「신앙과 고독의 분리문제—김현승론」, 『한국현대시론비판』, 일지사, 1975. ; 권오만, 「김현승과 성·속의 갈등」, 『한국 현대시사연구』, 김용직 외, 일지사, 1983. ; 문덕수, 「김현승 시 연구」, 『홍익논총』 1권 1호, 홍익대학교출판부, 1984.' 등이 대표적이다. 이들의 논의는 각각 신앙의 변모에 주목하거나 신앙과 고독의 분리를 통해 고독의 탐구가 가능했다는 인식 그리고 초월자와의 갈등 등에 집중된다.

인은 신으로부터 반사된 숭고와 신성을 구현하는 사역의 담당자이지 미적 창조와 자기 표현의 주체일 수 없다. 그리스도인은 기본적으로 마치 거울이 사물을 비추듯 그리스도를 비추어야 한다.[4]

　이러한 문맥에서 김현승의 시적 삶의 세계관과 창작 방법론을 보여 주는 다음 시편은 그가 기독교 시인임을 증거하는 선명한 기반이 된다고 할 것이다.[5]

　　나의 육체肉體와 찔레나무의 그늘을 만드신

　　당신은,

　　보이지 않으나 나에게는 아름다운 시인詩人…….

　　내 눈물의 밤이슬과

　　내 이웃들의 머금은 미소微笑와

　　저 슬픈 미망인未亡人들의 눈동자를 만드신

　　당신은,

　　우리보다 먼저 오시어 시詩로서 지상地上을 윤택潤澤케 하신 이.

　　당신의 그 사랑과

　　당신의 그 슬픔과

　　그 보이지 않는 당신의 아름다운 얼굴에

　　나도 이제는 어렴풋이나마 육체肉體를 입혀

　　어루만지듯 어루만지듯 나의 노래를 부릅니다.

　　　　　　　　　　　　　　　　─「육체肉體」 전문

---

4 고린도후서 3:18; C.S 루이스, 양혜원 역, 『기독교적 숙고』, 홍성사, 2013, 17쪽 참조.
5 여기에서 인용하는 김현승 시집 텍스트는 '김인섭 엮음, 『김현승 전집』, 민음사, 2005'
　으로 한다.

이 시편에는 두 명의 시인이 존재한다. 한 명은 "당신"이고 다른 한 명은 시적 화자이다. 그러나 시적 화자는 진정한 창작 주체가 아니다. 창조성은 오직 "당신"만의 특권이다. "당신"은 지상의 모든 현상은 물론이고 "나의 육체"까지 만든 당사자이다. 따라서 본래의 시인은 "당신"이다. "당신"은 "우리보다 먼저 오시어 시로서 지상을 윤택케 하신 이"이다. 시적 화자는 "당신"이 창조한 원텍스트에 "어렴풋이나마 육체를 입혀/ 어루만지듯 어루만지듯" 조심스럽게 "나의 노래를" 덧붙이는 역할을 담당할 뿐이다.

신약성경을 관류하는 하나님만의 고유한 특권으로서의 창조성을 확인할 수 있다. 시적 화자의 소임은 거울이 반사된 상을 품듯 원텍스트를 반영하고 모방하는 것이다. 그래서 "나의 노래"는 "당신"에 대한 경이와 숭배를 바탕으로 한다.

이 점은 시적 화자의 내재적 독창성의 추구에서도 동일하게 적용된다. 왜냐하면, 시적 화자에게는 이미 "당신의 눈"이 내면화되어 있기 때문이다.

이맘때가 되면
당신의 눈은 나의 마음,
아니, 생각하는 나의 마음보다
더 깊은 당신의 눈입니다.

이맘때가 되면
낙엽落葉들은 떨어져 뿌리에 돌아가고,
당신의 눈은 세상에도 순수한 언어言語로 변합니다.

이맘때가 되면
낙엽落葉들은 떨어져 뿌리에 돌아가고,
당신의 눈은 세상에도 순수한 언어言語로 변합니다.

86

이맘때가 되면

내가 당신에게 드리는 가장 아름다운 선물은,

가을 하늘만큼이나 멀리 멀리 당신을 떠나는 것입니다.

떠나서 생각하고,

그 눈을 나의 영혼 안에 간직하여 두는 것입니다!

낙엽落葉들이 지는 날 가장 슬픈 것은

우리들 심령에는 가장 아름다운 것……

—「가을은 눈의 계절季節」 전문

시적 화자는 "나의 마음" 속에 "당신의 눈"이 내려와 있음을 감지하고 있다. 종교적 절대자 "당신"이 시적 화자의 외부가 아니라 내면에 존재한다. 우리의 몸은 하나님의 성전이다[6]라는 사도 바울의 정언을 환기시키는 대목이다. 이때 시적 화자에게는 "당신의 눈"의 감각을 온전히 구현하는 것이 가장 중요한 과제이다. "당신의 눈"의 감각을 구현하는 것은 자신의 근원적 본성을 찾는 것과 직접 연관된다. "당신"은 "나의 육체를" 만든 주체이기 때문이다. 시적 화자에게 내면의 "당신"이 가장 온전히 발현되는 때는 "낙엽들"이 "떨어져 뿌리에 돌아"가는 절기이다. 여름날의 무성한 장식들이 모두 스러지면서 본래의 모습이 드러나는 절기에 자신의 근원적 초상과 마주하게 된다는 것이다. 그래서 "낙엽들이 지는 날 가장 슬픈 것은/ 우리들 심령에는 가장 아름다운 것"이 된다. 이때 "당신의 눈은 세상에도 순수한 언어로 변"한다. 물론 "당신의 눈"이 세상에서 "순수한 언어"로 변한다는 것은 시적 화자의 "마음"이 "순수한 언어"를 노래할 수 있게 된다는 것을 가리킨다. 시적 화자에게 "낙엽들이 지는" 앙상한 절기는 "내가 아버지 안에 있고 아버지가 내 안에 있음을"[7] 확인하는 충만한 성령의 절기이다. 이렇게 보

---

6 고린도전서 3:16-17.

7 요한복음 14장 11절.

면, "당신의 눈은 나의 마음"이라는 명제를 지키고 구현하는 것이 김현승의 궁극적인 시 창작 방법론이고 미학적 지향임을 알 수 있다. 따라서 그가 "내 마음은 마른 나뭇가지/ 주여/ …(중략)…/ 사라지는 먼뎃 종소리를 듣게 하소서/ 마지막 남은 빛을 공중에 흩으시고/ 어둠 속에 나의 귀를 눈뜨게 하소서"(「내 마음은 마른 나뭇가지」)라는 기도는 곧 자신의 시적 감각과 감성의 열림을 위한 간구이기도 하다.

3. 신의 존재성과 구도의 가치론

앞에서 살펴본 바처럼, 김현승에게 "나의 마음은 당신의 눈"(「가을은 눈의 계절」)이라는 명제를 구현하는 것이 자신의 본성을 찾고 완성시키는 과정이며 동시에 시 창작의 지향점이다. 따라서 그의 시적 삶에서 신을 깊이 이해하고 교감하는 것은 가장 중요한 과제이다. 그래서 그의 시 세계에는 신의 존재성과 우주의 주재 원리에 대한 직시가 빈번하게 등장한다. 신의 존재성과 주재 원리에 대한 인식이 곧 자신과 세계의 근원에 대한 통찰이며 발견이다.

> 빛이 잠드는
> 따 위에
> 라일락 우거질 때,
> 하늘엔 무엇이 피나,
> 아무것도 피지 않네.
>
> 산을 헐어
> 뚫은 길,
> 바다로 이을 제,

하늘엔 무엇을 띄우나,
아무런 길도 겐 보이지 않네.

바람에 수런대는
아름다운 깃발들
높은 성城을 에워쌀 제,
하늘엔 무슨 소리 들리나,
겐 아직 빈 터와 같네.

…(중략)…

고국故國에서나
이역異域에서도
그 하늘을 내 검은 머리 위에
고요한 꿈의 이바지같이
내게 딸린 나의 풍물風物과 같이
이고 가네
이고 넘었네.

— 「무형無形의 노래」 전문

"하늘"의 존재성을 경건한 음조로 노래하고 있다. "하늘"은 부재를 통해 현존한다. 그래서 "하늘"에 대한 노래는 "무형無形의 노래"가 된다. 지상에 "라일락"이 "우거"져도 "하늘엔" "아무것도 피지 않"는다. "하늘"은 아무것도 하지 않으면서 정작은 하지 않음이 없는 것이다. 이 점은 2연, 3연에서도 마찬가지로 적용된다. 지상에선 큰 "길"이 열리고, "높은 성城을 에워"싸는 "아름다운 깃발들"의 소리 요란해도 "하늘"에는 아무것도 보이지 않고 들리지 않는다. "하늘"은 언제나 무형지형無形之形이다. 그러나 "하늘"은 나의 주변에 철저히 존재한다. "검은 머리 위에/ 고요한 꿈의 이바지 같이/ 내게 딸린 나의 풍물風物과 같이" 사소한 일상 속에서도 함께한다.

이와 같이 "하늘"은 없으나 없지 않고, 어떤 일도 하지 않지만 하지 않음이 없다. 이와 같은 "하늘"의 존재성은 바로 동양적 우주관에서 삼라만상의 지극한 가치로 제시하는 도道의 존재성과 근원 동일성을 지닌다. 노자가 《도덕경》에서 설파한 도道란 보아도 보이지 않고 들어도 들리지 않고 만져도 만져지지 않는 것이다. 그래서 모양 없는 모양이요, 모습 없는 모습의 무형이다. 그러나 도道의 비롯함을 잡으면 이로써 오늘의 현상을 다스릴 수 있다. 천지의 근원이며 본질이 도道이기 때문이다. 따라서 도道를 일상생활 속에서도 일관되게 견지하는 삶의 태도가 중요시된다.[8] 여기에 이르면, 김현승의 시 세계에서 신에 대한 절대적 경배가 자신의 본성에 대한 발견과 완성을 향한 도정이라는 점을 좀 더 분명하게 확인할 수 있다. 그에게 기독교는 구도求道를 향한 자기 수행의 의미를 지니는 것이다.

한편, 다음 시편은 김현승의 시 세계에서 하나님과 노자가 설파하는 도道의 연속성을 좀 더 구체적으로 선명하게 확인할 수 있다.

① 지우심으로
  지우심으로

---

8 보아도 보이지 않는 것을 이름하여 이夷라 한다. 들어도 들리지 않는 것을 이름하여 희希라 한다. 잡아도 잡히지 않는 것을 이름하여 미微라 한다. 이 셋은 어떻게 할 수가 없다. 그러므로 섞이어 하나를 이룬다. 그 위는 밝지 않고 그 아래는 어둡지 않다. 이어지고 이어져서 이름을 지을 수 없다. 다시 아무것도 없는 무無로 돌아가는지라, 이를 일컬어 모양 없는 모양이요 모습 없는 모습이라 한다. 이를 일컬어 어리벙벙함이라 한다. 맞이해서 보되 그 머리를 볼 수 없고 따라가며 보되 그 뒤를 볼 수가 없다. 도道의 비롯함을 잡으면 이로써 오늘의 현상을 다스릴 수 있다. 능히 천지의 비롯함을 알면 이를 일컬어 도道의 근본이라고 한다(視之不見名曰夷. 聽之不聞名曰希. 搏之不得名曰微. 此三者不可致詰. 故混而爲一. 其上不曒其下不昧. 繩繩不可名. 復歸於無物. 是謂無狀之狀. 無物之狀. 是謂惚恍. 迎之不見其首. 隨之不見其後. 執古之道以御今之有. 能知古始. 是謂道紀). 《도덕경》14장, 이아무개 대담, 『무위당 장일순의 노자 읽기』, 삼인, 2003, 해설 참조.

그 얼골 아로사겨 놓으실 줄이야……

흩으심으로
꽃잎처럼 우릴 흩으심으로
열매 맺게 하실 줄이야……

비우심으로
비우심으로
비인 도가니 나의 마음을 울리실 줄이야……

사라져
오오,
영원永遠을 세우실 줄이야……

어둠 속에
어둠 속에
보석寶石들의 광채光彩를 기리 담아 주시는
밤과 같은 당신은, 오오, 누구이오니까!

—「이별離別에게」 전문

② 비어 있음을 깊이 통찰하고 고요함을 견지하면 만물의 순환 원리를
볼 수 있다. 모든 사물은 끊임없이 변하지만 저마다 제 근원으로 돌아
간다. 근원으로 돌아오는 것을 고요함이라 하고 고요함을 존재의 운
명에 대한 순응이라고 한다. 이것이 존재의 실재이다. 실재를 모르면
재앙을 부르고 실재를 알면 모든 것을 품는다. 모든 것을 품는 것은
사私가 없는 공公이고 공이 곧 가장 높은 왕이고, 가장 높은 왕이 곧
하늘이다. 하늘이 곧 도요, 도가 곧 영원함이니 몸은 죽어도 죽지 않

고 영원하다(致虛極 守靜篤 萬物並作 吾以觀其復 夫物芸芸 各復歸其根 歸根曰靜

是謂復命 復命曰常 知常 曰明 不知常 妄作凶 知常容 容乃公 公乃王 王乃天 天乃道

道乃久 沒身不殆).

—노자 《도덕경》 16장

　①과 ②는 서로 긴밀한 연속성을 지닌다. ①은 ②의 시적 표현이고 ②는
①의 산문적 진술로 해석된다. 이를 서로 연관시켜 읽어보면 다음과 같다.
①의 시적 정조는 텅 빈 고요를 직시하는 하염없이 깊고 그윽한 자세를 드
러낸다. "치허극致虛極 수정독守靜篤", 즉 고요한 가운데 깨어 있어서 비어 있
음을 그윽하게 통찰하는 자세인 것이다. 시적 화자는 "당신"은 "지우심으
로" "그 얼골 아로사겨 놓으"시고, "흩으심으로" "열매 맺게 하"시는 것을 발
견한다. 만물병작萬物並作 오이관기복吾以觀其復, 즉 만물이 저마다 번성하였
다가 근원으로 돌아가는 무위無爲의 질서가 "지우심"이고 "흩으심"이다. 3연
의 "비우심으로/ 비우심으로/ 비인 도가니 나의 마음을 울"린다는 것은 텅
빈 고요가 삼라만상이 회귀하는 현묘한 근원임을 암시한다. 귀근왈정歸根曰
靜 시위복명是謂復命, 즉 모든 삼라만상의 근원 회귀는 고요함을 운명적 속성
으로 한다는 것을 노래하고 있다. 또한 여기에서 "비인 도가니"는 "지우심"
과 "흩으심"을 관장하는 대상으로도 이해된다. "비인 도가니"가 피조물이
아니라 "나의 마음을 울리는" 생성 주체이기 때문이다. 텅 빈 고요가 삼라만
상의 출발과 회귀의 원점인 것이다. 그래서 4연에 오면, "사라져/ 오오,/ 영
원永遠을 세우실 줄이야"라는 깨달음의 탄성을 울리게 된다. 몰신불태沒身不
殆, 즉 몸은 죽어도 죽지 않는 "당신"의 속성을 가리킨다. 모든 인위적 집착
으로부터 벗어나 있고, 초월해 있고, 비어 있으므로 마치 가장 높은 차원의
하늘이며 영원한 도道라는 것이다(공내왕公乃王 왕내천王乃天 천내도天乃道 도내구道乃
久). 4연은 하늘 혹은 도의 영원성을 노래하고 있는 것이다. 몰신불태沒身不
殆는 사도 바울의 '썩을 육신의 옷을 벗고 영원히 썩지 않는 옷을 갈아입는
것이 곧 부활'이라는 언명과 상통한다. 따라서 5연에서 "어둠 속에/ 어둠 속

에/ 보석寶石들의 광채光彩를 기리 담아 주시는/ 밤과 같은 당신"은 곧 부활하는 그리스도를 가리키는 것으로 이해된다. 그리고 이것은 또한 시적 화자가 추구하는 궁극적 삶의 가치이며 철학으로서 도道와 상통함을 알 수 있다.

여기에 이르면 김현승의 시 세계에서 초월적 신앙은 구도求道의 생활철학으로 존재하는 것임을 좀 더 분명하게 확인할 수 있다. 그렇다면, 생활철학의 궁극적 가치에 해당하는 그리스도와의 만남과 구도求道의 성취는 어떻게 가능할까? 그것은 스스로 "사라져/ 오오/ 영원永遠을 세우"는 방법론을 따르는 것이다. 김현승의 시 세계에서 고독한 자아를 향한 치열한 과정은 이러한 배경에서 연원하는 것으로 보인다.

4. 고독의 극점과 영원성의 대면

절대자 "당신"은 "사라져" "영원"(「이별離別에게」)을 세운다. "많은 진리들 가운데 위대한 공허를 선택하여/ 나로 하여금 그 뜻을 알게"(「가을의 시」)하는 것이다. "당신"은 자신을 지우고, 비우는 "공허"를 통해 존재하는 "영원"이다. 그렇다면, 이러한 "당신"을 만날 수 있는 방법은 무엇일까? 그것은 현실의 인위적, 세속적 질서와 절연된 "고독"을 지향하는 것이다. "고독"이 단독자로서의 자기 자신에 대한 실존적 각성의 방법론적 형식[9]인 것이다.

　　나로 하여금
　　세상의 모든 책을 덮게 한
　　최후最後의 지혜智慧여,
　　인간人間은 고독하다!

---

9 유성호, 『근대시의 모더니티와 종교적 상상력』, 소명, 2008, 161쪽.

우리들의 꿈과 사랑과

모든 광채光彩있는 것들의 열량熱量을 흡수吸收하여 버리는

최후最後의 언어言語여,

인간人間은 고독하다!

…(중략)…

신앙을 가리켜 그러나 고독에 나리는 축복이라면

깊은 신앙은 우리를 더욱 고독으로 이끌 뿐

──「인간人間은 고독孤獨하다」 부분

"고독"은 "나로 하여금/ 세상의 모든 책을 덮게 한/ 최후의 지혜"이다. 세상의 어떤 지혜보다 더욱 절대적인 지혜를 "고독"을 통해 대면할 수 있다. 또한 "고독"은 현실 속의 "모든 광채 있는 것들"을 흡수해 버린다. 그렇다면, 이러한 "고독"의 실체는 무엇인가? 그것은 "신앙"과 대면할 수 있는 삶의 자세이다. "신앙"은 "고독에 나리는 축복이"기 때문이다. 그래서 "깊은 신앙은" 자신을 더욱 깊은 "고독으로 이"끈다.

물론, 여기에서는 "신앙" 역시 삶의 철학적 지향점으로서 도道와 등가적인 의미를 지니는 것으로 해석된다. 따라서, 노자 《도덕경》의 어법으로 설명하면, '사람들한테서 배우기를 그만두면 근심이 없다. 세상 사람들은 똑똑해서 아는 것도 많건만 나 홀로 어둡고 둔하여 고요하기가 바다와 같으며, 나 혼자 세상 사람과 달라서 어머니(도道 혹은 하나님)한테 양육되는 것을 귀하게 여긴다(絕學 無憂 …중략… 俗人察察 我獨悶悶 澹兮 其若海 飂兮 似無所止 衆人皆有以 而我獨頑且鄙 我獨異於人 而貴求食於母)[10]는 외로운 구도의 자세와 동일성을 지닌다.

---

10 노자, 《도덕경》, 20장.

이와 같이 절대적 가치와 합치하는 "고독"의 자세가 "절대고독"의 경지로
극대화되면 "영원"을 대면하게 된다.

　　　나는 이제야 내가 생각하던
　　　영원의 먼 끝을 만지게 되었다.

　　　그 끝에서 나는 눈을 비비고
　　　비로소 나의 오랜 잠을 깬다.

　　　내가 만지는 손끝에서
　　　영원의 별들이 흩어져 빛을 잃지만,
　　　내가 만지는 손끝에서
　　　나는 내게로 오히려 더 가까이 다가오는
　　　따뜻한 체온을 새로이 느낀다.
　　　이 체온體溫으로 나는 내게서 끝나는
　　　나의 영원을 외로이 내 가슴에 품어 준다.

　　　그리고 꿈으로 고이 안을 받친
　　　내 언어言語의 날개들을
　　　내 손끝에서 이제는 티끌처럼 날려 보내고 만다.

　　　나는 내게서 끝나는
　　　아름다운 영원을
　　　내 주름 잡힌 손으로 어루만지며 어루만지며
　　　더 나아갈 수도 없는 나의 손끝에서
　　　드디어 입을 다문다— 나의 시詩와 함께.

　　　　　　　　　　　　　　—「절대絶對고독」 전문

"절대 고독"의 지점에서 "영원"을 감지한다. 이때 "비로소" "나는 눈을 비비고" "나의 오랜 잠을 깬다". 그렇다면, "영원"의 실체는 무엇인가? 그것은 바로 자신의 근원이다. 그래서 "내가 만지는 손끝에서/ 나는 내게로 오히려 더 가까이 다가오는/ 따뜻한 체온을 새로이 느낀다" "고독을 진정으로 아는 사람은 고독 속에 빠지는 것이 아니라 그 고독 속에서 자신을 건져내게 된다"[11]는 것을 스스로 터득하고 증거하는 자리이다. 그는 "고독"을 통해 "인생의 본질적 상태를 인식"[12]하고 있는 것이다. 근원과 본질로서의 "영원"은 언어로 감각화할 수 없는 절대적 무한의 속성을 지닌다. 이것은 마치 노자가 〈도덕경〉 1장에서 강조한 '도道를 말로 하면 말로 된 도道가 도道 그 자체는 아니다. 이름을 붙이면 이름이 곧 이름의 주인은 아니다(道可道 非常道 名可名 非常名 無名)'[13]라는 언명을 환기시킨다. 절대적 근원의 "영원"은 이미 말에 얽매이지 않는 언어도단言語道斷의 영역에 거점을 둔다. 그래서 시적 화자는 "나는 내게서 끝나는/ 아름다운 영원을/ 더 나아갈 수도 없는 나의 손끝에서/ 드디어 입을 다문다 ―나의 시詩와 함께"라고 진술하게 된다.

5. 방법적 회의와 절대 신앙의 귀속

김현승의 시 세계는 "견고한 고독"의 지점에서 "내 언어言語의 날개들을" "티끌처럼 날려 보내"는 "영원"을 감지한다. 이때 "나는 끝나면서/ 나의 처음까지도 알게 된다."(「고독의 끝」) 그러나 여기에서 성현聖顯에 대한 구체적인 감각은 등장하지 않는다.

　　　나는 끝나면서

---

11 김현승, 「커피를 끓이면서」, 『김현승 전집』 2, 시인사, 1985, 366쪽.
12 위의 책, 366쪽.
13 노자, 《도덕경》, 1장.

나의 처음까지도 알게 된다.

신은 무한히 넘치어
내 작은 눈에는 들일 수 없고,
나는 너무 잘아서
신의 눈엔 끝내 보이지 않았다.

—「고독의 끝」 부분

시적 화자는 "고독의 끝"에서 "신"과의 교감을 얻지 못하고 있다. 오직 "나의 끝"과 "처음"이 있을 따름이다. 이때 그는 "절대고독"에서 도달한 "영원"과의 대면이 초월적 신의 주재가 아니라 인간의 내재성이 만들어낸 산물로 인식하게 된다. 여기에 이르면 "고독"은 "설사 그 출발이 기독교적 사유에서 발단되었다 하더라도 결정적으로 기독교적인 것일 수 없다".[14] 그래서 그가 대면한 "영원"은 수도자가 터득한 절대적 가치 일반에 해당한다. 이때 그는 예수도 구도의 길을 추구한 인간에 지나지 않는 것이 아닐까? 라는 근본적인 회의를 갖기에 이른다.

> 내가 불교나 유교를 믿지 않는 까닭은 그들의 종주宗主는 한결같이 불완전한 인간이기 때문이다. 이와 꼭 같은 이유로써 나는 인간 예수를 신앙의 대상으로 한 기독교라면 이러한 종교에선 도덕적 수양 이상의 가치를 인정할 수 없다."[15]

예수 역시 "도덕적 수양 이상의 가치"를 지니지 않는다는 인식은 기독교에 대한 근본적인 부정이다. 기독교에서 그리스도는 스스로 있는 자이며 영

14 김윤식, 「신앙과 고독의 분리문제」, 『한국현대시론비판』, 일지사, 1976, 148쪽.
15 위의 책, 368쪽.

원자[16]이고, 이제도 있고 전에도 있었고, 장차 올 자요 전지전능한 자[17]라는 전제 속에서 출발한다. 그러나 예수가 전지전능한 초월적 메시아가 아니라 도덕적 수양을 통한 지선상至善上의 구도적 인간이라고 인식하게 되면, 기독교의 유일신 숭배사상은 거점을 잃게 된다. 이때 "네가 나를 찾았을 때/ 나는 성전聖殿에 있지 않았고, / 나는 또 돌을 들어 떡을 만든 것도 아니다"(「부재不在」)라고 신의 부재를 노래하게 된다. 이렇게 되면, 김현승의 시적 삶이 추구해 온 "고독은 마침내 목적이 된다"(「고독한 이유理由」).

신神도 없는 한 세상
믿음도 떠나,
내 고독을 순금純金처럼 지니고 살아 왔기에
흙 속에 묻힌 뒤에도 그 뒤에도
내 고독은 또한 순금純金처럼 썩지 않으련가.

그러나 모르리라.
흙 속에 별처럼 묻혀 있기 너무도 아득하여
영원의 머리는 꼬리를 붙잡고
영원의 꼬리는 또 그 머리를 붙잡으며
돌면서 돌면서 다시금 태어난다면,

그제 내 고독은 더욱 굳은 순금純金이 되어
누군가의 손에서 천년이고, 만년이고
은밀한 약속을 지켜주든지,

---

16 시편 90:2.
17 요한계시록 1:8.

그렇지도 않으면

안개 낀 밤바다의 보석寶石이 되어

뽀야다란 밤고동 소리를 들으며

어디론가 더욱 먼 곳을 향해 떠나가고 있을지도……

　　　　　　　　　　　　　　—「고독의 순금純金」부분

"신神도 없는 한 세상"이란 인식 속에서 "믿음도 떠나"게 되자, "고독"이 "순금"이 되고 있다. "고독이 목적"이 되면서 사물화되고 있는 것이다. 사물화된 "고독"은 "흙 속에 묻힌 그 뒤에도" "썩지 않"을 것이다. 그러나 사물로서의 "고독" 앞에 놓인 "영원"은 너무도 아득하고 허망하다. 그것은 "구원에 이르는 고독이 아니라, 구원을 잃어버리는, 구원을 포기하는 고독이"[18] 기 때문이다. 그래서 시적 화자는 "영원의 머리는 꼬리를 붙잡고/ 영원의 꼬리는 또 그 머리를 붙잡으며/ 돌면서 돌면서 다시금 태어"나기를 바란다. 사물화된 "고독"의 소생을 바라는 것이다. 마지막 연의 "그렇지도 않으면"에서 보조사 "도"는 사물화된 "고독"에 대한 비관적 체념을 드러낸다. "안개 낀 밤바다의 보석이 되어" "어디론가 더욱 먼 곳을 향해 떠나"간다는 것은 비관적 체념이 낳은 퇴폐적 감상으로 읽힌다.

그는 신을 부정할 때 해방감이 아니라 비관주의에 빠지고 있는 것이다. 이것은 그의 기독교적 회의가 기본적으로 방법적 회의[19]임을 알 수 있다. 그

---

18 김현승, 「나의 문학백서文學白書」, 위의 책, 277쪽.

19 데카르트가 제기한 방법적 회의란 확실한 인식 체계를 구축하기 위해 불확실해 보이는 모든 것을 의심해 봄으로써 절대적으로 확실한 토대를 마련하고 그 위에 확실한 인식을 쌓아가려는 방법이라고 볼 수 있다. 방법적 회의에는 두 가지가 있는데, 하나는 불확실한 기존 학문 전체를 허물고 확실한 철학, 즉 형이상학의 토대 위에 확실한 인식 체계로서의 보편학문 체계를 구축하기 위해 기존 학문 및 선례와 관습 모두를 의심하는 것이고, 다른 하나는 좁은 의미의 철학, 즉 형이상학을 확고한 토대 위에 구축하기 위해 불확실한 모든 것을 의심하는 회의이다. 두 가지 방법적 회의 모두 불확실한 것을 제거하고 확실한 토대를 마련하고자 한다는 점에서는 동일하다(박철호, 『데카르트 방법서설』, 김영사, 2008, 6-30쪽 참조).

의 기독교에 대한 회의는 부정을 목적으로 한 것이 아니라 믿음에 대한 확신을 목표로 하고 있는 것이다. 실제로 그는 스스로 다음과 같이 진술한다.

> 신을 모든 조건에서 일일이 부정하다가도 이 양심의 존엄성에 생각이 미치면, 그것은 진화의 결과이기보다는 누군가에게 주어진 것 같다고 생각하지 않을 수 없게 된다. 모든 면에서 추방을 당한 신이 나의 이 양심이라는 최후의 보루에서 나에게 마지막 저항을 하고 있는지도 모른다. 혹은 이 거점을 점차로 확대하여 그의 실지失地를 나의 내부에서 회복할 기회를 기다리고 있는지도 모른다.[20]

신의 창조설을 "양심"의 존재성을 통해 견지하고 있다. 신의 절대성에 대한 부정 속에서도 신과의 연속성이라는 끈을 결코 놓지 않고 있다. '내가 믿사오니, 주여, 나의 믿음 없음을 도와주소서'[21]라는 『마가복음』의 방법적 회의의 언명을 환기시킨다. 그러나 물론, 신앙에 관한 방법적 회의를 이것으로 해결할 수는 없다. 그렇다면 신의 존재성을 입증할 수 있는 지성적 논리는 무엇일까? 그것은 없다. 신을 신 이외의 다른 것으로 증명한다는 것은 모순이기 때문이다.[22] 신의 존재성은 이미 언어도단의 영역에 거점을 두기 때문이다. 그가 신앙인으로 회귀하는 과정도 지성적 논리가 아니라 치명적인 우연의 사건이다.

> 얼마만에 나는 다시 의식을 회복하고 살아나게 되었었다. 죽음 가운데에서 누가 과연 나를 살렸을까? 나는 확신한다! 그분은 하나님이시다. 나의 부모와 나의 형제들, 나의 온 집안이 모두 믿고 지금도 믿

20 김현승, 「나의 문학백서文學白書」, 위의 책, 278쪽.
21 《마가복음》 9장 24절.
22 칼 뢰비트, 임춘갑 옮김, 『지식과 신앙, 그리고 회의』, 다산글방, 2007, 61쪽.

고 있는 우리의 신이, 하나님이 나에게 회개의 마지막 기회를 주시려고 이 어리석은 나를 살려 놓으신 것이다. …(중략)… 이날 이후 나는 시는 버릴지언정 나의 구원인 나의 신앙을 다시금 떠날 수는 없다.[23]

"신에게 무제한으로 마음을 쏟고 신에게 꼭 매달리고, 신을 전폭적으로 신뢰하고, 신에게 일체를 기대하는" 절대 신앙인의 자세이다. 결과론적으로 반추할 때, 그에게 일어난 치명적인 질병의 경험은 신의 존재성이 응답한 사건이다. 이제 그는 성령의 품속으로 지체 없이 뛰어든다. 이때 신은 구도의 의미를 넘어선 절대적 호교護敎의 대상이다. 그의 시 세계에서 신의 초월성이 인간의 내재성을 압도하는 국면이다.

당신의 불꽃 속으로
나의 눈송이가.
뛰어 듭니다.

당신의 불꽃은
나의 눈송이를
자취도 없이 품어 줍니다.

―「절대신앙絶對信仰」 전문

6. 맺음말

김현승의 시 세계는 기독교적 세계관을 기반으로 한다. 그래서 그에게

---

23 김현승, 『김현승 전집 2 산문』, 시인사, 1985, 289-290쪽.

시적 창조는 신의 창조성에 대한 모방의 성격을 지닌다. 기독교에서 창조성은 신만의 특권이기 때문이다. 그러나 그에게 신은 초월적 절대성으로만 존재하는 것이 아니라 내적 본성이기도 하다. 초월적 절대자인 "당신의 눈은 나의 마음"(「가을은 눈의 계절季節」)이기도 하기 때문이다. 그래서 그에게 시와 종교는 긴밀한 연속성을 지닌다. 시의 기반을 이루는 인간의 내재성과 종교의 외적 초월성이 합치되고 있기 때문이다. 김현승의 종교시가 성서의 소재주의와 송가적 호교護敎 문학의 범주에 떨어지지 않고 정서적 밀도와 긴장력을 유지할 수 있는 배경도 여기에 있는 것으로 보인다.

한편, 이와 같은 인간의 내재성과 신의 초월성 사이의 연속성은 신의 존재성에 대한 탐구에서도 동일하게 드러난다. "빈 도가니"(「이별離別에게」)와 같은 텅 빈 고요를 통해, 우주 만물을 주재하는 신의 존재성은 동양적 우주관의 종지를 이루는 무위無爲의 도道와 상동성을 지닌다. 따라서 그가 신에게 다가가는 길은 곧 자기완성을 향한 구도의 과정이기도 하다. 그는 자기 본성을 찾아가는 고독의 극점에서 "영원"(「절대絶對고독」)과 대면한다. 그러나 여기에서 기독교적 유일신의 성현을 체험하지는 못한다. 그가 대면한 "영원"은 존재론적 근원 일반으로 이해된다. 이 점은 그의 시적 출발이 "기독교적 사유에서 발단되었다 할지라도 결정적으로 기독교적인 것일 수 없"음을 드러낸다. 이때 그는 신앙에 대한 방법적 회의에 빠진다. 그의 지성적인 논리로 전개되는 방법적 회의에 응답을 준 것은 치명적인 우연의 질병 체험이다. 그는 다시 "절대신앙絶對信仰"의 길로 기울게 된다. 이때 유한적 존재자로서의 결핍에 대한 초극의 방법론은 절대자를 통한 구원으로 귀결된다. 인간의 내재성을 외적 초월이 압도하는 국면이다. 그의 삶에서 시와 종교의 연속성에 균열이 일어나는 지점이다. 이때, 그의 종교 시편에는 주로 송가적 호교護敎의 성향이 표 나게 드러난다.

해방공간과 이념적 선택의 도상학
—설정식론

1. 이념 과잉의 혼란과 선택의 도상

정식은 해방공간(1945. 8. 15. ~ 1948. 8. 15.)의 문인이다. 이것은 시, 소설, 번역 등에 걸쳐 전방위적으로 전개된 그의 창작 활동이 해방공간에 집중되었다는 것을 가리키면서 동시에 그의 문학적 삶이 해방공간에서 문제적 개인으로서의 특성을 선명하게 드러내고 있다는 것을 가리킨다. "8·15 해방은 도적처럼"[1] 와서 도적처럼 떠났다고 할 때, 해방공간에 전면에 등장했다가 해방공간의 혼란이 귀결시킨 전쟁과 분단체제 속에서 희생된 그의 문학적 삶은 해방공간의 도상학을 고스란히 닮아있다고 할 것이다.

민족은 있으나 국가가 없었던 식민지 시대와 달리 하나의 민족에 두 개의 국가가 형성되기 시작한 해방공간은 서로 다른 지배 체제와 권력의지의 배타적 대립과 충돌의 혼란상을 극명하게 드러낸다. 해방공간은 얄타회담 (1945. 2.)에서부터 가시화된 미·소 군정에 입각한 분단을 기반으로 하면서

---

1 함석헌, 『성서적 입장에서 본 조선 역사』, 성광문화사, 1950, 280쪽.

좌익, 우익, 중도 좌익, 중도 우익 세력이 서로 혼전을 벌인다. 특히, 이들은 친일파 처단, 토지제도 개혁, 모스크바 3상회의(1945. 12.) 이후 신탁과 반탁, 정부 수립 등을 두고 견해 차이를 보이면서 정국의 혼란을 증폭시킨다. 이념적 반목과 대립의 혼전이 심할수록 현실 속에서 "진리"의 구현을 견지하는 시중지도時中之道의 길 찾기는 더욱 중요하고도 어렵다. 과연 해방 정국의 이념의 소용돌이에서 어느 진영이 가장 진리의 구현에 가까운 노선일까? 이러한 질문 앞에 설정식은 "총소리를 들은 민주주의가/ 조용히 이를 깨문다.// 그러자/ 또 총소리가 들린다.// 진리는 이렇게/ 천착만공千鑿萬孔이 되어야 하느냐// 아 정말 신이래도 있으면은 좋겠다"(「진리眞理」)고 표백한다. 계급해방과 민족의식을 동시에 견지한 좌익 계열, 미군정에 적극 참여하며 자유민주주의를 추구한 우익 계열, 좌우 갈등을 극복하고 통일 정부를 구성하고자 한 중도 계열이 서로 자기 진영이 해방정국(時)에 가장 올바른 시대정신(道)을 구현하는 노선이라고 주장하고 있었던 것이다.

설정식의 해방공간에서의 첫 번째 이념 선택은 우익 진영에 합류하는 것이었다. 그는 미군정청 고위 관리로 나아간다. 그러나 미군정의 제국주의적 본성에 실망하게 되면서 조선공산당 입당으로 선회한다. 그러나 점차 남한에서의 공산주의 활동은 금기시된다. 이때 그는 좌익 인사 교화 및 전향을 목적으로 하는 보도연맹에 들어가게 된다. 6·25전쟁이 일어나면서 다시 인민군으로 자원입대하고 더 나아가 월북을 감행한다. 그러나 북한에서 그는 1953년 '인민공화국정권 전복음모와 반국가적 간첩테러 및 선전선동행위'를 했다는 죄명으로 사형에 처하게 된다. 이념 과잉 시대에 그의 문학적 삶의 경로는 북한 정권이 전쟁 실패의 책임을 전가하기 위한 남로당계 숙청 과정의 희생양이 되는 것이었다. 그야말로 그는 "이데올로기의 홍수 속에/ 모습도 남기지 않은 채 휩쓸려간 사람"[2]이 되고 말았다.

설정식의 문학 세계는 해방공간에 집중적으로 펼쳐진다. 그가 작품을

2 설희관, 「아버지」, 『시로여는세상』, 2004년 겨울호.

발표한 것은 1932년 학생 대상 작품 공모에 수상하면서지만 문단에 두각을 드러낸 것은 해방 이후부터이다. 해방공간에 시집 『鐘鐘』(1947), 『포도葡萄』(1948), 『제신諸神의 분노憤怒』(1948) 등을 비롯한 여러 장르의 작품을 연간한다.[3] 그의 이러한 시적 삶은 배반의 희망으로 다가온 해방에 대한 회한과 해방공간의 혼돈 속에서 이념적 관조, 선택, 신념으로 이어지는 일련의 과정이 중심을 이룬다. 특히 이것은 그의 시 세계에서 "태양"과 "해바라기"의 역동적 도상을 중심으로 구상화되고 있다. "팔월 태양" "또 하나의 다른 태양" "붉은 사상의 태양"으로 변주되는 이미저리는 각각 회복된 국권, 미군정, 조선공산당을 표상하는 것으로 해석된다. 그리고 이에 대응하는 "해바라기"는 각각 실천, 대결, 신념의 양상을 드러낸다. 이 글은 이러한 문제의식을 가지고, 해방공간에서 설정식이 보여 준 이념적 선택의 도상학을 구체적으로 탐색해 보기로 한다.

2. '팔월 태양'의 재생과 실천의지

설정식은 1912년 함경남도 단천에서 태어난다. 그의 부친 설태희는 한학자이면서 일본 유학을 다녀온 개신 유학자였으며 물산장려운동에 앞장서기도 한다. 8세 때에 서울로 이주하였고 경성농업고등학교에 다니던 시절 광주학생사건에 가담하여 퇴학을 당한다. 그의 시편에 나타나는 한학적 소양이나 민족 현실에 대한 관심은 선대로부터 내려오는 집안 분위기와도 깊이

---

3 시 장르 외에도 소설 「청춘靑春」(1946), 「프란씨스 두셋」(1946), 「한 화가畵家의 최후最後」(1948), 「해방解放」(1948) 등을 발표한다. 또한 시론으로 「시와 창작」(1947), 「시詩의 위치位置」(1948), 「실사구시實事求是의 시詩」(1948), 「프래그먼트」(1948) 등을 발표한다. 해방공간이 끝나면서 남한에서의 창작 활동이 금기시되자 「햄릿」(1949)을 비롯한 셰익스피어 작품 번역에 집중한다. 그는 시, 소설, 시론, 번역 등의 다양한 장르를 통해 격동의 해방공간을 종횡무진 가로지르고 있었다.

연관되는 것으로 보인다. 농업학교에서 퇴학을 당하자 만주 봉천으로 가서 학업을 계속하다가 만보산 사건으로 귀국하게 된다.[4]

그가 문단에 등장한 것은 중국에서 귀국한 이듬해 1932년 《중앙일보》 현 상모집에 희곡 「중국은 어디로」가 당선되면서부터이다. 같은 해에 학생들을 대상으로 한 문예 공모에 수상자가 되면서 시가 발표된다. 연희전문학교를 다니던 도중 일본에 유학을 다녀왔고 연희전문을 마친 이후에는 미국으로 건너가 마운트유니온대학을 졸업했으며 다시 컬럼비아 대학에서 셰익스피어를 집중적으로 공부한다. 일제강점기에 학생 신분으로 중국, 일본, 미국 현지를 두루 경험하는 예외적인 이력을 보여 준다. 선비 집안 출신이며 중국 유학생으로서 동양의 전통적인 세계관과 일본, 미국 유학생으로서 근대적 세계관을 두루 섭수한 것이다. 김기림, 최재서, 황순원, 피천득 등의 경우에서 보듯 우리 근대 문학사에서 영문학 전공자들이 대부분 일본이나 중국 대학에서 공부한 데 비해, 설정식은 현지에서 직접 공부한 정통파에 속한다. 그러나 2차 세계대전 직전 미국 유학에서 돌아왔으나 "아무 일자리도 얻지 못하고 농장에서 일"하며 세월을 보내다가 해방을 맞이한다.

"종전과 해방"은 그의 문학 세계에도 "새로운 삶을 가져다 주었"[5]다. 그러나 해방공간은 이내 한 치 앞의 방향을 가늠할 수 없는 혼란의 소용돌이에 휩싸이게 된다. 해방의 기쁨을 제대로 느낄 여유도 없이 이념적 대립과 분열의 충돌 속에 고스란히 노출된 것이다. "아 해방이 되었다 하는데/ 하늘은 왜 저다지 흐릴까"(「원향原鄉」)라는 탄식이 저절로 나온다. 해방은 되었으나 해방의 기쁨은 없다. 이것은 마치 "태양"은 있으나 "태양 없는 땅"에 살게 된 것과 같은 형국이다.

---

4 그의 소설 『청춘』은 이때의 중국 체험이 기본 바탕을 이룬다.
5 티보 메레이, 「한 시인의 추억, 설정식의 비극」, 설희관 엮음, 『설정식 문학전집』, 2012, 792쪽.

곡식이 익어도 익어도 쓸데없는 땅
모든 인민이 등을 대고 돌아선 땅

물줄기 도리어
우리들 입술 찾아 흐르기도 하고
흘러도 그러하나
벌써 모래 가득 찬 아가리
황토荒土에 널리기도 한 땅 —

…(중략)…

땀을 흘여도 흘여도 쓸데없는 땅
태양 없는 땅

—「태양 없는 땅」 부분

해방이 되었으나 "하늘은" 흐리기만 하여 "태양"을 볼 수 없는 상황이다. 태양이 없는 곳이기 때문에 지상에서 "땀을 흘"려도 의미나 성과가 없다. 이 때, 태양은 국권을 표상하는 것으로 해석된다. 8·15 해방은 이 땅에 국권 회복의 환희를 가져왔지만 그러나 곧 "누가 와서 벌여놓은 노름판" 같은 "무서운 희롱"(『단조短調』)의 대상으로 전락된다. "아름다우리라 하던" 해방의 기대는 "독한 부나븨" "달려드는"(『단조短調』) 아픔의 자리로 변질된다. 그렇다면, 이와 같은 비관적 현실을 초극할 수 있는 방법은 무엇일까? 그것은 국권 회복에 해당하는 "아름다운 팔월 태양"을 재생시키는 것이다.

두고두고 노래하고
또 슬퍼해야 될 팔월이 왔소

꽃다발을 엮어
아름다운 첫 기억을 따로 모시리까
술을 빚어놓고 다시
몸부림을 치리까

그러나 아름다운 팔월은 솟으라
도로 찾은 깃은 날으라 그러나

아하
숲에 나무는 잘리우고
마른 산이오 눈보라 섣달
사월 첫 소나기도 지나갔건만은
어데 가서 씨앗을 담어다
푸른 숲을 일굴 것이오

아름다운 팔월 태양이
한번 솟아 넓적한 민족의 가슴 위에
둥글게 타는 기록을 찍었오
그는 해바라기
해바라기는 목마른 사람들의 꽃이오
그는 불사조
괴로움밖에 모르는 인민의 꽃이오

오래 오래 견디고
또 기다려야 될 새로운 팔월이 왔소

해바라기 꽃다발을 엮어

이제로부터 싸우러 가는

인민 십자군의 머리에 얹으리다

…(중략)…

아름다운 사상과 때에 반역하는 무리만이

이기지 못하는 무거운 역사의 그림자

　　　　　　　　　—「해바라기 쓴 술을 빚어 놓고」 부분

　시적 화자는 "아름다운 팔월 태양"의 부활을 열망하고 있다. 물론 이것
은 현재 상황이 "슬퍼하여야 될 팔월"이기 때문이다. 팔월이 슬플수록 팔월
의 "아름다운 첫 기억"에 대한 그리움이 더욱 간절하다. 그래서 "아름다운
팔월은 솟으라/ 도로 찾은 깃은 날으라"고 힘주어 노래한다. 어느새 팔월이
시적 화자의 가슴에 살아 있는 생명체로 느껴진다. 간절함의 열도가 시적
대상에 생명의식을 불어넣게 된 것이다. "숲에 나무"가 "잘리우고" "산"이
말라가는 국권 유린의 나날 속에서 "아름다운 팔월 태양이" 다시 "한번 솟아
넓적한 민족의 가슴 위에/ 둥글게 타는" 날을 열망한다.

　이와 같은, "팔월 태양"의 재생에 대한 염원은 점차 "해바라기"로 표상되
는 "인민"의 실천의지로 전이된다. 시상의 흐름이 소극적인 기원에서 적극
적인 실천으로 전환되고 있다. "도로 찾은" "팔월"의 "깃"이 다시 비상하기
위해서는 심정적 염원을 넘어 "목마른 사람들의" 구체적인 노력이 필요하
다는 인식이다. 그래서 그는 "해바라기 꽃다발을 엮어/ 이제부터 싸우러 가
는/ 인민 십자군의 머리에 얹으"려고 한다. "해바라기"와 "인민 십자군"이
연속성을 이룬다. 이제 "인민의 꽃 해바라기"는 "아름다운 사상과 때에 반
역하는 무리"를 몰아낼 것이다. 이것은 물론 "아름다운 팔월 태양"의 재생
을 위한 실천 과정이다. "태양은 해바라기를 쳐다보고/ 해바라기는 우리들
을 쳐다보고/ 우리들은 또" "태양을 쳐다보"(「해바라기 소년」)는 일원론적인 상

응 구조가 성립되고 있다.

한편, 여기서 우리는 설정식의 시 세계에서 절대적인 염원의 대상인 "태양"으로 표상되는 천상의 이미지와 함께 "십자군"이 자연스럽게 등장하는 배경에 대해 묻게 된다. 이것은 그가 기독교계 대학인 연희전문을 나온 학문적 배경과 무관하지 않겠지만 이보다는 해방 정국의 혼란 속에서 그가 견지하고자 하는 절대적 가치와 연관되는 것으로 보인다. 이념적 분열, 대립, 충돌이 난무할수록 변치 않는 영원한 초월적 가치에 대한 갈망은 더욱 강하게 느껴진다.

할 수 없이 카토릭이 된 사람아
나는 어떻게 하면 좋으냐

먼 나라로 가기 전에도
칠천 리 바다 저쪽에서도
또다시 저 남산 위에

하늘빛과
마음은 항상 같으구나

같은 것이 무엇이라는 것
너로 말미암아 비로소 알았다마는

법이 있고 또 문제가 많은데
같은 것이 무슨 소용이랴

그리고 너는 어디론가 간다고
사람들이 혹 말을 전하는 것이다

가거라 부디 좋은 사람에게로 가거라

　　　　　　　　　　　　　　　　　　　　　　　—「Y에게」부분

　대화의 화법을 통해 시적 화자의 내면의식이 진솔하게 표백되고 있다.
"Y"는 영원히 "같은 것"을 찾아 "카토릭"으로 갔다. "먼 나라로 가기 전에
도/ 칠천리 바다 저쪽에서도/ 또다시 저 남산 위에"도 "항상 같"은 것이란
종교적 초월의 절대자를 가리킬 것이다. 여기에서 "먼 나라"는 설정식의 자
전적 연대기로 미루어 미국을 가리키는 것으로 이해된다. 물론, 여기에서
"칠천리"는 물리적 거리라기보다 "먼 나라"가 자아내는 아득한 심정적 거
리를 가리키는 것으로 보인다. 시적 행간에는 미국 유학을 "가기 전"은 물
론 미국 유학 생활을 하던 "칠천리 바다 저쪽에서도" 그리고 "또다시" 이곳
에서도 한결같이 영원한 것에 대한 아득한 묵상이 배어 나온다. 그러나 그
는 "카토릭"으로 가는 "Y"와 동행하지는 않는다. "법이 있고 또 문제가 많
은" 현실 속에서 영원히 "같은 것이" 도대체 "무슨 소용이" 있겠는가라고 생
각되기 때문이다.
　설정식이 해방공간 속에서 느끼는 심리적 갈등과 모색의 내적 과정을 읽
을 수 있다. 그가 다음 시편의 첫 머리에서 『장자莊子』, 「천지편天地篇」을 인
용한 것도 해방공간의 혼돈 속에서 느끼는 이념적 선택의 어려움을 드러낸
것으로 보인다.

　　　黃帝遊乎亦水之北登乎崑崙山之丘而南望

　　　還歸遺其玄珠使知索之而不得使離朱索之

　　　而不得使喫詬索之而不得也乃使象罔象罔得之

　　　　　　　　　　　　　—장자莊子, 「천지편天地篇」부분

아 내 사연이야 이루 사뢰어 무삼하리요 다만

자비로운 아배의 집에서 하루아침

나는 억울한 도적이 되었소

글세 몇 해를 더 갈 것인지 차차

굳어지는 혓바닥, 알아듣지 못하시더라도

글세 어떻게 하면 좋을 것인지 나도—

—「상망象罔」 부분

도道에 관한 설명에서 자주 등장하는 『장자莊子』, 「천지편天地篇」의 구절이다. 황제 훤원씨가 잃어버린 진주(진리)를 찾기 위해 신하, 지(知: 지식), 이주(눈 밝은 신하), 끽후(소리에 밝은 신하)를 시켰으나 찾지 못했다. 그러나 상망, 즉 마음을 비운(분별지를 없앤) 신하를 시켰더니 찾아왔다는 것이다. 11연의 장대한 형식으로 이루어진 이 시의 본문은 그리스신화를 차용하여 해방공간의 혼란상을 암유적으로 드러내고 있다.

동양의 고전과 그리스 신화를 동시에 차용하고 있는 이 시편은 선비 집안 출신이면서 미국 유학생 출신이기도 한 그의 남다른 학문적 이력과 무관하지 않을 것이다. 그가 동서양의 고전을 가로지르면서 궁극적으로 노래하고 있는 것은 "하늘에서 불을 앗어온 우리 은인恩人/ 프로메듀쓰를 위하여/ 상망이 구슬을 찾아오"는 것으로 서술할 수 있는, "팔월의 태양"의 재생을 위한 방법론에 대한 모색이다. 과연 해방공간의 다양한 이념적 노선 속에서 "상망이 구슬을 찾아"오듯이 "팔월의 태양"을 재생시킬 수 있는 길은 무엇일까. 이러한 암중모색 중에 그의 앞에는 "또 하나의 다른 태양太陽"(「또 하나 다른 태양太陽」)이 다가선다.

3. '또 하나의 다른 태양'과 대결의지

해방공간 앞에서 "할 수 없이 카토릭이 된 사람아/ 나는 어떻게 하면 좋으냐"(「Y에게」)고 자문했던 설정식이 선택한 첫 번째 경로는 미군정이었다.

그는 해방 정국의 혼란 속에서 "구슬"(진리)을 "찾아오"는 "상망"의 역할을 담당하는 대상이 미군정이라고 파악했다. "남한에 미국인들이 들어왔을 때 나는 희망과 낙관에 가득차 있었다"고 스스로 진술한다. "우리민족의 처지가 마침내 나아지리라 믿었다". 그는 "팔월의 태양"이 희미해진 자리에 미군정을 "또 하나 다른 태양太陽"(「또 하나 다른 태양太陽」)으로 올려놓고 있었다. 물론 여기에는 "미국인이 나를 쌍수를 들어 받아들인 것"도 한몫했을 것이다. "무엇보다도 그들이 나를 필요로 했던 것이다".[6] 그는 정통 미국 유학파로서 누구보다 탁월한 영어 실력을 갖추고 있었다. 그러나 그는 미군정에 1년여간 복무하면서 깊은 실망에 빠지게 된다. 미군정의 제국주의적 본성을 직접적으로 느끼고 목격한 것이다. 미국의 본성은 "제국帝國의 제국帝國을 도모圖謀하는 자者"였던 것이다.

'대계곡大溪谷'의 장엄은 또 그만두고
와이오밍에서 코로라도
기름진 평야로 들어서는
옥수수 밭고랑 고랑은 진정
내 고향과도 같이

어데 어데를 가도
'자유' 그 말에 방불彷彿한 토지를
파씨쓰타의 무리여
너희들 까닭에 나는
휘트맨의 곁에 가차이 설 수 없고
또 이날에도

---

6 설희관 엮음, 위의 책, 793쪽.

찬가로써 하지 못하고

두 폭 넓은 비단 청보靑褓에 '원망'을 싸는도다

　　　　　　　—「제국帝國의 제국帝國을 도모圖謀하는 자者」 부분

　미국의 장엄한 영토는 "내 고향과도 같이" 그립고 친숙하다. "어데 어데를 가도/ '자유' 그 말에 방불彷彿한 토지"의 기억이다. 미국 유학 체험을 바탕으로 배어 나오는 시적 전언이다. 그러나 그는 "미국독립기념일美國獨立紀念日"에 안타깝게도 "찬가"를 쓸 수 없다. 미국이 "파씨스타"의 성향을 드러내고 있기 때문이다.

　　그러나 그대는 들었는가

　　양귀비 난만한 동산

　　「백인白人의 부담負擔」이란 우화寓話를

　　그리고 얄타회담으로 몰아가는

　　캬듸락 바퀴 소리를

　　흰손이 닷는 틔운 문소리를 그리고

　　샴펜주酒 터지는 소리를

　　흑풍黑風이 불어와

　　소리개 자유는

　　비둘기 해방은 그림자마자

　　땅위에서 걷어차고 날아가런다

　　　　　　　　　　　　—「우화寓話」 부분

　미국의 제국주의적 속성을 적나라하게 비판하고 있다. 그가 미국에서 보았던 "와이오밍에서 코로라도/ 기름진 평야로 들어서는/ 옥수수 밭고랑 고랑은" 미국의 표면적 풍경에 지나지 않았다. "백인白人의 부담負擔"이란 우

114

화寓話"나 "얄타회담"에서 드러나는 침략적인 제국주의의 속성이 미국의 내적 본질이었음을 자각하고 있다. 「백인白人의 부담負擔」이란 우화寓話」는 미국의 필리핀 식민지 지배에 대한 자축을 다룬 것이고 "얄타회담"은 2차 세계대전 전후 처리를 위한 강대국의 패권적 지배 전략이 드러난 회담으로서 한반도의 분단과 연관된다. 설정식이 미국 유학생으로서 책에서 읽었던 "제퍼슨 페인의 아름다운 사상"과 "또 그 뒤에 저 많은/ 민주주의 계승"(「제국帝國의 제국帝國을 도모圖謀하는 자者」)과 상반되는 미국의 또 다른 이면의 모습이다.

이때 그는 자신의 첫 번째 선택에 대한 부정을 감행하지 않을 수 없게 된다. 이것이 시적 상징을 통해 표현되면 "또 하나 다른 태양太陽"에 대한 부정으로 나타난다.

> 그러므로 네가 매운 강동지와 깡조밥을 빚어
> 가장 수고로이 부어줄 때에도 그 잔盞은
> 마시면 내 혀는 나를 속이기만 하였다
> 그리하여 피는 슬프게도 생명에서 유리遊離되고 말았다
> 피는 슬프게도 짐승에게로 가차이 흘렀다
>
> 다시 말하거니와
> 무자비한 태양이여
> 나는 네가 임금林檎을 시굴게 또 달게 그리고 또 떨어트리는 권력을 가
> 지고 있는 것도 잘 알았다 허나
> 나는 네가 네 자신밖에 태우지 못하는 슬픔인 줄은 몰랐다
>
> 내 눈앞에서 또 한 개의 임금林檎이 떨어진다 그러나
> 죽엄으로 밖에 떨어질 데 없는 나의 육체는
> 떨어지지도 않으면서 심히 무겁구나 무엇이 들어찼느냐 과연 그러나

115

이제 모든 실오라기와

너의 지난 세월의 나의 긴 누데기를 벗어버리고

　　　　　　　　　　—「또 하나 다른 태양太陽」 부분

　"또 하나 다른 태양太陽"의 이중성에 대한 배반의 정서가 내밀하게 스며있다. "네가 매운 강동지와 깡조밥을 빚"은 술을 "가장 수고로이 부어줄 때에도" "마시면 내 혀는 나를 속이기만" 한다. 정성을 다하는 신사의 모습을 취하고 있지만 그러나 "무자비한" 침략성이 내적 본성을 이룬다. "그리하여 피는 슬프게도 생명에서 유리遊離되고 말았다". "무자비한 태양"이 엄청난 "권력"을 지닌 것은 알았지만, 그것이 이타적인 포용성으로 확산되지 못하고 "자신밖에 태우지 못하는 슬픔"에 갇혀 있는 줄은 몰랐다는 것이다. 다시 말해, 미국의 민주주의 전통과 경제적 풍요는 자국 내의 그것일 뿐, 다른 민족에게는 결코 적용되지 않는다는 것이다. 그는 이에 대해 다음과 같이 직접 진술한 바가 있다.

　　나는 그들이 자기네 군사기지가 있는 나라에 대한 관심보다 군사기
　　지 자체에 더 많은 관심을 가지고 있음을 보았다. 나는 농민과 노동
　　자들이 전과 다름없이 비참한 생활을 하고 있으며, 아무런 경제적 향
　　상도 없다는 것을 알았다. 나는 또 그들이 부패와 인권의 억압을 못
　　본 체하고, 그 무자비한 독재자 이승만을 전폭적으로 믿고 있다는 것
　　도 알게 되었다.[7]

　이제 그는 미국과의 결별을 선택하지 않을 수 없다. "너"와의 "지난 세월"을 "누데기를 벗어버리"듯이 벗어버리지 않을 수 없는 것이다. 이제 그

───────────────

　7 설희관 엮음, 위의 책, 793쪽.

는 "무도한 태양"에 대한 대결의지를 불태우게 된다.

> 해바라기 호을로
> 너희들의 타락을 거부하였다
>
> 모든 꽃이 아름다운 십자가에 속은 날
> 모든 열매가 여지없이 유린을 당한 날
> 그들이 모두 원죄原罪로 돌아간 날
>
> 무도無道한 태양이
> 인간 위에 군림하고
> 인간은 또 인간 위에 개가凱歌를 부르고
> 이기랴든 멍에냐 어깨마저 깨져도
>
> 해바라기는 호올로
> 태양에 필적하였다
>
> ─「해바라기 3」 부분

"무도無道한 태양"과 "해바라기"가 대립구도를 이루고 있다. "모든 꽃이 아름다운 십자가에 속"았다는 것은 앞의 시에서 "가장 수고로이 부어줄 때에도 그 잔盞"을 "마시면 내 혀는 나를 속이기만 하였다"는 배반의 부정적 상황에 고스란히 상응한다. 따라서 "모든 열매가 여지없이 유린"되고 "그들이 모두 원죄原罪로 돌아"갔다는 것은 "또 다른 하나의 태양太陽"이 지닌 "제국帝國의 제국帝國을 도모圖謀"(「제국帝國의 제국帝國을 도모圖謀하는 자者」)하는 이면의 본성에 대한 비판적 직시로 해석된다. "인간 위에 군림하고/ 인간은 또 인간 위에 개가凱歌를 부"르는 것이 곧 제국주의의 속성에 다름 아니기 때문이다. 이러한 "무도無道한 태양"을 향해 "해바라기"는 "호올로" "필적"한다. "아름다운 팔월 태양"의 재생을 위한 실천의지를 추구하던 "인민의 꽃 해바라기"(「해바라기 쓴 술을 빚어 놓고」)가 이제 "또 다른 하나의 태양太陽"을 위한 대결의지를 불태우고 있는 것이다.

한편, 다음 시편은 시적 자아가 지향하는, "무도無道한 태양"과 맞선 "해바라기"의 인민성의 존재론적 특성을 선명하게 보여 준다.

오늘 죽은 듯이 깔리운 아우성은
아람으로 자랑하는 왕자王者 서기 이전부터
바람 함께 무성茂盛하였다

쓰러지고야 말 연륜이기에
우리는 그것을 다못
운명의 거대함이라 하였다

말굽이 지나오고 또 지나가도
겁화劫火 땅 끝에서 땅 끝을 쓸어도
드을을 엉켜 잡은 잡초 뿌럭지
쓰러지지 않는 연대年代는 다못
인민으로붙어 인민의 어깨 위로만 넘어갔다

피라 화려할 대로
그러나 백화百花 너희들의 발아래
연륜으로 헤아릴 수 없은 생명으로
무한 죽었다 다시 살아나는
여기
뿌럭지들임을 알라

                                                    —「잡초」 전문

"잡초" "인민"의 이미지가 "바람" "말굽" "백화"의 이미지와 대칭 구도를 이루고 있다. "잡초"는 "오늘 죽은 듯이 깔리운 아우성"으로 존재한다. 그러나 "잡초"의 "죽은 듯이 깔리운 아우성"은 비단 오늘만의 일이 아니다. "이전부터/ 바람"과 "함께 무성茂盛"해 온 아득한 역사성을 지닌다. 다시 말해, "바람"이 있었던 때는 "죽은 듯이 깔리운" "잡초"의 "아우성"이 있었던 것이다. 그러나 "잡초"는 결코 소멸하지 않는다. 항상 새롭게 재생할 따름이다. "말굽이 지나오고 또 지나가도/ 겁화劫火"가 "땅 끝에서 땅 끝을 쓸어도" "잡초"는 "쓰러지지 않"았다. "다못/ 인민으로붙어 인민의 어깨 위로만 넘어갔다". "잡초"와 "인민"은 근원 동일성을 지닌다. "잡초"는 결코 "화려"하지는 않지만 그러나 화려한 "백화白花"의 "발 아래/ 연륜으로 헤아릴 수 없는 생명으로/ 무한 죽었다 다시 살아나는" 존재자이다.

여기에 이르면, 설정식이 "해바라기"의 "무도한 태양"을 향한 대결의지를 읽을 수 있다. "인민의 꽃"(「해바라기 쓴 술을 빚어 놓고」) "해바라기"는 곧 "잡초"의 생명력에 뿌리를 두고 있기 때문이다. "잡초"로 표상되는 인민의 생명력과 가능성에 대한 무한 신뢰는 자연스럽게 "당 조직을 노동자 농민의 대중 사이에서 모든 기본 조직과 보조적 여러 단체를"[8] 조직하고 있는 조선공산당을 향해 나아가게 한다. 그가 미군정에서 조선공산당 입당을 선택하는 배경은 이러한 시적 삶 속에서 분명하게 찾을 수 있다.

4. '붉은 사상의 태양'과 백야의 상실

"해방이 되었다 하는데/ 하늘"이 흐려 보이지 않게 된 "팔월의 태양"의 자리에 "또 하나의 다른 태양太陽"을 두었지만, 그것은 하염없는 실망으로 귀결된다. 이를테면, "또 하나의 다른 태양太陽"은 외양과 본질이 서로 다른

---

8 「조선공산당 1945년 8월 테제」, 김남식, 『남로당연구』, 돌베개, 1984, 525쪽 수록.

부정적 대상이었던 것이다. 대내적으로는 "민주주의 계승"을 표방하고 있으나 대외적으로 "제국帝國의 제국帝國을 도모圖謀하는 자者"(「제국帝國의 제국帝國을 도모圖謀하는 자者」)였다. 이때, 그가 다시 선택한 것은 "무한 죽었다 다시 살아나는"(「잡초雜草」), "잡초"로 표상되는 인민성에 기반을 둔 "붉은 사상의 태양"이다.

지나가는 호랑나비야
똑같은 수백만 눈동자의
푸른 해심海深을
어찌 헤아린다 하느뇨
비말차운飛沫遮雲의 헛됨이여
가슴 가슴마다 타는
해바라기
붉은 사상의 태양을
무엇으로 막으려는가

—「반가反歌」 전문

"해바라기"와 "태양"이 대립구도가 아니라 다시 동일성을 이루고 있다. "가슴 가슴마다 타는/ 해바라기"가 곧 "붉은 사상의 태양"이다. 따라서 "지나가는 호랑나비"가 "헤아"리기 어려운 "수백만 눈동자의 푸른 해심海深"이란 "가슴 가슴마다 타는/ 해바라기/ 붉은 사상의 태양"을 안고 있는 수백만 인민들의 눈동자와 그 속에 담긴 열정과 깊이를 가리키는 것으로 해석된다. 과연 "해바라기/ 붉은 사상의 태양"을 누가 "무엇으로 막"을 수 있을까? "말굽이 지나오고 또 지나가도/ 겁화劫火 땅 끝에서 땅 끝을 쓸어도/ 드을을 엉켜 잡은 잡초 뿌럭지/ 쓰러지지 않"(「잡초雜草」)는 생명력이 이들의 내적 동력을 이루고 있지 않은가.

여기에 이르면, 설정식은 다음과 같은 시편을 거침없이 쓰게 된다.

120

내 이제 무엇을 근심하리오
열 겹 스무 겹
백 겹 천 겹으로
해바라기
호을로 서 있음을

만 겹 백만 겹으로 싸고 또
싸돌아가면서 꺽지 낀 그대들의
두터운 어깨는
태산泰山이 아니오?

…(중략)…

내 이제 무엇을 근심하리오
강함과 약함이
하나인 영도권領導權이오 또
영도자領導者인 그대여
그 말이 있거늘

다만 주검 직전까지
복무服務있을 뿐이외다

낙동강이 또 두만강이
가차이 내 발을 씻고 흐르고
인민과
인민의 영도자가 계시고
그 위에 하늘이

비를 아끼지 않거늘

내 몇 방울 피를 아껴 무삼하리오

　　　　　　　—「내 이제 무엇을 근심하리오」 부분

　"해바라기"는 "호을로 서 있"어도 결코 혼자가 아니다. 그 주변에 "만 겹 백만 겹으로 싸고 또/ 싸돌아가면서 꺽지 낀 그대들"과 함께 있기 때문이다. "해바라기/ 붉은 사상의 태양"(반가反歌)이 서로 "두터운 어깨"를 모아 "태산"을 이루고 있다. 이것은 바로 인민들의 총화에 해당하는 조선공산당을 가리킨다. "노동자 대중 속에 들어가서" "투쟁을 일으키고, 선동하며, 그들에게 계급의식을 넣어주며, 조직하며, 정치적 수준을 높"[9]여 주는 조선공산당에 가담하면서 그는 "내 이제 무엇을 근심하리오"라고 노래하게 된다. "영도자領導者인 그대여/ 그 말이 있거늘/ 다만 주검 직전까지/ 복무服務있을 뿐이외다"라고 결의를 다진다. 이때 영도자란 남로당 당수 박헌영을 가리킨다.[10] 이제, "내 몇 방울의 피"와 목숨을 아낄 필요가 없다. 시적 화자 자신은 죽더라도 "내 아들/ 아들의 아들에게 돌아갈 것"을 믿기 때문이다. 그에게 조선공산당은 목숨까지 바칠 수 있는 절대적 존재이다. 여기에 이르면 적어도 설정식에게 해방공간의 시적 삶에서 이념적 선택의 갈등은 마무리된 것으로 보인다.

　이 무렵부터 설정식의 조선문학가동맹에서의 비중도 높아진다. 그는 좌익 문인들의 2차 월북이 본격화되던 1947년 8월부터 조선문학가동맹 외국문학부 위원장을 맡기도 한다. 1948년 10월에는 정지용과 더불어 《문장》 속간호를 출간하고 소설부 추천 위원으로 활동함으로써 좌익 문단의 최후 보

제1부 고독과 신생

9　김남식, 위의 책, 522쪽.

10　설정식은 이 시에 대한 변론 과정에서 입당 때 박헌영을 염두에 두고 쓴 시라고 밝힌다. 504쪽.

루를 지킨다.[11] 따라서 그의 문학관 역시 조선문학가동맹의 진보적 세계관과 직접 맞닿아 있는 면모를 보인다.[12]

그러나 해방공간의 소용돌이는 설정식의 문학적 삶에 또 한 번의 반전을 요구한다. 남한에서 공산주의 활동을 전면적으로 탄압하고 남로당의 월북이 단행되면서 "백겹 천겹"으로 둘러싸고 있던 "해바라기" 무리와 "영도자領導者"(「내 이제 무엇을 근심하리오」)가 가시권에서 멀어지는 현상이 벌어지고 있었다.

> 여름이 가고 가을이 오고 가을이 가고 겨울이 오고
>
> 겨울이 가고 봄이 올 뿐이요
>
> 해바라기는 어데 가서 피었는지 분간 못할 백야白夜
>
> 하였으되 이것은 꿈이냐
>
> 맑어지지 않는 백야는 긴 꿈이냐
>
> ―「삼내 새로운 밧줄이 느리우다 만 날」 부분

"백야白夜"의 빛이 "해바라기"의 빛을 무화시키고 있는 형국이다. "여름이 가고 가을이 오고 가을이 가고 겨울이 오고/ 겨울이 가고 봄이 올 뿐" "해바라기"는 제 빛을 선명하게 드러내지 못한다. "맑어지지 않는 백야"가 마치

---

11 임화를 책임자로 하는 문학가동맹 기관지 《문학文學》이 1948년 7월호로 폐간되자 그 대체물로 모색된 것이 다소 온건한 이미지를 지닌 《문학文章》으로 파악된다. 《문학文學》에 등장한 설정식, 김동석, 정지용, 허준 등이 《문학文章》 속간호에 이어져 있음이 이를 반증한다(김윤식, 「소설의 기능과 시의 기능」, 『한국근대리얼리즘작가연구』, 문학과지성사, 1988, 283쪽).

12 "우리가 주장하는 것은 그야말로 민주주의 문학론인데 이것을 위하여 봉건과 일제 잔재를 소탕하고 파쇼적인 국수주의를 배격하여 민족문학을 건설함으로써 세계문학과 연결을 가지려고 할 따름입니다"(설희관 엮음, 위의 책, 779쪽).
소설가 홍명희와의 대담에서 가장 구체적으로 언급되고 있는 그의 문학관은 조선문학가동맹의 중심 테제인 반봉건, 반제국주의, 반국수주의에 입각하고 있다.

"긴 꿈"이라면 좋을 것 같다. 그러나 "백겹 천겹"(「내 이제 무엇을 근심하리오」)으로 둘러싸고 있던 "해바라기"가 주변에 보이지 않는 것이 현실이다. 이것은 그가 "다만 주검 직전까지/ 복무服務"(「내 이제 무엇을 근심하리오」)하고자 하는 삶의 지표를 상실한 것에 해당한다. 이때 그는 좌익계 인물들의 전향을 목적으로 조직된 보도연맹에 가입하게 된다.[13] 여기에서 반공시「붉은 군대는 물러가라」를 발표한다.[14] 그러나 해방공간의 이념적 대립과 충돌이 귀결시킨 6·25 전쟁이 일어나자 서울은 다시 좌익에 의해 점령된다. 이때 설정식은 문학가동맹에 다시 가입하고 인민군에 자원입대한다. 1951년 7월 개성 휴전회담 때는 조중대표단의 통역관으로 모습을 드러낸다. 이후 그가 다시 역사의 전면에 나타난 것은 임화, 조일명, 이승엽, 이강국 등과 북한최고재판소 군사재판부에 회부되었을 때이다. 1953년 8월 6일 늦은 오후 그는 '조선민주주의 인민공화국 정권전복음모와 반국가적 간첩테러 및 선전선동행위'라는 죄명으로 사형을 언도받는다. 해방을 맞이할 때 33살이었던 그가 41살이 되던 해이다. 삼십대 초반에 해방을 맞아 "푸르고 또 뜨겁게" "청춘과 총알 사이"(「붉은 아가웨 열매를」)의 도상을 돌파해 나갔던 그에게 주어진 것은 김일성 중심의 북로당에 의한 남로당계 숙청 과정의 희생양이 되는 것이었다.

4. 맺음말

설정식의 문학적 삶은 해방공간의 운명적 표정을 선명하게 드러낸다.

---

13 설정식은 "체포령까지 내리게 되어 할 수 없이 보도연맹에 가입했다"고 밝히고 있다(김남식, 위의 책, 496쪽).

14 1953년 북한 최고재판소 군사재판부는 이에 대해 1949년 12월에 변절하여 사상 전향 기관인 '보도연맹'에 가담하고 괴뢰경찰과 결탁하여 당과 공화국 정부와 민주진영을 반대 비방하는 반동적 문학 작품을 창작 발표하는 등 반역 행위를 감행하여 왔다"고 지적한다(김남식, 위의 책, 496쪽).

이념 과잉의 혼란 속에서 그의 이념적 선택의 경로는 우익과 좌익 그리고 다시 우익과 좌익 진영으로 선회하는 양상을 보여 준다. 미군정-조선공산당-보도연맹-월북-사형에 이르는 일련의 과정은 전쟁으로 이어진 해방공간의 "이데올로기의 홍수"가 한 지식인을 "휩쓸"고 간 "허망"[15]함의 초상이라고 할 것이다. 그의 이러한 이념적 선택의 경로에서 일관된 이면의 바탕은 "총소리를 들은 민주주의가/ 조용히 이를 깨문다.// 그러자/ 또 총소리가 들린다.// 진리는 이렇게/ 천착만공千鑿萬孔이 되어야 하느냐"(「진리眞理」)고 토로하는 시중지도時中之道의 길 찾기였다. 그렇다면 그가 해방공간(時)에 구현하고자 했던 "진리"(道)란 구체적으로 무엇이었을까? 그것은 "갈 수밖에 도리 없는/ 우리들의 길이오/ 세상이 다 형틀에 올라/ 피와 살이 저미고 흘러도/ 모든 호흡이/ 길버러지 같이 굴복하여도" 반드시 세워야 할 "주권"(「실소失笑도 허락許諾지 않는 절대絕對의 역域」)이었다. 그의 이념적 선택의 굽이 길에는 이러한 "주권"을 바로 세우기 위한 모색이 동력을 이루고 있었던 것이다. 이것을 그는 해방공간에 발표한 시편들에서 "팔월 태양" "또 하나의 다른 태양太陽" "붉은 사상의 태양"으로 변주되는 "태양"의 이미저리와, 실천과 저항의 인민성을 표상하는 "해바라기" 이미저리의 역동적 도상학을 통해 누구보다 "푸르고 또 뜨겁게"(「붉은 아가웨 열매를」) 그려놓고 있었던 것이다. 그러나 그의 "태양"과 "해바라기" 이미저리의 도상학은 "주권"을 회복한 나라에서 "권력은 아모에게도 아니주"고 "우리 생명 오직 하나인/ 자유를 위해 바치"(「권력權力은 아모에게도 아니」)겠다는 신념을 제대로 펼치기도 전에 스스로의 "삶을 조상弔喪하"(「붉은 아가웨 열매를」)는 비극적 상황을 맞게 된다. 이처럼 설정식의 비극적 삶을 초래시킨 분단체제는 그가 추구하던 우리 민족의 "주권"과 "자유"의 온전한 회복을 억압하는 바탕으로 지금까지 지속되고 있다. 그가 "진리는 이렇게/ 천착만공千鑿萬孔이 되어야

15 설희관, 「아버지」, 『시로여는 세상』, 2004 겨울호.

하느냐"(『진리眞理』)고 토로하며 고심했던 해방공간에서의 이념적 선택의 도상학이 과거형이 아니라 현재형의 실감으로 선명하게 다가오는 주된 이유도 여기에 있을 것이다.

존재론적 극복과 영원성의 향유

—구상론

1. 서론

구상(1919~2004)의 시 세계는 감각적 서정보다 추상적 형이상을 지향한다. 그래서 그의 시적 언어는 정서적 환기보다는 지성적 사유가 주조를 이룬다. 그의 시적 삶이 존재론적 의미와 가치에 대한 철학적 탐색과 구현을 기조로 하기 때문이다.

실제로 구상은 우리 현대사의 굴곡진 역사와 현실에 긴밀하게 대응하면서 동시에 인간의 존재론적 가치에 대한 성찰과 회복을 추구한 대표적인 시인이다. 따라서 그에게 시대사적 대응은 궁극적으로 자신과 세계의 존재론적 문제의식을 발견하고 노래하기 위한 과정으로서 의미를 지니기도 한다. 그래서 그는 스스로 "나에게 한시도 뇌리를 떠나지 않는 것은 존재의 문제다. 신이나 존재의 문제를 고민치 않는 인간은 무엇 때문에 일찍이 세상을 작별하지 않으며 또 무엇 때문에 고민할까"[1]라고 진술하기도 한다.

---

1 구상, 「구·불구不具·不具의 변辯」, 『모과 옹두리에도 사연이』, 홍성사, 2002, 175쪽.

그의 이러한 존재의 문제에 대한 탐구는 격동적인 역사에 대한 시적 응전에서도 "시류의 당위"에 치중하거나 "역사 속의 오늘"에만 그치지 않고 "현실을 초자연적인 것의 투영으로 또는 영원 속의 오늘로 인식"하고 조망하는 미적 특성으로 나타난다. 그래서 그는 6·25전쟁 시편에서도 "섭리와 자유, 선과 악, 이념과 민족 등의 실존의식과 감정을 구상적으로 표출"[2]하는 면모를 선명하게 드러낸다.

특히 그의 이러한 존재론적 문제의식은 존재자의 본질에만 집중하는 것이 아니라 세계와의 관계성 속에서의 존재, 즉 하이데거의 세계−내−존재하는 현존재에 상응하는 특성을 지닌다. 하이데거에 따르면 현존재는 언제나 타인에게 마음을 쓰면서(Fursorgen) 살아간다. 다시 말해, 타인을 배려하며 타인과 함께 살아가는 공동세계(Mitwelt) 속의 존재자를 탐구하는 것이다.

구상이 언론인으로서 현실적 삶에 민감하게 반응하면서도 해방 직후 시집《응향》 필화 사건, 1960년대 이승만 독재에 항거한《민주고발》 필화 사건 등의 고초를 직접 겪기도 하고 물질주의 비판의 연작시『까마귀』, 신앙적 묵상 시집『말씀의 실상』 등을 간행한 배경 역시 이러한 공동세계 존재자로서의 현존재 탐구와 직접 연관되는 것으로 보인다.

이러한 그의 존재론적 탐구와 극복의 시적 삶은 초반에는 험열險烈한 역사 현실에 대한 대응으로 집중되고 후반에는 내면적 갈등과 초극의 의지로 집중된다. 특히 그의 이러한 존재론적 탐구의 궁극은 카톨릭시즘이다. 카톨릭시즘이 험열한 시대 속에서도 그의 존재론적 사유를 일깨우고 생생하게 살아 있게 하는 근원을 이룬다.

한편, 아직 구상 문학에 대한 연구는 비교적 일천하다. 주요 논의로 김윤식, 최라영, 최도식, 권영옥 등의 논문[3]이 주목된다. 이들 논문은 구상 문

---

2 구상, 「에토스적 시와 삶」, 위의 책, 189쪽.
3 김윤식, 「구상론具常論」, 『현대시학』, 1981, 6-8.
   최라영, 「구상 초기시 연구: 『수난의 장, 여명도, 초토의 시』 연작을 중심으로」, 『우리말글 26』, 2002. 12.

학의 형성 원리와 특징적인 변이 과정을 개괄하기보다는 단편적인 주제의식과 소재주의에 집중하는 경향을 보인다. 이 글은 이러한 기존의 연구사적 한계와 성과를 참조하면서 구상 문학의 존재론적 탐구와 극복을 통해 영원성에 이르는 전반적 과정을 순차적으로 논의해 보기로 한다.

2. 초토의 시대와 부활의 언어

구상이 문단에 등장한 과정은 매우 특이하다. 그는 소설가 최태응이 편집하던 『해동공론』에 「북조선 문학 여담」이라는 제목으로 해방 직후 북한에서 있었던 《응향》[4] 사건의 결정서 및 비판문에 대한 소개 과정에서 자신이 겪었던 경위를 공표하면서부터 문단 활동을 시작한다. 《응향》 필화 사건이란 8·15 직후 원산에서 발간한 동인 시집에 대해 1946년 12월 20일 소집된 북조

최도식, 「구상 시에 나타난 공동체 연구」, 『한국문학이론과 비평』, 제66집(19권 1호), 2015. 3.

권영옥, 「구상 시에 나타나는 사랑의 변이양상」, 『현대문학이론연구』, 제66집, 2016. 10. 김윤식의 논문은 구상 시의 창작 방법론적 특성을 시사적 관점에서 살펴보고 있어 주목된다. 그에 따르면 구상은 윤리적 주체가 시적 주체를 압도하는 '비시적'인 특성을 독창적인 창작 방법론으로 지향하고 있다는 점을 지적하고 우리 시사의 특이점으로 평가한다. 최도식은 구상의 시 세계에 나타난 공동체적 특성에 주목하고 있다. 그에 따르면 구상은 민족 공동체, 생명공동체, 생태 공동체를 넘어 무위의 공동체에 이르고 있다고 지적한다. 구상 문학의 특성에 대해 무위의 공동체라는 새로운 개념 설정을 통한 규명이 주목된다. 권영옥은 구상 문학에서 사랑이 가족과 민족의 범주를 넘어 인류애를 지향하고 있음을 지적하고 있다.

4 《응향》에는 강홍운, 구상, 서창훈, 이종민, 노양근 등의 시가 실렸고 이중섭은 장정을 맡았다. 당시 원산문학가동맹의 위원장은 박경수였다. 시집에 실려 있던 시 가운데 일부가 애상적이고 허무한 정서를 담고 있다는 점이 문제되어 1946년 12월 20일 북조선문학예술총동맹 상무위원회가 소집되면서 필화 사건으로 점화되었다. 상무위원회는 이 시집을 퇴폐적이며 반인민적인 것으로 규정한 결정서를 발표하였고, 최명익, 송영, 김사량, 김이석 등을 검열원으로 원산에 파견하였다(김윤식, 『한국현대문학사론』, 한샘, 1988, 68쪽 참조).

선문학예술총동맹 상무위원회가 퇴폐적, 환상적, 선동적, 부르주아적, 반인민적이라고 비판하고 검열한 일련의 과정을 가리킨다. 《응향》 사건의 결정서는 남로당계 문학가동맹 기관지 《문학》 3호에 대서특필 전재되었고, 이에 대하여 민족진영에서 김동리를 비롯해 조연현, 곽종원, 임긍재 씨 등이 반론 항의에 나서면서 문학사적 사건으로 전면에 부각되었다.

구상은 《응향》 필화 사건을 계기로 1947년 2월 원산에서 탈출하여 서울로 월남하였다. 그의 시적 삶은 출발부터 해방 직후의 혼란과 갈등, 분단과 이산의 아픔이 중첩된 역사적 소용돌이의 중심에 있었다.

한편, 그의 시 세계의 본격적인 출발은 종군 작가단으로 참전하여 6·25 전쟁의 참상을 기록하고 증거하면서부터이다.

판자집 유리딱지에
아이들 얼굴이
불타는 해바라기마냥 걸려 있다.

내려 쪼이던 햇발이 눈부시어 돌아선다.
나도 돌아선다.
울상이 된 그림자 나의 뒤를 따른다.

어느 접어든 골목에서 걸음을 멈춘다.
잿더미가 소복한 울타리에
개나리가 망울졌다.

저기 언덕을 내려 달리는
소녀의 미소엔 앞니가 빠져
죄 하나도 없다.

나는 술 취한 듯 흥그러워진다.

그림자 웃으며 앞장을 선다.

―「초토焦土의 시詩 1」 전문

시적 배경은 동족상잔의 전쟁으로 인한 초토의 현장이다. "골목"에는 "잿더미가 소복"하다. 전쟁의 잔해가 뒷골목 도처에 흩어져 있다. 그러나 시상의 정황은 결코 어둡지만은 않다. 오히려 "술 취한 듯 흥그러워진다". 그 주된 이유는 무엇일까? "잿더미" 위에도 "개나리가 망울"지고 "죄 하나 없"는 "소녀의 미소"가 있음을 발견하고 있기 때문이다. 전쟁의 비극 앞에서 폐허와 허무의식에 머물지 않고 희망과 부활의 가능성을 감지하고 있다. "어둠 뒤에 가리운 빛"(『초토의 시 12』)을 응시하는 직관력이다.

그렇다면 절대적 비극 앞에서 이와 같은 희망과 부활의 가능성을 노래할 수 있었던 배경은 무엇일까? 그것은 카톨릭시즘이 구상의 시적 삶의 원형을 이룬다는 점과 연관된다. 전쟁의 폐허와 공포라는 현사실적 삶을 나사렛 예수가 겪은 고난 속 부활의 역사에 대응시키고 있는 것으로 이해된다. 그는 스스로 "어려서부터 너무나 종교적 분위기에서 자란 때문인지(나는 신학교 중학 과정을 3년이나 다녔다) 문학은 항시 인생의 부차적인 것이요, 제일의적第一義的인 것은 종교, 즉 구도求道요, 그 생활이었"[5]기 때문이다.

그의 이러한 의식 현상은 그의 유년기 마을 풍경에서도 확인할 수 있어 흥미롭다.

가톨릭 수도원 종탑

발치로는 찰삭이는 동해,

동으로 성황당 고개가 보이는

---

5 구상 ,「에토스적 시와 삶」,『모과 옹두리에도 사연이』, 홍성사, 2002.

어구於口 돌아서

뒷산 시제時祭터 아래

상여도가喪輿都家가 있는 마을

이태백의 달 속 초가삼간에

신선이 다 된 노부부가

아들 하나를 심산에 동삼童參같이 기르고 있었다.

　　　　　　　　　　　　　　　　—「금잔디 동산」 부분

　구상이 유년기를 보냈던 원산시 근교 덕원의 풍경이다. 그는 이 시편에
대해 시적 "서경敍景이라기보다 실사實寫"[6]라고 스스로 밝힌 바도 있다. "카
톨릭 수도원 종탑"을 꼭지점으로 "시제時祭터"와 "상여도가喪輿都家"가 배치
되어 있다. "시제時祭터"와 "상여도가喪輿都家"란 재래적인 유가의 의례와 연
관되고 "카톨릭 수도원 종탑"은 물론 카톨릭시즘의 성소를 가리킨다. 이곳
에서 "신선이 다 된 노부부가/ 아들 하나를 심산에 동삼童參같이 기르고 있
었다".

　모친은 아산 이씨 순교자 가문 출신의 딸이었다. 한학에 조예가 깊었던
부친도 카톨릭 신자였다. 이미 마흔 살이 훌쩍 넘은 "노부부가" 늦둥이로
얻은 그는 카톨릭을 꼭짓점으로 하고 유학적 전통을 포괄하는 정신사적 환
경 속에서 자랐다. 실제로 구상은 열 다섯에 신부가 되고자 베네딕트 수도
원 신학교에 들어갔다가 환속하기도 했고 일본 유학에서도 종교학을 전공
한다.

　한편, 폐허와 초토 속에서 부활을 노래하는 다음 시편 역시 이러한 그의
카톨릭시즘에 기반한 시적 삶의 특이성을 거듭 확인시켜 준다.

　6 구상 , 「나의 금잔디 동산」, 위의 책, 141쪽.

영욕榮辱의 해골마저 타버린
폐허 위에다
이 봄에도, 우리 모다
목숨의 씨를 뿌리자.

하루 아침에
하늘 땅이야 꺼진다손
제사, 나를 어쩔 것이냐

내일의 열매야 기약하지도
않으련만
운명運命과는 저울질할 수도 없는
목숨의 큰 바램.

우리의 부활復活을 증거하여
무덤 위에 필
알알의 목숨의 꽃씨를
즐거이 정성 들여 뿌리자.

—「초토焦土의 시 9」 부분

　"해골마저 타버린" 폐허의 자리에 "목숨의 씨를" 뿌리고자 하고 있다. 죽음 속에서 죽음을 딛고 되살아나는 부활의 역사를 기원하는 것이다. 부활은 "하늘과 땅이 꺼"지는 절망이나 "운명과도 저울할 수" 없는 하나님의 절대적 뜻이며 역사이다. 골고다 언덕의 처형장에서 십자가에 못 박혀 장사된 지 사흘 만에 다시 살아나 승천한 예수 부활의 이적이 작용하고 있는 것으로 보인다. "우리의 부활을 증거하여/ 무덤 위에 필/ 알알의 목숨"에서는 장사된 예수가 무덤에서 나와 막달라 마리아와 제자들을 축복하고 승천했다는 예수 승천의 서사를 떠올리게 한다.

이렇게 보면, 십자가를 등에 지고 모진 고초를 겪으며 골고다 언덕을 오른 예수의 고행이 부활을 향한 생명의 통과제의인 것처럼 구상에게 전쟁의 폐허는 "알알의 목숨의 꽃씨를" 수확할 과정으로 해석된다. 험열한 현실 속에서 "초자연적인 힘과 배려와 사랑을 발견해 내"고 있다. "천사를 끼고 지옥을 거니는 그런 위험과 모험"의 현장이다.[7]

3. 비본래적 실존과 세속적 현실

구상의 시적 삶은 험난한 역사적 격동의 중심에서부터 시작한다. 그는 해방 직후 이념적 갈등과 동족상잔의 현장 속에서 이를 초극하기 위한 존재론적 극복과 부활을 염원하고 노래하였다. 그의 시적 삶에서 존재론에 대한 문제의식은 존재자의 본질 탐구에 그치는 것이 아니라 존재의 양식, 즉 외부 세계와의 관계성에 기반한다는 점에서 하이데거의 현존재 개념과 상응하는 특성을 드러낸다. 하이데거에 의하면 현존재란 거기에 있는 자란 의미이다. 이때 거기란 존재가 드러나는 장소로서 인간을 둘러싸고 있는 세계를 의미하는데, 인간 존재에는 존재가 드러나는 장소인 세계의 의미도 함축되어 있다. 근원적인 단계에서 인간 현존재는 세계와 함께, 세계 안에서, 세계를 대하며 존재하는 세계-내-존재라는 것이다.[8]

실제로 구상의 존재론적 탐색에는 '환경으로서의 세계' 즉 '공동 존재'와의 관계성이 일관되게 드러난다. 타인을 배려하면서 타인과 함께 살아가는 공동 세계 속의 존재성이 강조되고 있는 것이다. 이 점은 1950년대 불온한

---

7 구상, 「나의 반생기半生記」, 위의 책, 59쪽.
8 윤용아, 『존재의 철학자 하이데거, 의미의 철학자 비트겐슈타인』, 숨비소리, 2007. 81쪽.

지배 정권에 의해 사회 평론집《민주고발》(1953) 필화 사건으로 감옥 생활을 겪기도 했던 사회적 실천에서도 분명하게 드러난다.

> 내가 만일
> 조국을 팔았다면
> 그 앞잡이가 되었다면
> 또 그 손에 놀아났다면
> 재판장님!
> 징역이 아니라
> 사형을 내려 주십시오.
>
> 조국을 모반한 치욕을 쓰고
> 15년이 아니라 단 하루라도
> 목숨을 구차히 이어 가느니보다
> 죽음이 차라리 편안합니다.

—「모과 옹두리에도 사연이 47」 부분

이념적 대결을 내세운 동족상잔의 전쟁은 끝났으나 그 전쟁의 파행과 야수성은 일상생활 속에 내면화된다. 그래서 전쟁 이후에도 폭압, 갈등, 혼란의 역사가 지속된다. 분단의 역사와 더불어 반공을 내세운 독재정권의 반민주적 횡포가 극심화되었던 것이다.

위는《민주고발》필화 사건으로 "모반자의 낙인과 아울러 15년형의 구형"[9]을 받았을 때의 최후 진술이다. 평이한 서술적 어법이지만 매우 강한 결기와 진정성이 배어 나온다. "조국을 모반"했다는 모함에 대한 "치욕"이

---

9 구상, 「옥중모일獄中某日」, 『시와 삶의 노트』, 홍성사, 2002, 201쪽.

"징역이 아니라/ 사형을 내려"달라는 역설을 낳고 있다. 당시 이승만 독재 정권의 부조리에 대한 목숨을 건 저항 정신이 강렬하게 드러나고 있다.

그는 이러한 참담한 현실 속에서 "통고적 자세, 즉 자신의 십자가로서의 연대적 고민과 오뇌로서의 추구"를 감행해 나간다. 그는 작가와 현실에 대해 "현실에서 작가의 피 흐르는 통고痛苦 없이는 이 비참을 파고들 수 없으며 이를 묘파해 낼 수도 없을 것이다"[10]라는 인식을 직접 몸으로 실천하고 있었던 것이다.

그러나 이러한 사회의 갈등과 고통은 지배세력의 폭압에서 기인하는 것만은 아니었다. 오히려 인간 내면의 세속적 탐욕과 집착으로 인해 세상은 더욱 혼란해지고 있었다.

① 살코기를 놓고 서로 으르렁거리는
　4월의 잔치상을 뒤로 하고
　나는 부상한 환영을 안고서
　실존의 독방으로 돌아왔다.

　내가 꿈꾸던 새 삶의 공화국은
　공중의 풍선처럼 자취없이 꺼지고
　내가 현장 속에서 목도한 것은
　새 송장에 몰려든 갈가마귀 떼들의
　우짖음과 그 소란이었다.

—「모과옹두리에도 사연이 54」부분

② 오늘도 나는 북악허리 고목가지에 앉아

---

10 구상, 「작가와 현실」, 위의 책, 374쪽.

너희의 눈 뒤집힌 세상살이를 굽어보며

저 요르단 강변 세례자 요한의

그 예지와 진노를 빌려서 우짖노니

…(중략)…

이 세상살이 난장판이지!

시쳇말로 막가판이지!

까옥 까옥, 까옥 까옥

저들은 마음의 눈이 멀어서지!

뿐만 아니라 마음의 귀도 먹어 있어!

—「까마귀」 부분

　시 ①은 4·19혁명을 통해 이승만 정권을 하야시키고 민주화를 성취했지만 제각기의 권력의지에 따라 서로 충돌하는 혼란상을 질타하고 있다. 민주주의를 제도화시키고 정착시키기보다는 "4월의 잔치상"을 서로 많이 챙기고자하는 탐욕이 난무하고 있다. 그것은 마치 "살코기를 놓고 서로 으르렁거리"는 반문명적 모습에 비견된다. "내가 꿈꾸던 새 삶의 공화국은/ 공중의 풍선처럼 자취없이 꺼지고" 있다. "새 삶의 공화국"은 외부 세계의 혁명만이 아니라 내적 혁명이 함께 일어나야 성취되는 것이었다.

　이러한 점은 시 ②에서도 거듭 확인된다. "까마귀"를 통해 세례 요한의 시선으로 바라본 1970년대의 풍경이다. 이는 산업사회의 발전과 더불어 더욱 극심화되어 가는 물질만능주의, 인간소외, 존재론적 가치 상실 등을 비판하는 예언적 지성의 목소리이다. 인간을 위한다는 명분으로 반인간적인 산업화와 기술만능주의가 질주하고 있다. 이것이 궁극적으로는 인간 존재의 파국을 초래한다는 것을 자각하지 못하는 이유가 무엇일까? 그것은 "마음의 눈"과 "마음의 귀"가 멀어서이다. 감각적인 눈과 귀가 아니라 마음의 눈과 귀를 뜨라는 것이다. "육안으로는 보이지 않고/ 육성으로는 들어도 결코 들리지 않는/ 도리나 사리"를 헤아리는 것이 중요하기 때문이다. "눈에 보이는 사물만을 받들어 섬기고/ 눈에 보이지 않는 도리를 외면하면/ 모든 소유의 무상한 파탄"(「나의 무능과 무력도 감사하고」)에 직면하기 때문이다. 다시 말해, 존재의 본질에 관한 질문과 답변을 찾아야 한다는 것이다. 이에 대한 그의 육성을 직접 들어보면 다음과 같다.

> "존재에 대한 물음을 외면하거나 기피하는 것은 눈먼 삶을 의미하는 것입니다. 이러한 눈먼 삶의 상태에서는 삶의 참된 보람이나 기쁨을 맛볼 수 없기 때문에 오늘날 사람들은 물질적인 풍조와 함께 저들의 삶을 향락주의나 찰나주의에 내맡기는 것입니다."[11]

산업사회의 발달과 함께 더욱 질주하는 물질주의, 향락주의, 찰나주의가 비본래적 실존임을 지적하고 있다. 그래서 "하이데거는 존재의 망각이라고 표현한" "각자가 제도나 생산의 부분품으로 타락한 자기를 도로 찾는 운동"[12]이 요구된다고 강조한다. 그렇다면, 세속적 일상에 나포된 "존재의 망각"으로부터 존재의 가치, 즉 본래적 실존을 회복할 수 있는 방법론은 무엇일까? 이러한 물음 앞에 다음 시편이 놓인다.

> 저들은 정의를 외치며 불의를 행하고
> 저들은 사랑을 입에 담으며 서로 미워하고
> 저들은 평화를 내걸고 싸우며 죽인다.

---

11 구상, 「자기 존재에 대한 물음」, 『삶의 보람과 기쁨』, 홍성사, 2002, 102쪽.
12 구상, 『시와 삶의 노트』, 홍성사, 2002, 255쪽.

내가 주제넘어 몹시 저어되지만

어느 분의 말씀을 빌려 한마디 하자면

저들이 어린이 마음을 되찾지 않고선

하늘나라에 들어갈 수가 없듯이

저들이 어린이 마음을 되찾지 않고선

이 거짓세상의 그 덫과 수렁 속에서

벗어날 수가 없다.

—「어른 세상」 부분

"정의/사랑/평화"가 오히려 "불의/미움/싸움"을 낳고 있다. 자신을 위한 자신에 의한 "정의/사랑/평화"이기 때문이다. 사사로운 욕망이 앞서는 상태에는 어떤 당위적 명제도 자기 정당화의 허사에 지나지 않는다. 그렇다면, "거짓 세상의 그 덫과 수렁"을 걷어낼 수 있는 방법은 무엇인가? 그것은 순진무구한 "어린이 마음을 되찾"는 것이다. 즉, 마음 속의 탐욕을 비우는 것이다. 그래서 구상은 비움 혹은 허虛의 미학을 집중적으로 노래하게 된다.

4. 허虛의 미학과 카톨릭시즘

구상의 시적 삶은 해방공간의 이념적 갈등, 전쟁의 비극, 독재 권력 등으로 점철된 지난한 현대사의 중심을 온몸으로 통과해 왔다. 《응향》 필화 사건과 월남, 종군작가단 참여, 《민주고발》 필화 사건 등은 그 구체적인 증거이다. 그러나 4·19 혁명과 함께 독재 정권이 무너지고 산업화와 더불어 물질적 풍요는 향상되어 갔지만 사회적 혼란, 인간소외, 생명가치 상실 등은 오히려 심화되어 간다. 진정한 존재론적 가치 회복은 외부 세계의 혁명이 아니라 내적 혁명이 전제되어야 가능하기 때문이다.

다음 시편은 "화평으로/ 해방"되는 방법론으로 "허虛"를 설파하고 있다.

먼저, 마음을 욕망의 덮개와
불안의 밑이 없는 항아리로
비워 놓게!

그럴 양이면 아롱진 바람들과
고름낀 인업因業들이
민들레 마른 꽃술인 양 스러져
흩어질 걸세.
애증의 동아줄도 풀어질 걸세.
선악의 철창도 열릴 걸세.
신화의 망루望樓도 무너질 걸세.
마침내 그대는 화평和平으로
해방된다는 말일세

제군!
허虛란 실상 실유實有 그것일세
어둠에서 빛으로
불에서 물로
진창에서 꽃밭으로

…(중략)…

또한 동양화의 여백같이 본래本來 있어
생사와 명멸明滅을 낳고
시간과 공간을 채워서

남음이 없지

그래서 허虛는 존재와 생성을
혼연渾然케 하고
운명과 자유를 병존케 하며
모든 실존의 개가를 올려
저 허허한 창공을 스스로의 안에서
대응시키는 조화 속일세.

—「허虛의 장章」 부분

　"어둠/불/진창"에서 "빛/물/꽃밭으로" 자기 구원을 이룰 수 있는 방법은 "허虛"에 도달하는 것이다. "허虛"에 이르면 "고름 낀 인업因業/ 애증의 동아줄/ 선악의 철창"으로부터 마침내 해방될 수 있다. 그렇다면, "허虛"에 도달할 수 있는 방법은 무엇인가? 그것은 "마음을 욕망의 덮개와/ 불안의 밑이 없는 항아리로/ 비워 놓"는 것이다. 마음속을 채우고 있는 "욕망"을 비우면 모든 번뇌와 고통으로부터 해방이 이루어진다는 것이다.

　한편, 이러한 "허虛"란 단순한 비움이 아니라 충만한 생성의 공간이기도 하다. 그것은 마치 "동양화의 여백"과 같다. "여백"은 없음이 아니라 없음을 통해 있음을 낳는, 활동하는 무無의 장이기 때문이다. 그래서 "허虛는 존재와 생성을/ 혼연케하고/ 운명과 자유를 병존케 하며/ 모든 실존의 개가를 올려"놓는 생성의 자리가 된다. 특히 여기에서는 이러한 "허虛"에 이르면 "저 허허虛虛한 창공을 스스로의 안에서/ 대응시키는 조화"에 도달할 수 있다고 설명한다.

　이러한 시적 정황을 좀 더 명징하게 표현하면, "내 마음 저 깊이 어디/ 한 구멍이 뚫려 있어// 저 허공과/ 아니 저 무한과/ 저 영원과 맞닿아서// 공空이라고 밖에는/ 표현할 수가 없는"(「마음의 구멍」) 것과의 연속성을 가리킨다. 그렇다면 "저 허허虛虛한 창공" 혹은 "공空"과 연속성을 이룬 삶이란 구체적으로 어떤 것일까? 그것은 노자가 《도덕경》에서 설파한 '천지지간 기유탁약호 허이불굴 동이유출天地之間 其猶橐籥乎 虛而不屈 同而愈出', 즉 허공은 풀무와 같이 비어있음으로 다함이 없이 행한다는 가르침을 환기시킨다. 허공은 위무위爲無爲, 즉 의도적으로 무엇을 하는 게 없지만 하지 않음이 없는 생성의 장이다.

이렇게 보면 "저 허허虛虛한 창공"을 산다는 것은 존재의 근원에 해당하는 자연의 섭리 혹은 도道의 질서에 대한 순응을 가리킨다. 그래서 "허虛의 장"에서 "화평"을 얻는다는 것은 노자가 설파한 무위의 도道[13]의 내면화와 상응되는 것으로 해석된다.

한편, 다음 시편은 이러한 허虛 혹은 도道를 "천주님"과 등치시키고 있어 주목된다.

> 허허창창虛虛蒼蒼 하늘과 바다가 맞닿은
> 무애无涯도 넘어
> 아득히 계십니까.
>
> …(중략)…
>
> 이렇듯 형상으로 섬기지 못하고
> 붓 안 닿는 여백같이
> 시공을 채워 계심이여!

---

13 노자는 《도덕경》 2장에서 무위에 대해 성인의 삶에 대한 태도와 견주어 "성인은 있는 그대로 자연스럽게 일을 하면서도, 말없는 가르침을 베푼다. 만물의 일어나는 것에 대해 간섭함이 없고, 생하게 하되 소유하지 않으며, 위하면서도 의지하지 않고, 공을 이루어도 결과에 집착하지 않는다. 대저 그 속에 집착하지 않으니, 영원하다是以聖人 處無爲之事, 行不言之敎 萬物作焉而不辭, 生而不有, 爲而不恃, 功成而不居)"라고 전언한다.

무소부재, 무소부재의

　천주님!

　　　　　　　　　　　　　　—「무소부재」 부분

　"천주님"은 어디에 어떤 모습으로 존재하는가? 이에 대해 "무애无涯도 넘어" "형상"이 없이 "여백"을 통해 "시공을 채"우고 있다고 노래한다. 텅 빈 "허虛"의 세계 속에 "허虛"를 통해 "무소부재"하는 하나님이다.

　하나님의 이러한 "무소부재"의 특성은 노자가 설파한 도道의 존재성과도 상통하는 것으로 해석된다. 노자가 《도덕경》에서 설파한 도道란 보아도 보이지 않고 들어도 들리지 않고 만져도 만져지지 않는 것이다. 그래서 모양 없는 모양이요, 모습 없는 모습의 무형이다. 그러나 세상에 도道에서 비롯되고 다시 귀결되지 않는 것이 없다. 그래서 존재의 본질이며 근원인 도道를 일상 생활 속에서도 일관되게 견지하는 삶의 태도가 중요시된다.[14]

　이렇게 보면, 구상 시인에게 "천주님"은 유일신 그리스도를 넘어 존재의 근원이며 본질에 해당하는 "진리" 일반으로서의 의미를 표상하는 것으로 파악된다.

　한 무리 카톨릭의 수녀들이

─────────────────

14 보아도 보이지 않는 것을 이름하여 이夷라 한다. 들어도 들리지 않는 것을 이름하여 희希라 한다. 잡아도 잡히지 않는 것을 이름하여 미微라 한다. 이 셋은 어떻게 할 수가 없다. 그러므로 섞이어 하나를 이룬다. 그 위는 밝지 않고 그 아래는 어둡지 않다. 이어지고 이어져서 이름을 지을 수 없다. 다시 아무것도 없는 무無로 돌아가는지라, 이를 일컬어 모양 없는 모양이요 모습 없는 모습이라 한다. 이를 일컬어 어리벙벙함이라 한다. 맞이해서 보되 그 머리를 볼 수 없고 따라가며 보되 그 뒤를 볼 수가 없다. 도道의 비롯함을 잡으면 이로써 오늘의 현상을 다스릴 수 있다. 능히 천지의 비롯함을 알면 이를 일컬어 도道의 근본이라고 한다(視之不見名曰夷　聽之不聞名曰希　搏之不得名曰微　此三者不可致詰　故混而爲一　其上不皦其下不昧　繩繩不可名　復歸於無物. 是謂無狀之狀　無物之狀　是謂惚恍　迎之不見其首　隨之不見其後　執古之道以御今之有　能知古始　是謂道紀). 《도덕경》 14장, 이아무개 대담, 『무위당 장일순의 노자 읽기』, 삼인, 2002 해설 참조.

효봉 스님 영전에 꿇어서
연도의 합송을 하고 있다.

—주여, 망자에게 길이 평안함을 주소서.
—영원한 빛이 저에게 비추어지이다.

이 어찌 축복된 광경인가?
이 어쩜 눈부신 신이神異런가?

서로가 이단과 외도로 배척하여
서로가 미신과 사도라고 반목하며
서로가 사갈처럼 여기는 두 신앙,

이제사 열었구나, 유무상통의 문을!

오직 하나인 진리를, 사람들이여
가르지 말라.

—「모과 옹두리에도 사연이 70」 부분

　천주교나 불교나 모두 "진리"의 추구를 목적으로 한다는 점에서 상통한
다. 그래서 그는 "효봉 스님" 영전에 "카톨릭의 수녀"들이 추도하는 모습
에 감복하고 있다. "나사렛 예수, 즉 신의 육화사상도 법의 화신 사상이나
대동소이"하다는 인식을 전제로 한다. "기독교에서도 인식론적 추구에 있
어서는 하느님, 즉 진리를 제일원인으로 간주한다는 것을 알았고 또 불교
에서도 진리, 즉 법 그 자체를 섬김의 대상으로 할 때는 인격화한다"는 것
을 알았기 때문이다. 그래서 그는 1965년 카톨릭의 로마 공의회에서 발표
한 〈비그리스도교에 관한 선언〉에서 '가톨릭 교회는 이들(비그리스도인) 종교

에서 발견되는 옳고 성스러운 것은 아무것도 배척하지 않는다. 우리는 그들의 생활과 행동의 양식뿐 아니라 그들의 규율과 교리도 거짓 없는 존경으로 살펴본다'라는 입장에 적극 공감하며 "나의 숙련래의 고민을 말끔히 가셔주었다고"[15]고 진술한다.

이렇게 보면, 구상의 시적 삶에서 카톨릭 신앙은 존재의 근원에 해당하는 자연의 섭리로서의 진리를 찾고 깨우치고 실천하며 회복해 나가고자 하는 생활철학이라는 점을 분명하게 알게 된다.

5. 현존의 영원성, 영원의 현존성

구상의 시적 삶은 후반기에 진입하면서 "저 허공과 나 사이 무명의 장막을 거두어"(「오도午禱」), 허공의 존재론적 이치와 연속성을 이룬 삶을 추구하면서 현존재의 본질에 관한 발견과 경이를 집중적으로 노래한다. 물론 여기에서 "허공"은 무위의 자연 섭리이며 동시에 하나님의 존재 원리와 뜻을 표상한다. 세상의 모든 존재자는 이러한 "허공"의 우주율 속에서 현존한다.

한 알의 사과 속에는
구름이 논다

한 알의 사과 속에는
대지大地가 숨 쉰다

한 알의 사과 속에는

강이 흐른다

한 알의 사과 속에는
태양이 불 탄다

한 알의 사과 속에는
달과 별이 속삭인다

그리고 한 알의 사과 속에는
우리 땀과 사랑이 영생永生한다

─「한 알의 사과 속에는」 전문

"한 알의 사과"의 우주적 존재성을 노래하고 있다. "한 알의 사과"는 안으로 닫힌 독립된 개체이면서 동시에 우주적으로 열린 관계성의 산물이다. "한 알의 사과"의 존재는 "구름/대지/강/태양/달과 별" 그리고 "우리 땀과 사랑"의 공공적 협동 속에서 가능하다. "만물은 저마다/ 현실과 내일의 의미를 알고/ 서로가 서로를 지성至誠으로 도와/ 저렇듯 어울리며"(「조화 속에서」) 살아가는 존재인 것이다. 그래서 우주는 유기적으로 순환하고 관계하는 생명공동체이다. 다시 말해, 모든 존재자는 "홀로와 더불어"(「홀로와 더불어」) 사는 이중적인 우주적 자아이다.

"홀로와 더불어"(「홀로와 더불어」) 존재하는 우주 생명의 유기적 질서 속에서 볼 때 죽음은 표상적 변화이지 종말이 아니다.

모든 존재의 그 표상은 변하고 변해도
영원 속에서 태어난 존재의 끝은 없고
죽음은 그 영원에의 통로요, 회귀요,

또 하나 새 삶의 시작일 뿐이다.

—「삶과 죽음 1」 부분

여기에서 "영원"이란 생성과 소멸을 거듭하는 우주 생명의 총체이며 그 순환하는 유기적 질서로 해석된다. 따라서 모든 존재자는 그 "영원" 속에서 "태어난 존재"이다. 또한 "죽음은 그 영원에의 통로요 회귀"로서 "또 하나 새 삶의 시작"이다. 몸은 죽어도 죽지 않고 영원하다.

이와 같은 우주율을 초월적 "님"의 신성으로 표현하면 다음과 같은 노래가 된다. "우리 인간은 태초부터/ 이 우주만물과 더불어/ 비롯함과 마침도 없는 님의/ 그 신령한 힘으로 태어났다.// …(중략)…/ 육신이란 옷을 걸치게 되었지만/ 마침내 우리는 또다시 그 님의 품에/ 되돌아가야 한다"(「삶과 죽음 2」). 이는 사도 바울이 설파한 "썩을 육신의 옷을 벗고 영원히 썩지 않는 옷을 갈아입는 것이 곧 부활"이라는 언명과 상통한다.

구상의 시 세계는 여기에 이르면 현존의 영원과 영원의 현존을 구가하게 된다. 여기에서는 과거, 현재, 미래가 수직적인 선형을 이루지 않고 동시적이며 입체적이다. 다음 시편은 이러한 그의 존재 철학을 응축적으로 노래하고 있다.

오늘도 신비의 샘인 하루를 맞는다.

이 하루는 저 강물의 한 방울이
어느 산골짝 옹달샘에 이어져 있고
아득한 푸른 바다에 이어져 있듯
과거와 미래와 현재가 하나다.

이렇듯 나의 오늘은 영원 속에 이어져
바로 시방 나는 그 영원을 살고 있다.

그래서 나는 죽고 나서부터가 아니라
오늘서부터 영원을 살아야 하고
영원에 합당한 삶을 살아야 한다.

마음이 가난한 삶을 살아야 한다.
마음을 비운 삶을 살아야 한다.

―「오늘」 전문

　현존재의 의식의 원천을 이루는 시간성이 드러나고 있다. "과거와 현재
와 미래가 하나"라는 명제를 언명하고 있다. 과거, 현재, 미래를 순차적으로
나누는 기계적인 선형적 시간관이 부정되고 있다. 그의 시간의식은 현재에
서 출발하고 현재로 수렴되는 실존적 시간론이다. 그에게 시간은 과거의 것
에 관한 현재, 현재의 것에 관한 현재, 미래의 것에 관한 현재이다. "이 하
루는 저 강물의 한 방울이/ 어느 산골짝 옹달샘에 이어져 있고/ 아득한 푸
른 바다에 이어져 있듯" 단절 없는 총체로서의 "영원"이다. "그래서 나는 죽
고 나서부터가 아니라/ 오늘서부터 영원을 살아야 하고/ 영원에 합당한 삶
을 살아야 한다". "영원"으로 열려 있는 영원의 "현재"를 살고 있기 때문이
다. 이는 아우구스티누스의 현존적 시간의식을 환기시킨다. 아우구스티
누스는 "거기에 있어서도 미래라고 한다면 그것은 거기에 아직 없고 또 만
일 거기에 있어서도 과거라고 한다면 그것은 이미 없기 때문에 어디에 있
든 무릇 있는 것은 오직 현재"라는 점에 주목한다. 그리고 더 나아가 "과거
는 이미 없고 미래는 아직 없는데도 현재가 언제나 있어서 과거로 이행하지
않는다면 이미 시간이 아니라 영원"[16]이라고 설명한다. 따라서 "나"란 "우주
안의 소리 없는 절규!/ 영원을 안으로 품은 방대!"(「나」)의 주체이다. 다만,

---

16 소광희, 『시간과 시간의식』, 서울대학교 대학원, 1977, 133쪽에서 재인용.

"마음"의 "가난"한 "비움"을 통해 스스로 "허허虛虛한 창공"이 될 때 이러한 우주율을 호흡할 수 있다. 현재 속의 영원, 즉 현재 속의 부활의 노래이다.

6. 맺음말

구상의 시적 삶은 식민지 시대부터 산업화의 질주에 이르기까지 현대사의 굴곡진 현실과 긴밀하게 대응하면서 인간의 존재론적 의미와 가치를 찾고 회복하기 위한 과정을 지속적으로 보여 주었다. 특히 그의 존재론적 문제의식의 궁극에는 카톨릭시즘이 놓여 있다. 카톨릭시즘이 고난의 현실 속에서도 그의 존재론적 사유를 생생하게 일깨우고 견지하는 동력으로 작용한 것이다. 그러나 그의 카톨릭시즘은 폐쇄적인 신성의 숭배가 아니라 본래적 실존으로 인도하는 절대적 가치와 진리 일반으로서의 의미를 강하게 지닌다. 그래서 그는 마음의 눈과 귀를 통해 "도리나 사리"(「까마귀」) 혹은 자연의 섭리를 발견하고 이에 순응하는 삶의 가치를 강조한다. 모든 존재자는 "홀로와 더불어"(「홀로와 더불어」) 사는 우주 생명의 관계성과 순환성의 산물이며 주체라는 것이다. 따라서 삶과 죽음 역시 이러한 우주 생명의 총체로부터의 출발과 회귀라고 인식한다. 그의 존재론적 사유는 여기에 이르면 현존으로부터 영원, 영원으로부터 현존을 명징하게 노래하게 된다. "나고 죽고 나서부터가 아니라/ 오늘서부터 영원을 살"(「오늘」)수 있게 된다. 이것은 또한 자신이 "영원을 안으로 품은 방대"(「나」)한 주체라는 우주적 자아로서의 자신의 존재성에 대한 재발견을 가능하게 한다. 물론 이러한 우주적 리듬을 호흡하기 위해서는 탐욕과 집착을 마음으로부터 버리는 자발적 가난이 전제되어야 한다. 구상이 일생 동안 좌우명으로 삼아왔던 아버지의 유훈인 "감성일푼편초탈일푼感省一分便超脫一分" 조금 줄여서 사는 것이 조금

초탈해 사는 것이라는 《채근담》의 가르침[17]이 요구되는 것이다. 그래서 구상의 시 세계는 세속적 일상의 비본래적 삶에 갇혀 있는 현대인에게 지속적으로 내적 성찰의 거울이며 존재론적 가치 회복을 위한 생활철학으로서 중요한 의미를 지닌다.

17 구상, 「아버지의 유훈과 형의 교훈」, 『모과 옹두리에도 사연이』, 홍성사, 2002, 150쪽.

죽음 의식과 삶의 언어

—조병화론

1. 서론

조병화는 1949년 『버리고 싶은 유산』을 발간한 이래 53권의 창작 시집과 40여 권의 수필집, 다수의 시론서, 번역서, 화집 등을 간행하며 우리 시사에서 누구보다 성실하고 꾸준한 창작 활동을 전개하였다. 그는 이 땅의 굴곡 많은 현대사를 통과하면서도 일관되게 자기 삶의 원상을 깊이 있게 탐색하고 향유하고 노래하는 면모를 보여 주었다. 특히 그의 시적 정서와 언어 감각은 체험적 생활에 바탕을 두면서 쉽고 친숙하게 대중과 소통하고 공감하는 양상을 보여 준다. 그렇다면, 그가 이와 같이 일생에 걸쳐 밀도 높게 자신의 본래적 삶을 추구할 수 있었던 배경은 무엇일까? 그것은 역설적으로 그의 죽음 의식에서 찾을 수 있다.

> 인간은 자기를 살다가는 것같이 행복한 것은 없다. 그리고 보람 있는 일이 없다. 그러나 그것이 쉽지 않다. 인간은 누구나 자기를 살다 가고 싶지만 자기 철학이 없이는 그리 쉬운 일이 아니다. 죽음은 그걸 가르쳐 준다. 죽는다는 사실로 하여 "너를 살다 가는 거다"하는 교훈이 나

오는 거다. 모험이다. 필요한 거다. 생명 그 자체가 모험 아닌가. 그
모험을 사는 거다. 자기를 자기답게 살아가는 철학과, 그것을 실행해
가는 과감하면서도 고요한 모험, 그것에서 기쁨을 찾으면서 살아가는
거다. 죽음처럼 강한 철학이 또 있으랴.[1]

　　조병화의 본래적 삶의 동력은 죽음 의식이다. 그에게 죽음 의식은 초기
시 세계부터 절실한 존재론적 인식의 대상으로 작용한다. 그가 시적 삶의
출발에서부터 겪게 되는 해방기의 극심한 혼란과 전쟁의 참상에 대한 직접
적인 체험은 죽음에 대한 인식을 강화시켰을 것이다. 일반적으로 죽음은
종교적 절대자에 대한 의존의 계기가 된다. 종교는 죽음으로부터 영원성을
향한 구원을 강조한다. 그리스도교가 '죽었다가 다시 살아나서 영원히 사
는 천국'을 강조하는 배경이 여기에 있다. 인간은 신의 충만과 영원성에 귀
의함으로써 유한적 존재자로서의 결핍으로부터 구원받는다. 이를 위해 때
로 속죄의 과정으로 지상의 삶을 신에게 바치기도 한다. 종교의 충만과 영
원성은 인간의 죽음—유한성—을 죽이면서 동시에 삶도 죽이는 과정을 추
구한다. 그러나 조병화에게 죽음 의식은 절대자에 대한 귀의가 아니라 유
한자로서 삶의 존재론적 결핍의 조건을 직시하고 그것을 인정하는 것을 출
발점으로 삼는다. 그는 죽음을 앞둔 불안과 고독과 허무 속에 있는 단독자
로서의 존재성으로부터 스스로 진정한 자유와 구원을 성취해 나간다. 그에
게 삶은 죽음을 포함하고 있으며 더 나아가 죽음을 통해 완성되어 나간다.
그는 살면서 죽고 죽으면서 산다. 그에게 삶은 "자기를 자기답게 살아가는
철학"인 것이다. 그래서 존재를 통해 무로 다가갈 수 있으며 무를 통해 존
재로 다가갈 수 있다.
　　이와 같은 조병화의 죽음 의식은 하이데거의 죽음으로 인한 불안에의 용

---

1 조병화, 「죽음이 주는 교훈」, 『순간처럼 영원처럼』, 고려원, 1985, 139-140쪽 참조.

기를 통해 도달하는 '무의 지점'과 상응한다. 하이데거에게 죽음에 해당하는 '무'의 지점은 일상을 규정하고 있는 모든 관계의 의미를 무화시키고 어두운 심연을 드러내어 우리를 공허하게 만든다. 그러나 그 심연은 존재가 오롯이 말을 걸어오는 환한 세상이다. 세속적인 모든 가치가 휘발되어 버린 '무화'의 순간 비로소 존재자는 '있는 그대로' 자신의 존재와 마주할 수 있다. '무'에 대한 사색이 본래적 존재의 개시를 가능하게 하는 계기가 된다는 것이다.

조병화의 시 세계는 이와 같이 '무'로서의 죽음의 직시를 통해 "자기를 살다 가는 것"의 가치와 의미를 터득하고 더 나아가 이를 실현하면서 스스로 자기 구원을 향해 나가는 과정을 선명하게 보여 준다. 지금까지 조병화의 시 세계에 대한 연구는 비교적 활발하게 이루어졌으나 주로, 허무, 고독,[2] 작별[3] 등의 주제의식에 집중되었다. 그러나 이러한 주제의식의 형성과 전개 양상에는 죽음 의식이 중심을 이루는 것으로 파악된다. 다시 말해, 죽음 의식이 고독, 허무, 작별 등의 주제의식을 파생시킨 근원으로 이해된다. 따라서 그의 시 세계의 본령은 죽음 의식 속에서 조망할 때 가장 깊고 폭넓게 이해할 수 있다. 이 글은 이러한 문제의식 속에 조병화의 시 세계 전반을 죽

---

2 조병화의 시 세계에서 '고독'에 집중한 대표적인 논의로는 오세영(1986), 「고독과 실존」, 『조병화의 문학세계』, 일지사. ; 이형권(2013), 「이상과 고독의 실존적, 사회적 맥락」, 『조병화의 문학세계 Ⅱ』, 국학자료원. ; 최동호(2013), 「고독의 미학과 용광필조의 시학」, 『조병화의 문학세계 Ⅱ』, 국학자료원. ; 이재복(2013), 「순수고독 순수 허무의 시학」, 『조병화의 문학세계 Ⅱ』, 국학자료원 등이 있다. 오세영은 죽음 앞에서 드러나는 인간의 특성으로 고독과 허무를 지적하고 있다. 또한 이형권은 고독의 긍정적 가치에 대해 최동호는 죽음 앞에 선 고독의 극점에, 이재복은 생명의 한계, 시간의 한계 속에서 느끼는 고독과 허무에 각각 주목하고 있다. 이들의 논의 역시 대부분 고독과 허무를 죽음과의 연관성 속에서 살피고 있는 특성을 보인다.
3 조병화의 시 세계에서 작별에 주목한 대표적인 논의는 다음의 논문이다.
이승훈, 「동반과 작별의 시학」, 『조병화의 문학세계』, 일지사, 1986.
여기에서 이승훈은 조병화의 시 세계에서 작별이 동행과 연속성을 지닌다는 점을 지적하고 있다.

음 의식과의 연관성 속에서 논의해 보기로 한다.

2. 불안과 죽음에의 용기

조병화의 시적 삶은 해방공간의 혼란과 전쟁의 폐허 속에서 출발한다. 민족은 있으나 국가가 없었던 절대 결핍의 일제강점기가 지나자 하나의 민족에 두 개의 국가가 들어서는 혼란과 갈등이 증폭되고 있었다. 좌·우익의 서로 다른 진영이 제각기 배타적인 선택과 복속을 경쟁적으로 강요하던 시기였다. 특히 해방공간의 극심한 이념적 갈등의 결과물에 해당하는 한국전쟁은 죽음에 대한 극심한 불안을 몰고 온다.

> 먼지와 티끌 같은 목숨, 사라지면 그뿐이라 생각하고 무서운 하루를
> 지내면 또 하루, 무서움 같은 그날이 되돌아오곤 했다. 하늘이 멀고,
> 서울이 멀고, 이웃이 멀고, 마냥 붉은 물결만 짙게 온몸으로 수색해 들
> 어올 뿐—실로 무서운 것은 인간, 바로 그 사람들이었다. …(중략)…
> 그러나 나는 이 붉은 시간 속에서 나를 붙들어 잡을 수가 있었다. 내
> 가 무엇이고, 내가 어디에 있을 사람이고, 내가 어디에 있어야 하며,
> 내가 어디에 있을 수밖에 없다는 거를, 그 제로에서부터 다시 알게 되
> 었다.[4]

"생존의 탁류, 혼류 속에서 나를 잃고 말았던"[5] 해방 직후의 혼란은 전쟁으로 인한 죽음의 불안으로 이어진다. 6·25를 예언한 것은 아니지만 무엇이 꼭 일어날 것만 같은 막다른 현실의 불안"[6]이 현실화된 것이다. 그러나 조병

---

4 위의 책, 47~48쪽.
5 위의 책, 11쪽.
6 위의 책, 38쪽.

화는 이러한 불안 속에서 불안한 현실에 함몰되지 않고 오히려 근원인 본래의 나를 향해 나간다. 죽음의 불안에 해당하는 "제로" 지점에서 "내가 무엇이고, 내가 어디에 있을 사람이고, 내가 어디에 있어야 하며, 내가 어디에 있을 수밖에 없다는 거를" 새롭게 탐문한다. 낯설고 섬뜩한 죽음에의 불안 앞에서 문득 자신의 참모습을 찾고 있는 것이다. 불안의 기분이 자신을 근원적 중심으로 이끌고 있는 형국이다. 이러한 정황은 하이데거의 불안에의 용기와 직접 상응한다. 하이데거에게 불안이란 내가 진정한 현존재로 실존하도록, 다시 말해서 자신의 고유한 존재를 자각하면서 그것에 책임을 지도록 몰아가는 근본 기분이다. 불안을 통해 현존재는 자신만이 떠맡아야 하고 자신만이 책임질 수 있는, 자신의 가장 고유한 존재 가능성에 직면하게 되며, 그러한 고유한 존재 가능성을 자신의 가능성으로 떠맡도록 처해진 존재로서 자신을 경험한다. 현존재가 스스로 본래적 실존으로 다가가서 단독자가 되는 사건이 불안에의 용기이다. 특히 이러한 불안의 요소 중에 죽음은 우리를 위협하는 가장 섬뜩하고 낯선 힘이다. 이러한 죽음에 대한 불안에서 도피하지 않고 받아들일 때 불안은 세계의 근원적인 개시의 계기가 된다.[7]

물론, 이것은 죽음을 도피하지 않고 정면으로 직시할 때 가능하다. 다음 시편들은 이점을 분명하게 드러낸다.

① 지금 너의 눈은 무엇을 보고 있는가?
　네 죽음을 보고 있습니다

　지금 너의 눈을 무엇을 생각하고 있는가?
　네, 죽음을 생각하고 있습니다

　지금 너의 눈은 무엇을 찾고 있는가?

---

7 박찬국, 『들길의 사상가, 하이데거』, 동녘, 2004, 105-110쪽 참조.

네, 죽음을 찾고 있습니다

지금 너의 눈은 무엇을 고민하고 있는가?
네, 죽음을 고민하고 있습니다

—「밤의 이야기 1」 부분

② 유달리 죽음은 날더러
마지막 탈피를 하라고 지근덕거립니다
나는 그럴 때마다
죽음에 반항을 하여 보았지요

그러나 다 소용 없는 장난이었어요
철석 같은 사색과
반항도 운명으로 돌아가는걸요

내가 사랑하는 사람조차
날더러 마지막 탈피를 하라고 합디다

—「탈피」 전문

시 ①은 "죽음"과 마주하며 "죽음"을 "보고" "생각"하고 "찾고" "고민"하는
자세를 비장한 어조로 그리고 있다. 죽음을 선험적인 공포의 대상으로 추상
화하거나 회피하지 않고 있는 그대로 정면에서 받아들이며 탐색하고 사유
한다. 이때 그는 현존재성에 대해 "죽음으로 직행을 하고 있는 거다/ 지하 5
미터 그 자리로 직행을 하고 있는 거다/ 어머니께서 물려주신 그 노자만큼/
쓸쓸히/ 죽음으로 직행을 하고 있는 거다"(「밤의 이야기. 17」)라고 스스로 감득
하게 된다. 죽음의 심연에 깊이 천착할 때 죽음은 단순히 삶의 종말이 아니
라 현존재의 본래적 가치와 의미를 개시해 주는 사건이 된다.

시 ②는 죽음에의 용기를 통해 자각하는 삶의 지향성을 노래하고 있다. 죽음은 화자에게 "탈피"를 요구한다. 여기에서 "탈피"는 죽음의 반대편에 놓인 삶의 일상성으로 해석된다. "나는 그럴 때마다/ 죽음"의 요구에 "반항"을 한다. 이것은 일상적 삶의 관성에 대한 집착을 가리킨다. "그러나 다 소용 없"다. "죽음"은 거역할 수 없는 "운명"이기 때문이다. "죽음"을 "운명"으로 받아들이는 것은 죽음으로 인한 불안에의 용기와 결단의 자세로 해석된다. 불안에의 용기와 결단을 통과할 때 죽음이 개시하는 본래적 삶의 가치를 만날 수 있다. "내가 사랑하는 사람조차/ 날더러 마지막 탈피를 하라고" 쓰고 있는 것은 스스로 비본래적 삶의 굴레로부터 "마지막 탈피"를 위한 자기 확인과 결의의 과정으로 이해할 수 있다.

한편, 이와 같이 "죽음"이 개시하는 타성적 일상성으로부터의 "탈피"는 다음 시편에 이르면 "우상"의 부정으로 표상되고 있어 주목된다.

나를 정의하는 내 생각 속에
어느 또 하나 어리석은 우상이 남아 있기에
내 모습 그대로 나는 돌아갈 수가 없는가
내가 애써 배워오고 아껴 온 지성들은
모두 나와는 먼 나의 우상을 쌓기에 바빴던 것인가
―더구나 그 우상은 나를 괴롭히는 것인데―
나는 상하기 전의 내 원상을
강한 내 육체 위에 돌려오기 위하여
오랜 그 우상을 내 생리 속에 묻어야 함을 알았다
알아갈수록 슬퍼지는 것은 무슨 까닭일까

…(중략)…

나는 먼저 내 육체의 척도를 알아야 한다

척도 속에 들어앉을 생리를 가져야 한다
생명을 가진 모든 개체와 같으면서
나와 같은 그것을 찾아가야 한다
생리와 더불어 체취가 무성한
아 내 그 원상을 찾아가야 한다

　　　　　　　　　　　―「남은 우상을 위하여」 부분

　시적 자는 자신이 믿어왔던 "우상"을 부정하고자 한다. "우상"은 "내 모습 그대로 나"에게로 돌아가는 장애물이기 때문이다. "우상"에 입각해 세계를 바라보고 설명하고 평가하는 행위는 자신도 모르게 자신과 스스로 멀어지는 과정이었던 것이다. 그러나 "내가 애써 배워오고 아껴 온 지성들"이란 "모두 나와는 먼 우상"을 쌓는 데 기여해 왔다. 불가에서 말하는 분별지分別智의 알음알이로부터 벗어나서 자신의 본성을 찾으라는 가르침을 환기시킨다. 그는 이제 "내 육체의" "생리"에 맞는 "나와 같은 그것", "내 그 원상을 찾아가야 한다"고 다짐한다. "낡은 지성 이전의" 본래의 나를 찾고 향유하고 살아야 한다고 생각하는 것이다. 이에 대해 그는 다음과 같이 산문을 통해 직접 진술하기도 한다. "나는 내 안에서 나를 괴롭히던 일체의 관념의 기존 세계를 우선 부수어 버리기 시작했다. 교실의 철학을 교실의 윤리를 교실의 도덕을 지성이라는 체면을 그리고 교양이라는 위선을". [8]

　그는 이와 같이 "생리와 더불어 체취가 무성한" 본래의 자아를 추구하기 위한 자기 결의를 하고 있었다. 물론, 이것은 그의 시 창작 원리와 미의식에서도 동일하게 드러난다. 그는 이에 대해 직접 다음과 같이 전언한다.

　혹자는 전통과 순수를, 혹자는 서정을, 혹자는 지성을, 혹자는 언어

---

8 조병화, 『순간처럼 영원처럼』, 고려원, 1985, 15쪽.

를, 혹자는 형태를, 혹자는 기교를, 혹자는 참여를, 혹자는 에스프리
를, 다다니, 쉬르니, 이마쥬니, 상징이니······ 실로 많은 욕설과 옹호
와 혼탁이 범람하여 흐르고 있다. 그러나 나는 나대로의 개울을, 생과
사 외로운 생존을 부침시키며 외따로이 흘러내려왔다······[9]

　　그의 시 세계는 일관되게 시사적 유행, 세태, 형식, 기교 등으로부터 일
정한 거리를 두어왔다. 그는 자신의 창작 방법론과 미의식의 가치 척도를
"나는 나대로의" "생과 사 외로운 생존"의 내적 요소에 굳건히 뿌리내리고
있었던 것이다. 해방 정국과 전쟁의 소용돌이가 몰고 온 혼란과 죽음의 불
안이 조병화의 시적 삶에서는 자신의 본래적 삶을 개시해 주는 계기로 작동
한 것이다. 다시 말해, 그는 죽음에 이르는 불안의 극점에서 어떠한 일상적
가치로도 환원될 수 없고 다른 어느 누구에 의해서도 대체될 수 없는 나 자
신의 본래적 존재를 찾아가고 있었던 것이다.

3. 죽음의 선취와 본래적 삶의 구현

　　죽음은 우리에게 가장 친숙하면서도 가장 낯설다. 죽음이 존재한다는 것
은 확실한 사실이지만 누구도 죽음을 체험한 사람은 없기 때문이다. 그러
나 세계-내-존재로서 인간의 총체성은 탄생과 죽음을 중심으로 구성되어
있다. 따라서 현존재를 전체로 이해하기 위해서는 죽음에 대한 이해가 전
제되어야 한다. 그러나 탄생이 지나간 사실이지만 현재에도 지속되듯이 죽
음은 미래에 닥쳐올 사실이지만 현재를 지배하는 아직—아님의 세계이다.
현재를 지배한다는 것은 죽음이 미래에 해당하지만 내가 앞질러 죽음을 선

---

9 조병화, 『내일來日 어느 자리에서』, 〈후기〉, 춘조사, 1965.

취[10]하기 때문이다. 쉽게 말하면 나는 이 세계에 이미 던져져 있고 이미 미래를 앞질러 있는 존재이다. 지금 여기 있으며 나는 지금 여기를 앞질러 미래를 선취한다. 죽음은 미래에 닥쳐오지만 나는 미리 앞질러 죽음을 선취할 수 있다.[11]

죽음으로 인한 불안에의 용기를 통과한 조병화의 시 세계는 '죽음의 선취'의 면모를 구체적으로 보여 준다. 그는 이미 삶 속에 내재하는 죽음을 직시하고 있다.

> 수명에 한도가 있는 육체
> 안에
> 삶과 죽음을 한몸으로 동거시켜
> 잠시 불을 밝히고 있는
> 이 가숙假宿
>
> 작별을 하며
> 헤어지는 연습을 하며
> 항상 떠나는 생각
> 속으로 속으로
> 그 오늘을 산다
>
> 삶은 죽음을 품고
> 죽음은 삶을 키워

---

10 하이데거는 이와 같이 죽음의 가능성 앞에서 도피하지 않고 '죽음을 향해 자각적으로 앞서 달려감'으로써 죽음을 인수하는 것을 '죽음의 선취'라고 설명한다(박찬국, 앞의 책, 101쪽).

11 이승훈, 『선과 하이데거』, 황금알, 2011, 61-64쪽 참조.

한 몸으로 동행을 하는 거

동행하다 그 몸 허물어지면

그뿐

그곳에서 헤어지는 거

육체는 사그라지며

불은 꺼진다

—「인간」 부분

　삶과 죽음은 대립 관계가 아니라 공생 관계이다. 이미 인간의 "수명"은 죽음이 스며들어 있는 "한도" 속에 있다. 현존재란 "삶과 죽음을 한 몸으로 동거시켜/ 잠시 불을 밝히고 있는" "가숙"에 다름 아니다. 이렇게 보면, "삶은 죽음을 품고/ 죽음은 삶을 키"우는 관계이다. 여기에서 "죽음은 삶을 키"운 다는 것은 죽음에 대한 인식을 통해 삶의 참모습을 자각하고 향유할 수 있게 되었음을 가리킨다. 아직—아님의 끝에 죽음이 있지만 죽음의 선취에 의해 현존재는 이 끝을 내면화함으로써 죽음이 현존재 속에 거주하는 양상을 보여 주고 있는 것이다. 조병화의 다음과 같은 진술은 그가 '죽음의 선취'에 자각적으로 도달하고 있음을 보여 준다.

　우리 인간들은 죽음을 무서워한다. 우리 인간들은 죽음을 불길한 것으로 피하려 한다. 그러나 무섭고 불길하다고 생각하는 이 죽음이 남의 것이 아니라 스스로의 삶 속에서 같이 동거하고 있는 자기 스스로의 것이라고 생각할 때 오히려 우리는 죽음과 같이 사는 것을 배워야 하며 죽음과 같이 친하게 살아야 하며 죽음을 사랑하고 아끼고 키우고 그 마지막 작별을 스스로 연습을 하며 살아야 할 것이 아닌가! 마침내

161

삶을 그렇게 살아야 하는 것과 같이.[12]

죽음에의 용기를 통해 '죽음의 선취'를 이루어내야 한다는 당위성을 전언하고 있다. "죽음이 남의 것이" 아닌 까닭에 "우리는 죽음과 같이 사는 것을 배워야 하며 죽음과 같이 친하게 살아야 하며 죽음을 아끼고 키"워야 한다는 것이다. 하이데거에게 이러한 '죽음의 선취'는 삶에 대한 총체적 이해와 연관된다. 그는 현존재가 어떤 사태를 진정으로 이해한다는 것은 그러한 사태를 객관적으로 이해하는 것이 아니라 항상 실존 전체를 통해 이해하는 것이다. 이해는 항상 실존의 변화를 수반하며, 실존의 변화를 수반하지 않는 이해란 그 사태의 피상에만 머무르는 이해로서 진정으로 그 사태를 이해했다고 볼 수 없다.

죽음은 개별적 현존재의 문제, 곧 타인들과 구별되는 나만의 문제이기 때문에 죽음의 선취는 고유한 자신의 존재를 살아가는 방향을 열어준다. 다시 말해, '죽음의 선취'를 통해 현존재는 '비본래적인 실존'에 대한 집착에서 벗어나 자신의 본래적 가능성에 직면할 수 있게 된다. '비본래적인 실존'이란 "고유한 자기의 의미에서 존재하지 않고 오히려 '그들'의 방식으로 타인으로 존재"[13]하는 관계성 속의 일상적 삶을 가리킨다. 따라서 자신의 고유한 본래적 실존은 단독자로서의 외로움과 고독의 길을 가게 된다.

> 아름다운 것은 실로 외로움이옵니다
> 지혜로운 것은 실로 외로움이옵니다
> 평화로운 것은 실로 외로움이옵니다
> 은혜로운 것은 실로 외로움이옵니다
> ─「낮은 목소리 43」

---

12 조병화, 『순간처럼 영원처럼』, 고려원, 1985, 100쪽.
13 M. 하이데거, 이기상 역, 『존재와 시간』, 까치, 1998, 180쪽.

"인간은 혼자서 죽는 것/ 인간은 혼자서 죽는 것// 생각을 하며/ 죽는 것을 사는/ 인간들"(「공존의 이유. 1」)의 숙명에서 "외로움"은 삶의 근원이고 본질이다. 그래서 "외로움"은 아름답고 지혜롭고 평화롭고 은혜롭다. 그것은 바로 자신의 고유한 참모습을 만나는 지점이기 때문이다. 따라서 외로운 단독자로서의 순수고독을 지키는 것이 가장 본래적인 자아를 발견하고 지키는 것이 된다. 타성적인 일상성의 관계로부터 단절된 고독만이 자신의 본래적 자아를 구현해 주기 때문이다.

> 고독하다는 것은
>
> 아직도 나에게 소망이 남아 있다는 거다
>
> 소망이 남아 있다는 것은
>
> 아직도 나에게 삶이 남아 있다는 거다
>
> 삶이 남아 있다는 것은
>
> 아직도 나에게 그리움이 남아 있다는 거다
>
> 그리움이 남아 있다는 것은
>
> 보이지 않는 곳에
>
> 아직도 너를 가지고 있다는 거다
>
> —「밤의 이야기 20」 부분

위는 인간의 고독한 존재자인 인간의 숙명을 노래하고 있다. 인간은 여타의 사회적 집단과 조직에 소속되는 순간 타의적인 규율, 관행, 논리에 의해 속박되고 규정된다. 그가 "술"을 가리켜 "너는 공산주의도 아니요 자본주의도 아니요 아무런 주의도 아니어서 좋다 너는 당적이니 호적이니 하는 것이 없어 그저 좋다"(「밤의 이야기. 21」)고 노래하는 까닭이 여기에 있다. 어떤 이념이나 주의 속에 복속되면서 본래적 자아는 점차 휘발된다. 이 점은 사람과의 관계성에서도 크게 다르지 않다. 거짓 화해와 타협이 동반될 수밖에 없는 사회적 관계성은 본래적 자아의 상실을 초래하기 쉽다. 따라서 번잡한 일상의 회로 속에서 만족감을 느끼는 것은 자기 정체성을 스스로 상실하고 있다는 증거가 된다.[14] 인간은 본래 고독한 존재이기 때문에 고독을 느끼지 못하는 것은 본래적 자아를 망각하고 있음을 가리키는 것이다. 따라서 고독하다는 것은 "아직도 나에게" "소망"과 "삶"과 "그리움"이 "남아 있다는" 것이다. 그가 "인간이어서/ 사람이어서/ 일어나는 일이라면/ 받아야 할 일이라면// …(중략)…// 혼자서 있을 것을/ 혼자서 있을 것을"(「공존의 이유. 7」)이라고 강조하는 까닭도 이러한 자신의 고유한 본래적 삶을 지키고 향유하기 위해서이다.

물론, 그의 시적 삶에는 타자와의 합일을 추구하는 공존과 사랑의 언어가 빈번하게 등장한다. 그러나 여기에도 대부분 이별이 전제되어 있다. 사랑과 이별이 연속성을 이루는, 이별을 선취한 사랑인 것이다.

실로 머지않아 너와 내가 그렇게

작별을 할 것이려니

너도 나도 그저 한 세상 바람에 불려가는

뜬구름이려니, 그렇게 생각을 해다오

내가 그랬듯이

—「나도 그랬듯이」 부분

삶과 죽음이 연속성을 이루는 한 영원한 만남이란 불가능하다. "너도 나도 그저 한 세상 바람에 불려가는/ 뜬구름"인 까닭에 "사랑을 한다하며/ 서로 손을 잡아도"(「공존의 이유. 1」) "실로 머지 않아" "작별"을 할 수밖에 없다. "사람은 누구나 동행 속에서/ 작별을 산다/ 뜨거운 동침 속에서/ 작별을 동침한다"(「사람은 누구나」)는 인식이 바탕을 이룬다. 그에게 사랑의 열도에도 고독과 허무가 짙게 배어 있었던 까닭이 여기에 있다. 죽음의 선취를 통해 가

14 홍용희, 「비극적 실존과 구원의 언어」, 『조병화 시 전집』, 국학자료원. 2013.

능해진 삶에 대한 이해의 깊이다. 이를 산문적으로 진술하면, "하늘 아래 변하지 않는 것이 어디 있겠습니까. 그래서 변하는 것을 변하는 대로 살아가자는 인생무상의 철학을 살아왔습니다"[15]라고 정리된다. "인생무상의 철학"이란 모든 것은 변질되고 소멸한다는 것을 긍정하고 수용하는 것이다. 인간의 존재론적 결핍을 회피하지 않고 이를 수용하고 긍정함으로써 현존재의 자기 구원을 이루어나가는 모습이다.

4. 죽음을 향한 자유와 삶의 영원성

죽음을 예기한다고 해서 결코 현실적인 죽음을 면하는 것은 아니다. 죽음은 벗어나고 뛰어넘고 초월할 수 있는 세계가 아니다. 따라서 죽음을 선취하는 것, 곧 죽음을 미리 앞질러 만나는 것은 초월할 수 없는 가능성을 향해 나를 열어 놓고 죽음을 본래적으로 이해하고 선택하고 결단하는 행위이다. 현실적인 죽음은 언제 찾아올지 알 수 없고 아무도 죽어본 사람이 없기 때문에 규정하고 정의할 수 없지만, 죽음의 가능성을 미리 수용함으로써 나의 본래적 존재의 개시가 가능해진다.

조병화는 죽음의 선취를 통해 본래적 삶의 구현을 추구했다. 그러나 그의 죽음 의식은 여기에 그치지 않는다. 그는 노년으로 접어들수록 죽음을 향한 자유의 지평이 확대되면서 현실 속에서 본래적 삶의 실현 방법론을 더욱 집중적이고 구체적으로 전개하는 양상을 보인다. 그것은 그의 죽음과 삶의 지향점이 뚜렷하게 존재하고 있었기 때문으로 보인다. 그의 시 세계 전반을 관류하는 "어머니"가 여기에 해당한다. 그에게 "어머니"는 죽음을 향한 지평을 확장시키고 동시에 삶을 향한 자세를 생활 감각 속에서 일깨워주는 존재자이다. 그의 죽음 의식과 생활철학의 극점에 "어머니"가 존재하

---

15 조병화, 『순간처럼 영원처럼』, 고려원, 1985, 154쪽.

고 있었던 것이다.

이제 머지않아 0%로 될 나의 육체는
긴긴 그 순수 허무로 생명을 마칠 것이며
100%로 될 나의 영혼은
긴 긴 그 순수고독에 훤한 날개를 달고
우주 어디쯤에 계실 어머님을 찾아서
비상을 할 것이려니

그때 나는 처음으로 이 고통에서 벗어나
희열로, 희열로,

"아, 나는 나의 인생을 성실히 다 했노라"
하리

—「마지막 비밀」 부분

삶이 "육체"이고 죽음은 "영혼"으로 표상되고 있다. "육체"의 비중이 줄어들면서 "영혼"의 비중이 확장되고 있다. 시적 화자는 이미 죽음에 경도되어 있다. 이에 대해서 그는 "100%로 될 나의 영혼은/ 긴 긴 그 순수고독"으로부터 해방되어 "우주 어디쯤에 계실 어머님"을 만날 것이라고 생각한다. 그에게 죽음은 "어머님"과의 조우이다. 그래서 죽음은 단절의 두려움이 아니라 "비상"의 "희열"이다. 죽음을 향한 자유가 구가되는 대목이다. 그는 "어머님"을 만나는 자리에서 "아, 나는 나의 인생을 성실히 다 했노라"고 보고하고자 한다. 그에게 삶과 죽음은 "어머님 심부름으로 이 세상 나왔다가/ 이제 어머님 심부름 다 마치고/ 어머님께 돌아"(「먼 약속」)가는 과정으로 요약되기 때문이다. 어머니는 그에게 "속삭이는 종교"(「어머니」)이고 내면의 윤리이고 양심이다. 그래서 어머니는 "훅 떠나신 지/ 어언 수삼 년"이

지났지만, 일상 속에서도 "당신의 말씀 그 목소리// 얘, 너 뭐 그리 생각하니/ 사는 거다/ 그냥 사는 거다/ 슬픈 거, 기쁜 거/ 너대로/ 다 그냥 사는 거다/ 잠깐이다"(「눈에 보이옵는 이 세상에서」)라고 일러준다. 어머니는 내면으로부터 들려오는 삶과 죽음의 성찰적 가치이다. 그의 다음과 같은 전언은 이점을 선명하게 드러낸다.

> "살은 죽으면 썩는다"라는 말씀을 하셨다. 나는 이 어머님의 인생철학
> "살은 죽으면 썩는다"라는 '죽음의 철학'으로 인생을 시작했고 이 철학
> 대로 늘 죽음을 생각하면서 살아왔다.[16]

"살은 죽으면 썩는다"라는 말에 모든 인간은 죽는다는 명제와 바로 그런 까닭에 몸을 아끼지 말고 성실하게 살아야 한다는 명제가 동시에 내재한다. 어머님의 생활철학이면서 죽음의 철학이었던 이 말은 곧 나의 삶과 죽음의 철학으로 내면화된다. 다음 시편은 "당신이 주신 생명을 생명대로 살고" "당신이 주신 몸과 얼을 아낌없이 살고"(「황혼의 노래. 52」) 있는 삶의 노래이다.

> 해마다 봄이 되면
> 어린 시절 그분의 말씀
> 항상 봄처럼 부지런해라
>
> 땅 속에서, 땅 위에서
> 공중에서
> 생명을 만드는 쉬임 없는 작업
> 지금 내가 어린 벗에게 다시 하는 말이

죽음 의식과 삶의 연소

---

16 조병화, 「시詩로의 긴 여로旅路」, 『세월의 이삭』, 월간에세이, 2001, 107쪽.

항상 봄처럼 부지런해라

해마다 봄이 되면
어린 시절 그 분의 말씀
항상 봄처럼 꿈을 지녀라
보이는 곳에서
보이지 않는 곳에서
생명을 생명답게 키우는 꿈
봄은 피어나는 가슴

　　　　　　　　　　　　　—「해마다 봄이 되면」 부분

　　"해마다 봄이 되면" "그분의 말씀"이 떠오른다. 이것은 "그분"의 말씀이
이미 시적 화자의 내면의 목소리가 되었음을 가리킨다. 여기에서 "봄"은 역
동적인 삶의 절기를 표상한다. 따라서 시적 화자는 삶의 마디절마다 "그분"
의 목소리를 내면으로부터 듣고 있는 것이다. "생명을 생명답게" 하기 위해
서도 부지런하고 꿈을 지녀라는 언명이다. "제한된 시간 속에서 배정된 목
숨을 사는 이 윤리"에 대한 시적 전언이다. 시적 화자는 이 언명을 "그분"이
자신에게 했듯이 "어린 벗에게" 전한다.
　　시적 정황으로 미루어 볼 때, 이것은 어머님이 일러주신 "살은 죽으면 썩
는다"는 가르침을 스스로 다음 세대에게 다시 일러주고 있는 것으로 해석
된다. 이것은 물론 자신에게 삶이란 "멀고 먼 곳에서 잠시 들렀다 갈 중도中
途의 집"(「낮은 목소리. 57」)에 머무는 여정이며 가숙이란 인식을 전제로 한다.
그리고 이 점은 모든 살아있는 존재자들에게 공통적으로 적용된다. 그래서
그가 "어린 벗"에게 하는 말이란 "돌아들 가는" "가을"(「9월」)이 "봄"을 향해
전하는 가르침에 다름 아니다. 이러한 세대론적 순환론에서 보면, 죽음 의
식은 삶의 영원성과 등가를 이룬다. 개체적 단절이 계통적 영원성으로 이
어지고 있는 것이다.

지금 어드메쯤
아침을 몰고 오는 분이 계시옵니다
그 분을 위하여
묵은 이 의자를 비워 드리지요

지금 어드메쯤
아침을 몰고 오는 어린 분이 계시옵니다
그분을 위하여
묵은 이 의자를 비워 드리겠어요

먼 옛날 어느 분이
내게 물려주듯이

지금 어드메쯤
아침을 몰고 오는 어린 분이 계시옵니다
그 분을 위하여
묵은 이 의자를 비워드리겠읍니다

—「의자」 전문

  자신의 "의자"를 비워 주는 따뜻하고 긍정적인 태도가 시적 중심축을 이루고 있다. "아침을 몰고 오는 분"이란 새로운 한낮의 시대를 열어가는 주역을 가리킨다. 그들에게 "의자"를 비워 주는 일련의 과정은 세대교체에 대한 능동적인 수용의 자세를 드러낸다. 특히 "아침을 몰고 오는" 미래 세대를 향한 "그 분" "어린 분" 등의 존칭은 세대교체의 역사에 관한 겸허하고 따뜻한 순응의 자세를 보여 준다. 자신이 의자를 비우고 물러가면 그 "의자"는 "아침을 몰고 오는 어린 분"에 의해 채워진다. 그리하여 인류 역사는 영원성을 획득한다. 물론 여기에는 자신의 죽음에 대한 수용의 자세가 전제되어야 한다. 이를테면 "인간은 영원하지 않기 때문에/ 영원을 갈망하고// 소유하지 않기 때문에/ 소유하길 갈망하여 헤매지만" "실로 위대한 거란 죽음만이다"(「타향에 핀 작은 들꽃」)라는 인식의 전제가 요구된다. 그래서 그에게 삶이란 "가는 자와 오는 자에 끼여"(「밤의 이야기 7」) 있는 가숙假宿이라는 명제가 점점 더 간절한 기도가 된다.

> 주시옵신 이 몸, 실은 주시옵신 '목숨의 집'이옵니다
> '보이옵는' 이 세상 잠시 있다 갈 '목숨의 집'이옵니다.
> 멀고 먼 곳에서 잠시 들렀다 갈 중도中途의 집
> 주시옵신 이 몸, 실은 실로 초라하옵는 목숨의 셋집이옵니다
> ─「낮은 목소리로. 57」 부분

"'보이옵는' 이 세상 잠시 있다갈 '목숨의 집'"이라고 표백하고 있다. 그래서 "세상"은 목적지가 아니라 "잠시 들렀다" 가는 "중도中途의 집"일 따름이다. "내 육체는 하나의 생명의 껍질"(「가을이 오면」)이다. 실로 몸이란 본래 없었던 것이 아닌가. 그런 까닭에 "언젠가 이 세상 이 견딤 다하여/ 흙으로 하여 흙으로 돌아"(「인생의 흔은」)가는 것은 결코 무엇을 잃은 것도 아니다. 이와 같이 삶이란 "목숨의 셋집"이며 "중도의 집"이라는 인식은 인간 실존의 결핍을 받아들임으로써 스스로 우주 질서에 동참하는 자유 의지와 구원의 획득 과정이다. 다음 시편은 이와 같은 죽음 의식이 인도해 온 삶의 세계를 간곡하고도 정직하게 독백하고 있어서 숙연한 정서적 울림으로 다가온다. 그의 시 세계 속 죽음 의식과 삶의 언어의 실상이 전체적으로 그려지고 있다.

> 너는 이 이승에서 무엇을 살려 했는고?
> 네, 변화 무상한 이 이승에서
> 변하지 않는 것을 찾아서
> 그것을 살려 했습니다

그것이 무엇이던고?

네, 고독이었습니다

살아있는 자들의 끊임없는 고독이었습니다

…(중략)…

그래서, 어떻게 살았던고?

네, 시를 살았습니다

오로지 변하지 않는 나의 쓸쓸한 시를 살아왔습니다

나의 시로, 나의 내부에 무한공간 깔려 있는

순수고독의 광맥을 캐면서 오로지

그 혼자의 흔들리지 않는 시의 길을 살아왔습니다

지금은?

네, 캐도캐도 다는 못 캘 이 어두운 갱도에

맥없이 캄캄히 이렇게 누워 있습니다

아, 어머님.

—「자문자답」부분

5. 결론

지금까지 조병화의 시 세계에 대해 죽음 의식을 중심으로 살펴보았다. 그의 시적 삶의 본령은 죽음 의식을 중심에 둘 때 가장 정확하고 명징하게 이해된다. 그의 시 세계에 가장 빈번하게 드러나는 고독, 허무, 이별, 사랑 등의 이미지는 죽음 의식이 파생시키는 것으로 파악된다. 그에게 죽음 의식은 타성적 일상을 규정하고 있는 모든 관계의 의미를 무화시키고 단독자로서의 본성을 직면할 수 있게 하는 '무'의 지점이다. 그는 하이데거가 강조한 죽음에 관한 불안에의 용기와 결단을 통해 본래의 실존을 만나고 이를 구현해 가고 있는 것이다. 특히 그는 이러한 과정을 통해 죽음을 선취함으로써 세계-내-존재를 입체적이고 근원적이고 전체적으로 이해한다. 그가 삶 속에서 죽음을, 사랑 속에서 이별을, 공존 속에서 고독을, 일상 속에서 초월을 감득하고 그 의미와 가치를 노래하는 까닭이 여기에 있다.

한편, 죽음의 선취를 통한 본래적 삶의 구현은 점차 죽음을 향한 자유와 삶의 영원성으로 밀도 높게 구체화된다. 여기에는 삶과 죽음의 철학의 표상으로서 "어머니"가, 생활 감각 속에서 내면의 목소리로 존재하기 때문이다. 그에게 인생이란 "어머님 심부름으로 이 세상 나왔다가/ 이제 어머님 심부름 다 마치고/ 어머님께 돌아"(「먼 약속」)가는 과정에 다름 아니다. 그가 누구보다 성실하게, 자신의 본래적 삶을 일관되게 추구한 것은 자신의 내적 종교이며 양심이며 지향점으로서 "어머니"가 함께하고 있었기 때문인 것으로 보인다. 이와 같은 죽음 의식이 세대론적 순환론으로 인식되는 지점에 이르면, 그에게 죽음은 삶의 영원성으로 노래된다. 개체적 단절이 계통적 영원성 속에서 인식되는 것이다. 이와 같이 조병화의 시적 삶은 유한자로서 죽음의 결핍을 회피하거나 초월하지 않고 자신의 실존으로 수용하고 긍정함으로써 자신의 본래적 삶을 직시하며 이를 바탕으로 진정한 자유와 자기 구원을 이루어나갔던 것이다.

구극의 언어와 형이상形而上의 개척

—최동호론

1. 구극과 생성의 소실점

　좋은 시란 무엇인가? 시를 마주한 자리에서 이보다 더 중요한 문제 제기
가 있을까. 이것은 어느 시인에게나 시적 삶의 출발지이면서 종착지이다.
그러나 이러한 질문을 가장 정면에서 제기하고 그 답변을 체계적으로 모색
한 시론가는 찾아보기 어렵다. 1990년대 이래 집중적으로 개진된 최동호의
정신주의 논의의 소중한 의미는 여기에 있다. 그가 제기한 정신주의의 요
체는 좋은 시란 "형이상形而上의 세계의 개척"이라는 점이다. 따라서 정신주
의 앞에서 우리 시단에 만연해 있는 "세속성(일상성과 물신주의), 주관성(배타성
과 독존주의), 정체성(보수성과 편의주의), 해체성(파괴성과 허무주의)"은 비판적 극
복의 과제이다. 어느 유형의 시편이든 그 유형화의 폐쇄성에 갇히지 않고
새로운 근원의 차원을 열어나가는 역동성이 요구된다는 것이다. 그가 정신
주의의 특성으로 동적 시학을 강조하는 까닭이 여기에 있다.
　그렇다면, 정신주의가 지향하는 자기부정의 동적 시학을 통한 형이상形
而上의 개척은 어떻게 가능할까? 그것은 어떤 과정의 극점에 이르는 구극에
서 가능하다. 구극은 '사물에 다가가 나의 모든 지식을 극진히 하면 그 이

치의 터득에 이른다'는 격물치지格物致知와 상통한다. 여기에서 이치란 만물의 생성과 소멸을 주재하는 무위無爲의 질서이고 근원이고 본질이다. 그래서 성리학에서는 격물치지에 이르면 막힘이 없이 활연관통豁然貫通해진다고 한다. 활연관통해지는 이치의 터득이 정신주의에서 강조하는 "형이상形而上 세계의 개척"을 가리키는 것으로 해석된다.

최동호는 시집『불꽃 비단벌레』(2009) 서문에서 "정신주의의 구극을 가고 싶었다/ 그 소실점에서/ 불꽃 비단벌레가 날아올랐다"고 전언한다. 구극이 생성의 소실점이다. 정신주의가 스스로의 내적 속성이기도 한 구극에서 존재의 전회를 이루고 있다. 정태적인 관념이 동적인 생명으로 비상하고 있다. "불꽃 비단벌레"는 그의 시편들을 표상하는 것으로 해석된다. 이렇게 보면, 정신주의는 그의 시 세계의 본바탕이고 질료이다. 그래서 그에게 시론의 탐색과 시 창작의 길은 근원 동일성을 지닌다.

실제로 최동호의 시 세계는 정신주의의 특성과 상응한다. 그의 시적 삶은 기본적으로 "형이상形而上 세계의 개척"을 위한 도정으로 이해된다. "황사바람"(『황사바람』)의 혼돈에서 출발하였으나 그 혼돈 속의 질서, 형상 너머의 형상을 직시하면서, 우주의 참모습과 존재 원리에 대한 도저한 탐색에 집중한다. 그리고 다시 "세월의 풍상이/ 소용돌이치는"(『박수근』) 현실의 지평 아래에서 형이상의 존재를 발견하고 이를 깨우는 성속일여聖俗一如의 여정을 보여 준다. 그의 시적 삶은 '하나의 도道에 이르는 시학'의 전범을 보여 주고 있는 것이다. 이 글은 이러한 문제의식 속에서 그의 시 세계 전반을 순차적으로 추적해 보기로 한다.

2. 혼돈으로부터 질서

최동호의 시 세계는 번민, 절망, 불안, 갈증 등이 뒤섞인 불확정의 소용돌이에서부터 시작된다. 그래서 그의 첫 시집의 도처에는 격정과 격동

의 결절음들이 "창문을 때리는" "황사바람"(「황사바람」)의 모래알처럼 서걱거
린다. 그의 젊은 날의 고뇌와 고독의 파동이 시적 출발점을 지배하고 있는
것이다.

> 누군가 대지를 찢고 갔다
> 황량한 들이 오열하고
> 폭풍은 개울가에
> 쓰러져 있었다.
> 나는 쓰러진
> 거대한 폭풍의 뿌리를 껴안았다.
> 칼날진 돌 부스러기가
> 가슴에 박히고,
> 찢어진 대지가 거친 숨을 내뿜어
> 파열음처럼
> 타는 듯한 갈증이
> 짓밟힌 대지에서
> 하늘을 향해 부러진 팔을
> 쳐들고 있었다.

—「태풍 후」 전문

"태풍 후" 폐허의 풍경이 격정적 어조로 그려지고 있다. "태풍"은 "대지"
의 육체를 가혹하게 파괴시키고 지나갔다. "가슴에"는 "칼날진 돌 부스러기
가" 박히고 "팔"은 부러진 채 "하늘"을 향하고 있다. 사위에는 "오열"과 "거
친 숨"과 "갈증"이 편만하다. 태풍이 몰고 온 혼란의 재앙이다. 그러나 이
때의 태풍은 비단 외부에서 엄습한 것만은 아니다. 오히려 질풍노도 같은
내적 고뇌와 번민의 표상으로 읽힌다. "짓밟힌 대지"에 대한 의인화가 이를
반증한다. 의인화는 시적 화자가 감정을 이입하는 데 사용하는 대표적인

수사이기 때문이다. "잡히지 않는/ 현실이라는 울분의 벽을 부딪히며"(「독백」) "절망의 끝에서 울려오는/ 운명적인 것들의 소리 없는 반향反響"(「북한강에서」)에 몸부림치는 청춘의 비망록이 "태풍"의 광폭성과 그 폐허의 풍경에 투사되어 있는 것이다.

뜨거운 울분과 회한이 반복되는 "절규의 성城"(「절규의 성城」)에서 시적 화자가 우선적으로 선택할 수 있는 방법론은 무엇일까? 그것은 "절규의 성城"으로부터 탈출을 감행하는 것이다. 다음 시편은 이러한 탈출의 "여정"에 대한 급박한 의지와 열도를 보여 준다.

> 소리도 죽고
> 바람도 멎어
> 그림자 없는 곳,
> …(중략)…
> 엉겅퀴
> 가시나무로 덮인
> 온몸을
> 뜨겁게 물들이며
> 땅을 울리며 가야지.
> 아아, 깊은 밤에
> 쫓기는 사람처럼 가야지.
>
> ─「여정旅程」 부분

시적 화자는 "여정" 위에 있다. "여정"의 지향점은 "소리" "바람" "그림자"마저도 없는 곳이다. 그는 평정의 고요를 지향하고 있는 것이다. "가시나무"가 온몸을 "뜨겁게 물들"인다 해도 "여정"은 멈출 수 없다. "절규의 성城"(「절규의 성城」)으로부터의 탈출이 "쫓기는 사람처럼" 다급하고 절실하기 때문이다. 시적 화자는 방황과 번민의 격정을 정착과 평정을 향한 동력으

로 전환하고 있는 것이다. 그래서 그에게 "절규"는 "어둠을 끝없이 소리 없
는 강물처럼/ 끝없이 밖으로 흘러가게 하"(「절규의 성城」)는 자기 순화의 촉매
로 작용한다.

이와 같은 탈출의 "여정"이 수평에서 수직으로 변주되면 다음과 같이 "강
철처럼 솟아"오르는 "분수"의 모습을 띠게 된다.

> 파아란 풀무에
> 단련한 쇠를 던지는 것처럼
> 자꾸 솟아오르기 위해
> 솟아오르는 둥근 분수가에서
> 나를 던진다
>
> —「분수」부분

"분수"가 "쇠"의 금속성과 유비를 이루고 있다. 이것은 "분수"의 초월 의
지를 역동적으로 드러내면서 동시에 자신의 내적 단련을 향한 강인한 결
의의 표명이다. "풀무"의 "쇠"처럼 자기 단련을 이루어낼 때 "어둠 속에
서" "한낮의 대지 위로/ 퍼 올리는"(「우물의 계단」) "분수"의 역동성을 획득할
수 있다는 것이다.

그러나 혼돈으로부터 질서를 이끌어내는 일이 이러한 물리적 의지만으
로 해결되는 것은 아니다. 사물의 존재성에 대한 새로운 인식의 전환이 병
행되어야 한다. 다음 시편은 모든 현존은 텅 빈 부재를 향한다는 인식론적
자각을 드러낸다. 세계의 존재 원리에는 생성과 더불어 소멸이 함께 있는
것이다.

> 말하라, 아아
> 잡초처럼 쓰러지며
> 생각하는 때

대지大地는 광막하고 모두가 사라진다.

함성도

추억도 사랑도 혁명도

대지大地의 끝에서 사라진다.

가슴을 치는 벽돌로

싸늘하게 떨고 있는

쇠창살도.

…(중략)…

의미할 수 있는 모든

형상이 사라지고

대지大地 위에서

숨 쉬는 자들이 잠든다.

오직, 사라지지 않는

빛나는 가슴을 가진 것들이

그들의 암흑 속에서

새로이 탄생한다.

—「빛나는 가슴」 부분

번민과 고뇌의 극한에서 "잡초처럼 쓰러지며/ 생각"한다. "추억도 사랑도 혁명도/ 대지大地의 끝에서 사라"지는 것이 아닌가. "의미할 수 있는 모든/ 형상이 사라"진다는 사실 앞에서 집착, 욕망, 좌절, 울분에 시달린다는 것은 무의미해 보인다. 이때 통상적으로 걷잡을 수 없는 허무주의에 봉착하기 쉽다. 그러나 시상의 흐름이 역동적인 전환의 탄력성을 지닌다. 사라지는 것들 속에서 사라지지 않는 영원성을 포착하고 있기 때문이다. 그것은 "암흑 속에서" "새로이 탄생"하는 "빛나는 가슴"이다. 변화 속에 변하지 않는 질서에 대한 신념을 드러내고 있다.

여기에 이르면, 최동호의 시 세계에서 "황사바람"의 격정은 점차 고즈넉한 평정에 이르게 된다. 혼돈에서 근원, 현존에서 부재, 현상에서 본질을 인식하는 입체적 미의식이 열리기 시작한다. 모든 존재자의 근원 회귀의 질서와 그 지형에 관심을 두고 이를 보고 듣고 느끼고자 한다.

> 벽지 뒤에서 밤 두 시의
> 풀이 마르는 소리가 들린다.
> 건조한 가을 공기에
> 벽과 종이 사이의
> 좁은 공간을 밀착시키던
> 풀기 없는 풀이 마르는
> 소리가 들린다.
>
> 허허로워
> 밀착되지 않는 벽과 벽지의
> 공간이 부푸는 밤 두 시에
> 보이지 않는 생활처럼
> 어둠이 벽지 뒤에서 소리를 내면
>
> 드높다, 이 가을 벌레 소리.
> 후미진 여름이 빗물 진 벽지를 말리고
> 마당에서
> 풀잎 하나하나를 밟으면
> 싸늘한 물방울들이
> 겨울을 향하여 땅으로 떨어진다.
>
> ―「풀이 마르는 소리」 전문

"풀이 마르는 소리"가 중의적으로 읽힌다. "벽과 종이"를 붙여 놓았던 벽지의 "풀이 마르는" 소리이고 "마당"에 무성했던 "풀"이 마르는 소리를 동시에 가리킨다. 이 둘 중에 시적 화자가 더욱 주목하는 것은 후자이다. 전자는 후자로 가기 위한 미적 장치이다. 벽지의 "풀이 마르는 소리"는 "벽과 종이 사이"가 떨어지면서 발생한다. 그러나 마당의 "풀"은 마르는 소리를 내지 않는다. 다만 앙상하게 시들어가는 모양이 있을 뿐이다. 화자는 "이 가을 벌레 소리"가 "풀잎 하나하나를 밟는다"고 표현한다. 그러나 이것은 앞에서 읽은 벽지의 "풀이 마르는 소리"로 인해 마당의 풀이 마르는 형상으로 자연스럽게 읽힌다. 풀에서 "물방울"이 "떨어진다". "떨어진다"는 것은 청각적 심상을 동반한다. "어둠이 벽지 뒤에서 소리를 내"듯이 수풀 아래 늦가을의 정적이 "소리를" 내고 있는 것이다.

이들 "소리"는 사물의 형상을 넘어선 형상, 모양 없는 모양의 감각적 표현태이다. 그렇다면, 이러한 무형의 형상에 해당하는 "소리"가 향하는 곳은 어디인가? 그것은 "겨울"이다. 무성한 여름의 풀숲이 점차 겨울의 텅 빈 원점으로 돌아가고 있었던 것이다. 이렇게 보면, "풀이 마르는 소리"는 삼라만상을 주재하는 보이지 않는 무위無爲의 질서에 대한 감각적 현현으로 이해된다. 여기에 이르면, 노자의 '돌아감이 도의 움직임(反者 道之動)'(노자, 『도덕경』 40장)이라는 정언을 떠올리게 된다. 모든 사물은 수시로 바뀌지만 저마다 제 뿌리로 돌아간다(夫物芸芸 各復歸其根). 이와 같이 근원으로 돌아가는 질서가 '무위'이고 '도'이다(노자, 『도덕경』 16장). 최동호는 시적 출발지에서 이미 현상 너머의 형이상形而上의 인식을 자각적으로 드러내고 있었다.

3. 마음의 감각과 형이상形而上의 존재론

최동호의 시 세계에서 "황사바람"의 혼돈은 근원의 질서를 향한 동력으로 작용한다. 비평형과 무질서가 새로운 진화와 질서를 창조한다는 자연과학의 엔트로피 법칙이 그의 시적 삶에도 적용되고 있었던 것이다. 그렇다면, 혼돈 속의 질서, 현상 속의 본질을 바로 보고 듣고 느끼고 호흡할 수 있는 방법은 무엇일까? 그것은 육체적 오감을 넘어선 마음의 감각이 열릴 때 가능하다. "미칠 듯한 격정의 몸부림"의 "한 겹 눈꺼풀 아래/ 태고의 고요"(「누추한 육신을 누가 잠들게 하나」)가 있지만, 이를 직시하기 위해서는 마음의 눈뜸이 있어야 하는 것이다. 이러한 정황에서 다음 시편이 씌어진다.

여름 낙숫물이
바위를 파내다가 물러간 다음
빈방에서
가을 빗소리 들으니
비로소 막혔던 귀가 뚫린다.

울울한 녹음이 가로막아
여름내 찾을 수 없던
산모퉁이 길에는
흙 묻은 솔방울이
빗방울 따라 툭툭 떨어진다.

─「가을 빗소리」 전문

시적 화자는 "빈 방에서" 혼자 "가을 빗소리"를 듣고 있다. 이때, "비로소 막혔던 귀가 뚫린다". 이제 자연의 소리와 공명이 가능해진 것이다. 2연은 가을에 열리게 된 눈을 노래하고 있다. "울울한 녹음"으로 가려졌던 "산모퉁이 길"이 보인다. "울울한 녹음" 속에 가려졌던 산의 본모습을 만나게 된 것이다. 가을이 되면서 청각과 시각이 새롭게 열리고 있다. 물론, 이때의 청각과 시각은 단지 신체적 감각만을 가리키는 것은 아니다. 그것은 마음의 감각이기도 하다. 그래서 그는 "마음 앉히려고 눈 감으니/ 수심이 맑아진다"(「검푸른 바둑돌」)고 고백한다. "눈"을 "감으"면서 사물의 본모습을 바로 보게 되고 귀를 닫으면서 사물의 소리를 바로 듣게 되는 이법이다.

　이와 같이 마음의 눈과 귀가 열리면 우주적 무한의 비경에 대한 관음이 가능해진다.

> 깨진 바위 속으로
> 세속의 빛이 흘러 들어갔다.
>
> 바위 속에 되비치는
> 산울림이 호수처럼 펼쳐져
>
> 듣고 있으면 가슴 홀로
> 바스라져 흙이 되는데,
>
> 눈먼 석종石鐘을 울리는
> 숨소리가 풀꽃을 죽인다.
>
> ─「풀꽃」전문

　시적 화자는 "깨진 바위 속"을 직시하고 있다. 그곳에서 "흘러 들어"간 "빛"이 활성의 장을 펼치고 있다. "바위 속에" "산울림"의 "호수"가 일렁인다. "바위 속" "산울림"의 물결이 "가슴"으로 밀려온다. 바위의 심연과 시적 화자의 깊은 교감이 일어난다. 이것은 다시 "풀꽃"으로 이어진다. "석종石鐘을 울리는/ 숨소리"가 "풀꽃"의 반응을 불러온다. 우주의 내재율에 대한 시적 관음이다.

　이와 같이, 마음의 감각이 열리면서 "베갯머리 아래로/ 나룻배 밑바닥을 미끄럽게// 훑고 가는 발 시린/ 여름 강물 소리들"(「여름 강물 소리들」)을 듣기도 하고 "비쩍 마른 영혼의 향기"(「가을 책 읽기」)에 취하기도 한다. 외적 감

각과 인식으로는 포착되지 않는 가시적인 세계를 형성하고 규정하는 비가
시적인 세계이다.

최동호는 이와 같은 마음의 감각을 바탕으로 만물의 생성과 소멸을 주재
하는 형이상의 실체에 대한 탐색을 본격적으로 추구한다. 그는 "달마는 왜
동쪽으로 왔는가"라는 불가의 화두를 붙잡는다. '도道'의 깨달음을 위한 불
가의 유서 깊은 용맹정진의 역사에 동참하기 시작하는 것이다.

> 붉은 살덩어리
> 어린애가 막 울고 있는데
> 달마는 왜 동쪽으로 오는가
>
> 구름은 산 아래를 굽어보고
> 빗방울 길을 따라 바다로 흘러간다
> 오고 갈 것이 본래 없는데
>
> 어린애는 왜 목이 붓도록 울고
> 눈썹 짙은 달마는
> 왜 먼 길을 찾아왔는가
>
> 잔잔한 강물이
> 마음 그림자를 비춰주니
> 하늘에서 떨어진 둥근 달덩이
> 물속으로 들어가 소리가 없다.
>
> 저잣거리를 헤매이던 사람들
> 하늘에서 달덩이 찾으려 하나,
> 창창한 별들만 어둠 깊이 박히고,

그림자 없는 길을 걸어간다.

너 가는 곳이 어디냐
뜰 앞의 잣나무!
제자리를 지키리라.

달빛을 쓸어내니
캄캄한 어둠을 머금었던 하늘이
새벽빛을 푸른 산에 내뱉는다.
　　　　　　—「새벽빛–달마는 왜 동쪽으로 왔는가 1」 전문

　"달마는 왜 동쪽으로 왔는가". 여기에서 중요한 것은 "왜"이고 "동쪽"으로 보인다. 그러나 이것은 잘못된 파악이다. 불가에서 가장 경계하는 말의 거죽에 얽매여 과녁을 비껴가는 비본질적 접근이다.

　이와 관련된 조주 선사의 유명한 일화는 이 점을 깨우쳐 준다. 한 중이 묻는다. "달마는 왜 동쪽으로 왔는가". 그는 지체 없이 답변한다. '뜰 앞의 잣나무니라'. 마침 뜰 앞에 잣나무가 있었기 때문이었다. 잣나무 대신에 대추나무가 있었다면 그는 '뜰 앞에 대추나무니라'라고 했을 것이다. "달마는 왜 동쪽으로 왔는가"라는 질문은 정작 "왜"와 "동쪽"과는 아무런 관계가 없다. 그렇다면 무엇일까? 그것은 "도"란 무엇인가? 라는 질문에 다름 아니다. 왜냐하면, '뜰 앞의 잣나무'란 마침 눈앞에 보이는 우주적 존재 원리의 한 표상이며 도道의 발현태이기 때문이다. 만약, 조주의 눈앞에 잣나무도 대추나무도 없었다면 무엇이라고 했을까? 그는 아마도 그렇게 묻는 자네이고, 이렇게 서있는 '나'라고 했을지도 모를 일이다.

　위의 시편 역시 구도求道를 종지宗持로 하는 불가의 어법 안에서 해석된다. 1연의 "어린애"가 울고 있는 것과 "달마"가 동쪽으로 온 것을 인과관계로 접근해서는 안 된다. "붉은 살덩어리/ 어린애가 막 울고 있"다는 것은 어린애

184

가 이제 막 태어났음을 가리킨다. 어린애의 탄생과 달마가 동쪽으로 온 것은 어떤 순차적인 개연성도 없다. 굳이 이 둘을 연속성 속에서 파악한다면 역순으로 거슬러 해석해 보는 것이 용이하다. 달마가 동쪽으로 온 것은 "어린애"가 세상에 태어나는 것과 같은 자연스러움이라는 것이다.

2연은 이 점을 암시적으로 설명하고 있다. "오고 갈 것이 본래 없"다. 왜냐하면, 가는 것이 오는 것이고 오는 것이 가는 것이기 때문이다. 오직, "구름"이 "빗방울"이 되어 "바다로 흘러"갔다가 다시 증발하여 "구름"이 되는 몸 바꿈의 순환이 있을 따름이다. 따라서 "달마가 왜 동쪽으로 왔는가"라는 질문은 출발부터 의미를 지니지 못한다.

3연 역시 2회에 걸쳐 반복되는 "왜"가 중요한 것이 아니라 세상 곳곳에 '도'의 질서가 숨 쉬고 있다는 사실의 반복적인 환기가 중요하다.

4연은 월인천강月印川江을 통해 현묘한 '도'의 존재성을 노래하고 있다. 월인천강月印川江이란 무엇인가. 천 개의 강마다 서로 다른 달이 떠오르는 장엄한 광경이다. 물론 이것은 한 개의 달덩이가 천 개의 강마다 반사된 결과이다. 그러나 어찌 천 개의 강뿐이겠는가. 달빛은 지상의 모든 삼라만상을 비추고 있지 않는가. 따라서 모든 삼라만상으로부터 달이 떠오른다고 말할 수 있다. 이때, 달은 도를 가리키고 지상의 삼라만상은 도가 편재하는 모든 대상을 가리킨다.

4연의 월인천강을 묘사하는 투시점은 지상이다. "잔잔한 강물이/ 마음 그림자를 비"춘다. 강에 반사된 달을 강물의 "마음 그림자"로 묘사하고 있다. 물론, 그렇다고 해서 달라질 것은 없다. 여기에서 "마음 그림자"는 "하늘에서 떨어"져 "물속으로 들어"간 "둥근 달덩이"를 가리키기 때문이다.

5연 역시 4연의 연속성에서 읽힌다. "저잣거리를 헤매이던 사람들/ 하늘에서 달덩이 찾으려 하"지만 하늘에 달이 없다. 그 이유는 무엇일까? 4연에서 "달덩이"가 "강물" 속에 들어간 것처럼 5연에서는 "저잣거리를 헤매이던 사람들" 속으로 들어갔기 때문이다. "저잣거리"의 모든 "사람들"에게도 도道는 편재되어 있다는 것이다.

6연은 조주 선사의 답변을 전면에 내세우고 있다. "뜰 앞의 잣나무!/ 제 자리를 지키리라". '도道'의 영원성에 대한 강조이다.

7연은 밤이 지나가고 낮이 시작되고 있음을 보여 준다. "새벽빛"이 "푸른 산에" 찬연하게 반사되고 있다. 도道를 표상하던 달이 어느새 해로 이동하고 있다.

여기에 이르면, "달마는 왜 동쪽으로 왔는가"라는 질문은 "월인천강"의 찬연함에 상응하는 도道의 존재론과 직접 연관된다는 점을 좀 더 분명하게 알 수 있다. 이때부터 최동호의 시적 삶은 도道의 탐색, 구현, 실천, 표현에 집중된다. 이 점은 비단 그의 3, 4시집 『딱따구리는 어디에 숨어 있는가』『공놀이 하는 달마』에서 "달마는 왜 동쪽으로 왔는가"라는 부제가 붙은 시편에 국한되지 않는다. 근작에 간행된 『불꽃 비단벌레』『얼음 얼굴』 등에도 구도의 시적 탐색은 동일하게 적용된다. 도道의 달빛이 비추지 않는 곳은 어디에도 없기 때문이다. 다만, 시적 삶의 거점을 공안을 해석하는 관념적 사유의 공간에서 물질적 체험의 현실로 이동시키고 있을 따름이다.

4. 성속일여聖俗一如와 존재의 전회

최동호는 10여 년의 세월" 동안 "동쪽으로 온 달마"의 행적을 추적한다. 『딱따구리는 어디에 숨어 있는가』『공놀이하는 달마』는 그 구체적인 형이상形而上의 행방에 대한 일지이다. 그의 형이상形而上의 일지는 때로 너무도 맑고 높고 그윽했다. 여기에는 "히말리야"(『세르파의 전설』) 산정 결빙의 서늘함이 배어 나오기도 했다. 그러나 근자에 간행된 『불꽃 비단벌레』『얼음 얼굴』의 시적 여정은 산정의 결기보다 현실적 순후함에 가깝다. "황사바람"의 혼돈에서 형이상의 근원을 추구하던 그가 다시 현실적 지평 아래를 순례하고 있는 것이다. 그 주된 이유는 무엇일까? 형이하가 없는 형이상은 없는 것이기 때문이 아닐까? 일찍이 장자는 이러한 질문에 대해 다음과 같이 말한다. "질서를 따른다 하여 혼란을 죄다 물리칠 수 있을까? 그들은 서로 꽉 묶여져 있어서 하나를 들어 올리면 다른 하나가 따라 나온다. 하나를 버리면 둘 다를 버리게 된다."(『추수』 편) 형이상은 형이하를 통해 드러나고 형이하는 형이상을 통해 형성되고 관장되기 때문이다.

> 경배합니다
> 나마스테
> 첫 음절 굴리기도 혀가 굳어
> 어색한 내 목소리에
>
> 하얀 이 드러내고
> 만면에 하얀 웃음 피워 내던
> 히말라야 고산족들.
> 쓰러져 가는 어두운 움막집에서도
>
> 맑은 눈동자 빛내던 아이들
> 공책에다 애비가 부르는 글씨를 받아쓰던
> 작은 고사리 손등은
> 이름 없이 고산高山에서 피었다 지는
> 정결한 히말라야 꽃이다
>
> ─「설산의 흰 눈」 부분

"나마스테"란 히말리야 고산족들이 주고받는 인사말로 "당신의 마음속에 있는 신에게 경배합니다"라는 뜻이다. 시적 화자는 "쓰러져 가는 어두운 움막집" 아이들의 "웃음/눈동자/손등"에서 "히말라야 꽃"의 신성함을 보고 있다. 그들의 일상적인 표정에서 직시되는 "히말리야 꽃"이란 바로 "나마스테"라는 인사말에 드러나는 그들 내면의 "신"을 가리킨다. 신은 초월적인 대상이 아니라 인간 내면에 존재하는 참된 본성이다. 이것은 물론 히말리야 고산족에만 해당되는 것은 아니다. 인간은 누구나 경배의 대상인 신성한 존재이다. 이를 조금 다르게 표현하면, "들꽃에 숨겨진 히말리야"(「들꽃에 숨겨진 히말리야」)는 비단 히말리야의 "들꽃"에만 해당되는 것이 아니다. 지상의 모든 들꽃이 "히말리야" 산정의 신성성을 머금고 있다.

　이렇게 보면, 형이상과 형이하는 서로 다른 둘이 아님을 좀 더 분명하게 확인하게 된다. 삼라만상의 존재 원리는 형이상과 형이하의 묘합妙合을 통해 이루어진다. 형이하가 없다면 형이상도 없다. 따라서 최동호가 돈암동 시장 골목에서 성현聖顯을 감지하는 것은 자연스럽다.

추석 대목 지나 발걸음
한산한
돈암동 시장 골목길

느른한 정적이 감도는 하오
검은 가죽 표지
성경책 바로 옆에 펼쳐 놓고

파뿌리처럼 쓰러져 잠든 할머니
대문짝 활자가
돋보기안경에 넘칠 만큼 가득해,

앙상한 팔다리 웅크린
할머니, 하늘의 품에
안겨, 기도하다 잠든 아기처럼 포근하다
　　　　　　　　　　　　　—「파 할머니와 성경책」 전문

"하늘의 품"을 "돈암동 시장 골목길"에서 발견하고 있다. 시장 골목에 "파뿌리처럼 쓰러져 잠든 할머니"가 있다. "느른한 정적이 감"돈다. 그 정적의 중심에는 "검은 가죽 표지/ 성경책"이 있다. "성경"의 활자가 "돋보기안경에 넘칠 만큼 가득"하다. 성경의 복음이 할머니에게 임하고 있다. 따라서 잠든 할머니는 "하늘의 품에/ 안겨 잠든 아기"로 보인다. 성속일여聖俗一如의 살아있는 현장이다.

이와 같이 최동호에게 신성은 초월적 신비가 아니라 현실적 구체이다. 그가 삼국유사를 향한 시간 여행을 통해 "비형鼻荊"의 "성스러운 넋"을 만나고, 다시, 지금 여기의 "비운의 사나이들"과 연관지어 "네 세상을 힘껏 뛰어놀아/ 잡것 쫓고 코 뺏긴 서러움 다 풀어"(「비형鼻荊의 피리」)버리라고 노래할 수 있는 것 역시 시공을 뛰어넘는 성속일여의 세계관에 바탕한다.

다음 시편 또한 이러한 정황의 연장선에서 읽힌다.

소용돌이치는 어둠에서
탄생한 유성이
지구 저편 하늘을 후려쳐
다른 세상을 열어도
태초의 땅에 뿌리 박혀 침묵하는

서슬 푸른 사랑아!

유성이 유성의 꼬리를 잘라
번갯불 밝히는 밤
은하 만년을 날아서라도 나는
네 얼굴 보고 싶다

영롱한 빛 불꽃 가슴을 점화시켜 다오

말안장에 새겨진

비단벌레 날개빛 내 사랑아!

—「불꽃 비단벌레」 부분

5세기 신라시대 유물 말안장 뒷가리개에 장식된 비단벌레 날개 장식이 시적 소재이다. 화자는 그 비단벌레를 직접 대면하고 싶어 한다. 어째서 그것이 가능할까? "지구 저편 하늘을 후려쳐/ 다른 세상을 열어도" "서슬 푸른 불의 사랑"은 "태초의 땅에 뿌리 박혀 침묵"하고 있기 때문이다. 따라서 침묵하는 사랑을 깨우면 가능하다. 이것은 "불의 사랑"의 절대적 영원성을 가리키는 것이면서 동시에 말안장 뒷가리개에 현존하는 신성성에 대한 강조이다.

최동호에게 현실적 지평 아래 모든 존재자는 이와 같은 신성한 비의를 머금고 있다. 그래서 그는 "사람의 바다"(「사람의 바다」)에서 "거지 성인"(「따뜻한 죽 한 그릇」)을 만나고 "돌덩이에서 사물의 형상을 꺼내"(「박수근」)기도 한다. 이와 같은 현존 속의 근원의 발견은 "벌레가 나비가 되고/ 나비가 벌레가 되고 다시/ 나는 어머니가 되고/ 전생의 허물을 벗은 어머니는 내가 되"(「카프카와 석가와 장자와 어머니, 어머니」)는 존재론적 전회를 노래하기에 이른다. 이렇게 보면 그에게 "시"란 "캄캄한 밤" 속의 빛을 깨우는 "부싯돌" 같은 것이다.

별 없이 캄캄한 밤

유성검처럼 광막한 어둠의 귀를 찢고 가는 부싯돌이다

—「시」 전문

"부싯돌"은 "캄캄한 밤"을 새로운 빛의 세계로 열어갈 것이다. 그의 시의 "부싯돌"이 창조할 빛의 문명은 어떤 것일까? 앞으로 "사람의 바다"에서 펼쳐 나갈 그의 시 세계가 이를 더욱 선명하게 펼쳐 보여 줄 것이다. 극소의 언어를 통해 극대의 침묵의 언어를 꿈꾸게 하는 시편이다.

5. 글을 마치며: 형이상形而上의 형식론을 위하여

최동호는 40여 년에 걸친 시적 삶을 통해 '하나의 도道에 이르는 시학'을 전개해 왔다. 그는 때로는 "황사바람"을 온몸으로 맞고, 때로는 "히말라야" 결빙의 한기를 감내하면서도 일관되게 존재의 근원에 대한 탐색을 추구해 왔다. 그리고 여기에서 더 나아가 "사람의 바다" 속에 내재하는 도道의 존재성을 발견하고 깨우는 시적 창조의 여정을 보여 주고 있다.

도道는 부재를 통해 현존한다. 그래서 형상 없는 형상이고 모양 없는 모양이다. 그러나 노자는 도道를 견지하면 오늘의 현상을 다스릴 수 있다(執古之道 以御今之有, 《도덕경》 14장)고 했다. 도道는 아무것도 하지 않으면서도 어느 것 하나 하지 않음이 없는 무위無爲를 속성으로 하기 때문이다.

최동호가 일관되게 '하나의 도道에 이르는 시학'을 추구한 것은 궁극적으로 오늘의 현상을 이해하고 다스릴 수 있는 지혜를 터득하고 이를 통해 무위의 생성을 따르고자 한 것으로 파악된다. 그가 정신주의의 지표로 "형이상形而上 세계의 개척"을 내세운 것도 이러한 무위無爲의 창조성과 연관되는 것으로 파악된다. "좋은 시"의 창작 역시 바로 이러한 무위無爲의 질서 안에서 가능하기 때문이다.

한편, 정신주의의 시적 형식 역시 이러한 무위無爲의 숨결이 소통하고 순환할 수 있는 창조적 여백의 산 공간이어야 할 것이다. 인위적인 "난삽, 혼종, 환상, 장황"은 무위의 소통과 순환을 어렵게 한다. 그래서 일찍이 노자는 '말이 많으면 자주 막히니 차라리 그 비어있음을 지키는 것만 못하다(多言數窮 不如守中, 《도덕경》, 5장)'고 가르쳤다. 최동호가 근자에 "정신주의의 한 끝에 극서정시의 길이 있다"(「시인의 말」, 『얼음 얼굴』)는 선언은 이러한 문맥에서 이해된다. 앞으로 그의 정신주의는 "극서정시"의 형식론과 만나면서 "형이상形而上"의 진경을 더욱 실감 있게 펼쳐 보여 줄 것이다. 이제 우리는 21세기의 시대를 넘어서는 시대정신의 숨결을 좀 더 가깝게 느낄 차례이다. 얼마나 기쁘고 가슴 설레는 일인가.

탈주의 양식론과 내적 초극의 언어

—황지우론

1. 서론

황지우는 우리 시사에서 1980년대 시단의 전위를 새롭게 충격하고 선도하면서 등장한다. 그는 관습적인 시적 양식의 파괴와 해체의 감행을 통해 공식적인 지배권력의 어법에 응전하면서 현실 속의 살아있는 진실을 민첩하게 구현하는 방법적 시도를 추구하였다. 그에게 "문학은 근본적으로 표현하고 싶은 것을 표현할 뿐만 아니라 표현할 수 없는 것, 표현 못 하게 하는 것을 표현하고 싶어 하는 욕구와 그것에의 도전으로부터 얻어진 산물"이었다. 그는 "말할 수 없음으로 양식을 파괴"하고 "파괴를 양식화"한 것이다. 그는 지배권력의 추적을 따돌리기 위한 시적 탈주의 방법론은 혼종적ㆍ산문적 글쓰기, 포토 몽타쥬, 패스티쉬, 상호텍스트성, 파편화된 자의식의 언어 등을 구사하며 다채롭게 변주된다. 그는 이러한 시적 양식의 모험을 통해 파행적인 지배권력과 일상의 부조리를 종횡으로 헤집으면서 동시에 삶

---

1 황지우, 『사람과 사람 사이의 신호信號』, 한마당, 1983, 23쪽.

의 근원적 진정성을 추구해 왔다.

이러한 부정적인 현실인식과 존재론적 근원에 대한 갈망은 그의 시 세계에서 내적 긴장의 두 축이면서 동시에 상호 보완적인 기능을 수행한다. 부정적인 현실인식은 존재론적 근원에 대한 갈망을 섣부른 수직적 초월이 아니라 내적 초극의 방법론으로 인도하고, 존재론적 근원에 대한 갈망은 부정적인 현실인식을 절대부정이 아니라 안으로부터 감싸 안는 형이상의 세계를 창출하도록 인도한다. 그의 시 세계에서 초기부터 내재되어 있는 고요와 평정의 심상이 점차 화엄적 인식론으로 심화되는 양상이 이를 드러낸다. 그는 스스로 전언하듯 "환자로서 병을 앓으면서 병을 가지고 깨달음을 실행했던 유마힐"[2]의 면모를 드러낸다. 그의 시 세계는 아방가르드와 선禪적 평정이 길항하거나 통섭하며 개진되고 있는 것이다. 특히 그의 시 세계는 1990년대『게눈 속의 연꽃』을 거치면서 후자 쪽이 전면화되는 양상을 드러낸다. 한편, 그의 화엄적 세계를 향한 방법론에는 도저한 자기성찰의 과정이 집중적으로 드러난다. "단 한 걸음도 생략할 수 없는 걸음으로"(「나는 너다 503」) 현실 세계를 돌파해 나갈 때 자기 초극과 형이상 세계로의 도달이 가능하다는 시적 인식과 실천이다. 그가 노래한 현실 속에서 "영원한 바깥을 열어주는 문"(「노스탤지어」)을 만나는 지점은 이와 같은 자기 초극의 과정을 통해 도달한 화엄적 형이상의 세계로 파악된다. 또한 그가 감득하는 화엄적 형이상의 세계는 궁극적으로 비속한 현실과 자신을 성찰하고 충격하는 계기로 작용하는 것으로 파악된다. 그에게 "바깥에 대한 반가사유"(「바깥에 대한 반가사유」)가 '안을 향한 반가사유'이기도 한 것이다.

한편, 지금까지 황지우에 대한 연구는 비교적 활발하게 전개되었다. 그러나 대체로 그가 시작 활동을 전개하던 시기의 현장 비평에 치중된 것이 사실이다. 따라서 그가 지금까지 간행한 시집 전반과 시론을 동시적, 입체적으로 논의한 성과는 매우 일천하다. 그에 관한 대표적인 논의는 ① 80년대

---

2 황지우, 『어느 날 나는 흐린 주점酒店에 앉아 있을 거다』 표4, 문학과지성사, 1998.

전반 시적 파괴의 형식론적 특성[3] ② 이미지 고찰[4] ③시적 변모 양상[5] ④ 선적 초월 및 화엄적 상상[6] 등이다. 이제는 이러한 시적 성과물을 전체적, 입체적, 통시적으로 살펴보고, 그 미적 성과와 의미를 규명하려는 논의가 필요하다. 이 논문은 이러한 문제의식을 바탕으로 하여 황지우의 시 세계 전반의 특성을 시적 부정의 양식론과 내적 초극의 양상을 초점에 두고 순차적으로 논의[7]해 보기로 한다.

2. 탈주의 욕망과 해체적 양식론

황지우는 1980년에 등단하면서부터 불온한 삶의 현장을 종횡으로 민첩

---

3 여기에 대한 주목되는 논의는 다음과 같다.
  김주연, 「풍자의 제의를 넘어서」, 문학과사회, 1998 겨울호.
  이상금, 「기법의 자유로움 혹은 정신의 자유로움」, 오늘의 문예비평, 1991.
  이광호, 「수화手話의 전략과 그 비극성」, 현대시, 1993.
4 여기에 대한 주목되는 논의는 다음과 같다.
  이경호, 「새·나무·낯설은 시형식의 관계」, 문학과비평, 1988.
  반경환, 「넋의 시학, 혼의 울림」, 현대시세계, 1991.
  이남호, 「비유법 그리고 고통 혹은 절망의 양식」, 현대시세계, 1991.
5 여기에 대한 주목되는 논의는 다음과 같다.
  성민엽, 「황지우의 길, 벗어남과 돌아옴의 길」, 문학과사회, 1991 겨울호.
  오생근, 「황지우의 시적 변모와 '삶'을 껴안는 방법」, 문학과사회, 1999 겨울호.
6 여기에 대한 주목되는 논의는 다음과 같다.
  구모룡, 「안으로 깊어진 열림」, 황해문학, 1999 봄호.
  정신재, 「고통으로부터의 해탈을 위한 미학」, 시문학, 1994 5월호.
  이윤택, 「현실과 상상력의 거리」, 세계의문학, 1991 봄호.
7 이 글에서 텍스트로 삼은 황지우 시집의 목록을 간행 연대 순으로 제시하면 다음과 같다.
  황지우, 『새들도 세상을 뜨는구나』, 문학과지성사, 1983.
  _____, 『겨울—나무로부터 봄—나무에로』, 민음사, 1985.
  _____, 『나는 너다』, 풀빛, 1987.
  _____, 『게눈 속의 연꽃』, 문학과지성사, 1990.
  _____, 『어느 날 나는 흐린 주점酒店에 앉아 있을 거다』, 문학과지성사, 1998.

하게 포착하고 반영하고 평가하는 시적 양식의 해체적 모험을 유감없이 펼쳐 보였다. 그는 관습적인 시적 양식과 상상력을 깨뜨리고 배반하는 파격의 역동성을 통해 억압적인 공식 문화의 허위성에 대한 날카로운 비판과 풍자를 추구했던 것이다. 그의 이와 같은 관습적 "양식을 파괴"하고 "파괴의 양식화"를 추구하는 동인은 먼저 스스로 현실 세계에 대한 강렬한 부정 의식과 탈주 욕망에서 기인한다.

> 영화映畵가 시작하기 전에 우리는
> 일제히 일어나 애국가를 경청한다
> 삼천리 화려 강산의
> 을숙도에서 일정한 군群을 이루며
> 갈대 숲을 이륙하는 흰 새떼들이
> 자기들끼리 끼룩거리면서
> 자기들끼리 낄낄대면서
> 일렬 이열 삼렬 횡대로 자기들의 세상을
> 이 세상에서 떼어 메고
> 이 세상 밖 어디론가 날아간다
> 우리도 우리들끼리
> 낄낄대면서
> 깔쭉대면서
> 우리의 대열을 이루며
> 한 세상 떼어 메고
> 이 세상 밖 어디론가 날아갔으면
> 하는데 대한 사람 대한으로
> 길이 보전하세로
> 각각 자기 자리에 앉는다
> 주저앉는다
>
> ―「새들도 세상을 뜨는구나」 전문

195

제목 "새들도 세상을 뜨는구나"는 중의적으로 읽힌다. 하나는 '새들마저도 세상을 뜨는구나'이고 다른 하나는 '새들도 세상을 뜨는데 우리는 뜨지 못하는구나'이다. 이 둘은 공통적으로 절망적인 현실인식을 반영한다. 다만 전자는 새들마저도 이 세상에서는 자유를 구가하지 못하고 있다는 억압적인 상황이 초점에 놓인다면, 후자는 새들처럼 자유롭게 현실로부터 떠나고 싶다는 내적 욕망이 초점에 놓인다. 이와 같은 비관적인 현실인식과 탈주의 욕망은 이 작품의 핵심 내용이면서 황지우 시 세계 전반의 기본 화소이다. 그의 시 세계는 광주항쟁과 신군부 정권의 파행으로 이어지는 억압적인 현실과 자본주의 사회의 부조리한 소시민적 일상성으로부터 벗어나고자 하는 내적 초월의 욕망이 기본 축을 이룬다.

시적 화자는 영화관 뉴스에서 우연히 경탄의 대상을 목격하게 된다. "일정한 군群"을 이룬 새 떼들이 "자기들의 세상을/ 이 세상에서 떼어 메고/ 이 세상 밖 어디론가 날아"가고 있다. 새 떼들의 탈주의 광경은 시적 화자의 무의식적 욕망을 충격한다. 억압적인 현실 속에 놓인 시적 화자에게 탈주하는 새 떼들은 곧바로 간절한 심정적 동질성의 대상이 된다. 그래서 5행에서부터 "자기들끼리 끼룩거리면서" 떠나는 새 떼의 비상은 10행의 "우리도 우리들끼리/ 낄낄대면서" 떠나는 동형 상응의 구조로 선명하게 전이된다. "끼룩거리"고 "낄낄대"고 "깔쭉대"는 의성어와 의태어가 가볍고 경쾌하고 흥겨운 분위기를 고조시킨다.

그러나 새 떼들의 탈주의 대열이 영화관의 화면에서 사라지면서 시적 화자는 "자기 자리에" "주저앉"게 된다. 탈주의 열망이 현실의 중력 속에서 허망하게 좌절된다. 다시 말하면, 현실 세계의 억압적인 지배 원리는 탈주의 출구를 허용하지 않는다.

현실 부정과 탈주의 욕망이 강렬할수록 절망의 정서가 심화되고 있는 형국이다. 황지우는 절망의 현실 속에서 "진실을 알려야 할 상황을 무화無化시키고 있는" 상황에 대한 "강력한 항체抗體"[8]의 양식과 어법을 추구한다. 그의 1980년대 시 세계에서 집중적으로 보여 주는 혼종적·산문적 글쓰기, 포토몽타주, 패스티시, 상호텍스트성, 파편화된 자의식의 언어 등으로 드러나는 해체와 전복의 시적 방법론이 여기에 대응한다.

특히 그의 이와 같은 해체와 전복의 시적 방법론은 시보다 "시적인 것"에 대한 추구의 산물이다. 이때 "시적인 것"이란 "진정한 주관성, 진정한 객관성의 다른 이름인 '간주관성'의 역장 속에 있다". 그것은 "보면서 보여 주는"[9] 방법이다. 이때 보는 것은 객관성에 가깝고 보여 주는 것은 주관성에 가깝다. 그렇다면 이와 같이 객관과 주관의 점이지대인 "간주관성"의 시적 의미 형성은 어떻게 가능한가? 그것은 "시적인 것"의 자격 부여와 그 틀의 형성이 시를 쓰는 사람과 읽는 사람들이 구성하는 의미 공동체에 의해 이루어진다는 사실이다. 좀 더 정확히 말해서 쓰는 자와 읽는 자 사이의 의사소통에 의존하고 있다는 점이다.[10] 그의 해체적 양식론은 이러한 "시적인 것"을 추구하는 방법론 속에서 전개된다.

김종수 80년 5월 이후 가출
소식 두절 11월 3일 입대 영장 나왔음
귀가 요 아는 분 연락 바람 누나
829-1551

---

8 황지우, 『사람과 사람 사이의 신호信號』, 한마당, 1983, 24쪽.
9 황지우가 자신의 시론에서 언급한 '보면서 보여주는 것'의 문맥을 인용하면 다음과 같다.
 "나에게 시는 '시적인 것'의 '보기'(창조가 아니다!)에 의해 얻어진다. 시를 통해서 우리는 하마터면 못 보았을 것을 본다. 나는 소리, 비명까지도 그것의 음운론적 '메아리'를 따라 마치 슬로 비디오를 보듯 보여 주려고 한 적이 있지만, 시적인 것을 '보면서 보여 주는 것'이 시라고 생각한다"(황지우, 위의 책, 26쪽).
10 황지우, 위의 책, 28쪽.

이광필 광필아 모든 것을 묻지 않겠다

돌아와서 이야기하자

어머니가 위독하시다

조순혜 21세 아버지가

기다리니 집으로 속히 돌아오라

내가 잘못했다

나는 쭈그리고 앉아

똥을 눈다

—「심인」 전문

시적 화자는 화장실에서 신문을 펼쳐 보며 "쭈그리고 앉아/ 똥을 눈다". 그러나 이러한 일상이 한 편의 시를 쓰는 과정이 된다. 그는 보면서 보여 준다. 신문의 "심인" 광고가 곧바로 시로 전이되고 있다. 시적 화자의 심미적 주관성의 개입은 찾아볼 수 없다. 시적 화자는 자신이 읽은 광고 문구를 그대로 거울처럼 반사시킬 따름이다. 그렇다고 해서, 시적 화자가 가치중립적인 객관적 위치에 있는 것만은 아니다. 그의 눈길이 닿는 곳이 굳이 실종자들에 집중되고 있는 점이 그것이다. 그가 보는 것의 정서적 의도는 당시의 시대적 공포와 상실감에 기반한다. 그래서 "심인"란의 기사가 광주항쟁과 불온한 군사정권 치하의 반인권적 상황을 자연스럽게 환기시킨다. 그리고 이러한 시적 의도는 당대의 "시를 쓰는 사람과 읽는 사람들이 구성하는 의미 공동체에 의해"[11] 자연스럽게 공유된다.

다음 시편 역시 이 점을 분명하게 보여 준다.

---

11 황지우, 위의 책, 16쪽.

1983년 4월 20일, 맑음, 18℃

토큰 5개 550원, 종이컵 커피 150원, 담배 솔 500원,

한국일보 130원, 짜장면 600원, 미쓰리와 저녁 식사하고 영

화 한 편 8,600원, 올림픽 복권 5장 2,500원.

표를 주워 주인에게 돌려

준 청과물상 김정권金正權 (46)

령= 얼핏 생각하면 요즘

세상에 조세형趙世衡같이 그릇된

(11) 제第10610호號

▲ 일화 15만엔(45만원) ▲ 5.75 캐럿물방울다이어 1개(2천 만원) ▲남

자용파택시계 1개(1천만원) ▲황금목걸이 5동쭝 1개(30만원) ▲금장

로렉스시계 1개(1백만원) ▲ 5캐럿 에머럴드 반지 1개(5백만원)

　　　　　　　—「한국생명보험회사 송일환씨의 어느 날」부분

　　"시를 쓸 때, 시를 추구하지 않고 '시적인 것'을 추구"하는 창작 방법론을
선명하게 확인할 수 있다. 그에게 "'시적인 것'은 어느 때나, 어디에도 있
다". "비시非詩에 낮은 포복으로 접근"[12]하여 시적인 것의 현장을 민첩하게 포
착하고 감각적으로 반사한다. 평범한 보험회사 직원의 1983년 4월 20일의
일상이 간략하게 요약되고 있다. 그는 버스를 타고 출퇴근을 하며 일회용
종이컵 커피를 마시고 조간신문을 사서 본다. 솔 담배를 피우고 짜장면으
로 점심을 때우고 저녁에는 한 편의 영화를 본다. 지극히 소시민적인 일상
이다. 여기에 복권 5장을 사는 행위도 사소한 일상이 되었다. 삶의 질적 비

---

12 황지우 , 위의 책, 13쪽.

약을 가져올 일확천금의 막연한 꿈도 일상성이 된 것이다. 그의 눈에 들어온 신문 기사가 자동기술적으로 열거되고 있다. 그는 스스로 보면서 보여 주고 있는 것이다. 그러나 그가 보는 것에는 나름대로의 정서적 의도가 작용한다. 그리고 그 의도에 따라 독자들의 마음의 공감대가 형성된다. 소시민적 일상성과 대조되는 대도 조세형이 훔친 장물은 빈부격차의 새삼스런 놀라움과 의욕 상실을 배가시키고 있다. 그는 "이처럼 삶의 모습을, 있는 그대로 보여 주는 척하면서, 그것을 해석하는 해석자의 세계관을 은연중에 드러낸다".[13] 보면서 보여 주는 "그날그날의 현장 검증"(『그날그날의 현장 검증』)을 위한 해체적 전위의 실체이다.

아도르노에 따르면 예술이 끊임없이 급진적이고 실험적이어야 하는 까닭에 대해 공식적인 지배 문화의 추적을 따돌리기 위한 전략으로 설명한다. 그는 "운명을 건 이 끝없는 탈주를 통해 예술은 비인간적인 사회 속에서 유일하게 인간적일 수 있다"[14]고 설명한다. 황지우의 전위적인 실험 형식은 이러한 문맥에서 파악된다. 그는 지배권력의 제도 속에 포섭되지 않을 수 있는 문법 체계와 미적 양식을 지속적으로 추구한다. 이것이 불온한 지배권력과 자본주의의 일상성에 포섭되지 않을 수 있는 그의 해체적 양식론의 응전 방식으로 해석된다.

3. 존재론적 근원과 내적 초극의 방법

"흉악한 시절"(『근황近況』)에서 느끼는 무한 절망 속에서 "이 세상 밖 어디론가 날아"(『새들도 세상을 뜨는구나』)가고 싶은 탈주의 욕망은 결국 "주저 앉"(『새들도 세상을 뜨는구나』)고 만다. "화해할 수 없는 이 지상을/ 벗어 나가"(『만수산

---

13 김현, 「타오르는 불의 푸르름」, 황지우, 『새들도 세상을 뜨는구나』 해설, 문학과지성사, 1983, 121쪽.
14 T.W. 아도르노, 김주연 역, 『아도르노의 문학이론』, 민음사, 1985, 12-13쪽 참조.

드렁칡 2)고자 하지만 뜻을 이루지 못하는 것이다. 이때 그는 "시의 길을 잃어버리려"는 의도 속에서 "시가 아니라 시적인 것"을 추구한다. 그의 시 세계가 보여 준 파괴와 해체의 양식화가 여기에 해당한다. 그는 형태의 해방 속에서 사회의 해방이 가능하다는 비판 이론의 미학적 인식을 구체적으로 체현해 보인 것이다. 다시 말해 그는 절망적 현실로부터의 탈주하려는 욕망을, 시적 내용은 물론 양식의 해체적 모험을 통해 감행하고 있었던 것이다. 그렇다면 그의 시적 탈주가 도달하고자 하는 지점은 구체적으로 어디일까? 그것은 뜻밖에도 가장 맑고 부드럽고 고요한 모성적 근원의 세계이다.

> 오 환생幻生을 꿈꾸며 새로 태어나고 싶은 물소리, 엿듣는 풀
> 의 누선淚腺, 살아 있는 것은 살아 있는 동안의 이름을 부르며
> 살 뿐, 있는 것이 있는 것이 아니고 사는 것이 사는 것이 아
> 니로다 저 타오르는 불 속은 얼마나 고요할까 상傷한 촛불을
> 들고 그대 이슬 속으로 들어가, 곤히, 잠들고 싶다
> ──「초로草露와 같이」 전문

시상의 흐름이 제목 "초로草露와 같이", 한없이 섬세하고 투명하고 여린 감성과 감각으로 전개되고 있다. 시적 화자는 "물소리"에서 "환생幻生을 꿈꾸며 새로 태어나고 싶은" 욕망을 읽고 있다. "물소리"가 물이 표상하는 재생적 신화의 노래를 반복하고 있었던 것이다. 시적 화자의 청각은 한 걸음 더 나아가 "풀의 누선淚腺"에 닿는다. "풀의 누선淚腺"이란 풀의 "물소리"에 다름 아니다. "풀" 역시 "환생幻生을 꿈꾸며 새로 태어나고 싶은" 욕망에 젖어있는 것이다. 이토록 모든 사물들이 환생을 꿈꾸는 까닭이 무엇인가? 그것은 "있는 것이 있는 것이 아니고 사는 것이 사는 것이 아"니기 때문이다. 그래서 "살아 있는 것은 살아 있는 동안의 이름"을 부르지만 자기 정체성을 획득하지 못한다.

그렇다면, 이 세상을 부정하고 나아갈 환생의 지향점은 어디인가? 여기

에 대한 대답은 뜻밖에도 "타오르는 불 속"이다. 이때 불은 남성적인 죽임의 불이 아니라 모성적인 생성의 불이다. 모성적 따스함으로 둘러싸인 세계가 그가 꿈꾸는 "환생幻生"의 지점이다. 시적 화자는 어머니의 품속으로 회귀하기를 갈망하고 있는 것이다. "곤히, 잠들고 싶다"는 마지막 구절이 이를 뒷받침한다. 이렇게 보면, 황지우의 시 세계가 추구하는 초월적 세계는 바깥이 아니라 안이고 외적 새로움이 아니라 내적 근원임을 알 수 있다. 이것은 그의 시편에 자주 등장하는 "지상의 가장 정적靜寂한 땅"(「입성한 날」)에 해당하는 "솔섬"이나, "어머니"의 이미지와 상통한다. 남성적 폭압의 시대 속에서 모성적 근원의 세계를 꿈꾸는 여리고 섬세한 감성이 마음의 결을 통해 고요하게 전해지는 시편이다.

한편, "있는 것이 있는 것이 아니고 사는 것이 사는 것이 아"닌 절망적 상황이 가중될수록 "빨래처럼/ 시신屍身으로 떠내려가도/ 저 율도국으로 흘러가고 싶"(「파란만장」)은 열망은 점차 배가된다. 그렇다면, "초로草露와 같"(「초로草露와 같이」)은 "저 율도국으로 흘러가"는 통로는 과연 어디에 있을까?

제1부 고독과 산성

> 강물아 흘러흘러 어디로 가니
> 넓은 세상 보고 싶어 바다로 간다.

>   는 동요이다.
> 그 방주方舟속의 권태롭고 지겨운 시절이, 이제는 이
> 지상에서 우리가 누릴 수 있었던 지복한 틈이었다니!
> 넓은 세상 보고 싶어라. 화엄華嚴의 넓은 세상
> 들어가도, 들어가도, 가지고 나올게 없는
> 액체의 나라.
> 나의 오물汚物을 지우는, 마침내 나를 지우는 바다.
>   —「나는 너다 182」 부분

치열하게 싸운 자는

적이 내 속에 있다는 것을 안다

지긋지긋한 집구석

　　　　　　　　　　　　—「나는 너다 109-5」부분

　"권태롭고 지겨운 시절"이 바로 "지복"의 "틈"이었다. 삶의 고통이 그 초극의 원점인 것이다. 이때 고통스런 삶이란 억압적인 외부 세계에서만 기인하는 것은 아니다. "치열하게 싸운 자는/ 적이 내 속에 있다는 것을 안다". "그들과 나는 덮여진 형제살해兄弟殺害의 시대에 산다. 우리는 연루자다 …(중략)… 이것은 증오일까 오류일까. 나는 나 이외의 삶을 범해 버릴지도 모른다"(「근황近況」)고 시적 화자 스스로 자신의 위독한 상황을 자각하게 되는 것이다. 그래서 그가 갈망하는 "화엄華嚴의 넓은 세상"은 불온한 외부 세계는 물론 "나의 오물汚物을 지우"고 정화하는 곳이기도 하다. 따라서 그가 "화엄華嚴 세상"에 도달하는 길은 수직적인 존재 초월이 아니라 "온 몸이 으스러지도록" 안으로부터 밀고 올라가는 내적 초극의 방법이다.

　나무는 자기 몸으로

　나무이다

　자기 온몸으로 나무는 나무가 된다

　자기 온몸으로 헐벗고 영하零下 십삼도十三度

　영하零下 이십도二十度 지상地上에

　온몸을 뿌리박고 대가리 쳐들고

　무방비의 나목裸木으로 서서

　두손 올리고 벌 받는 자세로 서서

　아 벌 받은 몸으로, 벌 받는 목숨으로 기립起立하여. 그러나

　이게 아닌데 이게 아닌데

　온 혼魂으로 애타면서 속으로 몸속으로 불타면서

버티면서 거부하면서 영하零下에서

영상零上으로 영상嶺上 오도五度 영상零上 십삼도三度 지상地上으로

밀고 간다, 막 밀고 올라간다

온몸이 으스러지도록

으스러지도록 부르터지면서

터지면서 자기의 뜨거운 혀로 싹을 내밀고

천천히, 서서히, 문득, 푸른 잎이 되고

푸르른 사월 하늘 들이받으면서

나무는 자기의 온몸으로 나무가 된다

아아, 마침내, 끝끝내

꽃 피는 나무는 자기 몸으로

꽃피는 나무이다.

―「겨울-나무로부터 봄-나무에로」 전문

　겨울나무가 봄나무가 되기까지의 역정을 순차적으로 묘파하고 있다. 시적 구성은 크게 세 부분으로 나누어진다. 1행에서 8행까지는 겨울의 시련 속에 처해 있는 나무, 9행에서 13행은 겨울의 시련을 초극한 나무, 14행에서 23행은 마침내 봄을 성취해 낸 나무가 각각 시적 대상으로 다루어지고 있다. 첫 번째 부분은 수동적인 모습이라면 두 번째 부분은 능동적인 모습이 두드러진다. 그리고 세 번째 부분은 첫 번째와 두 번째를 거친 이후에 도달한 새로운 세계를 가리킨다.

　시적 내용이 "나무는 자기 몸으로/ 나무이다"라는 명제에서 시작하고 있다. 나무가 나무일 수 있는 것은 스스로 나무로서의 삶을 독자적으로 감당해 내고 있기 때문이라는 의미로 해석된다. 혹한의 추위 속에서 "무방비의 나목裸木"은 "벌 받는 자세로" 인고의 세월을 감당해 나간다. 인고의 시간은 인고의 시간 그 자체로 의미를 지니는 것은 아니다. 인고의 시간을 내적 신생의 힘으로 전환하는 것이 관건이다. 그래서 "버티"는 힘이 "거부하"는 힘

으로 작용하기 시작한다. 그리하여 내면으로부터 "영하零下에서/ 영상零上으로 영상嶺上 오도五度 영상零上 십삼도十三度 지상地上으로/ 밀고" 가는 동력을 확보하게 된다. "온몸이 으스러지"는 자기 초극의 과정은 마침내 새로운 질적 고양의 계기를 열어나간다. "으스러"져 "부르터지"는 자리에 "싹"이 나오고 "푸른 잎이" 자라게 된다. 그리하여 "푸르른 사월 하늘"을 당당하게 맞이하게 된다. "겨울-나무로부터 봄-나무에로" 나아가는 과정은 단순히 계절의 변화에 순응하는 것이 아니라 겨울나무의 내부로부터 봄의 열기를 확보해 낼 때 가능한 것임을 보여 준다. 이때 "꽃피는" "봄-나무"는 "자기 몸으로/ 꽃피는 나무"가 되는 것이다. 이 시는 "나무는 자기 몸으로 나무이다"라는 명제를 통해 어떤 고난의 시대 속에서도 '나는 나의 몸으로 나이다'가 되어야 한다는 주체적 삶의 태도를 명징하게 환기시키고 있다.

다음 시편 역시 주체적 삶의 태도를 통해 "내일이 없는"(「만수산 드렁칡 3」) "흉악한 시절"(「근황近況」)을 가로질러가는 "우리 마음의 지도地圖"를 선명하게 보여 준다.

> 새벽은 밤을 꼬박 지샌 자에게만 온다.
> 낙타야,
> 모래박힌 눈으로
> 동트는 지평선地平線을 보아라.
> 바람에 떠밀려 새 날이 온다.
> 일어나 또 가자.
> 사막은 뱃속에서 또 꾸르륵거리는구나.
> 지금 나에게는 칼도 경經도 없다.
> 경經이 길을 가르쳐 주진 않는다.
> 길은,
> 가면 뒤에 있다.
> 단 한 걸음도 생략할 수 없는 걸음으로

그러나 너와 나는 구만리九萬里 청천靑天으로 걸어가고 있다.

나는 너니까.

우리는 자기自己야.

우리 마음의 지도地圖 속의 별자리가 여기까지

오게 한 거야.

—「나는 너다 503」 전문

이 시의 핵심은 1연 "새벽은 밤을 꼬박 지샌 자에게만 온다"에 있다. "새 벽"의 밝음은 주어지는 것이 아니라 "밤"의 어둠을 거친 이후에 획득되는 성 과물이다. 실존적 현존재자 스스로 자신의 운명을 개척해 나가는 지난한 역 정을 노래하고 있는 것이다.

2연의 내용은 이러한 실존적 삶의 역정을 구체적으로 개진하고 있다. 시 적 화자는 "낙타"를 타고 사막을 걷고 있다. "새날"이 시작되자 다시 "동트 는 지평선地平線을" 향해 떠나고 있다. 시적 화자가 "사막"을 건너는 여로 와 목적지를 미리 알고 있는 것은 아니다. "지금 나에게는 칼도 경經도 없 다". "경經"이 있다고 할지라도 "길을 가르쳐 주진 않는다". '실존이 본질보 다 앞서'는 형국이다. 오직 현존재자의 자기 선택과 실천만이 당위적 과제로 있을 뿐이다. 그래서 시적 자아는 "단 한 걸음도 생략할 수 없는 걸음으로" "구만리九萬里 청천靑天을 걸어가고 있다. "낙타"를 끌고 "여기까지" 온 것은 오직 자기 선택과 의지의 "마음의 지도地圖"에 따른 결과이다. 이러한 일련 의 과정은 "새벽은 밤을 꼬박 지샌 자에게만 온다"는 명제의 구체적인 실천 행위이다. 이것은 결국, 어떤 희망의 빛도 어둠의 역정을 스스로 돌파해낼 때 성취될 수 있다는 냉엄한 실존적 인식을 환기시킨다.

이러한 시적 정황은, "흉악한 시절"(「근황近況」)로부터 "나의 오물汚物을 지 우고"(「182」) 탈주할 수 있는 방법은 이와 같이 스스로 자기 초극의 역정을 성 취해 낼 때 가능하다는 인식의 강조이다.

제1부 고독과 선성

4. 자기성찰과 화엄 의식

황지우의 시 세계에서 주체적인 자기 초극의 방법론은 먼저 스스로를 대상화하는 자기성찰에서부터 시작된다. 자기성찰은 자신에 대한 객관적 이해이면서 동시에 과거와 현재의 올바른 현실인식을 가능케 하는 동인이다. 이러한 올바른 현실인식이 전제될 때 자신은 물론 외부 세계로부터의 질적 비약과 평정을 도모할 수 있다. 성찰이 초극의 기반과 동력이 될 수 있는 것이다.

다음 시편은 극적 양식을 통한 자신의 대상화를 보여 주고 있다.

아들이 애비를 죽여놓고 집을 불지르는 일도 있었다. 또 큰 개가 서쪽에서 인왕산 언덕에 와서 대궐을 바라보고 짖더니 이윽고 어디로 갔는지 알 수가 없었으며, 성 안에 개들이 길 우에 모여 혹은 짖기도 하고 혹은 울기도 하다가 얼마 후 흩어졌다

노왕이 이제 임종을 맞는 차에, 시녀들이 와서 나의 데스마스크를 뜨겠다고 법석이었다. 아, 나는 그거 필요없다고 해도 막무가내였다. 그들은 내 나이 수만큼 나의 죽은 가면을 떠가지고는 이제 나더러 그것들을 무대 중앙에서 깨뜨리라고 명령하는 것이었다. 늙은 왕은 울상이 되어 나의 석고상을 들고 관객을 향해 비틀비틀 걸어갔다. 내 얼굴로 집중되는 핀 조명; 빛의 막 속에서 왕은 딱 이 한 마디만 하고 내 얼굴을 깨뜨렸다.

"이건 삶이 아냐."

—「펄프극劇」 부분

시적 화자가 스스로 자신을 대상화하여 관찰하면서 동시에 이를 객관적

으로 기술하는 연극적 구성 원리를 원용하고 있다. 이 짧은 단막극 무대의
등장인물은 시녀, 노왕, 나 그리고 이들의 극적 행위를 외부에서 관찰하는
화자이다. 물론 여기에서 노왕, 나, 화자는 모두 동일 인물이다. 노왕과 나
의 등장은 무대 위의 조명에 노출된 시적 자아의 순간적인 모습을 의식과
무의식의 범주에서 입체적으로 실감 있게 묘사하기 위한 장치이다. 이를테
면, "왕은 딱 이 한마디만 하고 내 얼굴을 깨뜨렸다"는 언술은 '나는 딱 이
한마디만 하고 내 얼굴을 깨뜨렸다'는 비문을 내면 심리의 층위로 끌어들여
서 자연스럽게 성립시키는 기술적 장치이다. 이렇게 보며, 노왕과 내가 잠
재적 자아라면, 외부의 무대 서술자는 실재적 자아라고 할 것이다. 이들 서
로 다른 자아의 독자적인 행위는 마지막 행의 "이건 삶이 아냐"라는 단말마
에 이르러 완전히 합치되는 것으로 보인다.

  시적 화자의 내면 성찰과 부정의 언어가 극적 양식을 통해 입체적으로 감
각화되고 있다. 이와 같은 자기성찰의 양상이 좀 더 구체적인 정서적 언어
로 노래되면 다음과 같은 시편을 낳게 된다.

    슬프다

    내가 사랑했던 자리마다

    모두 폐허다

    …(중략)…

    어떤 연애로도 어떤 광기로도
    이 무시무시한 곳에까지 함께 들어오지는
    못했다. 내 꿈틀거리는 사막이.
    끝내 자아를 버리지 못하는 그 고열의

208

신상神像이 벌겋게 달아올라 신음했으므로
내 사랑의 자리는 모두 폐허가 되어 있다

아무도 사랑해본 적이 없다는 거;
언제 다시 올지 모를 이 세상을 지나가면서
내 뼈아픈 후회는 바로 그거다
그 누구를 위해 그 누구를
한번도 사랑하지 않았다는 거

젊은 시절, 내가 자청自請한 고난도
그 누구를 위한 헌신은 아녔다
나를 위한 헌신, 한낱 도덕이 시킨 경쟁심;
그것도 파워랄까, 그것마저 없는 자들에겐
희생은 또 얼마나 화려한 것이었겠는가

그러므로 나는 아무도 사랑하지 않았다
그 누구도 걸어 들어온 적 없는 나의 폐허;
다만 죽은 짐승 귀에 모래의 말을 넣어주는 바람이
떠돌다 지나갈 뿐
나는 이제 아무도 기다리지 않는다
그 누구도 나를 믿지 않으며 기대하지 않는다

—「뼈아픈 후회」 부분

　　독자들의 가슴까지 서늘하게 헤집는 통절한 자기부정과 회한의 정감이
짙게 배어 나온다.
　　시상의 흐름은 "내가 사랑했던 자리마다// 모두 폐허"가 되었다는 사실
인식에서부터 시작된다. 그렇다면, 그의 사랑의 행위가 "폐허"와 상처를 만

들게 된 까닭은 무엇인가? 그것은 "내 꿈틀거리는 사막이,/ 끝내 자아를 버리지 못하는 그 고열의/ 신상神像이 벌겋게 달아올라 신음했"기 때문이다. 여기에서 "내 꿈틀거리는 사막"이란 내 의식의 지층을 이루는 본능적 자아의 영역을 가리킨다. 의식의 저변에 "벌겋게 달아올라" 있는 "자아"를 버리지 못하는 한 나의 사랑은 모두 나를 위한 사랑으로 귀결된다는 인식이다.

그러나 사랑은 본래 이처럼 나르시즘적인 것이 아닐까? 그래서 롤랑 바르트는 사랑이란 "나를 이해하고 싶고, 나를 이해시키고 싶고, 나를 알리고 싶고, 나를 포옹받게 하고 싶고, 누군가가 와서 나를 데려가기를 바라"[15]는 속성을 지닌다고 정리하지 않았을까. 사랑은 이처럼 자기중심적이기 때문에 강렬할수록 그 상처도 큰 속성을 지니는 것이 아닐까. 그럼에도 불구하고, 시적 화자는 자기중심적인 사랑에서 벗어나지 못했던 것을 후회하고 있다. 정작 나는 나 이외에 "아무도 사랑해본 적이 없"었다는 생각 때문이다. "그 누구를 위해 그 누구를" 사랑하는 이타적 사랑을 하지 못했다는 회한이다.

"뼈아픈 후회"의 대상에는 "젊은 시절, 내가 자청自請한 고난"까지도 반성의 대상으로 포착된다. 자신이 추구한 "도덕"적 삶도 "도덕"의 "경쟁심"에서 유발된 것은 아니었는지 스스로를 향해 가혹하게 묻고 있다. 불온한 지배세력을 향한 희생적인 투쟁의 역정에 소영웅주의적인 치기와 자만의 미혹이 개입되지는 않았었는지 반문하고 있는 것이다. 그리고 여기에서 더 나아가 자신의 공적인 헌신으로서의 허명이 주변 사람들에게 또 다른 소외감을 불러일으키지는 않았는지를 거듭 자문하고 있다. 시인의 결벽증에 가까운 여리고 섬세한 마음결이 드러나는 대목이다. 과거의 삶에 대한 전면적인 부정은 현재의 삶에 대한 폐허 의식의 심화를 초래한다. "다만 죽은 짐승 귀에 모래의 말을 넣어주는 바람이/ 떠돌다 지나갈 뿐/ 나는 이제 아무도 기다리지 않는다/ 그 누구도 나를 믿지 않으며 기대하지 않는다"는 진술

---

15 롤랑 바르트, 김희영 역, 『사랑의 단상』, 문학과지성사, 1991, 35쪽.

에는 시적 화자의 혹독한 자기성찰에서 오는 아픔이 서늘하게 스며 나온다.

이처럼 도저한 자기성찰은 스스로 "거짓은 나에게도 있다"(「근황近況」)는 통절한 자각임과 동시에 "나의 오물汚物을 지우"(「나는 너다 182」)는 과정에 해당한다. 물론, 이러한 결벽적인 자기 반추와 성찰의 과정은 한계가 없다. 일상생활 속에서 지속될 수밖에 없다. 그것은 늙어서 "폐인"처럼 된다고 할지라도 "아름다"움의 절조를 지켜야 하기 때문이다.

다음 시편은 이러한 지속적인 성찰의 인생론을 엿볼 수 있게 한다.

눈빛만 형형한 아프리카 기민들 사진;
"사랑의 빵을 나눕시다"라는 포스터 밑에 전가족의 성금란을
표시해놓은 아이의 방을 나와 나는
바깥을 거닌다. 바깥;
누군가 나를 보고 있다는 생각 때문에
사람들을 피해 다니는 버릇이 언제부터 생겼는지 모르겠다
옷걸이에서 떨어지는 옷처럼
그 자리에서 그만 허물어져버리고 싶은 생;
뚱뚱한 가죽부대에 담긴 내가, 어색해서, 견딜 수 없다
글쎄, 슬픔처럼 상스러운 것이 또 있을까

그러므로, 어느 날 나는 흐린 주점酒店에 앉아 있을 것이다
완전히 늙어서 편안해진 가죽부대를 걸치고
등뒤로 시끄러운 잡담을 담담하게 들어주면서
먼 눈으로 술잔의 수위水位만을 아깝게 바라볼 것이다

문제는 그런 아름다운 폐인廢人을 내 자신이
견딜 수 있는가, 이리라
　　　　　─「어느 날 나는 흐린 주점酒店에 앉아 있을 거다」 부분

이 시는 인물, 스토리, 구성이 어우러진 소설적 기법을 도입하고 있다. 그래서 시적 전개 과정이 순차적인 연속성을 이룬다. 시상의 흐름을 따라 읽어보면 다음과 같다. 여기 한 장년의 남자가 있고 그의 "아이의 방"에는 "사랑을 나눕시다"라는 "포스터"가 붙어있다. 세상은 여전히 어두운 고통들이 산재하고 있다. 그런 탓일까? 집 안에서부터 느끼는 격절감이 더욱 쓸쓸하게 다가온다. 집 안에서 느끼는 격절감은 "바깥"에서도 크게 다르지 않다. "누군가 늘 나를 보고 있다는 생각 때문에" 세상과도 거리를 둘 수밖에 없다.

이제 그가 선택할 수 있는 것은 무엇인가? 여기에 대한 대답이 스스로도 선명하게 나오지 않는다. 이때, 그의 시적 정서는 걷잡을 수 없는 허무주의에 빠지게 된다. 그는 자신으로부터 "옷걸이에서 떨어지는 옷처럼/ 그 자리에서 그만 허물어져버리고 싶은 생"을 본다. 그리고 이내 짙은 "슬픔"을 느낀다. 장년의 허무주의 속에서 나오는 "슬픔"이란 "상스러"울 수밖에 없다.

그렇다면, 앞으로 어떻게 해야 할까? "어느날 나는 흐린 주점酒店에 혼자 앉아 있을 것이다". "앉아 있을 것"이라는 스스로에 대한 예견은 곧 스스로의 계획에 다름 아니다. "완전히 늙"었을 때 "편안한 가죽부대를 걸치고/ 등 뒤로 시끄러운 잡담을 담담하게 들어주"는 것이 "아름다"운 노년의 처신이다. 그러나 그것은 또한 분명 "폐인廢人"의 초상이기도 하지 않은가? 과연 이 "아름다움" 뒤에 수반되고 있는 "폐인"의 초상을 "내 자신이 견딜 수 있"을까? 이러한 질문에는 허무와 우수의 정서가 분분히 배어 나온다. 그러나 이러한 우려는 스스로 폐인이라 할지라도 아름다워야 한다는 미래지향적인 성찰이며 결의이다.

한편, 황지우에게 "저 드높은 화엄華嚴 창천蒼天"(『우울한 거울 3』)은 이와 같이 결벽에 가까운 성찰적 삶 속에서 찰나적으로 감득되는 양상을 드러낸다. 그것은 마치 "아름다운 폐인"과 같은 역설로 나타난다. 다시 말해, 그에게 화엄적 초월은 현실 속에서 문득 만나는 "피안"(『아주 가까운 피안』) 같은 것이다.

목욕탕에서 옷 벗을 때

더 벗고 싶은 무언인가가 있다

나는 나에게서 느낀다

이것 아닌 다른 생으로 몸 바꾸는

환생을 꿈꾸는 오래된 배롱나무

— 「나의 연못, 나의 요양원」 부분

그들은 더 이상 이 세상 사람이 아니다

내장사內臟寺 가는 벚꽃길:어쩌다 한 순간

나타나는, 딴 세상 보이는 날은

우리, 여기서 쬐끔만 더 머물다 가자

— 「여기서 더 머물다 가고 싶다」 부분

똑같은, 별나도 노란빛을 발하는 하오 5시의 여름 햇살이

아파트 단지 측면 벽을 조명照明할 때 단지 전체가 피안 같다

내가 언젠가 한번은 살았던 것 같은 생이 바로 앞에 있다

— 「아주 가까운 피안」 부분

다섯 그루의 노송과 스물여덟 그루의 자미紫薇나무가

나의 화엄 연못, 지상에 붙들고 있네

이제는 아름다운 것, 보는 것도 지겹지만

화산재처럼 떨어지는 자미紫薇꽃들, 내 발등에 남기고

공중에 뜬 나의 화엄 연못, 이륙하려 하네

— 「물빠진 연못」 부분

시적 화자는 자기성찰의 극점에서 "다른 생으로 몸 바꾸는/ 환생"을 몸으

로 감지한다. "단 한 걸음도 생략할 수 없는 걸음으로" "구만리九萬里 청천靑天"(「나는 너다 503」)을 걸어온 그가 "이것 아닌/ 다른 생으로 몸 바꾸는/ 환생"의 징후를 스스로 느낀다. 그것은 마치 "꽃 피는 나무는 자기 몸으로/ 꽃피는 나무"(「겨울-나무로부터 봄-나무에로」)의 이미지에 비견된다. 물론 이러한 존재론적 전회의 초월적 세계는 시적 화자의 내재적 현상뿐만 아니라 외부 세계에서도 동일하게 나타난다. "내장사內臟寺 가는 벚꽃길:어쩌다 한 순간/ 나타나는, 딴 세상 보이는 날"이 있고 아파트 "단지 전체가 피안 같"을 때가 있다.

한편, 여기에 이르면, 이와 같은 환생의 변곡점, 즉 "어쩌다 한 순간/ 나타나는, 딴 세상" 같은 "피안"의 감각은 초기 시 세계에서 등장한 "오 환생幻生을 꿈꾸며 새로 태어나고 싶은 물소리, 엿듣는 풀의 누선淚腺"(「초로草露와 같이」)의 심상이나 "지상의 가장 정적靜寂한 땅"(「입성한 날」)의 심상과 근원 동일성을 지닌다는 점을 새삼 알 수 있다. 그의 존재론적 근원 심상이 "화엄"의 이미지로 구체화되고 있는 것이다.

이렇게 보면, 황지우의 시 세계에서 초기 시 세계의 고요와 "정적靜寂한 땅"(「입성한 날」)의 심화된 표상으로서 화엄적 초월의 심상은 지속적으로 비속한 현실과 자신에 대한 부정, 해체, 성찰의 동력이고 비속한 현실은 지속적으로 화엄적 초월을 열어가는 동력으로 작용해 온 것으로 파악된다.

5. 결론

황지우의 시 세계는 1980년대 이래 우리 시사에서 전위의 한 극점을 보여 주었다. 그는 "대답 없는 날들"(「대답 없는 날들을 위하여」) 속에서 "말할 수 없음으로 양식을 파괴하고" "파괴를 양식화"하는 창작 방법론을 시도하였다. 이것은 형식의 해방 속에서 사회의 해방이 가능하다는 해체적 응전의 미학적 인식을 체현해 보인 것으로 파악된다. 그의 이러한 "시보다 시적인 것"

을 추구하는 해체적 양식론이 궁극적으로 추구하는 것은 존재론적 근원의 부드러움과 평정의 세계이다.

　그의 시 세계에서 부정적인 현실인식과 존재론적 근원에 대한 갈망은 시적 긴장과 생성의 축으로 존재한다. 존재론적 근원에 대한 갈망이 부정적 현실인식을 심화시키고 부정적 현실인식이 존재론적 근원에 대한 갈망의 동력으로 작용한다. 그리고 더 나아가 부정적 현실인식이 절대부정의 맹목에 그치지 않고 안으로부터 감싸 안는 형이상적 초극의 세계를 창출하도록 인도한다. 그의 시 세계에서 초기부터 내재되어 있는 고요와 평정의 심상이 점차 화엄적 인식론으로 확장되는 양상이 이를 선명하게 보여 준다. 특히 그의 시 세계에서 화엄華嚴적 형이상의 지향은 수직적 초월이 아니라 현실적 삶 속에서 도저한 자기성찰과 주체적인 극복의 과정을 통해 전개되는 양상을 보인다. 그래서 그의 시 세계에서 화엄적 초월은 성속일여의 양상을 보인다. 그에게 "바깥에 대한 반가사유"(「바깥에 대한 반가사유」)는 안에 대한 반가사유이기도 한 것이다.

최승호와 불교적 상상
―최승호론

1. 서론

최승호는 1977년 『현대시학』에 「비발디」 「겨울 새벽」 「늪」 등이 추천되면서 등단한 이래 30여 년이 훨씬 넘는 근자에 이르기까지 『대설주의보』(1983), 『고슴도치의 마을』(1985)을 비롯하여 『고비』(2007), 『북극 얼굴이 녹을 때』(2010) 등에 이르기까지 13권의 시집¹과 여러 권의 산문집, 동화집을 지속적으로 간행하며 활발한 창작 활동을 전개해 왔다. 그의 시 세계에 대한 논의는 주로 그로테스크한 관찰적 기법, 산업문명의 비판, 도저한 내성의 탐구, 생

---

1 최승호의 시집을 간행 순서대로 정리하면 다음과 같다. 『대설주의보』(민음사, 1983 ①), 『고슴도치의 마을』(문학과지성사, 1985 ②), 『진흙소를 타고』(민음사, 1987 ③), 『세속도시의 즐거움』(세계사, 1990 ④), 『회저의 밤』(세계사, 1993 ⑤), 『반딧불 보호구역』(세계사, 1995 ⑥), 『눈사람』(세계사, 1996 ⑦), 『여백』(솔, 1997 ⑧), 『그로테스크』(민음사, 1999 ⑨), 『모래인간』(세계사, 2000 ⑩), 『아무것도 아니면서 모든것인 나』(열림원, 2003 ⑪), 『고비』(현대문학, 2007 ⑫), 『북극 얼굴이 녹을 때』(뿔, 2010 ⑬) 등이다. 이 논문에서는 여기에 붙인 번호로 출처를 밝히기로 한다. 예를 들어 『대설주의보』 15쪽은 1:15로 표시한다.

태주의적 상상 등[2]의 형식미학과 주제의식에 대해 집중되어 왔다. 산업문명의 비판과 세속적 일상에 대한 미적 자의식은 주로 초기 시 세계에 관한 논의에서 주조를 이루었고, 내성의 탐구와 생태주의적 상상은 정신주의와 불교적 세계관과의 친연성 속에서 1990년대 중반 이후의 시 세계에 대한 논의에서 주조를 이루었다. 이 점은 그의 시 세계에 대한 연구가 아직 종합적이고 체계적으로 이루어지지 못하고 주로 시집 간행에 따른 서평의 차원과 주제론적 인식론에서 부분적으로 이루어졌음을 보여 준다.

　최승호의 30여 년에 걸친 시 세계 전반을 연속적으로 총괄하면, 그 본령은 자신은 물론 자신을 포함한 세계의 탐욕과 집착으로 얼룩진 "고苦의 반죽통"(『죽은 사람』)으로부터 자유와 해탈의 추구로 파악된다. 그의 시적 출발은 첫 시집의 표제작이며 출세작인 「대설주의보」에서 보여 주듯 "대설" 속에 포위된 외적 감금과 "고슴도치"(『고슴도치의 마을』) 같은 자기방어 기제로 스스로를 은폐시키는 내적 감금이 중첩된 고통의 실존을 바탕으로 한다. 이러한 안팎의 고통의 실존이 "세속 도시"와 만나면 "온몸이 혓바닥뿐인 벌

2　산업문명 비판에 주목한 주요 평문은 다음과 같다.
　　김현, 「거대한 변기의 세계관」, 『문예중앙』, 1989 겨울.
　　김준오, 「종말론과 문명비판시」, 『세속도시의 즐거움』 해설, 1990.
　　이광호, 「부패의 생태학」, 『현대시세계』, 1990. 6.
　내성의 탐구에 주목한 주요 평문은 다음과 같다.
　　정끝별, 「구도의 신화와 알레고리의 신화―최승호론」, 『천개의 혀를 가진 시의 언어』, 하늘연못, 1999.
　　홍용희, 「적멸의 안과 밖」, 『꽃과 어둠의 산조』, 문학과지성사, 1999.
　　남진우, 「뿔과 구멍, 그 악순환의 세계―최승호 시에 대한 명상」, 『숲으로 된 성벽』, 문학동네, 1999.
　　이선이, 「무욕의 글쓰기」, 『생명과 서정』, 하늘연못, 2001.
　생태적 상상에 주목한 주요 평문은 다음과 같다.
　　정효구, 「우주공동체와 문학―최승호」, 『현대시학』, 1993. 11.
　　장정렬, 「문명의 위기와 생태주의적 상상력」, 『한남어문학』, 2001. 1.
　　장석주, 「환경과 시―환경, 생태의 죽음, 그 이후의 상상력」, 『현대시세계』, 1991. 9.

최승호와 불교적 상상

217

건 욕망"(「몸」 4:11)의 더미에 나포된 사회적 실존으로 변주된다. 내적 실존과
외적 세계가 온통 미궁인 상황에서 신생의 출구를 찾는 그의 시적 방법론은
자기부정의 도저한 "회저"(「회저」 5:14)의 과정으로 드러난다. 그는 "회저" "무
일물無一物" "공空" 등으로 변주되는 절대 무無의 내적 추구를 통해 역설적으
로 자신과 세계를 전일적이고 유지적이고 순환론적으로 인식하는 열린 우
주적 자아를 구현해 나간다. 그의 시 세계에서 "눈사람" "모래인간" "사막"
등의 이미저리를 통해 노래되는 우주적 순환의 연기론이 여기에 해당된다.
이러한 절대적 무無의 세계관과 순환의 연기론은 자연스럽게 모든 생명체를
자타불이의 시각에서 공경하고 찬탄하는 우주적 생명공동체의 세계관으로
정립된다. 1990년대 중반 이래 최승호가 대표적인 생태 시인으로 자리 잡
게 되는 배경이 여기에 있다.

　한편, 이와 같이 고통의 실존 속에서 절대 자유의 열린 자아를 추구하는
최승호의 시 세계는 불교의 대표적인 교리에 해당하는 사성제四聖諦, 즉 고
집멸도苦集滅道의 전개 과정에 대응시켜 조망하면 좀 더 분명하게 이해된다.
그의 시 세계는 괴로움(苦)이라는 실상(諦)을 직시하여 그 발생 과정의 원인
을 알아내고(集) 이를 멸滅함으로써 도道를 실천하는 전미개오轉迷開悟의 논법
으로 해명된다. 고제와 집제는 생사윤회를 계속하는 범부의 미혹 상태인 유
전연기流轉緣起에 해당되고 멸제와 도제는 고뇌의 멸로 돌아간 깨우침의 상
태를 가리키는 환멸연기還滅緣起에 해당한다. 최승호의 시 세계가 이와 같이
유전연기에서 환멸연기로 전환되는 과정은 불교생태학의 요체에 해당하는
연기緣起-공空-자비慈悲의 가르침을 통해 집중적으로 전개된다. 최승호의
시적 삶은 스스로 공空의 세계관을 추구함으로써 연기론적 상호의존의 순환
논리와 모든 생명을 자타불이自他不二의 인식론에서 상호 존중하고 공경하는
자비慈悲의 실천적 내면화를 이루어나가는 것이다. 그는 연기-공-자비의
이치를 통해 상호의존성-비실체성-상호 존중성이라는 불교생태학적 명제
를 실현하고 있는 것이다. 그의 시적 삶에서 불교생태학적 세계관은 속박,
감금, 집착, 욕망의 미궁으로부터 자신은 물론 주변 세계의 신생을 열어나

가는 시적 방법론으로 작용하고 있다. 다시 말해, 최승호에게 불교생태학적 상상은 시적 삶의 자기 구원과 더불어 대표적인 생태시인으로서의 위상을 확보하는 계기로 작용한 것이다.

이 논문은 이러한 문제의식을 바탕으로 최승호의 시적 삶이 불교생태학적 세계관을 통해 실존적 자아의 감금 의식과 세속적 허욕의 더미를 타개해 나가면서 절대 자유와 화엄 법계의 세계를 펼쳐나가는 과정에 대해 집중적으로 논의해 보고자 한다.

2. 미궁의 실존적 고통과 고제苦諦

최승호의 시적 삶은 세계의 실상이 고苦로 미만해 있다는 비관적 인식을 기본 바탕으로 한다. 그에게 시적 자아는 "꾸불텅거리는 업業의 힘에 밀려, 끝없이 밀려가"(「끝없이 밀려가는 것」 4:101)는 불가항력의 존재로 인식된다. 그의 시 세계가 고苦의 존재론을 바탕으로 하고 있다는 점은, 첫 시집의 표제작이며 출세작인 「대설주의보」에 등장했던 "눈보라 군단" 속에 포위된 "굴뚝새"의 존재가 33년이 지난 근자의 시집 『북극 얼음이 녹을 때』(2010)에 다시 등장하고 있는 모습에서 새삼 확인된다.

> ① 해일처럼 굽이치는 백색의 산들,
>   제설차 한 대 올 리 없는
>   깊은 백색의 골짜기를 메우며
>   굵은 눈발은 휘몰아치고,
>   쬐그만한 숯덩이만 한 게 짧은 날개를 파닥이며……
>   굴뚝새가 눈보라 속으로 날아간다.
>
>   …(중략)…

쬐그마한 숯덩이만 한 게 짧은 날개를 퍼덕이며……

날아온다 꺼칠한 굴뚝새가

서둘러 뒷간에 몸을 감춘다.

그 어디에 부리부리한 솔개라도 도사리고 있다는 것일까.

길 잃고 굶주리는 산짐승들 있을 듯

눈더미의 무게로 소나무 가지들이 부러질 듯

다투어 몰려오는 힘찬 눈보라의 군단,

때죽나무와 때 끓이는 외딴집 굴뚝에

해일처럼 굽이치는 산과 골짜기에

눈보라가 내리는 백색의 계엄령

―「대설주의보大雪注意報」(1:95) 부분

② 밤이

　오면

　외딴집

　굴뚝

　곁에

　자는

　꼬마

굴뚝새. 이 새는 가난한 고산족高山族 소년 같다. 여름에는 높고 시원
한 바람 속에서 또래들이랑 지내다가 눈보라 휘몰아치는 겨울이면 산
아래 마을로 피신한다. 밤이면 굴뚝 곁에서 잠을 자고 낮이면 먹을 걸
찾아 마을의 집들을 돌아다니는 새, 아궁이에 장작이 활활 타고 쇠죽
가마에 여물이 펄펄 끓는 저물녘의 부엌을 새까만 얼굴로 갸웃거리는
굴뚝 새. 겨울 해는 짧고 밤은 길다. 흙벽을 긁어대는 찬 바람에 문풍

지 울어대는 겨울, 밤이면 굴뚝 곁에 자는 꼬마가 있고 외딴집에는 아

직도 내면의 램프를 밝히는 노인이 있다.

—「굴뚝새의 기나긴 겨울」 전문(13:93)

시 ①의 "쬐그만한 숯덩이만 한" "굴뚝새"가 성장하여 시 ②에 오면 "소년" 같은 "굴뚝새"로 성장했음을 보여 준다. "굴뚝새"가 유년기를 거쳐 "소년"이 되기까지는 30여 년의 세월이 흘렀던 것이다. 그러나 "굴뚝새"가 살고 있는 환경은 크게 다르지 않다. 시 ①과 ② 모두 공간적 배경은 깊은 산속의 외딴집이고 시간적 배경은 겨울이다. 다만, 시 ①에서는 "해일처럼 굽이치는" "눈보라"의 공격성이 주조를 이루고 있다면, 시 ②는 평탄한 겨울 산의 풍경이 주조를 이루고 있다. 그러나 시 ②의 정황 역시 어느 순간 시 ①의 경우처럼 "굵은 눈발"에 휩싸일지 모른다. 그렇지만, 시 ②의 "굴뚝새"의 대처 방식은 시 ①과 다르다. 시 ②의 "굴뚝새"는 "눈보라 휩몰아치는 겨울이면 산 아래 마을로 피신"을 할 줄 안다. 시 ①에서 묘사된 "다투어 몰려오는 힘찬 눈보라의 군단"에 시달린 유년기의 체험적 학습이 있었기 때문이다.

"굴뚝새"의 유년기에 해당하는 시 ①과 소년기에 해당하는 시 ②를 각각 나누어서 좀 더 상세하게 검토해 보면, 먼저, ①의 시적 정서는 온통 놀라운 공포로 둘러싸여 있다. 여기에서 "눈"의 낭만적 온유함과 모성성은 철저히 거세되어 있다. "굵은 눈발"은 계엄령의 "군단"이 되어 순식간에 겨울 산을 점령하고 있다. "휩몰아치는" "굵은 눈발" 아래서 "굴뚝새"는 속수무책이다. "쬐그만 숯덩이만 한 게 짧은 날개를 파닥이"는 모습은 세계의 횡포에 압도된 어린 생명의 무기력함을 고스란히 환기시킨다. 물론, 이것은 "굴뚝새"의 현실적 과오와는 전혀 무관하게 벌어지는 "묵은 업業의"(「끝없이 밀려가는 것」 4:101) 시련이다.

시 ②의 "굴뚝새의 기나긴 겨울"에서 "기나긴"이란 형용사에는 "겨울"을 사는 "굴뚝새"의 지난한 신산고초가 묻어 나온다. "굴뚝새"의 거처는 시 ①

의 경우처럼 "외딴집"이다. 세상으로부터의 소외와 고독이 삶의 태생적인 조건이 되고 있다. "외딴집"의 겨울 "밤은 길다". 여기에 "흙벽을 긁어대는 찬바람에 문풍지"는 밤새 울어댄다. 목숨을 부지하며 밤을 보낼 수 있는 곳은 "여물"을 "펄펄 끓"인 온기가 남아있는 "굴뚝"에 의존하는 것이다. "낮이" 오면 다시 "굴뚝새"는 "먹을 걸 찾아 마을의 집들을 돌아"다닐 것이다. 이처럼 "굴뚝새"에게 살아간다는 것은 죽음의 공포를 유예하기 위해서라도 먹고 사는 일을 쉬임 없이 감당해야 하는 숙명에 순응하는 것이다.

한편, 이와 같이 "기나긴 겨울"이 강요하는 외적 감금 의식은 동시적으로 내적 감금의 장치를 형성시키는 계기로 작용한다. 외적 고통에 대한 자기 방어를 위해 또 다른 내적 억압의 차폐막이 만들어지게 된다.

> ① 나는 새장이 품고 굴리는 알,
>
> 공포 속에서 나의 껍질은 두꺼워졌다.
>
> 나는 점점 돌이었다.
>
> 날개 같은 건 문제도 아니었다.
>
> ―「기다림」(7:56) 부분

> ② 산사태는 왜 한밤중에
>
> 골짜기 집들을 뭉개 버리는가
>
> 곰은 왜 마을을 습격하고
>
> 산불은 왜 마을 가까운 산들까지 번져 오는가
>
> 한밤중에 횃불을 드는 마을의 소리
>
> 한밤중에 웅성거리는 마을의 소리
>
> 우리들은 고슴도치의 마을에서
>
> 온몸에 가시바늘을 키운다
>
> 평화로운 사람은 문을 걸고

잠 속에서도 곰에게 쫓길 것이다

―「마을」(3:80) 부분

시 ①에서 시적 화자는 스스로 "돌"처럼 단단한 "알"이 된다. 외적 "공포"가 강하게 느껴질수록 "나의 껍질"은 더욱 "두꺼워"진다. 이것은 물론 자신을 지키기 위한 절박한 방편이면서 동시에 자신을 질식시키는 자해의 고통이 된다. "몸뚱이가 바로 벽 두꺼운/ 형무소"(「탈옥」 4:79)가 되어가는 형국이다.

시 ② 역시 마을을 침략하는 외적 공포로부터 자기 방어를 위해 스스로 "고슴도치의 마을"로 무장하는 장면이 드러나고 있다. 마을 사람들은 "온몸에 가시바늘을 키"우지만 그러나 "잠 속에서" "곰에게 쫓"기는 공포까지는 피할 방법이 없다. "짓눌리는 밤과 버둥거려야 하는 대낮의/ 이중二重의 악몽"(「흉터」 1:51) 속에서 시달리고 있다.

최승호의 시 세계는 이와 같은 "이중二重의 악몽"을 기반으로 전개된다. "굴뚝새"의 겨울살이에 대한 표상으로부터 전개되는 이러한 삶의 이중적 감금과 공포는 인생이란 괴로움으로 충만되어 있다는 불교 사성제四聖諦 교리의 첫 번째 항목인 고제苦諦의 시적 감각화로 해석된다. 고제는 생사윤회를 계속하는 범부가 미혹의 상태에서 부딪히는 일체개고一切皆苦의 층위에 해당한다. 그래서 무명의 고뇌와 번뇌에 둘러싸인 미계迷界로부터 벗어나는 오계悟界의 깨우침이 요구된다. 물론, 여기에서 미계迷界와 오계悟界는 편의상 나눈 것이지 서로 다른 둘인 것은 아니다. 원효가 설명한 바대로 마음(一心)의 속성은 진속불이眞俗不二이다. 즉 한 마음(一心)에서 '염染과 정淨을 포괄하는 법法은 그 본성本性이 둘이 아니'다. 마음은 "일체 세간世間의 법과 출세간出世間의 법을 포괄"[3]하는 것이다. 그래서 우리 삶의 세계에는 지속적

최승호의 불교적 상상

---

3 "何爲一心, 謂染淨諸法 其性無二, 眞妄二門不得有異, 故名爲一. 此無二處, 諸法中實不同虛空 性自神解 故名爲心. …(중략)… 心卽攝一切世間出世間法"元曉, 《大乘起信論疏》, 卷1, 《韓佛全》, 제1책, 741 상.

으로 고집멸도의 사성제가 공존하는 바, 끊임없이 '속제를 녹여 진제를 만드는 과정'의 연속이 중요하다.[4] 불교에서 전미개오의 각성을 중요시하는 것은 모든 존재의 바탕이 일체개고라는 점을 역설적으로 강조하는 것이기도 하다.

실제로 불교에서 인생은 생로병사와 더불어 애별리고愛別離苦, 원증회고怨憎會苦, 구부득고求不得苦, 오온성고五蘊盛苦 등[5]이 중첩되는 팔고에 시달리는 것이 본령임을 설파한다. 그렇다면, "기나긴 겨울"을 나는 "굴뚝새"로 표상되는 일체개고의 미망을 용해하는 방법은 무엇인가. 그것은 무엇보다 고제苦諦의 원인을 관찰하여 올바르게 인식하는 작업이 우선적으로 요구된다.

3. 욕망의 무한 증식과 집제集諦

불교의 기본 교리인 사성제四聖諦에는 고의 실상苦諦을 극복하기 위해 그 원인을 규명하는 방법론으로 집제集諦를 설정하고 있다. 집제集諦에서 파악하는 고苦의 주된 원인은 무명無明의 미혹 속에서 연원하는 애愛, 즉 맹목적인 집착과 탐욕이다.[6] 최승호의 시 세계에서 세계가 고苦로 미만한 원인 역시 "온몸이 혓바닥뿐인 벌건 욕망들"(『몸』)의 무한 증식에 있음을 해부학적 시선으로 냉엄하게 묘파하고 있다. 그에게 무한 욕망의 질주는 마치 "악업惡業의 몸을 끌면서" "휴식도 없이 다른 길이 있다는 생각도 없이" "꾸불텅

---

4 "又初門內 遣俗所顯之眞 第二空中 融俗所顯之眞 此二門眞 唯一无二 眞唯一圓成實性 所以遣融所顯唯一心" 元曉, 《金剛三昧經論》, 〈入實際品〉, 《韓佛全》, 제1책, 639-하-640-상.

5 첫째 애별리고는, 사랑하는 사람이나 사랑하는 것과 헤어짐으로써 괴로운 것을 말한다. 둘째 원증회고는, 자기가 싫어하는 것과 만나서 괴로운 것을 말한다. 셋째 구부득고는, 자기가 구하고자 하는데 얻어지지 않는 데서 괴로운 것을 말한다. 넷째, 오온성고는 몸과 마음 그 자체가 하나의 고통이 되는 것을 말한다.

6 불가에서는 고苦의 주된 원인으로 무명과 그릇된 탐욕과 집착의 애愛(갈애)를 든다(無盡藏 編譯, 『佛敎의 基礎知識』, 弘法院, 1981, p200).

구불텅 나아가고"(「끝없이 밀려가는 것」(4:101) 있는 모습으로 형상화된다. 이러한 "악업惡業"의 악무한적 순환은 결국 자신을 위해하는 결과를 낳게 된다.

문명엔 너의 식욕이 필요하다
숫자와 서류 뭉치와
도장을 먹고
불룩해지는 가죽가방
이제 네 뱃속에 풀물 든 내장은 없다
관청과 회사들 사이에서
음험한 뱃가죽을 내밀고 숨 쉬면서
너는 이제 도살의 음모에 가담한다
너의 숫자는
가방을 든 용병傭兵,
가방을 든 회사원만큼 불어난다

쇠뿔 달린 힘센 문명이여,
가방으로 물소들을 때려 죽여라

—「물소가죽가방」(4:42) 부분

  "물소"를 죽여 만든 "물소가죽가방"이 다시 "물소"를 "때려 죽"이는 도구가 되는 "악업惡業"의 순환이 그려지고 있다. "숫자와 서류 뭉치와/ 도장을 먹"는 자본주의 "문명"의 "식욕"이 왕성할수록 가죽 가방의 수요는 늘어나게 되고, 이것이 다시 살아있는 "물소"들을 잡게 만드는 원인이 된다. 그렇다면 이처럼 "동족상잔同族相殘의 피가 마르지 않"(「외딴집」3)는 악업의 순환이 반복되는 원인은 무엇인가? 그것은 결국 "물소"처럼 "쇠뿔 달린 힘센 문명"의 식욕으로 모아진다. 이와 같이 "물소"의 이미지로 표상된 악업의 연기緣起는 곧 인간 삶의 초상이기도 하다.

화장한 문둥이 얼굴을 들고
미소 짓는 자본주의의 밤에

…(중략)…

밤마다 살이 얇게 저며지는
포장육 속의 색신色身들

죽은 태아胎兒들이 녹슨 자전거를 타고
엄마를 부르며 붉은 바다 밑을 달리는 밤에

붉은 등 싱싱한 정육점에 걸려 있는
애기 창녀의 고깃덩어리

—「적신赤身」(4:15) 부분

　　"자본주의의 밤"의 지배 논리 속에서 상품화된 육체가 "정육점"의 "고깃
덩어리"에 비유되고 있다. "밤마다 살이 얇게 저며지는/ 포장육 속의 색
신色身"이란 사물화된 인간에 대한 극단적인 희화화이다. 물론 이러한 인간
의 사물화를 초래한 것은 인간 자신의 육체적 욕망이다. "정육점에 걸려 있
는" "고깃덩어리" 같은 "창녀"의 수요가 빈번할수록 "엄마를 부르며 붉은 바
다 밑을 달리는" "죽은 태아胎兒들"의 "녹슨 자전거" 행렬은 더욱 늘어날 것
이다. 다시 말해, 인간의 그칠 줄 모르는 육체적 욕망이 인간존엄성의 훼
손을 넘어 인간 생명의 위해를 자행하는 악업의 원천이 되고 있는 것이다.
　　이러한 자본주의의 비인간적인 사물화가 물량 위주의 산업화, 공업화의
무한 질주로 표출되면, 다음과 같은 괴기스러운 상황의 출현을 낳기도 한
다. 인간이 문명적 진보라는 명분으로 자연 파괴, 환경 오염을 자행한 결과
인간의 존재성마저 부정되는 섬뜩한 결과에 봉착하게 된 것이다. 우리 시

사에서 산업문명 비판의 대표적인 사례로 자주 언급되는 다음 시편은 이러한 정황을 날카롭게 보여 준다.

> 무뇌아를 낳고 보니 산모는
> 몸 안에 공장지대가 들어선 느낌이다.
> 젖을 짜면 흘러내리는 허연 폐수와
> 아이 배꼽에 매달린 비닐끈들.
> 저 굴뚝들과 나는 간통한 게 분명해!
> 자궁 속에 고무인형 키워온 듯
> 무뇌아를 낳고 산모는
> 머릿속에 뇌가 있는지 의심스러워
> 정수리 털들을 하루종일 뽑아댄다.
>
> ─「공장지대」(4:14) 전문

인간과 자연은 제각기 고립된 개체가 아니라 서로 순환하고 의존하고 상관하는 전일적인 유기체이다. 모든 개체 생명의 자기조직화 운동은 우주적 순환성, 상관성, 연속성, 다양성 속에서 가능하다. 이를테면, 어떤 작은 미생물이라 할지라도 해와 달을 중심축으로 하는 우주적 시간 리듬과 물, 공기, 음식은 물론 다시 이를 생성시키는 우주 생명의 무한한 연쇄 고리 속에서 존재할 수 있다. 우주의 삼라만상이 서로 작용하고 순환하고 융섭하는 중중무진重重無盡의 과정 속에서 생성 전개되는 것이다.

그러나 근대산업사회는 인간중심주의 속에서 인간과 자연을 이분법적 관계로 설정하고 자연의 지배와 정복을 추구함으로써 마침내 인간 생명의 위기를 초래하기에 이르렀다.

"산모"의 몸이 "물질적 열반의 도시"의 "병病을" (「물질적 열반의 도시」 2:61) 고스란히 앓고 있다. "산모"가 낳은 "아이"는 "고무인형" 같은 "무뇌아"의 기형이다. "산모"와 "저 굴뚝들"이 "간통"을 했기 때문이다. 산모의 몸에는 "허연 폐수"가 흐르고 "아이 배꼽"에는 "비닐끈"들이 "매달"려 있다. 인간 존재의 기반이 완전히 와해되고 있다. 산모가 "정수리 털들을 하루종일 뽑"는 엽기적 상황은 파괴된 인간 존재성을 고발하는 현장이다. 자연을 일방적으로 훼손하고 "공장지대"를 세우는 일련의 과정들이 근본적으로 인간의 "몸 안에 공장지대"를 세우는 것과 다르지 않다는 인식이 충격적인 시적 화법을 통해 드러나고 있는 것이다.

이와 같은 상황은 "몸은 작았지만" "욕망은 공룡이"며 "우쭐대며 자연自然을 파먹"(「죽은 사람」 4:108)던 행위가 반복되면서 나타난 결과이다. 이를 달리 표현하면, "하늘 보면 역겨워지는 악업惡業"(「끝없이 밀려가는 것」)의 업장에 "엉겨붙어 신음하며 허우적거리는"(「반여왕거미」 4:102) "물질적 열반의 도시"(「물질적 열반의 도시」)에서 벌어진 재앙이다.

시적 화자는 "부패의 힘"(「부패의 힘」 2:26)에 점령된 "세속도시" 속에서 "세상이 밝아지든지 내가 밝아지든지/ 이대로는 너무 어둡고 답답한 미궁이라고/ 질식해버릴 듯한 미궁이라"(「미궁」, 3:42)고 느끼는 감금 의식에 시달린다. "깊은 백색의 골짜기" 속에 갇힌 어린 "굴뚝새"(「대설주의보」)가 겪는 고(苦)의 업보가 "세속도시"에서 고스란히 반복되고 있는 것이다. 그렇다면, 세속 도시의 "고苦 의 반죽통"(「죽은 사람」 4:108)으로부터 벗어나는 방법은 무엇일까? 다시 말해, "환幻으로 배 불러오는 욕정과/ 환幻이 불러일으키는 흥분"(「세속도시의 즐거움 1」 4:18)으로부터 벗어나서 참된 자아를 회복할 수 있는 방법은 무엇인가? 이러한 질문 앞에 최승호는 도저한 자기 무화無化와 비움에 해당하는 "회저"(「회저의 밤」 5:16)의 세계를 보여 준다. 이를 불교 사성제의 교리에 대응시켜 논의하면 공空의 세계관을 통해 미망에 갇힌 유전연기流轉緣起의 업業을 벗어나서 환멸연기還滅緣起로 넘어가는 멸제滅諦의 단계로 진입하고 있는 것이다.

4. "회저"와 연기緣起의 순환론과 멸제滅諦

"눈보라 군단"에 포위된 "굴뚝새"(『대설주의보』)로 표상되는 외적 감금과 자기 방어의 두터운 껍질로 인해 "몸뚱이가 바로 벽 두꺼운/ 형무소"(『탈옥』4:79)가 된 내적 감금 그리고 세속도시의 탐욕 더미 속에서 겪는 "미궁"의 감금이 중첩되면서 "나는 벌써 긴 세월을 새우처럼 갇힌 채 호송돼 온 느낌"(『광고판이 붙은 버스』4:23)에 사로잡히게 된다. 그렇다면, 이러한 감금과 속박으로 점철되는 세월 속에서 벗어나 절대 자유를 획득하는 방법은 무엇인가? 다시 말해, "세계에 붙지만 말고 세계를 타"(『반야 왕거미』4:102)고 넘는 방법은 무엇일까? 고苦의 업장이 탐욕의 무한 증식에서 비롯되고 있음을 직시한 시적 화자는 이제 도저한 "회저"의 세계를 추구한다.

온몸의 살이 썩고
온몸의 뼈가 허물어져서
재 밑의 재로 나는 돌아가리라

지금은 살이 썩고 곪아도
손으로 다 긁지 못하지만
터뜨리지 못하는 고름주머니 육신의
심한 가려움증도 그 재의 밤엔 다 나아 있으리

온몸의 살이 썩고
온몸의 뼈가 다 허물어져서
재 밑의 재로 나는 돌아가리라

지금은 재 위에 주저앉아
추한 꼴로 썩어가는 몸을 재로 씻으며

까마귀떼 울음 소리 듣고 있으나
재 휩쓸어가는 바람의 밤엔 다 조용해지리

나 없는 그 밤에
울음도 타버린 마른 재를 맡기면서
침묵의 밤으로 나 돌아가리라
재의 입술이 떨어지는
흙의 밤 속으로

—「회저」 전문

"회저"란 육화된 모든 것을 사그라뜨리고 불태워 아무것도 남기지 않는 철저한 무화無化[7]이다. 시적 화자는 스스로 도저한 자기부정을 향하고 있다. "온몸의 살이 썩고/ 온몸의 뼈가 허물어져서/ 재 밑의 재"로 "돌아가"는 것이다. "돌아"간다는 것은 본래의 자아, 즉 참된 자아로 회귀한다는 것을 의미한다. 그것이 바로 "살이 썩고 곪"는 "고름주머니 육신"을 궁극적으로 치유하는 방법이다. 시적 화자는 "재 위에 주저앉아/ 추한 꼴로 썩어가는 몸을 재로 씻"는다. 지금은 "까마귀떼 울음소리"를 "듣고 있으나" 이제 곧 이마저 들리지 않을 것이다. "재 밑의 재로 돌아가면서" 모든 몸의 감각도 사라질 것이기 때문이다. "나 없는 그 밤"의 세계는 오직 "침묵"만이 존재할 것이다. 절대 무無이며 공空의 세계이다.

"재 밑의 재", 즉 "재"마저 부정되는, "재"로 표상되는 절대 무란 무마저 없는 무의 세계를 가리킨다. 최승호의 시적 삶은 "회저"를 통해 "무일물無一物"과 "공"의 내면화를 추구해 나간다. 이와 같이 "위에도 큰 구멍, 밑에도 큰 구멍, 허공이 내 안에/ 있었"음을 스스로 체득할 때 "자루의 밑이 터지면서" "퀴퀴하게 쌓여서 썩던 것들이/ 묵은 것들"(「세 번째 자루」 2:73)이 시원하

---

7 도정일, 「최승호 시인의 10년」, 『회저의 밤』 해설, 1993. 9 참조.

게 흩어지는 출구를 찾을 수 있게 된다. 다음과 같이 "무일물"을 다룬 시편
은 이러한 배경 속에서 태어난다.

> 잡귀들도 늙으면, 자취 없이 흩어져버린다. 뭉쳐졌던 잡기雜氣가 다
> 시 흩어져, 무로 돌아간다 하니, 이것이 김시습의 영혼멸실론靈魂滅
> 失論이다. 무로 돌아 간다거나, 무무無無로 돌아간다 말들 하지만, 무
> 엇이 있어 무슨 무로 돌아가는가. 무라는 말을, 밑씻개종이처럼 갈갈
> 이 찢어버리자.
>
> ——「무일물의 밤 2」 전문

시적 화자는 무까지 부정하는 무를 지향하고 있다. 본래 아무것도 없는데
(本來無一物), "무엇이 있어 무슨 무로 돌아가는가". 시적 화자는 스스로를 향
해 "무"에 대한 집착마저도 버려야 한다고 설파하고 있는 것이다.

이것은 무자성無自性과 공空을 핵심으로 하는 불교의 존재론적 인식론에
직접 대응된다. 무자성과 공이란 모든 사물에는 실체가 없음을 가리킨다.
선종의 6대조 혜능은 신수의 게송 "몸은 보리수요(身是菩提樹), / 마음은 명경
대로다(心如明鏡臺). / 부지런히 털어내어(時時勤拂拭) / 먼지가 앉지 않도록 할
지니(勿使惹塵埃)"에 대한 다음의 응답은 이를 명징하게 보여 준다.

보리는 본래 나무가 아니요	菩提本無樹
명경 또한 대臺가 아니다.	明鏡亦非台
본래 하나의 물건도 없는 것이니	本來無一物
어디서 티끌이 일어나리오	何處惹塵埃 [8]

혜능은 무에 대한 집착마저 버릴 것을 갈파하고 있다. 본래 무일물, 즉

---

8 《傳燈錄》.

하나의 물건도 없다는 것, 그래서 버려야 한다는 생각마저도 있을 수 없다는 것이다. 최승호의 시적 삶이 "재"의 심연, "재 밑의 재로 돌아가리라"(「회저」 5:14)고 스스로를 향해 노래한 까닭이 여기에 있다. 이와 같은 절대 무에서는 시적 화자 스스로도 비실체성의 무자성無自性이 된다. 여기에서는 오직 공空이 있을 뿐이다.

불교 공의 세계관에서 자아란 고정된 실체가 아니라 연기실상의 상호의존하는 순환의 산물이다. 공의 비실체성이 상호의존하는 연기의 순환성과 상관성을 열어놓는 동인인 것이다. 연기론적 순환론에서 자아란 "아무것도 아니면서/ 모든 것"(「거울과 눈」 11:49)이다. 자아는 우주적 시공에 걸친 연기의 "순환의 바퀴"(「순환의 바퀴」 8:24)의 한 마디절이며 집적체이기 때문이다.

눈사람이 녹는다는 것은
눈사람이 불탄다는 것.
불탄다는 것은
눈사람이 재로 돌아가고 있다는 것,

재가 물이다
하얀 재
더 희어질 수 없는 재가 물이다

시냇물
하얀 재 흐른다
눈사람들이 둥둥둥 물북을 치며
강으로 바다로 은하수로 흘러간다

흘러간다는 것은
돌아간다는 것

돌아간다는 것은 그 어디에도

오래 머물 수 없다는 것.

—「눈사람의 길」(7:27) 전문

눈사람의 자서전이다. "눈사람"은 "불(열)"을 만나면 녹아서 "재"가 된다. "눈사람"의 "재"는 "물"이다. 그래서 "시냇물"은 흐르는 "하얀 재"이며, "물 북을 치며" "흘러"가는 "눈사람들이다". "눈사람"이 "강으로 바다로 은하수로 흘러간다"는 것은 "시냇물"이 액체와 기체의 형질로 전개되는 우주적 시공을 순환하는 인연의 실상을 가리킨다. 마지막 연의 "흘러간다는 것은/ 돌아간다는 것/ 돌아간다는 것은 그 어디에도/ 오래 머물 수 없다는 것"으로 이어지는 연쇄적 수사는 무수히 서로 겹치고 융섭하고 엇섞이며(重重無盡) 흐르는 연기의 제법실상諸法實相에 대한 묘사의 한 양상으로 읽힌다. 또한 "그 어디에도/ 오래 머물 수 없다는 것"은 연기의 쉬임 없는 작용과 흐름을 나타낸 것으로 이해된다.

"눈사람"은 이와 같이 서로 다른 몸 바꿈이 있을 뿐 결코 소멸하지 않는다. "첫눈 오는 날"의 풍경 역시 "참 오래 전에 죽은 눈사람이 이 땅에 재림再臨하고 있"(「첫눈 오는 날」, 8:37)는 것으로 해석된다. 불교에서 설파하는 '모든 사물의 형상이 공하니 생겨나지도 소멸하지도 않으며, 늘어나거나 줄어들지도 않는다(是諸法空相 不生不滅 不憎不感)'[9]는 이치를 환기시킨다. 처음부터 모든 존재는 이미 무일물無一物의 속성을 지니는 까닭에 줄어들고 늘어나거나 생기고 소멸할 근거가 없는 것이다.

이와 같이 "회저"를 통해 내면화한 "공"과 "무일물"의 세계에 이르면서 최승호의 시적 삶은 "물物에 빠진 쥐꼴인 영혼"(「쥐가죽코트」, 2:82)을 구원하고, "임신해서 매장까지의 길들이/ 둥근 벽 안에서 미끄러지고 뒤집히는/

최승호의 불교적 상상

---

9 반야심경般若心經.

거대한 변기의 감옥 속에서 죽어가는/ 나를 건져"(「변기」 4:56) 올리는 방법론적인 출구를 열어가게 된다. 그가 『여백』의 세계와 텅 빈 "고요"만이 실재하는 사막에 천착하면서 "방황하던 업덩어리들의 잔해"(「고비의 고비」 12:58)를 발견하는 장면은 스스로 "공空"의 세계관을 내면화함으로써 통해 미망의 업장을 벗어나고 있는 모습으로 해명된다.

5. 우주 생명의 예찬과 도제道諦

최승호의 시 세계는 "회저"의 방법론을 통해 "공"의 세계관을 인식하면서 "눈보라 군단"의 협공에 감금된 "굴뚝새"의 초상에 해당되는 개인적 실존과 세속 도시의 무한 욕망의 더미에 감금된 사회적 실존의 고통스런 실상(苦諦)을 벗어나는(滅諦) 신생의 이치를 만나게 된다. 이제 그의 시적 삶은 "공"의 세계관을 자신의 삶 속에 내면화하고 실천하는 것이다. 이것은 불교의 기본 교리에 해당하는 사성제에서 고통의 실상(苦諦)의 원인을 규명하고(集諦) 이를 극복하는(滅諦) 단계를 거친 이후 강조되는 올바른 생활의 실천 의지(道諦)에 상응한다. 도제는 멸제와 더불어 유전연기를 넘어선 환멸연기에 해당하는 공통성을 지니지만, 멸제에 비해 실천적 태도와 의지가 더욱 전면화된다.[10]

최승호의 시적 삶에서 "공"의 세계관과 연기론적 순환론은 자연스럽게 삼라만상을 공경하는 자비慈悲의 공공적 윤리 의식을 열어가게 된다. 여기에 이르면, 최승호의 시 세계가 불교생태학의 요체에 해당하는 연기緣起—

---

10 도제의 기본 내용은 8정도이다, 8정도는 바른 견해의 정견正見, 바른 생각의 정사正思, 바른 말의 정어正語, 바른 행위의 정업正業, 바른 생활의 정명正命, 바른 노력의 정정진正精進, 바른 기억의 정념正念, 바른 집중의 정정正定으로 구성되어 있는 바, 바른 생각의 견지와 실천적 노력과 행위가 본령을 이루고 있다.

공空-자비慈悲의 등식[11]에 상응하고 있음을 알 수 있다. 연기緣起-공空-자비慈悲의 원리를 생태학적 개념으로 표현하면 상호의존성-비실체성-상호존중성으로 정리된다.[12] 상호의존과 상호 통합성의 이치를 자각할 때 연기의 인드라망은 곧 상호 존중의 자비의 대상으로 승화된다. 연기의 인드라망因陀羅網에서 상호의존이란 각각의 개체에 전체성이 진입하는 상입相入이 일어난다는 것이다. 따라서 모든 개체가 소중하다는 것은 모든 개체가 전체의 무게(相卽)를 갖는다는 것을 뜻한다.[13]

따라서 최승호의 시적 삶에서 도제道諦의 단계에 이르면 모든 삼라만상은 우주 생명으로서의 신성성을 지닌다. 그가 1990년대 이후 대표적인 생태 시인으로 전면에 드러난 데에는 이러한 배경이 있다. 그의 본격적인 생태시집에 속하는 『반딧불 보호구역』은 물론 이외의 여러 시집에서도 식물, 곤충 등을 비롯한 자연물들이 시적 소재와 주제의식으로 매우 빈번하게 등장하는 특성을 보인다.

눈에 잘 띄지는 않지만, 텅 빈 하늘은 온갖 씨앗들로 붐벼서, 심지도

---

11 김종욱, 『불교생태철학』, 동국대학교출판부, 2004, 20-27쪽 참조.
12 위의 책, 26쪽 참조
13 이러한 불교 철학은 화엄사상을 압축적으로 서술한 의상조사義湘祖師 의 「법성계法性偈」에 집약적으로 표현되어 있다.

法性圓融無二相   諸法不動本來寂
無名無相絕一切   證智所知非餘境
眞性甚深極微妙   不守自性隨緣成
一中一切多中一   一卽一切多卽一
一微塵中含十方   一切塵中亦如是

법의 성품 원융하여 두 모습 없고, 모든 것은 움직임 없이 본래 고요해라.
이름 없고 형상 없고 온갖 것이 끊겼으니, 깨달아 안 바 다른 경지 아니로다.
참된 성품 깊고도 미묘하니, 자성이 어디 있나 인연 따라 이루더라.
하나 안에 일체 있고 일체 안에 하나 있어, 하나가 일체요 일체가 하나니라.
한 티끌 가운데에 온 세상 들어있고, 일체의 티끌 속도 또한 역시 그러해라.
정화, 『마음 하나에 펼쳐진 우주 ─의상조사 법성게 강의』, 13-74쪽 참조.

않은 달맞이꽃이 이 여름엔 깊은 산골 마을에도 피었습니다. 낙하산
도 없이 씨앗들이 하늘에서 내려와, 달이 잘 보이는 길가나 언덕에 뿌
리를 내리고 서서, 밝은 달이 뜨기를 기다리고 있는 꽃, 향기로운 노
란 초롱들을 키 큰 대궁에 촘촘하게 밝히고 있는 이 수줍음 타는 꽃
을, 달바라기꽃이 아니라 달맞이꽃이라고, 최초로 이름 부른 사람은
누구일까요.

—「달맞이꽃」(6:21) 전문

"달맞이꽃"에서 "하늘"의 신성성을 읽고 있다. "심지도 않은 달맞이꽃"이
"깊은 산골 마을에" 필 수 있었던 까닭은 무엇일까? 그것은 씨앗들이 "하늘
에서 내려"왔기 때문이다. "텅 빈 하늘"에는 "온갖 씨앗들"이 붐비고 있었던
것이다. 아무것도 하지 않으면서 정작 하지 않음이 없는 "하늘"의 무위자
연無爲自然적 존재성이 드러나 있다. "달맞이꽃"은 신성한 하늘의 현현이다.
이 점은 "달맞이꽃"뿐만 아니라 지상의 모든 꽃들에게도 적용된다. 그래서
지상의 모든 존재는 신성한 하늘을 모시고 있는 주체이다. 우주 삼라만상
의 자기조직화 운동이 하늘의 운행원리 속에서 이루어진다는 인식이다. 화
엄불교의 '하나가 전체이고 전체가 곧 하나'이며, '하나의 먼지 속에도 온 우
주가 포함되어 있다(一中一切多中一, 一卽一切多卽一, 一微塵中含十方, 一切塵中亦如
是)'는 동체자비[14]의 이치를 환기시킨다.

이와 같은 화엄불교의 인드라망 속에서 모든 존재는 불성의 주체이다. 그
래서 다음과 같은 시적 인식이 노래된다.

어두운 수풀보다 검고, 옻나무의 진보다 검고, 숯가마의 숯
덩이들보다도 검은 개는, 어스름 달밤에도 윤곽이 뚜렷하게 귀를 세우

---

14 동체자비는 "천지와 나는 같은 뿌리이며 만물과 나는 한 몸이다(天地與我同根 萬物與我
一體)"라는 인식이다(「조론肇論」, 『대정신수대장경大正新脩大藏經』 45권, 159p).

제1부 고독과 신성

고, 파란 눈을 번득이며 살아있다. 저 불멸의 힘이 쏘아대는 파란 눈
빛과 마주치면서 어떻게 "개에게는 불성佛性이 없다"고 말할 것인가.

—「검은 개」(6:142) 전문

시적 화자는 "개"에게서 "불성佛性"을 직시하고 있다. 당나라 조주 선사의
유명한 조주무자趙州無字 공안公案을 떠올리게 한다. 조주의 무자 공안에 대
해 시적 화자는 "모든 중생은 부처의 성품인 불성을 지니고 있다(一切衆生悉
有佛性)"고 보는 화엄경의 중생자비를 답변으로 내세우고 있다. 서로 작용하
고 순환하고 융섭하는 중중무진重重無盡의 법계연기에서 삼라만상은 제각기
안으로 닫힌 개체이면서 동시에 우주적으로 열린 영성한 존재자인 것이다.
따라서 모든 개체 생명은 "아무것도 아니면서 모든 것인 나"(「거울과 눈」 11:49)
의 역설적인 존재성을 지닌다.

따라서, 최승호가 「이것은 죽음의 목록이 아니다」(9:11)에서 산림청 '동강
유역 산림생태계 조사보고서'에 등재된 800여 종의 생명체 이름을 부르는
것은 이들 모두가 제각기 "불성佛性"을 지닌 인드라망의 구성체라는 점을 강
조하고 있는 것으로 보인다. 그렇다면, 이와 같은 동체자비의 우주 공동체
적 세계관이 자신의 구체적인 생활 세계로 나타나면 어떤 모습을 띠게 될
까? 다음 시편은 이에 대한 답변을 시사해 준다.

물은 낮은 곳을 향하면서 악어에게도 자신을 주고, 물뚱뚱이 하마와
물벼룩에게도 자신을 준다. 밉고 고운 것을 떠나서 아낌없이 자신을
주는 것이다. 그런 물처럼, 자신이 가장 낮은 자이기를 바라면서 겸
손과 큰 사랑으로 살다 간 사람이 있다. 바로 성 프란치스코가 그분이
다. 그는 무소유로 자신을 청정하게 했고, 지극한 청빈의 가벼움으로
하늘에 올랐다. 마치 물이 흘러가다 물안개로 오르듯이 말이다. 그러
나 그의 청빈은 물物을 벗어난 물외의 일이어서, 물방울보다 훨씬 맑
고 가벼웠는지 모른다. 나는 그가 궁극에는 자신이 가장 낮은 자이기

를 바라던 바람조차도 버렸을 거라고 생각한다. 그리하여 성 프란치
스코는 자신을 철저하게 비운 자가 되었고, 그가 하느님이라고 불렀
던 절대와 하나됨을 이루었던 것이다.

—「물을 닮은 사람」(6:172) 전문

노자가 도덕경에서 갈파한 상선약수上善若水[15]를 떠올리게 한다. 물은 아
무리 높은 곳에서 부어도 가장 낮은 곳으로 흐르면서 자신의 모든 것을 내
어준다. 물이 자신을 내어주는 대상에는 "밉고 고운 것"의 분별이 없다. 그
래서 물은 성자의 표상이다. 성 프란치스코의 삶은 바로 물과 같았다. "소
유"를 버렸고(무소유) "물物"을 벗어났고 마침내 "가장 낮은 자이기를 바라던
바람조차도 버렸"다. 그래서 그는 "물방울보다 훨씬 맑고 가벼웠"다. "자신
을 철저하게 비운 자"가 된 것이다. 이것은 곧 "죽음 너머/ 내가 태어나기
전의 고향// 아무것도 없이/ 아무것도 바라지 않으면서/ 아무것도 모르고
아무 일 없었던/ 나// 그 무일물無—物 의 고향으로"(「아무일 없었던 나」 11:63) 돌
아간 것을 가리킨다. 그리고 이 "무소유"와 "무일물"의 실천은 바로 "하느님
이라고 불렸던 절대와 하나됨"을 가리킨다.

이것은 "무소유"를 실천하고 "물物을 벗어"나서 "가장 낮은 자이기를 실천
하는" 삶을 살 때 인간 역시 내면의 "불성佛性"(「검은개」)을 회복한 자가 될 수
있음을 가리킨다. 이러한 지점에서는 '천지와 나는 같은 뿌리이며 만물과
나는 한 몸(天地與我同根 萬物與我一體)'[16]이라는 인식이 생활철학으로 자리 잡게
된다. 여기에 이르면, 자연을 지배하고 정복하는 것을 인류 진보의 대장정
으로 인식하는 근대 산업문명의 인간중심주의는 완전히 의미를 잃게 된다.

---

15 노자 『도덕경』의 「상선약수」 편은 다음과 같다.
上善若水. 水善利萬物而不爭 處衆人之所惡 故幾於道 居善地
心善淵. 與善仁, 言善信, 正善治, 事善能, 動善時 夫唯不爭 故 無尤
이아무개 정리, 『무위당 장일순의 노자 이야기』, 삼인, 2000, 120쪽.
16 승조(僧肇, 384~414)의 『조론肇論』.

최승호의 시 세계는 고苦의 유전연기의 존재성을 초극하면서 동시에 생태적 상상력의 철학적 원리를 분명하게 정립하게 된 것이다.

6. 결론

최승호의 시적 삶의 전개 과정을 불교의 사성제 교리와 대응시켜 조망하면서 아울러 고苦 · 집제集諦의 업장을 초극하는 멸滅 · 도제道諦를 향한 방법론이 연기緣起–공空–자비慈悲의 불교생태적 세계관에 상응한다는 점을 구체적으로 살펴보았다. 최승호의 시 세계는 "눈보라 군단"의 협공에 감금된 "굴뚝새"의 초상에 해당되는 개인적 실존과 세속 도시 속 무한 욕망의 더미에 감금된 사회적 실존의 고통스런 실상(苦諦)에 대한 원인을 욕망의 무한 증식에서(集諦)찾는다. 그리고 이를 초극하는 신생의 방법론으로 공空의 세계관을 내면화하고(滅諦)이를 실현(道諦)해 나간다.

한편, 연기緣起–공空–자비慈悲의 기본적인 불교 교리는 상호의존성–비실체성–상호 존중성의 생태철학으로 정립되면서 최승호를 대표적인 생태 시인으로 자리매김하는 계기로 작용한다. 그의 시 세계에서 "회저" "무일물無一物", 공空이란 허무주의가 아니라 상호의존과 존중의 인드라망을 열어놓는 능동적인 계기가 된다. 따라서 그의 시 세계에서 모든 사물은 개체이면서 동시에 우주적 총체로서의 의미를 지닌다. 이때 모든 개체는 우주 생명으로서의 공경의 대상이며 불성을 지닌 신성한 존재성으로 인식된다. 여기에서는 분별, 차별, 집착, 탐욕, 지배, 억압 등의 근대 산업문명의 주체중심적 사고가 스며들 여지가 없다.

최승호의 시 세계에서 불교적 상상력은 개인적, 사회적 실존의 이중적 고통으로부터 자신을 구원하는 방법론이면서 동시에 우주 공동체적 세계관에 입각한 생태적 인식의 자각과 실천의 철학적 방법론으로 작용하고 있는 것이다.

'귀수성歸數性'과 동학혁명운동의 현재적 가능성
─신동엽, 『금강』론

1. 서론

신동엽은 1959년《조선일보》신춘문예에 장시 「이야기하는 쟁기꾼의 대지大地」로 등단한 이후 1969년 사망하기까지 10여 년간 시집 『아사녀』(1963), 시극 「그 입술에 파인 그늘」, 서사시 「금강」 등과 18여 편의 시론을 발표하면서, 1960년대 대표적인 민족 · 민중 시인이면서 동시에 독창적인 문명사적 비전을 모색한 시론가의 면모를 선명하게 보여 주었다. 그에게 시론은 인류사의 원형 공동체를 추구하는 시적 지향성의 좌표로 작동하고, 시 창작은 추상적이고 개념적인 문명사적 전환의 논리와 비전을 구체화하는 면모를 보인다.

신동엽에게 시인이란 특정 분야의 전문가가 아니라 문명적 전환을 선도할 수 있는 전인적, 종합적 "선지자"이며 "우주지인"[1]이어야 한다. 그는 시인이 분업화의 고립적, 맹목적, 기능적, 전문가에 해당하는 "시업가"와 달

---

1 신동엽, 「신저항운동新抵抗運動의 가능성可能性」, 『신동엽전집』, 1993, 398쪽.

리 "철학, 과학, 종교, 예술, 정치, 농사 등 현대에 와서 극분업화된 인간이 가진 모든 인식을 전체적으로 한 몸에 구현한" "전경인全耕人"으로서 "털어놓는 정신어린 이야기"[2]를 창조하는 당사자라고 생각한다. 시인은 인류문화사의 선구자이며 선도자로서의 사명감을 지니고 있다고 인식하는 것이다.

그의 시적 삶에서 시론의 요체는 "원수성" "차수성" "귀수성"의 우주적 순환 원리로 요약된다. "원수성"은 인간과 자연이 상생과 조화를 이룬 이상적인 원형 공동체의 세계에 해당하고, "차수성"은 "원수성"의 원형 공동체적 시원의 세계가 분업화, 개체화, 사물화, 기능화로 변질된 반생명적인 현실 세계를 가리킨다. 또한 "귀수성"은 부정적 대상인 "차수성"으로부터 "원수성"을 향해 회귀하고자 하는 과정에 해당한다. 이러한 순환 구도를 좀 더 구체적으로 감각화하기 위해 식물에 비유하여 표현하면, "땅에 누워 있는 씨앗의 마음은 원수성 세계이며 무성한 가지 끝마다 열린 잎의 세계는 차수성 세계이고 열매 여물어 땅에 쏟아져 돌아오는 씨앗의 마음은 귀수성 세계이다".[3] 이러한 순환 원리의 가치 척도는 "원수성"이다. "차수성"은 "원수성"의 비속화 과정이고 "귀수성"은 "원수성"으로 회귀하는 과정이다.

이렇게 보면, 신동엽의 시론에서 "귀수성"은 구한말 동학혁명운동의 핵심적인 지향성에 해당하는 원시반본原始反本의 후천개벽과[4] 근원 동일성을 이룬다. 1860년 최제우는 동학사상을 통해 억압이나 원한과 같은 상극의 질서가 지배하는 선천개벽의 세계로부터 화해, 포용, 통합과 같은 상생의 질

---

2 신동엽, 「시인정신론」, 『신동엽전집』, 1993, 368쪽.

3 신동엽, 위의 책, 366쪽.

4 후천개벽사상은, 선천시대는 이분법적인 대결, 억압, 원한의 상극의 질서가 지배하는 시대인 바, 유기적인 화해, 평화, 상생의 질서를 열어가야 한다는 당위성이 기본적인 대의를 이룬다(박맹수 옮김, 『동경대전』, 지식을 만드는 지식, 2009, 31쪽 참조). 수운 최제우의 "후천개벽" 사상은 『용담유사』의 「안심가」 「용담가」 「몽중노소문답가」 등에서 네 차례에 걸쳐 등장한다. 동학이 말하는 후천개벽은 현존하는 인간이 본래의 하늘을 다시 열고 본래의 땅을 다시 회복하는 원시반본原始反本으로 볼 수 있다(오문환, 「동학東學의 '후천개벽後天開闢'사상」, 《동학학보》, 1권 0호, 181쪽).

서가 다스리는 후천개벽의 세상을 열어가고자 했다. 따라서 신동엽이 동학혁명운동을 집중적으로 다룬 서사시 「금강」을 발표한 것은 자연스러운 과정으로 이해된다. 특히 그는 동학혁명운동의 사상과 역사적 실천 과정을 노래함으로써 자신의 시론에서 제기한 "원수성" "차수성" "귀수성"의 지나치게 일반론적인 개념성과 실천 방법론을 역사적 현실감각으로 선명하게 구체화할 수 있게 된 것으로 보인다.

따라서 신동엽의 시론과 서사시 「금강」을 온전히 이해하기 위해서는 이 둘을 동시적, 연속적으로 살펴볼 필요가 있다. 그의 시론에서 보여 준 원시반본의 순환론적 우주관이 서사시 「금강」에서 동학혁명운동을 다루는 내적 창작 원리이며 의미이기 때문이다. 표면적으로 보자면 「금강」의 서사적 전개는 전봉준을 중심으로 한 반봉건, 반외세의 처절한 투쟁과정이라고 할 수 있다. 그러나 궁극적 지향점은 동학의 시천주侍天主 사상의 구현이다. 지금까지 서사시 「금강」에 관한 논의는 동학농민전쟁에 대한 부분에 치중되어 있었다. 따라서 "전쟁을 넘어선 사회혁명"으로서 동학사상의 궁극적 지향이 '시천주'의 실현이라는 점을 제대로 규명하지 못했다.[5] 이 글은 이러한 문제의식을 전제로 신동엽의 시론과 서사시 「금강」을 순차적으로 살펴보면

---

5 지금까지 서사시 「금강」에 관한 연구는 주로 서사시 양식에 관한 논의에 집중되어 있었다. 이에 해당하는 연구로는, 김우창, 「궁핍한 시대의 시인」, 민음사, 1977, 207-220쪽.; 김홍진,「『금강』의 서사양식 수용과 서술기법」, 《한국문예창작》 제8권 제3호, 2009. 12. 등이 대표적이다. 그리고 그의 민중 저항에 주목하는 논문으로는 채광석, 「민족시인 신동엽」, 「한국문학의 현단계」, 3, 창작과비평사, 1984.; 김종철, 「신동엽론—민족, 민중시의 도가적 상상력」, 《창작과비평》, 1989 봄호.; 김영무, 「알맹이의 역사를 위하여」, 「시의 언어와 삶의 언어」, 창작과비평사, 1990.; 김완화, 「신동엽 시의 다층적 의미 연구」, 《한국문예창작》 제10권 제2호, 2011. 08. 등이 있다.
이들 논의는 「금강」이 동학농민전쟁과 3·1 운동, 4·19 혁명을 하나의 연속성 속에서 살펴보면서 민중 저항의 가능성을 보여 주었다는 점에 주목한다. 그러나 신동엽의 시론 "귀수성"의 맥락 속에서 동학의 시천주侍天主사상을 근간으로 한 "전쟁을 넘어선 사회혁명" 의지의 현재적 의미와 미래 가치를 주목하는 논의는 아직 본격화되지 못하고 있다.

서 그 현재적 의미와 미래 가치를 논의해 보기로 한다.

2. 원시반본原始反本의 순환론과 원형 공동체

신동엽에게 시인의 사명은 당대적 현실과의 시적 대응을 넘어 "새로운 우리 이야기를 새로운 대지大地 위에 뿌리박고 새로운 우리의 생각을, 새로운 우리의 사상을" 가꾸어 나가는 "우주지인이어야 하며, 인류 발전의 신창자가 되어야"[6] 한다는 인류사회 재건의 선구자적 인식을 바탕으로 한다. 그의 문학이 불온한 시대 현실에 대한 비판과 부정에 그치지 않고 우주적 순환원리에 입각한 인류사적 대안문화를 추구하는 면모가 이러한 문맥에서 파악된다. 그가 제시한 인류 문화사의 순환 원리는 원수성의 세계를 원점으로 하는 차수성과 귀수성의 변화 과정으로 요약된다.

> 봄, 여름, 가을이 있고 유년, 장년, 노년이 있듯이 인종에게도 태허太虛 다음 봄의 세계가 있었을 것이고, 여름의 무성이 있었을 것이고 가을의 귀의歸依가 있었을 것이다. 시도와 기교를 모르던 우리들의 원수세계原數世界가 있었고 좌충우돌, 아래로 위로 날뛰면서 번식번성하여 극성부리던 차수세계次數世界가 있었을 것이고, 바람 잠자는 석양의 노정老情 귀수세계歸數世界가 있을 것이다.[7]

---

6 신동엽, 「신저항시운동新抵抗詩運動의 가능성可能性」, 『신동엽전집』, 창작과비평사, 1975, 396-397쪽.
7 신동엽, 「시인정신론詩人精神論」, 『신동엽전집』, 창작과비평사, 1993, 366쪽.

그는 원수세계, 차수세계, 귀수세계의 순환론적 사고[8]를 드러내고 있다. 우주의 시작은 "태허"이다. 크고 텅빈 무시간성이 본래의 우주의 모습이었다. 이 비움의 세계 속에 시간적 질서가 생기면서 계절이 시작된다. 봄이 원수세계에 해당되고, 무성한 번성의 여름이 차수세계이며, 삼라만상이 본래의 자신의 모습으로 귀의하는 가을이 귀수세계이다.

먼저, 시론의 원점이며 귀결점에 해당하는 원수성의 세계를 살펴보면 다음과 같다.

> 인류의 봄철, 인종의 씨가 갓 뿌려져 움만이 트였을 세월, 기어 다니는 짐승들에겐 산과 들과 열매만이 유일한 의지요 고향이었으며, 어머니 유방에 매어달린 갓난 아기와 같이 그들과 대지와의 음악적 밀착관계 외엔 어느 무엇의 개재도 그 사이에 용납될 수 없었을 것이다. 그곳은 에덴의 동산, 곧 나의 언어로 원수성 세계이어서 그곳에 차수성 세계 건축 같은 것을 기획하려는 기운을 아직 찾아볼 수가 없었던 것이다.[9]

제1부 고독과 신성

---

8 그의 원수성 세계를 원형으로 하는 순환론적 인식은 슈펭글러의 인류사의 순환론적 전개나 노드롭 프라이의 신화 비평에서의 사계의 원형과는 변별된다. 슈펭글러의 경우는 인류 역사란 시공간적으로 일정한 넓이를 가지고 있는 유기체와 같아서, 출생, 성장, 성숙 및 노사老死의 단계, 더 상징적으로는 봄, 여름, 가을, 겨울이라는 규칙적인 4단계를 밟게 된다고 보고, 이를 이집트, 바벨로니아, 인도, 중국, 아랍, 멕시코, 서양에서 찾고 있다. 또한 노드롭 프라이는 신화의 네 유형을 봄. 여름. 가을. 겨울로 설정하고, 이들을 다시 하루의 네 시기, 물의 주기가 갖는 바 네 국면, 인생의 네 시기 등에 동기가 주어진 것들로 파악한다. 그리고 이러한 원형이 문학 작품에 내재하는 전승 형태를 주목하고, '문학의 서술적 양상은 상징적 전달이 되풀이되는 행위—곧 제의다'라고 규정한다. 그러나 신동엽은 이들의 순환론적 사유 구조와 달리 원수성과 차수성을 신성성의 비속화 혹은 퇴행으로 규정한다. 그래서 원수성은 다시 귀수성의 단계를 거쳐 회복해야 할 낙원이 된다. 이렇게 보면, 신동엽의 시론은 동학에서 선천 시대로부터 선천개벽 이전의 원시반본을 통해 후천개벽을 이루어내는 과정에 직접 대응된다.

9 신동엽, 위의 책, 365쪽.

신동엽 시론의 근간은 원수성이다. 원수성은 거룩한 탄생과 기원의 원형이며 동시에 절대적 이상향이다. 원수성의 세계는 자연과 인간이 서로 어떤 간격과 충돌도 없이 조화를 이루며 상생하던 신화적 미분성의 세계이다. 이때는 "어머니 유방에 매어달린 갓난아기"의 형상처럼 인간과 대지와의 관계가 긴밀하게 밀착된 원형 공동체이다.

물론 이러한 원수성은 오래 가지 못한다. 원수성은 인류사에서 문명의 출현과 함께 차수성에게 자리를 내어준다. 신동엽은 스스로 "우리 현대인의 교양으로 회고할 수 있는 한, 유사有史 이후의 문명 역사 전체가 다름 아닌 인종계의 여름철 즉 차수성次數性 세계 속의 연륜에 속한다"고 전언한다. 다시 말해, 원수성은 인류의 잃어버린 낙원이고 차수성은 문명이 개입되면서 "대지와의 음악적 밀착관계"로부터 이탈한 불화의 세계이다.

> 문명인은 대지를 이탈하였다. 그들은 고향을 버리고 차수성次數性 세계世界 속의 문명수文明樹 나뭇가지 위에 기어올라 궁극에 가서는 아무도 아닌 그들 스스로의 육혼肉魂들에게 향하여 어제도 오늘도 끝질을 하고 있는 것이다.[10]

문명의 출현은 "에덴동산"의 상실을 초래한다. 문명인은 대지를 떠나 부초처럼 공중으로 스스로를 유배시킨다. 이것은 자신의 "육혼肉魂들에게 어제도 오늘도 끝질"을 하는 행위에 다름 아니다. 다시 말해 문명적 삶이란 스스로 자신의 "육혼肉魂"을 부정하는 과정에 다름 아니라는 것이다. 그가 이처럼 문명적 삶을 부정하는 까닭은 무엇일까? 그 주된 배경은 산업문명의 분업 문화로 인한 맹목적 기능주의와 사물화에서 찾을 수 있다.

---

10 신동엽, 위의 책, 369면.

① 우리 인류문명의 오늘이 있은 것은 오직 분업문화의 성과이다. 그러
나 그뿐 그것은 다만 이 다음에 있을 방대한 종합과 발제를 위해서만
유용할 뿐이다. 분업 문화를 이룩한 기구 가운데 〈인人〉은 없었던 것
이다.[11]

② 세계는 맹목기능자의 천지로 변하고 말았다. 눈도 코도 귀도 없이 이
들 맹목기능자는 인정과 주인과 자신을 때려 눕혔고 핸들 없는 자동차
같이 앞뒤로 쏘아 다니며 부수고 살라먹고,[12]

인용문에서 보듯, 분업 문화는 분명, 인류 문명의 발전을 가져왔으나 그
가운데에 "〈인人〉"이 없다. 오직 "세계는 맹목기능자의 천지로 변하고 말았
다". 문명이 진행될수록 인간 삶은 본래의 가치와 형식이 전도된 도구적 이
성에 봉착한다. 이것은 "흔히 국가, 정의, 원수元首, 진리眞理 등 절대자적
이름 아래 강요되는 조형적 내지 언어적 건축은 그 스스로가 5천 년 길들여
온 완고한 관습적 조직과 생명과 마력을 지니고 있는 것으로서 현대 인구
거의 전부가 이 일에 종사하면서 이곳으로부터 빵을 얻어먹고 생의 근거를
배급받으며 다시 이것을 모셔 받들어 살찌게 만들어 주고 있는"[13] 형국이다.
따라서 문명은 "맹목기능자"를 경쟁적으로 양산할 수밖에 없다. 특히, "맹
목기능자"들은 또다시 "항상 동업자들끼리의 경쟁에서 도태될 위태성을 의
식하고 있는 것이기 때문에 스스로의 안전한 영업 입지를 닦기 위하여 왼눈
곰배팔이를 다시 더 사상捨象하"[14]게 되면서 스스로 더욱 철저한 "맹목기능
자"로 전락해 간다. 이렇게 되면, 문명 세계는 "도시 하늘을 짓누르고 있는

제1부 고독과 신성

---

11 위의 책, 366쪽.
12 위의 책, 368쪽.
13 위의 책, 367쪽.
14 위의 책, 367쪽.

불안, 부조리, 광기성 등"에 시달리는 것이 "숙명"[15]이 된다.

이렇게 보면, 신동엽이 차수성에서 비판하고 있는 분업화와 맹목적 기능주의, 그로 인한 불안과 소외에 대한 인식은 아직 체계적이고 자각적이지는 못하지만 기본적으로 근대 산업문명의 기계주의적 패러다임에 대한 문제의식과 맞닿아 있는 것으로 보인다. 주지하듯, 근대 패러다임은 16~17세기 이래 갈릴레이, 데카르트, 베이컨, 뉴턴, 베버 등에 의해 천문학, 철학, 과학, 수학, 사회학 등의 다양한 분야에 걸쳐 세계 인식의 기본 틀로 정착된 기계주의적 환원주의, 이성중심주의, 진보에 대한 절대적 신뢰 등으로 요약된다. 여기에서 특히 근대 패러다임의 세계관에 해당하는 기계주의적 환원주의는 생명현상을 기계적, 수치적 객체로 파악하는 특성을 지닌다. 그래서 기계주의적 환원주의에서 과학의 목표는 이제 더 이상 고대와 중세에서처럼 자연 질서를 이해하고 자연과 조화로운 생활을 영위할 수 있는 지혜를 터득하기 위한 것이 아니라, 자연을 지배하고 통제하는 반생태적 방향으로 치닫게 된다. 물질과 정신을 이원론적으로 분리시킨 기계적 환원주의의 세계관에서 인간과 자연에 대한 지배, 착취, 조종, 정복은 문명의 진보라는 명분으로 쉽게 승인되고 명령될 수 있었다. 그래서 문명적 진보를 약속하며 발전 가도를 행진했던 20세기의 기술 산업의 혁신은 결과론적으로 생명가치 상실, 물질주의 등을 초래하게 되었다.

한편, 근대 이성중심주의는 효용성과 결부되면서 수단과 목적이 도착화된 도구적 이성으로 변질된다. 도구적 이성의 보편화는 사회의 문명화와 진보라는 명목으로 감행된 자연과 사물에 대한 지배, 착취, 조종의 논리가 인간에게까지도 동일하게 확대 적용되는 상황으로 연결된다.[16]

따라서 근대 산업문명의 기계주의적 패러다임의 문명적 전환이 요구된

다. 신동엽이 "대지와 음악적으로 밀착된" 인류의 고향, 원수성을 향한 원
시반본의 과정에 해당하는 "귀수성"의 단계에 대한 설정은 이러한 문맥에서
의미를 지닌다. 신동엽이 시인에게 "선지자先知者이어야 하며 우주지인이어
야 하며, 인류발전의 신창자"로서 역량과 사명을 요구한 것은 바로 이와 같
은 "귀수성"의 주체인 시인의 소명 의식과 연관된다.

> 수운水雲이 삼천리를 10여 년간 걸으면서 농노의 땅, 노예의 조국을 본
> 것처럼, 석가가 인도의 땅을 헤매면서 영원의 연민을 본 것처럼, 그리
> 스도가, 그리고 성서를 쓴 그의 제자들이 지중해 연안을 헤매면서 인
> 간의 구원을 기구祈求한 것처럼 오늘의 시인들은 오늘의 강산을 헤매
> 면서 오늘의 내면을 직관해야 한다.[17]

신동엽은 동학의 창시자 수운 최제우, 불교의 석가, 기독교 예수의 구원
사상과 순례를 시인의 한 모델로 제시하고 있다. "암흑, 절망, 심연을 외치
고 있는 현대의 인류는 전경인全耕人 정신의 체득에 의해서만 비로소 구원받
을 수 있을 것"이기 때문이다.

한편, 귀수성에 해당하는 이러한 문명적 전환이란 분업과 맹목적 기능자
로 요약되는 차수성의 근대 기계주의적 패러다임의 대안으로서 생명의 패
러다임을 지향하는 것으로 해석된다. 생명의 패러다임은 세계를 분석적,
기계적 사고를 통해 수치화하고 환원시킬 수 있는 대상으로 맹신한 근대적
세계관을 부정하고 '역동적 상호관계의 과정'에 의해 자기 조직화하는 전일
적, 유기적 대상으로 파악하는 데에서 출발한다.[18] 이것은 구한말 서세동
점의 시대에 이 땅에서 발생한 동학의 후천개벽과 상응한다. 후천개벽이란
선천개벽의 이분법적인 억압, 공격, 대립의 상극相剋적인 질서로부터 유기

---

17 신동엽, 「7월의 문단 – 공예품 같은 현대시」, 『신동엽전집』, 382쪽.
18 홍용희, 위의 책, 33쪽.

적인 협동, 화해, 포용의 상생相生의 질서를 표방한다.

　여기에 이르면, 신동엽이 자신의 대표작에 해당하는 장편 서사시『금강』
에서 동학혁명을 전면에 내세운 배경을 이해할 수 있게 된다. "석가 죽은 지
이미 3천년/ 노자 죽은 지 이미 2천 수백년// 그분들은 하늘을 보았지만/
그분들만 보았을 뿐"인데 반해 "동학은 현실 개조의 종교요,/ 자기혁명自己
革命, 국가혁명國家革命, 인류혁명人類革命"이라는 "삼단계三段係 혁명革命"(『금강』
제16장)을 통해 자신과 이웃과 국가를 변화시키면서 동시에 인류의 변혁을
실천했던 공동체적 혁명이기 때문이다. 그의 "자연과 음악적으로 밀착된"
인류사의 원형에 해당하는 원수성의 세계와 이를 지향하는 귀수성의 과정
이 동학혁명을 노래하면서 역사적 현실의 감각으로 구체성을 확보하게 된
것으로 파악된다. 다시 말해 그에게 장편서사시「금강」은 전경인全耕人의 면
모로 "인종의 가을철"에 인류 정신의 창문을 우주 밖으로 열어두는 서사시
[19]의 시도였던 것이다.

3.「금강」, 동학혁명운동의 현재성과 미래 가치

　「금강」은 서화와 26장으로 구성된 본시 그리고 후화로 구성되어 있으며
총 4,800여 행의 길이로 이루어져 있다.「금강」의 중심 내용은 동학의 1대
교주 수운 최제우와 2대 교주 해월 최시형의 동학사상을 근간으로 하면서
전봉준을 중심으로 한 혁명운동의 역사적 사건을 중심으로 다루고 있다.
특히 전봉준과 함께하는 투쟁 영웅으로 신하늬라는 가공의 인물을 등장시
켜 사건의 박진감을 높이고 시적 화자가 동학혁명운동에 대한 입장을 적극
적으로 개진하는 것을 용이하게 한다. 특히 서화와 후화를 비롯하여 본화

---

19 신동엽,「시인정신론詩人精神論」, 373쪽.

의 도처에서 구한말 동학혁명운동과 1960년대의 시대 현실을 적절하게 병
치시킴으로써 동학혁명운동의 현재성은 물론 미래 가치를 효과적으로 환
기시키고 있다. 「금강」의 중심 서사는 동학혁명운동을 배경으로 하는 영웅
담이지만 사실은 당대의 역사에 대한 비판적 성찰과 미래 가치를 지향하고
있는 것이다.

> 우리들은 하늘을 봤다
> 1960년 4월
> 역사歷史를 짓눌던, 검은 구름장을 찢고
> 영원永遠의 얼굴을 보았다.
>
> 잠깐 빛났던,
> 당신의 얼굴은
> 우리들의 깊은
> 가슴이었다.
>
> 하늘 물 한아름 떠다,
> 1919년 우리는
> 우리 얼굴 닦아놓았다.
>
> 1894년쯤엔,
> 돌에도 나무등걸에도
> 당신의 얼굴은 전체가 하늘이었다.

"내가 지금부터 이야기 하려는/ 그 가슴 두근거리는 큰 역사"(「서화」)는 "하
늘"에 대한 원체험과 연관된다. 이때 "하늘"은 동학혁명운동의 정신사를
가리킨다. "1894년쯤엔,/ 돌에도 나무등걸에도/ 당신의 얼굴은 전체가 하

늘이었다"는 전언이 이를 증거한다. 이러한 "하늘"이 면면히 이어지면서 "1919년" 3·1운동, "1960년 4월" 혁명에 잠시 전면에 현현된 것으로 해석된다. 특히 여기에서 중요한 것은 "잠깐 빛났던, / 당신의 얼굴"이 "우리들의 깊은 / 가슴"이라는 것이다. "당신", 즉 "동학혁명의 정신사"가 과거형의 저편이 아니라 현재성의 심연에 존재한다는 것이다. 그래서 시적 화자는 "어느 해 / 여름 금강錦江변을 소요하다 / 나는 하늘을 봤다"고 말할 수도 있는 것이다. 내 마음 속의 "하늘"이 현실 속에서 깨어나 드러나기도 하는 것이다.

여기에 이르면, 수운 최제우가 구현한 "하늘"의 세계란 신동엽의 시론에서 원시반본을 통해 구현해야 할 원형 공동체에 해당하는 "원수성"과 상통한다는 것을 알 수 있다. "원수성" 역시 닫힌 과거가 아니라 현재 속에 불러오고 되살려야 할 세계이기 때문이다. 그렇다면, 수운 최제우가 구현한 "하늘", 즉 "원수성"의 실체는 구체적으로 무엇인가? 다시 말해, "1860년 4월 5일 / 기름 흐르는 신록의 감나무 그늘 아래서" "하늘을 봤"던 수운이 그 "바위 찍은 감격, 영원永遠의 빛나는 하늘"을 현실 속에 구현하고자 한 실천운동의 중심 내용은 무엇인가? 이것이 서사시 「금강」을 끌고 가는 기본사상이며 원동력이다.

> 우리는 마음 속에 한울님을 모시고 사니라
> 우리의 내부에 한울님이 살아계시니라
> 우리의 밖에 있을 때 한울님은 바람,
> 우리는 각자 스스로 한울님을 깨달을 뿐,
> 아무에게도 옮기지 못하니라.

동학사상의 핵심을 이루는 시천주侍天主에서 시侍의 의미에 대한 내유신령內有神靈 외유기화外有氣化 일세지인一世之人 각지불이자야各知不移者也의 시적 진술이다. 이를 직역하면, 안으로 신령이 있고 밖으로 기화가 있다. 그리고 세상 사람들 누구나 이것을 움직이지 않고 옮겨놓지 않아야 한다는 것을 알아야 한다. 신령神靈은 내적 본성이고 기화氣化는 다른 존재들과의 외적인 본래의 관계이며 불이不移는 내유신령內有神靈 외유기화外有氣化의 이치를 간직하고 지키는 실천에 해당된다. 그래서 안으로는 하늘과 합하고 밖으로는 다른 사람, 사물, 자연을 관통하는 하나의 기氣의 질서에 어긋남이 없이 합치해야 한다. 그리고 이것은 언제나 움직이거나 옮겨놓는 일이 발생하지 않도록 실천해야 한다는 것으로 해석된다.

이렇게 보면, "마음 속에 한울님을 모시고" 산다는 것은 내유신령內有神靈에 해당되고 "우리는 밖에 있을 때 한울님은 바람"이란 외유기화外有氣化를 가리킨다. 여기에서 "바람"은 다른 사람과 사물을 관통하는 신성한 기氣의 출렁거리는 흐름을 다르게 표현한 것으로 해석된다. "우리는 각자 스스로 한울님을 깨달을 뿐, 아무에게도 옮기지 못하니라"는 일세지인一世之人 각지불이자야各知不移者也에 직접적으로 대응된다. 이렇게 보면, 생명이 내유신령內有神靈 외유기화外有氣化로 태어나 살아가고 있음을 각각 자각적으로 깨달아서 옮겨지거나 움직이는 일이 발생하지 않도록 해야 한다는 각지불이各知不移는 인간의 존엄성을 억압하고 생명의 질서를 왜곡하는 현실에 대한 저항의 속성을 지니게 된다. 따라서 불이不移를 좀 더 확대해석하면, 생명의 질서에 반하는 온갖 반생명적인 제도, 정치, 조직 등과 죽임의 세력에 대한 부정을 의미한다. 신령한 내적 본성과 그 순환의 질서로부터 멀어지는 행위들의 옮김이다. 따라서 동학이 구한말에 지배권력의 민중 억압 수단으로 전락해 가는 유교적 질서와 서구의 제국주의적인 침략에 항거했던 것은 불이운동不移運動에 해당하는 것으로 해석된다. 구한말 지배권력의 가혹한 수탈이나 서양의 산업문명에 기반한 제국주의적 침략은 공통적으로 인간의 존엄성에 대한 억압과 생명가치 상실을 초래하고 있었기 때문이다.

여기에 이르면, 신동엽이 자신의 시론에서 제기한 "귀수성"의 한 실천적 전범으로 동학혁명을 노래한 것은 자연스러워 보인다. 그가 설정한 "자연과 음악적으로 밀착된" 인류사의 원형에 해당하는 원수성은 동학의 시천주侍天主 세계에 대응된다. 따라서 구한말 동학혁명운동은 바로 시천주사상의 실천운동이었던 것으로 요약된다. 시천주의 실현이 원수성의 회귀이고 각지불이各知不移의 실천 과정인 것이다. 이 점은「금강」의 서사를 끌고 가는 중심 화소로서 존재한다.

『저건
무슨 소립니까?』

『제 며느리애가
배짜는가 봅니다』

『서선생,
며느리가 아닙니다.

그분이 바로
한울님이십니다.

어서 모셔다가
이 밥상에서
우리 함께 다순 저녁
들도록 하세요.』

…(중략)…

막내아이가
따라나오며 우니
서노인은 눈을 부릅떠
위협, 쫓아보내려 했다.

해월海月은,

주인을 가로막아

어린이의 머리 쓰다듬으며

그 자리 흙바닥에

무릎 꿇었다.

그리고 서노인에게

말했다.

『이 어린 분도

한울님이세요,

소중히 받드세요.』

「금강」 제12장에서 동학의 2대 교주 해월 최시형이 1대 교주 수운 체제우가 순교를 앞두고 "나는 고이 하늘의 뜻에 따르려노니/ 그대는 내일 위해 어서/ 먼 땅으로 피하라"는 교시에 따르며 포교하던 중 "동학東學교도 서徐노인 집"에서 하루 묵었던 날에 있었던 대화이다. 그는 당시 천대받던 며느리와 아이를 한울님이라고 지칭하고 있다. 그래서 며느리를 "밥상"에 모셔다가 함께 겸상하자고 한다. 남성 중심의 가부장적인 사회구조를 근간으로 하는 조선시대의 풍속에서는 놀라운 생활 혁명이다. 이 점은 어린이에게도 동일하게 적용된다. 생각이 모자라는 어리석은 대상으로 취급했던 어린이를 "이 어린 분"이라며 공경하고 있다. 근대 초기 어린이 인권운동가 소파 방정환이 어린이라는 명칭을 처음 만들고 어린이의 존엄성을 강조하기 시작한 것이 동학사상에 연원을 두는 배경[20]을 짐작할 수 있는 대목이다. 내

---

20 동학의 어린이도 한울님을 모신 주체라는 인식이 동학의 3대 교주 손병희의 사위인 소파 방정환의 어린이 운동에 큰 영향을 끼쳤다(윤석산, 『일하는 한울님』, 모시는사람들, 2014, 34쪽).

유신령內有神靈은 신분은 물론 남녀노소에 따라 달리 적용되지 않는다. 이를 테면, 수운 최제우가 "집에 있는 노비 두 사람을/ 해방시키어/ 하나는 며느리/ 하나는 양딸"로 삼았던 신분제를 일거에 뛰어넘는 인간 평등주의와 상통한다. 모두가 신성한 한울님을 모신 존재이다.

이러한 동학혁명운동의 생명존중사상과 평등주의는 우리나라의 자생적인 반봉건 운동이라는 특성을 지닌다. 동학을 통해 당시 민중들은 자신들이 양반 중심체제에서 철저히 소외됨으로써 맹목적인 억압 상태에 놓여져 있음을 인식할 수 있었고 근대적 정치개혁의 필요성을 자각하면서 스스로 실현하고자 하는 의지를[21] 드러내게 되었다.

한편, 이러한 내유신령內有神靈의 생명존중사상과 평등주의가 구현되는 외적 관계의 질서가 외유기화外有氣化이다. 신동엽은 외유기화外有氣化에 대해 다음과 같이 절묘하게 노래하고 있다.

> 내것
> 네것
> 없는 하늘 소리가
> 무한無限에서 와서
> 무한으로 흘러간다.

"하늘 소리"가 "무한無限에서 와서/ 무한으로 흘러간다"는 것에서 "하늘 소리"는 시천주侍天主를 설명하는 핵심 내용인 하늘을 내 안에 모셨다는 내유신령內有神靈의 신령스러움으로 파악된다. 이렇게 보면, "하늘 소리가/ 무한無限에서 와서/ 무한으로 흘러간다"는 것은 내유신령의 외적 관계성을 가리키는 것으로서 외유기화外有氣化로 해석된다. 외유기화란 내유신령의 존재성이 온전히 보존되면서 어우러지는 외적 질서에 해당한다. 동학사상에

---

21 황묘희, 「동학의 근대성에 대한 고찰」, 《민족사상》, 한국민족사상학회, 2007.

서 이러한 외유기화의 공동체적 관계 질서에 대한 논의는 동학사상의 대표적인 이론가인 이돈화의 다음과 같은 전언에서 좀 더 분명하게 설명된다.

> 개체가 된 후에는 나 혼자 살지 못하고 사람과 사람 사이와, 사람과
> 모든 자연과 어울려서 살게 되는 고로 사람은 반드시 나 밖의 모든 것
> 과 기화氣化를 잘 하여야 한다는 것이니, 한 사람의 마음이 산란한 것
> 도 기화가 끊어진 증거요, 한 가정이 어지러운 것도 기화가 끊어진 데
> 서 생긴다고 할 수 있으므로 기화는 천지자연의 묘법인 동시에 인간
> 사회를 유지하는 중화의 대도이다. 도 닦는 사람은 무엇보다 이 기화
> 의 법을 통하여 쓴다.[22]

외유기화에서 모든 존재자는 우주적 존재성을 지닌다. 모든 개체의 외적 삶의 과정은 우주적 순환성, 연속성, 보편성의 질서에 동참하는 것이다. 이것은 "무한無限에서 와서/ 무한으로 흘러"가는 "하늘 소리"의 질서와 공명하는 것이다. "기화를 잘 하여야 한다는 것"은 개체 생명의 생태적, 정신적, 영적 순환성과 관계성을 잘 유지해야 한다는 것을 가리킨다. 생명은 단순히 일방적인 관계가 아니라 관계의 결과가 다시금 원인이 되는 상호영향성에서 이해되는 관계 구조를 가지고 있다.

그렇다면, 이러한 외유기화의 구체적인 삶의 양식은 어떤 것일까? 이에 대해 신동엽은 "무정부 마을"을 언급하고 있다.

> 지주地主도 없었고
> 관리官吏도, 은행주銀行主도,
> 특권층도 없었었다.

---

22 이돈화, 「수운심법강의」, 천도교중앙총부, 1924.

…(중략)…

무정부無政府 마을
능력에 따라 일하고
필요에 따라 분배,
그 위에 청춘青春들의
축제祝祭가 자라났다.
우리들에게도 생활의 시대는 있었다

"지주地主/관리官吏/은행주銀行主" 등을 비롯한 특권층들의 억압과 수탈이
없이, "능력에 따라 일하고/ 필요에 따라 분배"되는 이상적인 "무정부無政府"
마을이 모든 존재의 신성성이 구현되는 외적 관계의 질서라는 것이다. 물
론 이것은 신동엽이 시론에서 집중적으로 제기한 "원수성"의 원형 공동체
적 질서와 직접 상통한다. 무정부주의는 사유재산과 국가를 부정한다. 인
위적인 제도와 권력체제는 사람을 관리하고 통제하고 착취하는 속성이 있
기 때문이다.

그러나 외유기화, 즉 자발적인 생명의 공동체적 질서는 문명적 이기의 발
달과 함께 와해되고 말았다. 백성들의 삶을 살리고 지탱하던 "살림"의 도구
들이 오히려 "백성들"을 억압하는 "쇠항아리"로 전락하고 있다. 그의 시론
의 문맥에 따르면 "원수성"이 "차수성"으로 대체된 것이다.

언제부터였을까
살림을 장식하기 위해 백성들 가슴에
달았던 꽃이, 백성들 머리 위 기어올라와,
쇠항아리처럼 커져서 백성 덮누르기
시작한 것은,

백성들을 위한다는 명목으로 만들어진 모든 제도와 양식들이 오히려 백성들을 소외시키는 도구적 이성으로 전락했다는 것이다. 내유신령과 외유기화라는 신성한 생명의 질서가 와해된 것이다. 특히 조선후기에 이르면 봉건적 억압이 극심해지고 외세의 침략이 노골화되면서 백성들의 삶은 점점 더 피폐해진다. 이때 동학의 불이不移사상은 민중혁명운동으로 전이되어 들불처럼 확산된다.

> "나라와 인민을 가난과 시달림에서 구출하고/ 이 강토에 만민의 평등平等과 생존生存의 권리를/ 실현시키고자 함이 그 목적이라,/ 안으로는 탐학하는 관리들을 베고 나라 밖으로는/ 횡포한 강적强敵의 무리를 쫓고자 함이니"

동학혁명운동은 부조리한 "관리들을 베고" "나라 밖"의 "강적强敵의 무리"를 쫓는 반봉건, 반외세를 향한 치열한 전투를 실행한다. 그러나 이것이 궁극적인 목적은 아니다. "이 강토에 만민의 평등平等과 생존生存의 권리를/ 실현시키"는 것이 궁극적인 목적이다. 그래서 동학의 제1대 교주 수운 최제우에 대한 신원운동을 할 때 다음과 같이 탄원한다.

> 우리의 도가 척양척왜斥洋斥倭, 광제창생廣濟蒼生, 보국안민保國安民,
> 사인여천事人如天일진대 이 어찌 사도邪道가 되옵니까.

"1892년/ 11월 1일/ 매서운 북풍 속서/ 호남평야 삼례參禮역/3천 군중이" 모여 제1차 교조 신원伸寃운동을 할 때 외친 하소연이다. 침략하는 외세의 배척과(斥洋斥倭) 고통에 헤매는 민중을 널리 구제하고(廣濟蒼生) 나라 일을 돕고 백성들을 편안하게 하(保國安民)여 마침내 사람을 한울같이 섬기는(事人如天) 세상을 만들고자 하는 것이 동학이라는 것이다. 즉, 시천주侍天主가 구현된 세상을 만드는 것이 동학혁명의 궁극적인 목적이다. 그러나 "동학東學은

258

왕실王室이 금"하면서 지배세력과 외세가 결탁하여 철저히 탄압한다. 그리하여 동학혁명운동은 1894년 음력 1월의 고부 봉기(제1차), 음력 4월의 전주성 봉기(제2차), 음력 9월의 전주 · 광주 궐기(제3차) 등에 걸쳐 처절한 투쟁을 벌여나간다. 서사시 「금강」은 교조신원운동을 비롯하여 고부 전투, 복합상소, 보은집회, 집강소 설치, 전주 점령 등의 과정을 거쳐 관군과 일본군에게 대패하는 우금치 전투와 전봉준이 체포되는 과정을 실감 있게 묘파한다.

그러나 신동엽은 이러한 치열한 역사적 전투 현장을 전봉준을 중심으로 한 민족 영웅서사시로 전개시켜 나가면서도 수시로 "분풀이나/ 폭동은/ 무고한 희생만/ 남길 뿐// …(중략)…// 전쟁을 넘어서서/ 사회혁명으로 이끌자는" 의지를 표명한다. "백성들만의 지상地上낙원,/ 손에 흙 묻혀 일하는/ 사람들만의/ 꽃밭"을 만드는 것이 동학혁명운동의 궁극적 목표임을 지속적으로 환기시키는 것이다. 이것은 또한 외세와 봉건적 억압으로 이루어진 "역사歷史의 껍데기"를 부정하고 "언제나 말없이 흐르는 금강錦江처럼" 존재하는 "알맹이"를 구현하고자 하는 의지이다. 이를 요약하면, 동학혁명사상이 구현된 삶의 원형 공동체를 되살리고자 하는 의미이기도 하다. 그가 동학혁명운동에서 "목숨을/ 거름밭에" "용감히 노래하며 던졌"던 투쟁의 과정을 "알맹이를 발라서,/ 던졌노라"라고 표현한 부분은 동학혁명운동과 "알맹이"가 등가어로 사용되고 있음을 반증한다. 따라서 그가 "갈라진 조국/ 강요된 분단선分斷線,/ 우리끼리 익고 싶은 밥에/ 누군가 쇳가루를 뿌려놓은 것 같구나"라고 한탄하거나 "우리들은 끄떡하면 외세外勢를/ 자랑처럼 모시고 들어오지,/ 팔일오八一五 후, 우리의 땅은/ 디딜곳 하나 없이/ 지렁이 문자로 가득"하다고 풍자하는 것은 모두 "껍데기"를 버리고 "알맹이"를 추구했던 동학혁명운동의 현재형으로서의 의미를 강조하는 것이다.

한편, 「금강」의 후화後話에 이르면 주인공 신하늬의 아들인 또 하나의 신하늬를 통해 동학혁명운동의 현재적 의미와 미래 가치를 진한 여운으로 암시하고 있다.

노동으로 지친
내 가슴에선 도시락 보자기가
비에 젖고 있었다.

나는
가로수 하나를 걷다
되돌아섰다.

그러나
노동자의 홍수 속에 묻혀
그 소년少年은 보이지 않았다.

여기에서 "소년少年"은 물론 신하늬와 진아의 아들 신하늬이다. 신하늬는
자신의 아들 이름을 자신과 동일하게 지었던 것이다. 이것은 동학혁명운동
이 과거형에 그치지 않고 현재형이며 미래형으로서 열려 있음을 강조하는
것이다. 개발독재가 가속화되면서 노동자의 억압과 착취, 인간의 기능화,
상품화, 사물화가 진행되기 시작하는 1960년대 "노동자의 홍수 속"으로 "묻
혀" 사라져 가는 "소년少年" 신하늬의 뒷모습은 구한말 미완의 동학혁명운동
의 현재적 실천 가능성과 당위성을 제기하고 있는 것으로 해석된다. 왜냐
하면 신하늬가 "노동자의 홍수 속에 묻혀" 가는 것이 신동엽이 비판적으로
묘파하는 근대산업사회의 노동의 소외와 사물화에 대한 비판과 부정의 중
심점으로 묘사되고 있기 때문이다. "소년少年" 신하늬는 "원수성 세계 속의
씨알"[23]에 해당하는 미래지향적 상징성을 지니는 것이다. 다시 말해, 근대
산업문명의 반생명적인 차수성次數性의 세계로부터 유기적인 생명공동체의
원수성原數性을 향한 귀수성歸數性의 과정은 동학혁명운동이 점화되었던 구

---

23 신동엽, 위의 책, 373쪽.

한말뿐만 아니라 오늘날에도 요청되는 시대적 소명이며 과제라는 점을 정서적으로 환기시키고 있는 것이다.

4. 결론

신동엽은 1960년대 대표적인 민족 시인이면서 동시에 독창적인 인류 문화사적 비전을 모색하는 시론을 발표한 시론가의 면모를 보여 주었다. 그의 시론은 인류의 원형 공동체에 해당하는 "원수성原數性", 문명의 등장과 함께 인간의 기능화, 분업화, 사물화를 초래시킨 "차수성次數性" 그리고 차수성에서 원수성을 향하는 원시반본의 "귀수성歸數性"의 순환과정으로 요약된다. 그는 귀수성의 원시반본의 과정을 통해 현대 문명사회의 반생명적이고 비인간적인 현실을 초극하는 문화사적 비전을 강조한다.

그의 원시반본을 통한 새로운 질서의 모색은 조선후기에 등장한 동학혁명운동과 상동성을 지닌다. 동학혁명운동은 후천개벽後天開闢을 통해 선천개벽先天開闢의 상극의 질서를 넘어선 상생의 질서를 강조한다. 따라서 신동엽이 서사시 「금강」에서 동학혁명운동을 집중적으로 다룬 것은 자신의 시론을 구체화한 시적 창작 결과물로 파악된다. 다시 말해, 그는 「금강」에서 동학혁명운동을 노래함으로써 자신의 추상적이고 개념적인 시론의 논리를 역사적 현실감각으로 구체화시킬 수 있었던 것이다. 따라서 그의 서사시 「금강」은 시론과의 연속성 속에서 살펴볼 때 그 내적 의미와 창작 의도를 제대로 규명할 수 있다.

실제로 서사시 「금강」은 동학혁명운동을 당대의 역사와 병치시켜 현재화하면서 동시에 미래 가치로서의 가능성에 본질적 의미를 두고 있다. 「금강」의 서사적 전개 과정은 전봉준을 중심으로 한 반봉건, 반외세의 치열한 투쟁 과정이 지배적이지만 그러나 궁극적 지향점은 시천주侍天主로 집약되는 동학의 생명사상이 구현된 세계이다. 이러한 동학의 핵심 사상이 서사시

「금강」을 끌고 가는 내적 동력이며 의미이다. 특히 서사시 「금강」의 후화에 서 주인공 신하늬의 아들, 소년 신하늬가 "노동자의 홍수 속에 묻혀" 사라 지는 장면은 이를 분명하게 드러낸다. 개발독재가 본격화되면서 생명 가치 의 상실, 노동자의 억압과 착취, 인간의 기능화와 상품화가 가속화되기 시 작하는 1960년대에, "노동자의 홍수 속"으로 "묻혀" 사라져 가는 또 다른 신 하늬, "소년少年" 신하늬의 뒷모습은 구한말 미완의 동학혁명운동의 현재성 과 미래 가치를 강조하고 있는 것으로 해석된다. "소년少年" 신하늬는 "원수 성 세계 속의 씨알"로서 지속적으로 존재하고 있는 것이다. 이를 신동엽의 시론의 맥락에서 정리하면, 반생명적인 차수성次數性의 문명 세계로부터 근 원적인 생명공동체의 원수성原數性을 향한 귀수성歸數性의 과정은 산업문명 이 지배하는 오늘날의 시대적 소명이며 과제라는 점을 정서적으로 환기시 키고 있는 것이다.

'흰 그늘'의 미의식과 생명사상론

1. 서론

　김지하는 1970년대 이래 우리 시사의 대표적인 시인으로서 활발한 시작 활동과 더불어 문예미학과 생명론에 관한 깊은 문제의식을 지속적으로 개진해 왔다. 물론 그의 문예미학과 생명론은 자신의 시 창작 형식론과 내용 가치의 밑그림으로 작용해 왔다. 그러나 그의 이러한 이론적, 사상적 문제의식과 저술 활동은 단순히 시 창작의 부가적 차원을 넘어 민족미학과 생명론의 현재적 재창조를 선도해 온 위상을 지닌다.

　그의 문예미학론은 1970년 「풍자냐 자살이냐」를 발표하면서 전통민예의 잠재적 가능성과 의미를 날카롭게 제기한 이래, 「민족의 노래 민중의 노래」 (1970), 「민중문학의 형식문제」(1985) 등을 거쳐 『율려란 무엇인가』(1999), 『예감에 가득 찬 숲 그늘』(1999), 『탈춤의 민족미학』(2004), 『흰 그늘을 찾아서』(2005) 등으로 이어지면서 우리 민족민중민예의 생성, 의미, 구성 원리, 미래지향적 가치 등에 대한 천착을 매우 폭넓고 다채롭게 보여 주었다.

　한편, 그의 생명론은 문예미학과의 연속성 속에서 전개된다. 창작판소리 「오적」 등에서 보듯 전통 민중민예 양식과 세계관이 그의 초기 문학 세계에서부터 기본 바탕을 이루었으나 1970년대 군사정권에 대한 직접적인 저항과 투쟁의 역정이 전면화되면서 잠복기의 양상을 보이다가 1980년대 이후부터 본격적으로 구체화된다. 1980년대 시집『애린』(1986) 연작을 마디절로 『별밭을 우러르며』(1989),『중심의 괴로움』(1994)을 거쳐『흰그늘의 산알 소식과 산알의 흰그늘 노래』(2010)에 이르기까지 심화, 확장되어 온 치유, 소통, 생태적 상상이 이를 선명하게 드러낸다. 이와 같이 그의 시 세계를 통해서도 구체화된 생명사상론은 우리나라의 전통 종교, 철학, 예술, 과학 등에 중심을 두면서 서구의 다양한 학문적 성취를 포괄적으로 아우르는 방법을 통해 지속 가능한 생명 발전을 위한 보편적인 생명학의 지평을 열어나간다. 특히 그의『김지하의 화두』(2003),『생명과 평화의 길』(2005),『촛불, 횃불, 숯불』(2010),『디지털 생태학』(2010) 등은 문명적 전환의 동력을 현재적 삶 속에서 발견하고 평가하고 의미화하는 양상을 보인다.

이 논문에서는 김지하의 생명의 세계관에 입각한 문예미학의 핵심적인 내용 가치와 구성 원리에 해당하는 '흰 그늘'의 미의식을 중심으로 살펴보고자 한다. 그가 1999년부터 언급하기 시작한 '흰 그늘의 미학'은 그동안 자신이 추구해 온 문예미학, 철학, 인생론[1] 등의 성격과 가치의 총체적인 표상이다. 다시 말해, 그에게 '흰 그늘'은 스스로의 자전적 인생론과 문예미학론, 사상론에 대한 귀납적인 의미 규정이면서 동시에 인생론, 사상론, 문예미학의 방향을 결정하는 연역적 명제이다. 그는 '흰 그늘'의 반대일치의 역설이 생명의 생성 및 진화론의 원리에 상응한다는 점을 규명하고 여기에서 더 나아가 전통적인 생명문화의 구성 원리라는 점을 민족 민중 종교, 사상, 민예 등은 물론 동서양의 과학, 생명학을 넘나들면서 분석적으로 해명하고 있다. 그리고 이를 통해 궁극적으로는 '흰 그늘의 미학'이 민족미학의 핵심

---

1 김지하는 3권으로 간행한 회고록의 제목을『흰 그늘의 길』(학고재, 2001)로 정한다. 이때 '흰 그늘'은 자신의 신산한 삶의 역정을 가리키면서 동시에 지향점을 표상하는 것으로 파악된다.

원리이면서 동시에 보편적인 생명학의 원형이라는 점을 강조하고 있다. 이렇게 볼 때, 결국 '흰 그늘의 미학'은 생명 지속적 발전을 지표로 하는 21세기 문명적 가치의 기준이며 원형으로서의 의미를 지닌다.

이 논문은 이러한 문제의식 속에서 김지하의 '흰 그늘의 미학'에 대해 집중적으로 탐구해 보기로 한다. 이러한 작업은 그의 '흰 그늘의 미학'에 대한 이해이면서 동시에 김지하 생명론의 요체를 이해하는 데 유효할 것이다.

2. '흰 그늘의 미학'의 내용과 성격

김지하의 문예미학은 물론 인생론과 사상론의 요체는 "흰 그늘"의 모순형용으로 표상화된다. 그러나 그의 문예미학론에서 '흰 그늘'이라는 용어가 등장하는 것은 1999년부터이다.[2] 그는 이때부터 그동안 꾸준하게 추구해 온 자신의 민족민중문예미학은 물론 어둠의 세력에 대한 직접적인 저항에서 어둠의 세력까지 순치시켜 포괄하는 살림의 세계에 대한 시적 삶의 역정을 "흰 그늘"이라는 감각적 표상으로 규명하고 있는 것이다. 그리고 여기에서 더 나아가 그는 생명의 존재 원리와 전통문화예술이 내재하고 있는 생명의 이치를 "흰 그늘"의 미학 속에서 규명하고 있다. 그에게 "흰 그늘"은 생명 시학을 추구해 온 자신의 시적 삶에 대한 인식이면서 동시에 생명학의 인

---

2 김지하가 '흰 그늘'이란 용어를 쓰기 시작한 것은 1999년에 들어와서부터이다. 그가 '흰 그늘'이란 용어를 쓰게 된 경위는 다음의 진술에서 드러난다. "고조선 이후에 이 민족이 협종을 황종 자리에서 연주한 이유가 무엇인지 깊이 생각해 볼 일입니다. 우리 민족이 카오스적 사상을 신시시대 때부터 숨겨진 채로 갖고 있다가 미래를 위해서 내놓는 것이 아닌가 하는 신비적인 생각까지 들었습니다. 조금은 이렇게 신비주의적인 생각을 하면서 며칠 고민을 했습니다. 이런 생각을 하다가 며칠 전 잠이 반 깨어있는 상태에서 이상한 체험을 했습니다. 메시지를 받았다고 할까요? 계속해서 눈 안에 '흰 그늘'이라는 글자가 이상한 형상으로 클로즈업되는 것이었습니다"(김지하, 「율려운동의 나아갈 길」, 『율려란 무엇인가』, 한문화, 1999).

식 방법론이며 결과물이기도 하다. 이 점은 '저항'에서 '생명'을 끌어낸 자신의 시적 삶과 생명학에 대한 인식론이 연속성을 이루는 면모로 파악된다.

한편, "흰 그늘의 미학"은 1990년대 중반부터 그가 언급해 온 "그늘"과 그 미의식의 연장선에 놓인다. '그늘'의 미의식이 역동적이고 입체적인 감각으로 표상화 된 것이 '흰 그늘'로 파악된다. 따라서 '흰 그늘의 미학'을 이해하기 위해서는 먼저 '그늘'의 미의식에 대한 이해의 선행이 요구된다. '그늘'이란 주로 판소리에서 통용되는 용어로서 그 일반적 내용을 살펴보면 다음과 같다.

> 판소리 용어에 그늘이라는 말이 있다. 판소리 가락을 오랜 수련을 통해서 잘 삭혔을 때 시김새가 붙었다. 시김새가 좋다고 하거니와 시김새가 좋은 광대의 소리에서 빚어지는 미적인 운취를 '그늘'이라고 한다. '그늘'이란 시김새 좋은 판소리에서 빚어지는 웅숭깊은 여운, 여유, 멋을 이르는 말이다. 비유컨대 노래의 씨를 뿌려 싹이 트게 하고 비바람을 견디며 자라게 하여 거목을 가꾸는 과정을 광대의 경우에 있어서 시김새를 획득하는 과정이라고 비유한다면 거목으로 자란 나무가 울창하게 가지를 뻗어 온갖 새들을 그 품에 안는 너그러운 여유, 그것이 곧 그늘이라 하겠다. 그런데 그늘이라는 말은 판소리의 경우만이 아니라 사람이 사람답게 성숙해가는 과정에 있어서 윤리적 미덕을 이르는 말이기도 하다. 사람이 세상을 살아가는 동안 그야말로 산전수전을 다 겪으면서 육체적으로나 정신적으로 성숙해간다. 이렇게 성숙한 사람, 여유 있는 사람을 일러 그늘이 있는 사람이라고 한다.[3]

위의 인용문에서 '그늘'의 의미를 요약하면 ① 광대의 잘 삭힌 시김새에

---

3 천이두, 『한의 구조 연구』, 문학과지성사, 1993, 117쪽.

서 배어 나오는 운취, 멋, 웅숭깊은 여운 ② 산전수전을 다 겪으면서 도달하는 인간적 성숙함 등으로 정리된다. 여기에서 시김새란 신산고초의 삶의 직접적인 표출이 아니라 인욕정진을 통해 육화된 소리를 가리킨다. 이와 같이 '그늘'이란 판소리는 물론 사람의 내면에서부터 배어 나오는 유현하고 그윽한 미감을 가리키는 보편적 용어로 통용된다.

김지하는 이와 같이 비교적 추상적이고 보편적으로 통용되는 '그늘'에 관한 미의식을 좀 더 구체적으로 정리하여 자신의 문예미학으로 끌어온다. 다음과 같은 그의 언급은 시적 언어와 이미지의 내적 근원으로서 '그늘'이 갖는 의미 및 가치를 집중적으로 전언하고 있다.

> 그늘이란 몽양蒙養이라 했을 때의 '몽蒙' 즉 태고무법과 같이 얽혀지고 설켜져서 말로는 규정되지 않고, 해명되지 않는, 애매하고 불확실하고 통괄적인 것 같으면서도 뭔가 그 안에 들어 있는 날카로운 어떤 것이지요. …(중략)… 그늘은 어떻게 생기느냐 하면 두 가지인데, 우선 삶의 신산고초에서 나오고 또 하나는 피나는 수련의 경과에서 나옵니다. 신산고초라는 것은 삶에 투항하고 야합하는 사람에게는 생기지 않습니다. 삶의 장애들을 어떻게든지 이겨내고, 제대로 된 삶을 살아보려고 하는 사람에게는 신산고초가 따르는 것이지요. 수련도 마찬가지입니다. 피투성이로 계속 반복하고 노력하여 장인적인 수련을 거치는 동안에 문득 얻어지는 익숙한 답 혹은 달관의 세계에 이르는 과정이 수련이지요. 공부 없는 사람은 그늘이 생기지 않아요.
> 여기서 주의할 것은 그늘지게 하는 것은 뭐냐 하는 건데, 그것은 한恨입니다. 한은 그늘로 나타납니다. 그늘은 실제 이미지를 동반합니다. 그것은 악이기도 하고 선이기도 하고 맑기도 하고 탁하기도 하고 온갖 것이 다 복합된 애매모호하고 불확실한 세계입니다. 그런데 이 그늘이 언어에서의 이미지의 모태입니다. 그늘은 밖에서부터 들어

온 이미지가 아니라, 자기 삶을 통해서 생성된 이미지이지요.[4]

위의 인용문에서 명시하는 '그늘'의 실체는 ① 애매하고 불확실하게 얽히고 설킨 태고무법太古無法의 혼돈한 기운. ② 신산고초의 체험적 삶과 자기 수련의 경과를 통해서 쌓일 수 있는 것. ③ 자기 삶의 내재적 원리를 통해 생성된 이미지의 모태 등으로 요약된다.

이를 다시 좀 더 구체적으로 살펴보면, 먼저 ①의 문면에서 '그늘'이란 아직 작품의 형상으로 실체화되기 이전 단계의 층위에 해당하는 것으로서, 규정될 수 없고, 보이지 않는다는 측면에서 '없음'이면서 동시에 예술 작품의 미적 생성이 가능하도록 작용하는 이면의 중심적인 힘이라는 측면에서 '있음'의 존재, 즉 '없음'의 '있음'에 해당하는, 활동하는 무無의 범주에 속하는 것으로 풀이된다. ②에서 '그늘'이란 "삶에 투항하고 야합하지 않는" 사람에게 생성된다는 '그늘'의 내용적 성격을 암시해 준다. 즉, '그늘'은 현실적 삶을 진실하게 실현해 나가는 사람에게서 찾을 수 있는 생명의 원상, 본질, 본디 성품을 그 내용적 바탕으로 한다는 것이다. ③은 '그늘'이 예술 작품의 형상적 이미지를 형성시키는 내적 토대, 근원적인 씨앗이라고 지적하고 있다. 즉, 그늘은 예술 작품을 창작, 생성, 생기시키는 원천으로서 작용한다.[5]

이상의 내용을 종합해 볼 때, '그늘'이란 예술 작품을 생성시키는 이면의 기운과 에네르기로 요약해 볼 수 있다. 여기서 생명적 에네르기란 신산고초와 수련을 통해 체득한 개인, 사회, 역사, 더 나아가 우주적 차원의 현묘玄妙한 생명적 본질과 근원을 핵심적인 내용으로 한다.

이렇게 보면, '그늘'의 성격은 칼 융(C. G. Jung)의 심원한 무의식으로서의 '그림자'와 유사한 범주에서 비견된다. 칼 융의 '그림자'는 집단무의식의 '태

---

4 정현기, 「시와 시인을 찾아서-김지하」, 《시와시학》, 1995 봄호.

5 김지하, 『김지하문학연구』, 시와시학사, 1999, 258-259쪽 참조.

고 유형'에 해당하는 바, 무의식 속에 버려진 열등한 인격이며 자아의 어두운 면이다. 그에 따르면, 인간의 정신은 의식과 무의식의 상호작용으로 이루어진다. 의식은 사고, 감정, 감각, 직관 등의 심적 기능으로서 개인이 자각적으로 인지할 수 있는 영역이다. 무의식은 개인 무의식과 집단무의식으로 구별되는데, '그림자'는 집단무의식의 '태고 유형' 중의 한 요소로서 동물적 본성에 가깝다. 의식이 지나치게 '그림자'를 억압하면, '그림자'는 투사를 통해 왜곡된 인식을 외부에 투영한다. 자기 자신의 결점을 스스로 자각하지 못하고, 오히려 자신의 결점을 남에게 전가하여 공격하는 양상은 이러한 문맥 속에서 이해된다. 그러나 '그림자'는 이를 대면하는 태도에 따라 병리적인(pathological) 힘이면서 창조적 생명력으로 작용할 수도 있다. 무의식에 버려진 그림자가 적절하게 의식화되면 어떤 일을 추진하고 생산하는 강한 동력이 되기도 한다.[6] 따라서 무의식을 대면하는 태도와 이를 생산적으로 의식화하는 노력이 중요하게 요구된다. 이렇게 볼 때, 칼 융의 집단무의식론에서 '그림자'는 악이면서 선일 수 있으며 예술적 창조의 에너지로 작동할 수 있다는 점에서 '그늘'과 상통한다. 또한 '그림자'를 어떻게 대면하여 의식화할 것인가 하는 부분은 선과 악의 성향을 결정하는 중요한 지점이라고 할 수 있다. 이는 '그늘'을 직접 표출하느냐, 인욕정진을 통해 삭혀(삭힘)내느냐에 따라 미학적 성취 여부가 결정된다는 점과도 연관된다. 그러나 '그림자'가 의식 세계와 상대되는 집단무의식에서 태고 유형에 속하는 원시적 충동에 근간을 두고 있는 점은 '그늘'이 신산고초와 인욕정진의 결과물로서 의식과 무의식이 혼재하는 점이지대에 근간을 두고 있다는 점과 변별된다.

한편, '흰 그늘'에서 '흰'의 의미는 무엇일까? 먼저 이에 대한 김지하의 전언을 직접 들어보면 다음과 같다.

---

6 이부영, 『그림자』, 한길사, 1996, 89–192 쪽 참조.

그늘 앞에 '흰'은 왜 붙었을까요? …(중략)… '흰'은 우리말로 '신'도 됩니다. 머리가 흰 할아버지 보고 '신할아비'라고 하죠. 우리 전통 사당패 놀이 같은 데 가끔 신할아비가 나옵니다. 머리가 하얗습니다. 붉, 한, 불, 이런 것들이 전부 흰빛, 성스럽고 거룩한 초월성, 소위 '아우라'올시다. '흰'입니다. 그늘이 어두컴컴하면서도 그 안에 서로 대립되는 것들이 이리저리 얽히는 과정이라면, 그 안에 숨어있는 성스러운, 거룩한, 일상과는 전혀 다른 새 차원을 '흰'이라고 합시다. 그 차원이 드러난 차원으로 떠올라오는 것을 '흰 그늘'이라고 합니다.[7]

인용문에서 '흰 그늘'의 '흰'에 대한 개념이 분명하게 드러난다. 이를 요약적으로 이해하면, ① '흰 그늘'의 '흰'은 초월적 아우라로서 어둠의 혼돈과 얽힘의 '그늘'과 대조된다. ② '흰 그늘'에서 '흰'의 출처는 그늘이다. 그늘 속에 숨어 있는 성스럽고 거룩한 것의 승화가 '흰 그늘'이다.

이러한 '흰 그늘'의 미의식을 판소리의 실예를 통해 언급한 내용을 살펴보면 다음과 같다.

예술적으로 그것은 피를 몇 대접씩 쏟는 독공의 결과로 슬픔과 기쁨, 웃음과 눈물, 청승과 익살, 이승과 저승, 사내와 계집, 나와 너 등 온갖 상대적인 것들을 함께 또는 잇달아 하나로 또는 둘로 능히 표현할 수 있는 성음인 '수리성'을 '그늘'이 깃든 소리라고 한다. …(중략)… 바로 이 같은 '그늘'도 귀신 울음소리(鬼哭聲)까지 표현할 정도래야 진정한 예술로서 지극한 예술(至藝)에 이르고 지예만이 참 도道에 이르는 것이다.

귀곡성까지 가려면 '그늘'만으로는 부족하다. 우주를 바꾸려는 신의

7 김지하, 『흰그늘의 미학을 찾아서』, 실천문학사, 2005, 315쪽.

마음을 움직이고 감동시켜야 하는데 그러자면 그늘이 있어야 하고 그

그늘만 아니라 거룩함, 신령함, 귀기鬼氣나 신명神明이 그늘과 함께 있

어야 하며 그늘로부터 '배어 나와야' 한다.[8]

인용문을 바탕으로 판소리에서 '흰 그늘'을 요약적으로 정리하면 다음과 같다. '그늘'은 신산고초의 삶에 대한 분노나 폭발이 아닌 '삭힘'으로 인욕정진할 때 깃들 수 있다. 이러한 '그늘'에는 서로 상대적인 것이 연속성을 이룬다. '흰 그늘'은 이러한 그늘이 지극한 경지에 이르렀을 때 도달된다. 판소리에서는 '귀곡성'이 이에 해당한다. '귀곡성'은 그늘로부터 신령함, 귀기鬼氣나 신명이 배어 나올 때 가능하다. 이 경지를 '흰 그늘'의 미학이라고 할 수 있다. 따라서 '흰 그늘'의 미학은 '그늘'에서 초월의 아우라가 상승하는, '그늘'의 지극한 경지를 가리킨다. 즉, 중력과 초월, 속과 성, 지상과 천상의 통일이 사람을 통해 성립된 경지이다.

그렇다면, 이와 같은 예술의 지극한 경지를 가리키는 '흰 그늘의 미학'에서 세계 변화의 동력을 찾을 수는 없을까? 다시 말해, '흰 그늘의 미학'을 우주 변화의 미의식으로 확장시킬 수 있는 계기성은 없을까? 이러한 물음 앞에 1850년 충청도 연산의 연담 이운규가 제시한 영동천심월影動天心月, 즉 '그늘이 우주를 바꾼다'는 문구가 떠오른다. 영동천심월影動天心月에서 천심월天心月은 주역에서 가리키는 "우주핵으로서 한울님의 마음"[9]을 뜻한다. 여기에서의 천심월이 인간의 존재핵, 황중월皇中月 즉 사람 마음의 최심층과 일치한다면 우주 변화의 힘으로서의 '그늘'의 미의식을 말할 수 있게 된다. 그래서 김지하는 천심월이 인간 마음의 가장 심층부에 내재한다는 논리를 적극적으로 규명한다. 『천부경』에 등장하는 '인중천지일'人中天地一, 즉 사람 안에 하늘과 땅이 하나를 이룬다는 논리나 『삼일신고』에 나오는 강재뇌신降在

---

8 김지하, 앞의 책, 320쪽.

9 김지하, 앞의 책, 322쪽.

腦神, 즉 신은 머리(뇌) 속에 내재한다는 논리를 통해 이를 설명한다. 이렇게 보면, "그늘이 우주를 바꾼다"는 것은 그늘로부터 숨은 신령이 드러남을 통해 우주를 변화시킨다는 것인 바, 곧 '흰 그늘'을 가리킨다. 따라서 '흰 그늘의 미학'은 궁극적으로 우주 변화의 원리에까지 닿아있게 된다.

그렇다면, 우주 변화의 원리를 추동할 수 있는 '흰 그늘의 미학'의 구체적인 예술적 양상은 어떤 것일까? 김지하는 이를 한민족 생명문화의 원류에 해당하는 풍류도에서 찾아낸다. 고조선 단군에서 발원하여 신라의 화랑으로 이어진 한민족의 심원한 민족종교이며 사상에 해당하는 풍류도의 최고의 문헌적 자취는 『삼국사기』에 나오는 고운孤雲 최치원崔致遠의 「난랑비서鸞郎碑序」이다. 그 일부를 제시하면 다음과 같다.

國有 玄妙之道 曰 風流 設敎之源 備詳仙史 實乃包含三敎 接化群生[10]

(나라에 깊고 오묘한 도가 있으니 가로대 풍류라 한다. 그 가르침을 세운 내력은 『선사』에 상세히 실려 있으며, 실로 삼교를 포함한 것으로 뭇 백성과 접촉하며 교화하는 것이다.)

김지하가 최치원의 「난랑비서」에서 가장 주목하는 지점은 '접화군생接化群生'이다. 그에 따르면, '군생'은 '뭇 삶' 즉 인격, 비인격, 생명, 무생명을 포괄하는 일체 우주 만물을 뜻하고 '가까이 사귄다'는 '접接'은 널리 이롭게 하

---

10 國有 玄妙之道 曰 風流 設敎之源 備詳仙史 實乃包含三敎 接化群生. 且如入卽孝於家 出卽忠於國 魯司寇之旨也 處無爲之事 行不言之敎 周柱史之宗也 諸惡莫作 諸善奉行 竺乾太子之化也(『삼국사기』 권 4 , 고전간행회, 1978).
(나라에 깊고 오묘한 도가 있으니 가로대 풍류라 한다. 그 가르침을 세운 내력은 『선사』에 상세히 실려 있으며, 실로 삼교를 포함한 것으로 뭇 백성과 접촉하며 교화하는 것이다. 이를테면, 들어와서는 집안에 효도하고 나아가서는 나라에 충성하는 것은 노나라 사구의 으뜸 가르침과 같은 것이요, 함이 없이 일하고 말없이 가르침은 주나라 주사의 으뜸 가르침이며, 악한 일을 하지 않고 선한 일을 받들어 행함은 축건태자의 가르침과도 같은 것이다.)

는(弘益) 공공성과 소통을 말한다. 이렇게 보면, '접화군생接化群生'이란 우주 만물에 대한 인간의 친밀한 관여로서 인간에 대한 사회적 공공성인 천지공심天地公心의 실현을 가리키는 것으로 파악된다.[11] 이와 같은 접화군생을 예술미학에 대응시키면 모든 삼라만상을 사귀어 감화시키는 것을 가리킨다. 이를 또한 연담 이운규가 제시한 영동천심월影動天心月과 연관시키면, '흰 그늘의 미학'은 모든 삼라만상의 심층에 내재하는 '천심월'을 감화시켜 우주 생명의 질서를 열어가는 차원에 이를 때 완성된다는 것으로 파악된다. 여기에 이르면 '흰 그늘의 미학'의 세계 변화의 계기성이 마련된다.

3, '흰 그늘'의 모순어법과 생명의 논리

앞에서 살펴본 바대로, '흰 그늘의 미학'은 '흰'과 '그늘'이라는 서로 대립되는 개념이 연속성을 이룬 반대일치의 형용모순으로 이루어져 있다. 드러난 질서는 상극이지만 보이지 않는 질서는 상호의존의 관계를 지니고 있다. 다시 말해, 드러난 질서는 '아니다'이지만, 그 이면의 보이지 않는 질서는 '그렇다'이다. 김지하는 '흰 그늘의 미학'이 지닌 이와 같은 '아니다 그렇다', '그렇다 아니다'에 해당하는 역설의 논리가 생명의 생성 및 진화론의 논리와 동일성을 지닌다는 점에 주목한다. 이렇게 되면, '흰 그늘'은 생명의 존재론에 대한 감각적 표상이 될 수 있기 때문이다.

따라서 그는 '흰 그늘'의 역설을 동학의 「불연기연不然其然」편의 이중적 교호작용과 연속성 속에서 파악한다. "불연기연不然其然", 즉 '아니다 그렇다'는

---

11 접화군생을 김지하가 생명의 가장 큰 특성으로 꼽는 영성, 관계성, 순환성, 다양성에 대응시키면 다음과 같다. 접接은 관계성, 화化는 순환성, 군群은 다양성, 생生은 영성에 상응한다(주요섭, 「동도동기의 생태담론을 위한 시론」, 모심과살림연구소 엮음, 『모심 시侍』, 2005, 192쪽 참조).

변증법적 세계관과 뚜렷하게 차별된다. 변증법의 전개 과정이 테제와 안티 테제가 진테제라는 합목적적인 제3의 지양과 통합으로 향하는 삼진법의 구도로 설명되는 것과 달리, "불연기연"은 보이는 차원 밑에 숨어있던 보이지 않는 차원이 드디어 보이는 차원으로 차원이 변화하는 이진법적 양식이다. 다시 말해, "숨은 차원은 드러난 차원을 추동, 발전, 변화, 수정, 개입, 보조하다가 드러난 차원의 해제기에 숨은 차원 스스로 드러난 차원으로"[12] 가 시화되는 것이다. 이때 드러난 차원은 '아니다'이고 숨은 차원은 '그렇다'이다. 이러한 이중적 교호작용의 역설적 원리는 생명 생성론의 다양한 국면에 적용되는데, 드러난 질서와 숨겨진 질서 사이의 '아니다 그렇다'의 관계, 드러난 질서 내부의 대립적인 것들이 기우뚱한 균형을 이룬 '아니다 그렇다'의 관계, 근원적 질서가 새로운 현상의 드러난 질서로 생성하기 시작했을 때 그 새 질서를 지배하는 대립과 상호 보완성의 역설 등이 모두 해당된다.

한편, 김지하의 변증법에 대한 인식은 기본적으로 아도르노의 부정의 변증법과 문맥을 같이한다. 아도르노에게 헤겔의 변증법이란 부르주아적 이상론에 입각한 주관과 객관의 비동일성을 동일화하는 개념화이며 유형의 더미라고 파악한다. 따라서 그에게 테제와 안티테제가 진테제를 향해 지양, 극복의 과정을 거친다는 것은 허구이다. 이미 부재하는 진테제를 향해 간다는 것은 합목적적인 형식론에 그칠 뿐이다. 그는 헤겔의 변증법을 극복하는 방법으로 허구적인 개념화를 차단하고 개별화를 강조하는 부정의 변증법을 내세운다. 김지하의 변증법에 대한 인식 역시 이와 연속성을 지닌다. 그에 따르면, 정반합正反合에서 정반正反의 이중성은 동의하지만 합의 과정은 정반의 숨어있던 차원이 살아 생동하여 올라오는 것이 아니라 동일 현실의 연장선에서 인위적으로 조직하고 취합하는 데 그친다는 것이다. 즉, 변증법은 드러난 질서의 표면에만 주목하는 데 그치면서 숨은 질서의 동력

---

12 『생명과 평화 선언』, 2004, 37쪽.

을 봉인하는 과오를 반복했다고 본다.[13]

그러나 불연기연의 역설은 드러나고 숨겨지는 중층적인 이중 생성, 내면으로부터 솟아나는 새로운 질서의 잠재적 가능성을 포괄해 낼 수 있다. "생명운동이나 정신운동 심지어 물질운동까지도 그 기본 구조는 이중적"이며 "디지털 같은 것이 뇌의 모방이면서 이진법 원리의 집결"이다.[14] 이와 같이 '아니다 그렇다', 즉 불연기연不然其然의 이진법적 모순 어법이 생명의 생성 원리라는 점은 동학에서 제시한 진화론을 통해 볼 때, 더욱 분명해진다.

동학의 진화론은 다윈의 적자생존론을 극복한 것으로 평가되는 테야르 드 샤르댕의 생명의 자기조직화론과 상응하면서 동시에 이를 넘어서고 있다. 김지하의 이 점에 대한 명료한 해석을 요약하면 다음과 같다.

1) 진화의 내면에 의식의 증대가 있고(inward consciousness)

　진화의 외면에 복잡화가 있으며(outward complexity)

　군집은 개별화한다(union differentiates)

2) 안으로 신령이 있고(內有神靈)

　밖으로 기화가 있으며(外有氣化)

　한 세상 사람이 각자각자 사람과 생명이 서로 옮겨 살 수 없는 전체

　적 우주유출임을 제 나름나름으로 깨달아 다양하게 실현한다(一世之

　人 各知不移者也)

---

13 김지하의 변증법에 대한 비판 논리는 아도르노의 부정의 변증법과 유사하다. 아도르노는 "정반합正反合"의 변증법에서 합슴이란 실재하지 않는다고 보고 "정반正反"의 부정否定의 변증법을 대안으로 제시한다. 변증법의 테제와 안티테제의 진테제로의 지양, 통합은 드러난 질서만의 생성과 지양을 설명하는 데 그칠 뿐 아니라 합의 진테제가 합목적적인 형식논리에 의해 만들어진 허구라고 파악한다(아도르노, 홍승용 역, 『미학이론』, 문학과지성사, 1994 참조).
14 김지하, 『흰 그늘의 미학을 찾아서』, 실천문학사, 2005, 454쪽.

테야르 드 샤르댕의 진화론의 요체를 요약한 1)은 찰스 다윈의 약육강식의 투쟁론과 도태설의 적응론으로 설명한 진화론을 부정하고 생명의 자기 조직화와 자기 조절 기능을 바탕으로 한 창조적 진화설[15]을 제시한 논의로 평가된다. 테야르 드 샤르댕의 이러한 우주진화의 3대 법칙은 수운 최제우가 1860년 4월 5일 주창한 본주문 2)에 대응된다. 1)의 진화의 내면에 의식의 증대가 있다는 것은 2)의 안으로 거룩한 우주적 신령함이 있다는 것에 대응하고, 1)의 진화의 외면에 복잡화가 있다는 것은 2)의 밖으로 신령한 기氣의 외화가 실현되고 있다는 것에 대응된다.[16] 그런데 문제는 1)과 2)의 세 번째 항목의 차이이다. 1)의 군집은 개별화한다고 정리한 데 반해 2)는 이 세상의 사람들이 제각기 개별적인지만 그 이면에 전체성을 실현한 개별자라는 점이 강조된다. 우주의 제3진화 법칙에 해당하는 김지하의 설명을 직접 전언하면 다음과 같다.

> 모든 생명 모든 물질, 모든 의식은 먼저 전체 군집에서 발생하며, 그 이후에 서서히 개별성을 찾아 개별화하고 특수화한다는 법칙이다. 이것이 19세기에서 20세기 초까지 생물학의 정설이며 생물발생이론의 통설이었다. 그런데 이것이 최근의 세포생물학과 생물학의 새로운 입론과 발견에 의해 반대로 뒤집혔다. …(중략)… 근원적인 생명 내면의 자유 활동에 의하여, 바로 그 자유에 의하여 생명개체들은 진화를 선택하며 발생과정에서 먼저 다양성, 다산성 혹은 돌연변이 등의 다양한 기제를 통해 개별화한다. 그리고 이 개별화 과정에서 개별적 생활 형식, 물질 단위 속에 더욱 생동하며 확장하는 깊은 우주적 전체성을 실현함으로써 무질서하면서도 자발적 형태로 자유롭게, 또는 종잡을

---

15 김지하, 『생명과 자치―생명사상·생명운동이란 무엇인가』, 솔, 1996, 77쪽 참조.
16 김지하는 피에르 테야르 드 샤르댕(1881~1955)을 20세기 현대진화론의 창조적 기념비로 평가한다. 그는 『인간현상』(한길사, 1996)에서 무기물, 유기물, 생명 의식, 정신 영성의 전우주진화사를 관통하는 세계의 법칙을 압축적으로 제시한다.

수 없이 매우 독특한 형태로 다양하게 결합, 연계해 그물망, 즉 네트워크를 만들어간다.[17]

　인용문에서 보듯, 김지하는 진화의 원리란 개별화를 통해 전체적 유출을 실현하고 자유로운 네트워크를 이룸으로써 우주화하는 분권적 융합의 양상을 띤다는 점을 강조하고 있는 것이다. 따라서 수운 최제우의 이론은 서양의 생물학보다 100여 년 앞선 선견지명을 드러낸 것으로 평가한다.
　이상의 논의를 통해 볼 때, 우주 생명학의 기본이 되는 생명진화론 역시 '흰 그늘'에 상응하는 모순어법으로 이루어져 있음을 알 수 있다. 개체 속의 숨은 차원으로서의 전체성을 자각하고 자신의 양식에 맞는 분권적 융합의 형태로 자기의 생명 형식을 조직화한다는 것은 앞에서 강조한 드러난 질서에서의 '아니다'와 숨은 질서에서의 '그렇다'가 서로 연속성을 이루는 반대일치의 양상을 지닌 경우이다. 따라서 '흰 그늘'은 모든 생명의 존재론과 진화론의 감각적 표상으로 정리된다.

4. '흰 그늘의 미학'과 한민족생명문화의 구성 원리

　앞에서 살펴본 바대로, '흰 그늘의 미학'은 생명예술론이면서 동시에 생명 생성론과 진화론의 논리와 상응한다. 그렇다면, 생명적 삶의 양식론 역시 '흰 그늘의 미학'과 상응한다고 볼 수 있을 것이다. 따라서 김지하가 한민족생명문화의 구성 원리를 '흰 그늘의 미학'으로 읽어내는 것은 자연스러운 귀결로 보인다. 그의 생명사상은, '흰 그늘'에 상응하는 한민족 전통문화의 가치를 규명하고 평가하고 의미화하는 작업과 직접 연관된다. 따라서 그가 「흰 그늘의 미학(초)」에서 한민족생명문화의 원류를 다채롭게 추적하고 있는

17　김지하, 『생명과 자치-생명사상·생명운동이란 무엇인가』, 125-126쪽 참조.

것은 자연스럽다. 그는 전통문화의 생명적 원형에서 미래 문화의 비전을 읽어내고자 한다. 그에게 특히 주목되는 한민족의 생명문화 원류의 대표적인 사례를 중심으로 요약적으로 살펴보면 다음과 같다. 먼저, 단군신화의 원리와 '흰 그늘'의 미학과의 상응관계이다. 단군신화에 등장하는 환웅은 영적 존재가 육적인 인간 세상에 내려온다는 점에서 이중적 교호작용, 즉 혼돈적 질서의 산물이다. 또한 굴 속에서 쑥과 마늘을 먹고 백 일을 견딘 이후 사람이 된 웅녀 또한 육의 영적 전환이라는 역설의 산물이다. 한편, 환웅과 웅녀의 결합 역시 지상으로의 하강과 천상으로의 상승이 만나는 모순 통합을 드러낸다. 이렇게 보면 홍익인간 이화세계弘益人間 理化世界의 주체가 혼돈적 질서의 자기조직화[18]로서 '흰 그늘'의 모순어법에 상응된다.

다음은 고조선시대의 『천부경』[19]에 대한 해석이다. 특히 김지하는 『천부경』에서의 삼사성환오칠일三四成環五七一(셋과 넷이 고리를 이루어 다섯과 일곱이 하나가 된다)의 원리에서 탈춤, 판소리, 시나위, 민요, 풍물, 굿, 춤사위 등 전통예술을 일관하는 한민족과 동아시아 예술의 미학 원리를 읽어내고 있다. 그 핵심 내용을 정리하면 다음과 같다.

① 셋과 넷, 혼돈의 질서, ② 고리를 이루어, 끝과 처음이 확장 순환하는
고리의 시간관, ③ 고리 속의 무궁, 고리 속에서 형성되는 '무궁무궁'
의 차원 변화, ④ 다섯과 일곱이, ⑤ '한'으로 하나가 된다.

인용문에 대한 김지하의 해석을 요약적으로 정리하면 다음과 같다. ①

---

18 김지하, 『흰 그늘을 찾아서』, 실천문학사, 2005, 456쪽 참조.
19 『천부경』은 환인이 환웅에게 전한 우리나라 최초의 경전으로 알려져 있다. 81자로 이루어진 원문을 옮기면 다음과 같다.
一始無始一析三極無 盡本天一一地一二人 一三一積十鉅無匱化 三天二三地二三人
二 三大三合六生七八九 運三四成環五七一玅 衍萬往萬來用變不動 本本心本太陽昻
明人 中天地一一終無終一.

278

의 삼사성환三四成環에서 셋(三)은 천지인 삼극의 혼돈한 우주관의 표현으로 역동, 변화, 생성의 리듬이다. 사四는 둘의 배수로서 균형, 안정, 정착, 질서를 가리킨다. 한국 전통사상, 문화와 한국음악의 구성 원리를 보면 '셋'의 삼수분화론, '넷'의 이수분화론이나 사수분화론[20]으로 나누어지는데, 삼사성환은 이 둘이 서로 교호작용을 하여 고리를 이룬다는 것을 가리킨다. 이것은 혼돈의 질서를 가리키는 것으로서 우리 민족사상사에서 동학의 패러다임인 '혼원지일기混元之一氣'[21] '태극 또는 궁궁(太極又形弓弓)'[22]의 원리와 연속성을 이룬다. 이러한 동학의 논리 또한 '흰 그늘'에 상응하는 창조적 역설의 생성론에 해당된다.

그리고 셋과 넷이 어우러져 고리(環)를 만든다는 것은 셋과 넷이 엇걸려서 '공소의 미', 빈터, 무, 공, 허를 이룬다는 것이다. 다음 인용문은 엇걸이의 '고리'에 대한 구체적인 이해에 용이하다.

> 혼돈의 질서가 역동과 균형의 엇걸이로 고리가 만들어지는 빈 마당의 지점에서 웃음과 눈물, 무의식과 의식, 칠식七識과 팔식八識, 할미와 영감, 중과 창녀, 익살과 청승, 저승과 이승, 싸움과 사랑이 서로 부딪히고 어울리는 복잡한 그늘이 굿(제의), 불림(초혼)이 섞여들면서

---

20 우실하에 의해 체계화된 이론으로서 삼수분화론이란 천지인 삼극의 생성과 혼돈의 사상 또는 박자를 가리키고 이수분화론은 음양사상 등 이기의 질서와 균형의 사상 또는 박자를 가리킨다(우실하, 『전통음악의 구조와 원리』, 소나무, 1998 참조).

21 『동경대전』의 「논학문」에 나온다. 수운 최제우는 '혼원지일기混元之一氣'에 대해 혼원은 혼돈한 근원이요, 일기는 주역의 태극을 가리키는 것으로서 질서, 안정의 표상이다. 따라서 혼원지일기는 '혼돈의 질서'를 가리키는 모순어법으로 이루어진 생명의 생성론이다.

22 이것은 최수운 선생에게 내린 신의 계시 속에서 '질병과 혼돈에 빠진 우중 중생을 모두 구원할 원형이 내게 있으니 그 모양이 태극이고, 또한 그 모양이 궁궁이다'에서 기인한다. 여기에서 태극太極은 이수분화의 안정, 체계에 해당하고 궁궁弓弓은 삼수분화의 역동, 변화에 해당한다.

초월성, 아우라, 희망, 화해, 상생의 신명들이 드러나 흰빛을 뿜으며
제의적인 성스러운 넋풀이가 진행된다.[23]

혼돈의 질서가 역동과 균형의 엇걸이로 고리를 생성하면서 빈 마당 안에
솟아나는 판으로 '무궁무궁'을 체험할 때(빈칸의 우주적 확대, 제로의 체험, 제로의
전개) 비로소 리비도 등 무의식의 욕구불만이나 근친상간, 패륜 또는 패배와
회한 같은 중력 체험, 귀신의 검은 그림자, 그늘이 탈춤의 마당극과 마당굿
을 통해 드러난다[24]는 것이다.

② 고리의 시간관이란 끝과 시작이 서로 맞물려 있는, 그래서 처음과 끝
이 없는 순환론적인 시간관을 특징으로 한다. 이를테면, 「천부경」의 "일시
무시일一始無始一", 즉 '한 처음이 처음이 아닌 하나요'에서 시작하고, "일종
무종일一終無終一", '한 끝이 끝이 없는 하나다'로 끝난다. 여기에서 더 나아
가 김지하는 성환成環에 해당하는 고리의 시간관을 장자의 「제물론齊物論」편
에 나오는 '우주의 핵심은 그 고리 속을 얻음을 시작으로 하여 무궁에 응한
다(樞始得其 環中以應無窮)'[25]는 논리에 대응시킨다. 따라서 ③ 무궁무궁은 고리
속을 통해 얻어지는 우주적 무한을 가리킨다. ④ 다섯과 일곱, 귀신(무의식
속의 불온한 침전물인 그림자 따위의 콤플렉스, 한 등등)과 신명(집단 또는 심층 무의식, 거
룩한 영성, 신령, 흰빛으로 표상되는 '아우라'나 초월성)이 ⑤ '한'은 하나를 가리킨다.
작은 것과 큰 것, 큰 것과 작은 것 사이의 관계, 개체성을 잃지 않으면서 전
체를 이루는 분권적 융합을 가리킨다.

지금까지 살펴본 「천부경」의 '삼사성환오칠일三四成環五七一'에서 '삼사성환'
三四成環의 음양의 2수분화론二數分化論과 천지인의 3수분화론三數分化論의 통합

---

23 김지하, 『흰 그늘의 미학을 찾아서』, 실천문학사, 2005, 468쪽.

24 위의 책, 468쪽.

25 장자 「제물론齊物論」, 추시득기樞始得其 환중이응무궁環中以應無窮에서 환중무궁環中無
窮은 대도의 근본인 줄기(樞)가 우주 중앙의 공처空處인 그 고리 속을 얻으면 사방팔방
의 모체가 되어 피차 상하의 분리가 없다는 의미이다.

논리는 김지하가 주창해 온 '흰 그늘'의 모순어법에 상응하는 것으로서 생명 생성론의 기준으로 해석된다. 특히 그는 이천년대 들어와서 붉은 악마들을 통해 표출된 문화현상을 이러한 모순적 통합 논리의 연장선에서 해석하고 있어 이채롭다. 그가 붉은 악마로부터 주목하는 민족 전체의 고유 문화이며 전세계 인류의 새로운 문화의 기준[26]은 다음 세 가지의 표상으로 요약된다.

① 엇박 ② 태극 ③ 치우천황이다. ① 이박 플러스 삼박의 엇박은 음양의 2수분화론二數分化論과 천지인의 3수분화론三數分化論, 즉 안정과 혼란, 질서와 변화의 이중적 교호작용을 통해 개진되는 새로운 차원의 혼돈의 질서, 역동적 균형에 대응한다. 그가 강조해 온 천부경의 삼사성환, 동학의 혼원지일기, 태극과 궁궁의 생명 생성 논리가 붉은 악마의 엇박을 통해 고스란히 재현되고 있는 것으로 해석되기 때문이다. 또한 ② 태극은 붉은 악마들이 들고 나온 태극기의 태극을 가리킨다. 태극의 표상은 역학의 음양법으로서 천지음양의 대립과 통일을 가리킨다. 이것은 빛과 그늘, 하늘과 땅, 남성과 여성, 역동과 안정의 통합이다. '아니다 그렇다'의 교차적 생명 논리와 모순어법이 적용되고 있는 것이다. 따라서 태극 또한 그가 일관되게 견지해 온 생명 생성 논리의 핵심 원리를 구현하고 있다. ③ 붉은 악마의 로고인 치우천황은 4천5백 년 전에 살았던 신화 속의 배달국의 제14대 천황이다. 치우천황이 유명해진 것은 중국 화화족 황제와 74회의 전쟁을 치러 승리한 전쟁신이란 점이다. 치우천황과 중국 황제가 치른 긴 전쟁의 주된 배경은 문명적 가치관의 충돌이다. 중국 황제가 남방계 정착 문화의 영향에 따라 이를 기반으로 중국의 쇄신을 추구했던 것에 반해 치우는 남방계 농경 정착 문명과 북방계 유목 이동 문명의 병행을 추구했던 것이다. 동이의 치우천황이 추구한 유목과 농경의 이중적 결합은 이중적 교호작용의 역동성을 표상한다. 따라서, 이천년대 들어 새로운 문화적 사건으로 드러난 붉은 악마의 일련의 행위가 한민족생명문화원형의 현재적 표출로서 해명되는 것

26 김지하, 『김지하의 화두』, 화남, 2003, 25쪽.

이다. 그리고 이러한 한민족생명문화의 어법은 '흰 그늘의 미학'과 상응한다는 점을 확인할 수 있다.

5. 결론: '흰 그늘의 미학'과 생명가치의 원형

김지하는 우리 시사에서 보기 드물게 시인이면서 동시에 문예이론가와 생명사상가로서 활발한 활동을 지속해 왔다. 그의 초기의 문예미학은 주로 문예 창작의 보고寶庫로서의 민중민예의 잠재적 가능성과 민중문학의 형식론에 집중되었다면, 1980년대 중반 이후부터는 민족민중문화의 전통 속에서 살림의 세계관을 적극적으로 들어 올리고 논리화하는 데 집중한다. '흰 그늘의 미학'은 이러한 그의 사상과 미학적 도정의 감각적 표상이면서 동시에 그가 추구하는 우주 생명학의 인식론이며 실천론이기도 하다. 김지하는 '흰 그늘의 미학'의 원리가 생명의 생성 및 진화의 원리이며 생명문화 양식의 구성 원리라는 점을 규명한다.

'흰 그늘의 미학'은 모순의 통합이다. '흰'과 '그늘'의 상대적 개념이 연속성을 이룬 것이다. 이것은 표면적으로는 '아니다'이지만 이면적으로는 '그렇다'이다. 이와 같이, '흰'과 '그늘'이 한 몸인 것은 '흰'이 '그늘' 속에서 생성되는 것이기 때문이다. 신산고초를 인욕정진의 자세를 통해 삭혀 나갈(시김새) 때 생성되는 '그늘'이 지극한 경지에 이르면 초월적 아우라 혹은 신성성으로서 '흰'을 표출하게 된다. 따라서 '흰 그늘'은 어둠의 중력과 밝은 초월성, 세속과 신성, 지상과 천상의 가치가 통합된 결정이다. 그래서 '흰 그늘'은 세계를 변화시키는 미학적 계기성을 지닐 수 있다. 연담 이운규가 언급한 '그늘이 우주를 바꾼다(影動天心月)'고 할 때 우주의 핵에 해당하는 '천심월'이 인간 내면의식의 핵에 해당하는 황중월皇中月과 일치하는 지점, 즉 지상과 천상의 가치의 통일은 곧 '흰 그늘의 미학'에 대응되기 때문이다.

'흰 그늘의 미학'의 '아니다 그렇다(不然其然)'에 해당하는 반대일치의 역설

은 생명의 생성 및 진화론과 연관된다. 생명의 생성 및 진화론은 숨은 질
서가 드러난 질서와 서로 추동, 발전, 교감, 수정, 개입하는 가운데 드러
난 차원의 해제기에, 숨은 차원이 드러난 차원으로 외화되는 이진법의 양
상을 띠기 때문이다. 이 점은 동학의 진화론 '내유신령 외유기화 일세지인
각지불이자야內有神靈 外有氣化 一世之人 各知不移者也'에서도 구체적으로 확인된
다. 또한 '흰 그늘의 미학'은 한민족 생명문화 양식의 구성 원리이다. 단군
신화를 비롯하여 풍류도,『천부경』『정역』, 그리고 동학을 비롯한 민족 종교
는 물론 판소리, 탈춤, 시나위 등의 민중민예의 구성 원리 역시 '흰 그늘'의
역동적 균형의 이진법적 원리가 면면히 내재되어 있다.

　이와 같이 '흰 그늘의 미학'은 주로 민족문화전통 속에서 규명되고 검증되
고 평가되지만 동시에 세계적 보편성과 미래 문화의 가치를 지닌다. 그래서
그에게 '흰 그늘의 미학'은 '생명과 평화의 길'의 과정이요 궁극적인 목적의
식[27]이 된다. '흰 그늘'로 표상되는 이중적인 교호작용과 반대일치의 역설이
궁극적으로는 지속 가능한 생명의 발전이 절실하게 요구되는 21세기 문명
적 가치의 원형으로서 의미를 지니기 때문이다. 작게는 인간의 정체성 상실
에서부터 크게는 전 지구적 생명가치 상실의 위기를 맞고 있는 치명적인 현
실 속에서 생명과 평화의 길을 열어갈 수 있는 신생의 인식론과 방법론으로
'흰 그늘의 미학'이 자리매김된다. 따라서 그의 '흰 그늘의 미학'은 민족미학
의 범주를 뛰어넘어 전 지구적 차원의 21세기형 네오르네상스의 원형으로
서 보편적인 의미를 지니게 된다.

1980년대 현실주의 시사와 역동적 중도의 지형

1. 서론

한국문학사에서 1980년대는 시의 시대이고 이론의 시대였다. 1979년 10·26이 1980년 5·18로 이어지는 긴박하고 절망적인 역사적 충격을 원점으로 시적 증언과 이론적 선언이 급속도로 확산되었다. 그러나 이러한 급진적인 시와 문예이론의 자기증식은 "혁명의 고양"의 산물이 아니라 "혁명의 좌절"의 산물이었다. 그래서 혁명운동은 오히려 "이론이 현실을 돌아보지 아니하고 가속이 붙은 채 자기운동을 계속"[1]하는 양상을 드러낸다. 현실적 토대의 뒷받침을 받지 못한 채 자가발전하는 혁명적 이론과 시적 상상은 어느 한순간 자기모순에 직면하면 걷잡을 수 없이 사그라지는 운명에 처하게 된다. 1980년대 급진적인 변혁운동과 혁명문학론을 주도했던 한 비평가의 다음과 같은 진술은 안타깝게도 이미 예고된 것인지도 모른다.

---

1 최원식, 「80년대의 문학운동과 오늘의 문학—민족문학론의 새로운 구도를 위하여」, 민족문학연구소심포지움자료집 『해방 50년과 한국문학』, 1995, 35쪽.

문제는 혁명성인데, 역시 상론이 필요하겠지만 혁명성에 관한 한 한국의 노동자계급은 이미 한 고비를 넘었다고 생각된다. 바로 이 점 때문에 채광석에서 김명인을 거쳐 조정환으로 이어지는 80년대 비평가들의 모든 급진적 행위들이 그 비길 데 없는 열정과 노고에도 불구하고 하나의 거대한 해프닝으로 전락하고 있는 것이다."[2]

1980년대 급진적인 문예이론가들이 전망했던 '역사 주체로서 노동자계급의 대두'가 현실화되지 못하면서 이들이 추구했던 혁명의 열정은 하나의 "거대한 해프닝"의 차원에 머무르게 되었다는 것이다. 분명, 1980년대는 역사 현실에 대한 엄밀한 해석보다 변혁의 계몽적인 선동이 앞섰던 들뜬 시대이고 과잉 이념의 시대였다. 그렇다고 해서 1980년대 현실주의 시사 자체가 결코 "거대한 해프닝"인 것은 아니다. 분단 모순과 계급 모순 그리고 군사 정권이 서로 견고하게 결탁한 지배 동맹 속에서 이를 정면으로 돌파하기 위한 "비길 데 없는 열정과 노고"는 그 자체로 1980년대가 어느 때보다 뜨겁고 순정한 문학의 시대였음을 드러낸다. 또한 1980년대의 급진적인 문예운동은 문학의 보수적 제도화를 격파하고 현실적 순발력을 전위의 첨단으로 끌어올린 계기가 되기도 했다.

이제, 우리에게는 1980년대 현실주의 문학의 공과를 좀 더 차분하게 인식하고 그 시사적 의미를 입체적으로 자리매김시킬 필요가 있다. 지금까지는 1980년대 현실주의 시사에 대해서 주로 선명성과 선동성에 주목하고 극명한 이념의 언어로 뭉뚱그려 규정하는 관행을 보여 왔다. 이것은 1980년대 현실주의 시의 다층적인 계열과 시적 성취를 지나치게 평면화하고 단순화시키는 혐의를 안고 있다. 급진적인 혁명문학론을 주도했던 문예이론가들의 자설 철회가 이어졌으나 정작 시적 현상에 대해서는 성찰적인 평가의

2 김명인, 『불을 찾아서』, 소명, 2000, 195쪽.

과정을 거치지 못했던 것이다.

따라서 여기에서는 중도적 시각에서 현실주의 시의 내적 편차를 입체화
시켜 조망하고 그 공과를 논의해 보기로 한다. 이러한 방법적 고찰은 1980
년대 현실주의 시의 가치척도를 선명성 위주에서 중도적 성향으로 이동시
키는 작업이다. 다시 말해, 이것은 또한 1980년대 현실주의 시사에 대해 노
동자계급의 미적 이상화를 부각시켜 온 관행을 현실적 진정성과 공동체적
보편성의 미의식 위주로 전도시키는 의미를 지닌다.

물론, 이러한 중도적 균형감각에서의 시사적 검토는 1980년대뿐만이 아
니라 현대시사 전반을 입체적으로 이해하는 데 도움이 될 것이다. 특히 8·15
해방과 전쟁, 4·19와 5·16, 10·26과 5·18 등 양극의 충돌과 격절을 중심으로
분단체제 성립기(1945-1959), 분단체제 심화기(1960-1979), 분단체제 전환기[3]
로 이어져 온 현대시사는 제3의 중도적 시각에서 조망할 때 양극의 공과를
온전히 규명하기에 용이할 것이다. 그러나 분단체제의 지속과 더불어 이항
대립적인 편향이 극단화되면서 중도의 가치는 휘발되어 온 것이 사실이다.
따라서 민족적 삶의 온전성과 분단 극복이라는 대의 속에서 현대시사의 입
체적인 이해를 위해서는 중도적 감각을 복원하고 이에 입각한 시사적 조망
을 개진하는 것이 요구된다. 이 글은 이러한 문제의식을 전제로 출발한다.

2. 분단시대의 시사와 시중지도時中之道의 방법론적 인식

한국 현대시사는 분단시대라는 전제 속에서 전개된다. 한국 현대사는
1945년 식민지 지배로부터 해방되었으나 다시 민족분단이라는 상황적 조건
속에 놓이게 된다. 민족 해방은 식민지 문학의 잔재 청산과 새로운 민족 문

---

3 최동호, 『한국 현대시사의 감각』, 고려대학교 출판부, 2004, 41쪽.

학의 수립을 요구하였다. 해방공간에서 전개된 서로 다른 정치적 노선에 대
응하는 좌·우 문단의 재편성과 민족문학론의 활발한 분화와 대립의 과정
이 이를 반증한다. 그러나 해방공간에서 부르주아 독재형 국가 모델, 연합
독재형 국가 모델, 노동계급 독재형 국가 모델을 지향하는 노선에 상응하
는 전조선문필가협회, 조선문학가동맹, 북조선문학예술총동맹을 중심으
로 한 민족문학 논쟁은 변증법적인 통합의 과정으로 수렴되지 못하고 분단
의 역사와 더불어 이항대립적인 편향의 극단으로 치닫게 된다. 조선문학가
동맹 측에 의해 날카롭게 제기된 바 있는 인민적 민주주의 문학론[4]은 북조
선예술총동맹의 진보적 민족주의와 맞서면서 전조선문필가협회의 보수적
민족주의와도 맞서는 제3의 논리를 드러내었으나 분단체제의 고착화와 더
불어 수면 아래로 가라앉게 된다. 식민지 시대의 문학이 분단시대의 문학이
라는 또 다른 비극적인 상황적 요건 속으로 이월되어 간 것이다.

분단시대라는 용어는 통일시대를 향한 열망을 머금고 있다. 특히 한반도
의 분단체제가 2차 세계대전 이후 냉전 구도와 이에 상응하는 좌우파의 세
력 분화의 변수에 따른 타의적 산물이라는 점은 자주적이고 주체적인 민족
통일의 당위성을 더욱 부각시킨다. 따라서 분단시대 민족문학의 지향성은
민족적 삶의 온전성과 분단 극복이 절대적 가치 개념으로 상존한다. 그러
나 분단체제는 민족적 삶의 온전한 균정과 통합보다는 이분법적인 분화와
편향을 강요한다. 이 점은 정치적 지배 논리뿐만이 아니라 문학적 삶의 지
배 양식에서도 고스란히 반영된다. 분단체제의 성립과 더불어 상호 타협과
화해의 민족 통합을 지향하는 중도파의 민족주의 운동 세력이 소멸되면서

---

4 월북한 이원조에 의해 가장 구체적으로 제기된 모택동의 「신민주주의론」(1940)에 근
 거한 민족문학론(1948)의 지향점은 이른바 남로당의 민족문학론이거니와 윤세평, 안
 막 등이 들고 나온 북로당의 민족문학노선과 정면으로 맞서는 제3의 논리로서 의의를
 지닌다(김윤식, 『해방공간 한국작가의 민족문학 글쓰기론』, 서울대학교출판부, 2006,
 132—141쪽 참조).

남북한의 문학 역시 순수와 이념 편향으로 치닫는 양극화 현상을 드러낸 것이다. 따라서 분단체제가 지속될수록 통합적인 중도적 가치와 전통에 대한 창조적 모색이 소중한 의미를 지닌다.

한국현대사에서 중도의 전통이 가장 선명하게 드러난 경우는 해방 직후이다. 해방 직후 중도파는 단일한 내적 통합성을 갖는 고정된 정치 세력은 아니었으나 주체적, 자주적, 통합적 세계관 속에서 정치, 경제, 사회, 문화의 국내외적 변수에 적극적으로 대응해 나가는 민족주의 운동 세력이었다. 여운형, 김규식, 안재홍 그리고 1948년 이후 김구 세력 등이 중심을 이룬이들 중도파들은[5] 정세 인식과 정책 내용에 있어 서로 다른 편차가 있었지만 좌우합작, 남북협상, 단독선거 반대운동의 현안을 놓고는 연대와 결속을 뚜렷하게 보여 주었다. 그러나 분단의 고착화와 함께 남한의 여운형, 백범, 장덕수, 송진우 등과 북한의 현준혁, 조만식, 오기섭 등의 죽음과 1950년 전쟁을 계기로 분단체제의 대립 구도 속에 흡수되고 만다. 1948년 제기된 남북협상운동과 같은 평화적이고 타협적인 통일운동을 전개했던 중도파가 남과 북에서 견고한 입지를 확보했었다면 민족분단과 전쟁이라는 상황은 피할 수 있었을지도 모른다.[6]

전쟁 이후 조봉암의 진보당과 같은 혁신 세력이 중도 노선의 가능성을 잠시 드러내었으나 역시 분단 구조에 의존하는 이승만 지배 정권에 의해 와해되고 만다. 조봉암의 사형(1959. 7. 31.)에 대한 신경림의 다음과 같은 시편은 분단체제에서 중도파의 민족주의 노선이 소멸되어 가는 현장을 실감 있게 정서적으로 환기시켜 준다. "젊은 여자가 혼자서/ 상여 뒤를 따르며 운다/ 만장도 요령도 없는 장렬/ 연기가 깔린 저녁길에/ 도깨비 같은 그림자들/ 문과 창이 없는 거리/ 바람은 나뭇잎을 날리고/ 사람들은 가로수와/ 전

---

5 윤민재, 『중도파의 민족주의 운동과 분단국가』, 서울대학교출판부, 2004, 2-10쪽 참조.

6 위의 책, 4쪽.

봇대 뒤에 숨어서 본다/ 아무도 죽은 이의/ 이름을 모른다 달도/ 뜨지 않은 어두운 그날"(신경림, 「그날」). 이와 같이 분단체제에서 중도파는 죽음의 길마저 은폐의 대상이었던 것이다.

이제 우리는 잃어버린 중도적 세계관을 복원시킬 필요가 있다. 중도적 세계관을 찾고 회복하는 것은 분단체제 속에서 길들여진 이분법적인 인식 구도를 넘어서서 양극단의 허실을 규명하고 생산적인 대안을 도출하는 방법 찾기와 연관된다. 이때 중도란 공자의 시중지도時中之道의 세계관으로 설명된다. 시중지도에서 시時는 가변적인 상황을 가리키고 중中은 대립적인 상대성을 넘어 통합적인 보편성에 해당하는 형이상의 지점을 가리킨다.[7] 따라서 중도中道라고 할 때 중中은 이변비중離邊非中, 즉 양극단을 떠나되 가운데를 가리키는 것은 아니다. 양극단과 중간을 동시에 바라보면서 이들 전체를 들어 올리는 지점이다. 따라서 시중지도란 시세와 상황에 따라 객관적 진리를 차원 높게 구현해 나가는 역동적인 세계관으로 요약된다.

분단체제에서 진리—현실의 연속성을 추구하는 시중지도의 논리는 참된 민족적 통합의 삶을 위한 미래지향적인 방향성만이 아니라 과거의 역사에 대한 가치판단의 기준으로도 유용하다. 미래의 가치는 과거에 대한 성찰의 거울로 작용하기 때문이다. 이 글은 이러한 문제의식에 기반하여 1980년대 다채롭게 전개된 민족문학논쟁과 시적 상상에서 중도적 관점을 규명하고 이에 입각한 가치판단을 시도하고자 한다. 특히, 분단시대의 시사를 크게 세 단계로 나누어본다면, 1980년대 이후는 분단체제 성립기(1945~1959)와 분단체제 심화기(1960~1979)를 거친 이후의 분단체제 전환기[8]에 해당된다. 따라서 1980년대 현실주의 시론과 시적 상상을 성찰적으로 검토하는 것

---

7 유칠로,「공자孔子의 시중지도時中之道에 관關한 연구硏究」, 성균관대학교 대학원 석사논문, 1978, 8-12 참조.; 이동준, 「시중지도의 재인식」, 『유교의 인도주의와 한국사상』, 한울, 1997 참조.

8 최동호, 『한국 현대시사의 감각』, 고려대학교 출판부, 2004, 41쪽.

은 분단체제 전환기 민족적 삶의 온전성을 위한 방법적 실천을 이해하는 데에 도움이 될 것이다.

2. 민족문학론의 분화와 중도의 지형

1980년대에 들어서면서 민중성에 집중된 민족문학론은 1980년대 중반을 넘어서면서 민중적 민족문학, 노동해방문학, 민족해방문학 등으로 분화되어 상호 비판과 논쟁의 대결 국면을 낳는다. 이들 세 진영은 공통적으로 '역사 주체로서 노동자계급의 대두'라는 인식을 전제로 하고, 이를 각각 민족문학의 주체론, 노동자계급의 당파성, 민족해방론을 핵심 논점으로 부각시킨다.

> (가) 70년대 운동에서는 소시민계급의 헤게모니가 전반적으로 관철되었음에 반해서, 80년대에 들어오면 기층민중의 폭발적인 성장에 의해 이 헤게모니는 심각한 위기에 처하게 된다. 상대적으로 70년대 내내 꾸준히 지속되어 온 소시민계급의 몰락 과정은 그들에게서 물적 토대를 거의 박탈했기 때문에 그나마 일정한 물적 토대를 전제로 했던, 소시민계급의 민족운동에서의 헤게모니는 사실상 해소될 수밖에 없게 되었다.
> 이제 소시민계급운동은 소생산자계급의 생존권 보장 운동이나 다양한 중간층 시민운동의 차원으로 분해되어 각기 여러 부문 운동 중의 하나로 재조정될 수밖에 없으며 그렇게 재조정된 상태에서 반파쇼민주화 연합전선의 일원으로 평등하게 참여해야 할 것이다.[9]

---

9 김명인 「지식인문학의 위기와 새로운 민족문학의 구상」, 『사상문예운동』 1집, 풀빛, 1987.

(나) 노동해방문학은 무계급적 민족문학과 다를 뿐만 아니라 무당파적 노동문학과도 달라야 한다. 노동해방문학은 노동문학의 최고 형태로서 민중문학의 구심이 되고 영도자가 되어야 한다. 이러한 노동해방문학은 무엇보다도 노동자계급 당파성을 분명히 하고 노동해방사상을 견지하며 노동자계급 현실주의 방법에 의거하지 않으면 안 된다.

그러나 이것이 지금까지 민족문학, 민중문학이 담아 왔던 민족자주, 분단극복, 민주쟁취 등의 문제를 배제하는 것이 될 수는 없다. 오히려 노동해방문학은 민족해방과 민주주의변혁의 제 과제를 노동자계급의 입장에서 가장 첨예하게 그리고 가장 적극적으로 다루어야 한다.[10]

(다) 과거, 변혁의 불길이 치솟던 그 시절부터 '주체적 · 자주적 원칙'에 의거해 자주적 입장과 창조적 방법으로 전개해 온 변혁 전통과 변혁적 문예전통을 계승, 발전시키고 있는 노동자계급의 지도사상에 철저히 기초해야 한다. …(중략)… 지도사상에서의 철학적 원리, 사회역사적 원리 등의 기본 원리는 절대적 진리이다. 이 기본 원리들과 진리의 객관성, 당파성, 과학성과의 일치 여부는 지금까지 사상, 이론, 방법 등 모든 영역에 걸쳐 실천에 의해 충분히 검증되었다. 비록 이 지도사상의 기본 원리는 자연, 인간, 사회의 개조 과정을 통해 더욱 발전하고 있지만, 그렇다고 해서 이 지도사상의 기본 원리들의 절대적 진리성은 결코 부정될 수 없다. 민족해방문학이 사상 문제를 이 지도사상에 기초하면서 과학적 문예운동을 조직 · 전개하려는 이유가 바로 여기에 있다.[11]

(가)의 민중적 민족문학론은 채광석, 이재현, 김명인에 의해 주도되었으

10 조정환, 「민주주의민족문학론에 대한 자기비판과 〈노동해방문학론〉의 제창」, 『노동해방문학론』, 노동문학사, 1990.
11 백진기, 「민족해방문학의 성격과 임무」, 《녹두꽃 2》, 1989.

며, '소시민적 민족문학에서 민중적 민족문학으로'[12]의 자리 이동이 핵심 내용을 이룬다. 채광석과 이재현에 의해 주도된 초기의 민중문학론은 "소시민성의 극복"과 역사의 전면으로 부상하는 "민중성의 획득"에 초점을 두었으나 김명인에 이르면, 소시민, 지식인 범주의 민족문학을 민중 주체 민족문학 속에 하나의 부분으로 격하시켜야 한다는 주장에 이른다. 그 주된 이유는 소시민계급이 80년대 들어서면서 사회경제적으로 몰락하게 되고 따라서 더 이상 혁명적 전망을 담지하지 못하게 되었다는 판단이다. 소시민계급의 몰락을 지식인 문학의 위기로 단정하는 논리의 근저에는 "소시민계급의 시각으로는 더 이상 눈앞에 펼쳐지는 세계와 진리의 총체상을 보는 것이 불가능하기 때문이란 판단인데, 이것은 생산 주체의 계급성과 예술성의 관계를 지나치게 도식적으로 단순화"[13]하는 함정에 빠지게 된다. 또한 지식인과 민중을 지나치게 이원화함으로써 상호 보완적인 지도, 자극, 검증의 관계성을 무화하고 작가의 상상력을 작가 개인의 계급적 범주 속에 규정하는 결정론적인 도식주의를 드러내고 있다. 작가 개인의 계급이 중요한 것이 아니라 "각성한 노동자의 눈"을 갖는 것에 주안점을 두어야 한다는 백낙청의 지적이나, 엥겔스의 발자크론을 환기시키면서 작가 개인의 당파성 내지 당성보다 '작품의 당파성'[14]을 중시하는 것이 리얼리즘의 승리라고 지적한 것은, 민중적 민족문학론이 지식인 문학의 위기론에서 드러낸 과오에 대한 날카로운 비판적 인식이다. 작가란 자기 계급에 충실하든 배반하든 계급적 이해관계에 순응하기보다는 그것들의 역학 관계를 통찰하며 장인적 언어 탐구를 통해 새로운 지평으로 의식을 확대하고 개척을 수행하는 창작 주체이기 때문이다.

(나)에서 말하는 노동해방문학은 노동자계급의 당파성을 분명히하고 노

---

12 채광석, 「소시민적 민족문학에서 민중적 민중문학으로」, 『민족문학의 흐름』, 한마당, 1987, 293쪽.

13 홍정선, 「노동문학과 생산주체」, 《노동문학》, 1988. 1.

14 백낙청, 「사회주의 리얼리즘론과 엥겔스의 발자끄론」, 《창작과 비평》, 1990 가을호.

제1부 고독과 심성

292

동해방사상을 견지하며 노동자계급의 현실주의적 방법을 전면에 내세운다. 이들은 출발부터 민족 모순을 계급 모순 속에 복속시킬 것을 주장한다. 조정환의 "민족문제의 해결은 오직 계급문제의 발전적 해결 속에서만 가능하다"[15]는 선언이 그것이다. 이러한 입장은 맑스−레닌의 문예이론의 기본을 이루는 "노동자계급은 인류 역사상 유일의 보편 계급이며 총체적 계급"이라는 인식을 전제로 "노동해방문학은 보편적 해방자로서 인류가 봉착한 모든 문제를 고민하며 이를 노동자계급 당파성의 입장에서 인식하고 평가한다"[16]고 보는 시각을 바탕으로 한다.[17] 조정환으로 대표되는 이들의 주장은 마침내 '볼셰비키화'의 '관념적 전위주의화'에 이르면서 노동자계급의 미학보다는 투쟁의 전략에[18] 집중한다. 이것은 노동해방문학론이 〈사회주의 노동자동맹〉(사노맹)이라고 하는 전위적 노동운동의 외곽 조직으로서 대중적 선전 수단의 역할론에서 벗어나지 못한 한계로 보인다.

(다)는 북한의 주체사상을 사상적 기반으로 하여 북한 정권의 지배 원리를 남한 변혁운동의 근거로 삼고 있다. 따라서 문예 창작의 인식과 방법론이 주체사상에 입각한 주체문예이론에 준거를 두고 있다. "지도사상"에 대해 절대적 진리라는 것은 북한식 교조주의의 특성을 고스란히 노정시킨다. "지도사상"에 대해 불멸의 진리라는 인식은 그 자체로 역사 변혁의 살아있는 구체성을 억압하고 감금하는 폐쇄적인 권력적 사고임을 가리킨다. 남한

15 조정환, 「80년대 문학운동의 새로운 전망」, 《서강》, 17호, 1987.

16 조정환, 「민주주의민족문학론에 대한 자기비판과 〈노동해방문학론〉의 제창」, 《노동해방문학》, 1989. 4.

17 이러한 당파성의 인식은 노동자계급의 미적 이상을 지적한 다음의 마르크스 레닌주의 미학에 직접 닿아있다. "사회주의 미적 이상은 당파성과 깊게 관련된다. 사회주의 예술가의 당파성은 다른 무엇보다도 어떻게 노동하는 인간이 그 열악한 비인간적인 외적 조건하에서도 새로운 아름다움과 더욱 풍부한 인간성을 발양시켜 나가는가를 발견하는 데서 표현된다. 즉 인간의 아름다움을 좀 더 충만하게 밝혀낸다는 점에서 미적 이상에 닿아있다"(에르하르트욘, 임홍배 역, 『마르크스 레닌주의 미학 입문』, 사계절, 1989, 94쪽).

18 김명인, 「80년대 민중·민족문학론이 걸어온 길」, 『불을 찾아서』, 소명, 2000, 204쪽.

사회 변혁의 논리적 기준과 통일전선의 주도권이 북한 정권에 복속되는 노선을 드러내고 있다. 특히 친북적인 태도로 인해 민족 모순과 계급 모순의 극복에 관한 내적 매개항을 찾을 여지가 없다. 이미 북한의 견고한 당의 정책과 창작 방법론이 나아갈 길을 설정해 놓고 있기 때문이다. 남한 노동자 계급의 독자성과 주도성을 인정하지 않는다는 점에서 기왕의 민족문학론과 가장 대척점에 놓이는 이질성을 보인다.

이상에서 개략적으로 검토한 (가), (나), (다)는 공통적으로 강조해 온 민중성, 대중성 강화와는 달리 오히려 전문성을 띤 지식인들 사이의 관념적인 이론 논쟁에 머무르는 양상을 보여 준다. 그래서 이들 민족문학논쟁에 대해 "지식에 대한 절대적 신앙이라는 이데올로기를 은닉"하고 있으며 "노동계급의 헤게모니라는 명분 아래 실은 지식인의 헤게모니를 기도"[19]하고 있다는 비판이 제기되기도 한다. 이들의 민족문학논쟁은 문예 혁명적 실천을 강조했으나 정작 문예 대중화 사업을 통한 검증으로 나아가기도 전에 무기력하게 표류되고 와해되는 양상을 드러낸다. 1989, 90년 소련 및 동구권의 붕괴와 더불어 현실적 변혁의 뒷받침을 받지 못하는 관념적 한계가 극명하게 노출된 것이다. 그래서 유중하, 이재현, 김명인 등의 자기 반성과 자설 철회가 이어지게 된다.

한편, 위의 (가)와 (나), (다)에서 (가)는 1970년대 이후 진보진영의 민족문학론의 범주 속에 포괄된다면, (나), (다)는 당파성을 내세웠던 북조선예술총동맹의 노선과 가깝다. 특히 (나), (다)의 노동자계급의 당파성에 대한 헌신의 수준으로까지 문학의 민중성과 변혁지향성을 고양시켜 이를 한국 사회의 총체적 변혁을 위한 무기로 삼고자 한 이 급진적이고 야심적인 기획들은 그러나 섬광으로 끝나버리고 대부분 형해화되고 말았다.[20]

그 가장 주된 이유는 무엇일까? 첫째는 자본의 지배력 강화와 함께 "소

---

19 정과리, 「민중문학론의 인식구조」, 《문학과사회》, 1988년 봄.
20 김명인, 『불을 찾아서』, 소명, 1985, 185쪽 .

시민계급은 물론이고 프롤레타리아까지 혁명적 의식화의 가능성이 사물화된 의식으로 변질"[21]될 수 있는 속성을 무시한 채, 노동자계급의 미적 이상화라는 순박한 관념적 도식에서 벗어나지 못했던 것이다. 둘째는, "우리의 민중문학론은 구체적으로 분단사회의 민중문학론이요, 분단시대를 끝장내려는 민족문학론이기도 함으로 분단체제가 개입되지 않은 사회나 사회이론을 표준으로 노동계급의 주도성 문제를 가늠하는 것은 관념적 태도"[22]라는 점이다. 분단시대의 극복이라는 구체적인 매개항이 없는 계급 혁명론은 현실적으로 구체성을 띨 수 없기 때문이다.

그렇다면, (가), (나), (다) 중 중도의 균형점은 어디에서 찾을 수 있을까? 일단 표면적으로는 (가)에 가깝다. 1970년대까지 전개되어 온 진보 진영의 민족문학론을 계승하면서도 1980년대 들어 점차 부상한 기층 민중의 존재성을 적극적으로 포괄한 기우뚱한 균형의 지점이 중도의 지형일 것이다. 다만, (가)의 경우에서 뒤로 갈수록 강조된 "지식인 문학의 위기"에서 지식인을 '지식인 일반'이 아니라 '참된 지식인 여부'에 초점을 둔 것으로 해석하면 중도의 지점에 더욱 가깝게 해석된다.

이에 대한 날카로운 인식은 1980년대 민족문학 논쟁과는 일정 거리를 두고 있었으나 누구보다 문학사적 감각과 현장 문학에 가까이 있었던 김윤식에 의해 제기된 「민중문학론 비판」(1985)에서 찾을 수 있다. 그에 따르면 전위 운동으로서의 민중문학은 1)지식인이 주체가 된 문학운동 2)민중이 주체가 된 문학운동 3)민중이 즐기는 문학운동의 길로 나누어진다. 여기에서 그가 가장 많은 지면을 할애하고 있는 사르트르에 의해 제기된 바 있는 지식인의 이중적 존재성에 대한 설명이 주목된다. 이를 요약하면, 지식인은 지배계급에 의존하며 살아가지만 보편적 진리를 추구하는 속성을 지닌다. 그래서 이들은 지배계급에 동화되지 않으면서 동시에 노동자계층에도 결

21 성민엽, 「전환기의 문학과 사회」, 《문학과 사회》, 1988, 봄.
22 백낙청, 「통일운동과 문학」, 《창작과비평》, 1989, 봄.

코 동화되지 않는 이중적인 모순의 존재성을 지닌다. 바로 이 이중적 모순의 존재성이 모든 계층의 반성적 자각을 대행하며 보편화를 추구하는 주체로 작용할 수 있는 근거가 된다는 것이다. 김윤식이 설명하는 이중적 존재자로서 지식인이 담당해야 하는 반성적 자각이란 ① 노동자계층 내부에서 지식의 전문가가 자라나도록 돕는 일 ② 노동자계층 내부에 움트는 부정적 요소인 지배계층적인 이데올로기를 막는 일 ③ 노동자계층의 최종적 목표로서의 보편화를 보이는 일 ④ 지식인 자신의 목적(지식의 보편성, 사상의 자유, 진리)을 구출하고 거기에 인간의 미래를 보이는 일 ⑤ 일체의 권력에 저항함으로써 민중이 추구하는 목적의 파수꾼이 되는 일 등이다. 따라서 일체의 권력에 저항해 민중이 추구하는 목적을 지켜야 하므로 그는 노동자 계층이 만든 정당의 권력에도 비판적이어야 하며 그 정당이 목적에서 벗어날 때는 그것을 고발하지 않으면 안 된다.[23]

이와 같은 참된 지식인의 역할론은 1980년대 중도의 지점을 좀 더 선명하게 보여 주는 대목이기도 하다. 이것이 민중 주체의 민족문학론과 만나면, "지식인이 얼마나 노동자에게 배우고 노동자가 지식인에 의해 얼마나 자기 혁신을 꾀하느냐를 문제 삼는 일과 함께 전문적 작가의 상상력의 메마름을 노동자에게서 얼마나 메우는가를 문제 삼는 일, 그리고 그런 일이 어느 정도 떳떳한 단계에까지 이를 것인가"[24]가 핵심적인 과제가 된다.

실제로 1980년대 현실주의 시와 문예이론 역시 그 중심에는 참된 지식인의 역할이 중요하게 작동하고 있었다. 선명성과 선동성이 표면화되면서 중도의 노선이 수면 아래로 은폐되기도 했지만 그러나 지속적으로 시적 상상과 문예이론의 방향성을 선도하는 내적 영향력을 뿜어내고 있었던 것이다. 이것은 또한 은폐된 참된 지식인의 역할이 선명성과 선동성을 내세

23 김윤식, 「민중문학론 비판」, 『한국문학의 근대성과 이데올로기 비판』, 서울대학교 출판부, 1987, 292-293쪽.
24 위의 글, 301쪽.

운 노동해방문학론과 민족해방론을 점차 쇠잔하게 만든 동력이었던 것으로 정리된다.

4. 현실주의 시사와 중도의 지형

1980년대는 시의 시대였다. 5·18의 비극성은 비명, 증언, 저항, 위안, 연대의 시적 언어를 필요로 했다. 그래서 1980년대에 들어서서 시 전문 동인지와 무크지가 현저하게 증가한다. 1980년의《시운동》《열린시》《실천문학》1981년의《시와 자유》《오월시》《시와 경제》, 1982년의《우리 세대의 문학》《언어의 세계》《집단시》,1983년의《공동체문화》《삶의 문학》《평민시》《국시》등이 잇달아 창간되어 시단의 백가쟁명 시대를 열어간다. 시단의 보수주의가 한순간에 격파되고 등단 제도의 변화와 현실적 대응력이 질풍노도의 기세로 개진된다.

1980년대 등장한 현실주의 시사의 중심부는 박영근, 전인화, 김해화, 박노해, 백무산 등의 노동 현장성이 분명하게 드러난 시편들과 김남주, 오봉옥, 이산하, 고규태, 김주대 등의 반외세와 민족해방의 언어가 주조를 이루는 시편들 그리고 곽재구, 김용택, 김정환, 김진경, 나해철, 최두석, 김사인, 윤재철, 안도현, 도종환, 이은봉, 이재무 등의 민족적 민중의식을 견지한 시편들이 차지한다.[25]

그렇다면, 이들 시편에서 시중지도時中之道의 지형은 어디에서 찾을 수 있을까? 그것은 일단, 앞 장에서 지적한 바대로 계급 이기주의를 넘어서서 보

---

25 물론, 1980년대 시사는 현실주의 시편 이외에도 이성복, 이윤택, 이문재, 기형도 등으로 이어지는 모더니즘 지향시와 황지우, 박남철, 하재봉, 장정일로 이어지는 해체적 상상력이 또 다른 한편을 이룬다. 그러나 여기에서는 현실주의 시적 계보에 논의를 집중하기로 한다.

편적 성찰을 지향하는 참된 지식인의 장인적 역할에서 찾을 수 있을 것이다. 그렇다고 해서, 기층 민중과 노동자계층은 시중지도의 지형에 포괄될 수 없다는 것은 결코 아니다. 다만, 계급 혁명론과 당파성을 내세운 합목적론적인 변혁 논리가 지닌 허구성을 경계하는 것이다. 이를테면, 『마르크스 레닌주의 미학입문』에서 강조하는 "사회주의 예술가의 미적 이상은 당파성과 깊게 관련된다"는 전제하에 "계급투쟁의 실천은 인간의 본질 역량을 풍부하게 만들고, 발전·향상시켜, 인간의 행동으로 하여금 갈수록 사회발전의 법칙과 이상에 자각적으로 부합"한다는 논리를 교조적으로 적용하는 것은 현실주의 시가 견지해야 할 살아있는 리얼리티의 구현과 변별된다는 것이다.

노동해방문학과 민족해방론을 내세운 민족문학론은 시중지도時中之道의 방법론에서 도道의 자리에 노동자계급적 당파성과 주체사상을 올려놓은 형국이다. 이에 대한 비판적 입장을 개진하고자 하는 자리에서 리얼리즘 시에 대한 마지막 논쟁이 뜨거웠던 1991년 백낙청에 의해 제기된 「시와 리얼리즘에 관한 단상」은 직접적인 시사점을 제시하고 있어 주목된다.

> 나는 리얼리즘 논의의 중심에 놓이는 '당파성'의 개념은 어디까지나 '객관성'과 일치하는 것이어야 함을 강조했다. 말하자면 투철한 참여정신과 엄정한 객관정신이 조화롭게 결합된 지공무사至公無私의 경지라야 하는 것이다. 이는 또한 참된 의미의 중도中道이기도 하며, '사무사'의 경지와도 다르지 않을 것이다.
>
> 바로 이런 의미의 '시'가 특정 시대의 특정 작품에서 얼마나 달성되는지를 가리는 것이 리얼리즘 논의의 본뜻이 아닐까 한다. 이 차원에 미달하는 리얼리즘론이라면 예술의 어느 한정된 부문에만 해당되는 논의이거나, 마땅히 어느 일부에 국한되어야 할 것을 무리하게 일반화하는 논의가 될 수밖에 없다. …(중략)… 사실주의 전통과 어떤 식으로든 관련된 장편소설에 근거한 전형성, 사실성, 현실 반영성 등의 기

준을 짧은 서정시라든가 기타 온갖 종류의 운문 작품(그리고 산문)에
적용하는 데에 아무래도 억지가 따른다는 점은 상식이 아닐까 한다.
반면에 그러한 기준이 일부 한정된 갈래의 시들에만 적용한다고 말하
면 훨씬 무난하기는 하지만, 대신에 '다시 문제는 리얼리즘이다'라는
주장이 조금은 무색해짐을 피할 수 없게 된다. [26]

민족문학론을 주도해 온 비평가에 의해 중도가 운위되고 있어 이채롭다.
그는 당파성을 객관성으로 치환시키고 있다. 이때 객관성은 가장 본질적이
고 보편적인 경지를 가리키는 것으로 보인다. 그래서 지공무사至公無私, 사
무사와 연속성을 이루는 중도中道의 명제가 동원되고 있다. 시적 장르에서
"전형성, 사실성, 현실 반영성"을 강조하는 것은 "어느 일부에 국한되어야
할 것을 무리하게 일반화하는 논의"라는 지적이다. 이러한 지적에는 현실
주의 시란 객관적인 현실성과 동시에 시적 위의를 고려해야 한다는 당위성
이 강조되고 있는 것이다.

여기에서 시적 위의란 시의 장르론과 연관된 것으로 또 다른 본질적인 논
의가 뒤따라야 할 것이다. 그러나 여기에서는 일단 시적 위의에 대해 심미
적 주관성과 현실적 진정성을 연관시켜 보면, 심미적 주관성을 결여한 정
치 투쟁의 슬로건주의나 합목적론적인 역사관에 의한 현실성의 결여는 시
적 중도의 지점과 거리가 멀다는 것으로 요약된다. 문학의 사회적 참여가
강조된다고 해서 문학의 심미적 주관성이 약화되는 것은 결코 아니다. 아
도르노에 따르면, 문학의 심미적 주관성은 삶의 곤경이 가하는 억압으로부
터 보편성을 획득할 수 있는 상황에 이를 때 획득되는 것이지 모든 문예 창
작의 일반적인 특성은 아니라고 해명한다. 즉 전체주의를 목적으로 하는
공식적인 지배 문화에 대한 부정의 문제의식이 전제되어야 심미적 주관성

---

26 백낙청, 「시와 리얼리즘에 관한 단상」, 실천문학, 1991 겨울호.

이 빛을 발한다는 것이다.

또한, 아도르노가 강조하는 심미적 주관성과 문학적 자율성은 헤겔의 합목적적인 변증법에 대한 부정을 바탕으로 한다. 그는 헤겔의 변증법이란 부르주아적 이상론에 입각한 주관과 객관의 비동일성을 동일화하는 개념화이며 유형의 더미라고 파악한다. 변증법적 통합이 강요된 화해를 유도하는 것은 전체주의화의 오류에 가깝다는 인식이다. 따라서 그는 헤겔의 변증법을 극복하는 방법으로 개념화를 차단하고 개별화를 강조하는 부정의 변증법을 내세운다. 이와 같은 그의 부정의 변증법에 입각한 개별성의 강조는 예술이란 직접적인 방법으로는 정치적 태도를 취할 수가 없다는 논리로 이어진다. 정치적 논리와 문법을 통한 문학적 저항은 스스로 정치적 개념 속에 흡수되어 버리는 결과를 초래한다는 것이다.[27] 그레고리 베이트슨은 변증법의 정반합에서 정반의 이중성은 동의하지만, 합의 과정은 정반의 숨어 있던 차원이 살아 생동하여 올라오는 것이 아니라 동일 현실의 연장선에서 인위적으로 조직하고 취합하는 데 그치는 것으로 파악한다. 즉, 변증법은 보이는 현실의 역사 표면에만 주목하는 데 그치면서 보이지 않는 숨은 차원에서 변화의 동력을 봉인하는 과오를 반복한다는 인식이다. 그에 따르면 모든 생명운동이나 정신운동 심지어 물질운동까지도 그 기본 구조는 이중적이다. 그러므로 이는 변증법에서 합명제로 귀결되는 3분법의 허구를 지적하는 근거가 된다.[28] 이상에서 논의한 시적 위의와 현실성을 바탕으로 한 시적 중도의 지점을 가늠해 보면 1) 시적 상상이 현실적 진정성을 지닐 것. 2) 심미적 주관성이 공동체적 보편성을 지닐 것 3) 시적 미의식이 자연의 존재 원리와 이치(천지공심天地公心의 정서적 이치)로 열려 있을 것, 등으로 정리된다.

---

27 아도르노의 이러한 입장은 현실과 무관해 보이는 초현실주의와 같은 전위예술들이 현실과 무관해 보이지만 현실적 부자유에 대응하는 주관적 자유의 극단적 추구란 점에서 아픈 고통의 언어라는 결론으로 귀결된다(T. W. 아도르노, 김주연 역, 『아도르노의 문학이론』, 민음사, 1985, 71-113쪽 참조).

28 그레고리 베이트슨, 박지동 역, 『정신과 자연』, 까치, 1998 참조.

이러한 전제 속에서 1980년대 현실주의 시사의 중도의 지점을 시 작품을 통해 직접 감지해 보기로 하자.

(1) 눈 내리는 만경들 건너가네
　　해진 짚신에 상투 하나 떠가네
　　가는 길 그리운 이 아무도 없네
　　녹두꽃 자지러지게 피면 돌아올거나
　　울며 울지 않으며 가는
　　우리 봉준이
　　풀잎들이 북향하여 일제히 성긴 머리를 푸네

　　그 누가 알기나 하리
　　처음에는 우리 모두 이름 없는 들꽃이었더니
　　들꽃 중에서도 저 하늘 보기 두려워
　　그늘 깊은 땅속으로 젖은 발 내리고 싶어하던
　　잔뿌리였더니

　　그대 떠나기 전에 우리는
　　목 쉰 그대의 칼집도 찾아주지 못하고
　　조선 호랑이처럼 모여 울어주지도 못하였네
　　그보다도 더운 국밥 한 그릇 말아주지 못하였네
　　못다 한 그 사랑 원망이라도 하듯
　　속절없이 눈발은 그치지 않고
　　한 자 세 치 눈 쌓이는 소리까지 들려오나니

　　…(중략)…

들꽃들아

그날이 오면 닭 울 때

흰 무명 띠 머리에 두르고 동진강 어귀에 모여

척왜척화 척왜척화 물결 소리에

─귀를 기울이라

─안도현, 「서울로 가는 전봉준」 부분[29]

(2) 작업복을 입었다고

사장님 그라나다 승용차도

공장장님 로얄살롱도

부장님 스텔라도 태워 주지 않아

한참 피를 흘린 후에

타이탄 짐칸에 앉아 병원을 갔다

기계 사이에 끼어 아직 팔딱거리는 손을

기름 먹은 장갑 속에서 꺼내어

36년 한 많은 노동자의 손을 보며 말을 잊는다

비닐봉지에 싼 손을 품에 넣고

봉천동 산동네 정 형 집을 찾아

서글한 눈매의 그의 아내와 초롱한 아들놈을 보며

차마 손만은 꺼내 주질 못하였다

─박노해, 「손무덤」 부분[30]

(3) 아버지여

---

29 안도현, 『서울로 가는 전봉준』, 민음사, 1985.

30 박노해, 『노동의 새벽』, 풀빛, 1984.

북쪽 들에는 웃음이 무성하나요

당신께서 넘어간 산 고개는

어느 메 뿌리를 세웠기에 저리 높은가요

북녘으로 머리를 두고

남녘으로 다리를 뻗고

누가 이마를 깎았기에 그토록 가파른가요

아비도 아제도 늙은 당숙까지 넘어간

그 고개는

영영 돌아올 수 없는 그 깊은 고개는

어쩌지요

나이 어린 혼들이

날지도 떠돌지도 못하고

땅살에 반쯤 박혀 엎드려 있는데

어쩌지요

나이 어린 송장들이

제 몸도 가리지 못하고

앙상히 북쪽만 바라보고 있는데

　　　　　　　　　　　　—오봉옥 「붉은 산 검은 피」 부분[31]

　시 (1)의 전경은 만경들을 가로질러 서울로 압송되는 동학 농민전쟁의 지도자 전봉준이다. 반외세와 반봉건 민중항쟁을 주도했던 미완의 혁명가 전봉준이 끌려가는 길에 민초들은 물론 들판의 풀잎과 "동진강"의 물결들까지 비감 어린 정서적 공감의 연대를 이룬다. 시적 화자의 눈길 역시 전봉준의 모습보다 이를 지켜보는 주변의 민초들, 더 나아가서는 그 민초들의 마

31　오봉옥, 『붉은 산 검은 피』, 실천문학사, 1989.

음결에 더 많은 관심을 할애한다. "목 쉰 그대의 칼집도 찾아주지 못하고/ 조선호랑이처럼 울어 주지도 못하였네/ 그보다도 더운 국밥 한 그릇 말아주지 못하였네"라고 노래하는 실패한 혁명가에 대한 연민과 동정의 순박한 인간애가 시상의 기본 정조를 이룬다. 절망적인 고통 속에서 역설적으로 피어나는 공동체적 미의식이 형상화되고 있다. 미완의 혁명가에 대한 민초들의 연민과 회한은 점차 "한 자 세 치 눈 쌓이는 소리"에도 가슴 아파하는 살가운 죄의식으로 깊어진다. 이러한 민초들의 지고지순한 마음결은 "일제히 성긴 머리를 푸"는 "풀잎"과 "동진강" 물결들의 감응과 공명에서 표상되듯 자연의 뜻이며 순리에 해당한다. 그래서 마지막 연의 "그날이 오면" "척왜척화 척왜척화 물결 소리에/ 귀를 기울이라"는 언명은 동학 농민전쟁의 처절한 싸움에 대한 정서적 환기와 동시에 고통스럽지만 천지공심의 정서에 이르렀던 시절에 대한 그리움을 강조하고 있는 것으로 보인다.

시 (2)는 자본가와 대립되는 상대적 존재자로서의 노동자상이 극명하게 표상되고 있다. 자본가와 노동자의 대결 구조 속에는 증오, 분노, 소외 의식이 폭약처럼 농축되어 있다. 한 노동자가 노동 중에 손목이 절단되었다. 피의 참상이 벌어졌으나 지나가는 사장님, 공장장님, 부장님의 승용차들은 모두 병원으로 이송해야 할 그를 차갑게 외면한다. 그 이유는 그가 "작업복을 입"은 노동자라는 이유 때문이다. 시적 화자는 "기름 먹은 장갑 속에서 꺼"낸 "정 형"의 손을 "비닐봉지에" 싸서 "정 형"의 아내와 아들이 있는 집으로 간다. 그러나 그는 차마, 이들 앞에 "정 형"의 잘린 손을 꺼내 놓지 못하고 뒤돌아선다. 시적 서사가 계급적 적대감을 극단화시키고 있다. 자본가가 노동자를 인간으로 예우하지 않는다는 고발이 곧바로 자본가는 인간이 아니다라는 명제로 이어지고 있다.

계급 혁명을 위한 시적 선동성이 부각되면서 지배와 종속, 억압과 저항의 대립 구도가 시상의 구조로 작용하고 있다. 이때, 시적 리얼리티는 상대적으로 약화된다. 노동자계급의 당파성에 입각한 변혁 논리에 따라 현실 상황이 재구성되고 있는 것이다. 그래서 자본가와 노동자의 실질적인 삶의 현실과 관계성은 휘발되고 있다. 그러나 합목적적인 역사관에 따른 개념화된 전망이 한갓 신기루에 가까운 운명임을 이 당시의 당파성을 내세운 시인들은 미처 알아채지 못하고 있었다. 이들은 대부분이 마르크스-레닌주의에 입각한 당파성과 계급성을 뚜렷한 노선으로 정립시키면서 계급 혁명을 위한 전선문학을 추구해야 한다는 당위성에 갇혀 있었던 것이 사실이다. 그리하여 시적 언어가 총알이 되는 전위적 공격성에는 충실했으나 노동자적 세계관을 통해 승화되는 공동체적인 미적 건강성을 노래하지는 못했다. 노동자가 비인간적인 외적 조건 속에서도 새로운 아름다움과 풍부한 인간성을 발양시켜 나가는, 노동자계급의 미적 이상에 다가서지는 못하고 있는 것이다. 노동시의 정치적 슬로건화가 노출되는 배경도 여기에 있다.

물론 이러한 노동해방문학이 당대적 유효성을 지니지 않은 것은 결코 아니다. 당시의 열악한 노동환경과 분배의 불균형, 인권유린의 현실을 변혁시키는 방법론으로 마르크스—레닌주의는 매우 유효한 역할을 수행하였다. 그러나 자본주의는 다른 한편에서 강력한 현실 적응력과 위기 대응 능력을 발휘하면서 자기증식을 지속적으로 수행해 나가고 있었다. 그리하여 다층적이고 다차원적으로 형질전환을 일으킨 자본주의 현실은 이미 마르크시즘의 계급 모순과 생산력과 생산 관계의 방법론으로 해명할 수 없는 차원에 도달하고 있었다. 그래서 목적론적인 변혁 논리에 충실한 노동시는 숨은 차원이 담지하고 있는 새로운 질서의 가능성을 감각화할 여지를 확보하지 못했던 것이다.

시 (3)은 세 편의 서시와 9개 장의 본편, 그리고 맺음시 한 편을 통한 구성으로 1940년대 일제말 항일투쟁기에서 1946년 10월 인민항쟁기까지를 다룬 서사시이다. 「서시 1」은 갑오농민전쟁-항일무장투쟁-해방 후 남한 빨치산투쟁-광주민중항쟁을 민족해방투쟁의 연속성 속에서 파악하고 있고, 「서시 2」는 1946년 8월 15일 전남 화순에서 일어난 '화순 탄광 노동자 학살' 사건을 반미 항전의 시각에서 다루고 있다. 「서시 3」은 씻김굿 형식을 통해 민족해방의 초혼제를 펼쳐 보이는 마무리 부분으로 구성되어 있다.

이 서사시의 가장 큰 특징은 해방 직후 남한 민중들 사이에 김일성에 대한 동경과 영향력이 강하게 작용했다고 보는 시각이다. 북한의 혁명 전통과 남한의 혁명 전통을 연속성 속에서 파악하고 있다. 그러나 이것은 역사적 사실과는 거리가 멀다. 또한 시인은 김일성 중심의 항일혁명투쟁사에 입각하여 노동계급과 민중의 혁명적 입장에 서서 오늘의 변혁 과업 수행에 기여하고자 한다. 그러나 김일성의 항일무장투쟁을 지도사상으로 하는 혁명 과업은 남한 노동자계급의 혁명 역량과 내적 모순의 인식을 주체적으로 수용해낼 수 없는 한계를 처음부터 안고 있다.

이상의 시편들을 앞 장에서 살펴본 민족문학론에 대응시켜 볼 때, (1)은 민중적민족문학론에 (2)는 노동해방문학론에 (3)은 민족해방문학론에 가까운 것으로 파악된다. 물론, 한 편의 시는 그 유기적인 생물적 속성으로 인해 문예이론의 논리 체계에 직접 상응하지 않는 특징을 지닌다. 시적 상상은 문예미학의 어느 특정 계열에 속하지 않을 수도 있고 모든 계열에 두루 포괄될 수도 있다. 또한 어느 한 특정 시인의 작품이라 할지라도 상황에 따라 수시로 다양하게 변화하는 유연성을 지닐 수 있을 것이다. 이러한 상황적 인식을 바탕으로 위의 시 (1) (2) (3)에서 시중지도時中之道의 나침반이 가리키는 지점을 가늠해 보면, (1)의 지점이 가장 근접한 것으로 파악된다. 그것은 시적 상상이 합목적론적인 인식론에 갇히지 않고 현실적 진정성을 추구하고 있다는 점, 시적 정서가 개별적 존재성을 넘어 천지공심天地公心의 정서에 이르는 근원 심상으로 열려 있다는 점, 절망적인 고통 속에서 성취하는 공동체적 보편성의 미의식을 보여 주고 있다는 점 등에서 찾을 수 있다. 이렇게 보면, 1980년대 현실주의 시사의 시중지도 지형은 곽재구, 김용택, 김정환, 김진경, 나해철, 최두석, 김사인, 윤재철, 안도현, 도종환, 이은봉, 이재무 등의 민족적 민중의식을 견지한 시편들의 계열과 근접한 것으로 보인다.

5. 결론

한국 현대시사는 분단시대라는 상황적 조건 속에서 전개된다. 분단시대
는 사상과 이념은 물론 시적 삶에서도 균정과 통합보다는 이항대립적인 양
극화를 가속화시켰다. 그래서 양극을 포괄하는 역동적 중도의 노선은 분단
구조 속에 급격하게 와해되어 갔다. 한국 현대정치사에서 여운형, 김규식,
안재홍, 김구 등을 거쳐 조봉암, 장일순 등으로 이어지는 중도파가 급격한
쇠퇴의 길을 걷게 된 것처럼 문학사에서도 조선문학가동맹 측의 인민적민
주주의 문학론 노선이 남북에서 모두 거세되면서 양극화의 대결 구도로 치
닫는 양상을 보인다. 특히 한국 현대시사는 8·15와 6·25, 4·19와 5·16, 10·26
과 5·18로 점철되는 양극의 충돌과 격절을 마디절로 각각 분단체제 성립기
(1945-1959), 분단체제 심화기(1960-1979), 분단체제 전환기로 이어진다. 따라
서 이들 각 시기에 대한 인식 역시 제3의 중도적 시각을 견지할 때 올바르게
조망할 수 있을 것이다. 물론 중도는 단순히 중간을 가리키는 것은 아니다.
양극을 포괄하면서 동시에 가운데를 응시하며 적절한 상황에 따라 객관적
진리를 관철해 내는 성지시자聖之時者[32]의 세계관을 가리킨다. 이제 우리에게
는 온전한 민족적 삶과 분단 극복의 지향을 위해서도 다시 중도적 노선의
복원이 요구된다. 1980년대는 해방 직후 민족문학논쟁의 노선 투쟁을 방불
케 하는 이론적 각축전을 보여 주었다. 따라서 1980년대의 현실주의 시사
를 시중지도時中之道의 방법론적 인식에 따라 규명하는 것은 1980년대의 급
진적인 문예이론과 시적 상상을 입체적으로 조망하고 이를 균형 잡힌 시각
에서 평가하는 데 유효하다.

1980년대 민족문학론은 민중적 민족문학론, 노동해방문학론, 민족해방

---

[32] 이동준, 「시중지도의 재인식」, 『유교의 인도주의와 한국사상』, 한울, 1997, 15쪽.
성지시자聖之時者란 맹자가 공자의 처세를 가리킨 것으로 '미리 일정한 방식을 정하지
않고 상황에 따라서 그에 합당하게 대응하는 것'을 가리킨다.

문학론 등으로 크게 나누어지며, 시적 상상 역시 이에 대응하는 계열체로 나누어 볼 수 있다. 여기에서 중도의 지점은 민중을 포괄하면서도 지식인 중심의 민족문학론을 견지하는 기우뚱한 중심에서 찾을 수 있었다. 그리고 이러한 작업은 1980년대 현실주의 시사의 가치 평가 기준을 합목적론적인 역사관에 입각하여 노동계급적 당파성을 내세운 선명성 위주에서, 현실적 진정성과 공동체적 보편성의 미의식 그리고 자연의 이치로 열려 있는 시적 정서로 이동시키는 의미를 지닌다. 이것은 궁극적으로 오늘날의 우리 시가 지향해야 할 방향성을 가늠하는 데에도 중요한 좌표가 될 것이다.

지구화 시대의 가치 규범과 동학의 생명사상

1. 서론

21세기 들어 지구화 시대가 본격적으로 전개되고 있다. 초국적 기업의 확대와 정보화 산업의 비약적 발달을 계기로 지구는 하나의 거대 사회로 급속하게 재편되고 있다. 경제는 물론 군사, 정치, 환경, 문화 등의 전 분야가 국민국가의 범주를 넘어서는 초국가적인 새로운 관계성 속에서 전개되고 있다. 그래서 '지역적으로 생활하고 지구적으로 사고하'는 삶의 양식이 생활 속에서 일반화되어 가고 있다.

지구화는 이제 국민국가를 넘어서는 새로운 차원의 질서와 문화를 창조해 나가고 있다. 이러한 지구화의 길에서 크게 두 가지의 질문을 하게 된다. 지구화의 진입이 국민국가의 질서 체계를 넘어서는 새로운 문명의 가능성을 열어갈 것인가? 그렇지 않으면, 또 다른 세계 위험사회를 불러올 것인가? 전자는 국민국가의 배타적인 갈등과 독선으로 인해 발생해 온 생태계 파괴, 대량살상무기의 증가, 빈곤과 기아의 발생, 인권탄압 등의 문제가 지구화의 초국민적인 커뮤니케이션과 네트워크의 부상, 초국민적인 시민사회 조직과 정치 행위자들에 의해 관리될 수 있을 것이라는 입장이다.

반면에 후자는 국민국가가 무력화된 이후 서로 다른 이익 집단과 세력의 충돌로 인한 지속적인 혼란과 신자유주의의 지구적 확산이 불가피할 것이라는 입장이다.

이러한 낙관론과 비관론은 지구화에 대응할 바람직한 방법론의 필요성을 환기시켜 준다. 국민국가가 초래한 부정적 현실에 대한 비판은 기본적으로 근대성에 대한 성찰이기도 하다. 국민국가의 형성과 전개는 근대 산업문명의 발전과 더불어 중앙정부의 통치체제 구축과 경제통제 강화의 필요성[1] 속에서 이루어져 왔기 때문이다. 따라서 지구화는 근대성의 성찰을 통한 제2의 근대화 과정[2]으로서 의미를 지닌다. 따라서 지구화 시대에는 근대 국민국가 질서에 대한 성찰을 바탕으로 지속 가능한 생명의 발전과 평화의 실현을 위한 초국민적 지구의식을 올바르게 정립하고 이를 구체적으로 실천해 나가는 것이 중요하다.

그렇다면 지구화가 요구하는 바람직한 지구의식은 구체적으로 어떤 것일까? 이러한 질문 앞에 동학의 생명사상은 많은 시사점을 제공해 준다. 특히 국민국가 체제의 근간이 된 근대 산업문명의 발달이 인간의 사물화, 전 지구적 차원의 환경파괴, 물질만능주의, 생명가치 상실 등을 초래한 위기적 상황에서 동학의 생명사상은 대안 문명의 가치관으로서 중요한 의미를 지닌다.

동학이란 본래 '동국의 학', 즉 '조선의 학'을 의미한다.[3] 동학은 조선시대

---

1 근대 국민국가의 형성 배경은 강압력의 축적과 집중, 중앙통제 체제 구축, 경제통제 강화, 문화통제 강화 등의 필요성에서 찾을 수 있다(Tilly, C., Coercion, Capital and European States, AD 990-1990. Cambridge, MA: Basil Blackwell, Inc, 1990, 17-28, 96-99 참조).

2 울리히 벡, 조만영 옮김, 『지구화의 길』, 거름, 2000, 26쪽.

3 예로부터 우리나라를 동국이라 하고 우리 역사를 동사라 하고 우리 의학을 동의라고 했다. 그러므로 동학은 서학에 대한 동학이 아니라 모든 외래 학문에 대응하는 '우리 학문'을 의미한다(김용휘, 『최제우의 철학』, 이화여자대학교 출판부, 2012, 10쪽).

말(19세기)에 동양과 서양의 충돌로 인한 가치관의 혼란, 민중적 삶의 궁핍, 인간성 상실 등의 극심한 위기 상황에서 동양의 유불선 삼교를 바탕으로 등장했다. 그리하여 서학의 충격을 흡수하고 인간은 물론 모든 생명의 신성성이 회복되는 이상적인 새로운 세계로의 변혁을 강조했다. 다시 말해, 동학은 자본주의와 과학기술, 국민국가라는 '근대성'으로 무장한 서양 열강의 동점東漸에 대응하는 조선의 주체적 '근대성'의 산물이다.[4]

그러나 동학사상은 우리의 민족적 범주를 넘어서는 21세기 세계의 대안 문명적 보편성을 지닌다. 이것은 동학의 가장 핵심 사상에 해당하는 시천주侍天主와 후천개벽後天開闢에서 선명하게 드러난다. 시천주는 인간과 모든 사물이 하늘을 모신 주체라는 인식으로 집약된다. 후천개벽은 이미 운이 다해 가는 혼란의 시대가 지나고 '다함이 없는 큰 도無極大道'에 따라 살아가는 문명적 대전환이 도래할 것이라는 운세관을 가리킨다. 그러므로 후천개벽이란 시천주의 사회적 실천에 해당된다. 이렇게 보면, 결국 동학은 자기 안의 한울님을 발견함으로써 스스로를 개벽하고 나아가 사람과 뭇 생명을 신령한 한울님으로 모시고 공경하는 '생활의 성화聖化'를 이루며, 또 그것을 사회적으로 확장함으로써 '모심과 살림'의 거룩한 원리가 사회를 지배하는 '사회적 성화聖化'를 이루고자 한 문명적 개벽 운동이다. 이것은 시천주의 '모심'을 바탕으로 한 생활양식의 전면적 전환이며 인류 문명을 근원적으로 반성하고 치유하고자 하는 '살림' 운동이다.[5]

이렇게 보면, 작게는 개인의 정체성 상실에서부터 크게는 전 지구적 환경파괴에 이르기까지, 근대 국민국가가 급속하게 산업문명을 추진함으로써 초래한 심각한 위기 상황에서, 동학의 '살림' 운동은 문명적 출구로서 중요한 가치를 지닌다. 다시 말해, 근대 산업문명이 도구적 이성과 기계적 환

---

4 박맹수, 「동학창도와 개벽사상」, 『생명의 눈으로 보는 동학』, 모시는사람들, 2014. 7, 115-121 참조.

5 김용휘, 『시천주와 다시개벽』, 이화여자대학교출판부, 2012, 111쪽.

원주의를 통해 자연에 대한 인간의 지배, 착취, 조종을 정당화하고 모든 생명현상을 물질적·객체적 대상으로 소외시킨 반생명적 세계관에 대한 대안 철학으로서 동학의 생명사상이 자리매김할 수 있다는 것이다.

특히 지구화는 지구적인 것과 지방적인 것이 활발하게 상호작용하는 지구지역화 속에서 전개된다. 정보통신 네트워크의 발전과 국민 이동의 확산에 따라 개별적 지역문화의 전 지구적 보편화와 상징화도 빈번하게 일어난다. 이 논문은 이러한 문제의식에 입각하여 근대 국민국가의 한계와 지구화의 특성을 구체적으로 검토하고 동학의 생명사상이 갖는 지구적 보편의식으로서의 의미와 가치를 살펴보고자 한다. 아울러 동학이 지니고 있는 네오휴머니즘적 속성을 통해 지구적 생명가치 실현의 가능성을 논의해보기로 한다.

2. 지구화론의 양상과 가치 규범의 필요성

지구화는 인류에게 새로운 시간과 공간의 경험을 가져다준다. 자본주의의 급격한 발전과 정보통신기술 체제의 확산은 국민국가, 지역, 대륙 등을 뛰어넘는 새로운 공동 질서와 생활양식을 불러오고 있다. 오늘날 이러한 지구화는 선택의 문제가 아니라 멈출 수 없는 역사적 변화이다. 그렇다면, 지구화의 내용과 성격은 구체적으로 무엇일까? 지구화론의 대표적인 유형을 요약적으로 정리하면 다음과 같다.

첫째, 경제의 지구화를 강조하는 월러스타인의 '세계체계론'[6]이다. '세계체계론'에 따르면 지구화는 새로운 현상이 아니다. 자본의 지구화가 전개

---

6 세계체계론은 세계를 하나의 단위로 사고함으로써 사회과학에서 지구화에 대한 생각을 발전시키는 데 중대한 공헌을 했다(김윤태, 「지구화와 사회이론」, 『경제와 사회』 43호 ,1999, 212쪽).

되기 시작하면서 이미 지구화는 시작된 것으로 파악한다. 자본의 지구화는 1970년대 이래 미국 헤게모니의 후퇴와 함께 세계질서가 일국 중심체계에서 다극 중심체계로 재편되면서 시작된 헤게모니 쟁탈전의 과정을 가리킨다. 월러스타인은 자본의 지구화에 따라 이미 세계는 경제적으로 통일되어 있으며 각각의 국민국가는 세계 경제를 뒷받침하는 하나의 노동 분업 구조로서 존재한다고 파악한다.[7] 세계체계론에서 국가간 위계질서와 불평등은 지구적 차원에서 최대 이윤이라는 원리에 의해 구조화되고 재생산되는 것으로 이해한다. 전 지구는 자본주의적 세계 경제의 지배 질서와 구속력 안에서 작동한다.[8] 세계체제는 엄청난 경제적 부유함뿐만 아니라 엄청난 빈곤 또한 만들어 내기 때문에 이 체제 안에서는 국민국가 간의 갈등이 증폭되고 첨예화된다. 그래서 세계체계론에서 지구화는 대체로 비관적이다.

둘째, 문화의 지구화이다. 지구문화론은 1960년대 이래 급속도로 발전하고 있는 교통, 정보, 통신 등의 기술혁명에 따라 세계 중심부 문화의 확산을 가리킨다. 그러나 지구문화론이 세계 중심부 문화의 전체주의적, 일방적 확산만을 가리키지는 않는다. 전 지구적 미디어의 발전은 지역문화의 세계화를 추동하기도 한다. 그래서 지구문화론은 세계화와 지역화의 상호 관계성 속에서 재구성되는 지구지역화의 양상을 보인다.

아르준 아파두라는 전 지구적 문화현상의 요인과 양상을 5가지로 정리하고 있다. ① 이민, 피난민, 외국인 노동자에 의해 이루어지는 민속적인 양상(ethnoscapes), ② 다국적 기업, 직접 투자, 기술 현상의 확산(technoscapes), ③ 통화시장과 주식거래에서 화폐가 급속하게 이동하는 금융의 양상(financescapes), ④ 신문, 잡지, 텔레비전, 영화에 의해 생산되고 분배되는

7 월러스타인이 세계 경제의 시각에서 지구화를 설명하는 논리는 다음의 책을 통해 집중적으로 개진되고 있다(이매뉴얼 월러스틴, 강문규 역, 『자유주의 이후』, 당대, 1996).

8 울리히 벡, 조만영 옮김, 『지구화의 길』, 거름, 2000, 71쪽.

매체의 이미지와 정보 양상(mediascapes) ⑤ 서구 계몽주의적인 세계관의 요소로 이루어진 국가나 반국가 운동의 이데올로적 양상(ideoscapes)등이다.[9]

결국 지구문화론은 다양한 정치, 경제, 문화적인 생활양식의 초국가적 이동, 지구적인 것과 지방적인 것의 상호영향 관계 등에 따라 지속적으로 형성되는 것임을 알 수 있다.[10]

셋째, 세계사회론이다. 세계사회론은 각각의 국민국가들이 보편적인 세계 문화 모델을 추구한다는 입장을 강조한다. 이때 보편적인 세계 문화 모델은 시민권, 인권, 교육, 사회경제적 발전 등에 대해 세계적인 수준의 동의와 가치를 지닐 수 있는 것을 가리킨다. 따라서 세계사회론의 입장에서는 보편적인 세계 문화 모델의 지구적 확산과 적용의 필요성을 강조한다.[11] 세계사회론을 주장하는 논자들은 지구화의 확산과 더불어 서로 다른 국민국가들의 헌법, 교육체계, 남녀평등권, 인권의 향상, 보편적인 복지체계, 건강관리 등의 공통된 표준이 강화되고 있는 점에 주목한다. 세계사회론은 지구화 과정에서 보편적인 세계 문화의 표준을 중요시하고 이를 제도적인 차원에서 관찰하고 평가하고 있는 것이다.

이상에서 살펴본 바처럼, 지구화는 근대 국민국가의 경계를 넘어 지구적 차원에서의 새로운 질서와 생활양식의 출현을 가리킨다. 근대 국민국가의 쇠퇴는 '세계체계론'에서 제시하듯, 지구 전체를 정글의 법칙이 지배하는 약육강식의 행성으로 만들 수도 있다. 세계 금융시장이 지구적 차원에서 명령하고 복속하는 위계 서열을 결정할 수도 있기 때문이다. 이때는 통제되지 않는 부의 양극화와 극심한 차별이 초래될 수 있다. 또한, '세계체제론'에서

9 Appadurai, A, 1990, "Disjuncture and Difference in the Global Culture Economy, in Featherstone(ed), Global Culture, London, Sage publications.

10 지구화 시대의 진행은 전 지구적 보편 문화를 출현하게 하면서 동시에 개별 문화가 갖는 특수성의 전 지구적 가능성을 부각시키기도 한다(Malcom Waters, Globalization. London: Routledge. 1995, p.126).

11 Meyer, Boil, Thomas, Ramirez, 1997: 146-148.

강조하는 '자본의 지구화'는 지구 사회 전체를 시장 논리, 시장 원리, 시장 가치를 향해 사회 전체를 훈육하고 재조직하고 관리하는 시장 전체주의를 초래시킬 수 있다. 시장전체주의는 사회적 이성의 마비를 추구한다. 그리하여 시장 효율성, 경제적 부가가치의 산출, 시장 기여도 이외의 것들은 무가치한 것으로 평가 절하되면서 이성적, 비판적 담론들은 쉽게 부정된다.[12] 그래서 시장전체주의는 생명을 기계적 사물로, 존재를 소유로, 지식을 기술로, 가치를 가격으로 바꾸어 놓는 전도된 세계를 연출한다. 이것은 물질적, 제도적 위기일 뿐만 아니라 지적, 윤리적, 정신적 위기이며, 인류사상 유례없는 전 지구적 생명 파괴의 위기를 초래할 수 있다. 국민국가의 기반이 된 근대 산업문명의 모든 생명현상을 물질적인 객체적 대상으로 파악하고 지배, 조종, 정복을 정당화하는 도구적 이성과 기계주의적 환원주의가 시장전체주의에서는 더욱 공고화되고 있는 것이다.

한편, 지구 문화 역시 다국적 거대 문화산업의 기호와 이미지 조작 및 관리를 통해 획일적인 전체주의화를 초래할 수 있다. 이렇게 보면 미래의 지구화가 다양성, 상호 개방성, 지역 정체성을 억압하고 단일한 지구제국의 건설로 나아갈 가능성도 배제하지 못한다.

따라서 지구화의 진행과 더불어 올바른 지구의식의 가치 규범을 모색할 필요가 있다. 그리하여 지구화가 근대 국민국가의 한계를 뛰어넘어 지속 가능하며 생명의 발전을 담보할 수 있도록 해야 할 것이다. 이를 위해서는, 문화의 지구화론과 세계사회론에서 제시하고 있는 전 지구적인 정보, 통신, 경제적 네트워크의 순기능을 적극적으로 활용하여 지역적인 것과 지구적인 것의 상호 관계성을 통한 지구적 차원의 미래가치 규범과 세계 문화 모델을 창조해 나가야 한다. 물론, 이때의 미래가치 규범과 세계 문화 모델은 근대 국민국가의 '산업문명의 폐해, 배타적 패권주의, 폐쇄적인 지역문화를' 넘

---

12 도정일, 『시장전체주의와 문명의 야만』, 생각의 나무, 2008, 133-145쪽 참조.

어서서 지구 사회의 공존공영과 생명가치의 회복을 위한 대안 문명의 역할을 감당해 내어야 한다.

3. 동학의 시천주侍天主 사상과 21세기 지구의식

앞에서 지적한 바처럼 지구화는 선택의 대상이 아니라 이미 진행되고 있는 당면 과제이다. 따라서 근대 국민국가의 쇠퇴에 따른 혼란을 최소화하면서 지속 가능한 생명의 발전을 위해 지구 공동 사회의 건설이 요구된다. 특히 정보통신 네트워크의 발전과 국민 이동의 확산으로 인해 지구지역화가 가능해진 상황을 활용하여 제3세계 문화의 가능성을 지구적 보편성으로 발전시키는 노력이 요구된다. 이러한 과제 앞에서 조선시대 말에 서구 근대 질서와 조선의 유교적 전통 질서를 동시에 비판하면서 창도한 동학의 생명사상은 오늘날과 같은 지구화 시대에 대안 문명의 철학으로서 중요한 의미를 지닌다.

동학은 1860년 4월 5일 수운 최제우(1824~1864)가 하느님의 계시와 그 의미의 깨우침을 바탕으로 창시된 종교이다. 동학의 명칭은 서학에 대한 동학이 아니라 유학과 서학을 포함한 모든 외래 학문에 대한 '우리 학문', 즉 '동국의 학'을 의미한다.[13] 동학의 종교 철학은 최제우가 집대성한 경전, 《동경대전》《용담유사》[14]를 통해 집중적으로 드러난다. 동학의 교리는 이전의 어떤 종교나 철학과도 변별되는 새로운 인간관, 자연관, 우주관, 역사관을 보여

---

13 김용휘, 『시천주와 다시개벽』, 이화여자대학교출판부, 2012, 11쪽.
14 동학의 창도는 1860년 4월 5일 수운 최제우가 하느님으로부터 계시를 받는 신비 체험에서부터 시작되므로 동학의 경전은 바로 이 체험의 설명이다. 『용담유사』는 민중들을 위해 이 체험을 한글 가사의 형식으로 노래한 것이고 『동경대전』은 이를 한자로 정리한 것이다.

준다. 이러한 동학사상은 제2대 교주 최시형에 의해 구체적 생활양식과 사회운동으로 확산된다. 그리고 제3대 교주 의암 손병희에 의해 동학은 천도교라는 종교로 제도화되었고 일제강점기에 1919년 3·1운동의 범민족적 독립운동을 선도하면서 역사의 전면에 등장한 이래 지금까지 대표적인 민족 민중종교와 생활철학으로서 지속적으로 계승되고 있다.

지구화 시대가 요구하는, 바람직한 지구의식으로서 의미를 지니는 동학사상의 특성을 동학의 교리를 중심으로 논의해 보기로 한다. 동학의 핵심적인 내용은 개벽開闢과 시천주侍天主[15]로 집약된다. 시천주侍天主의 사상을 바탕으로 새로운 이상 사회를 열어가고자 하는 개벽의 의지가 동학 교리의 핵심을 이루는 것이다. 개벽은 혁명의 차원─단기간에 물리적인 힘을 통하여 한 사회의 상층 지배구조를 개혁하려는─을 넘어선다. 개벽은 인류가 빚어낸 문명 자체의 근원적 변화를 꿈꾼다. 여기에 바로 동학의 원대한 비전이 담겨 있는 것이다.[16]

> 근심말고 돌아가서 윤회시운 구경하소
> 십이제국 괴질운수 다시개벽 아닐런가
> 태평성세 다시정해 국태민안 할 것이니
> 개탄지심 두지 말고 차차차차 지냈어라
> 하원갑 지내거든 상원갑 호시절에
> 만고 없는 무극대도 이 세상에 날것이니
> 너도 또한 연천해서 억조창생 많은 백성

---

15 동학의 근본 사상은 시천주이다. 삼교합일이란 말도 유불선 삼교를 적당히 혼합해서 만들었다는 의미가 아니라 시천주라고 하는 근본을 자각함으로써 유교와도 통하고 불교와도 통하고 선도와도 통하는 전체의 진리를 확립하게 되었다는 뜻이다(김용휘, 『최제우의 철학』, 이화여자대학교출판부, 2011, 39쪽).

16 박맹수, 『생명의 눈으로 보는 동학』, 모시는사람들, 2014, 131쪽.

태평곡 격양가를 불구에 볼 것이니

이 세상 무극대도 전지무궁 아닐런가

―「몽중노소문답가」 부분

　최제우는 「용담유사」에서 "다시개벽"을 전면에 내세운다. "다시개벽"은 새로운 개벽을 뜻하는 것으로서 선천개벽에 대응하는 후천개벽을 가리킨다. "십이제국 괴질운수 다시개벽 아닐런가"는 온 세상이 괴질에 걸린 듯이 쇠운이 지극해졌으니, 곧 그 운이 다하여 새로운 성운盛運이 올 것이라는 예언이다.[17] 선천개벽과 후천개벽은 최제우가 득도하기 시작한 경신년(1860)을 기준으로 나누어진다.[18] 그는 세상 사람들이 자기중심적인 이기심(各自爲心)에 따라 살면서 도덕과 가치관이 혼란해져서 가야 할 삶의 방향을 알지 못하는, 막지소향莫知所向의 현실 상황[19]이 선천개벽의 시대를 마감하고 "다시개벽"을 열어갈 계기로 작동한다고 보고 있다. 이제 하원갑의 시대, 즉 낡고 병들고 온갖 모순으로 가득찬 선천시대는 가고 "상원갑 호시절"[20]의 후천시대가 온다는 것이다.

　인류 역사는 쇠운이 지극하면 성운이 오는 이러한 순환적 시운에 따라 전

---

17 윤석산 주해, 「용담유사」, 동학사, 1999, 93쪽.

18 이에 대해서는 「용담유사」 「안심가」의 다음 부분에서 분명하게 드러난다.
　개벽시開闢時 국초일國初日을 만지장서滿紙長書 나리시고
　십이제국十二諸國 다 버리고 아국운수我國運數 먼저하네

19 「동경대전」, 「포덕문」.
　一世之人 各自爲心 不順天理 不顧天命 心常悚然 莫知所向矣.

20 동양에는 고대부터 갑자甲子 간지干支가 들어가는 해에 새 시대가 시작된다는 사상이 있었다. 이를 체계화한 사람은 중국 송나라 소강절邵康節이다. 그에 따르면 우주 1년 즉 1원元은 12만 9600인 바, 선천 5만 년 후천 5만 년 그리고 천지의 휴식기에 속하는 빙하기 2만 9600년으로 구성되어 있다고 파악한다. 하원갑下元甲은 선천 5만 년에 해당하고 상원갑上元甲은 후천 5만년에 해당한다(최제우, 박맹수 옮김, 「동경대전」, 지식을만드는지식, 2009, 31쪽 참조).

개되지만 그 시운[21]을 이용하여 변혁을 이루어내기까지는 "무극대도無極大道"를 따르는 인간 스스로의 자각과 실천이 중요하다. "무극대도無極大道"를 따를 때, "억조창생 많은 백성/ 태평곡 격양가"가 울려퍼지는 시대를 불러올 수 있다. 그 '무엇에 비길 수 없는 도[22]'에 해당하는 "무극대도"는 바로 최제우가 창시한 동학사상을 가리키는 것으로서 "시천주侍天主"가 그 핵심을 이룬다. 그래서 최제우의 개벽사상은 시천주의 내면화이면서 실천에 해당된다. 이렇게 보면, 동학사상에서 후천개벽은 특별히 성현 등 대천자大天者를 필요로 하지 않고 모두 개개인이 시천주자侍天主者로서 도성덕립道成德立한 군자들의 '동귀일체同歸一體[23]' 상태를 꿈꾸고 있는 것[24]이다.

"다시개벽"의 세계를 주재하는, 무극대도의 실체에 해당하는 동학의 교리는 본주문 "시천주조화정侍天主造化定 영세불망만사지永世不忘萬事知"에 집약적으로 드러난다. 최제우는 스스로 『동경대전』 「논학문」에서 본주문을 다음과 같이 각각 상세하게 설명한다.

> 侍者 內有神靈 外有氣化 一世之人 各知不移者也
>
> 主者 稱其尊而與父母同事者也 造化者 無爲而化也
>
> 定者 合其德定其心也
>
> 永世者 人之平生也 不忘者 存想之意也

---

21 이와 같이 선천시대를 지나 후천시대가 도래한다는 순환적인 시운관은 당시 새로운 변혁을 갈망하고 있던 대중들에게 동학을 전파시키는 중요한 역할을 한 것으로 평가된다(목정균睦貞均, 「동학운동의 구심력과 원심작용」, 『한국사상』 13집, 1975).

22 박맹수, 「동학창도와 개벽사상」, 『생명의 눈으로 보는 동학』, 모시는사람들, 2014, 124쪽.

23 동귀일체란 자기중심적인 이기주의를 가리키는 각자위심各爲心의 반대 개념으로서 한울님의 뜻을 자신의 뜻으로 삼아 한울님과 한 마음으로 돌아간다는 의미이다. 또한 한울님의 마음을 지닌 지상신선들의 공동체를 뜻하기도 한다(윤석산, 『동학교조 수운 최제우』, 모시는사람들, 2004, 94쪽).

24 신일철, 「동학사상의 전개」, 『동학사상의 이해』, 사회비평사, 1995, 63쪽.

萬事者 數之多也

知者 知其道而受其知也故 明明其德 念念不忘則 至化至氣 至於至聖²⁵

표면적인 내용을 직역하면 다음과 같다. 시侍라는 것은 안으로 신령함이 있고 밖으로 기화가 있다. 이러한 사실을 세상 사람 누구나 각각 깨달아 간직해야 한다. 주主란 그 존경함을 이름이니 어버이와 같이 공경하는 것이다. 조화(造)란 인위적 의도가 없이 자연스럽게 실행하는 것이다. 정定은 이러한 이치에 합치하도록 마음을 바르게 정하는 것이다. 영세永世는 사람의 평생이요. 불망不忘은 잊지 않고 생각을 보존한다는 것이다. 만사萬事는 수의 많음이고, 지知는 하늘의 도를 알고 이를 스스로 받아들이는 것이다. 그러므로 그 덕을 밝게 하고 밝게 하여 잊지 아니하면 지극한 지기至氣로 화하여 지극한 성인의 경지에 이르게 되는 것이다.

한편, 동학의 본주문 13자에서 가장 핵심적인 내용은 "시천주侍天主"이다. 여기에서는 시천주의 해석을 통해 동학사상의 중심 내용을 살펴보기로 한다. "시천주"는 내 안에 하늘을 모셨다는 뜻으로 해석된다. 최제우가 1860년 4월 5일 신령과 접하는 종교 체험에서 가장 먼저 받은 계시가 오심즉여심吾心卽汝心이다. 즉 나의 마음이 곧 너의 마음이라는 것이다. 이것은 '한울님이 내 안에 들어와 살아 숨 쉬고 있다'는 것이다. 따라서 나는 곧 한울님이 된다. 최제우는 가사『용담유사』의「교훈가」에서도 "나는 도시 믿지 말고 한울님만 믿었어라. 네 몸에 모셨으니 사근취원捨近取遠하단말가"라고 노래한다. 한울님을 "네 몸에 모셨"다는 것은 시천주를 가리킨다. 인간은 누구나 한울님을 제 몸에 모셨기에 사근취원捨近取遠, 즉 가까운 것을 버리고 먼 것을 취할 필요가 없다. 한울님은 인간을 떠나서 생각할 수 없으며 한울님의 뜻도 인간을 통해서만 구현될 수 있는 것이 된다. 최제우에게 한울님은 천상

25 최제우는 본주문의 해석에서 시천주侍天主의 천天에 대한 설명은 하지 않는 특성을 보여 준다.

에 존재하는 어떤 초월적 존재가 아니라 인간의 내면에 모셔져 있다. 따라서 모든 인간은 한울님을 모신 신성한 존재이다.[26] 최제우의 시천주사상은 2대 교주 최시형이 사람이 하늘을 키운다는 양천養天 사상[27]으로, 3대 교주 손병희의 '사람이 하늘이다'를 가리키는 인내천人乃天사상으로 재정립된다.

최제우가 직접 본주문 13자에 대해 상세하게 해설하고 있는『동경대전』, 「논학문」편을 보면 시侍에 대한 다음과 같은 해석을 확인할 수 있다. '내유신령內有神靈 외유기화外有氣化 일세지인一世之人 각지불이各知不移'. 이를 직역하면 다음과 같다. '안으로 신령이 있고 밖으로 기화가 있다. 그리고 세상 사람들 누구나 이것을 움직이지 않고 옮겨 놓지 않아야 한다는 것을 알아야 한다'. 신령은 내적 본성이고 기화는 다른 존재들과의 외적인 본래의 관계이며 불이는 내유신령 외유기화의 이치를 간직하고 지키는 실천에 해당한다. 그래서 안으로는 하늘과 합하고 밖으로는 다른 사람과 자연을 관통하는 기氣의 질서에 어긋남이 없이 합치해야 한다. 그리고 이것을 생활 속에서 움직이거나 옮겨 놓는 일이 발생하지 않도록 실천해야 한다는 것이다.

이를 좀 더 동학의 전체적인 교리 속에서 상세하게 나누어 논의하면 다음과 같다. 먼저, 내유신령內有神靈에서 내內는 인간의 본심을 의미한다. 따라서 여기에서 '인간의 본심이 신령이다'라는 명제가 성립된다. 해월 최시형은 이를 사인여천事人如天이라고 하여 사람을 하느님으로 공경하라고 가르친다. 동학은 이와 같이 절대적 신이 내 마음속에 존재한다고 믿기 때문에 수

---

26 시천주사상은 19세기 중반 조선의 근대적 평등사상을 확립하는 데 기여한다. 최제우의 시천주사상은 최시형을 통해 실천적으로 계승되어 1894년 동학농민혁명을 가능하게 하는 조선 민중의 에너지를 결집하는 중요한 요소로 작용한다(박명수, 「동학 창도의 개벽사상」, 『생명의 눈으로 보는 동학』, 모시는사람들, 2014, 126쪽 참조).

27 "한울을 양養할 줄 아는 자라야 한울을 모실 줄 아느니라. 한울이 내 마음 속에 있음이 마치 종자의 생명이 종자 속에 있음과 같으니 종자를 땅에 심어 그 생명을 양養하는 것과 같이 사람의 마음은 도에 의하여 하늘을 양하게 되는 것이니라"(이규성, 『표현과 개벽』, (최시형, 『해월법설海月法說』, 「양천주養天主」), 이화여자대학교출판부, 2011.

심정기守心正氣를 강조한다. 최제우는 "인의예지는 옛 성인의 가르친 바요, 수심정기守心正氣는 내가 다시 정한 것이니라"[28]고 전언한다. 수심정기守心正氣란 한울님의 마음을 지키고 기운을 바르게 하는 것이다. 수심이 개인적 수행이라면 정기는 본래의 통일성, 공공성을 바르게 해나가는 과정이다.[29] 유학자들은 엄격한 수양을 통해서만 인의예지를 체득할 수 있다고 강조했으나 최제우는 자신의 마음속에 이미 신성한 하느님이 존재하기 때문에 주어진 환경에 휘둘리지 않고 스스로 마음을 지키고 본래의 공공적 기운을 바르게 하는, 수심정기守心正氣를 강조했다.

"나는 도시 믿지 말고 한울님을 믿었어라. 네 몸에 모셨으니 사근취원捨近取遠 하단말가, 내 역시 바라기는 한울님만 전혀 믿고"[30]라고 노래하며 자신의 마음속에 내재하는 한울님을 믿고 모시는 것이 우주적 본성과의 합일이고 본래 자기 자신과의 합일이라고 강조한다. 따라서 이러한 자기 정체성을 올바르게 지키면 모든 일은 무위이화無爲而化로 진행된다. 무위이화란 아무것도 하지 않는 것이 아니라 모든 일들을 우주의 법칙에 따라 진행한다는 것을 가리킨다.

> 내 도는 무위이화이다. 마음을 지키고 기운을 바르게 하면 성품을 거느리게 되고 가르침을 받게 되어 자연한 가운데 화하여 나오게 된다
> (吾道 無爲而化矣 守其心正其氣 率其性受其敎 化出於自然之中也).[31]

수기심守其心 정기기正其氣는 "수심정기"의 또 다른 표현이다. 수심정기를 하면 자연히 무위이화에 이르게 된다. 이것은, 무위이화가 되게 하는 궁극

---

28 최제우, 「수덕문」, 『동경대전』.

29 오문환, 『해월 최시형의 정치사상』, 모시는사람들, 2003, 102쪽.

30 최제우, 「교훈가」, 『용담유사』.

31 최제우, 「논학문」, 『동경대전』.

적인 주체는 한울님의 조화이지만 이에 이르기 위해서는 인간의 능동적인 노력이 있어야 한다는 것으로 해석된다.

다음으로 외유기화外有氣化에 집중적으로 주목해 보기로 한다. 내유신령이 생명의 내적 본성이라고 한다면 외유기화는 내적 본성의 외적 활동을 가리킨다. 밖으로 기화가 있다는 것은 우주가 단일한 기의 흐름 속에서 다양한 역동적 형상을 드러낸다는 말이다. 그래서 외유기화는 인간과 신, 인간과 인간, 인간과 자연의 관계성 또는 내적 통일성에 해당된다.

> 개체가 된 후에는 나 혼자 살지 못하고 사람과 사람 사이와, 사람과 모든 자연과 어울려서 살게 되는 고로 사람은 반드시 나 밖의 모든 것과 기화氣化를 잘 하여야 한다는 것이니, 한 사람의 마음이 산란한 것도 기화가 끊어진 증거요, 한 가정이 어지러운 것도 기화가 끊어진 데서 생긴다고 할 수 있으므로 기화는 천지자연의 묘법인 동시에 인간 사회를 유지하는 중화의 대도이다. 도 닦는 사람은 무엇보다 이 기화의 법을 통하여 쓴다.[32]

외유기화에서 모든 존재자는 우주적 존재성을 지닌다. 모든 개체의 외적 삶의 과정은 우주적 순환성, 연속성, 보편성의 질서에 동참하는 것이다. 기화란 개체적 삶의 우주적 공공성, 사회성과 연관된다. 따라서 기화적 관계에서 개체는 개체이면서 우주이다. 개체적 특수성을 지니면서 동시에 우주적 보편성에 공명하는 것이다. "기화를 잘 하여야 한다는 것"은 개체 생명의 생태적, 정신적, 영적 순환성과 관계성을 잘 유지해야 한다는 것을 가리킨다. 생명은 단순히 일방적인 관계가 아니라 관계의 결과가 다시금 원인이 되는 상호영향성의 관계 구조를 가지고 있다는 것이다. 이렇게 보면, 동학에서 한울님은 내적 본성이면서 동시에 모든 외적 대상의 존재 양상이

---

32 이돈화, 「수운심법강의」, 38쪽.

며 관계성의 질서에 해당한다.

한편, 각지불이各知不移는 내유신령과 외유기화를 통해 설명된 하느님의 본성을 옮기지 않으려는 인간의 실천적 노력을 의미한다. '한 세상 사람들이 각각 알아서 옮기지 아니한다(一世之人 各知不移)'. 여기에서 일세一世를 시공간적인 구체성으로 해석하면 어떤 시대와 사회의 조건 속에서도 생명 본성의 존재 원리가 부정되고 침해되어서는 안 된다는 것을 가리킨다. 다시 말해, 내유신령과 외유기화의 진리를 시공간적 역사 상황 안에서 실천하는 것이 각지불이各知不移이다. 이것은 또한 현실적 삶이 하늘과의 본래적 통일성, 우주 생명의 순환 질서와의 연속성에서 벗어나지 않도록 해야 한다는 의미이다. 그래서 수운에게 역사의 진보는 인간 본성에 해당하는 하느님과 가까워지는 것이고 역사의 퇴보는 인간 본성에 해당하는 하느님과 멀어지는 것이다. 역사의 발전은 인간 본성의 심화와 보편적 공공성의 확장을 통해 이루어지는 과정이다. 이것은 또한 인간적 삶의 실현과 사회 진보는 개인 자유의 신장이나 집단 이익의 관철에 있는 것이 아니라 우주적 공공성의 실현을 통해 이루어진다는 것이다.

이렇게 보면, 생명이 내유신령內有神靈 외유기화外有氣化外有氣化로 태어나 살아가고 있음을 각각 자각적으로 깨달아서 옮겨지거나 움직이는 일이 발생하지 않도록 해야 한다는 각지불이各知不移는 인간의 존엄성을 억압하고 생명의 질서를 왜곡하는 현실에 대한 저항의 속성을 지니게 된다. 따라서 불이不移를 좀 더 확대해석하면, 생명의 질서에 반하는 온갖 반생명적인 제도, 정치, 조직 등과 죽임의 세력에 대한 부정을 의미한다. 신령한 내적 본성과 공공적 통일성, 순환성으로부터 멀어지는 행위들이 옮김(移)이다. 따라서 동학이 구한말 지배권력의 이익을 위한 민중 억압의 수단으로 전락해 가는 유교적 질서와 서구의 제국주의적인 침략에 항거했던 것은 불이운동不移運動에 해당하는 것으로 해석된다. 구한말 지배권력의 가혹한 수탈이나 서양의 산업문명에 기반한 제국주의적 침략은 공통적으로 인간의 존엄성에 대한 억압과 생명가치 상실을 초래하고 있었기 때문이다. 특히 조선

후기에 오면서 주자학의 경직화와 파행적인 세도정치는 민중들의 생존을 위협하는 억압, 수탈, 차별의 극심화를 초래하였다. 그리하여 조선후기는 내부 모순에 의한 민란이 빈번하게 일어났다. 이 시기에 모든 인간 및 세계의 존엄과 평등을 강조하는 동학사상은 현실 변혁의 저항 이념으로 쉽게 확산될 수 있었다.

이상의 논의를 통해 볼 때, '시천주侍天主'의 해석에서 내유신령內有神靈은 개체 생명의 존재 원리이고 외유기화外有氣化는 개체 생명들의 우주적 관계성의 원리이며 각지불이는 이러한 생명의 존재 원리에 대한 자각적 인식과 실천에 해당되는 것으로 파악된다. 다시 말해서 '시천주'는 생명의 신성성에 대한 재발견이고 끊임없이 우주적 생명활동의 유기적, 전일적 관계성에 참여하는 것이며 동시에 이로부터 자각적으로 벗어나지 않는 것이다.

이러한 최제우의 '시천주'는 2대 교주 최시형에 이르면 양천주養天主로 계승되면서 일상 속의 생활철학으로 구현된다.

> 한울을 양養할 줄 아는 자者라야 한울을 모실 줄 아나니라. 한울이 내 마음속에 있음이 마치 종자種子의 생명生命이 종자種子속에 있음과 같으니, 종자種子를 땅에 심어 그 생명을 양養하는 것과 같이 사람의 마음은 도道에 의依하여 한울을 양養하게 되는 것이라.[33]

최시형에게 시천주의 생활화는 곧 한울님을 키우는 양천주 생활이었다. 양천주는 시천주의 원리를 생활 속에서 구체적으로 드러내고 구현하려는 실천적 행동으로서 살림(養)을 강조한 것이다. 따라서 양천주는 '인간과 천지 만물 속에서 어떻게 생명을 살려야 할 것인가'의 실천적 생명윤리가 된다. 모든 생명 속에 내재해 있는 생명의 원리이자 씨앗으로서 한울 생명을

---

33 『해월신사법설海月神師法說』, 「양천주養天主」.

잘 길러서 보다 완전한 형태로 구현해 내는 것이다. 시천주의 원리가 생활 속에서 구체적으로 드러난 '살림'이 사람과의 관계 속에서 나타나면 모든 사람을 한울같이 섬겨야 한다는 사인여천事人如天으로 나타난다. 그리고 여기에서 더 나아가, 사람과 마찬가지로 사물 또한 한울님으로 섬겨야 한다는 것은 '물물천物物天 사사천事事天'의 경물 윤리로 드러난다. [34]

이렇게 보면, 동학의 '시천주侍天主' 사상이 강조하는 생명의 신성성, 유기적 관계성의 존재 원리, 살림(養)의 철학, 생명의 윤리 등은 19세기 과거형의 민족민중사상의 범주를 넘어 21세기 지구화 시대의 가치 규범으로서 중요한 현재적 의미를 지니는 것으로 파악된다. 오늘날 전지구적으로 시장전체주의가 가속화되면서 인간소외, 생태계 파괴, 물질만능주의, 도덕적 타락, 제3세계 민중 수탈 등에 시달리는 위기적 상황 속에서 동학의 우주 공동체적 생명의 세계관은 지속 가능한 생명의 발전과 평화의 실현을 위한 치유와 살림의 가치 규범으로서 가능성을 지니기 때문이다.

4. 동학의 네오휴머니즘과 지구적 실천 가능성

지구화는 기존 국민국가의 경계를 넘어서서 초국민적인 사회적 관계와 질서를 창출해 나가는 과정이다. 따라서 지구화 시대는 지속 가능한 지구 공동체사회의 가치 규범이 요구된다. 특히, 정보매체가 발전함에 따라 지구적 네트워크를 형성하면서 지역 문화의 지구적 확산의 가능성을 활용한 보편적인 세계 문화 모델 창출이 요구된다. 이렇게 볼 때, 우리나라 민족 종교와 사상에 해당하는 동학은 21세기 지구화 시대의 대안 철학으로서 의미를 지닌다.

---

34 이정희, 「동학의 생명원리와 생명윤리」, 《동학학보》 15권, 01호, 2008, 172쪽.

그렇다면, 동학사상의 지구적 실천 주체와 방법은 무엇일까? 이에 대한 해답 역시 동학사상 안에서 찾을 수 있다. 동학 본주문의 핵심을 이루는 시천주侍天主는 인간의 우주적 공공성과 책임성을 강조하는 네오휴머니즘의 특성을 지니기 때문이다. 네오휴머니즘은 서구의 우월적인 인간중심주의와 뚜렷하게 변별되는 개념으로서, 인간과 동식물 그리고 무기물을 포함한 우주의 모든 존재들을 하나의 연결된 전체로 보고 이타적으로 보살피는 태도와 윤리[35]를 가리킨다. 인간이 다른 우주적 존재에 대해 윤리적 실천이 가능한 것은 성찰적인 자각이 가능한 가장 고등한 진화의 결정체이기 때문이다. 이 점은 시천주侍天主를 설명하는 내유신령內有神靈 외유기화外有氣化 일세지인一世知人 각지불이各知不移 중에 특히 마지막 일세지인一世知人 각지불이各知不移에 분명하게 드러난다. 내유신령內有神靈 외유기화外有氣化의 이치를 세상 사람들이 제각기 깨달아서 움직임이 발생하지 않도록 해야 한다는 것에서 인간의 자각적 인식(知)이 강조되고 있기 때문이다. 그래서 동학을 천도교라는 근대적 종교로 체계화한 대표적인 이론가인 이돈화는 "의식 상태는 인간격에 와서 가장 잘 구체적 현상을 가진 점에서 인간은 우주의 중심이며 만유의 영장이 되었다"고 지적한다. 이때 인간격이란 진화의 과정에서 마침내 '인간현상'이 나타난 '인류의 단계'[36]를 의미한다.

이와 같이 동학의 생명공동체적 세계관의 각성과 실천의 주체로서 네오휴머니즘적 인간관은, 고생물학과 진화론을 접목시켜 우주의 전체적 진화현상을 규명한 테야르 드 샤르뎅(1881~1955)의 경우에도 동일하게 강조된다. 테야르 드 샤르뎅은 "사람은 진화의 축이요 진화의 첨탑"이라고 전제하고 그 배경으로 인간과 동물을 구별하는 특성으로 "성찰"을 주목한다. 그에게 성찰적 사고는 고도로 발달한 진화의 집적물에 해당하며 인간의 인간됨을

---

35 Shrii P. R. Sarkar. The Liberation of Intellect-Neo Humanism, Tiljala, Calcutta: Ananda Marga Pracaraka Samgha, 1987, pp. 1-7.

36 김용휘, 『최제우의 철학』, 모시는사람들, 2012, 76-77쪽.

결정짓는 가장 중요한 요소이다.

> 우리가 다 경험해 아는 것이지만 반성이란 그 말이 가리키는 대로 우
> 리 자신에게로 돌아가는 의식의 힘이다. 또한 우리 자신을 '대상으로'
> 놓고 자신의 존재와 가치를 헤아리는 능력이다. 그러므로 반성은 단
> 지 아는 게 아니라 안다는 것을 아는 것이다. 이처럼 안쪽 깊은 곳에서
> 자신을 개별화함으로써, 지금까지 감각과 활동의 순환 속에서 흩어지
> 고 나누어졌던 생명 요소가 처음으로 '중심'에 모인다. 그 중심에서 펼
> 쳐지는 모든 표상과 경험은 중심으로 모이는 융합체요, 경험하는 주
> 체는 경험이 어떻게 이루어지는지를 안다.[37]

반성은 의식을 의식한다는 것이다. 그래서 스스로 자신을 각성하고 발
견하는 것이다. 반성을 통한 인간화는 본능적 존재에서 생각하는 존재로
의 비약적인 도약을 이룬 단계를 가리킨다. 그래서 그는 반성적으로 각성
한 존재를 "의식의 상승을 통한 임계변이를 거친 새로운 사건으로서, 변화
의 정도 차원이 아니라 상태의 변화가 일으킨 '본질의 차원 변화'"[38]라고 설
명한다. 이 점은 인간의 진화를 일반 생물 진화의 부수현상으로 파악하는
유물론적 진화 이론과 달리 의식 존재로서 인간의 가치와 위상을 강조한다.
  테야르 드 샤르뎅은 가장 고등한 진화의 집적물로서 인간의 위상과 함께
인간의 우주적 관계성과 위상 역시 강조한다.

> 이제 생각하는 존재는 세계를 무대로 전 영역에 자기의 손을 뻗고 손
> 을 잡되 한 존재 한 존재가 서로 혼동되거나 중립화되는 것이 아니라
> 하나의 생명체를 이루므로 서로를 강화하려 한다. …(중략)… 복잡성

---

37 테야르 드 샤르뎅, 양명수 역, 『인간현상』, 한길사, 2007, 161쪽.
38 테야르 드 샤르뎅, 위의 책, 161쪽.

이 더해가고 거기에 따라 의식도 더해간다. 그게 사실이라면 홀로 떨어져야 한다는 주장은 그릇된 것이 분명하다. 미래를 각자 '자기를 위해' 살 수 있는 자기 중심의 시간으로 보는 것은 거짓이고 자연에 맞지도 않는다. 어떤 것도 자기와 함께 다른 것을 통하지 않고 움직이거나 클 수는 없다. 그것은 가지 하나가 나무의 수액을 자기를 위해 모두 빨아들여 다른 가지를 죽이면서 크는 종차별적인 생각이다. 햇빛을 받을 수 있도록 크려면 나무 전체가 성장해야만 한다. 앞에 놓여 있는 세상의 출구, 미래의 문, '큰 사람'을 향한 입구인 그 문은 어떤 특정한 사람이나 민족에게 열려 있는 것이 아니다. 모두가 힘을 합해 밀어야 열리는 문이다. 모두가 힘을 합해 밀되 지구의 영혼을 새롭게 하는 방향으로 밀어야 한다.[39]

"생각하는 존재"로서의 인간이 인간과 자연, 인간과 우주의 유기적인 관계성의 질서를 자각하고 이를 살리는 지구적 혁신의 실천을 수행해 나가야 한다는 인식이다. 이것은 기본적으로 우주적 영성과 공동체적 인식(內有神靈外有氣化)을 자각하고 이를 실천하는 윤리적 책임과 소명(各知不移)을 강조하는 동학의 네오휴머니즘과 상통한다.

동학의 네오휴머니즘은 최시형의 경천敬天, 경인敬人, 경물敬物을 강조하는 삼경三敬사상에서 선명하게 드러난다. 여기에서 경천敬天이란 "허공을 향하여 상제를 공경한다는 것이 아니요, 내 마음을 공경함"이다. 공경의 대상인 하늘天이 자신의 내면에 존재한다는 인식이다. 그리고 자신의 내면에 하늘이 있음을 알고 공경할 때 "남을 위하여 희생하는 마음, 세상을 위하여 의무를 다할 마음이 생길 수 있다"고 하였다. 이것은 하늘을 공경할 때 비로소 타자의 중심에도 나와 같은 하늘이 존재한다는 사실을 자각할 수 있기

---

39 테야르 드 샤르뎅, 위의 책, 233쪽.

때문에 타자를 위해 봉사할 수 있다는 것으로 파악된다. 경인敬人은 구체적인 사람을 공경하는 것이다. 최제우는 "귀신은 공경하되 사람은 천대하나니, 이것은 죽은 부모의 혼은 공경하되 산 부모는 천대함과 같으니라"[40]라고 전언한다. '생활의 성화'에 대한 최시형의 구체적인 인식을 볼 수 있다.

한편, 경물敬物은 사물을 공경하는 것이다. 경물은 동학사상의 네오휴머니즘적 특성을 가장 분명하게 보여 주는 부분이다. 동학의 네오휴머니즘은 생명이 없는 것으로 간주되는 사물까지도 하느님으로서 공경하고 있다. 이것은 자연과의 관계를 전면적으로 재설정하는 것이다.[41]

> 어찌 반드시 사람만이 홀로 한울님을 모셨다 이르리오. 천지만물이
> 다 한울님을 모시지 않은 것이 없느니라. 저 새소리도 또한 시천주侍
> 天主의 소리니라.[42]

> 사람은 사람을 공경함으로써 도덕의 극치가 되지 못하고 나아가
> 물物을 공경함에 이르기까지 이르러야 덕에 합일 될 수 있나니라[43]

사물을 공경한다는 것은 사물의 본성을 실현시키는 방향으로 사물을 활용한다는 것이다. 그리하여 인간과 사물이 서로 우주적 조화와 연대를 이루는 관계를 이상으로 한다. 근대 인간중심주의가 인간을 위한다는 명목으로 자연과 사물의 지배와 정복을 정당화하고 이를 문명적 진보로 파악하는 것과 달리 동학의 네오휴머니즘은 인간은 물론 자연과 사물까지도 신성한 존재로 공경하고 그 신성성을 실현할 수 있도록 하는 것이다.

40 『天道教創建史』二編, 78쪽.
41 오문환, 『해월 최시형의 정치사상』, 모시는사람들, 2003, 184쪽.
42 《천도교경전》, 293-294쪽.
43 『천도교창건사』, 제2편, 78쪽.

이렇게 보면, 경천敬天-경인敬人-경물敬物 삼경은 신-인간-자연의 협동적 일치, 또는 보편적 동포애의 공공성을 강조하는 것으로 이해된다. 최제우가 인오동포人吾同胞 물오동포物吾同胞를 말하고 동질 간의 기화로서 협동을 말하며 이질간의 기화로서 연대를 말하는 것도 같은 논리이다.[44]

이러한 동학의 세계관을 생태학적 인식과 연관지어 논의하면, 인간이 자신은 물론 모든 삼라만상을 하늘을 모신 신성한 존재라고 자각적으로 인식하고 동시에 이러한 우주 생명의 존재성을 지키기 위해 노력하는 것은 실질적인 생태 운동으로서 의미를 지닌다. 생태학에서도 인간의 존재성과 역할이 중요하기 때문이다. 생태계를 파괴한 당사자가 인간이었던 것처럼 생태계를 재건할 수 있는 주체도 인간인 것이다. 따라서 인간의 자기중심적인 이기주의적 속성을 부정하고 이타적인 보살핌의 윤리를 강조하는 네오휴머니즘은 지구적 차원의 생명 파괴 현상에 대한 실질적 재건의 논리라는 점에서 평가된다.

한편, 지금까지 논의된 대표적인 생태학 이론에 해당하는 심층생태학과 사회생태학 중 심층생태학이 생명공동체의 시각에서 인간과 자연의 수평적 관계성에 초점을 둔다면, 사회생태학은 인간이 자연(제1의 자연)과의 연관성은 지니지만 궁극적으로 자연과 분리된 독특한 문화적 존재자(제2의 자연)임을 강조한다. 그래서 전자가 생물중심설에 입각해 있다면 후자는 기본적으로 인간중심주의에서 벗어나지 못하고 있다. 따라서 앞으로 추구해야 할 생태학 이론의 관건은 자연과 연속성을 지니면서 동시에 문화적 존재자로서 인간의 특수한 위상에 대한 인식이 요구된다. 그리고 이를 바탕으로, 인간과 지구상의 다른 존재들과의 관계에서 인간의 보살핌에 기초한 사회 원리[45]를 탐색하고 구현하는 것이 요구된다. 동학사상이 인간과 자연 모두를,

44 오문환, 『해월 최시형의 정치사상』, 모시는사람들, 2003, 185쪽.

45 Hwa yol jung, the crisis of political-A phenomenological perspective in the conduct of political Inquiry(pittsburgh : Duquesne University press, 1979, 55쪽.

하늘을 모시는 영성한 존재자로서 내적 순환성과 관계성을 지닌 유기적 총체로 인식하면서(內有神靈 外有氣化) 동시에 생명공동체의 재건을 위한 윤리적 책임과 소명의식을 지닌(各知不移) 새로운 인간형 즉, 네오휴머니즘을 드러내는 것은 이러한 문면에서 매우 중요하다.

이상에서 동학의 생명사상은 네오휴머니즘의 속성으로 인해 구체적이고 실질적인 현실 변혁의 실천운동과 규범으로 작용할 수 있다는 점을 살펴보았다. 이제 남은 과제는 동학의 네오휴머니즘을 통한 지구적 혁신의 실천 방법을 구체적으로 모색하는 것이다. 이를 다시 정리하면, 인간의 재발견을 통해 네오휴머니즘적 속성을 정립하고 이를 바탕으로 지속 가능한 생명의 발전과 평화를 위한 지구적 실천을 수행해야 한다는 것이다. 특히 지구화시대에 네오휴머니즘은 근대 국민국가의 자국 이기주의적인 운용 원리가 초래한 인간소외, 빈부격차, 환경파괴, 제3세계 수탈 등을 극복할 수 있는 이타적인 세계 문화 모델을 창조하고 이를 초국가적인 정치 조직과 시민운동 등을 통해 구체적으로 실천해 나가는 철학적 바탕이 될 수 있을 것이다.

5. 결론

지금까지 지구화 시대의 문화 규범으로 1864년 창도된 한국의 민족 · 민중 종교에 해당하는 동학의 '시천주侍天主'를 중심으로 한 생명사상의 가능성을 집중적으로 논의해 보았다. 지구화는 이제 멈출 수 없는 인류사회의 역사적 과정이다. 따라서 우리에게는 지구화가 지구적 차원의 위험사회의 도래가 아니라 지속 가능한 생명과 평화와 지구 공동사회를 건설해야 하는 당위적 과제가 놓여 있다. 다시 말해, 우리는 근대 국민국가가 초래한 전쟁, 환경파괴, 인간소외, 물신화, 인종차별, 제3세계 수탈 등을 넘어설 수 있는 지구적 차원의 문명적 가치와 규범을 정립하고 이를 실천해 나갈 수 있는 방법적 모색을 추구해야 한다. 이러한 지구화 시대의 당위적 과제 속에 동학의 생명사상은 21세기 인류사회의 보편적인 문명적 가치 규범으로서 가능성을 지닌다.

동학의 생명사상은 '시천주侍天主'를 통해 집약된다. '시천주侍天主'에서 특히 시侍에 대한 동학의 창시자 최제우의 설명은 '내유신령內有神靈 외유기화外有氣化 일세지인一世之人 각지불이各知不移'이다. 이것은 자신은 물론 외부의 모든 사물까지도 신성한 우주 생명의 주체로서 서로 일관된 연속성과 순환성을 지닌다는 우주 생명공동체적 세계관을 드러낸다. 그리고 세상 사람들은 이러한 우주의 존재 원리가 부정되지 않도록 실천하고 지켜내야 한다는 것을 강조한다. 동학의 시천주侍天主사상은 우주공동체적 세계관과 그 실천의 당위성으로 집약된다. 특히 우주공동체적 세계관의 실천 주체로서 인간이 강조된다. 인간은 안으로 신령함이 있고, 바깥의 모든 사물들도 동일하다는 것을 자각하고 이를 실천하는 주체인 것이다. 그래서 동학의 인간관은 근대적 세계관의 인간중심주의와 달리 우주적 차원에서 보살핌의 윤리를 실천하는 네오휴머니즘이다.

한편, 동학의 생명사상과 네오휴머니즘적 인간관은 테야르 드 샤르뎅의 진화론이 보여 주는 인간관과 상응된다. 테야르 드 샤르뎅의 인간관 역시 반성적 자각이 가능한 가장 고등한 진화의 극점으로서 주변의 모든 존재에 대한 공공적 책임성을 강조한다. 동학의 인간관과 네오휴머니즘의 인식이 테야르 드 샤르뎅의 과학적 진화론 및 인간의 위상에 대한 인식과 상응한다는 점은 동학이 민족적 단위의 종교와 철학의 범위를 넘어 인류의 보편적 가치와 과학성을 지닌다는 점을 객관적으로 보여 준다.

국민국가가 쇠퇴하고 지구화가 진행되면서 생명과 평화의 지구공동체를 건설해 나가야 하는 당위적 과제가 절실하게 다가오고 있다. 이러한 상황 속에서 동학의 우주공동체적 세계관과 네오휴머니즘은 지구화 시대의 초국가적인 정치, 경제, 문화, 환경, 시민운동 등을 조직하고 기획하는 가치 규범과 실천 방안으로서 매우 소중한 의미를 지닌다. 따라서 우리는 오늘날 지구적 차원의 정보통신 네트워크와 국민 이동의 확산에 따른 지구지역화

의 가능성을 활용하여 동학 생명사상의 세계적 보편화와 상징화를 적극 추
진해 나가야 할 것이다.

제2부

구극과 무위

부감법의 시학과 사랑의 언어

—오세영, 『밤하늘의 바둑판』

　　오세영의 시집 『밤 하늘의 바둑판』은 천상에 시점을 둔 부감법의 구도를 통해 지구적 삶의 현상을 바둑판처럼 가지런하고 명료하게 묘파하고 있다. 이번 시집에서 "산맥" "일몰" "번개" "화산" 등의 자연 풍광을 거시적으로 활달하게 조망하거나 행성 의학자의 시선으로 지구적 현상을 진단하는 면모는 부감법 미의식의 산물인 것이다. 부감법의 투시는 시적 대상을 입체적, 유기적, 전체적으로 조망하고 그 내적 원리를 명료하게 감각화하기에 유효하다. 대부분의 시적 묘사가 주관적 감각에 의존하는 것과 달리 위에서 아래로 내려다보는 부감법은 회화의 경우에서처럼 주관적 감각과 더불어 형이상학적 관념의 구현에 용이한 것이다.

　　그가 천상에 이르는 고도의 시점에서 사물의 존재 원리와 특성을 투시할 수 있는 것은 그동안 그의 시와 시론이 쌓아온 적공이 세상의 이치를 활연관통豁然貫通할 수 있는 지점에 이르렀음을 보여 주는 것이기도 하다. 특히 그는 부감법의 미의식을 통해 사물의 존재 원리와 관계성을 직시하고 이를 천진스러운 호기심의 시선으로 어루만지듯 감각화하는 면모를 보인다.

　　다음 시편은 그의 창작 방법론에 해당하는 부감법의 투시점을 구체적으로 드러낸다.

구름은

하늘 유리창을 닦는 걸레,

쥐어짜면 주르르

물이 흐른다.

입김으로 훅 불어

지우고 보고, 지우고

다시 들여다보는 늙은 신의

호기심 어린 눈빛.

—「구름」 전문

　시상이 동심의 세계처럼 맑고 투명하다. 또한 푸른 하늘을 가리고 있는 "구름"을 "하늘 유리창을 닦는 걸레"로 묘사하는 시적 발상이 매우 흥미롭다. "구름"은 "늙은 신의 호기심 어린 눈빛"으로 "지우고 보고, 지우고/ 다시 들여다"본다. 물론 여기에서 "늙은 신의 호기심 어린 눈빛"이 향하는 대상은 "하늘 유리창"이다. 그러나 "하늘 유리창"을 닦는 것은 궁극적으로 지상의 풍경을 맑고 투명하게 바라보기 위한 과정으로 해석된다. 이렇게 보면, "구름"은 "하늘 유리창을 닦는" 주체이면서 동시에 세상을 투명하게 바라보는 "호기심 어린 눈빛"의 주체이다.

　이처럼 천상의 "호기심 어린 눈빛"을 가진 주체가 오세영의 이번 시집 전반의 창작 주체로 파악된다. 그래서 시집 전반에는 주어로 "지구"가 자주 등장한다. 지구를 전일적으로 조망하고 인식할 수 있는 것은 천상의 높이에 이르는 미적 거리를 확보하고 있기 때문이다.

하늘 유리창을 통해 들여다보는

저 무수히 깜박이는 눈,

눈동자들.

지구는 우주의

거대한 사파리일지도 몰라.

어떤 문제를 일으켰을까.

오늘도

유성流星의 총탄에 맞아 실신한

여린 영혼 하나,

마취된 채

지구 밖으로 끄을려 나간다.

저항할 틈도 없이……

—「마사히 마라」 전문

　시적 화자는 "하늘 유리창을 통해" 세상을 들여다본다. 세상은 "무수히 깜박이는 눈"들이 흩뿌려진 점묘화로 반사된다. 그래서 "지구는 우주의 거대한 사파리"로 규정된다. 기운생동하는 생명체들의 풍경이 지구의 풍경인 것이다. 그러나 지구는 생명체들이 활성하는 과정과 함께 소멸의 절차가 진행되는 곳이기도 하다.

　2연은 지구에서 일어나는 자기조직화 운동 중 소멸에 초점이 놓이고 있다. "어떤 문제를 일으켰을까". 물론 "어떤 문제"가 중요한 사안은 아니다. 마치 "어떤 문제"를 일으켜서 소멸의 과정이 전개되는 것처럼 보이는 사실이 주목된다는 것이다. "유성의 총탄에 맞아 실신한/ 여린 영혼 하나,/ 마취된 채/ 지구 밖으로 끄을려 나"가고 있다. "하늘 유리창"의 미적 거리 속에서 포착되는 지구의 생명 과정이 진행되는 풍경이다.

　이와 같이 "하늘 유리창을 통해" 볼 때, 지구의 생명 현상뿐만이 아니라 치명적인 결핍의 지도까지 분명하게 인지된다.

　검은 연기를 내뿜는 저 거대하고 우람한

산정의 굴뚝을 보아라.

어느 용광로에 틈이 갔나.

수시로 불쑥 토해내는 뜨거운 마그마,

번쩍

전기 용접에서 튀는 번갯불,

간단없이 선반의 압착기가 두드리는

우레 소리,

그러나 아직 공급물량이 부족한 물품도

적지는 않다.

──중동의 사랑,

──한반도의 화해,

──미국의 희생,

──유럽의 양심,

──아프리카의 나눔,

──남미의 상생,

지구는 우주의 거대한 대장간, 그러나

지금은 지배인을 갈아야 할 때가

지나지 않았을까.

예수 혹은 석가

아니면 공자?

─「화산 (2)」 부분

시적 화자는 "거대하고 우람한 산정의 굴뚝"에서 "수시로 불쑥 토해내는
뜨거운 마그마"의 거대한 물량을 바라보면서 문득 "공급물량이 부족한" 지
구의 "물품"을 적고 있다. "중동/한반도/미국/유럽/아프리카/남미"에 각각

"사랑/화해/희생/양심/나눔/상생" 등등이 부족한 것으로 진단된다. 따라서 이제는 지구의 살림을 관리할 "지배인을 갈아야 할 때"이다. "지구는 우주의 거대한 대장간"이지만 지구적 삶의 목적과 방향이 잘못되었다는 인식이다. 그렇다면, 앞으로 지구의 살림을 맡아 할 수 있는 바람직한 지배인은 누구인가? 그것은 "예수 혹은 석가/ 아니면 공자?"로 제시된다. 이 대목은 지구적 삶이 나아가야 할 가치 지향성을 드러내고 있는 것이다. 이제 지구의 삶은 기능적, 물량적 지향에서 정신적 가치 구현으로 요구가 전이되었다는 점을 지적하고 있다.

특히, 오세영의 시편에서 지구적 삶의 현상에 대한 인식은 지구 생물주의를 바탕으로 한다. 그에게 지구는 하나의 유기적인 생명체이다.

온종일 지구를 끌다가
저물녘
지평선에 누워 비로소
안식에 든 산맥.

하루의 노역을 마치고
평화롭게
짚 바닥에 쓰러져 홀로 되새김질하는
소 잔등의
처연하게 부드러운 능선이여.

—「일몰日沒」 전문

"하늘 유리창"(「구름」)에서 바라보는 "산맥"의 풍경이다. "온 종일 지구를 끌다가/ 저물 녘/ 지평선에 누워 비로소/ 안식에 든" "산맥"의 비경을 조망할 수 있는 곳은 "하늘 유리창"이 아니면 불가능하다. "하루의 노역을 마치고/ 평화롭게/ 짚 바닥에 쓰러"진 "산맥"의 "능선"이 "소 잔등"으로 묘사되고 있다. "일몰"을 맞이하는 "지구"의 모습이 하나의 유기적인 생명활동으로 감각화되고 있다. "하늘 유리창"에서 바라보는 부감법의 시학에서 구현되는 지구적 삶의 실체이다.

다음 시편은 부감법의 투시가 성취한 미적 인식의 한 경지를 유감없이 보여 준다. "산"이 "지상에 내려앉은/ 우주의 새"였음을 우리는 누구도 모르고 있었기 때문이다.

> 양지바른 벌판
> 아늑한 둔덕에 쪼그리고 앉아
> 산은 오늘도
> 무덤들 몇 개를 품고 있다.
> 밖엔 겨울바람 매섭지만
> 포근하게 깃털로 감싼 가슴의 온기는
> 항상 따스하다.
> 언제 껍질을 깨고 나올까
> 그 알들……
> 산은 지상에 내려앉은
> 우주의 새,
> 품은 알 아직 부화할 기미가 없어
> 오늘도 날기를 포기한다.

> —「탁란托卵」 전문

"탁란"이란 어느 새가 다른 새의 둥지에 자신의 알을 맡겨 잉태시키는 것으로서 따뜻한 생명공동체의 정서를 표상한다. 시적 화자는 이러한 "탁란"의 과정을 "아늑한 둔덕에 쪼그리고 앉"은 산들 속에서 발견하고 있다. 여기에 이르면, 산비탈의 "무덤" 자리가 겨울바람 속에서도 "항상 따스"했던 이유를 짐작할 수 있다. 산이 자신의 "깃털"과 "가슴"으로 "포근하게 감"싸주었기 때문이다. 그렇다면, "무덤"들은 "언제 껍질을 깨고 나올까". 다시 말해, "품은 알"이 "부화할" 때는 언제인가? 이러한 질문은 그 자체로 생태적 상상을 환기시키는 신선하고 호기심 어린 궁금증이 된다.

이와 같은 지구 생물주의에 입각한 공동체적 세계관이 일상적 구체에 집중되면 다음과 같은 흥미로운 시적 상상으로 펼쳐진다.

> 농부는
> 대지의 성감대가 어디 있는지를
> 잘 안다.
> 욕망에 들뜬 열을 가누지 못해
> 가쁜 숨을 몰아쉬기조차 힘든 어느 봄날,
> 농부는 과감하게 대지를 쓰러뜨리고
> 쟁기로
> 그녀의 푸른 스커트의 지퍼를 연다.
> 아, 눈부시게 드러나는
> 분홍빛 속살,
> 삽과 괭이의 그 음탕한 애무, 그리고
> 벌린 땅속으로 흘리는 몇 알의 씨앗.
> 대지는 잠시 전율한다.
> 맨몸으로 누워 있는 그녀 곁에서
> 일어나 땀을 닦는 농부의 그 황홀한 노동,
> 그는 이미
> 대지가 언제 출산의 기쁨을 갖을까를 안다.
> 그의 튼실한 남근이 또
> 언제 일어설지를 안다.
>
> ─「푸른 스커트의 지퍼」 전문

"봄날" "쟁기"로 땅을 갈아 "씨"를 뿌리고 새싹을 기다리는 과정이 에로티시즘적 상상력을 통해 흥미롭게 펼쳐지고 있다. "농부"와 "대지"의 상관성 속에서 새싹이 돋아나는 과정이 남녀 음양의 이치 속에서 실감 있게 해명되고 있는 것이다. 유능한 "농부"란 "대지의 성감대가 어디 있는지를 잘" 아는 자이다. "농부는 과감하게" "그녀의 푸른 스커트의 지퍼를 열고" 씨앗을 뿌린다. "삽과 괭이의 음탕한 애무" 속에서 "대지는" "전율"하고 "농부"는 "황홀"해한다. "대지"는 곧 "출산의 기쁨"을 구가할 것이다. 시상의 마지막에 이르면 농부와 대지는 모두 생명의 생산 주체로서 신성성을 확보한다. 시상의 열기와 속도감이 봄날의 분주한 생명활동을 감각적으로 전이시키고 있다. 대지적 상상력을 우리들의 생활 감각 속으로 한층 가깝게 내면화시키고 있는 시편이다.

한편, 오세영의 시적 삶의 토대를 이루는 생명공동체적 세계관은 점차 지구의 체온과 맥박을 체크하는 행성 의학자의 역할을 수행하는 단계에 이른다. 그에게 인식되는 지구의 논, 밭에서 산출되는 곡식들은 "생명표 브랜드"(「생명표 브랜드」)이며 "단 몇 시간의/ 게릴라성 집중호우로 터져버린 둑"은 "동맥경화"(「동맥경화」)로 진단된다.

다음 시편들은 지구적 재앙의 원인을 규명하고 있다.

① 앞다투어 시커멓게

　　굴뚝으로 배출한 오염 물질로

　　대기 중의 근로조건은 숨을

　　쉴 수 없을 만큼 악화,

　　구름 공장에서 작업하던 바람과

　　햇빛과 수증기가 일제히

　　파업을 단행하였다.

유례없는 대 가뭄.

　　　　　　　　　　　　　　　　　　　　　—「파업」 부분

② 땅에서 태어나 땅에서 살다가
　땅으로 돌아가는 생명의 근원은 땅.
　그러나 언제부터인가. 유독
　인간만이
　의상을 두르고, 신발을 신고
　흙을 경멸하기 시작한 것은……
　침을 뱉고 구둣발로 짓밟아 모욕하기

　　　　　　　　　　　　　　　　─「패륜」 부분

　"파업"이란 자연의 대반격을 가리킨다. "유례없는 대가뭄"의 원인은 "굴뚝으로 배출한 오염 물질"에 항거하여 "구름 공장에서 작업하던 바람과/ 햇빛과 수증기가 일제히" 파업을 단행했기 때문이다. 인간중심주의가 지구 생명의 공동체적 질서를 와해시킨 것이다. 이것은 일종의 "패륜"으로 규정된다. "생명의 근원은 땅"이라는 사실을 망각했기 때문이다. "땅에서 태어나 땅에서 살다가/ 땅으로 돌아가는" 이치를 잊어버리고 "흙을 경멸"해 온 문명사에 대한 근본적인 성찰이 명료하게 제기되고 있다.

　이와 같은 생명공동체적 세계관이 인간 삶의 일상으로 향하면 자연의 이치에 거스르는 이념적 도식성에 대한 날카로운 비판으로 표출된다.

　스스로 움직여 흐르지 않고
　한곳에 멈춰 고여 있는 것은 어차피
　썩기 아니면 얼기.
　지하의 수맥 또한 그렇지 아니한가.
　동토의 저 물상으로 굳어버린 나무와
　수렁의 썩어가는 풀을 보라.
　나무가 혹은 풀이 간단없이
　바람에 나부끼며 흔들려야 하는 이유를

알 것이다.
누가 그렇게 말했던가.
의식은 지하에 흐르는 물과 같아
투명하다고……
물은 토양의 정신, 항상
감성의 전율로 어디론가 흘러가야 할지니
고여 있는 그것을 우리는 일컬어
'이념'이라 한다.

　　　　　　　　　　　　　　　—「이념」 전문

　모든 존재는 순환하고 소통하고 변화하는 특성을 지닌다. 이것이 곧 영원한 자연의 이법이다. "한곳에 멈춰 고여 있는 것은" "썩기 아니면 얼기다" "지하의 수맥" "동토의 저 물상" "수렁의 썩어가는 풀"이 모두 이를 온몸으로 입증하고 있지 않은가. 인간 삶의 문화에서 항상 "어디론가 흘러가"는 자연의 이법을 위반한 채 "고여 있는" 실체로 존재하는 것은 "이념"이다. 그래서 "이념"은 불행을 자초할 수밖에 없다. "정의가 정의에만 집착하는 정의는/ 정의가 아니"며 "사랑이 사랑에만 집착하는 사랑"은 "감옥"(「깃발」)일 뿐인 것과 같다. "좌냐 우냐"로 나누어 자기 주장을 고집하는 도식은 죽임의 양식이다. 그래서 "좌냐, 우냐,/ 그 어디에도 교차로가 없는 강,/ 교통사고 없는 강"의 존재 원리는 아무리 강조해도 지나치지 않다. 이미 탈이념의 시대가 전개되었지만, 그러나 아직까지 우리 생활 속에 "폐가廢家의 그 녹슬은/ 문패"(「이데올로기 (2)」)처럼 산재하는 "이념"들에 대한 선열한 비판이다.
　오세영의 이번 시집은 인간과 자연의 생활 감각에 대한 묘사와 더불어 그 이면에 존재하는 자연의 이법을 선명하게 구현하고 있음을 거듭 확인할 수 있다. 그가 노래하는 생태적 상상력과 이념적 도식성에 대한 비판은 기본적으로 자연의 이법에 대한 강조로 해석된다. 그러나 그가 강조하는 자연의 이법은 결코 가치중립적인 엄정성에 갇히지 않는다. 오히려 사랑과 보살핌의 정서가 그 중심을 가로지르고 있다. 그의 시편들이 부감법의 골법을 통해 명료하고 활달하게 전개되면서도 온화하고 부드럽고 습윤한 정조를 띄는 특징도 여기에서 비롯된다.

> 오늘 우리 집은 모든 것이 마비다.
> 시베리아에서 불어 온 냉기류에
> 기온 급강하,
>
> 보일라가 멈추고, 식수가 끊기고,
> 하수도가 막히고
> 믿었던 수도관의 동파.
> 평소
> 따뜻하게 감싸주지 못했던……
>
> 얼어붙은 경기로 주가 급락,
> 주식에 전 재산을 걸었던 한 실업 가장이
> 가족과
> 동반 자살을 시도했다.
> 거실에 낭자한 피.
>
> ─「동파凍破」 전문

　"주가 급락"으로 "실업 가장이/ 가족과/ 동반 자살을 시도"하는 사건이 비일비재하는 것이 현실이다. 이들의 안타까운 죽음의 원인은 무엇인가? 시적 화자는 그 이유를 자신의 생활 감각 속에서 내밀하게 지적하고 있다. "평소/ 따뜻하게 감싸주"었다면 "믿었던 수도관의 동파"는 일어나지 않았을 것이다. 이와 같이 "아이. 엠. 에프(I.M.F)"(「아이. 엠. 에프(I.M.F)」)를 비롯한 경제 한파와 그로 인한 죽음의 파행들은 "평소/ 따뜻하게 감싸주지 못했던"

사랑의 결핍에서 비롯되었다는 인식이다.

시적 화자에게 평소에도 나누어야 할 사랑과 보살핌의 정서가 필요하다는 것은 마치 자연의 법칙과도 같다. 그가 「늦가을」, 「비정규직」, 「농성籠城」 등에서 "겨울바람에 나부끼고 있는" "갈잎" 같은 존재들을 향해 연민과 사랑의 정감을 드러내는 것은 인간사의 바람직한 존재 원리를 규명하고 있는 것으로 해석된다. 이렇게 보면, 오세영이 부감법의 구도로 묘파하는 지구적 삶의 현상과 그 형이상학적 원리는 궁극적으로 사랑의 정서를 지향하고 있는 것으로 파악된다. 직서적인 어법으로 개진되고 있는 다음 시편은 이 점을 좀 더 분명하게 보여 준다.

> 미움과 원한과 저주와 분노를 녹여
> 아아, 한 가지 오직 화해만을 일구어낼
> 사랑의 용광로,
> 높은 장벽, 철조망, 쇠창살을 허문 바로 그 동산에
> 우리는 다만 꽃과 나무와 작물만을 심을 지니
> 이제 내 눈이 더 이상
> 전장의 살육을 보지 않게 하여라.
> 내 시의 사전에는
> '증오'라는 말이 없다.
>
> ―「내 시의 사전에는 '증오'라는 말이 없다.」 부분

"미움과 원한과 저주와 분노를 녹여" "화해"를 만드는 "사랑의 용광로"가 시상의 중심점을 이루고 있다. 시적 화자는 "사랑의 용광로"를 통해 "철조망, 쇠창살을 허문 바로 그 동산"을 "꽃과 나무와 작물"의 터전으로 바꾸고자 한다. 이러한 작업은 궁극적으로 "내 시의 사전에는 '증오'라는 말이 없다"는 선언적 명제를 실현하기 위한 방법적 과정으로 파악된다. "내 시의 사전"이란 비단 이번 시집만이 아니라 오세영의 시 세계 전반을 대상으로

한다. 따라서 이 선언적 명제는 그의 시 세계의 궁극적이고 일관된 지향점이며 자세를 드러낸 것으로 보인다. 따라서 그가 부감법의 투시를 통해 지구적 현상과 그 내면의 존재 원리로서 생명공동체적 세계관을 구현하는 것 역시 스스로 "사랑의 용광로"가 되기 위한 방법적 실천으로 파악된다. 그의 "사랑의 용광로"로서의 시적 삶은 앞으로 더욱 큰 울림으로 다가올 것이다. 오늘날 우리 사회가 계층적 소외와 갈등, "높은 장벽, 철조망, 쇠창살"을 이용한 증오와 대결을 더욱 부추기고 있는 실정이기 때문이다.

사랑 그 찬란한 결핍

—문정희의, 『사랑의 기쁨』

문정희의 시선집 『사랑의 기쁨』에는 혁명보다 격정적인 에로스의 정령이 요동치고 있다. 그래서 시집 전반의 시적 리듬과 어조가 숨가쁘게 뜨겁고 직정적이다. 에로티시즘의 극치를 향해 가는 맥박과 열기가 고스란히 느껴진다. 시적 언어와 신경 조직이 모두 민감하고 강렬하게 살아 꿈틀거린다. 그래서 그의 시 세계는 어느 한 곳도 후미지거나 권태롭지 않다. 그의 시편들은 한결같이 명쾌하고 선명하고 탄력적인 감성과 감각을 지닌다. 그러나 그의 시적 정서가 모두 환희와 기쁨으로 빛나는 것은 결코 아니다. 오히려 하염없는 결핍과 상실에 시달리는 경우가 더욱 많다. 그래서 그의 시 세계는 '사랑의 기쁜 슬픔' 혹은 '사랑의 슬픈 기쁨'으로 규명할 수 있는 이중적 모순성을 지닌다. 그 주된 이유가 무엇일까? 문정희 시 세계의 특이점에 해당하는 이 점은 에로스의 탄생 설화 속에서 짐작해 볼 수 있다.

플라톤의 《심포지움》은 아가톤의 집에서 소크라테스를 비롯한 여러 현자들이 모여 서로 주고받는 에로스의 탄생 설화를 담고 있다. 에로스의 탄생 설화는 대략 7가지 정도가 된다. 이 중에서 가장 그럴듯한 것은 2가지 정도로 보인다. 먼저, 카오스가 만든 사랑의 정령설이다. 그리스 최초의 신으로서 모든 생성의 에너지원에 해당하는 카오스는 먼저 에로스를 창조한다.

이때 에로스는 실체가 아니라 정령이고 에너지이다. 사랑의 작용이 없이는 우주 만물의 자기조직화 운동은 불가능하기 때문이다. 카오스는 에로스를 먼저 만든 이후에 에레보스(Erebos, 밤의 남신)와 닉스(Nyx, 밤의 여신)를 탄생시 킨다. 에레보스와 닉스가 결합하여 헤메라와 아이테르를 낳을 수 있었던 배 경은 에로스의 정령이 스며들었기 때문이다. 에로스는 구체적인 실체는 없 으나 모든 생명체들이 서로 결합하여 자기조직화 운동을 하는 힘을 발휘하 고 있는 것이다. 에로스의 탄생이 없었다면 결합, 보존, 번식, 창조로 이어 지는 인류사의 모든 과정은 불가능하다.

또 다른 그럴듯한 에로스의 탄생 설화는 여사제 디오티마Diotima가 들려 주는 이야기이다. 디오티마에 따르면, 에로스는 포로스(Poros, 풍요의 신)와 페니아(Penia, 결핍의 여신)의 자식이다. 올림포스 궁전에서 아프로디테의 성 대한 생일잔치가 열렸다. 잔치에 일찍 참여한 포로스는 암부르스와 넥타르 를 마음껏 먹고 한쪽 구석에서 잠에 떨어진다. 그러나 결핍의 여신 페니아 는 이날도 뒤늦게 잔치 마당에 들어온다. 이미 잔칫상의 접시는 모두 비어 있다. 허기가 더욱 심하게 밀려든다. 이때 페니아의 눈에 과식에 지쳐 잠 들어 있는 포로스가 보인다. 원망의 감정이 몰려온다. 그러나 원망은 이내 생존의 방식에 대한 각성으로 이어진다. 포로스와 한 쌍이 되면 더 이상 굶 주리지 않을 수 있지 않을까. 페니아는 거친 숨을 들이쉬며 졸고 있는 포로 스를 마치 범하듯이 관계를 갖는다. 여기에서 에로스가 탄생한다. 에로스 는 풍요의 아버지와 결핍의 어머니를 반씩 닮는다. 그래서 에로스의 존재 성은 항상 풍요로운 빈곤 혹은 빈곤한 풍요라는 모순성을 지닌다. 사랑이 아름다우면서도 처연하고 풍요로우면서도 고독한 속성을 동시에 지니는 까 닭이 여기에 있다.

이 둘의 이야기를 연속적으로 종합해 보면, 에로스는 세계의 존속을 가 능케 하는 신성한 생명의 힘이라는 것, 풍요와 빈곤의 이중적 모순성을 동 시에 지닌다는 것으로 요약된다. 전자는 모든 존재하는 것은 에로스의 산 물이며 에로스의 정령에 감염되어 있음을 가리킨다. 개체적 탄생과 계통적 확산은 에로스의 작용에 의해서만 가능하기 때문이다. 또한 후자는 구체적인 실체로 존재하는 에로스의 체질적 존재성을 가리킨다.

문정희의 시선집 『사랑의 기쁨』은 에로스의 정령과 이중적인 실체적 모순성을 생동감 있게 펼쳐보이고 있다. 그의 시적 삶은 에로스의 정령이며 그 후예로서의 모습을 역동적으로 보여 준다.

> 어느 나무나
> 바람에게 하는 말은
> 똑같은가 봐
>
> "당신을 사랑해"
>
> 그래서 바람 불면
> 나무는 몸을 흔들고
> 봄이면 똑같이 초록이 되고
> 가을이면 조용히 단풍드나 봐
>
> —「나무가 바람에게」 전문

에로스는 모든 현존재를 가능케 하는 힘이다. 나무와 바람이 어우러지는 것도 에로스적 정령의 작용이다. "당신을 사랑해"라는 감성과 감각이 없이 나무와 바람의 교감과 공명은 불가능하다. 또한 나무와 바람의 에로스적 교감이 없다면 "봄이면 똑같이 초록이 되고/ 가을이면 조용히 단풍"이 들 수 없다. 에로스적 정령이 사물의 생성과 존재의 근원이라는 점을 노래하고 있다.

이와 같이 우주 생명의 생성과 존재의 원리로서 에로스의 정령을 인간과의 연속성에서 노래하면 다음과 같은 생태적 상상의 시편이 탄생된다.

딸아, 아무 데나 서서 오줌을 누지 마라

푸른 나무 아래 앉아서 가만가만 누어라

아름다운 네 몸속의 강물이 따스한 리듬을 타고

흙 속에 스미는 소리에 귀 기울여 보아라

그 소리에 세상의 풀들이 무성히 자라고

네가 대지의 어머니가 되어가는 소리를

—「물을 만드는 여자」 부분

여성의 몸이 지닌 생태학적 가능성을 이처럼 감각적으로 흥미롭게 노래
한 시편은 드물다. 여성의 몸이 풍요로운 대지의 여신과 일원론적인 연속
성을 이룬다. "딸"의 몸이 대지의 "따스한 리듬" 속으로 이어지면서 어느새
"대지의 어머니가 되어"간다. "딸"이 "세상의 풀들이 무성히 자라"도록 하
는 거대한 지모신의 일원으로 참여하게 되는 것이다. 인간의 몸이 우주 생
명의 신성한 주체임을 일깨워 준다. 물론, 이 모든 자연의 조화로운 순환
원리를 관장하는 것은 에로스적 정령이라고 할 수 있을 것이다. 앞에서 지
적한 바처럼 카오스의 자식으로서 에로스적 정령은 모든 존재의 결합, 교
감, 탄생, 번식을 가능하게 하는 에너지원이기 때문이다.

그러나 이러한 에로스적 정령이 인간 삶으로 스며들면, 포로스와 페니아
의 자식인 에로스의 모습을 드러낸다. 인간 삶에서 에로스의 존재성은 이
중적인 모순성을 극명하게 드러낸다. 우주 생명의 에너지원에서는 물의 물
질적 상상력이 부각되었다면 인간 삶에서는 불의 상상력으로 전이된다. 또
한 시적 속도감 역시 "강물"의 "따스한 리듬"이 아니라 에로티시즘의 극치
를 향한 가파른 격정으로 변화한다.

다음 시편은 에로스의 존재론적 특성을 집약적으로 노래하고 있다.

사랑은 잘 익은 과일 같은 것인가

그 향기와 빛깔

잠시 입안에 군침으로 돌고 나면

아아

우리들의 사랑은

어디로 가는가

입술과 포옹하고

그 향기와 빛깔

오직 나 홀로의 비밀로

아주 잠시 입안에 머물고 나면

아아

우리들의 사랑은

어디로 가는가

—「과일의 사랑」 전문

사랑은 휘발성 물질이다. 사랑의 맛과 향을 느끼는 순간, 정작 사랑은 "어디로 가"고 만다. 그래서 사랑의 순간은 신기루처럼 느껴진다. "나 홀로의 비밀로" 사랑을 가졌다고 느끼기 시작하는 때에 이미 사랑은 어디론가 사라지고 만다. 사랑이란 오는 것인 동시에 가는 것이다. 그래서 사랑의 기쁨은 이별의 고통과 중첩된다. "아름다운 사랑의 등성이에/ 한나절 외줄을 타고 오르다 보면/ 거기엔 바람만 쓸쓸히 불고/ 바위 틈엔 에델바이스 대신/ 이런 난해한 악마가 기다리고 있"(「사랑을 유리병 속에 담아 둘까」)다. 에로스가 포로스와 페니아의 자식이기 때문이다. 에로스의 유전자는 풍요와 결핍의 형질을 동시에 지니고 있는 것이다. 그래서 사랑의 서사에서 사랑의 성취는

353

끝이 아니라 오히려 시작이다. "영롱한 빛깔로 유혹하지만/ 손에 잡고 보면 돌연히 칙칙한 색으로 변하고 마는"(「시간의 몸짓」) 속성을 지니기 때문이다.

따라서, 사랑의 실체를 "거짓"으로 규정하는 것도 무리가 아니다.

> 꽃아, 너도 거짓말을 하는구나
> 어제 그 모습은 무엇이었지?
> 사랑한다고 말하던 그 붉은 입술과 향기
> 오늘은 모두 사라지고 없구나
> 꽃아, 그래도 또 오너라
> 거짓 사랑아
>
> —「오라, 거짓 사랑아」 전문

사랑이 꽃의 이미지로 전유되어 노래되고 있다. 꽃의 절정이 그 소멸의 출발이 되는 것처럼 "사랑한다고 말하던 그 붉은 입술과 향기"의 극치는 그 "모두"가 "사라지고 없"어지는 원점이 된다. 사랑의 극한이 "권태와 변질의 낭떠러지"(「사랑을 유리병 속에 담아 둘까」)이기도 한 것이다. 따라서 "어제 그 모습은 무엇이었지?"라고 새삼 묻지 않을 수 없다. 그러나 "어제 그 모습이" 사실인 것처럼 "모두 사라지고 없"는 오늘의 모습도 사실이다. "사랑"은 "거짓"이라고 하지 않을 수 없다. 그러나 시적 화자는 "꽃아, 그래도 또 오너라/ 거짓 사랑아"라고 외친다. 이미 꽃을 보아버린 자는 낙화의 슬픔에도 불구하고 다시 개화를 그리워하는 것처럼, 사랑을 경험한 자는 어떤 고통이 수반될지라도 다시 사랑의 찰나를 갈망하지 않을 수 없다. 오히려 고통이 클수록 "쳐다보면 숨이 막히는/ 어쩌지 못하는 순간"(「순간」)을 향한 갈망은 더욱 강렬해진다.

온몸을 벽에 던져
한 마리 날벌레로 으깨어지듯

무성한 머리칼로
천 날을 울어
겨울 나무처럼
앙상한 뼈가 되어

사랑, 너를 태우리라

—「사랑에게」 전문

　사랑을 향한 "온몸"의 열정이 극명하게 표출되고 있다. 간결하고 절도 있게 전개되는 시적 호흡이 사랑을 향한 강렬한 속도감을 느끼게 한다. 죽음보다 더욱 큰 고통을 감내하더라도 "사랑"을 "태우"겠다는 의지가 강렬하게 드러나고 있다. 여기에서 "태우리라"는 소멸이 아니라 소생이다. 정태적인 물체가 불에 탈 때면 역동적으로 살아나는 소생의 이미지를 환기시키기 때문이다. 그래서 "사랑"은 4원소의 물질적 상상력에서 불의 상상력에 해당한다.

어디에서 이토록 뜨거운 생명을 만나랴
참혹한 추락이 예비되었지만
불이 있어
지상은 늘 아름다웠다.
감히 수천의 날개를 파닥이며
별을 떨어뜨리며
저 무상을 향해 무릎을 펴는
불이여, 네 이름이 아니라면

어찌 영원과 초월을 꿈꾸랴

네 심장으로 타오르는 것이 아니라면

어찌 파멸과 맞서는 사랑을

우리가 감히 떠올릴 수 있으랴

—「불의 사랑」부분

　"불"이 다른 어느 곳에서도 찾을 수 없는 "뜨거운 생명"의 경이로 묘사되고 있다. "참혹한 추락이 예비되"어 있다 할지라도 "불이 있어/ 지상은 늘 아름다웠다". 불꽃은 "영원과 초월"의 "꿈"이 실현되는 극점으로 느껴진다. 물론 여기에서 "불"은 곧 사랑을 가리킨다. "네 심장으로 타오르는 것이 아니라면/ 어찌 파멸과 맞서는 사랑을/ 우리가 감히 떠올릴 수 있으랴"라는 언급이 이를 뒷받침한다. 사랑이 곧 "지상"의 아름다움의 표상이며 "파멸과 맞서는" 생명의 힘이고 감각으로 지칭된다. 사랑은 삶의 절대적인 수단이며 목적이다. 여기에 이르면, 문정희의 시 세계에서 사랑을 향한 돌파력은 거침없고 대담하고 당당하게 전개된다.

　① 눈송이처럼 너에게 가고 싶다

　머뭇거리지 말고

　서성대지 말고

　숨기지 말고

　그냥 네 하얀 생애 속에 뛰어들어

따스한 겨울이 되고 싶다

천년 백설이 되고 싶다

—「겨울 사랑」 부분

② 나는 너에게
　전보가 되고 싶다

어느 일몰의 시간이거나
창백한 달이 떠 있는
신새벽이어도 좋으리라

눈부신 화살처럼 날아가
지극히 짧은 일격으로

네 모든 생애를 바꾸어 버리는
축전이 되고 싶다

—「전보」 부분

　사랑은 이성적 사유의 대상이 아니라 직접적인 실천의 대상이다. "네 하얀 생애 속에 뛰어들어" 가는 방법은 "머뭇거리지 말고/ 서성대지 말고/ 숨기지 말고" 스스로 "눈송이처럼" 행동하는 것이다. 여기에는 오직 진실되고 원초적이고 근원적인 자세가 요구된다. 사랑은 나로 인해 "네 모든 생애를 바꾸어 버리는" 합일의 욕망이며 실천이다. 그러나 대상과의 합일을 열망하지만 가시적으로는 서로 다른 둘이다. 사랑의 강한 열망이 오히려 미완의 사랑을 확인하는 결과를 낳는다. 그렇다면 온전한 사랑을 이루어 내는 방법은 무엇일까?

① 오도독 네 심장에 이빨을 박는다

　이빨 사이로 흐르는 붉고 향기로운 피

　나는 거울을 보고 싶다

　사랑하는 이의 심장을 먹는 여자가 보고 싶다

　먹어도 먹어도 허기가 져서

　마녀처럼 두개골을 파먹는 여자

　오, 내 사랑

　알알이 언어를 파먹는다

　한밤에 일어나 너를 먹는다

ㅡ「석류 먹는 밤」 전문

② 그대 목에 방아쇠를 겨누고 싶네

　고성에 사는 드라큘라처럼

　뜨거운 이빨을 거기 박고

　그대 숨소리를 우뢰처럼 흡입하고 싶네

　오늘 밤 그대의 목 하나를 소유하고 싶네

ㅡ「목을 위한 광시곡」 부분

　시 ①에서 시적 화자는 "사랑하는 이의 심장을 먹는 여자가 보고 싶다". 이것은, 스스로 "사랑하는 이의 심장을" 먹고 싶다는 욕망의 우회적인 전언이다. 대상과의 완전한 합일은 "오도독 네 심장에 이빨을 박"을 때 가능하다. 그러나 시적 화자는 이를 실현하지 못한다. 그래서 "한밤에 일어나" "알알이 언어를 파먹는" 대리 행위에 충실한다. 에로티시즘의 시적 실천이다.

　시 ② 역시 에로스의 욕망이 대상을 죽이는 결과를 빚고 있다. "드라큘라처럼/ 뜨거운 이빨을 거기 박고/ 숨소리를 우레처럼 흡입"할 때 대상과의 완전한 합일은 가능하다. 그러나 반복되는 원망형의 서술형 어미에서 드러나듯 시적 화자는 완전한 합일을 열망하는 데 그치고 있다. 그래서 그는 늘 미완의 사랑으로 인한 허기에 시달리지 않을 수 없다. 그래서 시적 화자의 "내 사랑"에 대한 다음과 같은 진술은 매우 정직한 자기 고백이다.

> 세상에서 가장 순수하고
> 가장 조용하게 오는 것이
> 사랑이라면
> 나는 너를 사랑한 것이 아니다.
>
> 나는 너와 전쟁을 했었다.
> 내 사랑은 언제나
> 조용하고 순수한 호흡으로 오지 않고
> 태풍이거나 악마를 데리고 왔으므로,
>
> 나는 그날부터
> 입술이 까맣게 타들어가는
> 뜨거운 열병에 스러졌었다.
>
> 온갖 무기를 다 꺼내어
> 너를 정복시키려고
> 피투성이가 되고 말았다.
>
> ──「내 사랑은」 부분

사랑을 하는 행위가 전쟁의 과정이었다고 고백하고 있다. "온갖 무기를 다 꺼내어" "피투성이가 되"도록 싸우는 과정이 "내 사랑"이었다는 것이다. 사랑이 깊고 정직할수록 더욱 격렬한 "전쟁"이 된다. 사랑은 상대방을 완전히 "정복"하여 복속시키는 과정이기 때문이다. 이 점은 또한 "세상에서 가장 순수하고/ 가장 조용하게 오는 것"은 사랑이 아니라는 것을 가리키기도 한다. 그것은 실제로 바라보는 대상이지 경험의 대상과는 거리가 멀다.

　문정희의 시 세계가 도처에 거침없고 원색적이고 엽기적인 면모를 노정하는 것은 에로스의 후예로서 누구보다 정직하고 충실하다는 반증이다. 그렇다면, 이러한 시적 삶의 의미와 가치는 무엇일까? 다음 시편은 이에 대한 대답을 깊고 유현하게 암시하고 있는 것으로 보인다. 에로스적 삶과 상상은 종교적 신성성의 경지 이전이면서 동시에 그 이후라는 견성을 열어 보이고 있다.

다가서지마라
눈과 코는 벌써 돌아가고
마지막 흔적만 남은 석불 한 분
지금 막 완성을 꾀하고 있다
부처를 버리고
다시 돌이 되고 있다
어느 인연의 시간이
눈과 코를 새긴 후
여기는 천 년 인각사 뜨락
부처의 감옥은 깊고 성스러웠다
다시 한 송이 돌로 돌아가는
자연 앞에
시간은 아무 데도 없다
부질없이 두 손 모으지 마라
완성이라는 말도
다만 저 멀리 비켜서거라

—「돌아가는 길」 전문

석불이 석불마저 내려 놓고 있다. 그리하여 "다시 돌이 되고 있다". 이 때 "돌"은 부처의 경지 이후이다. 부처가 된 이후에 다시 회귀하는 "돌"이기 때문이다. 그래서 절대적인 "완성"의 경지라고 할 수 있을 것이다. 부처의 "눈과 코를 새긴" "어느 인연의 시간"을 넘어서고 있는 것이다. "부처의 감옥은 깊고 성스러웠"으나, 그 "깊고 성스러"움 마저 버리고자 하는 것이다. 여기에서 더 나아가 시상의 흐름은 부처 이후의 "완성"의 경지라는 "말도" 내려 놓고자 한다. 어떤 규정이나 상찬으로부터도 완전히 벗어난 자유자재의 세계를 노래하고 있다.

문정희가 에로스의 정령과 에로스의 모순적 삶을 집중적으로 추구하는 시집에서 "다시 한 송이 돌로 돌아가는 자연"을 노래하고 있는 까닭이 무엇일까? 그것은 에로스의 욕망은 종교적 신성성을 넘어서는 절대적 근원의 영역임을 일깨워 주고 있는 것이 아닐까? 에로스의 환희와 절망이 교차하는 전쟁 같은 원초적 과정이 "부처"의 세계보다도 더 크고 본질적이라고 말하고 있는 것이 아닐까? 따라서 시선집『사랑의 기쁨』은 "부처의 감옥"이나 "완성이라는 말"에서도 자유로운 절대적인 근원의 "자연"을 추구하고 있음을 전하고 있는 것이 아닐까. 위의 시편은 에로스의 존재성과 이 시집 전반의 의미에 대한 질문과 답변을 지속적으로 제기한다.

청빈과 고요의 언어

—조정권, 『검은 먹으로 흰 꽃을 그리다』

조정권의 시집 『먹으로 흰 꽃을 그리다』는 청빈과 고요가 시상의 농담과 준법을 이룬 수묵화첩이다. 그의 시편들은 한기가 느껴질 만큼 과감하게 절삭한 자발적 가난의 언어로 개진된다. 그에게 말은 말하지 않기 위한 말이다. 그래서 그의 시에서 주인은 말이 아니라 침묵이고 수사가 아니라 여백이다. 물론, 조정권은 초기 시 세계에서부터 이미 "시간時間 속에 시간時間을 중첩시키며 시간時間을 무명화無名化"고 "행위行爲 속에 행위行爲를 중첩시키며 행위行爲 자체도 무명화無名化하는"(「백지白紙 4」, 『시편詩篇』) 도저한 "무無의 노래"(「산정묘지 7」)를 얼음처럼 결곡하게 노래해 왔다. 그러나 이번 시집은 여기에서 더 나아가 "무無의 노래"의 내용 가치는 물론 형식미학을 뚜렷하게 보여 주고 있다. 다음 시편을 통해 이를 직접 확인해 보기로 하자.

　　　　물 위를 헤엄친 눈송이 눈송이들 그 한생寒生 발설되지 않은

　　　　　　　　　　　　　　　　　　　—「고요한 연못」 전문

한 행이 한 편의 시가 되고 있다. 그러나 시상의 내용은 결코 빈약하지

않다. 오히려 가없이 깊고 풍요롭다. "고요한 연못"의 풍경이 단 한 행 속에 끝없이 펼쳐지고 있다. 연못의 수면 위로 "눈송이"들이 무수히 날리고 있다. "눈송이 눈송이들"이란 동어반복은 눈송이의 양적 풍요를 가리킨다. 이들 "눈송이"는 호수의 수면에 닿는 순간 한 생을 마감하게 된다. 그래서 호수 위에 흩날리는 "눈송이"의 모습은 그 자체로 눈송이의 죽음의 초상이기도 하다.

눈송이들의 한 생은 어떠했을까? 그것은 "한생寒生", 차가운 생이었다. "한생寒生"이 '한 생애'와 '차가운 생애'라는 중의적 의미를 담고 있다. '차가운 생'이란 눈의 감각적인 체온을 드러내는 것이기도 하지만 신산스런 생의 이력을 가리키기도 한다. 물론, 이러한 해석은 시상을 이해하기에 충분할 수도 있지만 그렇지 않을 수도 있다. 눈송이들의 한 생애는 말을 통해 "발설되지"도 않지만 "발설"할 수도 없기 때문이다. 비록 미물이라 할지라도 어찌 그 한 생애를 말로 다 설명할 수 있겠는가? "발설되지 않은"이라는 생략형 어법은 무수한 의미들이 복승하는 산알의 터전을 형성한다. 그래서 이시는 한 행으로 끝났으나 결코 한 행이 아니다. "눈송이"의 생애에 대한 스스로의 내적 독백은 물론 읽는 이들의 상상적 동참도 줄을 잇게 된다. 생략의 여백이 상상적 소통의 산 공간이 되고 있는 것이다.

일찍이 중국의 시인 유종원은 '소지욕기통疎之欲其通'이라 했다. 소통하고자 하면 성글어야 한다는 것. 그는 본질적 의미의 소통은 말이 아니라 말의 틈과 여백을 통해 가능하다고 보았던 것이다. 조정권의 이번 시집에서 분명하게 드러나는 형식미학은 바로 여기에 있다. 그는 언어의 가난을 통해 의미의 풍요를 추구하고 있는 것이다.

한편, 다음 시편은 "무의 노래"의 형식미학을 통해 구현하는 '무'의 시적 삶을 보여 준다.

나날이 나는 나를 재우나니

그대는 내 잠의 바쁨을 비웃겠지.

나날이 나는 나를 또 재우나니.

—「무량한 잠」 전문

"나날이 나는 나를 재우"고 있다. 발 빠른 계산과 재주를 자랑하는 세태 속에서 "내 잠의 바쁨"에 몰두하는 모습은 비웃음거리가 되기 쉽다. 그러나 "나는 나를 또 재"운다. 그가 스스로 "무량한 잠"을 선택하는 이유는 무엇일까? 그것은 스스로 세속적 현실의 탐욕, 집착, 번뇌 등으로부터 무연해지기 위한 것이다. 그리하여 분별지의 편협과 허상에 걸림이 없는 청정무구한 대자유를 구가하고자 하는 것이다. 이를 불가의 화법으로 말하면 "일념이 청정하면 일념이 부처(一念淸淨 一念佛)"가 된다는 것을 가리킨다.

이처럼 "무량한 잠"을 선택하는 것이 망상의 소요로부터 벗어나 자신의 본성을 획득하는 것임은 다음 시편을 통해서도 확인된다.

소들은 쉽게 배운다, 인간과 달리.

잊는 걸
한 귀로 그냥 흘려버리는 걸

—「소들은」 전문

"잊는" 것, "한 귀로 그냥 흘려버리는" 자기 수양이 시상의 초점을 이룬다. 자신의 참된 본성을 어지럽히는 허상으로부터 스스로 자유로워지는 마음공부를 강조하고 있는 것이다. 물론, 이 시에서 "소"는 굳이 소가 아니어도 상관없다. 이것은 마치 조주 선사가 '달마가 서쪽에서 온 까닭'을 묻는 물음에 대해 '뜰아래 잣나무'라고 대답 할 때, 굳이 잣나무가 아니어도 상관없

제2부 구극과 무위

는 것과 마찬가지이다. "소"는 무위자연의 한 표상이기 때문이다. 다음 시편은 이를 뒷받침한다.

> 벗은 흙 잔등으로 풀꽃 터뜨리고
> 새파랗게 털갈이하고 있는 곳
> 여기가 무속도로구나.
> 나는 울타리를 넘어
> 자연의 잔등 위로 침범한다.
> 저 느린 시간을 향해 걸어 들어가며
> 한없이 느려터진 말들과 일가一家를 이루며
>
> ─「무속도로」 부분

"무속도로"란 고속도로의 음가를 차용한 변용어이다. 그래서 무속도로의 맞은편에 고속도로가 있음을 자연스럽게 암시한다. 그는 고속도로의 이편에서 "무속도로"의 저편을 향하고 있는 것이다. "무속도로"는 "벗은 흙 잔등으로 풀꽃 터뜨리고/ 새파랗게 털갈이하"는 "저 느린 시간"의 세계이다. 따라서 마지막 행의 "한없이 느려터진 말들과 일가一家를 이"룬다는 것은 앞에서 살펴본 바 있는, 시적 화자 스스로 "무량한 잠" 속으로 진입하는 것이며, "소"처럼 자신을 미혹으로 빠트리는 허사를 "한 귀로 그냥 흘려버리는 걸" 가리킨다. 이를 불가의 화법으로 표현하면, 모든 망상을 지우고 진여眞如의 경지에 이르는, 일상삼매一相三昧로 들어가는 것이다.

그렇다면, 조정권이 이처럼 철저하게 탈속의 정적靜寂을 지향하는 궁극적인 의미는 무엇일까? 이번 시집 전반의 존재론적 핵심을 이루는 이러한 질문 앞에 다음 시편이 놓인다.

경주 남산 바윗틈에서 1300년간 묻혀 있던

얼굴에서 출토된

잔잔한 물.

눈 감은 채

세상 온갖 주름살을

한없이

한없이 펴놓은 얼굴.

주름살 하나 없는

잔잔한 물이여.

—「주름살 없는 물」 전문

시적 화자는 "경주 남산 바윗틈에서 1300년간" "무량한 잠"(「무량한 잠」) 속에 빠져있던 불상을 노래하고 있다. 이미 그것은 불상이면서 불상이 아니다. 불상의 외피마저 벗어버려 그저 "잔잔한 물"이라고 지칭하는 것이 더욱 옳다. 이 "잔잔한 물"은 그동안 "세상 온갖 주름살을/ 한없이/ 한없이 펴"고 있었다. "주름살 하나 없"는 자성이 곧 반야般若의 빛으로 온 세상에 작용하고 있었던 것이다.

이러한 시적 정황은 노자가 설파한 "누가 흐린 것과 어울리면서 고요함으로 그것을 천천히 맑게 해줄 수 있으며, 누가 가만히 있으면서(고요하면서) 움직임으로써 그것을 천천히 생겨나게 하겠느냐(孰能濁以靜之徐淸, 孰能安以久動之徐生)?"는 문구를 환기시킨다. 노자는 이러한 물음의 형식을 통해 물의 혼탁함(세속)을 가라앉게 하는 것은 고요이며, 하지 않으면서도 하지 않음이 없어 온갖 만물을 생성시키는 것도 고요라는 것을 강조하고 있었던 것이다. 물론, 이때 고요(靜)는 도道며 무위無爲이고 공空이다.

이렇게 보면, 조정권이 이번 시집에서 "먹으로" 그린 "흰 꽃"은 바로 도와 무위와 공의 세계였음을 알 수 있다. 그는 이러한 참된 본성의 세계를 통해

"세상 온갖 주름살을/ 한없이/ 한없이 펴"는 길을 향하고 있었던 것이다. 또한, 그가 이번 시집에서 철저히 자발적 가난의 형식을 견지한 것 역시 위도일손爲道日損, 즉 도는 날마다 버림으로써 가닿을 수 있다는 것을 창작 방법론을 통해 실천한 것임을 알 수 있다. 끝이 없는 뜻을 끝이 있는 언어를 부려 그리고 있는 현묘한 한 경지를 목도할 수 있는 시집이다.

시적 계시 혹은 성속일여의 세계관

—고진하, 『거룩한 낭비』

　고진하의 이번 시집 『거룩한 낭비』는 1987년 등단한 이래 『지금 남은 자들의 골짜기엔』(1990), 『프란체스코의 새들』(1993), 『우주 배꼽』(1997), 『얼음 수도원』(2001), 『수탉』(2005) 등에 이어 발간한 6번째 시집이다. 지금까지 간행한 시집의 제목에서도 어느 정도 암시되듯 그의 시 세계는 기독교적 영성과 도저한 구원의 세계를 기본 정조로 하고 있다. 특히 그의 초기 시 세계의 내면의식은 종교적 권위가 강하게 지배하고 있었다. 그는 종교적 소명 속에서 "불임의 곡신谷神들 숨죽여 우는"(「늙은 농부들」) "즈므마을"이나 "누워있는 마을"들을 찾아 "성소를 세우"(「즈므마을 1」)기 위한 사역을 실천적으로 노래해 왔다. 그에게 치명적인 세속적 현실은 신성의 재생을 향한 성현聖現의 지점, 즉 "우주 배꼽"으로서 의미를 지닌다. 그의 시적 상상의 지형은 위기와 재생이라는 기독교적 구원의 패턴이 근간을 이루고 있다. 그래서 그의 시 세계는 성과 속의 교호적 관계성이 시상의 기본 구도로 작동한다. 이러한 성·속의 교호적 관계성은 그의 시적 상상이 종교적 절대자를 지향하면서도 동시에 구체적인 현실 속에 깊이 천착하는 균형 감각을 잃지 않게 하였다.

　이 점은 고진하의 시 세계가 출발부터 대부분의 초월적인 종교 시편들과 뚜렷하게 변별되는 특성이다. 종교적 상상력에 기반한 많은 시편들이 천상의 세계에 거점을 두고 초월적인 절대자에 의지하고 복속함으로써 현실적 갈등과 고통을 타의적으로 휘발시키는 성향을 보인다. 그러나 고진하의 경우는 현실의 구체들을 적극적으로 이해하고 발견함으로써 거기에 내재하는 신성을 견성하고 감각화하는 자세를 지향한다. 비속화된 현실은 다시 신이 현존했던 태초의 완전성, 그 신성한 생명의 세계를 향한 재생의 기점으로서 의미를 지닌다. 그의 종교적 구도 역시 비속화되어 가는 현실 속에 신성성을 유지시키는 제의적 정화의 과정으로서 의미를 지닌다.

이러한 성·속의 교호성은 기본적으로 그의 시 세계를 일관하는 지속성을 이루고 있다. 그러나 근자에 들면서 절대적 신성보다 현실의 비중이 더욱 확장되고 있음을 볼 수 있다. 그에게 종교적 신성은 삶의 절대적 지향점이 아니라 현실의 구체를 발견하기 위한 도정으로서 더욱 큰 의미를 지닌다. 이러한 사정은 다음 시편을 통해 선명하게 부각된다.

> 오래 전 나는 빈 들의 시인이었다
> 노래하는 집시처럼 새빨간 혓바닥만 살아
> 젊음을 탕진하고 있을 때
> 신神은 나를 빈 들로, 텅 빈 들로 내몰았다
> 야생의 초록 골짜기를 헤매다
> 빈 들에 초막 몇 채를 세웠고
> 이슬과 구름의 관(冠)을 쓴 굴뚝들도 세웠다 어느 날
> 외딴 산모롱이 돌아가다
> 돌연 만난 꽃, 고독한 두루미를 닮은
> 두무리천남성을 사랑했고, 코브라의 머리를
> 쏙 빼닮은 그 흰 꽃에도 마음을 빼앗겼다
>
> …(중략)…

늦가을 빈 들의 말씀을 받아 적고 또 받아 적어온

내 안의 필경사가 누구인지 어렴풋하지만 죽음의 눈꺼풀들이

내 눈을 감기기까지 나는 그를 계시하진 못하리라

불타는 볏가리, 빈 들이 키우는 침묵, 별들의 실종, 향기로운

들꽃의 신비, 이따위에 도무지 무관심한, 반인반수伴人伴獸 무리의

창궐, 하지만 그들을 피해 갈 에움길을 찾기는 틀렸다 오늘도

나는 무죄한 생명이 떼죽음당하는 땅에서 허수아비 같은 늙은이들을

보았다 지구의 빈 들에 무심코 절망을 삽질하는……

　　　　　　　　　　　　　　　　　─「다시 빈들에서」 부분

　시적 화자의 신앙적 삶의 성찰이며 동시에 시적 삶의 표백이다. 젊은 시
절 "신神은 나를 빈 들로, 텅 빈들로 내몰았다". 그곳을 성소로 삼아 "관을
쓴 굴뚝들"을 세우고 신성의 현현을 위한 사역을 수행했다. 그의 시적 삶은
"늦가을 빈 들의 말씀을 받아 적고 또 받아 적"는 일이다. 그렇다면, "아무
도 들려 하지 않는 빈 들/ 빈 들을 가득 채우고 있는 당신"(「빈들」 1권)의 음성
을 받아 적어 온 나의 내면의 "필경사"는 누구일까? 이것은 나의 근원에 대
한 질문이면서 동시에 내 속에 살고 있는 절대자의 실체에 대한 질문이다.
자신의 본질을 이해하는 것을 곧 절대자의 실체를 이해하는 것으로 파악하
고 있다. 세상 모든 피조물의 원형은 바로 신이라는 인식이다. 이것은 기독
교의 창조적 세계관의 기본 바탕이기도 하다. 신이 자신의 손길로 영을 불
어넣어 만물을 창조했기 때문이다. 이에 대해서는 요한복음에 다음과 같이
적시하고 있지 않은가.

　　태초에 하나님과 함께 계셨고 만물이 그로 말미암아 지은 바 되었으
　　니, 지은 것이 하나도 그가 없이는 된 것이 없느니라. 그 안에 생명이
　　있었으니 이 생명은 사람들의 빛이라. 빛이 어두움에 비치되 어두움
　　이 깨닫지 못하더라. (요한복음 1:1-5)

인간의 자기 구원은 "그 안에 생명"을 온전히 발견하고 이를 실현하는 것에 있다. 그리스도가 스스로 '나는 길이요, 진리요, 생명'이라고 말했던 까닭이 여기에 있다. 따라서 시적 화자가 자신의 내면의 "그를 계시하"는 것이 자신과 삶의 본질을 찾고 자신과 세계를 구원하는 길을 궁극적으로 실현하는 것이다. 그러나 신의 목소리와 공명하는 "필경사가 누구인지 어렴풋하지만 죽음의 눈꺼풀들이/ 내 눈을 감기기까지 나는 그를 계시하진 못"할 것 같다. 그 주된 이유는 무엇일까? 지상은 여전히 "반인반수伴人伴獸 무리"가 창궐하고 "무죄한 생명이 떼죽음당하"고 있기 때문에 절대자의 존재가 너무도 소용없고 멀리 느껴지는 것이다.

그러나 "그를 계시하"지 못한다고 할지라도 "그"가 없는 것은 결코 아니다. "그"가 있기에 "그"를 원망할 수 있으며 "그"를 원망할 수 있기에 세상의 고통을 견뎌낼 수 있다. "하느님"이 소용없지만 소용 있는 배경이 여기에 있다.

이 휘황한 물질적 낙원에서
하느님
당신은 도무지
소용없고
소용없고
소용없는
분이시니

내 어찌
흔해 빠진
공기를 낭비하듯
꽃향기를 낭비하듯
당신을

낭비하지

않을 수

있으리오!

　　　　　　　　　　　　　　—「거룩한 낭비」 전문

"하느님"은 "소용없"음을 통해 소용되는 분으로 존재한다. 특히 "휘황한 물질적 낙원"에서 "당신은 도무지" 어디에 계시는가. 물질만능주의에 허덕이는 현실 속에서 "당신"의 영적 구원은 어디에서도 일어나지 않는 것처럼 보인다. "소용없"음이 세 차례나 거듭 반복되는 것은 "당신"의 침묵에 대한 강렬한 원망 의식을 드러낸다.

　그러나 2연에 오면 시상의 흐름은 반전된다. 1연에서 원망의 대상에 해당하는 부재하는 "당신"이 "공기"나 "꽃향기"처럼 너무도 흔한 대상으로 존재한다. "당신"은 부재를 통한 충만한 현존재였던 것이다. 그래서 사실은 일상 속에서 끊임없이 "당신을/ 낭비하"며 살았던 것이다. 이것은 마치 일상 속에서 의식하지도 못한 채 "공기"를 낭비하는 것과 같은 이치이다. "하느님"은 너무도 가까이 있어서 너무도 먼 역설적 존재이다. 이러한 존재론적 역설은 시적 어법에도 그대로 전이되어 "하느님"의 "소용없"음을 원망하는 것이 "하느님"의 존재를 확인하는 방법이 된다. 그래서 "하느님"을 "낭비"하는 것은 "거룩한 낭비"가 된다.

　다음 시편은 "거룩한 낭비"의 한 양상을 보여 준다.

　　그의 유고엔 이런 시건방진 구절도 엿보인다:
　　캄캄한 길이라고 왜 길이 아니겠어!

　　꼭두새벽, 친구 생각에 안개주의보 속 산길을
　　자꾸 막히는 산길을 울컥, 울컥 걷다가 또 앞을 가로막는
　　밑 모를 저 심연에서 올라오는, 그가 장좌불와 중에

올렸을 법한, 기도 한 구절을 불쑥 떠올린다:

하느님, 내게서 하느님을 없애 주십시오!

(실은, 중세 한 수도승의 기도다)

그리해 주소서, 하느님!

이보다 더 깊고 겸허한 소청이 어디 있겠나이까.

—「겸허한 소청」 부분

　친구에게 세상은 "캄캄한 길"로 존재해 왔다. "친구"는 말했다. "캄캄한 길이라고 왜 길이 아니겠어!" 그러나 그의 "캄캄한 길"의 여정은 "죽음"으로 이어진다. "친구 생각에 안개주의보 속"을 걷던 그는 "하느님"의 소용없음을 원망한다. "하느님, 내게서 하느님을 없애 주십시오!"라고 간구한다. "하느님"에 대한 "거룩한 낭비"이고 "겸허한 소청"이다. 강한 원망은 강한 믿음에서 비롯된다. 원망할 "하느님"이 없다면 감당하기 어려운 슬픔을 어떻게 견딜 수 있겠는가. 시적 화자에게 "하느님"은 "캄캄한 길"에 비견되는 세상을 견딜 수 있게 하는 토대이다. 이것은 또한 "하느님"은 세상 어디에도 살아 존재한다는 증거가 되기도 한다.

　이처럼 역설적 존재자의 "하느님"을 주변 일상 속에서 제대로 직시하고 "계시"하는 것이 고진하의 시와 종교의 삶이다. 다시 말해, 그에게 시 창작은 곧 일상 속에 내재하는 "하느님"의 참모습을 직시하고 감각화하는 것이 된다. 그래서 그는 "내리는 족족 쌓이는 족족 공손히 받아 모시는/ 겨울 나무들처럼// 나 두 팔 벌려 하느님의 격정을 받아 모신다/ 받아 모시니, // 시다!"(「거룩한 낭비」)라고 노래한다.

　다음 시편은 지상의 모든 생명체가 곧 "하느님"이라는 인식을 보여 준다.

우체부 아저씨,

새가 둥지를 틀고 알을 품고 있으니

우편물을 아래 장바구니에 넣어주세요!

이쁜 짓 잘하는 아래층 아낙이 한 짓이 분명했다. 산방産房 앞에서 멈
칫거리듯 조심스런 눈길로 우편함 속을 들여다보니, 마른풀로 짠 둥
지 속에 쬐고만 새의 반들대는 까만 두 눈이 낯선 나를 쏘아보았다.

문득, 등 뒤가 뜨거워 돌아보니, 아래층 아낙이 물 뿜는 호스를 손에
들고 벚나무 밑에 신주 모시듯 모신 성모상 얼굴을 씻기고 있었다. 황
사 끝자락 붉먼지를 뒤집어쓴 성모님이 아낙의 물세례를 받고 수줍은
듯 아미를 숙이고 있었다.

성모님 두 분을 모셨네요?

왜, 두 분만이겠어요? 그렇게 말씀하시면, 다른 분들이 서운해하지
요.

아, 그래, 맞아요! 뜰의 나무며 풀꽃들, 연못의 올챙이, 미꾸라지, 장
구벌레들이며……

—「우편함 속의 새」부분

"아래층 아낙"이 "물 뿜는 호스"로 "성모상 얼굴"을 씻기고 있다. 그러나 씻
고 있는 "성모상"만이 성모상이 아니다. "뜰의 나무며 풀꽃들, 연못의 올챙
이, 미꾸라지, 장구벌레들"이 모두 성모의 다른 얼굴이기 때문이다. 그래
서 "아래층 아낙"이 우편함에 써놓은 "우체부 아저씨, / 새가 둥지를 틀고 알
을 품고 있으니/ 우편물을 아래 장바구니에 넣어주세요!"라는 문구는 종교

적 상상의 생활 실천이다.

　이와 같이 사소한 일상 속에서 "성모님"을 직시하는 인식론은 자연스럽게 성속일여聖俗一如의 세계관으로 나타난다. 세속과 신성은 본래 불연속의 연속성을 이루는 전일적 관계인 것이다.

　　　산호수나무 꼭대기에서 우짖는
　　　저 쬐고만 새,
　　　시발시발시발……
　　　누굴 욕하는 것 같다.
　　　짝짓기 철이라 저리 운다는데
　　　짝 찾는 소리치곤 참 고약타.
　　　이젠 욕계를 떠난 고모부한테
　　　평생 욕바가지로 살던
　　　풍물시장 야채장수 고모 생각도 나지만
　　　저 맑은 욕 먹지 않고
　　　어찌 세상이 맑아지며
　　　만물의 귀가 파릇파릇해지겠는가.
　　　귀 있는 자는 들으라
　　　시발시발시발……
　　　저 욕 한 사발 먹고 오늘 아침은
　　　밥 안 먹어도 배부르느니.

　　　　　　　　　　　　　—「새한테 욕먹다」 전문

　"짝짓기 철" "우짖는" 새의 천혜 자연의 소리와 "평생 욕바가지로 살던" "고모"의 욕설이 등가화되고 있다. 그래서 "세상이 맑아지며/ 만물의 귀"를 "파릇파릇"하게 정화하는 소리에는 새 소리와 함께 "평생 욕바가지로 살던/ 풍물시장 야채장수 고모"의 "욕바가지"도 동일하게 포함된다. 자연의 의인화와 세속의 자연화가 이루어지고 있다. 성속일여聖俗一如가 절묘하게 구현되고 있는 현장이다. 마지막 부분의 "저 욕 한 사발 먹고 오늘 아침은/ 밥 안 먹어도 배 부르느니"라는 표현은 시적 해학이면서 동시에 성속일여의 세계관이 가져다주는 깨달음의 포만감을 드러낸다.

이와 같은 성속일여의 세계관에서 신성성을 구현하는 것은 모든 존재자의 본질을 직시하는 것이다. 다시 말해, 이것은 세계 속의 "진리의 법"을 터득하는 것과 연관된다. 신성의 구현이 "진리의 법"의 터득이라는 명제에 이르게 되면, 시적 상상은 이미 특정 종교의 범주를 넘어서게 된다.

> 벽이 허물어지는 아름다운 어울림 보네
> 저마다 가는 길이 다른
> 맨머리 스님과
> 십자성호를 긋는 신부님
> 나란히 나란히 앉아 진리의 법을 나누는
> 아름다운 어울림을 보네.
>
> 늦은 깨달음이라도 깨달음은 아름답네
> 자기보다 크고 둥근 원에
> 눈동자를 밀어 넣고 보면
> 연꽃은 눈흘김을 모른다는 것.
> 십자가는 헐뜯음을 모른다는 것.
> 연꽃보다 십자가보다 크신 분 앞에서는
> 연꽃과 십자가는 둘이 아니라는 것.
> 하나도 아니지만 둘도 아니라는 것.
>
> ─「연꽃과 십자가」 부분

"하느님"이 "진리의 법"을 표상한다는 인식 앞에 "하느님"은 굳이 특정 종교의 전유물이 될 수는 없다. "하느님"은 특정 종교의 울타리에 가둘 수 없는 생명의 실체이다. 그래서 "맨머리 스님과/ 성호를 긋는 신부님"은 아름답게 어울릴 수 있는 관계이다. 이들은 모두 "진리의 법"에 해당하는 "하느님"을 찾는 구도자라는 점에서 동일하다. 다만 이를 찾아가는 방법론에서 차이가 있을 뿐이다. "연꽃과 십자가는 둘이 아니라는 것./ 하나도 아니지만 둘도 아니라는 것"은 이러한 정황의 산물이다.

고진하에게 이 점은 시 창작 원리에도 동일하게 적용된다. 시 창작 역시 성속일여의 현상에 대한 견성이며 "진리의 법"에 대한 계시의 방법론이기 때문이다. 다음 시편은 이러한 그의 창작 방법론의 배경이 명징하게 시사되고 있다.

> 저 잔혹한 섬광 뒤의 굉음을 받아 적을 수 없다
>
> 하늘에 긋는 저 시퍼런 성호도 받아 적을 수 없다
>
> 오늘 밤은, 내 시도 정전停電이다
>
> ──「천둥소리」 전문

"섬광 뒤의 굉음"과 "하늘"에 그어지는 "저 시퍼런 성호"를 받아 적고 묘사하는 것이 곧 자신의 시 쓰기라는 인식이다. 따라서 "내 안의 필경사가"(「다시 빈 들에서」) 세계의 실상을 받아 적을 수 없을 때 "내 시도 정전停電이다". 시란 모든 사물 속에 내재하는 근원과 신성의 감각화라는 인식이 바탕을 이루고 있다.

따라서 고진하에게 시적 계시는 성속일여의 견성과 연관된다. 이 점은 그가 시 창작을 위해 노력하는 것이 곧 "내 안의 필경사"를 "계시"하는 과정이며 비속화된 현실의 성화를 추구하는 과정이 된다. 그래서 그에게 시 쓰기는 "아무것도 아무것도 아닌 것 같"이 소용없어 보인다고 할지라도 결코 중단할 수 없는 절대적 소명이 된다. 이번 시집에서 시 창작의 의지를 시로 노래한 작품이 여러 편 등장하는 까닭도 여기에 있다. 시를 쓰는 일이 스스로 하느님에게 가까이 가는 일이며 종교적 사역을 실천하는 일인 것이다.

> 아무것도, 아무것도 아닌 것 같은
> 이 흉작 뿐인 노동을
> 난 오늘도 탁 접어버리지는 못할 것이다
> 혹한으로 꽝꽝 언 침묵의 통나무 속으로
> 은빛 도끼의 새 길을 내는 사내처럼
> 첫눈의 시를, 시의 첫눈을, 지상 가득 뿌리고 싶어
>
> ─「첫눈의 시」 부분

고요와 견성의 미학
—이재무, 『슬픔은 어깨로 운다』

　내 유년기 장마철에 대한 기억은 지금도 강렬하다. 밤새 장대비가 내린 날 마을 앞 강은 황톳물이 우렁찬 굉음을 내며 마을을 집어삼킬 듯이 치달리곤 했다. 그것은 거대한 짐승이었다. 나무다리나 기울어져 가는 가옥들은 힘도 써보지 못한 채 쓸려갔다. 황톳물은 큰 바위와 부딪치는 순간 하늘 위로 솟구치면서 더욱 난폭해졌다. 어른들도 그때는 난쟁이처럼 작고 약해 보였다. 그러나 　비가 그치고 얼마간 지나면 강물은 다시 온순해졌다. 강은 점차 거울처럼 맑고 잔잔해졌다. 강물 바닥의 조약돌 속으로 송사리 떼가 부끄럽다는 듯 숨곤 했다. 무섭게 범람하던 흙탕물을 다시 평온하게 만든 힘은 무엇이었을까?

　노자는 《도덕경》 15장에서 말한다. "누가 흐린 것과 어울리면서 고요함으로 그것을 천천히 맑게 해줄 수 있으며, 누가 가만히 있으면서 움직임으로써 그것을 천천히 생겨나게 하겠느냐?(孰能濁以靜之徐清, 孰能安以久動之徐生)" 노자는 물음의 형식을 통해 물의 혼탁함(세속)을 가라앉게 하는 것이 고요이며, 하지 않으면서도 하지 않음이 없어 온갖 만물을 생성시키는 것도 고요라는 것을 강조한다. 이때, 고요(靜)는 도道이며 무위無爲이다. 내 유년기의 난폭한 강물을 평온하게 달랜 힘은 무위無爲의 고요였던 것이다.

무위의 기적 같은 염력은 자연현상뿐만이 아니라 인간 삶의 역사에서도 동일하게 작동한다. 특히 민중적 변혁의 역동성은 인위적 조직이 아니라 무위의 운행에 따라 자기조직화 한다. 이러한 민중의 자기조직화에 대해, 1980년대 중반 젊은 김지하의 다음과 같은 논의는 새삼 밝게 들려온다.

> 민중의 삶이란 생명의 본디 성품, 즉 본성에 따른 삶입니다. 자유롭고 통일적이며 창조적이고 순환적인 삶이면서 공동체적인, 그리고 처음도 끝도 없는, 무변광대한 우주적인 생명의 경험 전체를 말합니다. …(중략)… 민중의 삶에는 중심적 전체가 있습니다. 중심적 전체라는 것은 삶의 모든 개별적인 가치들을 통일하고 수렴하는 가치의 핵심을 말합니다. 민중적 삶의 중심적 전체는 한마디로 말씀드리면 활동하는 무無라고 부를 수 있겠습니다. 즉 활동하는 '자유'올시다. 끊임없이 창조적으로 활동하는 텅 빈 무, 텅 비어 있음으로써 오히려 신선하고 근원적인 창조적 생명을 뜀뛰게 하는 그러한 자유가 바로 민중적 삶의 중심적 전체—곧 민중적 삶을 통일하고 해방시키며 그 본디 성품을 끊임없이 성취시키는 〈최고선〉입니다.(「민중문학의 형식 문제」, 1985. 3. 6.)

민중적 삶을 통일하고 해방하고 성취시키는 전체의 동력이 조직 논리가 아니라 제각기의 창조적인 자유의지라는 것이다. 일하는 민중의 삶이란 생명의 본디 성품에 가장 가깝다는 것, 민중적 삶의 전체적 중심은 활동하는 무라는 점을 설파하고 있다. 이때 "활동하는 무"는 바로 무위의 힘에 상응한다.

지난겨울 이 땅에 새 역사를 불러 온 광화문의 촛불 바다 역시 이러한 "활동하는 무", 즉 무위의 원리에 따른 역동적 장이라고 할 것이다. 자발적으로 다양하게 표출하는 민중의 힘은 무위의 원리에 따라 스스로 자기조직화하는 자연현상과 같은 것이다.

마침, 이재무는 이번 시집에서 "촛불"에 대해 다음과 같이 증언하고 있
다.

　　　촛불은 비상하는 노고지리다

　　　촛불은 풀잎이다

　　　촛불은 꽃이다

　　　촛불은 별이다

　　　촛불은 첫눈이다

　　　촛불은 고해성사다
　　　　　　　　　　—「장엄한 촛불이여, 명예혁명의 교과서여!」 부분

　"촛불"은 스스로 "촛불"이다. 노자가 '무위이화無爲而化'라고 했던가? 다스
리지 않으면서 다스리는 것, 고대 이상 정치의 비밀인 '나는 아무것도 하지
않는데 백성이 스스로 정치를 다 한다(我無爲而民自化)'는 것에 상응하는 현상
이 촛불 광장이다. 여기에는 어떤 중심도 주변도 없다. 지도자나 조직의 통
어도 없다. 끊임없이 창조적으로 활동하는 텅 빈 중심, 텅 비어 있음으로써
오히려 신선하고 근원적인 창조적 생명을 뜀뛰게 하는 그러한 자유의지가
바로 "촛불"을 이끈 동력이다. "촛불"은 스스로 존재하는 자연현상 그 자체
이다. 그래서 "촛불"이란 "노고지리"이고 "풀잎"이고 "꽃"이고 "별"에 다름
아니다. "촛불"이 배를 띄우기도 하지만 배를 엎어버리기도 하는(水則載舟 水
則覆舟), 천지불인天地不仁의 엄정한 이치를 실현할 수 있었던 것 역시 이러한
무위의 자연현상이기 때문이다.
　그렇다면, 이와 같이 자연의 운행원리에 상응하는 무위의 질서와 힘을 제

대로 직시하고 발견할 수 있는 방법은 무엇일까? 그것은 스스로 고요함을 지키는 것이다. 노자는 이에 대해 고졸한 어조로 말한다. '고요함을 지키고 허를 지키면 만물이 번성하고 그것이 본모습으로 돌아가는 것을 본다(致虛極 守靜篤 萬物竝作 吾以觀復)'. 고요의 현묘한 존재성의 강조이다. 이재무의 시세계의 중심음은 이러한 "고요"이다. 그는 이번 시집에서 직접 다음과 같이 전언한다. "고요는 힘이 세다".

> 고요는 힘이 세다 고요를 당해 낼 자는 아무도 없다 제 주장을 하지 않아 늘 소음에 시달리고 주눅 들고 내몰리는 것 같지만 고요가 패배한 적은 없다. 제풀에 지쳐 소음이 나뒹굴 때 공간을 차지하는 것은 고요다. 고요는 사라지지 않는다. 보아라, 고요가 울울창창 우거진 세계를!
>
> ──「고요는 힘이 세다」 전문

"고요"만큼 존재감이 약한 것이 있을까? "고요"는 "제 주장을 하지 않아 늘 소음에 시달리고 주눅 들고 내몰"린다. 그러나 "고요"는 결코 지치거나 "패배"하지 않는다. "소음"이 아니라 "고요"이다. 그러나 "고요"의 존재성은 없음으로 있음을 증명한다. "공중엔 삼림처럼 빽빽하게 정적이 우거지고 있"(「우거지다」)지만 이를 자각적으로 인식하지 못할 뿐이다. 고요는 활동하지만 무로 존재하기 때문이다. "소쩍새가 울고 난 뒤 벌레 먹은 풋감이 떨어"(「고요」)지는 "소음"을 통해 "고요"의 존재성은 자각된다. "고요"란 "소음"의 반대가 아니라 "소음"의 출발과 회귀의 근원이다.

따라서 "고요"를 응시하는 것은 우주의 실체를 응시하고 감지하는 것이다. 실제로 지금까지 이재무 시 세계의 주조는 드러난 "소음"보다 드러나지 않는 "고요"에 대한 견성에 집중해 왔다. 그는 "고요"에 대한 감지를 통해 만물의 본모습과 세상사의 이치를 관찰하고 터득하는 미의식을 추구해 온 것이다.

이러한 특성은 기본적으로 그의 시적 삶이 농경적 상상력에 뿌리를 두고 있다는 점과 무관하지 않아 보인다. 그의 시 세계의 소재나 비유에는 농촌의 정서와 자연물이 지배적으로 등장한다. 그의 시적 삶의 체질 역시 산업적 인간형의 일회적 시간성이 아니라 농업적 인간형의 계절적 시간성에 가깝다. 특히 계절적 시간성은 만상의 출발과 회귀의 근원인 겨울의 고요가 기준점을 이룬다. 그래서 그의 시적 삶은 비교적 낮고 느리고 깊은 시간성을 호흡한다. "고요"는 "소음"처럼 일회적인 출몰의 대상이 아니라 그 근원이며 바탕이기 때문이다.

이러한 시적 성향은 그의 시 세계에서 생태시편이나 결 고운 연시의 경우만이 아니라 초기의 민중시편에서도 근원 동일성을 이룬다. 그의 시적 삶은 민중의 억압과 변혁의 선명성을 경쟁하던 시대에도 금속성의 날카로운 구호보다는 대지적 비애와 생명의 감응을 추구하였다. 그래서 그의 민중 시편에는 격정의 증오보다는 슬픈 해학을, 적나라한 고발보다는 비극적 탄식과 인간적 정감을 자주 만날 수 있었다.

이를테면, 다음과 같은 시편은 이러한 그의 민중적 서정의 미의식을 보여 주었던 경우이다.

> 감나무 저도 소식이 궁금한 것이다
> 그러기에 사립 쪽으로는 가지도 더 뻗고
> 가을이면 그렁그렁 매달아 놓은
> 붉은 눈물
> 바람결에 흔들려도 보는 것이다
> 저를 이곳에 뿌리박게 해놓고
> 주인은 삼십 년을 살다가
> 도망 기차를 탄 것이
> 그새 십오 년인데……
> 감나무 저도 안부가 그리운 것이다

그러기에 봄이면 새순도

담장 너머 쪽부터 내밀어 틔워 보는 것이다

—「감나무」 전문

"감나무"의 내적 삶의 연대기에 대한 기록이다. 감나무의 45년 동안의 내력이 묘사되고 있다. 깊은 시간을 공명하는 응시와 발견의 감각이다. "감나무"의 사연은 "저를 이곳에 뿌리박게" 한 "주인"과의 관계성 속에서 형성된다. "감나무"의 "가지"는 "사립 쪽으로" 더 뻗어있다. 그것은 "감나무"가 "삼십 년을 살다가/ 도망 기차를 탄 것이/ 그새 십오 년"이 되는 "주인"의 "소식"이 궁금한 탓이다. "가을이면" 감나무는 "붉은 눈물"을 "그렁그렁 매달아 놓"는다. 가을날 붉게 물든 감나무 잎 역시 주인에 대한 간절한 그리움의 표현이었던 것이다. "감나무"는 "주인"과의 관계성의 상형문자이다. "사립 쪽으로" "가지도 더 뻗고" "새순도/ 담장 너머 쪽부터 내밀어 틔"우는 것이 모두 곡진한 사연의 감각화이다. 궁핍하고 애잔한 신산고초의 오랜 세월이 감나무의 표정이다.

이재무의 이와 같은 정서적 깊이와 울림을 감각화하는 유장한 시간 리듬은 사물에 대한 응시의 미적 방법론에서도 적용된다. 이를테면, 그의 대표작의 하나로 널리 알려진 다음 시편을 다시 읽어보기로 하자.

갓 지어낼 적엔

서로가 서로에게

끈적이던 사랑이더니

평등이더니

찬밥되어 물에 말리니

서로 흩어져서 끈기도 잃고

제 몸만 불리는구나

—「밥알」 전문

"밥알"에 대한 오랜 응시가 마침내 발견의 미의식을 불러온다. "갓 지어" 낸 밥이 "찬밥"이 되어 "물에 말리"면서 흩어지기까지의 일련의 과정이 하나의 시간 주기 속에서 관찰되고 있다. "찬밥되어 물에 말리"면서 "서로 흩어"지게 되자 "밥알"은 "사랑"과 "평등"을 잃고 "제 몸만 불리"게 된다. 뜨거웠을 때와 식었을 때의 극명한 차이가 어찌 "밥"의 경우뿐이겠는가. 사랑, 명예, 권력, 우정, 재력 등의 모든 세상사가 다르지 않을 것이다. 뜨거움 이후의 차가움을 겪어보아야 그 본성이 제대로 드러난다. 오랜 응시를 통해 발견에 이르는 유장한 시간 리듬이 선명하게 드러나는 경우이다.

한편, 이재무의 이와 같이 내면화된 "천천히 걷는 법과 느리게 살 줄 아는"(「오르막 길」) 시적 삶은 『슬픔은 어깨로 운다』에 이르러 "눈 코 입과는 달리" 스스로를 "주장하지 않으며" "차별"과 "분별"을 두지 않고 "고저장단의 소리를 소리 없이 실어 나르"는 "귀"(「귀」)의 상상력으로 집중되는 면모를 보인다. 그래서 그의 시 세계는 어느 때보다 자아를 내려놓은 무위의 감성과 감각이 주조를 이룬다. 타동사가 아니라 자동사를 지향하는 것이다. 다음 시편은 이러한 진경을 구체적으로 감각화하고 있다.

> 나뭇가지 이파리들은 바람이 와서 저를 흔들어대는 것이 싫지 않은 모양이다 물리지도 않는지 바람이 흔들 때마다 이파리들은 자지러지게 몸을 흔들며 웃는 것이다 바람과 이파리들은 저 짓을 만 년 전부터 해오고 있다 나는 저들의 무구한 놀이를 사람에게서 본 적이 있는데 갓 태어난 아이의 배냇짓이 꼭 그러하였다
>
> —「배냇짓」 전문

시상의 흐름이 관찰과 자각의 순서로 전개되고 있다. "나뭇가지 이파리들"을 가만히 응시한다. "바람이 와서 흔들어대"고 "이파리들은 자지러지게 몸을 흔"든다. 같은 몸짓을 "물리지도 않"는지 반복한다. 이미 "만 년 전부터 해오고" 있는 "무구한 놀이"이다. 시작도 끝도 없는 영원한 우주의 춤

이다. 바람과 이파리의 "무구한 놀이"에 사람도 동참할 때가 있다. "아이의 배냇짓"이 그것이다. "아이의 배냇짓"은 우주율 그 자체이다. 작위적이지 않는, 하지 않음의 함, 즉 무위無爲의 위爲인 것이다. 그러나 점차 사람은 우주적 리듬에서 이탈한다. 자기중심주의에 빠지면서 우주적 자아의 본모습을 잃게 된다는 것이다. 자신을 내려놓으면서 자신의 근원으로 돌아갈 수 있다는 일깨움이다.

한편, 이러한 "배냇짓"은 "뒤적이다"와 동일성을 지닌다. "뒤적이"는 것 역시 자기애의 내려놓음, 자아의 망각에서 일어나기 때문이다.

> 망각에 익숙해진 나이
> 뒤적이는 일이 자주 생긴다
> 책을 읽어가다가 지나온 페이지를 뒤적이고
> 잃어버린 물건 때문에
> 거듭 동선을 뒤적이고
> 외출복이 마땅치 않아 옷장을 뒤적인다
> 바람이 풀잎을 뒤적이는 것을 보다가
> 햇살이 이파리를 뒤적이는 것을 보다가
> 달빛이 강물을 뒤적이는 것을 보다가
> 지난 사랑을 몰래 뒤적이기도 한다
> 뒤적인다는 것은
> 내 안에 너를 깊이 새겼다는 것
> 어제를 뒤적이는 일이 많은 자는
> 오늘 울고 있는 사람이다
> 새가 공중을 뒤적이며 날고 있다
>
> ―「뒤적이다」 전문

"뒤적이다"는 자동사이다. 자의식의 통제 이전에 스스로 반응하는 내재적 움직임이다. "망각에 익숙해"지면서 근원적 자아가 소생하고 있다. "망각"이란 자의식의 비움, 즉 허虛와 공空의 세계로 돌아감을 가리킨다. 자신을 비움으로써 자연의 율동에 동참하게 된다. 그래서 "망각에 익숙해진 나이"가 되면서 "바람이 풀잎을 뒤적이"고 "햇살이 이파리를 뒤적이"고 "달빛이 강물을 몰래 뒤적이는" 행위를 어느새 자신도 반복하고 있다. "망각"이 상실이 아니라 본래 자아의 회복이라는 점을 흥미롭게 일깨우고 있다.

다음 시편의 "엎지르다"는 이와 같은 본래의 근원적 자아가 일상성의 틈새로 드러나는 경우이다.

저녁을 먹다가 국그릇을 엎질렀다
남방에 튀어 오른 얼룩을
수세미에 세제를 묻혀
박박 문질러 닦다가
문득 지난날들이 떠올려졌다

살구꽃 흐드러진 봄날
네게 엎지른 감정,
울음이 붉게 타는 늦가을
나를 엎지른 부끄럼
시간을 엎지르며 나는 살아 왔네
물에 젖었다 마른 갱지처럼
부어오른 생활의 얼룩들

—「엎지르다」 전문

"엎지르다"에는 의도의 자의식이 없다. 의도적으로 엎지른 것은 이미 엎지른 것이 아니다. "엎지르다"는 앞에서의 "배냇짓"과 "뒤적이다"와 같이 작위가 아니라 무위이다. 저절로 그러하니 그러한 자연스러움인 것이다. "살구꽃 흐드러진 봄날/ 네게 엎지른 감정,/ 울음이 붉게 타는 늦가을/ 나를 엎지른 부끄럼" 등은 모두 "엎지른"을 매개로 하면서 나타나는 자연 발생적인 반응이라는 점이 강조된다. "시간" 또한 "엎지르다"의 대상으로 등장하고 있다. "시간을 엎지르며 나는 살아왔네". 내가 살아온 인생의 근간 역시 작위가 아니라 무위였던 것이다. 따라서 "물에 젖었다 마른 갱지처럼/ 부어오른 생활의 얼룩들" 역시 "엎지른" 무위의 산물이지 의도적인 기획의 그것은 아니다.

여기에 이르면, 이재무의 시 세계는 삶의 다채로운 현상들을 통해 그 근원의 이치를 직시하는 데 집중하고 있음을 좀 더 분명하게 알 수 있다. 그는 가시적인 세계를 규정하는 비가시적인 세계, 변화하는 일상을 규정하는 변화하지 않는 세계의 존재 원리이며 힘으로서 무위의 이치를 발견하고 노래하고 있는 것이다.

특히, 그의 이러한 자연현상의 근원에 대한 직시는 점차 자신과 세계의 내적 본질과 실체에 대한 형이상학적 통찰로 나아간다. 삶의 우주적 본질에 대한 견성의 미학을 지향하고 있는 것이다.

> 기도란 무릎 꿇고 두 손 모아 하늘의 소리를 듣는 것이 아니라 바람 부는 벌판에 서서 내 안에서 들려오는 내 음성을 듣는 것이다.
>
> —「기도」 전문

인간은 "기도"를 통해 절대자와 만난다. "기도"는 거룩한 성현의 시공간이다. 그러나 시적 화자는 "기도란" "하늘의 소리를 듣는 것이 아니라" "내 안에서 들려오는 내 음성을 듣는 것"이라고 말한다. 이렇게 보면, 절대자는 외적 대상이 아니라 시적 화자 자신이 된다. 절대자는 밖이 아니라 "내 안에" 살고 있었던 것이다. 그렇다면, 절대자가 "내 안"에서 존재하는 양상과 방법은 무엇일까? 이러한 물음 앞에 다음 시편이 놓인다. "앞산"과 "하늘"이 저쪽이 아니라 "내 안에" 있다.

소가 눈 들어 앞산을 바라보니

앞산이 호수에 잠긴다

눈 들어 하늘을 바라보니

구름이 잠긴다

소가 끔벅, 하고 눈을 감았다 뜨니

산이 눈을 빠져나오고

소가 또 끔벅, 하고 눈을 감았다 뜨니

구름이 빠져나온다

소는 느리게 걸어 다니는 호수를 가지고 있다

—「걸어 다니는 호수」 전문

"소가 눈 들어 앞산을 바라보"고 "하늘을" 보면 "소"의 "눈" 속에 산과 하늘이 살게 된다. "소가 끔벅, 하고 눈을 감았다 뜨니" "산"과 "구름"이 "빠져 나온다". 산과 하늘이 "소" 안에 살고 "소" 안에서 나온다. 물론 이것은 "소는 느리게 걸어 다니는 호수를 가지고 있"기 때문이다. 하염없이 맑고 큰 "눈"이 그것이다. 그러나 이것은 현상적 해석이다. 실제로 "소"는 "산/하늘/구름"과 유기적인 연관성을 지닌 한 몸이다. "산/하늘/구름"과 상호의 존적 관계성 속에서 "소"의 삶의 존재성이 가능하기 때문이다. '중중제망重重製網'의 인과적 관계성이 모든 존재의 실체이며 가능태의 본질이기 때문이다. 이를테면, 둥근 인연의 마디에 있는 구슬에 우주의 삼라만상이 서로서로 투영되는 인드라망의 연기법에 상응한다.

다음 시편은 이를 생활 감각 속에서 매우 흥미롭게 노래하고 있다.

> 지하철 전동차에서 날마다 만나는 낯익은 듯 낯선 이들이여, 한 시절을 흔들리며 네 앉은 자리 내 앉고 내 앉은 자리 네 앉고 또 너 서있던 자리 내 서 있고 내 서있던 자리 너 서서 가는, 한 세월 동안 네 날숨 내 들숨 되고 내 날숨 네 들숨 되는, 가만히 눈 들면 네 눈 속에 내 얼굴 들어있고 내 눈 속에 네 얼굴 들어있는 우리는 서로가 서로에게 눈부처가 아니냐 생각하면, 생각하면, 생각을 하면!
>
> ─「눈부처」 전문

반복되는 일상적 삶의 회로망이 서로서로를 연결시키고 비추는 상생의 인드라망이다. "지하철 전동차에서 날마다 만나는 낯익은 듯 낯선 이들"이 사실은 서로 순환하고 소통하고 생성하는 생활과 생명의 공동체이다. "네 앉은 자리 내 앉고 내 앉은 자리 네 앉고 또 너 서있던 자리 내 서있고 내 서있던 자리 너 서서 가"고 "네 날숨 내 들숨 되고 내 날숨 네 들숨 되"고 "네 눈 속에 내 얼굴 들어있고 내 눈 속에 네 얼굴 들어있"지 않은가. 둥근 인드라망의 구슬 속에 서로서로의 모습이 투영되고 반사되어 유기적인 총체를 이룬 형국이다. 영원에서 영원 너머에 이르기까지 총체적 관계 속에 끊임없이 생성변화의 삶을 살아가고 있는 것이 우리들의 본모습이다.

그래서 "우리는 서로가 서로에게 눈부처"이다. 서로가 서로의 존재를 가능하게 하는 상호의존적 대상이다. 우주 만물이 한 몸이고 한 생명이라고 하지 않을 수 없다. "생각하면, 생각하면, 생각을 하면!". 통사 구문의 반복은 깨달음의 울림을 극대화한다.

이와 같은 화엄적 인드라망의 인식이 다음 시편에서는 이재무 특유의 해학적 어조를 통해 감각화되고 있다.

얼마나 많은 몸뚱어리를 다녀온 면수건인가

누군가의 사타구니와 겨드랑이와 등짝과 발바닥을

닦았을 면수건으로 머리를 털고 얼굴을 닦는다

내 사타구니와 겨드랑이와 등짝과 발바닥을

닦은 이 면수건으로 누군가는

지금의 나처럼 언젠가 머리를 털고 얼굴을 닦을 것이다

　　　　　　　　　　　　　　　　　—「목욕탕 수건」 부분

"목욕탕 수건"이 중중무진연기重重無盡緣起의 그물로 작동하고 있다. "누군가의 사타구니와 겨드랑이와 등짝과 발바닥을/ 닦았을 면수건"이 "내 사타구니와 겨드랑이와 등짝과 발바닥을" 닦고 있다. 서로가 인因이 되고 연緣이 되는 기적 같은 인과관계의 연기실상이 흥미롭고 실감있게 펼쳐지고 있다. "닦고 나면 무참하게 버려지는 것들이/ 함부로 구겨진 채 통에 한가득 쌓여 있"다. 그러나 시적 화자는 여기에서 성스러운 내적 공동체의 이음새를 발견하고 있다.

그의 이러한 내밀한 삶의 관계성에 대한 직시의 극점은 "나무와 물고기"가 한 몸임을 통찰하는 경지이다.

건기가 오면 미처 빠져나가지 못한

물고기들 죽어 초목의 질 좋은 거름이 된다

순환으로 영생을 꿈꾸는 나무와 물고기들

불어오는 바람에 나뭇잎들 팔랑팔랑 나부낄 때마다

물고기들 은빛 비늘이 반짝인다

　　　　　　　　　　　　　　　　　—「나무와 물고기」 부분

시적 화자는 "순환과 영생"을 직시하고 있다. 죽어도 죽지 않는 영원한 삶의 현장이다. 초목의 "나뭇잎들"에서 "물고기들 은빛 비늘이 반짝"이고 있지 않은가. "초목의 질 좋은 거름"이 된 "물고기들"이 "나뭇잎"이 되어 나부끼고 있는 것이다. "나무"가 "물고기"이고 "물고기"가 "나무"이다.

이재무의 고요와 견성의 시학이 여기에 이르면 우주적 존재론에 대한 통찰로 다가서고 있음을 알 수 있다. "새로 떠오른 햇살에/ 젖은 몸 털고 있는" 또 다른 "발자국"(『아침 산책』)들은 무엇의 신생일까? "나뭇잎 지나간 자리"에 "허공을 찢어"(『허공』) 피는 꽃은 무엇이 어디에서 온 것일까? 앞으로 이재무의 시적 삶은 이러한 질문에 대한 견성을 노래할 것으로 보인다. 그의 스스로 고요함을 지키며 고요를 응시하는 시선이 점차 현재적 삶의 존재 원리와 관계성을 넘어 영원과 찰나, 성과 속, 이것과 저것의 "순환과 영생"의 직시로 다가서고 있기 때문이다.

실존적 삶의 지층과 북방의식
—정철훈, 『뻬쩨르부르그로 가는 마지막 열차』

정철훈의 네 번째 시집 『뻬쩨르부르그로 가는 마지막 열차』는 자신의 실존에 대한 시적 천착을 북방의식과의 연속성 속에서 노래하는 특징적인 면모를 보여 준다. 그의 시 세계에서 북방의식은 이미 그가 간행한 시집은 물론 소설에서도 전면에 등장한 바 있지만, 이번 시집에 이르면 좀 더 본격적으로 자신의 내밀한 삶의 거울로 등장하고 있다. 북방의식이 그의 시적 삶의 중심음으로 작용하고 있는 것이다. 이러한 시적 특성은 해방 이후 우리 시사에서 사라져간 북방의 공간적 재생이라는 점에서 더욱 눈길을 끈다.

해방 이전 북방은 김동환, 이육사, 오장환, 이용악, 백석 등의 시적 삶의 배경으로서 민족적 시원이며 강건하고 웅혼한 대륙적 공간으로 존재했다. 그러나 민족분단의 고착화와 더불어 우리 시사에서 북방의식은 점차 사라지게 된다. 분단시대의 출발과 더불어 시적 상상의 영토 역시 분단의 굴레 속에 갇히게 된 것이다. 따라서 정철훈의 시 세계에서 북방의식이 재생되는 것은 우리 무의식의 지층 속에 묻힌 대륙적 공간을 소생시키는 의미를 지닌다. 그의 「뻬쩨르부르그로 가는 마지막 열차」가 환기하는 북방의 정서는 이를테면, 오장환이 "저무는 역두에서 너를 보냈다/ 비애야!"라고 노래했던 「The Last Train」(1936)을 재건하는 시사적 의미를 지니는 것이다. 그렇다면, 그가 "슬픔으로 통하는 모든 노선路線이" "지도처럼 펼쳐 있"다고 전언한 오장환의 「The Last Train」을 오늘날 재건할 수 있었던 주된 배경은 어디에 있을까? 정철훈 시 세계의 특성에 대한 규명은 이러한 질문에서 시작된다.

로맹 가리를 읽는 밤에 비가 내린다
번역본 「그리스 사람」을 읽는 밤
그러니까 밤비가 무엇인가를 번역하는 몸짓으로 느껴진다
밤비가 번역하는 것이 불귀不歸에 관한 이야기라는 걸
나는 눈치챈다
내가 오래도록 지병처럼 앓아온 의문이 싹 가시는 것 같다
내 지병은 내 피의 과거와 현재를 청산하지 못하고 멈칫거리다가
발목을 잡히고 마는 실패한 탈주의 악몽이다

날이 밝으면 큰아버지가 공항에 도착하는 아침이다
그는 오래전 소련으로 망명했으니 그 국가가 패망해 사라졌다 해도 그는 소련에서 온 사람이다
그러니까 로맹 가리를 읽는 밤에
내가 번역하고 있는 건 소련 큰아버지의 귀환이다
로맹 가리는 1914년 모스끄바에서 태어나 빠리로 건너간 뒤 두 번 다시 돌아오지 않았다
큰아버지는 1924년 광주에서 태어나 모스끄바로 건너갔으며 첫 상봉 이후 두 번이고 세 번이고 돌아오고 있다

—「로맹 가리를 읽는 밤」 부분

정철훈에게 북방의식은 "소련 큰아버지"의 삶의 내력과 직접 연관되는 것으로 보인다. 그가 소설 『인간의 악보』(2006)에서 우회적으로 다룬 바 있는,

월북 이후 구소련으로 망명한 큰아버지의 삶은 해방 이후 우리에게서 멀어
져간 북방의 공간 의식을 고스란히 드러낸다. "1924년 광주에서 태어나 모
스끄바로 건너갔"던 큰아버지와의 거듭되는 상봉은 그의 시에서 북방의식
을 불러오는 기제가 되고 있는 것이다.

　시의 내용을 순차적으로 따라가 보면, 디아스포라의 삶을 살다 간 "로맹
가리를 읽는 밤"이 "소련 큰아버지"의 삶을 만나고 자신의 실존을 재인식하
는 과정으로 이어지고 있다. 로맹 가리처럼 큰아버지 역시 월북 이후 구소
련으로 망명한 디아스포라이다. 그래서 "로맹 가리를 읽는 밤에/ 내가 번역
하고 있는 건 소련 큰아버지"에 대한 상념들이 된다. 물론 그가 로맹 가리
로부터 큰아버지를 쉽게 떠올리게 된 것은 가족적 친연성과 연관되지만 좀
더 근본적으로는 "내가 오래도록 지병처럼 앓아온 의문"에 대한 해답 찾기
와 연관된다. 큰아버지의 디아스포라적 삶이 시인의 존재론적 성향과 동일
성을 지니기 때문이다. "나 역시 집에서 너무 멀리 나와 있"으나 집은 "내
가 추구하는 목적이 될 수 없"다고 생각하는 강한 방랑적 기질에 시달린다.

　실제로 그는 "캄캄한 밤과 광활한 대양 위에서 별빛만을 믿고 스스로 귀
환하지 않는 일에 골몰"하고 있다. "이런 골몰에 사로잡혀 있을 때 소련 큰
아버지가 귀환"한다. 따라서 시적 자아에게 큰아버지는 삶의 원형적 존재로
서 의미를 지닌다. 큰아버지의 디아스포라적 삶에서 그는 "내 피에도 불귀
의 유전자가 흐른다는 걸" 증명하고 싶어 한다. 그래서 그는 큰아버지가 "고
향에 뼈를 묻는" 귀환의 가능성까지도 우려한다. "1914년 모스끄바에서 태
어나 빠리로 건너간 뒤 두 번 다시 돌아오지 않았"던 로맹 가리식 실존이 그
에게는 동경의 대상이기 때문이다. 시적 정황이 그가 스스로 자신을 디아스
포라로 규정하고 이를 실현하고자 하는 면모를 보여주는 것이다.

　이렇게 보면, 이 시에서 큰아버지의 존재성은 정철훈의 북방적 상상의 출
구이며 디아스포라적 "유전자"의 원형으로 정리된다. 다음 시편은 그가 큰
아버지와 깊은 동질성을 느끼는 주된 배경을 좀 더 구체적으로 보여 준다.

이 언덕길을 내려가 망명을 떠난 어느 직립보행인을 떠올린다

만주에서 개장수, 블라지보스똑에서 항만 노동자였던 강자들
그때는 우리의 시대라고 부르던 시대다
나의 시대는 우리의 시대와 다르다
나는 아직 이루지 못한 미몽의 시대에 살고
우리는 이미 좌절된 무력함의 시대다

나는 우리가 못다 이룬 꿈의 변형에 대해 쓴다
귀신과 허공과 우연을 믿었던 청년
나의 청년은 죽지 않고 사라지지도 않고
내 안에 깃들어 있다
나의 시대는 나 하나를 구원하기에도 모자란다
나는 변해왔고 아직도 변하고 있는 중이다

—「나의 시대」 부분

"만주에서 개장수, 블라지보스똑에서 항만 노동자였던 강자들"이란 해방 이전 민족 독립과 혁명을 꿈꾸며 강인한 대륙적 기상을 키워나가던 인물들이다. "강자들"이란 표현에서 드러나듯, 화자는 이들 혁명가에 대한 원초적인 동경을 드러내고 있다. 또한 화자가 동경하는 이들은 바로 새로운 혁명의 시대를 건설하기 위해 월북했던 큰아버지의 이미지와 친연성을 지닌다. "이 언덕길을 내려가 망명을 떠난 어느 직립보행인"이란 구체적인 묘사가 이를 뒷받침한다.

그러나 시인은 혁명의 꿈이 모두 휘발된 "무력함의 시대" 속에서 "미몽"에 사로잡힌 채 살고 있다. 그가 "나의 시대"에 대해 스스로 "무력함의 시대"라고 규정하는 것은 현실과의 고통스런 불화를 가리킨다. 그가 현실과 불화할 수밖에 없는 주된 이유는 "나의 청년은 죽지 않고 사라지지도 않고/

내 안에 깃들어 있"기 때문이다. 정황으로 미루어보아 "나의 청년"이란 혁명적 열정을 가리킨다. 혁명이 실패한 시대이지만 혁명의 열정만은 사라지지 않고 "내 안에 깃들어 있"는 것이다. 이때, "죽지도 않고 사라지지도 않고/ 내 안에 깃들어 있"는 "나의 청년"이란 표면적으로는 "만주에서 개장수, 블라지보스똑에서 항만 노동자였던 강자들"을 가리키지만 심층적으로는 큰아버지의 삶을 표상하는 것으로 풀이된다. 이렇게 보면, 화자의 내면에 살아있는 청년이란 지금도 살아있는 큰아버지이기도 하다.

한편, 정철훈의 시적 삶에서 이와 같이 큰아버지를 중심으로 한 북방의 상상력과 디아스포라적 삶의 동질성은 러시아를 배경으로 하는 다음 시편을 통해 더욱 실감 나게 확인된다.

> 역 건물이 묘하게 낯설지 않았던 것은
> 고향의 농가와 흡사해 보였던 때문만은 아니었다
> 플랫폼에는 금발 처자가 여행 가방에 걸터앉아 울고 있었고
> 역 안내판이 눈에 들어왔다
> ―말년의 레닌이 휴양하던 곳
> 이걸 읽기 위해 해가 지는 건 아닐 테지만
> 대체 레닌이라니
>
> 실패한 건 레닌뿐이 아니다
> 한인 혁명가들의 꿈도 물거품이 된 지 오래다
> 이동휘 홍범도 박진순 김아파나시 홍도 김규식 여운형
> 이 역을 지나 뻬쩨르부르그에 당도했을 이름들
> 동방피압박민족대회가 열린 1920년
> 피압박이라는 단어에서 구시대의 유물처럼 녹냄새가 난다
>
> 이제 와 미완의 혁명을 회상하는 건 부질없다

이루지 못한 꿈이야 두 줄기 철로 변에 얼마든지 나뒹군다
차라리 플랫폼의 불빛이 애처롭고 처자의 등 뒤로
어린아이의 손목을 잡고 서 있는 남자가 애처롭다
　　　　　　　　　—「뻬쩨르부르그로 가는 마지막 열차」 부분

　　러시아의 고도 뻬쩨르부르그로 가는 마지막 열차 속에서 "금발 처자가 여
행 가방에 걸터앉아 울고 있"는 간이역의 풍경이 영화의 한 장면처럼 반사
된다. 정황으로 미루어보아 이별을 앞둔 연인이 연출하는 풍경이다. 그러
나 화자는 여기에서 돌연 지난 역사의 한 자락으로 시간 여행을 한다. "이
동휘 홍범도 박진순 김아파나시 홍도 김규식 여운형"처럼 이 역을 지나 뻬
쩨르부르그로 향했던 미완의 혁명가들을 회상하는 것이다. 그러나 그는 곧
"이제 와 미완의 혁명을 회상하는 건 부질없다"고 스스로 말한다. "이루지
못한 꿈이야 두 줄기 철로 변에 얼마든지 나뒹"군다고 생각하기 때문이다.
여기에는 미완의 혁명에 대한 안타까움과 좌절감이 짙게 배어있다. "차라
리 플랫폼의 불빛이 애처롭고 처자의 등 뒤로/ 어린아이의 손목을 잡고 서
있는 남자가 애처롭다"에서 "차라리"에는 절망적 체념이 묻어 나온다. 이때
의 절망적 체념에는 "이루지 못한" 혁명의 "꿈"에 대한 회한과 아쉬움이 응
결되어 있다. 그래서 그가 "지금은 미완의 혁명 따위보다 그들의 작별을 더
궁금해할 때"라고 할 때 "따위"란 혁명에 대한 폄하가 아니라 오히려 혁명의
미완에 대한 강한 회한을 고조하는 것이다.
　　그럼에도 불구하고, 현실적으로는 "미완의 혁명"에 집착하기보다 "그들
의 작별을 더 궁금해"하며 살아갈 수밖에 없다. "나는 내 미몽을 쓰고 있는
시대에 살고/ 우리는 이미 좌절된 무력함의 시대"(「나의 시대」)에 살고 있기 때
문이다. 그래서 그에게 삶이란 그저 "집시의 시간"을 부유하는 것으로 다가
온다. 혁명가에게 혁명의 의지가 휘발된 삶이란 이미 정신적으로는 방황하
는 디아스포라이다.
　　그가 "뻬쩨르부르그로 가는 마지막 열차"에서 미완의 혁명가로 생을 마친

"한인 혁명가"를 떠올린 것은 "이미 좌절된 무력함의 시대" 속에서 "내 미몽을 쓰고 있는 시대"(「나의 시대」)에 살아가는 자신과 근원 동일성을 느꼈기 때문이다. 또한 이와 같이 직접 "뻬쩨르부르그르로 가는 마지막 열차" 안에서 미완의 혁명을 떠올리는 것은 월북과 망명으로 점철된 "소련 큰아버지"의 삶에 대한 깊은 체험적 동질성을 느끼는 과정으로도 이해된다.

한편, 여기에서 새삼 주목할 것은 시집의 질박한 정조이다. 그의 시적 언어는 마름질의 세공에 치중하기보다 원목의 꾸밈없는 순박한 미감을 지향한다. 그래서 그의 시 세계에서는 삶의 감각과 정서가 생생하게 묻어 나온다. 이러한 특성은 그의 시 세계에서 중심음으로 작동하는 북방의 상상력과 깊이 연관되는 것으로 해석된다. 북방적 상상은 섬세하고 치밀하기보다는 투박하고 웅혼한 대륙적 기상과 가깝기 때문이다. 해방 이전 한국 시의 현실적 대응 양상을 공간적으로 나누면, ① 국내적인 생존의 방식, ② 현해탄적 생존의 방식, ③ 북방적 생존의 방식으로 나눌 수 있는 바, ①을 여성적 편향으로 규정할 수 있다면 ②는 낭만적 서정성의 편향으로 ③은 웅혼한 남성성이라고 규정했던 시사적 인식(김윤식)도 이러한 논리를 뒷받침한다.

북방적 정서와 정철훈의 친연성은 시의 어법과 더불어 직접적인 내밀한 체험의 세계를 통해서도 드러난다. 그에게 있어 러시아에서의 체험은 현재적 삶의 기반인 것이다.

> 고양이 울음소리가 이 새벽을
> 물에 뜨는 모음의 강으로 만들고 있다
> 내게도 저토록 반복적으로 울어야 했던 그리움의 시절이 있었다
> 오래전 진눈깨비 쌓이던 모스끄바 어느 후미진 뒷골목
>
> ──「러시안 블루」 부분

화자는 "반복적으로" 울리는 "고양이" 울음소리에서 "모스끄바 어느 후미진 뒷골목"에서 "반복적으로 울어야 했던 그리움의 시절"을 떠올린다. 그에게 현재의 삶은 러시아에서의 삶을 환기하는 매개체로 존재한다. 현재적 삶의 지층에는 북방의 체험적 삶이 강렬하게 내재되어 있는 것이다.

이러한·특성은 다음과 같은 근자의 에세이에서도 흥미롭게 확인된다.

> 요즘 함박눈이 첩첩 쌓인 소롯길을 걷노라면 눈의 나라 러시아에 와 있는 기분이 든다. 출퇴근 때마다 발밑을 간질이는 뽀드득 소리가 묘하게 위안을 주는 건 20년 가까운 세월 저쪽에서 저벅거리는 모스끄바 시절의 추억 때문이다.(『국민일보』 2010. 1. 12.)

인용문은 함박눈을 보고 걸으면서 이내 20년 가까운 세월 저쪽의 모스끄바 시절을 떠올리며 위안을 얻고 있다. 정철훈에게 모스끄바는 고향처럼 그리운 원체험의 공간이다. 그가 이처럼 혁명의 도시 모스끄바를 그리워하는 것은 자신의 삶의 현실을 "이미 좌절된 무력함의 시대"로 더욱 깊이 인식하는 계기이며 아울러 스스로의 실존을 디아스포라로 인식하는 계기가 되는 것으로 보인다. 실제로 그는 "비행기는 시간 여행을 하는 한 마리 날벌레처럼 시베리아 상공을 날아가고/ 나는 어디로도 귀환하고 싶지 않"(「흑승」)다고 고백하기에 이른다. 그의 삶은 일종의 '내국 디아스포라'이다. 그의 '내국 디아스포라'로서의 실존적 인식은 비관적인 운명론을 심화시킨다. 그는 정처 없는 디아스포라적 실존이 곧 인간의 태생적인 운명이라고 인식하는 것으로 보인다.

> 자장가는 전생에서 오는 것
> 세상이란 슬픈 곳이며
> 얼마나 많은 눈물을 흘리게 될지
> 태어나기 전부터 알기 때문이지

바유시키 바유 바유시키 바유

자장가는 태반에서부터 빙글빙글 돌아가는 음반
바늘이 운명의 표면을 긁을 때 나는 소리
하늘의 별도 그렇게 태어나고 그렇게 소멸한다지
바유시키 바유 바유시키 바유

자장가는 아기의 귀에 수면의 묘약을 흘려보내며 말하지
세상 같은 거 잊으라 잊으라
지구는 회전하고
세상의 모든 자장가는 그 회전축을 따라 돌고 있지
바유시키 바유 바유시키 바유

—「까자끼 자장가를 들으며」 부분

　자장가는 "운명의 표면을 긁을 때 나는 소리"이다. 그래서 자장가에는 운명의 본질이 담겨 있다. 그렇다면, 자장가가 들려주는 내용은 무엇인가? 그것은 뜻밖에도 "세상 같은 거 잊으라 잊으라"는 것이다. 어린아이에게 "수면의 묘약"으로 쓰이는 자장가가 "세상이란 슬픈 곳"이며 "많은 눈물을 흘리"지 않을 수 없는 곳이라는 내용을 담고 있다. 이것은 희망과 평화를 노래하는 통상적인 자장가와 너무도 거리가 멀다. "닭 모가지와 새벽에 관한 비유"가 "역사가 과장되어 있다는 증거"(「막차」)인 것처럼 그에게 희망과 평화는 현실을 과장하는 허구적 수사일 따름이다.

　따라서 현재의 삶은 누구에게도 안온한 귀의처가 될 수 없다. 화자가 "1914년 모스끄바에서 태어나 빠리로 건너간 뒤 두 번 다시 돌아오지 않았"던 "로맹 가리식 실존"을 동경하는 까닭이 여기에 있다. 그가 "이미 좌절된 무력함의 시대"에 느끼는 디아스포라적 실존은 일상적인 생활 감각의 도처에 스며들어 있다. 그에게 삶은 먼저 고적하고 외롭고 비관적으로 다가온다.

① 봄이 올 때까지 이 겨울의 사랑을 어찌 껴안을까

　몸은 더운데 사랑의 바닥은 차갑구나

　　　　　　　　　　　　—「우리가 가장 잘 할 수 있는 사랑」 부분

② 아무도 없는 집에서 설거지를 한다

　살림이란 게 설거지에서 완결된다지만

　완결이란 말이 아프다

　그런 게 있을 수 있을까

　…(중략)…

　그릇들이 딸그락 소리를 내며

　설거지하는 나를 개관한다

　젖은 손으로 이마를 짚어본다

　차갑다는 느낌이 내 삶의 온도다

　　　　　　　　　　　　　　　—「고적한 설거지」 부분

③ —엄마, 나도 나이를 먹었다고 이제 좀 알 것 같아

　그래도 올핸 송편 좀 빚자 케이크보다는

　난 모녀를 세상에 남기고 떠난 시체처럼 누워 있다

　불가마가 우리 모두가 들어갈 관처럼 느껴졌다

　모녀의 대화에 시체도 땀을 흘린다

　　　　　　　　　　　　　　　—「추석 전야」 부분

　시 ①은 사랑도 삶의 위안이 되지는 못한다는 것을 보여 준다. "몸은" 덥지만 "사랑의 바닥"은 차갑다. 이제 사랑의 바닥이 더운 몸을 식힐 것이다. 그렇게 되면, "이 겨울의 사랑"은 "봄"을 맞이하기도 전에 끝날 것이다. 따

라서 사랑이 삶의 안식처가 될 수는 없다.

시 ②에서 "설거지"하는 모습이 "고적"하다. 그 이유는 "아무도 없는 집"에 혼자 있어서가 아니라 설거지가 "완결"될 수 없다는 사실에 있다. "완결"이란 집 안에서도 영원히 있을 수 없는 명제이다. 화자는 스스로 자신의 "이마를 짚어본다". 이마가 "차갑다". 집 역시 완전하고 완결된 안식처가 되지는 못한다.

시 ③은 "추석 전야"의 찜질방이 배경이다. 아버지의 추석 차례에 대해 모녀가 주고받는 얘기가 귀에 들려온다. 어느새 화자의 정서는 "모녀를 세상에 남기고 떠난 시체"의 역할이 된다. 물론 이것은 가상이다. 그러나 자신의 실재를 반사해 주는 실재적 가상이다. 그는 "눈 그친 겨울날의 찌푸린 날씨처럼/ 내 모든 과거가 그칠 것을 믿"으면서 "얼마 후 폭풍을 동반한 눈보라 속에서/ 영원히 실종되었다는 뉴스가 전해지길 바"(「딸에 대하여」)라는 당사자이기 때문이다.

정철훈의 거침없이 개진되는 질박한 어법에는 이와 같은 실존적 비감이 짙게 배어있다. 이것은 앞에서도 지적한 바처럼, 현재의 삶 속에서 경험하는 디아스포라적 실존이다. 그러나 이러한 디아스포라적 실존의 성향이 비관주의적 현실인식으로 집중되는 것만은 아니다. 오히려 현실을 관조적으로 객관화하게 되면서 삶의 본질을 직시하고, "세월이 갈수록 잃어버린 것들의 울음소리를 듣게"(「시인의 말」) 되는 계기로도 작용한다. 그래서 그의 시 세계 도처에는 다음과 같은 서늘한 견성의 언어들이 빛을 발하고 있다.

> 삶은 확실히 슬픔과 중력의 자식일 것이니
> 기차가 슬픔을 길게 가로질러가듯
> 이 모든 것 너머에 우리는 존재한다
> ―「감자를 벗겨 먹는 네 개의 입」 부분

저녁 먹고 공원을 한 바퀴 돌면서 생각한다

한 바퀴라는 이 순환이 삶의 배후라는 게 비극 아닌가
―「저녁 먹고 한 바퀴」 부분

전생이라는 진본이 발견되지 않고 있기에
우리는 만남과 헤어짐을 반복하는 것이다
―「왕오천축국전을 읽는 아침」 부분

있어야 할 것이 전생인데 그게 없는 것이 인간 탄생의 설화다
어디서 와서 어디로 가는지가 깨끗하게 지워져 있다
그걸 구태여 천진이라고 말할 게 없다
―「유모차가 있는 풍경」 부분

관조적인 견성의 언어가 시 세계의 도처에 산재하고 있다. 인용 시편들을 연속성 속에서 종합하면, 현재의 삶에 대한 미적 관조의 지점은 "전생"이다. 전생의 위치에서 현재적 삶의 풍경을 조망하고 있는 것이다. 그래서 화자는 현실에 대한 거시적인 인식이 가능하다. "삶은 확실히 슬픔과 중력의 자식"이다. 그 이유는 우리의 삶이 "저녁 먹고" "한 바퀴" 도는 순환의 싸이클과 같은, "한 바퀴라는 이 순환"에 갇혀 있기 때문이다. "전생이라는 진본"과 연속성을 이루지 못하는 "우리는 만남과 헤어짐을 반복하"는 미망에서 벗어나지 못하는 것이다. 다시 말해, "있어야 할 것이 전생인데 그게 없"기 때문에 "어디서 와서 어디로 가는지가 깨끗하게 지워져 있다". 물론, 여기에서 전생의 의미가 무엇인지를 묻는 것은 큰 의미가 없다. 다만, 현재적 삶의 "이 모든 것 너머에" 존재하는 근원을 표상하는 것으로 해석된다.

지금까지 살펴본 대로, 정철훈의 실존의 지층에는 북방적 상상이 내재

한다. 그리고 이 북방의식은 소재주의적 차원이 아니라 현재적 삶의 성찰과 발견의 중심음으로 작용하고 있다. 특히, "소련 큰아버지"를 중심으로 한 디아스포라적 생활 감각은 "나의 시대"를 잃어버린 '내국 디아스포라'의 정서로 내면화한다. 그의 이러한 '내국 디아스포라'로서의 실존은 비관적인 현실인식의 바탕이 되기도 하지만 동시에 현재적 삶에 대한 객관적 관조의 계기로 작용한다. 그의 시 세계 도처에서 빛나는 견성의 언어가 여기에 해당한다.

정철훈은 우리 시사에서 멀어져 간 1930년대 중반 오장환이 "거북이여! 느릿느릿 추억을 싣고 가거라/ 슬픔으로 통하는 모든 노선路線이/ 너의 등에는 지도처럼 펼쳐 있다"고 노래한 「The Last Train」의 재건을 통해 우리 시대의 역사의식과 내면 풍경을 애특하면서도 섬세하게 조망하고 있는 것이다. 우리 의식의 지층 속에 묻혀 있던 북방의 정서와 예지력이 그의 시 세계를 통해 소생하고 있는 것이다. 특히 그의 거침없고 질박한 어법 속에 드러나는 북방의 대륙적 기상은 그동안 우리 시사가 잃어버린 민족적 시원의 역동성을 환기시켜 준다는 점에서 중요한 의미를 지닌다. 이를테면, "남자들은 전쟁터에서 죽어갈 때 여자들은 밥하고 빨래하고 철도를 건설했"(「나인 동시에 아무 것도 아닌」)던 풍경들은 분단시대를 넘어 동북아 중심 사회로 도약해 나갈 미래지향적인 시적 에너지의 한 가능성을 보여 주는 것이다. 이는 정철훈의 시적 삶을 통해 개척한 우리 시사의 새로운 한 영토이며 경지이다.

톈산에서의 실존을 위하여

—최석, 『톈산산맥 아래에서』

최석의 시집 『톈산산맥 아래에서』는 "톈산의 발치에 앉아" "오랜 밤을 견딘 기억들"(「자서」)을 꾹꾹 눌러 적은 비망록이다. 우리 시사에서 생경한 톈산산맥이란 어디인가? 톈산산맥은 톈산(天山)이란 범상치 않은 이름에서 느껴지듯 중국의 신장웨이우얼자치구와 키르기스스탄, 우즈베키스탄, 카자흐스탄 등 4개국에 걸쳐 있으며 동서의 길이가 2500km이며 최고봉이 7435m에 이르는 전설처럼 장엄한 산맥이다. 봉우리가 만년설에 뒤덮여 있다고 해서 바이산(白山) 또는 쉐산(雪山)이라고 부르기도 한다. 최석은 이처럼 "하늘을 탐하는"(「톈산산맥」) "톈산의 발치"에 위치한 카자흐스탄 알마티에서 "광야가 비어가니 곧 겨울이 올 것"을 예감하며 자신의 실존을 증언하고 있다. 그가 증언하는 카자흐스탄 고려인 디아스포라는 자신의 직접적인 체험과 스탈린 소수민족 강제 이주 정책에 의해 시작된 민족적 체험이 동시적, 연속적으로 전개된다. 그는 중앙아시아 고려인 디아스포라의 개인사와 민족사에 걸친 삶의 지층을 동시에 보여 주고 있다.

그렇다면, 먼저 그에게 톈산은 무엇이며 카자흐스탄의 삶은 또한 어떤 것인가? 다음 시편은 이 점을 명징하게 전언하고 있다.

톈산은 늘 거기 있었지만 내게는 보이지 않는다

일 년 내내 한텡그리봉은 흰 눈을 건처럼

두르고 있지만 보이지 않는다

사는 것이 뭔지

고개를 숙인 채 인상만 찡그린다

검색어만으로 접선이 완료되는 인터넷의 대낮에

두고 온 한국의 친인척과 연고가

끊어지고 있는 사이

끊고 있는 사이

딸과 아들은 유창한 러시아어를 구사하며

국적 없는 세계화의 꿈나무로 자라고

노린내 나는 양고기를 주식처럼 좋아한다

불확실한 미래

아이들에겐 조국이 없다

국적조차 모호하다

비닐봉지처럼 담긴 김치 한 보시기에

시어 꼬부라진 향수병이나 도지는

알마티의 저녁

석양은 지평선 끝에 닿지도 않고

장엄하게 벌개지는데

눈만 들면 보이는 톈산의 뭇 봉들이

오늘도 보이지 않는다

내가 보이지 않는다

—「서시」전문

카자흐스탄 알마티 디아스포라의 체험적 삶이 개진되고 있다. "톈산은
늘 거기 있었지만 내게는 보이지 않는다". "내게" "톈산"은 있으면서도 없

는 산이다. 이러한 역설이 성립될 수 있는 연유는 무엇일까? 그것은 "사는 것"에 함몰되어 "톈산"을 자각적인 감상의 대상으로 바라본 적이 없었던 것이다. 그는 현지 삶의 적응을 위해 몰두해야만 했다. 그래서 "딸과 아들은 유창한 러시아어를 구사"하고 "노린내 나는 양고기를 주식처럼 좋아"할 수 있게 되었다. 그러나 그와 그의 가족들이 현지인이 될 수 있는 것은 아니었다. "국적조차 모호"하고 "김치 한 보시기에/ 시어 꼬부라진 향수병이나도"질 뿐이다. 현지 적응의 노력이 고향 망각의 과정으로 이어질 수는 없었기 때문이다. "향수병이 도"질수록 일에 몰입했고 일에 몰입할수록 "향수병"은 도졌으리라. "눈만 들면 보이는 톈산의 뭇 봉들이/ 오늘도 보이지 않는다". "톈산" 아래에서도 정작 "톈산"을 보지 못하는 바쁜 일상이 반복될 수밖에 없다.

그러나 여전히 현지에서의 삶의 "더께"는 더해지지 않는다. 늘 주변 일상이 처음처럼 낯설고 새롭다.

나는 언제나 낯설다
오래 살아도 삶에 더께가 끼지 않는다
인간들이 낯설고 땅이 낯설다
냄새가 낯설고 맛이 낯설다
체위가 낯설고 오르가슴이 낯설다
낯설음은 불안함이고
낯설음은 극단적 선택을 강요한다
끝내 아내가 낯설고
내가 낯설다
낯설음에 대한 익숙함
그것은 삶의 더께가 아니고 관성일 뿐이다
물이 끓고 있다
주전자 속에서 달아나려 하는

수많은 세월의 미립자들, 하모니카
소리를 내며 몰려오는 수증기처럼
간혹 깨끗이 증발해 버렸으면 싶다
허옇게 둘러붙은 석회 앙금
박박 문질러도 지워지지 않는데
그것이 내 삶의 더께일까?

—「더께에 대하여」 부분

"오래 살아도 삶의 더께가 끼지 않는다". 세월이 가도 세월의 "더께"가 점차 두터워지지 못한다. 그래서 알마티에서의 삶은 항상 새롭고 낯설기만 하다. "낯설음은 불안함"을 가져온다. "끝내 아내가 낯설고/ 내가 낯설"게 느껴지는 심리적 이상 현상에 시달리기도 한다. "낯설음"도 익숙해지면 그 나름의 "더께"가 쌓이지 않을까? 여기에 대해 화자는 "그것은 삶의 더께가 아니고 관성일 뿐이다"라고 말한다. 끓는 "주전자 속에서 달아나려 하는" "수증기"처럼 "간혹 깨끗이 증발해 버렸으면 싶다". 현지에 동화되지 못하는 일상성에 대한 내적 토로이다.

그렇다면, 그가 이처럼 현지에 동화되지 못하는 근본 원인은 무엇인가? 그것은 삶의 원형 심상에 해당하는 유년기 고향에 대한 강한 향수가 가로 막고 있기 때문이다.

잠자리를 쫓는 것도
흙장난도 시들해지는 저물녘
뒷집에선 저녁연기 잦아들고
나직한 토장국 냄새
담을 넘어오는데
싸하니 횟배가 아프다
어머니는 언제나 돌아올까?

자꾸만 까치발로 내다보는 들길

저녁해는 먹다 버린

가지 꽁다리만큼도 안 남았다

땅거미에 젖어드는 빈집

기다림에 지쳐 설핏 잠이 든다

어머니 밥 짓는 소리

초저녁 별이 뜨고 있다

―「여름 날」 부분

전체적인 시적 정조가 정겹고 친숙하다. "저녁 연기/토장국 냄새/어머니/들길/밥 짓는 소리" 등이 어우러져 농촌의 전형적인 목가적인 풍경을 그리고 있다. 이곳은 시적 화자의 원형 공간으로서 유년기의 고향이다. 시적화자는 "톈산 발치" 알마티에서 자기도 모르게 "무성하던 어린 날 들녘으로 돌아가"(「개떡」)곤 했던 것이다. 그곳에서 "거무튀튀하고 못생긴 쑥개떡/어머니의 뭉그러진 지문이 남아 있는 쑥개떡"(「개떡」)을 먹고 싶어 하는 것이다. 그의 삶의 원형질을 이루는 것은 "토장국 냄새"이고 "들길"의 풍경이다.

물론 이러한 적응과 향수의 길항 관계는 비단 카자흐스탄만이 아니라 전 세계 디아스포라의 공통된 정서적 특성일 수 있을 것이다. 그러나 우리에게 카자흐스탄 디아스포라는 좀 더 각별한 관심을 유발시킨다. 카자흐스탄은 중앙아시아 고려인 디아스포라의 참혹한 역사가 깊이 각인되어 있는 곳이기 때문이다.

중앙아시아에서는 스스로 고려인이라 부른다

그들에게는 조국이 없다

없어져 버렸다

원동에서 기차에 실려

화물칸에 실려

뾰족한 송곳처럼 서서

분노를 세우고

공포를 세우고

도착지도 모른 채 뿌려진 곳

중앙아시아 눈이 부신 햇살 아래 펼쳐진

소금 꽃 핀 광야를 보며

눈물을 흘렸다는 곳

아직도 그들이 산다

두더지처럼 땅굴을 파고 살던 그들이

이제는 번듯한 집에서 산다

—「고려인을 위하여」 부분

우리에게 카자흐스탄이란 무엇인가? 바로 고려인의 참혹한 삶의 내력이 생생하게 배어있는 곳이다. 스탈린은 1937년부터 1939년까지 원동을 중심으로 한 연해주에 거주하던 조선인들을 일본군에 가담할 우려가 있다는 명목으로 강제 이주시킨다. 무려 18만여 명의 조선인이 화물이나 가축을 운반하던 열차에 "뾰족한 송곳처럼" 실린 채 중앙아시아 벌판으로 이송되었다. 이때 수많은 조선인들이 추위와 굶주림에 시달리다 한 많은 목숨을 잃기도 했다. 살아남은 고려인들은 불모지에 맨손으로 "두더지처럼 땅굴을 파"서 거처를 삼은 채, 갈대를 뽑고 땅을 일구며 삶의 터전을 마련해 나갔다. 구소련은 강제 이주의 역사를 금기어로 삼으면서 고려인들을 감시하고 탄압했다. 그래서 이를테면, "허리 굽은 강태수"(「새참」)의 경우, 시 한편으로 21년간 수용소에서 노동에 복무하는 고통을 당하기도 한다. 구소련이 해체되면서 이와 같은 고려인 디아스포라의 삶의 내력이 점차 드러날 수 있었다.

고려인 인명 자료를 뒤적이다 만난 사람

강제 이주의 열차를 타고 서쪽으로

서쪽으로 36일을 달려와

흰 눈밭에 빨간 피를 한 움큼 뱉어낸 사람

추웠다던 그 겨울

잘 먹어야 낫는 구멍 난 폐 덩어리를 품으며

「마경준 동무를 곡함」 부분

우슈토베의 농법은 진보하지 않는다

한때는 레닌의 이름을 붙였던 꼴호즈 언저리에

김해나 경주쯤이 본관이었을 김 가이가

씨를 덮는다 고집도 없이

밋밋한 사람처럼

땅을 헤집고 씨앗을 덮는다

동쪽의 끝에서 기차를 타고 왔을 흑역사를

덮고 또 덮어서 싹을 틔운다

「김가이의 봄」 부분

　　"추웠다던 그 겨울" "흰 눈밭에 빨간 피를 한 움큼 뱉어"내며 "잘 먹어야
낫는 구멍 난 폐 덩어리를 품"고 생사를 오가던 사람들에 대한 기록이다.
"36일"이나 이어진 "강제 이주의 열차"에서 내팽개쳐졌을 때 그들을 맞이한
것은 낯선 땅의 살인적인 추위와 굶주림이었다. 삶과 죽음이 교차하는 극
한의 지점이 고려인 디아스포라 삶의 원점이다.

　　고려인들은 이 극한의 지점에서 기적처럼 삶의 터전을 마련해 나간다.
해마다 "땅을 헤집고 씨앗을 덮는다". 이것은 "동쪽의 끝에서 기차를 타고
왔을 흑역사를/ 덮고 또 덮어서 싹을 틔"워 내는 절박한 원한과 생존의 역
사이다. 고려인 디아스포라의 삶은 참혹한 "흑역사"를 망각하고 극복하기
위한 처절한 자기 고투였던 것이다. 이제 초창기 고려인 후손들은 "원동을
그리며 죽었다". "그들의 자식 자식의 자식들이 살아간다/ 동해물과 백두

산을 모르고도 살아간다/ 그들의 조국은 카자흐스탄이고 우즈베키스탄이
다"(「고려인을 위하여」).

　따라서 최석의 현지 적응 가능성은 고려인 디아스포라 후손과의 정서적
연대의 방법론과 연관된다.

> 고려인 통역 아줌마와 함께
>
> 홀렙을 먹는다
>
> 한민족의 근현대사를 먹는다
>
> 그녀는 떡을 먹는 것이고
>
> 나는 빵을 먹는다
>
> 그녀는 고기에 곁들여 먹고
>
> 나는 김치를 얹어서 먹고
>
> 그녀는 일용할 양식을 먹고
>
> 나는 대용식을 먹는다
>
> 바라보며 멋쩍게 웃는다
>
> 같은 피를 가졌어도
>
> 서로 신토불이다
>
> ―「해방 60주년의 점심 식사」 부분

　"고려인 통역 아줌마"와 화자는 물론 "같은 피를" 가진 한민족의 후손이
다. 그래서 서로 "바라보며 멋쩍게 웃는다". 서로 닮은 것에 대한 반가움이
다. 그러나 또한 서로 다르다. "고려인 통역 아줌마"는 카자흐스탄에 완전
히 동화된 고려인이다. "함께/ 홀렙을 먹는다". 그녀에게 "떡"이고 내게는
"빵"이다. "그녀는 고기에 곁들여 먹고/ 나는 김치를 얹어서 먹는다". 그녀
에게는 "일용할 양식"이고 내게는 "대용식"이다. "같은 피를 가졌"어도 서
로 다른 이 차이를 무엇이라고 규정할 수 있을까? 이에 대해 시적 화자는
"한민족의 근현대사"라고 규정한다. 기본적으로 일제강점기의 역사가 만들

어 놓은 비극인 것이다.

이렇게 보면, 화자의 현지 적응 방법론은 서로 다른 차이를 인정하면서 점차 공존과 통합을 모색하는 것이다. 실제로 그의 삶은 이제 "톈산에서 만나는 동해 바다"(「톈산에서 만나는 동해바다」)와 같은 이중적 공존과 합일의 길을 지향한다.

된장국을 끓인다
알마티의 애호박과 타쉬겐트에서 실어온 감자
남해 바다 멸치에 고려인 된장을 넣어 끓인
애매모호한 국물 끓일수록
진해지는 한민족의 눈물처럼
몸속 깊숙이 된장의 냄새가 난다

—「하여가」 부분

보성 차가 끓는다
구증구포의 숨결이 부대끼며 끓는다
톈산 북로의 말 울음소리와
결기 푸른 대숲의 바람 소리를
교접하려는 단꿈이
혼자서
끓는다

—「차를 마시며」 부분

"알마티의 애호박과 타쉬겐트에서 실어온 감자/ 남해 바다 멸치에 고려인 된장을 넣어 끓인/ 애매모호한 국물"을 만들어 먹는 것에서부터 현지 적응과 수용의 방법론이 열린다. 서로 다른 삶의 양식과 문화를 인정하면서 동시에 그 공존과 통합을 시도하고 있다. "한국 로봇을 가지고 러시아 말로"

노는 아이처럼 미리 "틀을 만들지"(『고슴도치』) 않고 서로 엇섞이는 열린 자세가 중요하다는 것이다. 이와 같이 양가적 가치의 통합을 지향할 때 "보성차가 끓는" 소리와 "톈산 북로의 말 울음소리"가 "교접하"는 "단꿈"을 꾸기도 한다. 적응과 향수는 서로 대척적인 관계가 아니라 상호 보완과 합일의 관계일 수도 있다는 자각이다.

> 아버지가 녹슨 라이터를 닦고 있다
> 몰골이 많이 상한 라이터
> Zippo도 아니고
> Zippon이라고 음각되어 있다
> 논에서 김을 매다가 잃어버린 라이터
> …(중략)…
> 어느
> 봄날
> 일리강을 따라가는 묵은 길가에서 만나다
> 붉은 꽃 푸른 꽃
> 노랗고도 하얀 꽃
> Zippon 꽃들
> 지천이다
>
> ─「꽃이 피다」 부분

1연에서는 아버지에 대한 정겨운 추억이 기본 정조를 이루고 있다. 아버지가 "논에서 김을 매다가 잃"었다가 찾았던 "라이터"를 떠올린다. 그것의 이름은 "Zippon"이었다. 그 "Zippon"을 카자흐스탄 "일리강을 따라가는 묵은 길가에" 핀 꽃 이름에서 만난다. "Zippon 꽃들/ 지천이다". 카자흐스탄에서 만나는 고국에 대한 향수의 세계이다. "나는 언제나 낯설다/ 오래 살아도 삶에 더께가 끼지 않는다/ 인간들이 낯설고 땅이 낯설다/ 냄새가 낯설고 맛이 낯설다"(「삶의 더께」)고 하소연하던 시적 정서와는 사뭇 다른 면모이다. 적응과 향수의 양가적 감정은 충돌만 하는 것이 아니라 이와 같이 서로 합일되기도 한다. 특히 다음과 같이 인간의 죽음에 관한 숙명 앞에서는 더욱 깊은 근원적 동질성을 느끼게 된다.

> 내 딸애의 입속에 피클을 넣어주던
> 오 갈리나 니꼴라이나
> 그녀가 빚은 상큼한 향기
> 아삭한 피클을 먹을 수 없음에
> 다시 먹을 수 없음에
> 눈시울이 시큰하다
>
> —「맛있는 피클」부분

> 친했던 고려인의 하관을 마치고 온 후로
> 부룬다이 모래 한 점 섞이지 않은
> 대지의 속살을 만지고 난 후로
> 문득 이곳에 뼈를 묻을 것 같은 예감이 든다
>
> —「부룬다이 가는 길」부분

죽음과 연관되어서는 카자흐스탄의 현지인 "갈리나 니꼴라이"나 "고려인"이나 동일한 존재론적 특성을 드러낸다. 그리고 이들의 죽음 앞에서 화자는 어느새 자신의 내적 본령을 직시하게 된다. 디아스포라의 불안과 고독과 절망 속에서 만나는 자기 실존의 초상이다. "부룬다이"에서 만지는 "대지의 속살"이란 이미 민족과 지역의 경계 이전의 근원 심상에 해당한다. 그리고 "문득 이곳에 뼈를 묻을 것 같은 예감"이란 스스로 카자흐스탄 고려인 디아스포라의 삶을 숙명적으로 승인하고 수용하는 면모로 읽힌다. 고려인 디아스포라 기원의 역사와 현존재로서 자신의 한계상황을 회억하고 견디면서 다가가는 인간의 보편적인 본질적 존재에 대한 인식이다.

　여기에 이르면, 최석의 시집 『톈산산맥 아래에서』는 "톈산의 발치에 앉아" "존재한다는 것은 만만하지 않다"(『자서』)는 것을 민족사적 층위와 개인사적 층위에서 동시에 살고 인식하고 노래한 기록물이라고 좀 더 분명하게 말할 수 있다. 그의 시 세계로 인해 우리 시사의 지도에서 "톈산산맥"이 고려인 디아스포라의 삶의 내력과 함께 선명한 목소리를 지니게 되었다.

무위와 성찰의 언어

—이상옥, 『그리운 외뿔』

　이상옥은 '디카시'의 창시자이며 전도사이다. 디카시란 무엇인가? 디지털 카메라 사진과 시가 서로 융합한 혼융 장르이다. 시란 말하는 회화이고 회화는 말하지 않는 시라고 했던가. 디카시는 말하는 회화와 말하지 않는 시가 서로 만나 부르는 이중창이다. 일종의 현대판 문인화인 것이다. 이번 시집은 "사물 속에 언뜻 드러나는 시적 형상"을 카메라로 포착하는 디카-시의 작업으로부터 "사람이나 사물, 혹은 에피소드 속에 언뜻 드러나는 시적 형상을 문자로 고스란히 옮기는"(『자서自序』) 작업에 치중하고 있다. 전자가 외양의 열린 찰나에 초점을 두고 있다면 후자는 내면의 닫힌 풍경에 초점을 두고 있다.

　이상옥의 이번 시집은 그의 내면 풍경을 반사시킨 언어의 사진첩인 것이다. 따라서 이번 시집에서 우리는 그의 시적 삶의 근원과 생리를 좀 더 분명하게 감지할 수 있는 계기를 얻게 된다. 그가 추구하는 시적 삶은 느리고 부드럽고 포용적인 현자의 예지에 대한 터득이 중심을 이룬다. 시상의 주조가 고전의 지혜와 간디, 테레사, 펄벅 등 위인들의 행적에서 발견되는 현묘한 잠언으로 이루어져 있다. 그는 직선적인 무한 경쟁과 투쟁의 현실 속에서 곡선의 겸허와 포용을 강조하고 있는 것이다.

'두 길을 동시에 따른다'. 장자의 시편에 나오는 구절이다. 장자는 '현명한 자는 어느 한쪽에 치우치지 않고 도道의 관점에서 양면을 동시에 바라보고 추구하는 자'라고 설파한다. 여기에서 양면이란 음과 양의 형질을 뜻하는 바, 각각 타자와 주체, 비움과 채움, 수동과 능동, 체념과 욕망, 소멸과 생성 등을 표상한다. 이러한 음과 양의 형질은 본래 서로 다른 둘이 아니라 하나이다. 이를 테면, 주체와 타자는 공존의 관계이고, 있음, 채움, 생성은 없음, 비움, 소멸을 전제로 존재한다. 그래서 태극은 항상 음양의 상호의존적인 원환의 양상을 띤다.

그러나 무한 경쟁을 조장하는 자본주의 사회의 일상성은 음의 성향을 억압하고 양의 성향만이 질주하도록 부추킨다. 그래서 현대사회의 일상성은 제각기 파시즘적인 우월, 의지, 권력 차별, 배타, 소유 등의 각축장으로 변질되고 말았다. 물론, 수동, 비움, 체념 등의 하강적인 죽음충동으로 치우치는 음의 편향 역시 경계해야 할 것이다.

에로스적 욕망(생의 의지)과 타나토스적 충동(절제와 죽음)이 상호의존적으로 조화를 이룬 균형이 요구된다. 그렇다면 이들 양자의 균형점을 견지할 수 있는 방법은 무엇일까? 그것은 음과 양의 근원에 해당하는 무위(道)를 내면화하는 것이다. 도道는 없음이고 텅 빈 공간이다. 그러나 이때 없음과 공空은 있음의 반대가 아니라 있음의 모태이다. 공(혹은 무)은 음과 양의 탄생지이며 동시에 음과 양이 되돌아갈 귀착지이다. 또한 무위(도)는 음과 양을 서로 어우러지도록 연결시키는 바탕이고 동력이다. 무위가 없으면 음과 양의 기운은 제각기 편벽되어 파탄으로 치닫게 된다. 무위에 의한 음양의 소통과 연결이 원활할 때 삼라만상의 생성과 존재의 질서가 온전히 전개된다.

이러한 점은 다소 엉뚱하게도 프랑스의 정신분석학자 자크 라캉(1901~1981)에 의해 더욱 선명하게 규명된다. 자크 라캉은 노년에 접어든 1969년부터 1973년에 이르는 4년 동안 프랑수아 챙과 함께 노자를 비롯한 중국철학에 심취한다. 그리고 자신의 그 유명한 상상계, 상징계, 실재계의 세 지형을 도의 원리에 적용하여 보르메오 가문의 문장을 본뜬 매듭 이론으로 풀어낸다. 그에 따르면 상상계는 음, 상징계는 양, 실재계는 무위이다. 인간이 상상계에 갇히면 정신병자가 되고 상징계에 갇히면 도착증에 빠진다. 그래서 무위의 실재계가 필요하다. 무위는 음양을 연결하는 고리이다. 무위로 인해 주체와 타자가 연결되고 상승과 하강, 만용과 절제의 균형이 가능해진다. 라캉의 이론 체계에서 무위의 실재계가 없으면 보르메오 가문의 문장 매듭은 성립되지 않는다. 상상계와 상징계가 제각기 흩어져서 파탄으로 치닫는다.

나무에 오르기를 자랑하는 자는 나무에서 떨어져 죽고, 헤엄 실력을 자랑하는 자는 물에 빠져 죽는다는 말이 있다. 일방적으로 밀고 나가는 우월성만이 능사가 아니다. 멈추어야 할 곳, 쉬어야 할 곳, 그리고 다시 시작해야 할 곳을 아는 것이 삶의 지혜이다. "두 길을 동시에 따"르는 지혜가 없으면 자신의 특장이 오히려 자신의 함정이 되기 쉽다.

이상옥의 시 세계는 바로 이와 같은 무위의, 실재계의 일깨움에 집중하고 있다. 그는 지나친 양적 상승이나 음적 하강을 경계하면서 음양을 이루는 형질의 근원을 향한 시적 탐색을 모색한다.

아침에 보는 나와

한낮에 보는 나와

저녁에 보는 '나'가 사뭇 다르다

빛의 각도에 따라

다르고

빛의 양에 따라 다르다

―「거울 속의 나」 부분

"나"는 누구인가? 나는 "나"를 알지 못한다. 나는 고정된 실체가 아니라 수시로 변화하는 주체이며 객체이다. 마치 수면의 풍경처럼 "빛의 각도"와

"양"에 따라 하루에도 수시로 변화한다. 그래서 나에게는 끊임없는 자기성찰이 요구된다. 그리하여, 아침이나 한낮이나 저녁이나 혹은 "빛의 각도"나 "양"에 따라 동요되지 않는 본래의 나를 찾고 지킬 필요가 있다. 그렇다면 본래의 "나"란 무엇인가? 이러한 질문 앞에 다음과 같은 시편이 등장한다.

> 당신은 어떻게 피에타 상이나 다비드 상 같은 조각상을 만들 수 있었
> 습니까 당신은 정말 위대한 예술가예요
> 아니에요 신이 꼭 필요한 사람에게 보내는 선물을 배달하는 심마니와
> 다를 바 없어요 숨어 있는 산삼을 찾아서 잔뿌리 하나도 다치지 않게
> 정성껏 파내듯이, 대리석 속에 숨어 있는 조각상을 정이나 쇠망치로
> 손상 없이 꺼내 주었을 뿐이에요
>
> ─「미켈란젤로」 부분

르네상스의 봄을 불러온 미켈란젤로의 위대한 조각에 담긴 비밀을 노래하고 있다. 미켈란젤로는 대리석에 조각을 한 것이 아니라 대리석의 조각상을 깨워 내었던 것이다. 마치 불가에서 '석공이 돌을 쪼아 부처를 만들었다'가 아니라 '석공이 돌의 불성을 깨웠다'고 말하는 것과 같은 이치이다. 모든 사물에는 신의 뜻이 숨 쉬고 있다는 인식이다. 이를 다르게 표현하면, 모든 사물의 본성은 곧 신이라는 것이다. 따라서 사물의 본성을 깨우고 이를 실현하는 것이 곧 절정의 예술 행위이다.

이상옥의 시 세계가 삶의 근원 혹은 본성을 일깨우는 작품에 집중하는 까닭이 여기에 있다. 그것이 곧 삶의 신성성을 회복하는 것이며 자연의 순리에 따르는 것이다. 그래서 다음과 같은 잠언적 깨달음의 시편이 연달아 씌어진다.

① 막 출발하려는 기차에 간디가 올라타다가 그만 신발 한 짝이 벗겨져
플랫폼 바닥에 떨어져 버렸다 기차가 움직이고 있었기 때문에 간디

는 그 신발을 주울 수가 없었다 간디는 얼른 나머지 신발 한 짝을 벗어 그 옆에 떨어뜨려 놓았다 사람들이 의아해하자 간디는 미소를 지으며 말했다

"어떤 가난한 사람이 바닥에 떨어진 신발 한 짝을 주웠다고 상상해 보십시오"

—「간디」 전문

② 손수 운전하며 장애우와 함께 예수의 작은 마을로 향하는 수녀님에게
  잠시 길을 양보하다 눈인사를 하신다

금방 눈빛 한 구절로 세상의 아침이 환하다

—「나팔꽃」 부분

③ 볏단 실은 소달구지 고삐를 잡고
  농부도 볏단을 지고 가는 60년대 풍경

"미국 같으면 저렇게 하지 않을 거야 지게의 짐도 달구지에 싣고 농부
도 올라탔을 거야."

—「펄벅」 부분

④ 며칠 치 식수에 불과한 물을 우주로 삼고
  불평 없이 목숨을 이어가는 손톱만 한 생
  문득문득 눈부시다

—「어떤 생」 부분

시집의 어디를 펼쳐도 이처럼 깊고 그윽한 삶의 지혜가 묻어 나온다. 시

①에서 간디는 소유의 집착에 빠지기 쉬운 순간에 자발적인 가난의 선택이 얼마나 아름답고 풍요로운가를 보여 준다. 간디의 생활 속에 배어있는 비움과 봉사의 철학이다. 시 ②는 사람에게서 꽃의 눈부심을 읽고 있다. "장애우"를 돌보는 "수녀"의 "눈빛"으로 인해 "세상의 아침이 환"해지고 있음을 노래하고 있다. 시 ③은 〈대지〉의 작가 펄벅의 전언에서 배우는 사람은 물론 동물까지도 끌어안는 이타적 사랑의 진경이다. 서구 사회에 습속화된 인간중심의 근대 기계주의적 세계관에 대한 비판 의식이 제기되고 있다. 이타적 사랑과 존중은 인간과 인간 관계에서 뿐만이 아니라 인간과 자연, 인간과 동물, 더 나아가 인간과 물건에 이르기까지 두루 해당된다. 그의 "말귀도 알아들을 만한 구형 프린스/ 섭섭하지 않았을까"라고 전전긍긍하며 "오늘 아침에는 몸을 어루만져주며/ 깔판도 털고 종이 부스러기도 치"(「구형 프린스를 생각하다」)우는 모습은 경물敬物의 태도를 드러낸다. 이것은 마치 농부들이 농기구를 다루고 보관할 때에도 늘 함부로 하지 않았던 물오동포物吾同胞의 민중적 전통 세계관을 환기시킨다.

시 ④는 자신에게 주어진 모든 상황에 감사하는 긍정적 세계관의 소중함을 노래하고 있다. "며칠 치 식수"에도 감사하는 "손톱만 한 생"이 세상을 환히 밝히는 빛이라는 인식이다.

이와 같이 이상옥의 시적 주조음은 파시즘적인 직선의 공격적 속도가 지배하는 현대사회 속에서 곡선의 낮고 느린 포용적 언어를 추구한다. 그의 시편이 이처럼 삶의 근원에 대한 성찰의 언어에 천착할 수 있는 배경에는 아마도 "오누이"의 안타까운 죽음이라는 경험이 가로놓여 있는 것으로 보인다. "지난해 세상을 훌훌 떠"났지만 그러나 "폰 전화부에 아직도 지우지 못한"(「오누이」) 오누이에 대한 애절한 그리움이 그의 시적 삶을 잠시도 들뜨지 않게 진중한 사유의 언어로 가라앉히고 있는 것으로 보인다. 그는 스스로 깊은 그늘을 안고 살게 되면서 세상의 존재성을 더욱 입체적으로 직시하게 되었을 것이다. 이를테면, 그는 "나무 아래 누워/ 이파리들을" 보면서도 "무심히 보면 온전한 것 같아도/ 상처투성이 몸"(「나무」)을 지녔음을 헤아린다. 이러한 외적 직관이 자신의 내면을 향하면 "신문 읽는 것도 그렇다/ 먼데 것만/ 뚜렷하다// 그래/ 무슨 뜻인지 알겠다"(『시안詩眼』)는 견성의 언어로 이어진다.

　여기에 이르면, 우리는 이상옥의 시 세계가 음과 양의 성향을 연결하는 삶의 근원적 세계를 일깨우고 있음을 좀 더 분명하게 확인할 수 있다. 그가 노래하는 잠언이 우리 자신의 본성을 환기시키는 거울로 다가오는 까닭이 여기에 있다. 앞으로 그의 시 세계가 좀 더 참신하고 명징한 서정으로 밀도 높게 승화되면서 "세속의 거리"(『세속의 거리에서』)를 충격하는 성찰의 거울로 작용하기를 기대한다.

시천주侍天主 혹은 공경의 생태학을 위하여

—김익두, 『숲에서 사람을 보다』

　　김익두의 시 세계는 맑고 나직하고 평화롭다. 그의 시선이 닿는 대상은 모두 깊은 친연성과 경이의 대상이다. 그래서 그의 시편에는 행복, 기쁨, 사랑과 같은 충일한 정감의 언어가 빈번하게 등장한다. 그렇다면, 그에게 세상이 이토록 소중하고 충만할 수 있는 배경은 무엇일까? 그것은 모든 대상에 대한 겸허한 공경의 자세에서 연원한다. 그에게는 세상의 어떠한 대상도 열등하거나 부족하지 않다. 이 점은 사람은 물론이고 나무, 새, 숲 등의 자연물과 무생물에게도 동일하게 적용된다. 그래서 그의 시편에는 어디에도 권위적인 화법과 어조가 드러나지 않는다. 세상의 모든 대상이 호혜적 관계성을 지닌 생명공동체의 구성원이다. 자신을 포함한 모든 삼라만상이 상호 연속성, 관계성, 순환성 속에서 생성되고 활성하는 우주적 주체라는 인식을 바탕으로 한다.

　　김익두의 이번 시집 『숲에서 사람을 보다』는 바로 이와 같은 인식을 바탕으로 하여 심원한 우주율과 공명하는 개체 생명들의 내밀한 발견, 교감, 공생의 언어와 정서들이 주조를 이룬다. 여기에서 "숲"은 자연이면서 동시에 인간 삶의 출발지이고 귀결지이며 존재 원리이다. "숲"의 삶이란 스스로 자연의 한 구성원임을 자각하고 자연에서 태어나 자연으로 돌아가는 순환 리

듬에 기꺼이 순응하는 것이다. 그래서 그에게 행복이 무엇이냐고 물으면
그는 다음과 같이 간명하게 대답할 수 있게 된다. "숲에/ 혼자, 가만히/ 있
는/ 것"(『행복 5』). "숲에/ 혼자, 가만히/ 있는" 것으로 "우주의/ 큰,/ 생명나
무 가지에서,/ 이파리 하나"(『삶』)로 표상되는 자기 본래의 삶을 가장 감각적
으로 체험할 수 있기 때문이다.

　　그의 시 세계는 "우주의/ 큰,/ 생명나무 가지"에 달린 하나의 "이파리"로
서 "삶"을 생활철학으로 실현하고 노래하는 것이다. 그가 이와 같은 우주 공
동체적 생명의 세계관을 생활 속에 내면화할 수 있었던 주된 배경은 무엇일
까? 그것은 그의 죽음에 관한 체험적 인식에서 찾을 수 있다.

　　　암병동
　　　독방,
　　　텅 빈 오후,

　　　누군가 두고 간,
　　　이 자잘한
　　　포도 한 송이,

　　　저승길같이
　　　마알간,

　　　청포도 한 송이,

　　　혼자
　　　물끄러미 바라보는

　　　하루,

　　　　　　　　　　　　　　　　—「행복 4」 전문

화자는 "행복"을 말하고 있지만 시적 분위기는 너무도 적요하고 쓸쓸하
다. 문병객도 돌아가고 혼자 남은 "암병동/ 독방,/ 텅 빈 오후"이다. 병실
에서 화자는 "자잘한/ 포도 한 송이"를 본다. 문득 "저승길"이 떠오른다. 그
에게 "저승길"은 포도처럼 "마알간" 이미지로 그려진다. 이것은 화자가 이
미 모든 집착과 욕망으로부터 벗어난 순백한 세계에 살고 있음을 가리킨다.
5연의 "혼자/ 물끄러미 바라보는" 것은 "자잘한/ 포도 한 송이"이면서 동시
에 아득한 "저승길"이다. 그는 저승길을 보면서 "행복"감을 느끼고 있는 것
이다. 텅 비어가는 소멸의 자리에서 느끼는 충일감이다. 하이데거의 무의
지점에서 만나는 삶의 본래적 세계를 연상시킨다. 하이데거에 따르면 '무'
의 지점은 일상을 규정하고 있는 모든 관계와 의미를 무화시키고 어두운 심
연을 드러내어 우리를 공허하게 만들지만, 그러나 그 심연은 존재가 오롯
이 말을 걸어 오는 환한 세상이라고 한다. "청포도" 알처럼 "마알간" 이미지
는 무의 지점에서 마주하게 되는 삶의 참모습의 투명한 반사체로 해석된다.

그렇다면 그가 이처럼 죽음까지도 포도알처럼 "마알간" 투명한 이미지로
객관화해서 노래할 수 있었던 연원은 어디에 있을까? 이러한 질문 앞에 다
음과 같은 시편을 만나게 된다.

> 한 사람이 돌아왔다.
> 그를 위해 숲은,
> 오랫동안 감추었던
> 붉은 속살을 열어 주며,
> 깊은 한숨을 내쉰다.
> 꽃이 뿌려지고,
> 천광穿壙이 닫히고,
> 숲은, 또
> 외로운 식구 하나를 더 늘린다.
>
> —「귀향」 전문

"저승길"이 "숲"의 "붉은 속살"로 향해 있다. "숲은, / 오랫동안" "붉은 속살"을 "감추"어 두고 있었다. "숲"에게 인간의 죽음이란 "외로운 식구 하나를 더 늘"리는 것이다. 다시 말해, 인간의 죽음은 "숲"의 "식구"로 돌아가는 것이다. 물론 여기에서 "숲"은 자연의 제유이다. 인간은 자연에서 태어나 자연으로 돌아가는 존재라는 것, 그래서 인간은 자연의 자식이라는 시적 전언이다. 그래서 그는 "나는/ 언제나, // 저/ 붉은 흙과, // 하나가/ 되나"(「그리움」)라고 노래하기도 한다. 죽음의 과정이란 본래 자신의 모습으로 돌아가는 것이라는 인식이다.

한편, 이와 같은 죽음이라는 실존적 근원의 문제를 통한 우주 공동체적 세계관이 일상적 생활 감각에서 드러나면 다음과 같아진다.

요즘은,
박새와 인연입니다.

산책을 나가도 뒤따라오고
오두막 근처까지 나를 따라와,
창가, 불 꺼진 난로 굴뚝 끝에 앉아 놉니다.

…(중략)…

빗물 고인 내 발자욱에
포르르, 포르르, 날아 내려와,
날며, 뒹굴며, 야단법석입니다.

세상엔,
박새가 삽니다.

박새

옆엔,

나도 삽니다.

―「야단법석―박새」 부분

　"박새"가 일상 속에 함께한다. 우월적 자의식이 없으면 박새는 스스로 인
간에게 다가온다. 산책길이나 집 근처는 물론 "빗물 고인 내 발자욱"에까지
날아와 "야단법석"이다. 바라보는 대상으로서의 객체적 "박새"가 아니라 더
불어 사는 주체로서의 "박새"이다. 특히 "세상엔,/ 박새가" 살고 "박새/ 옆
엔,/ 나도" 산다는 전언에는 나의 삶보다 박새의 삶을 앞세우는 겸허와 공
경의 태도가 배어 나온다. 그의 이러한 동물에 대한 공경과 연대의 정서는
"인기척에 놀란 뱁새들"에 대한 태도에서도 거듭 확인된다.

국수나무 숲 덤불 속
인기척에 놀란 뱁새들이,

포르르, 포르르, 떼 지어 날아갑니다.

다시
고요해진
숲속,

잠시나마,
서로 오해가 있었다면 어쩌나,
걱정입니다.

―「오해―남현에게」 부분

자신의 인기척 때문에 "포르르, 포르르, 떼 지어 날아"가는 뱁새들에게서 "서로 오해가 있었다면 어쩌나" 하는 "걱정"을 한다. 인간중심주의와 선명하게 대별되는 생물 중심주의이다.

실제로 우주의 모든 생명체는 고립된 개체가 아니라 의존적인 유기적 관계성 속에서 존재한다. 이를테면, 어떤 작은 미생물이라 할지라도 우주 생명의 그물망 속에서 생성되고 현존한다. 우주의 삼라만상이 서로 작용하고 순환하고 융섭하는 중중무진重重無盡의 과정 속에서 전개되는 것이다. 따라서 우주는 살아있는 '온생명'(장회익)의 총체이다. 주변의 모든 생명체들은 각각의 개별 생명체(주생명)이면서 동시에 주변의 생명적 존재를 가능케 하는 '보補생명'들이다. 그래서 "숲"은 하나의 큰 소통, 순환, 교감의 총체이다. 사람은 물론 뭇 생명들이 모두 한 형제인 것이다. 그래서 작은 미물이라 할지라도 공경하는 것이 곧 자신을 공경하는 것이다.

다음 시편은 이러한 생명공동체적 세계관의 내밀한 감성을 실감 나게 보여 준다.

> 흙가루를 잔뜩 묻힌 절망을,
> 물안개로 촉촉한 낙엽 더미 속에
> 넣어 주었습니다.
> 그 무모한 알몸을
> 제자리로 되돌려 보낸 안도로,
> 오늘 아침 발걸음은
> 한결, 홀가분합니다.
>
> —「행복 3-지렁이」 부분

시적 화자는 "아침 숲"에서 "흙가루를 잔뜩 묻힌" "지렁이"의 "절망"을 보고 가슴 아파한다. "지렁이"와 같은 미물에게도 깊은 동기감응同氣感應을 느끼고 있는 것이다. 그래서 "그 무모한 알몸을/ 제자리로 되돌려 보"내고 "안도"감을 느낀다. "오늘 아침 발걸음"이 "한결, 홀가분"하다.

　이와 같은 생명에 대한 공경의 자세는 동물뿐만 아니라 식물에게도 동일하다.

> 산책길, 얼마 남지 않은 가을 햇볕으로 익을 대로 익은 붉은 대추 한
> 알 주웠습니다. 천지의 양기를 한껏 머금은 이 대추 살 알뜰히 발라먹
> 고는, 단단히도 잘 여문 그 대추씨를, 양지바른 언덕 낙엽 더미 속에
> 가만히 묻었습니다. 어느 맑은 가을날, 이 씨알 하나가 새로이 이루어
> 낼 그 찬란할 세상을 위해
>
> ―「행복 2-대추」 전문

　"대추 한 알"도 가볍게 여기지 않는 겸허한 자세가 고즈넉한 어조로 드러나고 있다. "대추"의 붉은 살은 "한껏 머금은" "천지의 양기"의 산물이다. "대추"가 익기까지는 "천지의 양기"의 깊은 작용이 있었던 것이다. "대추 한 알"도 간곡한 우주적 협동의 산물이다. 그래서 "잘 여문 그 대추씨를" "낙엽 더미 속에 가만히 묻"는다. 다시 본래 대로 우주의 품속으로 돌려보내는 제의의 과정이다. "대추씨"는 다시 우주의 이치에 따라 "새로이" "찬란할 세상"을 "이루어 낼" 것이다. "대추 한 알"도 우주적 삶의 주체이다.

　김익두는 이와 같이 생활 속에서 "우리의 삶이 자연의 일부"이며 "우리의 삶이 더 큰 삶의 일부"임을 감지하고 실현하고 노래한다.(『오작교』) 그에게 모든 존재의 움직임은 우주적 신성성을 지닌다. 따라서 그에게는 "나비 한 마리,/ 날개를/ 접"는 것도 예사롭지 않은 "소식"이 된다.(『소식』) "나비 한 마리,/ 날개를/ 접"는 과정도 현묘한 우주적 행위인 것이다. 모든 존재자는 우주적 리듬과의 상호 공명 속에서 살아가고 있는 것이다.

　한편, 그의 이와 같은 생물에 대한 깊은 친연성과 공경의 정서는 무생물에게도 동일하게 해당된다. 다음 시편을 통해 사물에 관한 공경의 태도를 읽을 수 있다.

시냇물에 헹궈낸
옷가지 하나,

오래도록 함께
세상을 견뎌온 것,

그래도
아직,

포로소롬한 빛깔만은
남아,

다시 깃을 세워
횟대에 널어본다.

조금만 더
같이 살을 부대끼며,

세상을
견뎌 보자고.

─「빨래를 널며─영달에게」 전문

시적 화자에게는 "빨래" 역시 인격적인 공동체의 성원이다. "시냇물에 헹궈낸/ 옷가지"가 "오래도록 함께/ 세상을 견뎌온" 가족적 연대의 대상이다. "다시 깃을 세워/ 횟대에 널어"보면서 "조금만 더/ 같이 살을 부대끼며,// 세상을/ 견뎌 보자고" 말한다. "빨래"를 가족처럼 인격적으로 대하는 태도를 읽을 수 있다. 생활 속에서 실천하는 경물敬物의 태도이다.

김익두의 시 세계는 이와 같이 인간은 물론 모든 생물과 물건까지도 공경하는 면모를 보여 준다. 동학의 2대 교주 해월 최시형의 "사람은 사람을 공경함으로써 도덕의 극치가 되지 못하고 나아가 물物을 공경함에 이르기까지 이르러야 덕에 합일될 수 있나니라"고 했던 가르침을 연상시킨다. 그의 시 세계는 일관되게 공경의 생태학을 기반으로 하고 있는 것이다.

한편, 이러한 공경의 생태학은 단순히 모든 삼라만상이 "우주의/ 큰,/ 생명나무 가지"(『삶』) 속에서 살아가는 공동체적인 구성원이라는 '온생명'의 실체를 넘어선다. 모든 삼라만상이 상호의존적인 관계성의 생명공동체이면서 동시에 보이지 않는 "당신", 즉 절대적 신성성을 모신 주체라는 인식을 바탕으로 한다. 그에게 이러한 "당신"은 허공 속에 미만해 있는 존재이다.

> 당신이
> 비운 세상,
>
> 눈이 나린다.
>
> 당신이
> 비운 가슴,
>
> 눈이 나린다.
>
> 이 하염없는
> 설레임으로,
>
> 이윽고 세상은
> 다,

당신이 된다.

─「강설 2」 전문

"세상"이 텅 비어있다. "당신"이 그렇게 했다. 텅 빈 허공으로 "눈이 나린다". 그 없음의 공간에 "설레임"이 일어난다. "이윽고 세상은/ 다,// 당신이 된다". 당신은 없음을 통해 충만하게 현존한다. 텅 빈 허공에 "당신" 아닌 것이 없다. 당신은 부재의 현존이다. "당신"은 부재하므로 어디에도 없지만 그러나 또한 어디에도 있다.

그래서 그의 시편에는 "혼자"와 "빈 들판"의 이미지가 빈번하게 등장한다.

추운 겨울입니다.
혼자,
빈 들판을 걸어갑니다.
그뿐입니다.

─「무제」 전문

"추운 겨울" "혼자" 걷고 있다. 배경은 온통 "빈 들판"이다. 시적 화자는 "그뿐입니다"라고 전언한다. 여기에서 "그뿐"이란 결핍이 없는 충만의 극치를 가리킨다. "빈 들판"을 걷는 것이 곧 우주적 걸음걸이로서 절대적 의미를 지닌다. 그것은 "빈 들판"의 허공이 아무것도 없음으로 그 무엇도 하지 않지만 그러나 또한 그 무엇도 하지 않음이 없다는 정황과 연관된다.

다음 시편은 이러한 시적 정황을 "비"라는 가시적 매개체를 통해 좀 더 감각적으로 드러내고 있다.

비
오시는 날,

비 맞으며
혼자,

들길로 나가는
사람,

들길로 나가 천지와
하나 되는
사람,

—「우중유감−다시 고향에서」 부분

"비" 오는 날, "들길로 나가는/ 사람"에게서 "천지와/ 하나 되는/ 사람"의 모습을 보고 있다. 물론 여기에 "비"가 내리지 않아도 이 점은 동일하다. "비"는 실감을 높이기 위한 가시적인 매개체일 뿐이기 때문이다. "사람"이 "천지와/ 하나"되었다는 것은 사람이 "천지"를 모시고 있다는 것으로 해석된다. 이것은 또한 "천지"의 신성성이 "사람" 속에 있음을 가리킨다. 이 점은 비단 사람에게만 해당되는 것은 아닐 것이다. 허공 속에 존재하는 모든 삼라만상이 "천지"를 모시고 있는 신성한 존재라고 할 것이다. 그래서 "천지"의 작용에 따라 삼라만상의 우주적 활성이 가능했던 것이다.

여기에 이르면, 김익두가 경인敬人−경물敬物의 차원을 넘어 경천敬天을 포괄하는 공경의 생태학을 노래한 까닭을 좀 더 분명하게 알 수 있다. "숲과 하나 된,/ 편안한// 뒷모습"(「풍경 1」)을 지닌 모든 풍경은 "천지"의 신성성을 모신 존재라고 인식하기 때문이다. 물론 여기에서 "천지"는 자연의 이법(道)이며 실천 과정을 가리키는 것으로 해석된다. 이와 같은 그의 시적 세계관은 기본적으로 어디에서 연원하는 것일까? 그것은 그의 전공 분야이기도 한 민속학에 바탕을 둔 다음 시편에서 명시적으로 드러난다.

한 맺힌 온 고을 붉은 흙덩이들,

부서질 듯 일어서서 몸서리를 돈다.

무왕武王도, 계백階伯도, 견훤甄萱도, 정여립鄭汝笠도,

이삼만李三晩, 권삼득權三得, 전봉준全奉準, 강증산姜甑山까지,

조화정造化定, 조화정造化定,

시천주侍天主 조화정造化定,

훔리치야吽哩哆耶 훔리치야吽哩哆耶 훔리함리吽哩喊哩 사바하娑婆訶,

흙처럼 흐느끼며

땅이 돈다,

흙이 돈다,

땅이 논다,

흙이 논다,

땅과 함께 하늘이,

하늘과 함께 우주가,

솟대를 세우고

솟대로

돈다.

—「기접놀이—전주 풍류」 부분

　"기접놀이"란 전북 전주시 삼천동 일대의 여러 마을 사람들이 아주 오래 전부터 해마다 칠월 백중날 즐기는 대동굿 축제이다. 그가 살고 있는 전주의 전통적 민속놀이 속에 동학의 경전『동경대전』의 종지를 이루는 "시천주侍天主"가 전면에 등장하고 있다. "시천주"란 무엇인가. 1860년 4월 5일 수운 최제우에 의해 처음 발호된 이래 이 땅 민중들의 해원상생의 간곡한 주문으로 확산된, '내 안에 하늘을 모셨다'는 가르침이다. 이 중에서 특히 '시侍'에 대해 최제우는『동경대전』「논학문」 편에서 '내유신령內有神靈 외유기화外有氣化 일세지인一世之人 각지불이各知不移'라고 설명한다. 이를 순차적으로 직

역하면, '안으로 신령이 있고 밖으로 기화가 있다. 그리고 세상 사람들 누구나 이것은 움직일 수 없음을 알아야 한다'는 것이다. 신령은 내적 본성이고, 기화는 다른 존재들과의 외적인 본래의 관계이며, 불이는 운동이며 실천에 해당된다. 그래서 안으로는 하늘과 합하고 밖으로는 다른 사람과 자연을 관통하는 하나의 우주 공동체적 질서에 어긋남이 없이 합치해야 한다. 그리고 이것은 생활 속에서 변동 없이 실현되어야 한다는 것이다. 또한 "시천주侍天主 조화정造化定"에서 '조화'란 인위적 의도가 없이 자연스럽게 실행하는 것이다. 정定은 이러한 이치에 합치하도록 마음을 바르게 정하는 것이다. 즉, 하늘을 모신 존재로서 무위無爲자연의 섭리에 따라 안팎으로 살아가는 삶의 가치를 강조하는 것이다.

이렇게 보면, 앞에서 살펴본 김익두의 공경의 생태학적 삶은 동학 생명사상의 생활 속 실현으로 해석된다.

> 그럼, 겨울밤, 사랑방에서 들려오던 할아버지 주문 소리도 맘이 삐뚤어지실까 봐 그러신 것인가. "지기금지 원위대강 시천주 조화정 영세불망 만사지."
>
> ―「증주할아버지」 부분

그의 집안은 증조할아버지 때부터 동학의 가르침을 내면화하고 있었다. 다시 말해 그에게 동학의 생명사상은 집안의 내력으로 전해지고 있는 생활철학이었던 것이다. 그는 할아버지의 주문 소리를 되뇌어 본다. "지기금지 원위대강 시천주 조화정 영세불망 만사지". 동학의 본주문이다. "시천주 조화정"을 평생 잊지 않고 스스로 자각적으로 알고 받아들여 그 덕을 실행할 것을 강조하는 내용이다. 물론, 이때 "시천주"의 주체는 반드시 사람만을 가리키지 않는다. 우주 생명 모두가 하늘을 모시는 주체이기 때문이다. 하늘을 모시는 주체로서 모든 삼라만상은 평등한 생명공동체이다. 여기에는 어떤 차별이 있을 수 없다.

이렇게 보면, 김익두의 시적 삶은 바로 동학의 가르침을 생활 속에서 실천하고 있는 것으로 보인다. 그의 낮고 겸허한 시적 어법과 어조가 너무도 평화롭고 충만하게 다가온 까닭이 여기에 있다. 그의 시적 삶은 기본적으로 모든 삼라만상의 본래적 존재성을 깨우고 살리고 노래하게 하는 '시천주'의 철학을 바탕으로 하고 있었기 때문이다. 이 점은 또한 그의 공경의 시적 삶이 우리가 회복해야 할 본래적 삶의 신성한 미래 가치이며, 법고창신의 문명적 비전으로서 의미를 지닌다는 점을 환기시킨다. 그의 시적 삶과 학자적 삶이 행복하게 조우하고 있는 면모이다.

그리움을 앓는 소년

—허연, 『오십 미터』

허연의 시적 언어들은 비장한 파문으로 다가온다. 그는 "세상을 빗살무늬처럼 가늘게 찢어"서 "필름 한 칸 한 칸에"(『세일 극장』) 나누어 담아 반사시킨다. 그래서 그의 시적 언어들은 사금파리처럼 견고하고 강렬하다. 그의 시편 도처에 칼날처럼 번뜩이는 에피그램이 등장하는 까닭이 여기에 있다. 세상의 풍경이란 가까이서 묘파하면 모두 내밀한 드라마이다. 다음 시편은 "오십 미터"의 드라마이다.

마음이 가난한 자는 소년으로 살고, 늘 그리워하는 병에 걸린다

오십 미터도 못 가서 네 생각이 났다. 오십 미터도 못 참고 내 전두엽은 너를 복원해낸다. 돌아서면 잊어버리는 축복이 있다는 소문을 들었지만, 내게 그런 축복은 없었다. 불행하게도 오십 미터도 못 가서 죄책감으로 남은 것들에 대해 생각하는 것. 무슨 수로 그 그리움을 털겠다는가. 엎어지면 코 닿는 오십 미터이지만 중독자에겐 호락호락하지 않다. 정지 화면처럼 서서 그대를 그리워했다. 걸음을 멈추지 않고 오십 미터를 넘어서기가 수행보다 버거운 그런 날이 계속된다. 밀

랍 인형처럼 과장된 포즈로 길 위에서 굳어버리기를 몇 번. 괄호 몇 개
를 없애기 위해 인수분해를 하듯, 한없이 미간에 힘을 두고 머리를 쥐
어박았다. 그립지 않은 날은 없었다. 어떤 불운 속에서도 너는 미치도
록 환했고, 고통스러웠다

─「오십 미터」 전문

시적 구성이 액자식이다. 1행으로 이루어진 1연에서 시적 화자의 병명과
원인에 대한 가치중립적인 진단이 먼저 제시되고 있다. 2연은 그 증상의 실
재가 구체적으로 개진되고 있다. 이러한 액자식 구성을 통해 2연의 병적 증
상은 좀 더 사실적인 현장감과 객관성을 얻게 된다.

시적 화자의 병명은 "소년으로 살"면서 "늘 그리워하는 병"이다. 그리움
이란 무엇인가? 그것은 '지금, 여기' 현존하지 않는 대상에 대한 사로잡힘이
다. 그리움의 대상은 부재하면서도 무한한 힘을 발휘하는 역설적 존재성을
지니기 때문이다. "오십 미터도 못 가서 네 생각이 났다". 화자는 너에 대한
"생각"에서 벗어나고자 한다. "돌아서면 잊어버리는 축복"이 오기를 바란
다. 그러나 그러한 "축복"은 오지 않는다. 그리움의 순도가 높을수록 "잊어
버리는 축복"과는 멀어지기 때문이다. 이미 그는 그리움의 "중독자"가 되어
버렸다. 길을 걷다가도 수시로 "정지 화면처럼 서"있곤 한다. 그래서 "오십
미터를 넘어서기가 수행보다 버"겁다. 물론 이것은 굳이 길을 가지 않을 때
도 다르지 않다. 그는 이제 "밀랍 인형"이 되고 말았다. "너는 미치도록 환"
하고 그래서 그리움의 "고통"은 미치도록 심해진다.

그렇다면, 이러한 "고통"들은 세월이 흘러가면 어떻게 될까? "영혼"이 된
다. "영혼"은 추억이 재탄생한 것이다.

때늦게 내리는
물기 많은 눈을 바라보면서
눈송이들의 거사를 바라보면서

내가 앉아 있는 이 의자도
언젠가는
눈 쌓인 겨울나무였을 거라는 생각을 했다

추억은 그렇게
아주 다른 곳에서
아주 다른 형식으로 영혼이 되는 것이라는
괜한 생각을 했다
당신이
북회귀선 아래 어디쯤
열대의 나라에서
오래전에 보냈을 소포가
이제야 도착했고

모든 걸 가장 먼저 알아채는 건 눈물이라고
난 소포를 뜯기도 전에
눈물을 흘렸다
소포엔 재난처럼 가버린 추억이
적혀 있었다

하얀 망각이 당신을 덮칠 때도 난 시퍼런 독약이
담긴 작은 병을 들고 기다리고 서 있을 거야. 날 잊지
못하도록, 내가 잊지 못했던 것처럼

떨리며 떨리며
하얀 눈송이들이
추억처럼 죽어가고 있었다

—「북회귀선에서 온 소포」 전문

그리움을 읽는 소년

영혼이란 어떻게 생성되는가? 위의 시편은 그 비밀을 전언해 준다. "영혼"은 "추억"이 "아주 다른 곳에서/ 아주 다른 형식으로" 바뀌는 것이다. "내가 앉아 있는 이 의자"는 "언젠가는/눈 쌓인 겨울나무"의 영혼일지 모른다.

"당신이/ 북회귀선 아래 어디쯤/ 열대의 나라에서/ 오래전 보냈을 소포가/ 이제야 도착했"다. "소포를 뜯기도 전에/ 눈물"이 흐른다. 당신과의 "재난처럼 가버린 추억"은 또 어떤 영혼으로 다시 태어날까? "재난처럼 가버린 추억"의 영혼은 얼마나 아픈 상처를 안고 있을까? "시퍼런 독약" 같은 서늘함이 배어있을지 모를 일이다. "떨리며 떨리며/ 하얀 눈송이들이/ 추억처럼 죽어가"고 있다. 그렇다면 저 눈송이들은 다시 어떤 영혼이 될까. 불가에서 말하는 유전연기流轉緣起의 멀고 먼 업장을 환기시킨다. 인생이 고통이듯이 영혼의 세계도 고통이다.

물론 그 고통의 대부분은 이별 때문이다. 다음 시편의 시적 주체는 사람이 겪는 사람의 일을 사람보다 더 많이 보고, 듣고, 체험한 트럭이다.

> 트럭의 비명은 이따금씩 저기압이 몰려오는 날아주 작게 들린다. 진한 사투리와 마른기침. 알아 듣기 힘들지만 주제는 분명 생이다. 이별만이 번성했던 생. 자살자의 마지막 짐을 실었던 생. 수몰지의 폐허를 실었던 생. 이제는 단종된 생.
>
> 진술을 끝내고 시동을 끈 늙은 트럭은 섬이다. 고수부지에 떠 있는 식어버린 화산섬.
>
> 그날 강변에선 불꽃놀이가 있었다
>
> ─「아나키스트 트럭 2」 부분

"트럭"이 사람보다 더 사람 같다. 그래서 여기에서 "트럭"은 사람보다 더 사람의 삶을 보고 듣고 산다. "이별만이 번성했던 생/ 자살자의 마지막 짐을 실었던 생. / 수몰지의 폐허를 실었던 생". 트럭은 자신의 삶뿐만이 아니라 사람의 삶까지도 가장 가까이서 직접 겪었다. 세상은 지속적으로 "이별"과 "인내"를 강요한다. 삶이 이러하다면 죽음은 어떠할까? 삶의 시선에서 볼 때 죽음은 "섬"과 같은 철저한 소외의 대상이다. "불꽃놀이" 속에서도 "고수부지에 떠 있는 식어버린 화산섬"과 같은 존재가 죽음이다. 삶이 "이별"을 견디는 것처럼 죽음 또한 "기다림의 자세의" "극을"(「자세」) 감내하는 것이다.

"이별"은 이토록 지독하게 영원하다. "무엇이든 있는 바가 있다면 그것은 본래 모습이 아니다". 그래서 모든 것이 '지금, 여기'로부터 이별의 속성을 지닌다. "강물"은 이 점을 늘 선명하게 가시적으로 보여 준다.

> 사람들이 강물을 보고 기겁을 하는 이유는 분명하다. 총구를 떠난 총알처럼, 흐르고 흘러 다시 돌아오지 않기 때문이다. 강물은 어떤 것과도 몸을 섞지만 어떤 것에도 지분을 주지 않는다. 고백을 듣는 대신, 황급히 자리를 피하는 강물의 그 일은 오늘도 계속된다. 강물은 상처가 많아서 아름답고, 또 강물은 고질적으로 무심해서 아름답다. 강물은 여전히 여름날 이 도시의 대세다.
>
> 인간은 어떤 강물 앞에서도 정직하지 않다. 인간은 어떤 강물도 속인다. 전쟁터를 누비던 강에게 도시는 비겁하다. 사람들은 강에게 무엇을 물어보든 답을 들을 수는 없다. 답해줄 강물은 이미 흘러가버렸기 때문이다.
>
> 빠르게 흘러가버리는 일
> 여름날 강이 하는 일
>
> ─「강물의 일」 부분

비교적 장황한 시적 진술의 요체는 "이별"이다. "이별"의 언술적 자장이 산문적 진술을 확장시키고 있다. "강물은 상처가 많아서 아름답고, 또 강물은 고질적으로 무심해서 아름답다 ". "아름답고" "무심한" "강물"이란 말없이 흐르는 세월의 표상이기도 하리라. "강물은 여전히 여름날 이 도시의 대세다". "이 도시"를 지배하고 조종하는 것은 하염없이 흘러가는 세월인 것이다. 세월("강물")로부터 자유로운 것은 없다. 그렇다면, 세월이 하는 일이란 무엇인가. 그것은 "빠르게 흘러가버리는 일"이다. "강물은 죽은 배우 앞을 흘러"(「아나키스트 트럭 3」)가기도 한다. 그래서 "도시" 안은 온통 이별로 만연하다. "저 새"들도 "죽으라고 만들어진 모양"(「석양에 영웅은 없다」)으로 비친다. 심지어 "당신의 웃음이 나의 이유였던 날"에도 "소멸을 생각"(「폭설」)하게 된다. "체머리를 흔들었지만 소멸은 도망가지 않고" 더 "가까이"(「폭설」)다가온다.

이토록 지독하게 이별과 소멸로 만연한 세상을 어떻게 견뎌낼 수 있을까? 이때 시적 화자는 "망각의 입자 속에서/ 유영하고 싶"으니 "망각이여 오라"(「망각이여」)고 소리쳐 본다. 그러나 소리친다고 "망각"이 오겠는가. 더군다나 "그리워하는 병"에 걸린 "마음이 가난"한 "소년"의 운명을 사는 그에게. 그의 시편들의 기본 정조가 "깨어진 기왓장 틈새로" "잔인하게 빛"나는 "마지막 햇살"(「사십구재」)처럼 눈부시면서도 아픈 까닭이 여기에 있다.

질박한 결기 혹은 현존재성의 언어
—박현수, 『겨울 강가에서 예언서를 태우다』

박현수의 시적 어조는 질박하면서도 단호하다. 질박한 것은 주로 체험적 삶의 감각과 언어를 구사하기 때문이고, 단호한 것은 깨달음을 포착하는 역동성에서 비롯된다. 그래서 그의 시 세계에서는 어눌한 생활 정서와 차가운 깨우침의 결기를 동시에 만날 수 있다. 그렇다면 그의 시적 삶과 깨우침의 지향성은 무엇일까? 흥미롭게도 박현수는 스스로 이러한 방향 감각에 대한 문제의식을 분명하게 강조한 바 있다. "전광판 화살표/ 하나 싣는 데/ 저렇게/ 묵직한 차가 필요하냐 묻지 마라// 화살표는/ 재료가 아니라/ 가리키는/ 방향의 무게로 재는 것이다"(「화살표의 무게」). 그렇다. 정확한 "화살표"의 "방향"이 무엇보다 중요하다. 나침반이 잘못된 상황에서 목적지를 향한 속도나 방법을 논의하는 것만큼 무망한 일이 어디 있겠는가.

박현수는 자신의 시적 삶과 깨우침의 기본 지향성으로 야심차게도 자신의 시간론을 전면에 내세우고 있다. 시간의식만큼 삶의 운행에서 가장 기본이 되고 중요한 나침반은 없다. 모든 삶의 과정은 시간과 더불어 시간을 바탕으로 시간을 통해 생성되고 전개되기 때문이다.

다음 시편은 시적 화자의 시간의식이 밑그림을 이룬다. 그의 시간의 화살은 미래가 아니라 "지금"을 향하고 있다.

예언서를 끼고 아이들과 나는 강가로 간다
강물은 멈추어 서서 겨울을 견디기로 하였나 보다
지금 물결은 기억에 불과하다
강가에 무성하던 풀도 마른 생애를 남기고 사라졌다
예언서를 태우기 좋은 계절이다
비결秘訣도 도참圖讖도 마른 풀처럼 타들어간다
아빠, 왜 이 책들을 태우는 거야?
모처럼의 불장난에 신이 난 아이가 물었다
우리 바깥에 있는 미래를 불태우는 거야
이것 봐, 이제부터는 지금이 우리의 미래야
대답엔 관심도 없이 아이는 불꼬챙이로 책을 뒤적인다
잠깐 열린 책 사이로 불길이 달려든다
한때 불처럼 타오르던 구절들이 사라진다
오리라던 미래는 연기되었고 이제 더 이상 연기될 시간은 없다
저 구절에 매달린 사람들의 표정이 사라진다
예언서를 쓴 사람은 예언자가 아니라
마른풀처럼 부서지기 쉬운 사람들의 마음이었다
부서지기 쉬운 마음이 저 책을 내 서가로 끌어들였다

…(중략)…

불은 맹렬히 타오르고
내 마음은 흩날리는 재처럼 소란스럽다
이제 타버린 그 자리를 무엇으로 채울 것인가
더 태울 예언서도 없는데
생각은 돌아올 수 없는 먼 길을 떠난다

—「겨울 강가에서 예언서를 태우다」 부분

시적 화자는 "겨울 강가에서 예언서"를 불태운다. 본래 이 땅의 겨울은 불태우기에 가장 좋은 절기가 아니던가. "비결秘訣도 도참圖讖"도 "마른풀"처럼 가볍게 탄다. "예언서를 태"운다는 것은 무엇을 가리키는가? 그것은 "우리 바깥에 있는 미래를 불태우는" 것이다. 이제 "미래"는 없다. 어쩌면, 처음부터 미래는 없었는지 모른다. 그래서 "오리라던 미래는" 항상 오지 않고 "연기"될 뿐이었다. 미래는 실재가 아니라 허위의 관념이며 이데올로기였던 것이다. 그래서 미래의 예언이란 한갓 "마른풀처럼 부서지기 쉬운 사람들의 마음"의 산물일 뿐이다. 따라서 예언서를 태우는 것은 "마른풀들처럼 부서지기 쉬운 사람들의 마음"을 태우는 과정이기도 하다. "불은 맹렬히 타오르고" "예언"은 "한 줌 재"가 된다. "이제 타버린 그 자리를 무엇으로 채울 것인가".

"예언"이 불탄 자리에 "지금이 우리의 미래"가 되는 절대 현재의 지평이 떠오른다. 절대 현재가 떠오른다. 절대 현재에서는 미래에 의해 도굴당한 현재의 실재가 복권된다. 실재에 주목하면 존재하는 것은 현재이다. 우리가 태어난 때도 현재이고 죽는 때도 현재이다. 불가의 유식론에 따르면, 일찍이 있었던 것을 증유曾有라 하고 마땅히 있어야 할 것을 당유當有라고 한다. 그러나 증유와 당유는 실재성이 결여되어 있다. 현재는 증유의 결과만도 아니고 당유의 원인만도 아니다. 현재는 원인(曾有)과 결과(當有)의 통합이면서 동시에 고유한 독자적 실재이다. 따라서 실재하는 것은 오직 현재이다.

이와 같이 현재를 강조하는 실존적 시간관에서 시적 자아는 시간의 주체로서 위상을 지닌다. 과거와 미래의 시간성을 현재 속에 견인하고 선취하는 주체가 현재적 존재자인 것이다. 하이데거의 어법으로 말하면 과거와 미래의 비−현재적 현전은 현재적 현전자 속에 내재적으로 작용한다. 이러한 실존적 시간관에서는 시간이 존재를 규정하는 것이 아니라 시간이 존재에 의해 규정된다. 실존적 시간관에서 스스로 시간의 주인이 된다는 것은 스스로 삶의 주인이 된다는 것을 가리킨다.

이와 같이 시간의 화살이 지금―여기를 향하면서 오늘이 절대적으로 부각된다. 오늘은 더 이상 내일을 위한 삶이 아니다. 마치 "하루살이"처럼 오늘이 전부이고 전체이다.

목숨이란 게

그의 전 생애를 덧대고 기운 것일 뿐

나의 한 달은

서른 마리 하루살이의 전 생애

일 년은 삼백예순 하루살이의 전 생애

마흔이 넘은 나는

1만 5천 하루살이 목숨의

어설픈 짜깁기라서

어느 하루도

그의 전 생애와 맞바꿀 만한 날은 없다

―「1만 5천 마리의 하루살이」 부분

"하루살이"는 현재의 실재를 온전히 살며 향유하는 주체를 표상한다. "나의 한 달은/ 서른 마리 하루살이의 전 생애/ 마흔이 넘은 나는/ 1만 5천 하루살이 목숨의" 짜깁기이다. 여기에서 미래에 의해 도굴당한 현재란 없다. 이것은 미래에 복속된 직선적 시간관에서 한 생애 동안 단 하루의 실재도 온전히 향유하지 못하는 것과 대조된다. 하루하루가 출발이며 목적이고 궁극적 의미이다. 따라서 "어느 하루도" "전 생애와 맞바꿀 만한 날"이 없다. "하루살이"에게는 하루가 곧 "전 생애"인 것이다.

그렇다면, 이와 같은 "하루살이"의 반복된 삶의 연대기는 구체적으로 어떠한 것일까? 이러한 질문 앞에 다음과 같은 시편을 만날 수 있다.

숲 속의 가객 한 분이 돌아가셨다 오장육부에 감겨 있던 노래 다 풀어
내자 육신이 훨씬 가벼워졌다 노래 빠져나간 가객의 몸이란 이렇듯 텅
빈 관棺일세 염을 하던 바람이 한 마디 하자 풀잎들이 연신 고개를 끄
덕인다 소리 하나로 뼛속까지 탕진한 삶이니 제 누운 곳이 곧 양명亮
明한 자리다 십 년 독공으로 얻은 수리성 거두어 버리자 숲도 바스락거
리는 꺼풀에 지나지 않았다 호상이라고 단풍잎 붉게 속삭인다 기나긴
행렬을 이끌고 운구는 개미가 맡았다

─「매미」 전문

"매미"의 죽음과 장례를 다루고 있다. "매미"는 "오장육부에 감겨 있던 노
래 다 풀어내자 육신이 훨씬 가벼워졌다". "육신"의 가벼움의 극단은 죽음
이다. 스스로 "텅 빈 관棺"이 된다. 육신의 비움을 통해 스스로 "양명亮明한"
죽음의 집을 마련한 것이다. "호상이라고 단풍잎 붉게 속삭"이고 기나긴 행
렬의 "개미"가 "운구"를 맡아 장례를 지낸다. 아름답고 풍요로운 자연의 축
제이다. "매미"는 스스로를 완전히 비워 영원한 우주적 자아로 회귀하고
있는 것이다. 이것은 자신의 근원이며 본질로 돌아가는 과정이기도 하다.

이러한 과정은 "하루살이"처럼 하루의 실재를 가장 완전하게 살 때 자신
의 본질적 근원으로 귀환하는 형국이다. 이것은 인간 삶에서도 다르지 않
다. 완전한 "지금"의 "하루"를 살면서 "뼛속까지 탕진"(「매미」)하여 "더 이상
덜어낼 것이 없을 때" "완전한 인간"이 될 수 있다.

<blockquote>
수만의 사람을 포개고
포개어
서로 포개지는 곳만 남기고
깎아내고 깎아내어
더 이상 덜어낼 것이 없을 때
바로 그때
</blockquote>

완전한 인간이 나타나리라고,
은빛 고사목처럼
본질로만 이루어진 인간이
나타나리라고, 그대
풍선처럼 부푼 날이 있었지

마침내 나타난 건
피도 살도
없는, 저 간결한 골격뿐

—「옷걸이론」 전문

"옷걸이"는 언제 가장 "옷걸이"의 본질에 가까워지는가? 그것은 "피도 살도/ 없는, 저 간결한 골격"만 있을 때이다. 모든 존재는 비움과 덜어냄을 통해 그 본성에 도달한다. 이것은 마치 컵이 완전히 텅 비었을 때 물을 담는 컵의 본질에 가장 가까워지는 것과 같은 이치이다. 사람의 경우에도 이 점은 다르지 않다. "더 이상 덜어낼 것이 없을 때" "은빛 고사목처럼/ 본질로만 이루어진" "완전한 인간"이 된다.

이와 같이, "완전한 인간"을 향한 방법론을 터득하게 되면 "성자"의 존재론에 대한 이해도 가능할 것이다. "완전한 인간"의 본성은 "성자"와 가까울 것이기 때문이다.

갓 구운 빵 냄새 나는
구름 몇 덩이,
잠시 머물다 떠나는 대평원처럼
정갈하게 비어있는
접시에는
허공이 배부르게 쌓여 있다

…(중략)…

물소 떼의
발굽 소리도 지나가고
건기의 바람도 떠나간 대평원처럼
마침내 접시는
허공을 받치는 그릇일 뿐이니
이와 같이 나는 들었다
성자가 죽으면 접시로 다시 태어나리라

　　　　　　　　　　　—「접시에 대한 명상」부분

"접시"에서 "성자"의 얼굴을 보고 있다. 그것은 "접시"가 "정갈하게 비어" 있기 때문이다. 비어있기에 접시는 "허공이 배부르게 쌓"일 수 있다. "허공"을 "배부르게 쌓"을 수 있는 "접시"는 "갓 구운 빵 냄새/구름 몇 덩이/건기의 바람/물소 떼/발굽 소리" 등이 지나간 "대평원"에 비견된다. 스스로 자신을 "정갈하게 비"움으로써 대자연의 무한을 채울 수 있다. 이것은 "빈 유리컵을 오래 명상"하여 비움의 철학을 터득한 사람만이 "물고기 두 마리/ 떡 다섯 개로/ 바닥이 보이지 않는 삶을 가득 채운/ 가난한 마음"(「유리컵」)의 성자, 예수 그리스도가 될 수 있다는 말로 표현할 수도 있다. 따라서 "성자가 죽으면 접시로 태어나리라"는 잠언이 자연스럽게 성립된다. "접시에 대한 명상"을 통해 얻은 성자론이다.

이와 같이 "완전한 인간"의 "본질"과 "성자"에 관해 직시하게 되면서 시적 화자는 어느새 스스로 "차가운 정신의 지도가 그려질 듯하다"고 진술한다. 이제 "더 이상의 깨달음"이 필요 없어 보인다.

차가운 정신의 지도가 그려질 듯하다
함부로 밑줄 그을 수도 없는

혹한의 한마디가

짙은 녹음을 헤치고

현란한 단풍을 털어 비로소 발음되고 있다

일점일획을 더할 수도

뺄 수도 없는 단호한 한 문장이다

눈 녹은 물로

질척거리는 여기, 이 흐물거리는 구절들이

비로소 읽히기 시작한다

저 문장과 이 구절들은 서로의 부연이고 각주다

모든 것은 말해졌다

이제 더 이상의 깨달음은 없다

겨울산을 가로지르는 뇌문雷文

모든 것이 이렇게

자명하게 드러나는 날이 기필코 온 것이다.

—「겨울산」 부분

"겨울산"의 형상이 곧 "차가운 정신의 지도"이다. 그것은 여름과 가을의 번성과 화려함을 마감하고 "일점일획을 더할 수도/ 뺄 수도 없"는 경지에 이른 모습이다. "짙은 녹음"과 "현란한 단풍"을 모두 떨구어내자 드러난 산의 본모습이다. "이제 더 이상의 깨달음은 없다". 변화 속에서도 지속되는 이면의 원형을 직시할 수 있게 되었기 때문이다. "모든 것이 이렇게/ 자명하게 드러나는 날이 기필코 온 것이다".

이제 그의 인식론은 "차가운 정신의 지도"를 그릴 수 있게 된다. 그것은 보이는 현상뿐만이 아니라 보이는 현상의 내적 원형을 이루는 보이지 않는 세계까지 직시한다. 이것은 물론 기본적으로 그의 시간의식이 실존적 시간관에 바탕하고 있기 때문이다. 시간의 화살이 지금—여기를 향하면서 현존재성의 현상은 물론 내적 본질까지 동시에 규명하고 구현할 수 있는 것

이다. 그가 "슴베라는 말"에 하염없이 끌리는 것도 이러한 배경에서 비롯
된다.

> 보이지 않는 세계에서
> 보이는 세계
> 그 뒤엉킨 힘의 방향을 좌우하는 말,
> 감싸 쥔 신의 손아귀를 얼핏 느끼게 하는 말,
> 하지만, 보이지 않은 차원이
> 그리 대수롭지
> 않은 세계라는 걸 일러주는 말,
> 다듬어지지 않은 거친 세계가
> 화려하고도 정교한
> 칼 몸을 춤추게 한다는 걸 가르치는 말,
> 거칠고 투박한
> 여기가 오히려 숨은 힘이라고
> 눈에 빤한 이 세계와
> 숨은 차원을 일순간에 바꿔치기 하는 말,
>
> ―「슴베라는 말을 배우다」부분

"슴베라는 말"에서 "신의 손아귀를 얼핏 느"낀다. "슴베"는 "칼, 호미, 낫
따위의 자루 속에 들어박히는 뾰족하고/ 긴 부분"을 가리킨다. "보이지 않
는 세계에서/ 보이는 세계"를 관리하고 규정하는 힘으로 작용하는 부분이
다. "거칠고 투박"하지만 "화려하고 정교한" "이 세계"의 "숨은 힘"에 하염
없는 찬사를 보내고 있다.

한편, 이와 같이 보이는 현상 너머의 보이지 않는 원형에 대한 인식은 다
음과 같은 시편을 통해서도 흥미롭게 노래된다.

주름을 펴면

둥근 원이 된다는 건 일종의 깨달음

그때 우리는

양철을 두드리는 구도자였지

이제 어떤 아이도

병뚜껑으로 딱지를 만들지 않지

이제 어떤 아이도

주름진 것들도

한때는

완전한 원이었다는 걸 알지 못하지

―「병뚜껑」전문

"병뚜껑"의 본모습은 "원"이다. 양철로 된 "원"에 "주름"을 입힌 것이 "병뚜껑"이다. 따라서 "병뚜껑"의 "주름을 펴면" "딱지" 같은 "완전한 원"이 된다. 시적 화자는 이에 대해 "일종의 깨달음"이라고 인식한다. 그래서 "병뚜껑"을 펴는 행위에 대해 "구도자"라고 지칭한다. 현존재자의 본질을 찾아가는 것이기에 "깨달음"의 순례에 해당하는 것이다.

시적 화자에게 "깨달음은 이처럼 사소하고도 수다한 것이"며 "이처럼 시시각각으로 이루는 것"(「깨달음에 대하여」)이다. 모든 사물은 현상 너머의 본질적 근원을 바탕으로 하기 때문이다.

수많은 돌기 달린 혓바닥처럼, 수건은

식구들의 체취를 핥아먹는다

처음 남긴 막내의 냄새 위에

아빠 냄새, 엄마 냄새가 겹쳐지고

겹치면 겹칠수록

　　냄새는 하나의 원형으로 돌아간다

　　　　　　　　　—「수건의 혓바닥」부분

　　"수건"의 "원형"은 "식구들의 체취"가 겹쳐진 것이다. 범속한 일상 속의
"수건"에서 얻은 발견이고 깨달음이다. "깨달음은 이처럼 비루하고도 천박
한 것이며 이처럼 낮으면서도 비근한 것"(「깨달음에 대하여」)이다.

　　물론 이와 같이 깨달음을 지금—여기 일상의 도처에서 얻을 수 있는 것은
시적 삶이 실존적 시간론에 바탕하고 있기 때문이다. 존재론적 본질이 현
전하는 현재 너머의 초월적 저편에 있지 않고 지금—여기의 내부에 있는 것
이다. 그래서 "구도"와 "깨달음" 역시 일상 속에서 일어난다. 모든 존재자가
깨달음의 대상이라는 것은 불가에서 말하는 '티끌 하나에도 우주가 들어있
다(一微塵中含十方, 一切塵中亦如是)'는 화엄의 이치를 연상시킨다. 티끌이 모여
우주가 되는 것이 아니라 티끌 하나가 곧 우주이다. 그래서 일상 속의 깨우
침은 모두 우주적 의미를 지닌다. 이를 시적 수사로 표현하면, "가방을 열"
고, "아무리 깊이 휘저어도/ 닿지 않는 어둠"을 탐사하는 것은 "우주의 자궁
을 더듬"(「가방에 손을 넣을 때」)는 것이라고 말할 수 있다. 이것은 또한 모든 현
상이 "우주의 자궁"의 산물이라는 인식론적 자각의 필요성과도 연관된다.

　　이 점은 "좋은 시집"의 존재성에도 동일하게 적용된다.

　　좋은 시집에는

　　군데군데

　　쓰지 않는 시가 행간에 숨어 있다

　　돌 아래 숨은

　　가재들처럼

　　가느다란 촉수가 얼핏 들킨다

시인도 미처 보지 못한 그늘 속이다

—「행간의 그늘」 부분

　"좋은 시집"은 "행간의 그늘"의 산물이다. "행간의 그늘"이란 "쓰지 않는 시"이다. 다시 말해, "보이지 않는 세계에서/ 보이는 세계/ 그 뒤엉킨 힘의 방향을 좌우하는"(『슴베라는 말을 배우다』) 씌어지지 않은 시를 가리킨다. 시란 말하지 않기 위해 하는 말이라 할 때, 말하지 않은 말이 "행간의 그늘"에 해당하는 것이다. 따라서 말하지 않은 말, 즉 "행간의 그늘"이 없는 시는 "우주의 자궁"(『가방에 손을 넣을 때』)에 뿌리를 내리지 못하고 있기 때문에 "좋은 시"라고 할 수 없다.

말이 다시 자궁으로 돌아가는 시간
그 새벽 어스름의
길목에서
시를 만나지 못한다면
시는 아무것도 아니지

—「불과 꽃의 시간」 부분

　말이 "자궁"과 연결되는 마디절이, 좋은 시가 서식하는 자리이다. 그래서 밤과 낮이 교차하는 "새벽 어스름의/ 길목" 또는 "불에서 꽃으로/ 꽃에서 불로/ 그 심연을/ 건너뛰던 사건"의 현장 속으로 시는 뛰어들어야 한다. 시는 드러난 현상의 "화려하고도 정교한/ 칼 몸을 춤추게" 하는 드러나지 않은 "보이지 않는 차원"의 "신의 손아귀"(『슴베라는 말을 배우다』)를 포괄하고 있어야 되기 때문이다.
　한편, 여기에 이르면, 박현수 시의 시적 언어에 담긴 질박함도 어느 정도 해명된다. "슴베"라는 말처럼 드러나지 않은 차원에 해당하는 "거칠고 투박한/ 여기가 오히려 숨은 힘"을 담지하고 있다고 생각하기 때문이다. 따라서 "슴베"와 같은 말과 어법이 "다시 자궁으로 돌아가는 시간/ 그 새벽 어스름"의 심연을 호흡하고 구현하기에 적절한 것이다. 이렇게 보면, 박현수는 자신만의 질박하고 어눌한 삶의 언어를 통해 "우리 바깥에 있는 미래를 불태"(「겨울 강가에서 예언서를 태우다」)운 이후 현재적 존재성의 실재를 직시하고 향유해내고 있는 것이다.

앞으로 그는 좀 더 깊고 현묘한 절대 현재의 시간을 호흡해 나갈 것이다. 그의 시간의 화살이 "우주의 자궁"까지 헤집고 들어갈 때 그의 시 세계는 또 다른 차원의 현묘한 경지를 유현하게 펼쳐 보여 줄 수 있을 것이다. 이때 그의 시 세계는 마치 "햇빛사원"(「햇빛사원」)처럼 우리의 주변을 밝히는 큰 깨달음의 성전이 될 수 있을 것이다. 앞으로 펼쳐질, 그의 시 세계가 전개되는 과정을 지속적으로 주목하게 되는 주된 이유도 여기에 있다.

당신과 속삭이지만, 당신은 부재하고

—방민호, 『나는 당신이 하고 싶은 말을 하고』

방민호는 출중한 국문학자이며 문학평론가로 널리 알려져 있다. 그런 그가 시집을 간행한다. 매우 이례적이라 하지 않을 수 없다. 특히 그의 학문 분야의 주 전공은 근대소설이 아닌가. 그가 시단에 데뷔했을 때만 해도 그에게 시 창작은 여기처럼 보일 수밖에 없었다. 그러나 그에게 시 창작은 여기의 대상이 아니었다. 꾸준한 시작 활동을 통해 한 권의 시집을 묶기에 이르렀다. 그의 준엄한 학자적 삶의 한편에는 명주실처럼 여리고 순정한 시의 말들이 애면글면하고 있었다. 그래서 그는 시적 발화를 참을 수 없었다. 그의 내면에서 시적 언어가 쉬임 없이 발효되고 있었던 주된 배경은 무엇인가.

방민호의 첫 시집 『나는 당신이 하고 싶은 말을 하고』는 이러한 질문에 대한 응답을 명징하게 보여 준다. 그것은 시집 제목이 암시하듯, 치명적인 사랑의 마법 때문이다. 이미 사랑의 대상은 떠났지만 사랑의 열도는 식지 않고 있다. 오히려 더욱 뜨겁게 들끓고 있다. 그래서 사랑하는 대상과의, 관계의 살갗이 더욱 간절하다. 사랑하는 대상의 부재가 기약 없이 지속된다. 이를 견뎌내기가 어렵다. "당신 없는 나날들 저 어떻게 견뎌요"(「나의 수심가」). 그러나 "당신"은 대답이 없다. "당신"에 대한 사랑이 뜨거울수록 사랑받지 못하는 고통이 온몸으로 스며든다. 이때 나는 부재하는 "당신"을 대화 상대로 불러낸다. 그리고 반복적으로 말한다. 그에게 말하기는 상대의 이미지로부터 단절의 유배를 유예시키고, 사랑의 감정을 지속시키는 기제이다. 그는 마치 편집증에 걸린 사람처럼 사랑의 기록부를 말았다 풀었다 한다. 물론, 이러한 그의 발화는 거듭될수록 짙은 우수의 피로감을 동반한다. 사랑하는 대상의 현존이 텅 빈 부재 위에 서있기 때문이다. 그럼에도 불구하고, 그의 발화는 지속된다. '어젯밤에! 이 말만 해도 몸이 떨린다네' 라고 말하는 로테에 반해버린 젊은 베르테르의 반응처럼 그에게 추억은 다시 생의 충동을 비약적으로 상승시키기 때문이다. 그래서 그는 그 스스로의 연극 무대가 된다. 이 점이 이번 시집의 창작 원리이며 미의식의 본령이다. 따라서 그의 시 세계에 대한 이해는 그를 통해 그가 상연하는 연극 무대를 감상하는 일에 다름 아니다.

　그의 시적 발화의 원점은 이별의 하염없는 상실감이다.

　　　검은 바다 건너
　　　너 떠난 후
　　　나의 도시엔 큰물이 들었다

　　　긴 밤새 초침이 허적이며 돌아
　　　아침이 와도
　　　물 먹은 트랜지스터라디오 시계는
　　　나를 깨워주지 않는다

　　　빠알간 부챗살 돛이 달린 배를 타고
　　　바다 건너는 꿈에서 깨어나면
　　　물에 잠긴 오정의 거리엔 인적이 끊겼다

…(중략)…

검은 바다 건너
너 떠나고
물에 잠긴 내 한낮의 도시 위로
하얀 낮달만 야위어 있다

—「너 떠난 후」 부분

　사랑하는 사람의 떠남은 남은 자에게 형벌이 된다. "너"는 왜 떠났는가? 그것은 알 수 없다. 남은 자가 아무리 설명한다 할지라도 그것은 편향적일 수밖에 없다. 떠난 사람의 변명은 이미 들을 수 없기 때문이다. 그래서 이별의 서사에서 "너"의 떠남은 대부분 출발의 전제가 된다. 이때, 이별의 상처는 고스란히 남은 자가 감당해야 할 몫이 된다. 이별의 사건이 미결된 상태에서 일방적으로 겪는 고통이다.

　"너 떠난 후/ 나의 도시엔 큰 물이 들었다". 삶의 환경이 중력의 지배로부터 부력의 지배로 완전히 변질된다. "트랜지스터라디오 시계는" 더 이상 "나를 깨워주지 않는다". 나의 일상의 질서가 흐트러진다. "꿈에서 깨어나면/ 물에 잠긴 오정의 거리엔 인적이 끊겼다". 나는 적막강산에 버려진 수화물이 된 것이다. 물론 이것은 "너"는 부재하지만 "너"에 대한 사랑은 여전한 데서 연유한다.

　그렇다면, 이러한 이별의 고통을 잠시라도 유예할 수 있는 방법은 무엇인가? 그것은 부재하는 대상과 합일하기, 즉 "빙의"에 들기이다.

사랑하는 사람이여
당신과 난 이렇게 멀리 떨어져 있는데도
당신은 내 아픈 눈동자 속으로 내 안에 들어와
나는 당신이 하고 싶은 말을 하고

당신이 먹고 싶은 것을 먹고

당신이 가라는 곳으로 가

당신의 모습으로 앉아 있다오

사랑이 깊으면 아픔도 깊어

나는 당신 아픈 곳에 손을 대고

당신과 함께 웃지

—「빙의」 전문

　"빙의"의 국어사전적 의미는 '다른 것에 몸이나 마음을 기대는 것' 또는 '영혼이 옮겨 붙은 것'을 가리킨다. 둘이지만 둘이 아니라 하나의 몸이며 하나의 영혼이 된 것이다. 여기서는 시공간의 차이가 문제되지 않는다. "당신과 난 이렇게 멀리 떨어져 있는데도" 한 몸이 될 수 있다. "당신"이 나에게로 들어왔다. 어디로? "내 아픈 눈동자 속으로". 눈에 넣어도 아프지 않다는 말이 있지 않든가. "당신"은 눈에 넣어도 아프지 않은 존재라는 의미가 예각적으로 스며들어 있다. 이제 "나는 당신이 하고 싶은 말을 하고/ 당신이 먹고 싶은 것을 먹고/ 당신이 가라는 곳으로" 간다. 나의 앉아있는 모습도 "당신의 모습"을 하고 있다. 완전한 "빙의" 현상이다. 나는 이제 당신과 헤어졌지만 "고운 당신 목소리 꿈결처럼 듣"고 "고운 당신 눈동자 속삭임에"(「눈동자」) 혼자 울기도 한다.

　시적 화자의 사랑은 "빙의" 상태에 들게 되면서 지속된다. "당신"은 지시물로는 부재하지만 대화 상대로서는 현존하는 것이다. 그러나 이 이상한 뒤틀림으로부터 일종의 감당하기 어려운 현재가 생겨난다. 당신은 떠났고 (그 때문에 내가 괴로워 하는), 또 당신은 여기 있다(내가 당신에게 말하고 있으므로). 그러면 나는 현재가, 이 어려운 시간이 무엇인지를 알게 된다. 그것은 고뇌의 순수한 편린이다(롤랑 바르트). 그러나 이러한 고뇌의 편린이 동반될지라도 당신의 부재로 인한 절대적 고통의 나라에 빠져들지 않을 수 있다. 시적 화자가 스스로 연출하고 상연하는 연극 무대는 이러한 사정 속에서 탄

461

생한다. 무대 위에서 그는 끊임없이 "당신"에게 속삭인다. "당신"과 함께했던 지난 시절들을.

남모르는

내 작은 반지하 방에

괭이 한 마리 살고 있었네

나 외롭고

괭이도 외로워

우리 서로 정 깊은 동무였네

외출에서 돌아오면

괭이는 내 품에 안겨들어

야옹, 소리 내고

제 볼 내 가슴에 부비고

장난 그리운 아이 눈빛으로 날 올려다 보았다네

나밖에 모르고

하루 종일 나 없는 빈방 지키며

나만 기다린 내 괭이,

나도 녀석의 목덜미 만져주고, 등허리 쓸어주고, 여린 발톱마저 애무

해 주다 보면

다 어디로 사라져 버렸을까

나만 알던 내 반지하 방은

나만 기다리던 내 괭이는

내 괭이 위해 노란 수선화 안고 돌아와

그 긴 여름 장마 빗소리 밤새 듣던 나는

어디로 다 사라져 버렸을까

—「괭이」부분

462

사랑의 대상이 "괭이"로 변주되고 있다. "괭이"만큼 사뿐하게 품 안에 들어오면서도 자신의 감정을 온몸의 감각으로 섬세하게 표현하는 짐승이 또 있을까. 시집 전반에서 "괭이"의 시편이 연작으로 등장하는 것은 이와 무관하지 않다. 사랑의 대상이 어린 짐승으로 변주되고 있다는 것은 시적 화자 역시 어린 짐승이 되었음을 가리킨다. 사랑은 성숙한 어른까지도 천진하고 유치한 어린 짐승으로 변모시킨다. 그래서 시상의 내용에 대해 감상적이라는 비판은 성립되지 않는다.

"괭이"와 나는 "남모르는" "작은 지하방"에서 함께 지낸다. "작은 지하방"은 "남"들로부터 차단됨으로써 완벽한 사랑의 요새가 된다. "괭이"는 "나밖에 모르고" "하루 종일 나 없는 빈방 지키며/ 나만 기다린"다. "외출에서" 돌아오자마자 "괭이"의 "소리/볼/눈"은 모두 나에게 바쳐진다. 나의 손은 "녀석의" "목덜미/등허리"를 향하고, 나의 혀는 "여린 발톱"을 "애무"하는데 바쳐진다. 그러나 이것은 모두 이미 부재하는 대상과의 관계이다. 사랑의 기쁨을 이루는 토대가 허공처럼 비어있는 것이다. 그래서 사랑의 기쁨은 하염없는 우수로 전이된다. "다 어디로 사라져 버렸을까/ 나만 알던 내 반지하방은/ 나만 기다리던 내 괭이는". 부재하는 대상과의 속삭임이 당도하는 우수의 귀결점이다.

그렇지만, 그의 부재하는 "당신"과의 속삭임은 그칠 줄 모른다. 추억에 대한 반추의 순간만이 "당신"과 함께하는 순간이기 때문이다.

우리 같이
겨울 동물원에 갔었지

동물되어
팔리지 않은 입장권 물어 들고
석양빛 동물원 돌아다녔지

얼어붙은 땅 위에 서 있던 줄말들
춥지 않았어 나는 겨울인데도
줄말들이 파란 풀 뜯어먹는 것 같았어

안아 주었지 우리 서로 유인원 관에서
유인원 되어 느리고 다정하게
로랜드고릴라가 궁금한 눈빛으로 우릴 처다보았지

사자랑 치타랑 하이에나가 바라보는 곳에서
나 당신 업어 주었지
무겁지 않았어, 얇고 가는 당신

기억나?
물방울 떨어지던 키 큰 식물들 나라
풀 뜯다 지친 줄말들처럼
우리 서로 어깨를 기대고 앉아 있던

                                    ─「겨울 동물원 회상」 부분

　"나"와 "당신"이 함께 동물원에 간 것은 자연스러워 보인다. 이미 이들은
사랑의 마법에 취하면서 어린 동물이 되었기 때문이다. "유인원관에서"는
유인원이 되고 "로랜드 고릴라" 앞에서는 로랜드 고릴라가 되어 서로를 안
고 행복을 느낀다. "사자/하이에나/치타" 앞에서도 어떤 행위든 거침이 없
다. 사랑의 마법에 의해 어린 짐승이 된 이들에게 "겨울 동물원"은 "내 작은
반지하 방"(「팽이」)의 연장에 다름 아니기 때문이다.
　이처럼, 부재하는 "당신"을 소환하는 회상이 좀 더 적극적으로 극화되면
정처 없는 기다림으로 변주된다.

「MAUM」에서

당신을 기다리겠어요

가파른 계단 많이 걸어 내려와

무거운 철문을 잡아당겨야 해요

그 안에서 당신을 기다리고 있겠어요

황금빛 용 비늘무늬 새겨진 안석에 기대어

비스듬히 누워 기다릴 거예요

연못엔 붉은 꽃잎이 점점

종이로 접은 배엔 촛불 하나 띄우고

「MAUM」으로 오는 당신 기다릴 거예요

당신의 의지가 제 무거운 철문을 소리 없이 열고

당신의 배려가 제 「MAUM」 감싸고 있는

얇은 베일마저 걷어 올리면

어둠에 스며든 불빛 사이로

누워 있는 제가 보일 거예요

인디아의 아름다운 선율에 감긴 채

당신을 기다리다 잠들어 있는

고야의 그림 옷 벗은 마야

—「MAUM」 전문

　기다림의 연극이 진행되고 있다. 시적 화자는 "옷 벗은 마야" 같은 여성이 되어있다. 그는 기다림의 당사자이기 때문이다. 기다림은 하나의 주문이다. 그 주문에 걸리는 순간 시적 화자는 아무리 늠름한 남성일지라도 여성이 된다. 역사적으로 부재의 담론은 여자가 담당해 왔다. 여자는 칩거자, 남자는 사냥꾼이다. 여자는 충실하며(그녀는 기다린다) 남자는 나돌아 다닌다(항해를 하거나 바람을 피운다). 그러기에 부재에 형태를 주고 이야기를 꾸며내는 것은 여자이다. 따라서 기다림을 말하는 남자에게는 모두 여성적인 것이 있음을 표명한다'(롤랑바르트). 사랑의 주술에 걸린 그에게 자신의 남성다

465

움을 과시해야 하는 일상의 관행은 무기력하다. 시적 화자의 잠재적 여성성이 표면화된 대목이다.

나의 몸과 마음은 모두 "당신"을 위한 기다림에 바쳐진다. "황금빛 용 비늘무늬 새겨진 안석에 기대"기도 하고 "종이로 접은 배엔 촛불 하나 띄우"기도 한다. "인디아의 아름다운 선율에 잠긴 채/ 당신을 기다리다 잠들어 있는/ 고야의 그림 옷 벗은 마야"가 되기도 한다. 이 모든 것은 "당신의 배려"를 받기 위한 것이다. 시적 화자는 당신의 마법에 충실한 노예이다.

이러한 기다림마저 부재하는 대상과의 만남을 가져오지 못할 때 화자는 "꿈"속의 세계로 진입한다.

> 어젯밤 꿈에 저는 창부가 되어
> 얼굴 예쁜 사내의 품에 안기어
> 저를 기다리시는 당신을 못 본 척
> 고개를 숙이고 지나갔지요
>
> 당신은 멀리서 절 따라오시고
> 저는 일부러 대문을 열어두고
> 당신이 제 집에 발을 들이신 것은
> 비가 얼마나 더 오신 후던가요
>
> …(중략)…
>
> 슬픔은 이내처럼 마당에 내리고
> 시간은 어느덧 저녁으로 이울고
> 당신은 말없이 저를 건너보시고
> 저는 두 뺨에 눈물을 흘리면서
>
> ─「어젯밤 꿈에 저는 창부가 되어」 부분

연극 무대의 배경은 꿈속이다. 시적 화자는 외설스런 "창부"가 되어있다. "당신"과의 해후라는 황홀감을 위해 자신을 음란스런 제물로 만드는 것을 감수하고 있다. 자신이 창부가 되면서 "당신"과의 만남의 찰나가 가능해진다. 꿈은 현실의 거울상이기 때문에 서로의 관계는 위치가 전도된다. "당신"이 오히려 나를 찾아오고 있다. 이때 나는 "당신"을 외면해야 한다. 그것이 꿈속에서나마 가능한 당신과 나의 관계성의 각본이다. 그러나 북받치는 만남의 기쁨이 이를 위반하게 된다. "꿈에서도 꿈이 아닌 것처럼/ 끝내 당신"을 "외면하지 못"한다. "두 뺨에 눈물"이 흐른다. 이때, "눈물"은 그 자체로 강렬한 표현이다. 당신을 지금도 사랑하고 있다는 전언이고 떠나지 말아주길 바라는 동정의 호소이다.

이처럼 꿈속까지 파고드는 사랑의 우수에서 벗어날 방법은 없을까? 그것은 궁극적으로 "사랑하는 사람조차" 망각할 때만이 가능할 것이다. 망각만이 갈망 자체를 지울 수 있기 때문이다.

> 오늘처럼 세상이 반짝이는 날엔
> 사랑하는 사람조차 없었으면 해
>
> 머리 풀어헤친 버드나무가 되어
> 스카이라인 위까지 올라가고 싶어
>
> 기억의 뿌리라면 수염뿌리까지
> 땅속에 묻어두고 하늘로 솟아올라
>
> 따사로운 물속 부레옥잠처럼
> 바람에 흔들리며 낮잠이나 자고 싶어
>
> 잠들다 꿈속에서 웃음소리만 듣고 싶어

오늘처럼 세상이 반짝이는 날엔

—「봄날」 전문

　시적 정조가 밝게 상승하고 있다. 사랑에 관한 "기억의 뿌리"를 "수염뿌리까지" "땅속에 묻어두고"자 하면서 가능해진 결과이다. "인공 망각"(『인공 망각의 기억』)의 시도가 사랑의 우수로부터 일시적인 탈출의 휴식을 제공하고 있다. "바람에 흔들리며 낮잠이나 자고 싶"어 한다. 그렇다면, 이러한 무념무상의 평상심을 내면화할 수 있는 방법은 무엇일까? 그것은 체념이다.

마음
다치고 나니

사는 것도
죽는 것도
다 쉽다

아무 데서나 자고
아무렇게나 먹고
아무 데로나 가고

마음
다치고 나니

사랑하는 사람도
미워지고
싫어지고

—「마음 다치고 나니」 부분

체념적 태도가 어느새 "사랑하는 사람도/ 미워지고/ 싫어지"는 해결의 상념으로 작용하고 있다. 이제 그는 서서히 사랑의 미로에서 벗어날 가능성을 보인다. 이것은 그를 통해 상연했던 그의 연극 무대가 막을 내리는 것을 가리킨다. "여름의 무성했던 상념과/ 겨울의 서늘했던 슬픔을/ 오래오래 씻어내"(「강가에 선 나무되어」)는 때에 이른 것이다. 물론, 그의 연극 무대가 막을 내릴지라도 "창밖에/ 햇살 따사로워도/ 히터 켜놓고 식은땀"(「봄이 와도」) 흘리는 후유증은 오래도록 남을 것이다.

여기까지 감상한 방민호의 연극 무대에 대해 실제 현실 속에서 그 알리바이를 찾는 것은 무의미하다. 이들 사랑은 '현실적인 것'이라기보다는 '상상적인 것'에 더 가깝다. 그의 사랑의 시편은 '사랑하는 것'이 아니라 '사랑을 사랑하는 것'에 가까운 것이다. 이 사랑의 시편들이 야만적인 격정과 증오의 얼룩이 묻지 않은 채 순정한 이미지로 일관된 까닭이 여기에 있다. 사랑 역시 일상 속에 오래 머무르면 불순한 현실의 풍상 속에 누추하게 닳아지는 법이기 때문이다. 그러나 그의 사랑이 일종의 의사(擬似) 사랑에 조금 더 가깝다고 할지라도 사랑의 범주에 포괄되지 않는 것은 아니다.

한편, 우리는 이 자리에서 방민호에게 다음과 같은 질문을 던져서는 안 된다. 이 세상에는 아직도 "포로가 된 이라크 병사들이 올가미에 손이 묶인 채 벌벌"(「죽음의 나날」) 떠는 "죽음의 나날"이 지속되고 있고, "용산에서 타오르는 불"(「불」)의 원한이 잔존하는데, 왜 이들 시편의 비중은 이렇게 적은가? '사랑하는 이가 단순히 부재의 표정을 지었다고 해서 세상이 무너지는 것과 같은 슬픔에 잠겨있다면, 이보다 더 무책임한 주체가 어디 있단 말인가? 그러나 사랑하는 사람은 착란을 일으키며 그의 착란은 어리석은(?) 것이다'(롤랑바르트). 사랑의 마법은 어른을 나이 든 아이로 만든다. 그래서 사랑의 마법에 걸린 사람은 어린아이의 말과 행동과 생각의 명령에 따르게 된다. 사랑의 에테르에 흠뻑 젖은 시편들이 유치하지만 진실이고, 환상적이지만 현실이고, 부도덕하지만 순수하고, 외설적이지만 천박하지 않고, 감상적이지만 진정성으로 가득한 이유가 여기에 있다. 그래서 식민지 시대이든 군부독재의 시대이든 사랑의 시편이 시적 순도를 잃지 않고 일관되게 빛을 발하는 것이리라.

　사랑의 에테르가 첫 시집의 시적 발화를 발효시켰다면 다음에는 또 무엇이 그의 시적 발화를 생성하고 점화시킬까? 학자로서 문학평론가로서 그는 누구보다 강한 몰입형의 전범이었기에 또 무엇인가가 그에게 밀려들면 그는 맹목의 돌파력을 보일 것이다. 그리고 그 맹목이 이지적이고 합리적인 논리의 방식이 아니라 순진하고 천진한 야성의 어리석음(?)으로 작동할 때 시적 발화는 또 다시 집중적으로 표출될 것이다. 다음 시집이 궁금하고도 흥미롭지 않을 수 없다.

박명의 정서와 감각
—송희복, 『저물녘에 기우는 먼빛』

　문학평론가 송희복이 시집을 출간했다. 물론, 문학평론가가 시집을 출간하는 것이 새삼스러운 일은 아니다. 우리 문단에서 시론과 시 창작의 겸업자가 점차 늘어나는 것도 한 추세이다. 문제는 비평적 양식의 울타리를 뛰어넘어 시적 양식 속으로 진입해 갈 수밖에 없는 내적 계기가 무엇인가 하는 점이다. 이것은 장르론적 원론에 대한 인식과 연관되면서 동시에 시적 추구 대상의 특성과도 깊이 연관된다.

　송희복이 비평가이면서 동시에 시 창작의 길을 나선 배경은 시집 제목 『저물녘에 기우는 먼빛』의 이미지가 어느 정도 시사하고 있는 것으로 보인다. 그에게 비평이 한낮의 평명한 수직적 감각과 감성의 세계라면 시 창작은 "기우는 먼빛"의 비스듬한 각도의 그것으로 파악된다. 그는 비평적 언어의 명징한 이성으로 규정할 수 없는, "한없이 부드럽고 모호하기 그지없는 세상"(「줄리엣의 바람난 무대」)의 본성을 감득하고자 할 때 비스듬한 예각의 시적 투시를 지향한 것으로 보인다. 실제로 이번 시집에서 그의 시 세계를 비추는 조도는 "기우는 먼빛"의 박명이 주조를 이룬다. 사물의 내질과 무늬 결이 박명의 어스름에서 개진되기 때문인 것으로 이해된다.

한 편의 시를 쓴다는 것
말이 절을 만나는 일 아니랴

서정주 시인이 성철 스님을 만났을 때
백련암 선방에서 보았다는 후광처럼

…(중략)…

흰빛이나 금빛이 아니라
석산의 해돋이와 해 질 녘에

엷은 보랏빛으로
둥두렷이 어리는 그 빛처럼

신기한 일 아니랴

한 편의 시를 쓴다는 것
마음속의 절 한 채
저마다 짓는 일 아니랴

—「보랏빛 후광-작시론 1」부분

　시인은 작시론의 첫 번째에 "보랏빛 후광"을 중심에 놓고 있다. "말이 절
을 만나는" 시 쓰기란 "흰빛이나 금빛이 아니라/ 석산의 해돋이와 해 질 녘
에// 엷은 보랏빛으로/ 둥두렷이 어리는" 박명의 세계에 비견된다는 것이
다. 이것은 또한 그가 "흰빛이나 금빛"의 단일한 직정적인 세계에서 "해돋
이와 해 질 녘"의 환정적이고 중층적인 세계를 감득하고자 하는 것을 가리
키기도 한다. "안다는 것과 모른다는 것의 행간"에 드러나 있는 "끈적거림

의 관능"과 "뭔지 모를 아우라가" "오히려 매력적이"(「돛단배와 하얀 밤의 궁전」)
라는 인식이 시 창작의 계기로 작용하고 있다.

이 점은 곧 생활 세계의 구체에 대한 구현 의지와 연관된다. 생활 세계
는 논리적, 이성적, 합리적 사고와 어법으로 규정하고 설명할 수 없는 복
잡하고 역동적인 특성을 지니기 때문이다. 그것은 마치 "곧추 내리 찍을 듯
한/ 여산폭포수"에 여설적으로 "천만번 천만번/ 하얗게 뛰이오르며// 짐짐
이 날아서 나비처럼 흩어지는// 물방울"(「여산폭포」)이 자욱한 것과 같은 형
국이다.

> ① 저는 실체 없는 당신의
> 곡두만을 보아요
> 꿈 아닌 듯한 꿈이여
> 꿈꾸는 듯한 생시여
> 비몽과 사몽의 틈서리에
> 그 천의 섬이 아스라이
> 놓여 있었지요
>
> —「천섬을 주유하며 잠이 들다」 부분

> ② 한 여자를 잊지 못해 빗속을 헤매던
> 한 사내의 오래된 사연을 아느냐는
> 내용의 문자를 보냈다
>
> 그 여름날에 밝음이 없어지고
> 밝지 않음도 없어지고, 그 밝지 않음이
> 없어지는 것도 없어졌다
>
> —「나가사키는 오늘도 비가 내렸다」 부분

시적 대상이 부재와 현존, 밝음과 어둠, 이것과 저것의 어느 한편이 아닌

그 사이의 점이지대에 존재한다. 꿈이면서 꿈이 아니고 꿈이 아니면서 꿈인 듯한 접점이 현존재자의 처소이다. 세계의 존재 방식이 "비몽사몽"과 같은 역설적인 이중 양상을 특성으로 한다. 이처럼 존재하는 모든 것은 고정된 실체가 아니다. 모든 존재자는 수시변통 과정에서의 현현일 따름이다. 그 래서 "세계는 세계가 아니라서/ 세계라고 이름할 수 있듯이// 법의 상은/ 법 의 상이 아니기 때문에/ 우리는 법法의 상相이라고/ 이름하는"(「네 가지 상相의 그릇됨」) 역설의 이치에 적용된다. 그래서 어둠에 대한 묘사에도 밝음의 반대 가 아니라, "밝음이 없어지고/ 밝지 않음도 없어지고, 그 밝지 않음이/ 없 어지는 것도 없어"지는 것이라는 연쇄적 서술이 요구된다.

물론, 세계의 존재성에서 이와 같은 반대일치의 역설은 표면적인 현상 에서 뿐만이 아니라 과거와 현재가 혼용되는 비선형적인 시간성의 양상을 지니기도 한다.

> 부산에만 가면 어머니는 매양 걸으신다. 돌아가신 어머니 여기저기에
> 서 걸으신다. 지은 지 참 오래된 한독아파트에서 큰 길가로 내려오는
> 길의 끝자락에 놓인 한복집 정경부인을 지나 횡단보도를 건너기 위해
> 걸으신다. 친척들 계모임이 있는 날 연산로타리에 가까운 할매보쌈집
> 가려고 걸으신다.
>
> ―「어머니 걸으신다」 부분

> 쥐새끼 한 마리 남아 있지 않을 쓸쓸하고도 황폐한 콜로세움. 그럼에
> 도 불구하고, 나는 녀석이 맹수와 검투사와 노예와 죄수들로 가득했
> 던 원형의 경기장을 굽어보면서 자신을 달빛 아래의 오연한 황제로
> ―「콜로세움의 고양이」 부분

일상 속에서 과거, 현재, 미래의 시간성은 선형적으로 흐르지 않는다. 본 래 시간은 선형으로 흐르거나 어떤 계획을 따라 흐르지 않는다. 시간의 흐

름은 매우 복잡한 다양성을 띤다. 이를테면, 시간성은 멈추는 지점들, 단절들, 구덩이들, 놀라운 가속도를 만들어내는 장치들, 균열들, 공백들, 우연히 씨 뿌려진 전체 등에 따라 뒤섞이고 충돌하고 뒤집히는 혼돈의 질서(미셸 세르)를 특징으로 한다. 그래서 모든 존재자는 서로 다른 창조적 실존의 속성을 지닌다.

시적 화자가 "돌아가신" "어머니"의 걷고 있는 모습을 목도하는 것은 이러한 문맥에서 이해된다. 어머니에 대한 기억이 현재적 공간 속에 재현되고 있다. 물의 역류처럼 시간성의 충돌과 뒤섞임이 입체적으로 전개되고 있다. 어머니는 생전에 걸으셨던 길들을 그대로 걷고 있다. 어머니는 부재 속에서도 현존한다. 비선형적인 혼돈의 시적 시간성이 펼쳐 보이는 존재성의 진경이다. 이 점은 곡진한 가족사적 체험만이 아니라 세계사적 사실에서도 고스란히 적용된다. 시적 화자는 "콜로세움의 고양이" 표정에서 로마 시대 "맹수와 검투사와 노예와 죄수들로 가득했던 원형" 경기장의 풍경을 목도한다. 과거의 역사가 현재 속에서 재생되고 있는 현장이다.

여기에 이르면, 세계의 존재성은 처음부터 표면적인 오감을 통해 이해할 수 없는 영역이라는 점을 알게 된다. 그래서 다음과 같은 시편이 등장하게 된다.

박명용의 정서와 감각

보이는 것에 마음 머물지 아니하며
들리는 것에 마음 머물지 아니하며
향기로운 데 마음 머물지 아니하며
맛이 있는 데 마음 머물지 아니하며
감촉된 바 마음 머물지 아니하며

자신의 알음알이에
마음 머물지 아니하게
　　　　　　　—「마음 머물지 아니하며—금강경 시편 1」 부분

모든 사물의 실체란 처음부터 없는 것이기에 감각적 인식의 알음알이는 한갓 허상에 불과하다. 그래서 눈, 귀, 코, 입, 피부 감각 어느 것 하나에도 현혹되는 것을 경계해야 한다. 그래서 마음은 잠시도 오감의 범주 안에 머물러서는 안 된다. 다시 말해, 알음알이의 틀 속에 자신을 가두어서는 정작 세계의 본질에 대한 이해와 멀어지게 된다.

한편, 이와 같이 합리적 이성으로 구현되지 않는 전일적, 중층적 존재성에 대한 인식은 자연스럽게 생활 언어에 대한 깊은 관심을 낳게 된다.

> 그믈다 ─────
> 그믐이란 명사의 어원이었던
> 하지만 지금은 사라진 말
>
> 사라짐의 애틋함과, 사라지다의 뜻을
> 함께 담고 있어 느낌이
> 참 좋은 우리말입니다.
> ──「시월의 마지막 밤이 그믈었다-작시론 2」부분

> 내 어릴 적부터 살아온 곳에서는 왠지 모를 그리운 식욕이 묻어나올 것만 같은 밥그릇을 두고 박거럭, 박거럭 하고 이름 나직이 부르면 때로는 달가닥, 달가닥하는 소리를 비슷이 내는 것 같다. 나의 가장 원초적인 모국어인 박거럭은 이 세상에서 가장 고귀한 것을 담아 내거나 비운다.
> ──「밥그릇」부분

시적 화자는 사전에 등재되지 않은 생활어의 목록을 만들고 있다. 이들 언어에서는 삶의 내력이 고스란히 배어나오기 때문이다. 이것은 또한 사전적인 표준어는 복잡하고 다채로운 생활 세계의 구체가 반영되지 못한다는

476

것을 가리킨다. 삶 속에서는 "사라짐의 애틋함과, 사라지다"가 동시적으로 존재하고, "밥그릇"과 "달가닥 소리"가 오묘한 접점을 이루기도 한다. 그것은 마치 사물의 빛깔이 사전적인 언어로 규정되지 못하는 것과 같다. 이를테면, "천년된 관음상"을 가리켜 "희읍스름한 빛 묻어나 있네"(「다시, 작은 동제 관음상」)라고 묘사하는 것과 같다. 모든 존재자는 단일한 개념화 속에 포괄되지 않는 전일적 특성을 지니는 것이다. 그래서 시적 화자는 "가리늦가/군임석/괴냉이/낚수/납세미/달괴기/돌방하다/땡초/모구/미굼" 등의 "어미말 목록"을 만든다. 이러한 "모어"들은 "언젠가/ 시의 싹"이 올라올 것 같다. 체험적 생활이 전일적으로 반사되어 있기 때문이다.

여기에 이르면, 우리는 송희복이 합리적, 이성적, 논리적 날카로움을 전면에 내세운 비평의 울타리를 비껴 나와 시적 영토에 출몰한 배경을 좀 더 분명하게 확인할 수 있다. 그는 반대일치의 "질기고도 완강한 모순"(「욕지도」)적 속성을 지닌 세계의 존재성과 삶의 내력을 직시하고 감각화하고자 한 것이다. 그렇다면, 이와 같은 세계의 역설적 존재성을 노래하고 공명하는 것의 궁극적인 의미는 무엇일까? 다음 시편이 여기에 대한 대답을 시사한다. 그에게 시적 삶의 세계로 진입하는 것은 "귀소"본능이라는 것이다. 시적 정조와 리듬이 매우 정직하고 절박하고 격정적이다. 이 점은 앞으로 그가 펼쳐 보일 자신과 세계의, 우주적 근원의 노래에 대해 무한한 기대를 가져도 좋다는 것을 확인시켜 준다. 산이 다가오고 바다가 열리는 벅찬 지점에 서있지 않은가.

산을 올려다보았다
산을 보며 산아, 하고 부르니
산이 내게로 성큼 다가왔다
산에 올라가서
바다를 내려다보았다
바다를 보면

바다는 내게 늘 수면을 열고

깊은 알몸을 드러내었다

바닷가에서 해가 기울고

달이 뜨는 것을 보았다

해는 낮을 머금고

달은 밤을 토한다

거대하게 빚어진 알 수 없는

그림자로 향해, 나는

하염없이 빨려든다

—「귀소」 전문

"젓갈" 혹은 견인과 초극의 미의식을 위하여

—김완, 『바닷속에는 별들이 산다』

김완은 이번 시집에서 직접 "멀리서 바라보면 아름답다// 가까이에서 바라보면/ 여기저기 아픈 꽃 피어 있다"(『바래봉 철쭉이 전한 말』)고 노래한다. 세상사에 눈물이 배어있지 않은 웃음, 아프지 않은 아름다움이 과연 얼마나 있을까? 인생이란 멀리서 보면 희극이지만 가까이에서 보면 대체로 비극이라는 것이다. 더군다나 전라도 광주 토박이며 환자를 돌보는 의사인 김완에게 세상은 희극보다 비극이 직접적으로 와닿았을 것이다. 실제로 그의 시 세계는 1980년 5월 광주항쟁을 극점으로 하는 역사적 굴곡과 의사로서 환자들의 고통을 대면하는 일상이 안팎으로 스며들고 겹치면서 비관적인 정조를 심화시키고 있다.

그는 시집 머리말에서 스스로 "서정시를 쓰기 힘든 시대"라고 진술한다. "늘 마음이 편치 않"고 "불온한 생각들이 들끓"는다. 그러나 그는 비극을 비극으로 받아들이고 노래하는 데 그치지 않는다. 질병을 치료하는 의사가 그의 직분이듯이 비극 속에서도 이를 초극하는 "햇귀처럼 환한 서정시를"(『시인의 말』) 써야 하는 것이 시인의 소명이라고 믿기 때문이다. 그의 세 번째 시집 『바닷속에는 별들이 산다』는 이러한 상황 속에서 쓰여진다. 그래서 시적 정서가 대체로 비관적이면서 동시에 이를 껴안고 넘어서려는 견인과 초극의 면모를 드러낸다. 비관적 포용 혹은 포용적 비관의 역설적 초극의 속성이 그의 시 세계의 바탕을 이루는 것이다. 이러한 정황을 수사적으로 표상화하면 "젓갈천국"과 같은 합성어가 된다.

발길이 절로 '젓갈천국'으로 든다
김포에서 직장 생활하며 3남매를 낳고
이곳으로 내려왔다는 여자
손님들에게 젓갈만 맛보면 짜다고
동동주와 밥 함께 먹으라며 듬뿍 내준다
바닷속 오랜 그리움이 삭아 내려
짭조름한 젓갈로 바뀐 것
세월의 아리고 아프고 시린 상처들
오랜 시간 발효해 만든 선물에
한참을 정신없이 빠져든다 문득
젓갈집 뒤편 한낮의 갯벌을 바라본다
바닥까지 드러난 개펄의 야윈 속살들
바다는 누구든 빈손으로 보내는 법이 없다
곰소 젓갈거리 '젓갈천국'에 가면
한세월 머물다 가는 짜디짠 인생들
천국 같은 젓갈 맛, 바다를 맛볼 수 있다

—「곰소 젓갈천국」부분

젓갈이란 무엇인가? 새우, 조개, 멸치 따위를 소금에 짜게 절여서 삭힌 음식이다. 여기에서 중요한 것은 삭힘, 즉 발효이다. 짜디짠 음식을 더욱 짜게 삭히면 달짝지근한 맛이 배어 나오게 된다. 짠맛이 만들어 내는 단맛이다. 이 역설적 깊이의 매혹이 "동동주와 밥" 도둑의 무한 인심을 낳는다. 그렇다면 젓갈 "발효"의 매질은 무엇일까? "바닷속 오랜 그리움"이고 "세월의 아리고 아프고 시린 상처들"이다. 신산고초의 "짜디짠 인생들"이 푹 삭아서 "천국 같은" 환한 맛을 내고 있는 것이다. "천국"이 "짜디짠 인생"에서 길어 올려지고 있는 형국이다. 여기에 이르면, 화자의 "발길이 절로 '젓갈천국'으로 든" 까닭을 짐작할 수 있게 된다. "젓갈천국"이란 상호가 젓갈의 '짠–단맛'의 역설을 머금고 있기 때문이다.

김완의 시 세계는 기본적으로 이러한 "젓갈"과 같은 역설적인 견딤과 초극의 미의식을 기반으로 한다. 그에게 세상은 먼저 "검은 슬픔, 검은 숲, 검고 아득한 어둠들"(「장마전선」)이 전제를 이루고 있는 것으로 보인다. 광주 5·18 항쟁을 겪으면서 그는 자신의 선택의지와는 무관하게 이미 원죄 의식에 시달리고 있다.

> 5·18 국립 망월 묘역 가는 길
> 눈처럼 하얀 이팝꽃 손 흔든다
> 슬프고도 아름다운 오월의 크리스마스다
> 1980년 오월 함께 뭉치고 나누던
> 주먹밥이 하얀 꽃으로 피는 거다
> 울먹이는 가슴 다독이며 기다리던 정신으로
> 병원 앞 길게 늘어서 있던 헌혈의 마음으로
> 역사의 굽이마다 피 흘리는 빛고을 광주
> 부서지고 막막하던 사월이 가고
> 먹먹하고 미안한 오월이 다시 오면
> 길가에 서있는 나무들 하얀 슬픔꽃 핀다
> 빛고을 거리마다 이팝꽃 하얀 꽃 핀다
>
> ——「이팝꽃 피는 오월」 부분

"거리를 하얗게 장식하는 이팝꽃"에는 "슬픔, 울음, 배고픔, 고통이 배어 있다". "이팝꽃"은 1980년 오월 함께 뭉치고 나누던/ 주먹밥"이고 "울먹이는 가슴 다독이며 기다리던 정신"이고 "헌혈의 마음"의 사연이 피어난 것이기 때문이다. 그래서 "오월"은 "먹먹하고" 미안하고 슬프다. 해마다 오월이면 광주는 죄의식에 몸살을 앓는다. 1980년 광주 오월의 비극은 세월과 더불어 묻히는 것이 아니라 되살아나는 상처 자국이다.

광주항쟁의 상처가 이처럼 오랜 세월이 지난 오늘날까지도 지속적으로 되살아나는 것은 아직 현실 속에 광주항쟁의 정신이 실현되지 못하고 있는 상황과 깊이 연관된다. "정의가 사라진 세상"(「오월을 보내며」)의 "몰염치"와 "비양심"이 여전히 노정되고 있다.

> 독재자 아비에게 쫓겨나고 딸에게 살해당한 백남기 농민의 사망진단
> 서를 두고 벌이는 검찰과, 법원과, 정부의 몰염치를 어찌해야 하나
> 외인사가 아니고 병사라고 우기는 S의대 신경외과 백모 교수의 비양
> 심적 소신을 뭐라고 해야 하나
>
> …(중략)…
>
> 시가 잘 써지지 않는 시월詩月의 밤이다
>
> 　　　　　　　　　　　　　　　　　　　—「시월詩月」 부분
>
>
> 피지 못한 꽃, 물에 잠긴 어린 영혼들
> 볼 수 없는 바닷속에는 어린 별들이 산다
>
> 　　　　　　　　　　　　—「바다 속에는 별들이 산다」 부분
>
>
> 상처의 절단면에 시간이 덧대어져
> 울퉁불퉁한 세월, 잠들어 있다
>
> …(중략)…

너덜겅에 쏟아지던 검은 빗방울들

검은 눈물 흘린다 뚝뚝 떨어져 보이지 않는

지하에서 덕산 계곡의 큰 강을 이룬다

증오 없이 번지는 물의 궤적 따라

퍼져가는 역사의 모순, 곰팡이들 얼룩들……

—「장마전선」 부분

　이 땅의 역사적 파행의 그림자들이 마치 점묘화처럼 연속되고 있다. 역사가 앞으로 나아가지 못하고 제자리걸음을 반복하고 있는 것처럼 보인다. "독재자 아비에게 쫓겨나고" 그의 "딸에게 살해당"하는 일이 눈앞에서 목도되고 있다. 또한 지식인의 기회주의적인 행태 역시 큰 변화가 없다. 정부기관은 물론이고 환자에게 해를 끼치지 말라는 히포크라테스 선서를 소명으로 하는 의사의 경우도 이 점은 크게 다르지 않다. 삶의 현실은 "시가 잘 써지지 않"는, "시"의 언어를 휘발시키는 불모의 시대이다.

　여기에서 더 나아가 "물에 잠긴 어린 영혼들/ 볼 수 없는 바다 속에"서 "어린 별"로 지내는 세월호 희생자들은 또한 어떻게 설명할 수 있을까? "세월호 침몰 이후로는 모든 말길 끊기고/ 밤마다 무성한 소문들만 절망을 보태고 있"(「인사동 가는 길」)다. "말길 끊"긴 언어도단의 기막힌 상황이 연출되고 있다. "상처의 검은 구멍들/ 검은 슬픔, 검은 숲, 검고 아득한 어둠들"이 온통 사위에 미만해 있다. "상처의 절단면에 시간이 덧대어져/ 울퉁불퉁한 세월"이 지속되고 있는 것이다. 치유되지 않은 "역사의 모순"이 "곰팡이들 얼룩들"을 지속적으로 재생산해 내고 있는 것이다.

　그렇다면 이토록 막막한 사회역사적 삶의 층위를 돌파할 수 있는 방법론은 무엇일까? 그것은 그의 시편에서 빈번하게 등장하는 자연 친화적 정서에서 찾아진다. 그는 빈번하게 "일상의 시계를 멈추고 산행에 나"(「가을 산행」)서는 과정을 통해 자신의 몸과 마음을 단련해 나간다. 자연은 삶의 지혜의 보고이다.

① 제멋대로 흩어진 돌들 위로 가느다란 길이 나있다
　허공을 향한 지공대사의 뜻을
　나옹선사가 알았을까 결국 사람들은
　죽음 속에서도 생의 길을 만들었으리라.
─「가을 산행」 부분

② 백오십 년이나 된 전나무 숲 여기저기에는
　태풍 볼라벤의 흔적들 아직 많이 남아있다
　넘어지고 부러진 전나무에도 우르르 생명이 산다
　태풍이 준 선물에 기생하는 벌레들과 버섯들
　어떤 상처는 때로 이처럼 축복이 되기도 한다
─「내소사 전나무 숲길에」 부분

　시 ①은 "가을 산행"이 일러주는 길 없는 길의 역동적 이치를 노래하고 있다. "제멋대로 흩어진 돌들 위로 가느다란 길이 나있"지 않은가. 혼돈 속에서도 질서가, "죽음 속에서도 생의 길을 만"드는 과정이 잠복해 있다는 이치를 "가을 산행"은 넌지시 자각시켜 주고 있는 것이다. 시 ② 역시 자연이 일러주는 예지가 드러나 있다. "넘어지고 부러진" 상처의 흔적에 오히려 풍성한 "생명이 산다". "상처"가 "축복"이 되는 반대일치의 역설이 성립되고 있다. 죽음이 생을, 상처가 축복을 열어놓는 역설적 자양이며 동력이 되고 있는 것이다. 앞에서 살펴본 바처럼 "짜디짠 인생들"이 삭으면서 "천국 같은 젓갈 맛"을 내는 "젓갈천국"(「곰소 젓갈천국」)의 역설적 모순 형용을 다시 목도하게 되는 지점이다.

　한편, 이와 같은 사회역사적 층위에서 느끼고 감득하는 비관적 세계와 역설적 초극이 개인사적 층위에서 노래되면 다음과 같은 시편으로 나타난다.

① '고맙다'라는 단어 잊고 사는

불만 덩어리인 환자의 병실에 들어오면

병원 전체가 그만 다 오염될 것 같다

임상 강호 사반세기의 내공도

한순간에 무너뜨리는 저 뾰족한 적의

그걸 다 삭이고 웃는 낮으로

또 하루를 시작해야 하는

한 주일의 첫 아침, 인고의 회진 시간

—「성선설 믿고 살아왔지만」 부분

② 환자의 증상에는 항상 뭔가가 있다 환자의 말을 허투루 간과하면 안 된

다 모든 검사를 마친 후에도 단정적으로 말하지 말고 여지를 남겨 조

심스럽게 말해야 한다 환자는 살아있는 경전이다

—「환자의 말 속에는 뭔가가 있다」 부분

③ 환자에게 '술과 담배를 반드시 끊어야 한다'라고 말하니 환자는 흔쾌

히 그렇게 하겠다고 답하지 않는다 오히려 '먹고 살려면 장사해야 하

니 오늘 중으로 나갈 수 있느냐'라고 되묻는다 오늘도 죽음과 삶을 경

험한 환자에게서 문밖 세상의 절절한 고통을 배운다

—「죽었다 살아난 남자」 부분

시 ①은 "성선설"에 대한 믿음을 근본적으로 회의하게 되는 "불만 덩어리

인 환자"의 무조건적인 "적의"를 받아들이고 "삭이"는 일상이다. "웃는 낮으

로/ 또 하루를 시작"하지만 그러나 거기에는 옹이 같은 "인고"의 역정이 근

간을 이루고 있다. "한 주일의 첫 아침"의 "웃는 낮"이 고통 속에서 배어나

오는, 고통을 포용적으로 넘어서면서 배어 나오는 모습이다.

이러한 포용적인 견딤과 초극의 일상에서 화자는 점차 시 ②의 "환자는

살아있는 경전이다"라는 언명을 내면화할 수 있게 된다. "환자의 말을 허투루 간과"하지 않는 겸허함이 사실은 환자의 고통을 치료할 수 있는 계기점이 되는 것이다. 시 ③은 "환자"와 불완전한 비대칭의 소통에서도 "세상의 절절한 고통을" 새삼 감득하게 되는 과정을 보여 준다. "오늘도 죽음과 삶을 경험"했지만 그러나 서둘러 장사를 나가고자 하는 환자로부터 죽음보다 엄중한 "먹고 살"아야 하는 생활인의 절박한 현실을 새삼 목도한다. 질병에 신음하는 환자들과 함께하면서 그 속에서 스스로 삶의 진경을 배우고 체득해 나가는 면모이다.

이상에서 보듯, 김완의 시 세계는 사회역사적 층위는 물론 섬세한 개인사적 층위에서도 비관적인 아픔을 느끼고 견디면서 이를 스스로 넘어서는 포월抱越의 자세를 견지하고 있다. 아니, 그에게는 고통, 어둠, 비극이 오히려 환한 웃음과 빛을 생성하는 자양이 된다. 앞에서 "젓갈천국"(「곰소 젓갈천국」)으로 표상화한 역설적 초극의 미의식이 시적 기본 정조를 이루고 있는 것이다.

한편, 그의 이러한 역설적 초극의 미의식이 개인적 층위와 사회적 층위를 동시에 관통하는 기적 같은 질적 비약의 점화가 이루어진다면 어떤 양상을 드러낼까? 이러한 질문 앞에 "촛불" 광장의 장관이 열린다. "촛불" 광장은 가장 깊은 개별적 내면의식의 발로이면서 동시에 역사적 집단성의 속성을 지니기 때문이다. 따라서 그가 다음과 같이 "촛불"에 경이감과 연대감을 깊이 느끼는 것은 우연이 아니다.

> 살아있지만 죽은 것처럼 살아가던
> 몸속에 잠들어 있던 오랜 전설을 깨운
> 동학농민운동, 3·1 운동, 4·19 혁명,
> 5·18 민주화운동, 6월 항쟁의 유전자들
> 눈 부릅뜨며 깨어나고 있다
> SNS에서든, 광장에서든 이것은

시민들에 의한 뜨거운 혁명이다

아이들에게만은 더 이상 이런 세상
물려줄 수 없다는 아픈 각성이 따라오는 밤

이것은 오래된 침묵 한꺼번에 깨뜨리는
함성이다 집에서, 광장에서, 세계 곳곳에서
마음속 촛불을 들어 함께 외치자
자신의 몸을 태워 어둠을 밀어내는
촛불은 우리들 모두의 빛나는 혁명이다

—「촛불은 혁명이다」부분

　광주 오월 항쟁 이후에도 정의가 바로 서지 못하고 "퍼져가는 역사의 모순, 곰팡이들 얼룩들"이 "장마전선"처럼 미만한 현실 속에서 환한 "촛불" 광장이 펼쳐지고 있지 않은가. "촛불"은 개별적 전체이고 전체적 개별이다. 제각기의 내밀한 "오래된 침묵"과 "마음"들이 경건하고 은은한 정화의 빛으로 발현되면서 "촛불" 광장의 집단적 역사가 만들어지고 있다. 고대 이상정치의 비밀인, 노자가 《도덕경》에서 설파한 '아무위이민자화我無爲而民自化, 즉 성인인 나는 아무것도 하지 않는데 백성이 스스로 정치를 다 하는 형국이 전개된 것이다. 빛이 어둠을 이긴다고 했던가. 과연 고즈넉한 촛불이 큰 어둠을 밀어내었다. 대통령이 탄핵되고 촛불 정부가 들어섰다. 이른바 촛불 시대가 출범했다. 이제 중요한 것은 촛불 시대의 성공적인 항해이다. 그것이 바로 "상처의 절단면에 시간이 덧대어져/ 울퉁불퉁한 세월"을 일소하는 역사적 진전이기 때문이다.

　따라서, 앞으로 김완의 시적 삶과 창작 방법론은 촛불 시학에 집중할 때 더욱 빛날 수 있을 것으로 보인다. 촛불 시학은 촛불의 심오한 물질적 감각과 성향을 온전히 지키고 살리는 것에서 찾아볼 수 있을 것이다. 촛불은 본래 "자신의 몸을 태워 어둠을 밀어"냄으로써 우리 주변을 내밀하고 섬세하게 깨우고 밝히고 정화시키는 속성을 지닌다. 자기 자신부터 겸허하게 낮추고 정화함으로써 주변을 정화시키는 것이다. 따라서, 우리들 스스로 선동적 확산보다는 내밀한 깊이, 남성적 공격성보다는 여성적 포용성, 피상적 이슈보다는 근원적 사유를 지향하는 것이 요구된다. 그렇지 않을 때, "역사의 모순"은 또 다른 "곰팡이들 얼룩들"을 만들어낼 것이다.

김완의 시 세계가 촛불의 시학에 가까워지면, 부드럽고 섬세한 내성의 감각과 지평을 밀도 높게 열어갈 수 있을 것으로 보인다. 다시 말해, 할머니가 비나리할 때 정화수 옆에 밝히던 촛불, 인간과 자연, 인간과 신을 소통시키고 공명시키던 정서적 울림의 언어의 풍요로운 내적 섭수가 가능할 것이다. 여기에 이를 때, 그의 시 세계는 다소 피상적이고 상투적인 비판과 고발을 넘어서서 내적 심연으로부터 기원과 치유를 불러오는 "햇귀처럼 환한 서정시"(「시인의 말」)의 진경에 도달할 수 있을 것이다. 이것은 또한 다르게 표현하면 그의 시 세계가 "곰소 젓갈천국"(「곰소 젓갈천국」)과 같은 삭힘의 깊고 미묘한 이중적 미감의 형식론과 서정을 온전히 확보해 내는 것과 연관될 것이다.

맑고 친숙한 죽음

여기 이가림의 신작시 5편이 있다. 5편 모두 죽음의 음영이 짙게 배어 나온다. 그러나 시적 정조는 결코 절망적으로 어둡거나 고통스럽지 않다. 그는 죽음을 불가항력적인 자연 질서의 공격으로 인식하지 않고 있다. 그에게 죽음은 종교적 성스러움과 장엄함과도 거리가 멀다. 그는 죽음을 종교적 제의와 결부시키지 않고 있다. 그에게 죽음은 아름다움과 동경의 매혹으로 착색되어 있지 않다. 그는 죽음을 낭만적 감상주의의 색유리에 굴절시키지 않고 있다. 그에게 죽음은 맑고 가볍고 친숙하다. 그저 "가방 없이 떠나는" "홀가분"한 여행길이다. 그는 자신만의 진솔한 생활 감각 속에서 홀가분하고 친숙한 죽음을 노래하고 있다. 그에게 죽음은 자신만의 고유한 삶 속의 그것이다.

> 뒷주머니에
> 칫솔 하나 꼽지 않고 떠나는
> 발걸음,
> 이리도
> 홀가분할 줄이야

조약돌에
맑은 물살 슬리듯
시원하구나

굵은 모래
한 줌 떠서
이빨 닦은 뒤

풀숲을 뒤져
어젯밤 떨어진 별똥별 몇 개,
산염소 젖꼭지 같은
산수유 열매 몇 개
주워 먹으면,
이리도
배부를 줄이야

저물녘
자칭 한산寒山이란 자가 버리고 간
움막에 기어들어
손깍지 베개를 하고 누워
천정에 떠오르는 희미한 옛 그림자들
지우고, 또 지우다가
사르락 사르락 빠져드는
잠의 늪

　　　　　　　　　　　—「처음 가방 없이 떠나는」 부분

붓다는《법구경》에서 이렇게 말한다. "우리의 모든 것은 우리가 생각한 것의 결과이다. 그것은 모두 우리의 생각에서 나온 것이다. 그것은 모두 우리의 생각으로 이루어져 있다". 이 점은 죽음의 경우에도 동일하게 적용된다. 그래서 불교에서는 죽음의 순간에 갖는 마지막 생각이 그 다음 환생의 성격을 결정짓는다고 믿는다. 이것은 인간은 죽음을 맞이할 때 자신의 생각을 올바르게 통제할 수 있어야만 한다는 의미이다.

이가림은 스스로 죽음을 다스린다. 죽음은 "처음 가방 없이 떠나는" 가벼운 여행이라고 생각한다. "가방"이 없다는 것은 일상적 삶의 굴레나 무게로부터 자유롭다는 것이다. 어떤 미래의 계획이나 집착은 물론 외적 강박도 없다. 오직 지금—여기의 본원적인 자아만이 있다. 이것은 일생에서 "처음" 겪는 일이다. 이승에서 죽음은 누구에게나 첫 경험이며 마지막 경험이기 때문이다. 죽음으로 가는 여행에는 육신도 가볍다. "어젯밤 떨어진 별똥별 몇 개"만으로도 요기가 된다. "조약돌에/ 맑은 물살 슬리듯/ 시원"하고 경쾌하다. "천정에 떠오르는 희미한 옛 그림자들/ 지우고, 또 지우다가" "잠의 늪"에 빠져드는 순간, 삶은 죽음으로 완전히 대체된다. 다만 "사르락 사르락" 소리를 내며 지나가는 시간이 그 사이에 있을 따름이다. 죽음은 삶 속의 잠이다. 그래서 죽음이 친숙하다. 마치 릴케가 노래했던 "어떤 낯선 죽음은 우리의 죽음이 아니"(『흰옷의 후작 부인』)라는 것을 환기시킨다. 종교적 심판의 서사나 역사의 광란에 침식되지 않는 죽음이다. 삶이 자신의 것이듯 죽음도 자신의 것이다. 죽음은 삶의 적이 아니라 삶 자체에 내재한 가능성이고 삶의 친구이다.

이가림이 이처럼 죽음을 삶으로부터의 소외가 아니라 삶과의 연속성 속에서 인식하는 것은 삶과 죽음, 세상과 자아에 대한 주인 의식에서 비롯된 것으로 보인다. 다음 시편은 이 점을 선명하게 보여 준다.

불란서 말에선
주객이 따로 없다
주인도 '오트hote'라 부르고

손님도 '오트'라 부른다

주객전도가
수시로 일어난다

이 지상에 주인으로 왔다가,
혹은 손님으로 왔다가,
머문 날들만큼
숙박비 지불하고
떠나는 거다

오늘은
'푸른 여인숙'에 들어
내가 돈 주고
내가 돈 받는 주객이 되어
일박 해야겠다

벽거울 속에서
희죽 웃고 있는
저 원숭이가
분명
나의 주객,
그 그림자일 게다

—「주객主客」 전문

"주객이 따로 없다"는 것은 주객의 이분법을 넘어선 주인 의식을 가리킨
다. "이 지상에" "머문 날들만큼/ 숙박비 지불하고 떠나"지만 숙박비를 받

는 자도 나이다. "내가 돈 주고/ 내가 돈 받는" 형국이다. 따라서 자신의 삶의 과정이 이 세상의 객으로서 지나가는 일회적 과정이 아니다. 자신의 삶이 곧 자신의 세상이다. 이것은 죽음의 경우에도 동일하다. 자신의 죽음이 세상으로부터 피투되는 것이 아니다. 삶의 의지와 권리가 모두 나에게 귀결되듯이 죽음의 경우도 동일하다. 그래서 시적 화자는 삶과 죽음의 주인이다. "우리의 모든 것은 우리가 생각한 것의 결과이다. 그것은 모두 우리의 생각으로 이루어져 있다"는 《법구경》의 가르침이 다시 환기되는 대목이다. 삶의 과정도 생각의 산물이고 죽음의 과정도 생각의 산물인 것이다.

그래서 이가림은 죽음 앞에서도 스스로 죽음을 응시하고 통어할 수 있는 지혜를 가질 수 있었던 것이다. 다음 시편은 이러한 시적 정황을 밀도 높은 서정으로 극화하고 있다.

어디선가
바람이 찾아와서
늙은 낙타의 앞섶에 매어 있는
마두금馬頭琴을 켜다가
어디론가 사라지고,
평생 주인이었던 노인마저
전별餞別의 마지막 인사도 없이
방생放生하듯
병든 낙타를 버려둔 채
뒤돌아보지도 않고
떠나버린다

낙타 역시
그저 우두커니 서있을 뿐
게르로 돌아가는 주인의 뒷모습을

바라보지 않는다

지나가던 바람이
다시 찾아와서 켜는
마두금의 두 현絃만이
숫말의 백서른 가닥 말총,
암말의 백다섯 가닥 말총으로 풀어지면서
가느다란 검은 나선형螺旋形의 울음을
슬피 토해 낸다

이제
낙타는 저 혼자서 죽기 위해
짙푸른 밤의 저편으로
터벅터벅 걸어가
아무도 없는 곳에
숨을 것이다

　　　　　　　　　—「어떤 전별餞別—마두금 홀로 울다」 전문

　이 시를 끌고 가는 주체는 셋이다. "낙타"와 "노인"과 "바람". "낙타"는 시적 자아이고, "노인"은 시적 자아가 살았던 세상을 가리키고, "바람"은 이 둘을 관찰하고 관장하는 제3의 존재자로 해석된다. 이 셋은 서로 다른 행동을 보이고 있으나 모두 죽음을 응시하는 동일성을 지닌다.

　"노인"은 "병든 낙타"를 "뒤돌아보지도 않고" 떠난다. "낙타 역시" "주인의/ 뒷모습을 바라보지 않는다". 영원한 이별을 맞이하고 있지만, 그 자세는 무연하다. 죽음 앞에서도 죽음을 앓지 않는다. "병을 병으로 알면 병을 앓지 않는다(夫惟病病 是以 不病)"는 노자의 잠언을 떠올리게 한다. 죽음을 자연의 이법 속에서 깨닫고 순응하는 자에게 죽음은 무연한 대상이다. 산 자에게 죽음은 받아들여야 할 겸허한 숙명인 것이다. 그렇다고 해서 이 숙명이 슬픔을 자아내지 않는 것은 아니다. "지나가던 바람"이 "마두금의 두 현"을 켜서 "가느다란 검은 나선형의 울음을/ 슬피 토해 낸다". 삶과 죽음을 관장하고 관찰하는 자연의 이법만이 슬픈 공명음으로 삶과 죽음의 교차 과정을 증거한다.

한편, 이러한 시적 정황을 바탕으로 볼 때, 이 시를 끌고 가는 "낙타" "노인" "바람"은 모두 동일한 시적 자아의 다른 모습으로 파악된다. "낙타"는 죽음의 자아이고 "노인"은 삶의 자아(세상)이다. "노인"이 떠나면서 곧 "낙타"는 "아무도 없는 곳에/ 숨을 것이다". 삶이 끝나는 자리에서 죽음이 시작되는 것이다. "노인"과 "낙타"가 서로 "뒤돌아보지도 않고" 떠난다는 것은 삶과 죽음의 자연스런 교차로 해석된다. 이때 "바람"은 이 모든 과정을 목도하는 예술적 자아이다. 삶과 죽음이 교차하는 과정 앞에서 예술적 자아는 "울음을 슬피 토"하고 있는 것이다. 죽음을 삶의 숙명으로 승인하면서 동시에 그 숙명에 대한 감정을 "바람"으로 표상되는 자연물을 통해 내밀하게 표현하고 있다.

한편, 이가림이 죽음의 미학에 집중하게 된 직접적인 계기는 무엇일까? 그것은 다음과 같은 체험이 바탕을 이룬 것으로 보인다.

> 그리하여 다시 2차 예약 날짜에 찾아갔더니, 다른 방향에서 범죄의 단서를 정밀히 찾아보자며 인턴에게 척수검사를 의뢰했다. 난 한밤중에 꼼짝없이 침대 위에 마취당한 한 마리 새우가 되어 있어야 했다. 저 60년대의 성북동 골짜기 자취방에서 웅크리고 자던 고단한 새우잠보다 훨씬 더 유순한 자세였다. 아니, 실로 뼈아픈 잠이었다. 문득 나는 "수술대 위의 우산과 재봉틀의 만남처럼 아름다운" 꿈의 액자 속에, 바짝 등 구부린 말발굽 형상의 딱딱한 아비 새우 한 마리가 더 배치되어 있는 기막힌 구도의 그림을 떠올렸다. 그 어슴프레한 몽환에서 깨어나

자, 난 실제로 한 마리 새우가 되어 있었다.

—「다시 새우잠을 자다」 부분

시인은 원인을 밝혀내지 못한 질병을 미적 거리를 두고 응시하고 있다. 그래서 자신의 모습이 액자 속의 그림같이 "한 마리 새우가 되어 있"음을 발견한다. 삶과 죽음이 습합된 "어슴프레한 몽환" 속에서 그는 죽음에 대해 사유하게 된 것으로 보인다.

인간은 누구나 자신이 죽으리라는 것을 안다. 그것은 모든 인간에게 공통된 것이다. 영원히 살 사람도 없고 또한 영원히 살기를 기대하거나 확신할 사람도 없다. 그러나 죽는 법을 배울 만큼 지혜를 가진 사람은 세상에 너무도 적다(오롤로기움 사피엔티아). 하지만 이가림의 시편은 죽음을 다스리는 성숙한 죽음의 지혜를 보여 준다.

이것은 또한 앞으로 그의 시 세계가 삶의 심연을 더욱 폭넓고 유현하게 노래할 것이라는 기대를 갖게 한다. 삶의 집착과 가치들이 일거에 말소된 '무'의 지점, 죽음은 분명 우리를 공허하게 만든다. 그러나 하이데거는 그 공허의 심연이 바로 존재가 오롯이 말을 걸어오는 환한 세상이라고 지적한 바 있다. 돈, 명예, 가족, 국가, 권력 등 피상의 모든 가치가 휘발되어 버린 '무화'의 순간, 비로소 존재자는 '있는 그대로'의 자신의 존재와 마주할 수 있다는 것이다. 존재에 대한 대면이 '무'에 대한 사색에 의해서 가능하다는 인식이다. 그래서 죽음의 미학은 삶의 미학을 보완해 주고 완성시켜 준다. 죽음은 삶의 씨앗이기 때문이다.

작고 나직하여서

　시란 기본적으로 육체가 작고 목소리가 나직한 장르이다. 시의 천부적 체질은 의기소침하고 내성적이어서 말하지 않기 위해 말하고 주장하지 않기 위해 주장하는 편이다. 그래서 서술보다는 함축이고 논리보다는 마음이다. 그렇다면, 과연 시의 위상과 가치는 어디에서 찾을 수 있을까? 노자는 일찍이 "말이 많으면 자주 막히니 차라리 그 비어있음을 지키는 것만 못하다(多言數窮 不如守中)"고 했다. 말이 많으면 우주적 질서(道)가 소통하는 공간이 막힌다는 것으로 해석된다. 당나라의 유종원은 소지욕기통疏之欲氣通이라고 했다. 통하고자 하면 성글어야 한다는 것이다. 육체가 비대하고 소리가 탁하고 높은 시들에 대한 경계이다. 시는 작고 나직하여서 크고 높은 우주의 허공을 실어 나를 수 있는 장르인 것이다.

　중국의 미학자 장파(1954~)는 소통으로서의 작품에 대해 더욱 적극적인 논리를 편다.

　　작품은 계몽도 유희도 감정이입의 대상도 아니다. 그것은 소통으로서 감상 과정에 들어오는 것이다. 작품은 감상자를 통해 스스로를 초월하는 것이다. 감상 과정은 감상자와 작품이 양방향으로 초월하는 것이다.

작품이란 물질적 규정의 대상이 아니라 활성적 소통의 대상이다. 소통은 스스로 창조적 차원 변화를 일으킴으로써 '스스로를 초월'한다. 이것은 독자와 작품은 쌍방향의 소통을 통해 우주적 영성, 아우라, 예감에 이를 수 있다는 인식이다. 시는 작고 나직하여 우주적 무한의 사유를 생성시킬 수 있다.

1. 작아서 아득히 커지는

극서정은 최동호가 추구해 왔던 정신주의 시학의 형식론에 해당한다. 정신주의는 하나의 도道에 이르는 시학을 가리킨다. 따라서 극서정은 도道가 소통할 수 있는 형식론에 해당된다. 그래서 그의 극서정시는 우주적 질서가 순환하는 산 공간으로서 여백이 요구된다.

최동호의 시집, 『수원 남문 언덕』은 "정신주의 한끝에" 열려 있는 "극서정의 길"(『얼음 얼굴』 시인의 말)을 가고 있다. 작고 더 작아져서 크고 더 클 수 있는 미학적 방법론을 추구하고 있다.

> 낮잠 들었다 돌아누우니
>
> 중천에 초승달이라
>
> 실바람 돛대 걸어
>
> 푸른 하늘 멀리 가있구나
>
> —「초승달」 전문

화자가 "낮잠 들었다 돌아누"울 때 "초승달"은 "실바람 돛대 걸어" "하늘 멀리 가" 있다. "돌아누우니"의 반복되는 'ㅜ' 모음의 유장함이 "초승달"이 "푸른 하늘 멀리 가"는 시간과 상응한다. 초승달은 음력 초사흗날 저녁 서쪽 하늘에서 낮게 뜬다. 물론 오전에 떠서 한낮이면 남쪽에 이르지만 낮에는 가시권에 드러나지 않는다. 화자의 "낮잠"은 제법 긴 시간 동안이었다. 그렇다면 이처럼 깊은 낮잠을 가능하게 했던 것은 무엇일까? 그것은 초승달이 아니었을까. "실바람 돛대 걸어/ 푸른 하늘 멀리 가"는 달관의 걸음걸이가 깊은 "낮잠"을 들 수 있게 한 것으로 해석된다. 초승달과 화자는 서로 우주적 리듬 속에서 감응하고 있었다. 4행의 짧은 시행 속에서 지상과 천상이 연결된 아득한 우주적 거리가 펼쳐져 있다.

다음 시편은 심원한 시간의 깊이를 노래하고 있다. 현재 속에서 "가야"의 삶을 숨 쉬고 있다.

　　금동고리 귀밑을 흔드니

　　창녕박물관

　　섬돌에

　　자울자울 햇빛이 걸어간다

　　　　　　　　　　　　　　—「가야 소녀」 전문

공간적 배경이 가야의 "창녕박물관"이다. 귀밑의 "금동고리"를 흔들자 "섬돌에" "햇빛이 걸어간다". "자울자울" 걷는 걸음걸이의 주체는 누구일까? "금동고리" 소리에 깨어난 "가야 소녀"일까? 아니면 그저 "창녕박물관" "섬돌"에 일렁이는 햇빛일까? "자울자울"이 여성적 수사라는 점에서 전자 쪽에 가깝다. "가야 소녀"가 지금, 여기 "햇빛" 아래를 걷고 있는 것이다. "자울자울" 가야의 걸음걸이로.

최동호의 시집 『수원 남문 언덕』은 작은 형식 속에서 넓고 깊은 공간과 시간을 산다. 한편, 다음 시편은 극미의 섬세함 속에서 퍼져 나오는 시인의 미적 세계관을 보여 준다. 그의 시적 지평이 드러내는 연민의 색조이다.

> 잡히지 않으려고 반짝이던 은빛 피라미 눈동자
>
> ─「수원천」 전문

"피라미"를 본 적이 있는가? 햇살이 투명한 맑은 계곡에 떼 지어 놀다가 작은 돌이라도 던지면 쏜살같이 흩어지곤 하는 피라미. 작고 재바르면서 은빛 비늘이 유난히 반짝이는 민물 어류. 화자는 "수원천"에 와서 이 작은 물고기의 추억을 떠올린다. 그런데 여기에서 주목할 점은 추억의 초점이 "피라미 눈동자"라는 것이다. 극미의 섬세함이다. "잡히지 않으려고" 흩어지던 "피라미 눈동자"란 어떤 표정일까? 비늘은 눈부시게 화려하지만 그러나 "눈동자"는 두려움과 슬픔에 젖어있지 않은가. 화자는 "수원천"에서 모든 생명이 지닌 슬픔의 존재성에 대해 생각하고 있는 것이리라. 한 행의 시편이 끊임없이 정서적 여운을 연쇄적으로 불러일으킨다. 사실 이 시는 이 시가 끝난 자리에서 시작되고 있다.

한편, 이와 같은 모든 존재에 대한 연민의 정서는 다음 시편에서도 아련하게 배어 나온다.

> 독경 소리다
> 소낙비
>
> 경판각 앞마당
> 자박자박

가슴속 돌부처

눈물로 깨우고 있는

무량한 소낙비 소리

—「소낙비」 전문

"소낙비"가 내린다. "무량"하다. 명사형으로 갈무리되는 절도가 소낙비
의 강렬성을 암시한다. "독경 소리" 같다. 이때는 누구나 단독자로서의 본
래적 삶과 만나게 된다. 이것을 시인은 "가슴속 돌부처/ 눈물로 깨우고 있"
다고 표현한다. "무량한 소낙비 소리"가 성불로 이끈 것이다. 그런데 시인
은 왜 여기에서 "눈물로 깨우고 있"다고 했을까? 세상이란 고해라는 인식이
바탕을 이루었기 때문이리라. 그래서 성불의 과정 역시 연민과 슬픔이다.

최동호의 이번 시집은 유년의 "수원 남문 언덕"에 돌아와서 다시 느끼는
우주의 지평과 감각이다. 유년기의 작은 "수원천"에서 꿈꾸던 우주를 오늘
날 극서정의 작은 시행 속에서 다시 꿈꾸고 있다.

2. 나직해서 높이 깨우는

황학주의 시집『사랑할 때와 죽을 때』는 간곡한 삶과 사랑의 서사가 주조
를 이룬다. 그러나 시적 어조가 뜨겁거나 강렬하지 않다. 오히려 작고 여리
고 나직하다. "한밤 찬장에 엎어둔 사기그릇이나/ 뚜껑을 열어둔 쌀독 같
은 데서/ 들려오는 소리 같다"(『말한다, 나의 아름다운 우주목』) 특히, 사랑이란
"순간마다 색스러워질 수 있"지만, 그러나 그의 시편에서는 "색 너머 투명
한 얼음"의 정조에 가깝다. 그에게 사랑은 선연한 장미가 아니라 "흰 감자
꽃"의 정감으로 노래된다.

네가 내 가슴에 가만히 손을 얹었는지 흰 감자꽃이 피었다
폐교 운동장만 한 눈물이 일군 강설降雪처럼 하얗게 피었다
장가가고 시집갈 때
모두들 한 번 기립해 울음을 보내준 적이 있는 시간처럼
                                       —「감자꽃 따기」 부분

　"흰 감자꽃"은 사랑의 감각이다. "네가 내 가슴에 가만히 손을 얹"을 때
"흰 감자꽃"이 핀다. "감자꽃" 사랑에는 지나간 추억이 배어있다. 추억이
된 사랑은 아름답다. 그러나 그것은 슬프다. 세월이 모든 것을 연민으로 느
끼게 하기 때문이다. 모든 밝은 것이 사그라졌던 소멸의 역사를 알고 있기
때문이다. 슬픈 아름다움이 "강설降雪처럼 하얗게" 쌓인 자리에 오늘의 "감
자꽃" 사랑이 피고 있다. 현재의 사랑이 과거의 기억들을 머금고 있는 것이
다. 그것은 마치 "어둠이" "환한 그림"을 그리고 있는 형상이다. "투명은 원
래 검은빛에서 나"(「암흑성暗黑星, 투명」)온다고 그는 생각한다.

　　어둠이 그린 환한 그림 위를 걸으며 돌아보면
　　눈이 내려 만삭이 되는 발자국들이 따라온다

　　두고 온 것이 없는 그곳을 향해 마냥 걸으며
　　나는 비로소 나와 멀어질 수 있을 것 같다
　　너에게로 가는 길을 찾을 수 있을 것 같다

　　사랑은 그렇게 걸어 사랑에서 깨어나고
　　눈송이 섞여서 날아온 빛 꺼지다, 켜지다
                                       —「겨울 여행자」 부분

　시적 화자는 "어둠이 그린 환한 그림 위를" 걷는다. "눈이 내려 만삭이 되

는 발자국들이 따라온다". "눈이 내려 만삭이" 된다는 것. "눈"과 "만삭"의 어우러짐은 우리 시사에서 가장 빛나는 눈의 묘사가 출현하는 대목이다. "발자국들이" "만삭이 되는" 길을 걸어가면 "너에게로 가는 길"이 찾아진다. "사랑은 그렇게 걸어 사랑에서 깨어"난다. 눈의 "만삭"은 사랑의 사랑을 잉태하고 있었던 것이다.

그에게 사랑의 기억은 과거의 화석이 아니라 현재형이면서 미래형으로 이어진다. 그의 나직한 목소리는 사랑 속의 사랑을 "깨어나"게 하는 염력을 지니고 있었다. 그는 "떠나올 때 길고 굽은 골목길/ 오래되고 따뜻한 그런 길을 펴 두었다가/ 이제 다시 어느 날 어디서 만나"(「받아 적으면 소설이여, 그녀가 말했다」)는 신묘한 미의식의 미로를 열어가고 있는 것이다.

그의 이러한 미적 방법론이 현존재자의 인생론으로 집중되면, "사랑할 때와 죽을 때"(「사랑할 때와 죽을 때」) 즉, 죽음이 생명을 깨우고 생명이 죽음으로 이어지는 길을 감득해 낸다. 그래서 그는 "부디 내세는 현세를 함께 견디기 시작"(「내세來世」)할 것을 당부하기도 한다. 그의 시선은 "이곳의 진짜 주인은 작고한 새의 그림자"(「아란, 흰 그림자 지는 절벽」)임을 감지해 낼 수 있는 경지에 이르렀기 때문이다.

그는 지금도 "해변의 소"처럼 사랑과 죽음이 닿아있는 "헐벗은 빛의 시간 속에/ 잠깐 보이는 길"(「해변의 소」)을 걷고 있고, 우리는 그의 만삭이 되어 가는 발자국을 하염없이 바라보게 된다. 삶과 죽음의 경계를 넘어선 "오래된 마음"(「아란, 흰 그림자 지는 절벽」)의 아득함이다. 그의 "외침조차 조용"(「만년晩年」)한 나직한 목소리가 열어 놓는 주술이다.

'흰 그늘'의 눈부심을 위하여

1. 초월과 역설

나희덕, 『말들이 돌아오는 시간』과 박형준, 『불탄 집』을 연이어 읽는다. 어둡고 먹먹하면서도 소금꽃처럼 맑고 환하다. 어느덧 중년의 막바지까지 몰고 온 세월의 두께가 이들에게도 어둡고 신산스러운 그늘을 화석처럼 덧씌우고 있다. 특히 이들 시편들은 공통적으로 죽음의 조사와 되새김의 고통으로 뒤채이고 있다. 죽음의 비감은 어느새 삶의 세계를 온통 조락과 소멸의 기운으로 감염시키기도 한다. 그러나 이들은 신산고초의 '그늘'을 '그늘'의 어둠으로 노래하는 데 그치지 않고 '흰' 밝음의 초월적 아우라로 승화시켜 나가고 있다.

김지하에 의해 구체화된 '흰 그늘'의 미학의 한 경지를 보여 주고 있는 것이다. '흰 그늘'의 미학에서 '그늘'이 어둠, 고통, 혼돈이라면 '흰'은 '그늘'의 초월적 승화에 해당하는 빛, 숭고, 질서에 해당한다. 우리의 전통 판소리에서도 신산고초에서 우러나오는 '그늘' 깊은 소리를 높이 평가한다. '그늘'이 없는 소리는 아무리 빼어난 기교를 자랑한다고 해도 감동을 주기 어렵기 때문이다. 그리고 여기에서 한층 더 나아간 단계가 '흰 그늘'의 경지이다. 이것은 어둠의 '그늘'이 눈부심의 차원으로 승화된 단계이다. 여기에서는 삶과 죽음, 빛과 어둠, 환희와 고통이 서로 다른 둘이 아니라 역설적인 연속성을 이룬다.

　나희덕의 시집에는 감당하기 어려운 죽음 의식이 깊숙이 스며들어 있다. 자신의 내면을 으깨고 후비는 죽음의 비통이 하염없지만 그러나 그는 점차 "차갑고 축축하고 부드러운 질감"의 "죽음"(「진흙의 사람」)이 자신의 원형질이라는 자각과 함께, "흑과 백"(「흑과 백」)이 한 몸을 이루는 역설적 연속성의 지점을 찾아간다. 한편, 박형준은 "평생 심화心火를 가슴에 안고 산" 어머님에 대한 "추억의 재생"으로서 시 쓰기를 추구한다. 그것은 죽음까지도 불같은 사랑으로 치환시켰던 어머니에 대한 기억과 이를 재연하는 자신의 생활 감각으로 나타난다. 그래서 그에게 죽음, 외로움, 슬픔 등은 모두 밝은 빛의 찬연함과 연속성을 이룬다. 우리 시단의 세대론적 중심부에 이른 이 두 시인의 시편이 보여 주는 '흰 그늘'의 원숙한 눈부심을 순차적으로 읽어 보기로 하자.

2. 나무의 생리학과 투명한 죽음 의식

　나희덕의 시적 원적은 나무였다. 그의 등단작이며 첫 시집의 표제작은 「뿌리에게」였다. 그가 여기에서 보여 준 "우물 앞에서도 목마르던 나의 뿌리"를 살갑게 보듬는 생명의식과 모성성은 당시 강퍅한 시대를 적시는 따스한 물줄기처럼 느껴졌다. 그러나 그는 이번 시집에서 "한때 나는 뿌리의 신도였지만/ 이제는 뿌리보다 줄기를 믿는 편이다"라고 선언한다. 그 이유는 "뿌리로부터 멀어질수록/ 가지 끝의 이파리가 위태롭게 파닥이고/ 당신에게로 가는 길이 조금씩 보이기 시작"(「뿌리로부터」)하기 때문이다. 여기에서 "당신"이란 무엇인가? 그것은 삶의 이편과 반대되는 "위태로움"이고 "허공"이고 죽음으로 읽힌다. 이번 시집의 첫 번째에 배치된 "어떤 나무의 말"은 이러한 정황을 묵묵히 담아내고 있다.

제 마른 가지 끝은
가늘어질 대로 가늘어졌습니다.
더는 쪼개질 수 없도록.

제게 입김을 불어넣지 마십시오.
당신 옷깃만 스쳐도
저는 피어날까 두렵습니다.
곧 무거워질 잎사귀일랑 주지 마십시오.

나부끼는 황홀 대신
스스로의 관棺이 되도록 허락해주십시오.

부디 저를 다시 꽃 피우지는 마십시오.
—「어떤 나무의 말」 전문

나무의 생의 욕망이 죽음충동에 지배되어 있다. "가지 끝"이 이미 말랐고 "가늘어질 대로 가늘어졌"다. 죽음이 삶 속에 깊이 파고 들어와 있는 것이다. 물론 나무는 "가지 끝"이 말랐다고 해서 생명을 다한 것은 아니다. 줄기는 메마를지라도 뿌리는 건재한 것이 나무의 생리학이다. 그러나 시적 화자는 "가지 끝"에 주목한다. 뿌리를 부정하고 "가지 끝"에 집중하는 것은 스스로 뿌리의 끈덕진 생명력과 모성성을 억압하고자 하는 의도이다. "당신 옷깃만 스쳐도/ 저는 피어날까 두렵습니다"라는 고백은 생의 충동과 죽음충동 쪽의 대등한 긴장 관계를 나타낸다. 그러나 나무는 죽음의 세계 쪽으로 경도된다. 그것은 "잎사귀"가 "곧 무거워질" 것을 알기 때문이다. 생의 편린들은 곧 시들고 고단해진다는 체념적 비관 의식이 짙게 배어있다. 삶의 의

욕을 거부하는 우울의 깊이는 마침내 스스로 "관槻"이 되길 원하기에 이른
다. "가지 끝"에서부터 시작된 죽음의 징후가 나무 전체를 부동의 화석으
로 응고시켜 나간다. 수직적 상승의 나무 기둥이 하염없는 하강의 "관槻"이
되고 있다. 나무는 이제 죽음의 심연에 빠져든다. 죽음의 염력이 생의 욕
망을 압도하고 있다.

그렇다면, 화자가 나무의 생리학이 준거하는 척도를 뿌리에서 찾지 않
고 "가지 끝"에서 찾는 직접적인 이유는 무엇인가? 다시 말해, "나는 뿌리
의 신도였지만/ 이제는 뿌리보다 줄기를 믿는 편"이 된 구체적인 까닭은 무
엇인가? 여기에 대해 "나는 이미 허공에서 길을 잃어버린 지 오래된 사람"
이라고 대답한다. "눈에 보이지 않는 암흑물질이/ 별들을 온통 둘러싸"(「어
둠이 아직」)면서 허공의 길을 덮었던 것이다. "빛이 들어왔으면,/ 좀 더 빛이
들어왔으면," 하고 되뇌지만 "그러나/ 남아있는 음지만이 선명"(「무언가 부족
한 저녁」)할 따름이다.

나희덕의 시 세계에서 이와 같은 "암흑"과 "음지"의 이미지는 삶 속에서
"죽음이 만져지는 순간"(「진흙의 사람」)들을 표상한다. 그의 시편들은 죽음에
시달리고 있다. 죽음은 "너의 부재 증명"(「그날 아침」)이다. 그러나 죽음은 부
재의 양식으로 다시 현존한다. "그들은 떠남으로써 스스로를 드러내고" 있
는 것이다. 부재의 현존은 실체가 없음으로 물리적으로 지울 수도 없다. 그
래서 삶의 세계를 송두리째 뒤흔드는 죽음의 비감은 통어할 방법이 없다.
스스로 "어둠이 등뼈에 불을 붙이고/ 등줄기가 타들어가는 소리를" 들을 수
밖에 없다. "어둠이 등뼈를 다 태울 때까지/ 낮도 밤도 없이 길고 긴 잠을
잘 수 있었으면" 하지만, 그러나 "밤이 지나면/ 독수리가 간을 쪼러 다시
찾아"(「추분 지나고」)올 것이다. 프로메테우스의 반복되는 천형의 시련이 재
연되고 있다.

그렇다면, 이러한 죽음의 비통과 신열에서 놓여날 수 있는 길은 무엇인
가? 여기에 대한 응답 역시 나무의 생리학이 일러준다. 이번 시집의 마지막
에 배치된 다음 시편은 이를 드러낸다.

길을 그리기 위해 나무를 그린 것인지

나무를 그리기 위해 길을 그린 것인지 알 수 없지만

또는 길에 드리운 나무 그림자를 그리기 위해

길을 그린 것인지 알 수 없지만

길과 나무는 서로에게 벽과 바닥이 되어왔네

길에 던져진 초록 그림자,

길은 잎사귀처럼 촘촘한 무늬를 갖게 되고

나무는 제 짐을 내려놓은 듯 무심하게 서 있네

　　　　　　　　　　　　　　　—「길을 그리기 위해서는」 부분

　"나무"가 곧 "길"의 지도이다. 이를 달리 표현하면, 그가 그린 "길"이 곧 "나무"였다. "길"과 "나무"는 "벽과 바닥"처럼 서로 다른 둘이 아니다. "더는 쪼갤 수 없도록" "마른 가지"(「어느 나무의 말」)의 나무에 초록 잎이 무성하다. 그래서 "길"은 "초록 그림자"로 충만하다. "길"이 "잎사귀처럼 촘촘한 무늬를 갖게 되"었을 때 나무는 "제 짐을 내려 놓"는 홀가분함을 느낀다. "마른 가지 끝"에 집중되었던 나무가 뿌리와 연속성을 회복한 것이다. 다시 말해, "뿌리보다 줄기를 믿"었던 그가 다시 "뿌리의 신도"(「뿌리로부터」)로 돌아간 것이다. 이것은 마치 "한 아메바가 다른 아메바를 끌어안았던 태고,"(「한 아메바가 다른 아메바를」)를 찾아간 것과 같다. 이렇게 보면, 이번 시집은 "마른 가지"의 나무가 잎으로 무성해지는 자기치유의 과정으로 해석된다.

　물론 이와 같은 "길을 그리기 위해서는" "누군가 까마득히 멀어지는 풍경,/ 그 쓸쓸한 소실점을 끝까지 바라보아야" 했으며, "나는 한 걸음씩 걸어서 거기 도착하려" 했기 때문이다. 이때 "한 걸음씩 걸어"간 것은 "마른 가지 끝"에서 뿌리를 향한 여정이라고도 해도 무방하다. 본래의 자기 동일

509

성으로 회귀하는 것이기 때문이다. 이러한 정황을 구체적인 행위로 감각화하면 다음과 같다.

> 흑은 백을 옆구리에 끼고 걸어가다가
> 담장에 비스듬히 세웠다
> 사다리가 된 백은 무표정해졌다
> …(중략)…
> 흑은 다시 백을 옆구리에 끼고 걸어가다가
> 강가에 이르러 백을 물에 띄웠다
> 뗏목이 된 백은 흑을 태우고 강을 건넜다
> 백의 등에는 강물이 점점 스며들었다
>
> ―「흑과 백」 부분

흑이 백이고 백이 흑이 된다. 흑에서 백이 태어나고 백에서 흑이 살고 있다. 흑과 백이 대립관계가 아니라 유기적인 연속성을 이룬다. 이것은 "죽음이 투명해질 때까지/ 죽음을 길들"(「식물적인 죽음」)였기 때문에 가능하다. 이때, 투명한 죽음이란 마치 "세상의 파도란 파도는 다 겪어본 듯한" 사람에게서 읽을 수 있는 "고요한 얼굴,"(「휠체어와 춤을」)과 같은 반대일치적 통합의 경지이다. 여기에 이르면, 나희덕의 시 세계는 어느 정도 평정을 얻게 된다. "죽음"과 "파도"가 "투명"과 "고요"의 초월적 아우라를 낳고 있다. 양극의 통합과 소통이 이루어지는 지점이다. '흰 그늘'이라는 역설적 미학의 한 진경이다.

3. 순백의 한恨 혹은 심화心火의 빛

박형준의 시집 『불탄 집』은 봄볕처럼 따뜻하고 환하다. 그렇다고 해서 시적 대상이나 내용이 경쾌하고 밝다는 것은 결코 아니다. 아프고 슬프고 처연한 일상사들이 서로 어우러지면서 내는 따뜻한 열기이고 빛이다. 마치 "울음이 커질 때마다 서로를 더욱 휘감으며 엎어지는"(「겨울 갈대밭」) 위안과 사랑의 열기와 빛인 것이다.

> 그녀를 휠체어에 태우고 요양원 복도 끝에 다다랐다
> 창밖에 은행잎이 불타올랐다
> 그 은행나무는 노란 불꽃을 일으키면서도 타지 않았다
> 뒤에서 휠체어를 밀던 내가 다시 병실로 방향을 바꾸려는 순간
> 그녀가 말했다 "나무에게서 내 아들 냄새가 난다"
>
> 어느 날 아침 그녀는 다시 허리를 일으키지 못했다
> 그녀는 차츰 젊은 날의 어머니로 돌아갔다
> 그녀는 어린 시절의 내 이름을 부르기 시작했다
> 요양원으로 옮기기 전날 그녀가 내 손을 붙잡고 말했다
> "저승사자들이 병치레를 하는 내 아기를 데려가려고 해서
> 땅에 내려오면 못 찾도록 다른 이름을 지어 줬다"
>
> ─「불에 타는 은행나무」 부분

시상의 배경에 "은행나무"의 "노란 불꽃"이 타오르고 있다. "불꽃"은 축제와 축복의 이미지를 표상한다. 그러나 정작 이곳은 "요양원"이다. "그녀를 휠체어에 태우고" 간호를 하고 있는 힘겨운 상황이다. "병실"과 축제의 이질성이 어떻게 어우러질 수 있을까? 그러나 이것은 쉽게 극복된다. 사랑이 매개되고 있기 때문이다. 그녀는 말한다. "나무에게서 내 아들 냄새가 난다". 그녀에게 아들은 "나무" 같은 존재이다. 다시 말해 "불에 타는 은행나무"는 그녀의 아들에 대한 뜨거운 사랑의 상관물이었던 것이다. 그래서 "은행나무"의 "노란 불꽃"은 불꽃처럼 화려했던 것이다.

2연에 이르면 어머니의 사랑은 더욱 곡진해진다. "저승사자들이 병치레를 하는 내 아기를 데려가려고 해서 땅에 내려오면 못 찾도록 다른 이름을 지어 줬다". 간호를 받고 있는 어머니가 오히려 아들의 안위를 걱정하고 있다. "아버지 돌아가시고 육 년을 요양원에서 보내"(「도마뱀」)던 그녀에 대한 슬픈 기억의 이면에는 "불에 타는 은행나무"처럼 거대한 희생적 사랑이 공존하고 있다.

그래서 시적 화자에게 어머니는 불의 이미지가 대체로 동반된다. 그는 어머니에 대해 시집의 〈표4〉에서 산문의 어법으로 이렇게 적고 있다.

어머니는 '불탄 집'이다. 어머니는 평생 심화心火를 가슴에 안고 사셨다. 이제 그 집은 불타 사라졌지만 그 심화는 쉽사리 지워지지 않는다. 마음속의 불, 어머니의 가슴에 타는 그 불을 누가 꺼뜨릴 수 있었겠나. 내가 시를 쓰는 것은 그런 어머니의 가슴에 팔찌를 하나 놓아 드리는 일이었다. 자식과 가족을 짝사랑하여 언제나 가슴에 불을 품고 사는 여인, 그 여인의 가슴에 시라는 팔찌를 내려놓는 일 …(중략)… 내 시의 팔찌는 어머니의 수천의 심화가 하나의 추억으로 재발견되기를, 그리하여 가족과 나를 짝사랑한 그녀의 인생이 조금은 찬란하기를 바라는 답례품이다.

인용문의 핵심적인 요체는 두 가지이다. 하나는, 어머니는 심화心火를 품고 사셨다는 것이고, 다른 하나는, 나에게 시란 어머니의 가슴에 팔찌를 놓아드리는 행위라는 것이다. 그리고 그 팔찌는 어머니에 관한 추억을 재발견하는 거울이라는 부연이다. 이렇게 보면, 여기에서 박형준의 시 창작의 비밀을 알 수 있다. 그것은 어머니의 심화心火를 스스로 재현하는 것이다. 여기에 이르면, 박형준의 시 세계에 빛의 이미지가 빈번하게 나타나는 이유를 짐작할 수 있게 된다. 그것은 어머니의 심화에 대한 재현이 그의 시 창작의 미적 방법론이며 내용 가치이기 때문이다.

다음 시편은 그의 시적 삶의 원형을 이루는 어머니의 이미지를 알레고리적 상징으로 보여 준다.

> 너무 엄숙해서 허공에서 물 따르는 소리가 순백의 한限으로 그녀의 손에 맺혔는지 모르겠습니다. 단지 나는 말은 아예 존재하지도 않는 곡소리가 이 세상에 있다는 것을 처음 알았습니다. 울음도 없는, 풀잎이 무성한 강기슭에서 끝날 것 같지 않은 물 따르는 소리를 들었습니다. 여인이 물단지의 물을 허공에 바쳤다가 따라내면 강물은 천상의 음료에 취해갔습니다. 강물은 시체를 품고 붉은빛으로 일렁이기 시작했습니다. 이윽고 누군가 시체의 몸에 불을 붙였습니다. 진물의 눈동자에서 불꽃이 녹아 한 줄기 흘러내렸고 닫혀 있던 시체가 꽃봉오리를 활짝 열었습니다. 강물이 꽃불을 싣고 먼 바다를 향해 떠나갔습니다.
>
> ──「불탄 집」 부분

죽음 의식이 장엄하고 숭고하다. 그래서 "물단지의 물을" 붓는 오랜 노역의 고통도 "순백의 한限"으로 소금꽃처럼 빛난다. "물단지의 물을 허공에 바쳤다가 따라내면 강물은 천상의 음료에 취해" 간다. 하늘과 강물이 한 몸으로 섞인다. 이때, 죽음의 제의가 시작된다. "누군가 시체의 몸에 불을 붙" 인다. "불꽃"이 녹아내리면서 시체는 "꽃봉오리"로 변신한다. 이제 강물을 흘러가는 것은 "꽃불"이다. 강물은 "꽃불"에 반사되어 온통 불타는 강이 된다. 강이 곧 거대한 한 채의 "불탄 집"이다. 여기에 이르면, 장례 제의의 대상은 "심화"로 표상되는 어머니의 죽음이라는 이미지를 표상하고 있는 것으로 짐작된다. 박형준은 인도 갠지스강의 장례 의식에서 어머니를 만나고 있는 것이다. 어머니가 먼 이국의 강에서 출렁이는 빛의 상징적 이미지로 현시되고 있다. 죽음을 장엄한 "꽃불"의 세상으로 불태웠던 것이 어머니가 품었던 "심화"의 본질인 것이다.

따라서 박형준의 시편에도 눈부신 빛이 자주 동반된다. 앞에서 지적한 바대로, 그의 시 창작 원리는 어머니의 심화를 재현하는 것이기 때문이다.

> 수천억 개의 빛들로 가득한
> 베란다 창밖은
> 마치 투명한 죽음 같은데
>
> 혼자 밥을 차려 먹는
> 휴일 오후, 식탁에는
> 찬물에 말아놓은 밥 한 그릇
> 쓸쓸하게 빛난다
>
> ─「휴일 오후 식탁에는」 부분

죽음과 외로움이 모두 빛의 이미지로 반사되고 있다. "베란다 창밖"의 "수천억 개의 빛"들이 사실은 "투명한 죽음"의 얼굴이다. 죽음이 현재 속에서 빛으로 살고 있다. 그리하여 혼자 먹는 "찬물에 말아놓은 밥 한 그릇"의 쓸쓸함에도 빛이 발한다. 마치 "반짝거리는 심해"의 아래에는 "죽음 같은 바다가"(「바다」) 살고 있는 것처럼 죽음, 쓸쓸함 등과 투명한 빛이 전일적인 연속성을 지닌다. 어머니의 심화가 시적 화자의 생활 정서와 감각 속에 재연되고 있는 것이다. 반대일치의 역설, '흰 그늘' 미학의 눈부심이 어느덧 박형준의 시 세계에 메아리처럼 투영되고 있는 현장이다.

메타—리얼리티meta-reality를 위하여

1. 실재와 재현

조연호와 김경주의 시집을 읽는다. 낯설고 불편하다. 시적 문법과 이미지가 이색적이고 난해하고 불친절하기 때문이다. 그러나 이 점은 이들 시편이 지닌 가장 큰 미덕이기도 하다. 오늘날 대다수 시편의 어법과 양식이 지나치게 패턴화되어 있는 것과 뚜렷하게 대조되기 때문이다. 관습적인 시적 문법과 양식에 친숙감을 느끼는 것은 스스로 타성적인 사고와 상상에 안주하고 길들여져 있다는 것을 가리킨다. 보고 싶은 것만을 보고 말하고 싶은 것만을 말하는 것, 혹은 보이는 것만을 보고 말할 수 있는 것만을 말하는 것이 아니라 실재의 '있는 모습 그대로'를 보고 말하는 방법은 무엇일까?

르네 마그리트는 이렇게 진술한 바 있다. "리얼리즘은 일반적이고 평범하다. 그래서 리얼리티를 쉽게 얻을 수 없다". 그는 보이는 세계의 변화와 질서에 집중하면서, 이를 묘사하고 의미화하고 설명하는 리얼리즘의 재현 공간을 부정한다. 세계는 보이는 현상뿐만이 아니라 보이지 않는 심연의 질서, 그리고 이 둘의 역동적인 상호 충돌, 간섭, 조화, 영향이 끊임없이 일

515

어나는 활성의 장이기 때문이다. 그가 "나는 나 이전에 그 어느 누구도 생각하지 않았던 방식으로 생각한다"라고 말하고 이를 시도했던 까닭이 여기에 있다. 세계의 실재는 끊임없이 자기조직화 운동을 전개하고 있기 때문에, 살아있는 리얼리티는 늘 새로운 차원 변화의 과정 속에 있는 것이다. 그래서 현실적 삶의 언어는 항상 새로운 시적 어법과 형식과 표현을 요구한다.

그렇다면, 우리 시대의 삶에 가장 대응하는 우리 시대적 문법과 형식은 어떤 것일까? 물론 여기에 대한 정해진 대답은 없을 것이다. 다만 어떤 양식론이 타성적인 안주를 거역하고 복잡하고 불확정적인 '지금—여기'의 있는 모습 그대로의 재현을 위한 더욱 창의적인 탐색과 시도를 하고 있는가 하는 것이 중요할 것이다. 이러한 문제의식 속에 조연호와 김경주의 시집은 근자에 단연 눈길을 끈다. 이들의 시 세계는 메타-리얼리티meta-reality의 지평을 열어가고 있는 것으로 보인다. 메타-리얼리티(meta: after, beyond, with, change-reality)는 가시적인 현상과 이면의 세계는 물론 그 상호 역동적 과정을 동시적 입체적으로 재현하는 방법론에 해당한다.

2. 김경주, 다차원적 재현 공간

김경주의 시 세계는 보이는 세계는 물론 보이지 않는 세계의 가시화까지 입체적이고 연속적으로 묘파하고자 시도한다. 그에게는 보이는 것보다 보이지 않는 것에 더 중요성을 부여할 근거도 없지만 그 역도 마찬가지이다. 세계의 실재는 드러난 차원과 숨은 차원의 역동적인 관계성의 장이기 때문이다. 그래서 그의 시적 어법은 익숙하면서 낯설고 낯설면서 안정적이다. 그의 창작 방법론은 처음부터 서정적 자아의 단일한 동일성의 원리와 어긋나는 길을 지향해 왔다. 그는 서정적 단일성의 재현을 부수고 다차원적 재현의 공간을 추구하고 있었던 것이다. 이를테면, 그의 시적 시선은 "사시"의 속성을 지닌다.

너의 눈동자는 밀입국자처럼

우리의 시야를 몰래 빠져나간다

우리가 추방해버린 시제에서

너의 시선은 세계를 밀매한다

…(중략)…

가장 자유로운 곳으로 움직인다

암묵적으로 동의를 구해 놓은 시야에서 우리는 참혹하다

두 눈이 없이 태어나

평생 서로를 몰라보는 쌍둥이처럼,

한 눈씩 나누어 가지고 태어나

평생 서로의 몸을 그리워할 쌍둥이처럼,

우리는 늘 같은 방향을 보고 있지만

우리의 시선은 한 번도 같은 장소에 모여본 적이 없다

—「사시」 부분

"사시"는 좌우 눈의 시축이 동일점을 향하지 않는다. 그래서 바라보는 대상과 방향이 다차원적이다. "암묵적으로 동의를 구해 놓은 시야" 안의 "같은 장소"에 "한 번도" 모여본 적이 없는 증상이다. "사시"의 시선은 동시적으로 서로 다른 장소와 방향을 향해 활동한다. "자유로운 곳으로 움직"이며 "우리가 추방해버린 시제"를 찾아 다시 대면하고 직시하기도 한다. 복수의 시점이 지닌 다차원적 재현의 가능성이다. 그래서 "사시"의 방법론에서는 안과 밖, 현실과 꿈, 이성과 환상, 의식과 무의식, 현재와 과거의 시제를 입체적이고 동시적으로 구현할 수 있다. 이를테면, "사시"의 창작 방법론은 "화가가 수몰 지구 앞에서 화폭을 폈다/ 오래전 물에 잠긴 마을을 복원하는 중이다// 세필로 댐을 부순다// 어떻게 그림 속으로 수몰된 마을을/ 다

517

시 데려올 것인가"(「굴 story」)」하는 문제를 해결할 수 있다. 그것은 "수몰 지구 앞"의 현재적 공간과 수몰되기 전에 경험된 현재의 공간을 동시적으로 구현하는 것이다. 실제로 수몰지구가 갖는 존재의 현전성은 수몰되기 전의 내재적 층위와 수몰된 이후의 외적 현상의 전일적 통합에 해당되기 때문이다.

> 붓은 물속의 마을을 조금씩 화폭으로 옮겼지만
> 사람들 눈에 잘 드러나지 않았다
> '이거 자꾸 그림 속에 물만 채우는 것 같군'
> 그는 그리는 것을 멈추고
> 그림 속 물이 마를 때까지 기다려보기로 했다
> '마을이 드러날 때까지 말이야.'
>
> ─「굴 story」 부분

이미 화가는 그림 속에 수몰지구의 현전성을 옮기는 데 성공하고 있다. "사람들 눈에 잘 드러나지 않"지만 "그림 속 물이 마"르면 "마을이 드러"날 것이다. 그림은 물에 젖어있으면 수몰된 이후의 마을 풍경을 드러내고 물이 마르면 수몰되기 전의 마을 풍경을 드러내는 형국이다. 수몰지구의 풍경이 드러난 현상뿐만이 아니라 드러나지 않는 이면까지 전일적으로 함께 구현되어 있다.

이와 같이 김경주는 보이는 현상의 평면적 재현 공간을 파괴함으로써 보이는 실재와 보이지 않는 심연을 동시에 다차원적으로 재현해 내는 메타─리얼리티(meta: after, beyond, with, change─reality)의 공간을 추구하고 있는 것이다. 그는 메타─리얼리티의 창작 방법론을 통해 서정적 자아가 갖는 동일성 원리의 단일성을 넘어서고자 하는 것이다. 그의 시적 상상이 사유와 현실의 경계를 넘어서면 "새 떼에 걸려, // 문장은 기적을 내기도 한다"(「기척도 없이」)는 정황이 포착된다. 그리고 "설맹雪盲" 속에서는 "곡기를 끊은 돌멩이/ 햇빛 속에서 투명해진다"는 정황이 열린 몸성으로 목도된다. 또한 언어와 언어 사이의 경계를 넘어서면서 "아직까지 본 적이 없는 내 문장/ 아직까지 본적도 모르는 당신의 문장"(「본적」)처럼 동음이의어의 질적 전환을 자유롭게 펼쳐낸다.

김경주의 이러한 시적 방법론에서 이제 남은 과제는 더욱 깊은 우주적 비의를 환기시키는 것이 될 것이다. 이때, 그의 시적 리얼리티는 섬세한 직시와 민첩성의 범주를 뛰어넘어 신비적 무한의 진중함까지 성취할 수 있을 것이다.

3. 조연호, 비선형적 현전성의 미로

조연호의 시집 『암흑향』은 온통 암흑으로 뒤덮여 있다. 암흑은 사물의 크기, 윤곽, 색채, 성향의 구별을 무화시킨다. 칠흑 같은 어둠 속에 있어 본 사람은 알 것이다. 암흑 속에는 어떤 인과적 질서나 서열이나 개념도 휘발된다. 암흑은 질서, 변화, 제도, 관습, 금기의 이전이거나 이후이다. 그래서 암흑에는 이 모든 것들을 껴안으면서 동시에 이 모든 것들로부터 자유롭다. 시작도 없고 끝도 없지만 그러나 동시에 어느 것도 없는 것이 없다. 그래서 구체적 현존과 신화적 무한, 원시적 본능과 문명적 규율, 주체와 객체, 이승과 저승, 과거와 현재, 육체와 영혼 등이 모두 서로 엇섞이어 한 몸을 이룬다.

그래서 조연호의 시집을 읽는 것은 암흑의 마을(暗黑鄕)의 카오스적 미분성의 블랙홀에 빠져드는 과정이다. 카오스는 문명적 분화 이전의 태초의 세계이고 미지의 세계이다. 그러나 실제로 카오스와 코스모스는 대립 관계가 아니다. 근대 이성중심주의에서 카오스는 문명적 정화의 부정적 대상으로 인식되지만 사실은 이성적으로 설명할 수 없을 뿐 일상 속에 공존하는 불확정성이다. 근대 문명사회의 수량적, 규범적, 합리적 질서 역시 어둠, 밤, 죽음, 제의, 종교 등의 불확정성 속에 깊이 에워싸여 있지 않은가.

물드는 서쪽에 사람으로 구더기였음을 두고

할아버지들은 돌아간다 떨어진 씨앗이 내게 막대를 꿰던 날

죽어 또 귀신이 된 너와 만나 즐거웠다

언덕을 따라 억새풀의 꿈이 낮게 풀릴 때

양심을 기름지게 만드는 것으로라도

이대로 영원히 어엿한 날고기가 되어 있고 싶었다

—「적寂」 부분

시적 언술이 주술처럼 다가온다. 제목이 부적을 뜻하지 않는다 할지라도 시적 언어가 의미 전달 수단이 아니라 스스로 말하는 물질에 가깝다. 이 점은 이번 시집 전반의 일관된 특성인 바, 한자를 자주 구사하는 까닭도 여기에 있다. 한자는 표음문자가 아니라 사물의 상형에 기반을 둔 독자적인 표의문자적 속성을 지니기 때문이다. 시행이 거듭될수록 "암흑향"의 미로는 점점 깊어진다. "암흑향"의 미로는 인과적 개연성과는 무관하다. "사람"과 "구더기"와 "귀신"이 서로 한자리에서 연속성을 지닌다. "사람으로 구더기"이며 "죽어 또 귀신이 된 너와 만"난다. "암흑"이 사람과 구더기와 귀신을 동일성의 원리 속에 복속시키고 있다. 근대 이성 중심주의의 선형적인 시간관이 완전히 와해되어 있다.

조연호에게 현존은 미래를 향한 일과적 과정이 아니다. 그에게 선형적 시간관은 근대 합목적적 세계관의 지배 책략으로만 파악된다. 그에게 시간의 화살은 과거에서 미래로 향하는 선형이 아니라 '지금—여기'를 향해 사위에서 수렴되고 확산하는 비선형적으로 전개된다. 그래서 그에게 현전성은 과거, 미래, 이승, 저승, 벌레, 인간, 정신, 혼령 등등이 중첩되고 혼융된 신화적 무한으로 열려 있다.

실제로 인간의 피부는 미생물의 미토콘드리아 단계부터 시작된 진화의 집적물로 알려져 있다. 따라서 인간의 몸성에서 "구더기"나 "물고기"의 속

성을 읽어내는 것은 결코 무리가 아니다. 인간은 통시적, 공시적으로 입체적인 우주적 자아인 것이다. 그래서 "가끔 뺨을 때려 스스로를 알아가기로 했었다. 여름이면 가장 푸르게/ 인면人面을 뜯어내고 유령 각각은 흙, 풀, 돌로 죽어 있었다"(「적膤」)와 같은 표현이 자연스럽게 등장한다. "인간은 양모養母를 닮은 한 겹 주머니에 불과하다"는 명제가 가능하기 때문이다.

한편, 조연호의 비선형적 현전성의 인식은 신에 대한 표상에서도 크게 다르지 않다. 그에게 신은 초월적 대상이 아니라 '지금―여기'에 함께 혼재한다.

> 신의 침상 가까이 아침의 빛나는 오점 앞에 서서
> 또 하나의 눈곱이 떨어진다
>
> ―「닐웨」 부분

> 신의 얼굴은 밤마다 긁혀 박덕해 보였다
>
> ―「사육신의 완阮」 부분

> 우리가 좋아하는 신이 우리로부터 온 신에 대항하기 위해 망아지를
> 잉태하면
>
> ―「양양기」 부분

여기에서 민족 종교의 경전으로 알려진 《천부경》《삼일신고》에서의 인중천지일人中天地―이나 강재내신降在腦神 그리고 동학의 《동경대전》의 시천주侍天主와 같이 '지금―여기' 인간 중심의 현세적 종교관을 연상하는 것은 지나친 견강부회牽强附會일까? 인간 속에 하늘과 땅이 통일되어 있고, 인간의 뇌 속에 신이 내려와 있으며, 인간 안에 신령한 하늘이 살고 있다는 인식들이다.

조연호의 "암흑향"을 지배하는 이러한 신관은 종말론에 입각한 합목적적인 수직적 역사관을 와해시키면서 그동안 도굴당한 '지금―여기'의 심원

한 본성을 구현하려는 시도로 보인다. 이렇게 보면, 조연호의 "암흑향"은 '지금—여기'에 내재하는 깊은 시간의식과 주술적 공감의 언어를 구사하는 메타-리얼리티(meta-reality)의 방법론을 통해 우주적 공간성을 탐사하고 있는 것으로 보인다. 참으로 깊고 어둡고 도저하다.

지독하도록 낯익은 고통

1. 상처의 언어

시는 상처의 자리에서 피어난다. 시가 눈부신 환희를 노래할 때에도 그것은 상처를 환기시킨다. 눈부신 환희 역시 상처의 꿈이었기 때문이다. 그렇다면 상처가 없는 천국이 도래하면 시는 사라지게 될까? 물론 그럴 것이다. 시가 태어나지도 않겠지만 시를 읽을 독자들도 없을 것이다. 시의 독자들은 기본적으로 상처의 노래를 통해 자신의 상처를 위안받고 치유하고자 하는 속성을 지니기 때문이다.

그러나 이 세상에서 시가 사라지는 날은 결코 오지 않을 것이다. 불가에서 전언하듯, 세상은 본래 고통의 바다이기 때문이다. 탄생의 과정부터 이미 고통이다. 탄생의 증거 역시 첫울음이지 않은가. 삶의 과정에서도 이 점은 마찬가지이다. 허름한 식당의 달력에서도 자주 보는 너무도 낯익은 말이지만 미워하지도 사랑하지도 말라고 하지 않았던가. 세상을 살아가는 일상사가 집착, 욕망, 상실의 눈덩이를 쌓아가는 것이라는 준엄한 전언이다. 그러나 이를 실행할 수는 없다. 세상은 본래 난장의 진흙밭이기 때문이다. 그래서 타인의 이별, 비애, 파탄, 죽음 등을 안타까워하지만 그러나 이 모든 것이 철저히 자신의 초상이기도 하다. 이승을 하직한 자 앞에서 흘리는 눈물이 사실은 이승을 하직할 자신을 향한 눈물이기도 한 것이다. 타인의 상처가 너무도 낯설면서도 낯익은 까닭이 여기에 있다. 타인의 상처가 너무나 아프면서도 위안이 되는 까닭 또한 여기에 있다. 그래서 상처의 자리에서 피어나는 시는 치유의 주술력을 지닌다.

2. 고통의 풍경과 울림

심재휘의 시집 『중국인 맹인 안마사』에서 고통의 울림은 깊고 유려하다. 그것은 "몸속에 고여 있던 어떤 울음이/ 더듬이 길게 빼고" "제 소리를 송신하"(「울음의 집」)듯 토해 내는 울림이다. 그렇다면, 그의 "몸속에 고여 있"는 울음의 실체는 무엇인가. 다음 시편은 이에 대한 대답을 제공한다.

상해의 변두리 시장 뒷골목에
그의 가게가 있다

하나뿐인 안마용 침상에는 가을비가
아픈 소리로 누워 있다

주렴 안쪽의 어둑한 나무 의자에 곧게 앉아
한 가닥 한 가닥
비의 상처들을 헤아리고 있는 맹인 안마사

곧 가을비도 그치는 저녁이 된다

간혹 처음 만나는 뒷골목에도

지독하도록 낯익은 풍경이 있으니

손으로 더듬어도 잘 만져지지 않는 것들아
눈을 감아도 자꾸만 가늘어지는 것들아

숨을 쉬면 결리는 나의 늑골 어디쯤에
그의 가게가 있다

—「중국인 맹인 안마사」 전문

"맹인 안마사"에게 시각의 역할은 몸의 감각이 대행한다. "손으로 더듬"고 체온으로 감지하는 몸의 기억과 반응이 세계와 만나는 방법이다. 그래서 "맹인 안마사"에게 시각은 더욱 절실하고 정직하고 간곡하다. '보다'의 수직적 주관성보다 '느끼다'의 수평적 관계성이 주조를 이룬다. 가난한(안마용 침상이 하나밖에 없는) "맹인 안마사"가 "내리는 비"를 "한 가닥 한 가닥" "헤아리고 있"다. 비는 너무 많고 그만큼 상처도 너무 많다. 하염없이 처연하고 곡진한 풍경이다. 몸에서 배어 나오는 아픔으로 세상을 만나고 세상의 아픔을 몸으로 받아들인다. 그러나 "중국인 맹인 안마사"의 이처럼 통절한 삶의 풍경은 "지독하도록 낯익은 풍경"이기도 하다. "숨을 쉬면 결리는 나의 늑골 어디쯤에"도 "그의 가게가 있다". "중국인 맹인 안마사"의 몸의 더듬으로 느끼는 상처가 나에게도 고스란히 내재해 있었던 것이다.

다음 시편은 "나의 늑골 어디쯤에" 존재하는 "중국인 맹인 안마사"의 "가게"의 실체를 보여 준다.

도마 위의 양파 반 토막이
그날의 칼날보다 무서운 빈집을
봄날 내내 견디고 있다
그토록 맵자고 맹세하던 마음의 즙이

겹겹이 쌓인 껍질의 날들 사이에서
어쩔 수 없이 마르고 있다

—「옛사랑」 전문

화자는 "옛사랑"을 노래하고 있다. 그러나 이때 "옛사랑"은 과거의 화석
이 아니라 경험된 현재이다. "어쩔 수 없이 마르고 있"지만 그러나 "양파"의
매운맛이 아직 지속되고 있다. "옛사랑"의 여진은 "양파"의 매운맛을 지긋
이 견디는 아픔과 상응한다. "봄날 내내 견디고 있"는 "무서운 빈집"이란 사
랑이 스러져 간 빈자리에 남은 서늘한 고독의 공포를 가리킨다. 그러나 이
토록 공포스런 고독과 양파 맛처럼 쓰라린 상처는 시적 화자의 개별적 특성
이 아니라 인간 보편의 존재론적 숙명이기도 하다.

한밤중에 일어나 어둠 속에서 휴대폰을 받는다 경상도 사내의 낮고 짧
은 사투리 벌써 사흘째 밤이다 어둠의 저편도 어둠일 터인데 아직 집
에 들지 못한 사내는 춥고 가난한 이름 하나를 오늘은 묻지 않는다 못
내 전화가 끊어진다

이 전화번호는 며칠 전부터 내 번호가 되었다고 매일 밤 말해 보아도
그에게는 믿고 싶지 않았던 사흘이 있었나 보다 매번 마지막인 결심
이 있었나 보다

잘못 거는 전화인 줄 알면서도 별 수 없이 또 전화를 넣어보는 저 한
밤의 심사 지독하게 추웠던 겨울이 다 지나간다고 해도 꽃이야 새로
이 피어난다고 해도 한 번만 더 걸어보고 싶은 한밤중의 전화가 있으
니 말없이 머뭇거리며 끊어야 하는 전화가 있으니 누구에게나 오래도
록 아물지 않는 이별이 있으니

—「늦은 밤에 거는 전화」 전문

"누구에게나 오래도록 아물지 않는 이별이" 있는 것이다. 그래서 "매번 마지막인" "늦은 밤에 거는 전화"가 있다. 그렇다면, "아물지 않는 이별"의 마법으로부터 벗어나는 방법은 무엇일까? 이러한 질문 앞에 다음 시편이 놓인다.

　　지난여름
　　뒷마당의 측백나무 울타리 가에
　　깊이를 가진 의자 두 개를 두었더니
　　그대가 즐겨 앉고 떠난 한 자리에
　　오늘은 가을 저녁 빛이 앉았습니다
　　당신 모습만큼만 앉았다 저녁연기처럼
　　흩어집니다

　　아직도 당신이 앉아 있는 저 의자는
　　밤낮 빈 의자입니다
　　우리가 한 생애 동안 가질 수 있는 것이라고는
　　저렇듯 만질 수 없는 의자의 깊이뿐입니다

　　터질 듯 매달린 가을 열매들 곁에서
　　비록 아무도 모르게 식어가는 저 의자이지만
　　그 충만한 허공까지도 내 흔쾌히 사랑할 수만 있다면
　　서늘한 의자에 그대처럼 앉아보는 나의 오늘이
　　이렇게 외롭지는 않을 것입니다만
　　　　　　　　　　　　　―「빈 의자의 깊이―북쪽마을에서의 일 년」

"아직도 당신이 앉아 있는 저 의자는/ 밤낮 빈 의자"이다. "당신"은 부재를 통해 현존하는 역설적 존재성을 지닌다. 정서적으로는 현존하지만 실체적으로는 부재한다. 그래서 "우리가 한 생애 동안 가질 수 있는 것이라고 는" "만질 수 없는 의자의 깊이뿐"이다. 이를 좀 다르게 표현하면, "한평생 가질 수 있는 유일한 것은/ 멀어지는 이별 후의 다시 다가오는 이별뿐"(「두 번째 이별」)이다. 그리움의 반복이 이별의 아픔을 반복하도록 한다는 것으로 해석된다. 그렇다면 이별의 비감에 시달리지 않는 방법은 무엇일까? 그것 은 "주머니 속에 한 푼의 이별도 남아 있지" 않을 때까지 "이별과도 이별하 는" "영원한 이별"(「두 번째 이별」)에 이르는 것이다. 여기에서 "영원한 이별" 이란 "허공까지도" "흔쾌히 사랑"하는, 즉 스스로 허공에 가까워지는 초탈 의 지점에 이르는 것이다. 이것은 육탈이며 열반의 경지이다. 붓다의 출현 도 이를 일깨워 주기 위함이었으리라.

3. 고해苦海와 수행

이승하의 시집 『불의 설법』은 1부 '붓다의 생애'와 2부 '향가를 다시 읽다' 를 통해 세속의 고통과 수행의 현장을 노래하고 있다. 불가에서는 우리가 숨 쉬는 곳을 고해라고 하였다. 고통의 물이 사위를 에워싸고 있다는 것이 다. 따라서 그가 추적하는 붓다의 발자취는 고통의 인생론에 다름 아니다. 그래서 시집 제1부 붓다의 생애의 서시가 "태초에 아픔이 있었다"로 시작되 는 것은 전혀 어색하지 않다.

> 더 이상 참을 수 없는 아픔이 왔을 때
> 이제 곧 죽을 것만 같았을 때
> 내 배 안에서 놀던 아기
> 바깥세상으로 나오자마자 온몸으로 우는구나
>
> ─「태어나는 괴로움」 부분

탄생의 증거가 울음이다. 산모의 진통처럼 태어나는 아기도 아픔을 겪는다. "세상의 모든 어머니와 자식은/ 살이 찢어지는 아픔과/ 온몸으로 우는 울음으로 맺어"진다. 인생은 출범부터 이처럼 고통의 자맥질이다. 그렇다면 고해의 세상사의 실체는 어떠한가?

> 수드라 계급 하인이 부쳐주는 부채 바람을 맞으며
> 그때 흙 속 지렁이들을 새가 날아와 쪼아 먹는 것을 보았네
> 세상은 어디를 가나 약육강식
> 같은 종족끼리도 잡아먹고 잡아먹히는구나
> 뺏고 빼앗기는구나 인간의 세계
> ─「인간을 사고 파는 행위에 대하여」 부분

세상은 "약육강식"의 논리가 지배한다. 부처가 궁궐의 담을 넘을 수밖에 없는 계기가 여기에 있다. "잡아먹고 잡아먹히고" "뺏고 빼앗기는" 악무한적 순환회로가 세상을 지배한다. 물론 이러한 질곡의 업장은 비단 외부 세상의 지배 논리에서만 기인하는 것은 아니다.

> 제자들아 그 불보다 더 무서운 불이 있다
> 탐욕의 불, 분노의 불, 우둔의 불이
> 너를 활활 태울 것이다
> 가슴을 태우고 아랫배를 태우고 뇌를 태울 것이다
> ─「불의 설법─상두산에 올라」 부분

붓다는 말한다. 산불이나 들불보다 더 무서운 것이 "탐욕의 불, 분노의 불, 우둔의 불"이다. 무간지옥은 바깥세상에서 비롯되는 것만이 아니라 내면의 마음에서부터도 비롯된다. 억울함에 분노하지 않을 수 없고 진실을 멀리하는 사람 앞에 절망할 수밖에 없는 마음에서도 무간지옥이 출발한다. 그

래서 불교는 마음공부가 종지를 이룬다.

　다음 시편은 이러한 정황을 체험적 생활 언어로 노래하고 있다.

　　　어제도 세상은 어두웠다
　　　아무런 죄 저지르지 않은 나를 향하여
　　　손가락질하는 사람들 사이에서 헤매었다
　　　거짓말을 믿는 사람들이
　　　진실을 믿는 사람들을 비웃고 있었다

　　　싯다르타는 어린 날 무엇을 배웠을까
　　　사냥을 배웠을까 사랑을 배웠을까
　　　다스리는 법을 배웠을까 복종하는 법을 배웠을까
　　　겨울이 오면 봄 또한 머지않았다고 노래한 시인도 있었지만
　　　여름과 겨울이 점점 길어지고 있다
　　　구설의 찬바람 부는 이 세상에서 사계가 사라졌다
　　　겨울에 봄꽃 핀다 황사 바람 그치자 태풍이 몰려온다

　　　뒤죽박죽인 계절이 영 종잡을 수 없다 견딜 수 없다
　　　너를 위하여 나는 내 것이었던 모든 것을 버린다
　　　　　　　　　　　　　　　　　　　　　─「너를 위하여」 부분

　세상이 어둡다. "손가락질하는 사람들 사이에서 헤매었다". 거짓이 진실
을 압도하고 있다. "겨울이 오면 봄 또한 머지않았다고 노래한 시인도 있
었지만", 그러나 봄은 너무도 멀다. "황사 바람 그치자 태풍이 몰려온다".
구설과 오해의 회오리에 시달리는 일상의 고통이다. 붓다가 인식한 고통의
난바다를 시적 화자 역시 온몸으로 체험하고 있는 것이다. 다시 말해, 붓
다의 고행의 발자취를 좇는 것은 시적 화자 자신의 삶의 발자취를 반추하

는 작업에 해당한다.

그렇다면, 이처럼 지속되는 고통의 업장을 넘어설 수 있는 방법은 무엇일까. 그것은 "내 것이었던 모든 것을 버"리는 하심下心에서 가능하다. 이때 하심下心이란 표면적인 오감으로부터 자유로워지는 것에서 시작된다.

> 소리, 냄새, 모양, 맛, 감촉에 대한 욕심 끊어야
> 네 마음의 불길 잡을 수 있는 법
> 우리는 모두 섶을 지고 살아간다
> 불나방처럼 저 불이 얼마나 무서운 것인 줄 모르고
> ―「불의 설법―상두산에 올라」 부분

모든 감각을 끊어버릴 때 "마음의 불길"은 잡힌다. "소리, 냄새, 모양, 맛, 감촉"의 오감에 휘둘리지 않을 때 마음의 평정이 찾아진다. 그래서 고해를 건너는 길은 처절한 수행의 길이 된다.

한편, 다음 시편은 평정한 마음의 한 극점을 보여 준다.

> 별이 아프면 별똥이 되어 떨어지고
> 달이 아프면 구름 뒤에 숨고
> 강이 아프면 폭포가 되어 떨어지고
> 병이 깊으면 담담히 죽음 맞이하면 되지
> ―「태어나는 괴로움」 부분

오감으로부터 자유로워진다는 것은 자기 삶의 모든 가치와 판단을 자연의 순리(道)에 맡긴다는 것이다. 물론 여기에는 삶과 죽음의 문제도 해당된다. 삶 역시 집착의 대상이 아니라 죽음을 통해 완성되는 여정이다. 이미 "별/달/강"은 이러한 자재로움을 실천적으로 보여 주고 있었다.

여기에 이르면, 석가세존의 고행의 현장을 추적하는 발걸음이 "한 인간

의 깨달음이 이 탑을 이루"(「대보리사 대탑 앞에서」)는 과정이었음을 알 수 있다. 도처에 산재해 있는 깨달음의 탑은 고통과 번뇌를 감당해 온 흔적의 탑이기도 하다. 시적 화자는 부처가 수행했던 길을 통해 오늘도 반복되는 고통스런 세상사의 속성을 반추하고 고통스런 세상의 속성을 통해 깨달음의 가치를 일깨우고 있는 것이다.

역설적 통합의 미학을 위하여

판소리에서 뛰어난 명창은 귀신의 울음을 흉내 낼 줄 아는 소리꾼이라고 한다. 육신은 없어졌으나 저승에도 갈 수 없는 귀신의 울음! 얼마나 깊은 한과 울분이 켜켜이 쌓여 있겠는가. 귀신의 울음소리를 흉내 낸다는 것은 그 귀신의 한과 울분의 깊이를 스스로 체감할 수 있는 경지여야 하리라. 그런데 이보다 더 높은 지존의 명창이 있다고 한다. 그것은 귀신의 웃음소리를 낼 줄 아는 소리꾼이다. 귀신의 웃음소리란 무엇일까? 그것은 동굴처럼 깊은 어둠의 울음에서 뿜어져 나오는 환한 웃음이다. 한과 울분의 심연에서 반사되는 초월적 빛의 소리이다. 귀신의 웃음은 귀신의 울음이면서 동시에 이를 넘어선 아우라이다. 눈부신 울음이고 울음의 눈부심이다. 이것은 모순 형용과 역설적 통합의 미학이 목도되는 지점이다.

시의 경우 역시 이와 크게 다르지 않으리라. 이것과 저것의 변별에 그치는 것이 아니라, 문득 그 경계를 뛰어넘어 이것이면서 저것인 반대일치의 현묘한 경지, 그 역설적 통합의 시적 구현이 차원 높은 고수의 경지일 것이다. 이러한 문제의식 속에서 지난 계절에 발표된 시편들을 찬찬히 일별해 나갔다. 조정권의 시편 앞에서 나의 숨결은 순간 정지되었다. 가슴이 먹먹하고 아파왔다. 고요하면서도 강렬하고 환하면서도 캄캄했다. 그는 어째서 이런 시를 쓸 수 있었고 왜 이런 시를 썼을까? 한참 동안 이런 생각이 서늘하게 스며들었다. 일부를 인용하면 다음과 같다.

밤새 고요가 펑펑 쏟아졌다.

고요를 베개 삼고

이곳까지 와
또 저 삭발한 산을 시처럼 쳐다본다.

저 겨울산.

내 옆에 드러누운 불면
내 잠 속에서 동침했던 무의식.

하늘 시꺼멓다.

밤새도록 진흙 눈발
시꺼멓게 젖은 검은 산자락 하얗다.

새벽.
어둠 맞으며
올라간다.

나의 등정은
어둠을 맞이하며 탄광 같은 어둠의 갱도 속으로 올라가는 일.

새벽하늘은 구름의 진흙탕

…(중략)…

진흙같이 언 어둠. 이게 시로구나

갱도 속에 달이 떠 있다

—「검은 산」 부분

제목에서부터 "검은" 색채가 뒤덮고 있다. 시간적 배경도 밤이다. 그래서 시상의 전반이 온통 검고 어둡다. 그러나 어둠 위로 흰빛이 별똥별처럼 눈부시게 비치고 있다. "시커멓게 젖은" "산자락"이 문득문득 흰빛을 반사시키고 있는 것이다. 문인화에서 매화도의 기굴창연奇屈蒼然의 미의식을 떠올리게 한다. 질곡의 세월을 증거하는 검고 구불구불한 가지 끝에 성글게 피어있는 환한 몇 잎의 꽃잎. 어둠이 빛을 낳고 빛이 어둠을 바라보는 장면들. 빛과 어둠의 역설적 통합이 일어나는 지점. 위의 시편은 이러한 면모를 오롯이 보여 준다.

"밤새 고요가 펑펑 쏟아졌다". 고요가 너무 깊어 차라리 소란하고 화려하다. 고요의 무한이 물질적 감각으로 밀려올 때 시인은 고요를 "베개"로 삼는다. 고요가 안팎의 온 세상을 지배한다. 이때 구체적 실체로 솟아오른 내면의 "무의식"을 멈칫 마주한다. "저 삭발한 산". 여기에서 지시어 "저"는 발견의 탄성과 놀라움의 단말마이다. 시인은 새삼 "저 삭발한 산"에서 "내 잠 속에서도 동침했던" "시"를 만난다. 고요의 격정이 시의 정체를 불러일으켰던 것이다.

시선의 방향은 다시 "하늘"을 향한다. "하늘 시꺼멓다". 시꺼먼 하늘에서 밤을 타고 "눈발"이 내린다. "진흙 눈발"이다. 하늘과 땅이 서로 혼융되어 있다. "밤새도록" 내린 "눈발"에 "검은 산자락" "시커멓게 젖"어 있다.

그러나 반사된 색은 "하얗다". "시커멓"고 "검은" 빛깔들이 겹치면서 흰빛을 낳고 있었다.

시인은 "새벽하늘"을 향해 "어둠 맞으며/ 올라간다". 그것은 "탄광 같은 어둠의 갱도 속으로 올라가는" 여정이다. 그곳에서 "구름의 진흙탕"을 만난다. "구름의 진흙탕"은 무엇인가? 그것은 "시"였다. 그가 일생을 바쳤던 "시"가 "구름의 진흙탕"이었다는 말인가? 이러한 물음이 끝나기도 전에 "갱도 속에"서 "달"빛을 발견한다. 그에게 시는 "어둠의 갱도" 혹은 "구름의 진흙탕"이면서 또한 그것이 뿜어내는 눈부신 빛이다. 어둠과 빛, 혼돈과 질서, 속과 성, 현실과 초월이 반대일치를 이룬 지점이 그가 추구하고 도달한 시적 삶이었던 것이다. 눈부신 어둠, 혹은 어둠의 눈부심을 노래하는 역설적 통합의 현장이다. 물론 이것은 철저한 어둠의 체험이 없이는 불가능할 것이다. 죽음의 정적까지 왕래하는 역정이 없이는 노래할 수 없는 절대 고수의 경지이다. 그가 많이 아팠음을 그리고 그 아픔을 홀로 삭혀내어 초극하고 있음을 느끼게 한다.

한편, 박진성의 다음 시편 역시 역설적 통합의 미의식에 진입하고 있다. 통사구조의 반복과 함께 급박해지는 호흡이 처절한 시적 격정의 호소력을 배가시킨다.

우리는 가만히 앉아 손톱 사이로 들어오는 세계에 대해 말하면 안 되나
요 거울 속엔 눈보라, 그리고 걸어가는 사람들 천천히,

몸이 없는 바람과 마음이 없는 유리 그리고 밤하늘을 데려가는 별자리
에 대해 말하면 안 되나요

어제 죽은 사람은 모두 서른일곱 명, 유리에 붙어 우릴 보고 있는 좀비
들, 자, 우리의 손톱으로 들어올 수 있어요

손가락이 모자라요
노래는 넘치죠

시계는 시계의 세계에서 돌고 우리는 시간이 없는 것처럼 그리고 그림
자를 데리고 사라진 태양에 대하여,

속눈썹에 앉아 있는 세계에 대해 말하면 안 되나요 거울 속엔 여전히
눈보라, 그러나 갈 곳이 없는 식물들, 다른 피로 모든 곳을 갈 수 있다
고 다른 피로 당신은 말하겠지만

물에서 녹는 긴 긴 눈, 청어보다 더 푸른 것들에 대해 말하면 안 되
나요
청어가 좋아요
먹어 본 적이 없으니까요

긴긴 지느러미들, 우리가 물속에 있다고 말해 주는 사람을 만나면 안
되나요 구멍은 없어요 우리가 구멍이니까요 흐르는 흐르는 물속의 눈
보라,

물속에서 다 녹아 버린 눈들에 대해 우리는 말하면 안 되나요
　　　　　　　　　　　　　　　　　　—박진성, 「물속의 눈보라」 전문

　"물속의 눈보라"를 본 적이 있는가. "물속"에 어떻게 "눈보라"가 있을 수
있는가? 이 시는 그 비밀을 주술처럼 전언한다. 시인은 눈의 감각이 아니
라 손톱의 감각으로 세상사를 만지고 느끼고 읽는다. 눈의 감각이 전면에
나타나지 않으면서 그의 목소리는 몸의 촉감으로 전달된다. 그래서 시상의
흐름이 깊고 신비하고 정직하다. 눈의 감각만큼 자의적이고 표피적이고 말

초적인 것도 드물기 때문이다.

"거울 속엔 눈보라, 그리고 걸어가는 사람들". 거울 속에 비친 세상의 풍경이다. 시인은 세상 속에서 또 다른 세상을 감지하고 있다. "손톱 사이로" 바람과 유리와 별자리를 느낀다. "바람"은 "몸이 없"고 "유리"는 "마음이 없"고 "별자리"는 "하늘을 데려간"다. 눈으로는 감지할 수 없는 심연의 세계이다. "손톱"의 촉수는 이제 "죽은 사람"이 "좀비"가 되어 "우릴 보고 있는" 정황을 느끼기도 한다. 삶과 죽음의 비연속성의 연속성이 개진되는 지점이다.

세상에는 너무도 많은 일들이 일어나고 "손가락이 모자"란다. 이때 감각의 촉수는 "속눈썹"이 되기도 한다. "속눈썹에 앉아 있는 세계"에서도 "거울 속에 여전히 눈보라"가 감지된다. 몸의 더듬이로 느끼는 "거울 속의 눈보라"의 표면적 현상은 "물에서 녹는 긴긴 눈"이다. 이때 물은 세상 그 자체이다. 실제로 세상은 수분으로 덮여 있지 않던가. 이렇게 보면, 그가 "물속에서 다 녹아버린 눈들에 대해" 말하는 것은 곧 "물속의 눈보라"를 노래하는 것이 된다. 그러나 "물속의 눈보라"가 물에 녹은 눈이라고 하더라도 물과 동일한 것은 아니다. 그것은 "청어"처럼 "식물"처럼 물속에서 숨 쉬고 산다. 물과 눈, 액체와 고체의 역설적 통합, 불협화음의 미의식이 회화체를 통해 애잔하고도 절묘하게 펼쳐지고 있다.

한편, 다음 시편은 역설적 통합의 미의식을 따스하게 관조하고 있다. 그래서 시적 어조는 아름답고 한적하다. 위로와 포용과 치유의 온정이 가득하다. 그러나 삶 속의 죽음, 죽음 속의 삶의 실재가 한 치의 착오 없이 예리하게 포착되고 있다.

> 사루비아 활짝 피어 스스로 사루비아가 되어갈 때 달래주어야만 해
> 전부가 영영 사루비아가 되지 않도록 쓰다듬고 다독여주어야만 해
> 피골이 상접한 저녁노을이 아주 오기 전에

모든 꽃은 사막으로 가지만

쇄락하라 쇄락하라 가을볕

호흡呼吸마다 가쁜 색色을 뱉지만

거기 보탤 내 하나의 죽음은 아직 미숙하니

피어나는 모든 꽃 앞을 지날 때마다

갈증의 문답을 한다네

꽃이 꽃을 지나 사막으로 가는구나

꽃이 꽃을 지나 풀벌레에게로 가는구나

　　　　　—장석남,「꽃이 꽃을 지나」전문(『현대시학』 2014. 10.)

　제목에서부터 "꽃이 꽃을 지나"다니? 앞의 꽃과 뒤의 꽃은 어떻게 같고 어떻게 다른가. 앞의 꽃은 본래의 꽃을 말하고 뒤의 꽃은 "전부가" 꽃이 된 꽃이다. "전부가" 꽃이 된 꽃은 "가을볕"에 "호흡呼吸마다 가쁜 색色"을 뱉는다. 꽃의 "가쁜" 호흡은 생명의 절정이면서 죽음의 문턱이다. 그래서 결국은 "쇄락"의 고갯길로 향한다. 따라서 "꽃이 꽃을 지나"면 "풀벌레가" 되거나 "사막"이 된다. 이것은 모든 꽃의 숙명이다. 꽃은 생명과 죽음, 현재와 미래를 동시에 거느리고 있다. 다시 말해, 본래 삶과 죽음, 생성과 소멸은 한 몸이었던 것이다. "사루비아 활짝 피어 스스로 사루비아가 되어갈 때 달래주어야" 한다는 것은 사루비아가 사루비아의 절정에 오르는 순간 사루비아로부터 멀어지는 생리에 대한 연민이다.

　이것이 어찌 꽃의 생리일 뿐이겠는가? 모든 존재자가 마주하는 중력 같은 운명이 아닌가. 다시 말해, 반대일치 혹은 역설적 통합은 모든 우주적 존재의 숨은 본성이 아닌가? 장석남은 특유의 유장한 한량의 어조와 감각으로 이 점을 전언하고 있다. 그래서 그의 시편은 앞의 두 편의 시가 보여 준 격정의 드라마에 대한 따뜻한 조망이면서 또한 해설이 되기도 한다. 아울러 시의 고수가 직시해야 할 미의식의 과제를 거듭 환기시켜 주기도 한다.

"모래시계"의 말을 찾아서

　김중식의 〈'시의 왕국' 탈출기〉는 역설적으로 시의 왕국 입사기이다. 그는 최근 3년 반이나 페르시아에 살다 왔다. 그곳은 세계 유일의 신정국가이다. "국가는 성직자들이 다스리면서 하늘의 뜻을 지상에 구현하고자 했다". "그곳은 또한 시의 왕국이기도 하다". 시와 경의 나라에서 그는 탈출한 것이다. 마침내 오랜만에 시가 나왔다. 신과 시의 세계를 벗어나면서 시를 얻은 것이다. 본래 시와 신은 함께 사는 것이 아니라 저만치 두고 꿈꾸는 것이기 때문이리라.

　실제로 오랜만에 김중식의 시편을 마주하게 되었다. 신정국가에서 탈출한 그가 자신만의 시의 국가를 재건하기 시작하고 있다. 물론 그는 1993년 『황금빛 모서리』를 세상에 우뚝 세운 적이 있었다. 새삼 결과론적이기는 하지만 이 시집에서 그는 모래의 땅에 가게 될 운명적 예감의 지도 같은 것을 보여 주고 있었다. 그의 첫 시집은 고단하고 가난한 청춘의 그늘이 유난히 짙게 배어있었지만, 그러나 한편으로 눈부신 빛이 스며 나오기도 했다. 그것은 「매인 데가 없는 삶」 「사막 가는 길」 등과 같은 시편의 "사막 가는 길"에서 반사되는 흰빛의 건조한 이질감에서 연원하고 있었다. 그는 이미 "사막 가는 길"의 풍경을 상당히 구체적으로 그리고 있었던 것이다.

사막 가는 길

모래 위의

모래를 구워 만든 문을 향하여

고행자가 버터플라이 영법으로 간다

입술에 흙을 묻히고 피 묻은 이마를 드는

오체투지 고행자의 표정은

아프면서 기쁘다는 점에서

짐승의 체위로 강간당하는 영화 속의

애마의 절정과 닮아있다

아니, 닮아야 말이 된다

제 삶을 방목시킨 유목민이

그래서 어쩌겠다는 거지?

몸이 괴로운데 마음이 편할 리 있는가?

하면서 제 갈 길을 천천히 간다

매인 데가 없으므로

이해 못 할 것도 없지만서도

수상쩍고 한편으로는 경건해져서

뒷짐 지고

—「매인 데가 없는 삶」 전문

"모래 위의/ 모래를 구워 만든 문을 향"한 "사막 가는 길"의 풍경이다. "입술에 흙을 묻히고 피 묻은 이마를 드는/ 오체투지 고행자"들이 이 길을 따라가고 있다. 이들은 "아프면서 기쁘다는" 표정이다. "짐승의 체위로 강간당하는 영화 속의/ 애마의 절정과 닮아 있다". 고행 속에서도 쾌감이, 쾌감 속에서도 고행의 아픔이 공존한다. 수도자들은 이를 "제 갈 길을 천천히" 가는 걸음걸이 속에서 묵묵히 보여 준다. 물론 이처럼 "수상쩍고 한편으로는 경건"한 풍경으로서의 조망은 "뒷짐 지고" 바라보는 먼 거리에서 가능하다.

이러한 시적 거리가 다음 시편에서는 매우 근접해진다. 시적 화자의 거점이 바라보는 자에서 경험하는 자로 옮겨지고 있다.

> 말라죽은 풀들이 뽑히고
> 그것들이 내 삶과 비슷할지라도
> 구하던 것은
> 해 뜨기 전 세수를 마친 가시난초에도 있는 것 같다
> 바람 불면 사라지는 길 위에서
> 육체 밖으로 드러난 엄지발가락이
> 삶이
> 가자는 대로 내딛다가
> 가시난초에 찔리는 아픔
> 아프면서도 아픔에 취하는 아픔
> 야단법석이구나
> 삶은.
>
> ─「사막 가는 길」부분

"구하던 것은" 어디에 있을까? 뜻밖에도 "세수를 마친 가시난초에"서 찾는다. 언제 어디에서나 진리는 빛나고 있다는 것이리라. "바람 불면 사라지는 길 위에"도 있고, "엄지발가락이" "가시난초에 찔리는 아픔"의 순간에도 "구하던 것"은 존재한다. 그래서 "아프면서도 아픔에 취하"는 때가 있다. "삶"이란 많은 사람들이 모여 시끌벅적하게 두드리고 노는 가운데 깨우침을 이룬다는 "야단법석"의 마당에 다름 아니다.

"사막 가는 길"에서 들판에 단을 쌓고 불법을 설파한 야외 법회, 즉 야단법석野壇法席의 진경을 목도하던 시적 화자가 20여 년이 훌쩍 지나 "석양의 모래시계"의 "입술"에서 흘러나오는 법문에 귀 기울이고 있다. 이번 신작시에서 그는 "모래로 만든 부처님"과 마주하고 있다.

흑해黑海 수평선이 역삼각형으로 좁아지다가

백사장에서 다시 치마폭처럼 넓어지는

석양의 모래시계 속에서

축척 1만분의 1

비율의 모래시계 여인이

한 줌 허리를 물결치며 걸어 나오는데

하체부터 파도에 녹아 내 곁을 스쳐갈 땐 입술만 남았습니다

모래로 만든 부처님이 자기 키를 줄이면서

오아시스를 건너고 있었습니다

중생衆生아

지옥으로 새고 있는 모래야

내 입술이 뭘 말하고 있는지 똑똑히 봐라, 혀 차면서

—「모래시계」 전문

　　모래사막을 "축척 1만분의 1"의 비율로 줄이면 "모래시계 여인"이 나타난
다. "하체부터 파도에 녹아 내 곁을 스쳐갈 땐 입술만" 남으면서 완전히 "모
래시계"의 형상이 되는 것이다. "모래시계"의 "입술"은 위에서 아래로 흘러
내리기만 하는 모래알의 침묵으로 말한다. 그것은 무엇일까? "자기 키를 줄
이면서" 온몸으로 하는 말 없는 말은 무엇일까? "모래로 만든 부처님", 즉
"모래시계"의 말을 해독하는 것이 그의 이번 신작시의 세계이다. 다음 시
편은 "모래시계"의 화두를 풀어내는 한 실마리를 제공하는 것으로 보인다.

　　살아야 하는 사람은

　　삶이 슬프고

　　나는 가장 안 아픈

늙는 일도 아픈데

약사여래는 바람만 스쳐도 아프지만
남들이 병든 게 가장 아프다

목탑지址에 태양광 등燈으로 꺼내놓은 세월호는
죽음 너머의 어둠이다

지 손목 뽑아놓고 의수義手를 끼웠다 뺐다 하는 쇠부처님,
지 몸 녹슬도록 땀 흘리는 강철 부처님.

—「땀 흘리는 불佛」 부분

싯다르타는 왜 부처가 되었는가? 그는 왜 6년간의 설산수도의 고행을 자청했는가? 그것은 알려진 바대로 왜 "삶이 슬프고/ 아픈"가 하는 평범한 의문에서부터 출발한다. 태어난 지 7일 만에 어머니 마야부인을 여의었던 그는 사람은 왜 병들고 죽는가? 하는 질문에 몰두하게 되었던 것이다. 싯다르타는 본래 스스로 아프면서 자신과 세상을 치유하고 구제하는 자이다. 그래서 그는 가장 인간적이다. "살아야 하는 사람은" 누구나 "삶이 슬"픈 것을 견디는 자가 아닌가? "가장 안 아픈" 사람이라 할지라도 "늙는 일"에 시달려야 하지 않던가. 싯다르타가 부처가 될 수 있었던 것은 땅에서 넘어지면서 스스로 그 땅을 짚고 일어나려는 고투 속의 깨우침이 있었기 때문이다. 마침내 그의 깨우침이 주변 사람들에게 전해지면서 그는 세상을 치유하고 구제하는 성자가 되어갔다. "약사여래"는 바로 그 대표적인 구원의 부처이다. 스스로 "바람만 스쳐도 아프지만" "남들이 병든 게 가장 아"픈 부처이다.

시적 화자는 "세월호"를 비롯한 "어둠"의 상처가 적나라한 일상 속에서 "지 손목 뽑아놓고 의수義手를 끼웠다 뺐다 하는 쇠부처님/ 지 몸 녹슬도록 땀 흘리는 강철 부처님"을 보고 있다. 부처의 본모습은 늘 저러하다. 그래

서 부처는 늘 "땀 흘리는 불佛"이다. 이러한 삶의 자세와 노력으로 자신과 주변 이웃들을 치유하고 구원한다.

한편, 다음 시편은 우리 시대 "땀 흘리는 불佛"의 구체적인 치유와 구원의 방법론을 암시적으로 드러낸다.

소나기에 실려 온 올챙이며 치어 들이
공터 웅덩이에서 놀고 있긴 한데
놀던 데가 아니네?
물이 뜨거워지면서
두부 속으로 파고든 미꾸라지처럼
여기는 진흙 사우나네?

길이 놓여도 멀리 가지는 말라고
집 떠나면 고생이라고
경고 먹고도 근신하지 않은 내 책임이지만,
되고 싶다고 되는 것도 아니고
아무 짓도 안 했는데
서로가 서로를 혹사하는 삶이
더(러)워지는 느낌

작은 별의 한 뼘 텃밭에 씨 뿌리는 것은
풀이나 꽃, 눈이나 비처럼
여린 것들이
대륙을 씻어낼 때가 있기 때문

바람 한 줄기가
손등으로 지구의 이마를 식혀주는 것처럼

한 지붕 아래 살지 않아도

한 하늘 아래 그저 건강하기를

열 받지 말고.

─「지구온난화」 전문

"지구온난화"의 원인은 무엇인가? 그것은 일반적으로 산업화에 따른 온실가스 배출량 증가와 삼림 벌채로 알려져 있다. 그러나 해마다 생태계 파괴와 멸종의 갱신을 불러오는 지구적 재앙의 원인이 오직 여기에서만 기인하는 것일까? 시인은 "서로가 서로를 혹사하는 삶"의 구조를 문제 삼고 있다. "근신하지 않"고, 먼 길을 무한 질주하는 욕망의 일상이 지구를 "더(러)워지"게 하고 있다는 진단이다. "두부 속으로 파고든 미꾸라지처럼" "진흙 사우나"에 매장되어 가는 고통이 사실은 우리들의 일상화된 이기적 욕망에서 기인한다는 것이다. 그렇다면, "지구온난화"를 방지할 수 있는 방법은 무엇인가? "풀이나 꽃, 눈이나 비처럼/ 여린 것들이/ 대륙을 씻어낼 때가" 있다는 이치를 환기하는 것이고, "한 지붕 아래 살지 않아도" 서로 "건강하기를/ 열 받지 말"기를 바라며 사는 이타적 마음이다. 욕망보다 포용을, 직선보다 곡선을, 강한 것보다 부드러운 것을 지향함으로써 지구온난화의 해결책을 찾고 있는 것이다. 지구적 문제가 사실은 섬세한 마음결에서 비롯되고 해결될 수도 있다는 일깨움이다. 실상 모든 욕망의 디스토피아도 마음가짐에서 비롯된 것이 아니겠는가.

여기에 이르면 "모래로 만든 부처님", 즉 "모래시계"의 말은 무엇일까? 하는 화두가 어느 정도 짐작이 된다. 그것은 "마음"으로 요약되지 않을까. 그렇다면, 앞으로 김중식이 재건할 시의 국가의 성격도 조금은 짐작이 될 듯하다. "풀이나 꽃, 눈이나 비처럼" 혹은 "바람 한 줄기"처럼 여린 마음으로 "대륙을 씻어"내고 "지구의 이미를" 식히는 것을 율법으로 삼는 국가일 것이다. 이곳 역시 "사막 가는 길"처럼 "아프면서 기쁘다는 점"은 동일할까? 이제 차분히 "뒷짐 지고" 지켜볼 차례이다.

서성거림의 시간성을 위하여

박형준의 시 5편을 가지런히 한자리에 펼쳐놓는다. 시편들의 움직임과 변주 양상을 망연히 바라본다. 5편 모두 격정의 긴장미와 속도감과는 거리가 멀다. 오히려 다소 느슨하고 비선형적인 배회의 모습을 띤다. 근자의 그의 시집, 『생각날 때마다 울었다』(2011), 『불탄 집』(2014) 등과 같은 간절한 파문의 역동성과는 거리가 멀다. 그의 이번 시편들을 지배하고 있는 시간성은 "서성거림"이다. 서성거림의 시간성이 이번 시편들을 창작하고 변주하는 중심음이다. 따라서 "서성거림"의 비의를 이해하는 것이 이번 시편들을 이해하는 열쇠 말이다.

여기 한 마리 "토끼"가 "서성거리"고 있다.

토끼를 산책로의 아스팔트에서 보는 것은
좀체로 일어나지 않는 경험이다
더구나 뛰는 토끼가 아니라
걷는 토끼를 바라보는 것은 신기롭다
걷는 토끼를 보면 운동 나온 사람들도
뛰다가 멈춘다 토끼는 몇 걸음 걷다가

고개를 제 발등을 향해 숙이고 한참을 멈추어 있다
저런 걸 생각이라고 하나
산책로에 나와서까지 뛰어야 하는
나 같은 사람도 그 순간 토끼처럼 생각이란 걸 하게 된다

…(중략)…

제 발등을 바라보는 토끼는
제 손을 입에 가져다가 오물거린다
아스팔트에 먹을 것도 없는데
토끼 특유의 오물거림을 보고 있자니
어린 시절 동네 형 집 마당에서
토끼장 앞에 서 있던 생각이 난다
빨간 눈으로 나를 쳐다보다가
손을 입에 가져다가 오물거리던 토끼,
그때 처음으로 눈처럼 흰 토끼를 안고
잠이 드는 상상을 했었지

…(중략)…

생각에 잠긴 듯 제 발등을 바라보는
토끼를 뒤에서 바라보다 보니
언제부터인가 삶에서 서성거림이 사라졌다는 생각,
불현듯 사람의 등이 서러운 건 거기에 서성거림이
감추어져 있기 때문이 아닌가
하여, 누군가를 등 뒤에서 바라보며
울고 싶던 날들이 그리워진다

토끼가 아스팔트를 지나 잔디밭에 들어간다
제 발등 아래 잔디밭에서 먹이를 찾는 모습이 서럽다
누군가의 손길에 길들여진 손동작과 오물거림이
내게도 그립다 토끼를 따라 더 걸어갈까
토끼를 안고 집에 돌아갈까 망설이는 동안
강물이 넘실거리는 저무는 저녁이
내 발등에 서성거리는 그림자를 남긴다
―「토끼의 서성거림에 대하여」 부분

"서성거림"은 한곳에 서있거나 거침없이 앞으로 나아가지 않고 주위를 살펴보며 산만하게 이리저리 오고 가는 걸음걸이를 가리킨다. 산문적으로 개진되는 장형의 시편이 모두 "서성거림"의 몸짓과 흔적으로 채워지고 있다. 토끼가 뛰지 않고 걷고 있다. 운동하러 나온 사람들도 뛰다가 멈춘다. 토끼의 "서성거림"이 산책로의 시간 리듬을 온통 "서성거림"으로 물들이고 있다. 토끼가 다시 "한참"을 멈춘다. 토끼는 생각에 몰두하는 것이리라. "그 순간" 산책로는 다시 "생각"의 길이 된다. 토끼가 "제 발등을" 보고 "제 손을 입에 가져다가 오물거린다". 시적 화자의 생각은 과거의 기억과 대면한다. "어린 시절 동네 형 집 마당"에서 보았던 토끼를 마주한다. 그때도 토끼의 몸짓은 지금과 같았다.

토끼는 '있어 왔음'의 과거 속 현재, 즉 '현재에도 진행되는 과거'를 살고 있는 것이다. "토끼"는 다시 움직인다. "잔디밭에 들어"가 "먹이를 찾는"다. 현재와의 '마주함'이다. 이미 토끼와 동일화된 화자는 "토끼를 따라 더 걸어갈까" "집에 돌아갈까" 망설인다. 미래를 향한 '다가감'의 모습이다. 미래를 '앞질러 가는' 선취의 자세인 것이다. 있어오면서(과거) 다가감(미래)이 마주함(현재)으로 귀결되는 것이 "서성거림"의 시간성이다. 이를테면 이것은 성냥을 가지고 불을 켜기 위해(미래) 성냥(과거)으로 돌아와 불을 켜는(현재) 것과 같은 구조 원리이다.

이렇게 보면, "서성거림"의 시간성은 있어옴과 다가감이 마주함으로 귀결되는, 즉 과거와 미래를 지향하면서 이를 현재화하는 속성으로서 하이데거의 실존적 시간성에 상응하는 것으로 해석된다. 하이데거의 실존적 시간성에서 현재는 과거와 미래의 사이에 있는 것이 아니라 미래로 다가가며 동시에 과거로 돌아오면서 생기는 점이지대 속에 있다. 이러한 구조를 지닐 때, 자신의 현존재의 존재성과 마주할 수 있다. 현존재의 존재성은 세계-내-존재, 즉 세계 내에 더불어 있으면서 자기 자신으로 있는 이중적 존재성을 가리킨다. 이러한 이중적 존재성을 이해할 때 자신의 현존재의 존재를 밝혀서 목도할 수 있다. 특히 여기에서 세계-내-존재에 대한 인식은 자연스럽게 마음씀의 시간성과 관계된다. 하이데거에게 마음 씀의 시간성은 나의 존재를 개시하기 위해 내가 맺고 있는 대상들을 배려하여 둘러보고 관계 맺는 것과 연관된다. 그래서 하이데거의 실존적 시간성에서는 시간성 자체가 세계에 대한 마음 씀과 염려의 특성을 지닌다. 그것이 자기 존재성의 온전한 발견이며 개시開示의 과정이기도 하다.

다음 시편에서는 이와 같은 "서성거림"으로 표상되는 실존적 시간성이 "발밑을" 향하는 면모를 보인다.

봄날에는 발밑을 보며 걷습니다
발밑에는 상처들이 많습니다

발밑에
작은 등잔이 있습니다

풀꽃이 있습니다
천 명의 아이들이
그을음을
닦고 있습니다

풀꽃은

수고를 모르고

수확을 모릅니다

그러나 모든 영광을 가진

왕들이 차려입은 옷도

이 작은 꽃만 못합니다

…(중략)…

봄날에는

천 명의 하느님들이

반짝반짝 닦아놓은

등잔에 불을 붙이려고

발밑을 보며 걷습니다

꼭 나처럼 걷습니다

― 「발밑을 보며 걷기」 부분

　시적 화자는 "발밑을 보며" 서성거리는 면모를 보인다. "발밑"의 세상에는 천 포기가 넘는 "풀꽃"들이 살고 있다. "풀꽃"들은 제각기 "상처" 속에서 피어난 "작은 등잔"들이다. "천 명의 아이들이／ 그을음을／ 닦고" 있다. "풀꽃"들이 "등잔불"처럼 한결같이 밝고 환한 이유가 여기에 있다. "발밑"에는 "천 명의 아이들이" 분주하게 꽃의 찬연함을 위한 작업에 몰두하고 있다. "발밑"에 놓인 풀꽃의 찬연함을 위한 노력은 비단 지상에서만 이루어지는 것이 아니다. "반짝반짝 닦아 놓은／ 등잔"에 "불을 붙이"는 작업은 "천 명의 하느님들"의 몫이다. 그래서 "하느님"들도 "발밑을 보며" 걷는다. 한 송이 풀꽃의 찬연함을 위해서 지상과 천상을 아우르는 우주적 협동의 과정이 진행되고 있는 것이다. 발밑의 작은 꽃은 꽃이면서 우주 생명의 총체이다.

그래서 "왕들이 차려입은 옷도/ 이 작은 꽃"만 못하다. 물론, 이 모든 대지의 은폐성은 "발밑을 보며 걷"는 서성거림의 시간성 속에서 개시되고 지각된 것이다. 세계-내-존재, 즉 세계 내에 더불어 있는 내 존재성의 개시開示를 위해 내가 맺고 있는 대상들을 배려하고 둘러보는 하이데거식 마음 씀의 시간성에 상응한다. 세계를 이해하는 것이 세계-내-존재를 이해하는 실존적 시간성의 방법론인 것이다.

한편, 다음 시편에서 이와 같은 "서성거림"의 실존적 시간성은 "뒤란의 시간"을 향하고 있다.

> 뒤뜰이라는 말을 고향에서는 뒤란이라고 불렀다. 그 뒤란에는 대숲이 있고 감나무가 있고 그 감나무 아래 장독대들이 놓여 있었다. 그 뒤란에는 새 떼들이 먹으라고 사발에 흰 밥알들이 담겨 있었다. 그리고 장독대에서 퍼내는 것들은 구수한 이야기가 되었다. 앞뜰에서 하지 못하는 속 이야기를 우리들은 뒤란에서 할 수 있었고 새하고도 먹을 것을 나눠먹을 줄 알았다. 감나무에서 떨어진 떫은 감을 뒤란의 그늘로 가득한 장독대 뚜껑에 올려놓고 우려먹던 맛은 또 어땠는지. 한여름, 장독대 위에서 익어가며 떫었던 땡감이 홍시마냥 달콤해지는 시간이 뒤란에는 있었다.
>
> —「뒤란의 시간」전문

"앞뜰"에 가리워진 "뒤란"은 "앞뜰"과 다른 생리를 지닌다. 그곳은 "새 떼들이" 인간이 먹는 "흰 밥알들"을 함께 나누어 먹는 공간이고 "떫은 감"이 "달콤해지는" 발효의 시간성을 지닌다. 그래서 "뒤란"에는 "앞뜰에서 하지 못하는 속 이야기"가 수런수런 펼쳐진다. "뒤란"은 "앞뜰"의 이성성에 은폐되어 있던 내적 감성과 감각의 가능성이 개진되는 자리이다.

이러한 탈이성적인 "뒤란의 시간"에서는 "아름다운 한낮이 강가에서 흘러"가는 몽환적인 현실을 목도하고, "햇빛이 만드는 풀잎 우물을" 감지하고, "달그락달그락 물결치던 어둠을 생각"(「아름다운 한낮이 강가에서 흘러갔다」)
해내기도 한다. 은폐된 현존재의 존재성이 풍요롭게 개시되는 현장이다.

특히 이러한 배려와 마음 씀의 실존적 시간성은 이미 죽은 아이와의 만남
도 열어준다. 「사랑한다 온 마음 다해 사랑해」는 차고 어두운 바닷속에 침
몰한 세월호에 희생된 어린 학생으로 보이는 시적 화자가 생일날 집에 돌
아와 가족에게 하는 말을 생생하게 받아 적고 있다. 마음 씀의 시간성이 감
지하는 세계-내-존재자의 처연한 목소리이다. 현실과 비현실이 엇섞이는
점이지대이다.

"서성거림"의 시간성은 이와 같이 기본적으로 미래와 과거, 현실과 환상
이 지금―여기의 현재를 열어가는 구조이다. 다시 말해, 실존적 시간성에
서 현재는 미래와 과거, 현실과 환상이 출렁거리며 연동되고 겹치는 지점에
서 전개된다. 그래서 박형준의 이번 시편들의 시적 중심음은 선형적 직선이
아닌 "서성거림"의 양상을 띠게 된 것이다. 그는 이번 시편들에서 "서성거
림"의 시간성을 통해 격정적 긴장미나 속도감과 멀어지는 대신에 현존재의
존재성이 담지한 깊고 풍요로운 심연을 펼쳐놓고 있는 것이다.

반대일치의 고리, 그 창조적 여백의 소슬함

정병근의 시 세계는 푹 삭혀진 신산고초에서 배어 나오는 깊은 그늘의 감흥을 누구보다 천연덕스럽게 노래해 왔다. 그의 시적 어조는 청아하고 순백한 청음이 아니라 탁하고 걸걸한 수리성이다. 그래서 그의 시 세계는 도올하기보다는 편안하고 친숙하다. 우리네 장바닥 삶의 출렁거리는 굴곡이 그늘 깊은 시적 울림으로 발효되고 있는 것이다. 그래서 그의 시편들은 흥겨우면서도 슬프고 충만하면서도 쓸쓸한 정감이 배어 나온다. 그렇다면, 그의 이러한 시적 미감이 생성되는 미학적 양식은 구체적으로 무엇일까? 그것은 반대일치의 고리(環)에서 만들어지는 '빈 뜰의 소슬함'이라고 정리된다.

이번에 그가 발표하는 시편들에서 이 점은 좀 더 선명하게 읽혀진다. 역설적인 엇걸이의 고리에서 만들어지는 여백이란 일종의 '공소空所의 미학'이다. 그의 시 세계에는 걸쭉하고 거침없는 서사가 굽이치지만 그러나 그 내부에 '숲속의 빈터' 같은 '소슬한 여백'이 감지된다. 이 '소슬한 여백'이 정병근 시의 씨눈이며 동시에 독자들의 정서적 감응을 소통시키는 열린 공간이다.

이와 같이 굽이치는 서사 속에 문득 드러나는 '빈뜰의 소슬함'은 우리 민족 민중 민예의 판소리나 탈춤의 마당 양식에서 볼 수 있는 핵심적인 미학 원리에 비견된다. 조금 생뚱맞아 보이지만 탈춤의 핵심적인 미학 원리인 '빈 마당'의 미의식을 언급해 보기로 하자. 탈춤의 열두 마당은 고리의 매듭을 마디절로 전개된다. 최초의 터 벌임이나 길놀이 고사에서 뒤풀이까지 셋과 넷이 처음 아닌 처음에서 끝 아닌 끝으로 돌아가는 '고리'가 '빈터'의 지점이다. 이러한 '빈터'가 성속의 소통과 구경꾼들의 정서적 동참을 불러일으킨다. 문득 드러나는 텅 빈 마당의 소슬함이 없이는 관객의 '추임새', 즉 '비판적 감동'이 일어나지 않는다. 극적 상황(성속의 결합적 전개)이 마당으로 수렴되고, 다시 마당으로부터 구경꾼들 속으로 그리고 구경꾼의 마음에서 온 세상으로 퍼져 나가는 확장이 일어난다. 탈춤이 이 땅의 시름 많은 민초들과 오랫동안 더불어 지속되어 온 미학적 원리가 여기에 있다.

정병근의 시 세계에서 이와 같이 성속이 교차하면서 의미의 수렴과 확장을 이루는 고리, 즉 환環의 지점이 어떻게 펼쳐지고 있는지 살펴보자. 이것이 그의 시 창작의 특징적인 방법론이며 씨눈이다.

　소문에 의하면
　그녀는 여전히 오고 있는 중이고
　조급한 우리의 밤은 설레네
　술잔을 돌리면서 이제 곧
　그녀가 당도할 거라는 기대로
　우리의 밤은 풍선처럼 부푸네
　그녀는 아직 오고 있는 중이고
　이 밤이 다하기 전에 그녀가 온다면
　그건 정말 기쁜 일 벅찬 일
　희망은 품는 자의 것, 닥쳐
　불길한 예감 따위는 한쪽에 밀어 둬
　오로지 그녀를 생각하는 거룩한 밤

오늘 밤만은 예전의 밤이 아니기를

홀로 돌아가는 새벽이 아니기를

물거품이 아니기를

그녀가 오고 있는 우리의 즐거운 밤

술은 달고 노래는 흥겹네

이제 조금만 더 있으면 그녀가 온다는 것

그녀를 생각하면 꼬부라진 혀조차 지겹지 않네

그녀가 오면 노래를 시킬 거야

후래자 삼배─사양하는 그녀, 수줍은 그녀

마지못해 마실 거야 일어나서 노래를 부를 거야

귓불이 발그레 물들 거야

그녀는 여전히 오고 있는 중이고

오늘 밤 우리의 희망은 포기하는 법이 없어

이 밤이 끝날 때까지

새벽이 밝을 때까지

―「멋진 밤은 오지 않는다」 전문

　제목에서는 "멋진 밤은 오지 않"는다고 선언하고 있지만, 시상은 "멋진 밤"을 기다리는 숨 가쁜 과정으로 달음질친다. 우리는 "그녀"를 기다린다. 그러나 '그녀'는 나타나지 않는다. "그녀"의 부재는 "그녀"가 "오고 있"다는 상상을 더욱 증폭시킨다. 우리는 조급해진다. "술잔"을 돌린다. 술의 형질은 물이면서 불이다. 그래서 기다림의 열기는 잠시 식는 듯하다가 오히려 더욱 뜨겁게 달아오른다. 우리의 기다림은 "풍선처럼" 팽팽하게 부푼다. 기다림이 지속되면서 불안감이 스며든다. 과연 "그녀"는 "이 밤이 다하기 전에" 올까? 깊어지는 불안감은 "희망"에 대한 집착을 증폭시킨다. 그래서 "그녀"는 "거룩한" 존재가 된다. 기다림의 긴장이 "술은 달고 노래는 흥겹"게 한다. 기다림의 열기를 "술"에 이은 "노래"로 분출시키고 있는 것이다. 이미 우리는 "혀"가 "꼬부라"졌다. 이제 그녀는 취기 속에서 부재를 통해 현존한다. 그녀는 노래를 시키자 "사양"한다. 그러나 "마지못해" 마시고 "노래"도 한다. "귓볼이 발그레 물"든다. 그러나 이것은 모두 그녀의 부재 속에서 일어나는 현존이다. 그녀의 부재가 자각될수록 기다림은 더욱 간절해진다. 간절한 기다림은 "오늘 밤 우리의 희망"을 "포기하는 법이 없"는 절대적 신념으로 만든다. 그러나 "밤"은 이미 끝나고 있다. 밖에는 "새벽이 밝"아지고 있지 않은가. 제목에서의 선언처럼 "멋진 밤은 오지 않"았다. 희망은 희망으로 그칠 뿐이고 신념은 신념에 그칠 뿐이다. "그녀"는 처음부터 부재하는 대상이었다. 그래서 "그녀"는 없고 "그녀"에 대한 기다림만이 활동하고 있었다. 부재하는 희망에 대한 슬픈 염원이다. 우리네 삶의 운명을 아킬레스건처럼 건드리는 대목이다.

시상의 흐름은 반복적 어법을 통한 속도감과 걸쭉한 입담에 의해 박진감 있게 전개되고 있으나 그 이면에서는 "그녀"의 부재로 인한 소슬한 격절이 배어 나온다. 독자의 정서적 감응은 지속적으로 부재와 기다림이 길항하는 격절의 틈새를 따라 흐른다. 그래서 이 시의 시적 진술은 풍성하지만 텅 비어있고 흥겹지만 쓸쓸하다. 부재와 현존의 역설적 고리에서 생성하는 '빈터의 소슬함'이 시가 쓰여지는 자리이고 독자들의 상상력이 동참하는 자리이다. 또한 그곳이 지상의 삶의 운명이 머무는 자리이기도 하다. 정병근 시의 창조적 역설과 입체적인 굴곡의 울림을 감상할 수 있는 시편이다.

다음 시편 역시 이와 같은 '빈터의 소슬함'을 내밀한 미적 특성으로 하고 있다.

> 그의 이름으로
> 더 많은 그가 와야 한다
> 헤아릴 수 없는 나의 죄를
> 단번에 사해 줄 그가 오기까지는,
> 저 불신과 광신의 사나운

돌팔매를 고스란히 맞으며

그를 꿈꾸는

그의 이름으로

그가 되고자 하는

더 많은 그가 와서

그의 흉내를 내고

그를 무너뜨리고

그를 기다리는

더 많은 예언이 실패하고

더 많은 소문이

집으로 돌아간 뒤,

다시

더 많은 말씀과

더 많은 기도와

더 많은 예언과

더 많은 소문이

모두

수포로 돌아간 뒤

—「그가 오기까지」 전문

　"그"는 언제나 올까? "그의 이름으로/ 더 많은 그가 와야 한다" 그래서 "헤아릴 수 없는 나의 죄를" 사해 주어야 한다. 그렇다면, 그는 언제쯤 올 수 있을까? 시상의 전반이 그가 올 때에 대한 급박한 어조의 반복으로 채워지고 있다. "그의 이름으로" "그"를 사칭하며 등장하는 자들이 더 많이 왔다가 사라지고, "그를 무너뜨리"는 자들이 더 많이 왔다가 사라지고, "더 많은" "예언" "기도" "말씀" "소문"이 떠올랐다가 스러진 뒤에 "그"는 올 것이다. 이것은, 결국 그는 오지 않을 것이라는 강변이다. 그가 와야 할 때를 말하는 것이 오히려 그는 오지 않는다는 점을 부각시키는 역설이 되고 있다. 그렇다면, "헤아릴 수 없는 나의 죄"는 언제 사할 수 있을까? 물론, 그러한 기회는 오지 않는다. "그의 이름으로/ 그가 되고자 하는" 자가 이 세상에 없을 때란 이미 그가 필요 없을 때인 것이다. 그가 오기까지의 과정이 그가 오지 않음을, 더 나아가 그는 결코 구세주가 아니라는 점을 확신처럼 심화시키고 있다. '오다'와 '오지 않다'가 반대일치를 이루는 역설의 고리가 만들어지고 있다. 독자들의 시적 감응은 바로 이 역설의 고리에서 만들어지는 빈틈의 여백을 따라 전개된다. 죄의식에 대한 구원의 염원과 구원의 불가능성이 역설의 고리를 이룬 지점에서 생기는 운명론적 소슬함이다. 그래서 이 시의 정감은 흥미롭지만 스산하고 분주하지만 외롭다. 우리네 삶의 숙명이 칼끝처럼 스쳐 가는 지점이다.

다음 시편 역시 이와 같은 역설의 고리(環)에서 만들어지는 '빈터의 소슬함'이 씨눈을 이루고 있다.

> 내 머리 속은
> 몹쓸 그림들로 가득 차 있다
> 고삐 풀린 세상의 춘화春畵들 속에서
> 내 눈알은 무럭무럭 자란다
> 말을 먹고 자란다
> 거짓을 먹고 자란다
> 소문을 먹고 잘도 자란다
> 부패의 포자를 퍼뜨리며
> 꾸역꾸역 자란다
> 그 어떤 항생제도 듣지 않는다
> 죽기 전까지는
> 나는 결코 죽지 않는다
> 나는 나만 죽일 수 있다

반대일치의 고리, 그 창조적 여백의 소슬함

죽어서도 나를 유전시킨다

―「돌연변이」 전문

　나에 대한 진술이 나에 대한 부정이 되고 있다. "거짓/소문/부패"를 먹고 자라서 스스로 "거짓/소문/부패"가 되고 말았다는 것이다. 그러나 "나는 결코 죽지 않는다". "나는 나만 죽일 수 있다". 그러나 사실은 나 역시 나를 죽일 수 없다. 나는 "죽어서도 나를 유전시"키기 때문이다. 이처럼 "나는 죽"지 않는다는 점의 강조는 죽음보다 깊은 자기성찰을 역설적으로 드러낸다. 다시 말해, 도저한 자기부정은 자기긍정의 신생을 향한 역정으로서 의미를 지닌다. 부정의 어법 속에 신생의 욕망이 움트는 마당이 마련되고 있었던 것이다. 그래서 시상의 흐름이 부정과 긍정의 길항과 공존의 입체성 속에서 이루어진다. 그리고 이러한 모순의 통합을 통한 입체성이 시의 울림을 더욱 크게 공명시키는 동력으로 작용한다.

　이처럼 반대일치의 역설을 통한 시적 공명은 다음 시편에서도 흥미롭게 개진된다.

술 깨는 허기를 달래려고
알탕을 시켜 먹는데
알들 참 많이 내 앞에 있구나
자잘하고 하찮은 생명의 존엄이
허기 앞에 무릎 꿇고 있구나
…(중략)…
몇 번 유산한 아이 생각도 났다
천벌처럼 땀 흘리며 알탕을 먹는다
자잘한 것들아,
용서하지 마라 나의 죄

―「알탕을 먹으며」 부분

시적 화자는 왕성한 식욕으로 "알탕"을 먹고 있다. "알탕"은 허기를 채워주면서 동시에 뼈아픈 회한을 몰고 온다. 식욕의 충족과 회한의 아픔이 서로 길항하면서 몸바꿈을 한다. 생명의 씨알을 연상시키는 "알탕"이 "몇 번의 유산을" 했던 과거의 행적을 환기시킨다. "알"을 함부로 분출했던 방만한 생활이 가슴 아픈 죄의식으로 파고든다. "천벌처럼 땀 흘리며 알탕을 먹는다"는 문구에서 "땀"은 "천벌"과 "먹다"에 동시에 걸쳐진다. "천벌"의 죄의식이 "땀"을 흘리게 하고 "먹"는 즐거움이 "땀"을 흘리게 한다. "땀"은 성속일여가 엇걸리는 그물코이고 고리이다. 독자들의 정서적 감응은 식욕의 충족과 회한의 아픔이라는 서로 다른 평면이 길항하는 틈새를 따라 일어난다. 창조적 역설을 통한 시상의 입체화이다.

이상의 논의에서 확인할 수 있는 것처럼 정병근의 시 세계는 반대일치의 고리, 그 환(環)의 미학이 시안을 이룬다. 이 환(環)의 미학은 창조적 여백을 만들고 시상의 입체적 공명을 형성하고 있음을 알 수 있다. 그의 시 세계가 독자들의 정서적 감응을 평면적 이해에 가두지 않고 입체적 공명 속으로 유도하는 것 또한 역설적인 엇걸이의 고리에 있음을 알 수 있다.

민족 민중 문예인 탈춤 중에서 가장 빼어난 작품의 경우 혼돈의 질서가 엇걸리는, 고리의 빈 마당이 만들어지는 지점에서 웃음과 눈물, 무의식과 의식, 할미와 영감, 중과 창녀, 익살과 청승, 저승과 이승, 싸움과 사랑이 서로 부딪히고 어울린다. 동시에 여기에서 더 나아가 굿(제의), 불림(초혼)이 섞여 들고 초월성, 아우라, 희망, 화해, 상생의 신명들이 일어난다. 다시 말해, 탈춤에서 '빈터', 즉 환(環)의 지점은 장바닥 삶이 신명과 신성한 빛을 얻는 생기의 지점이다. 앞으로 정병근 시 세계 속 깊은 그늘의 공명이 신성한 밝음과 신명의 경지를 섭수해 낼 수 있기를 바란다. 이때, 그의 시적 삶은 명창을 넘어 국창의 반열로 진입할 것이다.

서정주, 입고출신의 미학적 계보에 관한 재인식

1.

서정주는 자신의 시 전집 서문에서 다음과 같이 쓰고 있다. "이것들이 내 사후死後에도 되도록 오래 어느 만큼의 독자들의 심금에 울려 가주었으면 하는 것뿐이다. 나는 마음 속으로만은 내 나름대로의 정신의 영생永生이라는 것도 생각할 줄도 알고 사는 사람인지라 늙었으니 그냥 덮어 두자던가 그런 작정도 전혀 하지는 않는다". 여기에서 "영생"은 그의 시작 태도이며 주제론이고 아울러 자신의 시적 삶에 대한 원망이기도 하다. "정신의 영생"이란 육체적인 유한성을 넘어선 영원주의를 가리킨다. 이를테면, 그것은 "죽을 때 섭섭할 것 없이 죽게 하고, 또 뒤에 남은 끝없이 그리운 것들과, 나보단 앞서 죽은 안 잊히는 것들 사이에 건넬 다리를 놓아주는 무슨 사상"(「내 정신의 현황」, 1964. 7.)에 해당한다. 영원주의에는 일시적이고 현세적이고 단절적인 것과 대별되는 항구적, 연속적, 초월적인 존재성에 대한 신념이 바탕을 이룬다.

이미 많은 논자들이 언급한 바처럼 서정주의 시적 미의식은 영원주의가 핵심을 이룬다. 물론, 이러한 영원주의는 근대적 이성의 범주에 포괄되지 않는다. 그렇다면, 이와 같은 영원주의가 가능한 세계는 어디일까. 그것은 근대적 자의식이 스며들기 이전의 민족적 전통의 원형성이다. 원형성의 이미지는 단순히 과거의 기억을 재생시키는 단순한 재생적 상상력이 아니라 현재와 과거, 가까운 것과 먼 것의 연속적인 소통과 통합의 내적 창조력으로 작동한다. 이것은 개인의 무의식 속의 능력이며, 또 개인을 초월한 한 민족의 집단 무의식의 심리 작용이다. 따라서 이러한 원형 상상이 문학 작품 속에 구체적으로 현현되면 독자들로부터 쉽게 합일된 주술 공감을 불러일으킨다. 주술 공감이란 시적 이미지가 분석 이전에 이미 독자들의 정서적 동일시와 합일을 획득하는 속성을 가리킨다.

서정주는 기본적으로 이와 같은 민족적 원형성에 대한 추구를 통해 영생의 미적 가치와 시적 삶을 구가하고자 한다. 그렇다면 그의 이와 같은 영원주의적 길의 이정표는 무엇일까? 결론부터 말해서 그것은 김범부의 세계관과 김소월의 민족적 전통 서정으로 파악된다. 그가 미학적 기획으로 추구한 신라정신은 전자와 직접 연관되고 주술 공감의 창작 원리는 후자와 연관된다. 이 글은 이러한 문제의식 속에서 서정주 시 세계의 핵심을 이루는, 영원주의에 이르는 길을 살펴보기로 한다.[1]

2.

서정주의 시 세계는 상징주의 미학에 가까운 서구적 감수성의 극한에서 출발하여 재래의 민족적 전통주의의 무한 속으로 치닫는다. 이것은 조금 다르게 말하면, 민족적인 지방성에 대한 철저한 자기부정에서 철저한 자기긍정의 회귀로 정리된다. 그의 첫 시집 『화사』의 세계에는 이러한 부정과 긍정

---

1 이 글은 졸고, 「전통지향성의 시적 추구와 대동아 공영권」「서정주와 입고출신의 미학적 계보에 관한 재인식」을 바탕으로 하고 있다.

의 변곡점이 극명하게 드러난다.

　① 네 구멍 뚫린 피리를 불고…… 청년아.

　　애비를 잊어버려

　　에미를 잊어버려

　　형제와 친척과 동모를 잊어버려,

　　마지막 네 계집을 잊어버려,

　　아라스카로 가라 아니 아라비아로 가라

　　아니 아메리카로 가라 아니 아프리카로

　　가라 아니 침몰沈没하라. 침몰沈没하라. 침몰沈没하라!

　　　　　　　　　　　　　　　　　　　　—「바다」부분

　② 등잔불 벌써 키어 지는데……

　　오랫동안 나는 잘못 사렀구나.

　　샤알·보오드레—르처럼 설고 괴로운 서울 여자女子를

　　아조 아조 인제는 잊어버려.

　　선왕산仙旺山 그늘 수대동水帶洞 십사十四 번지

　　장수강長水江 뻘밭에 소금 구어 먹든

　　중조曾祖하라버짓적 흙으로 지은 집

　　오매는 남보단 조개를 잘 줍고

　　아버지는 등짐 서룬 말 졌느니

　　여긔는 바로 십년十年 전 옛날

　　초록 저고리 입었든 금녀女, 꽃각시 비녀하야 웃든 삼월三月의

　　금녀女, 나와 둘이 있든 곳.

머잖아 봄은 다시 오리니

금녀女 동생을 나는 얻으리

눈섭이 검은 금여女 동생

얻어선 새로 수대동水帶洞 살리

—「수대동시」 부분

시 ①은 "어제도 내일도 오늘도 아닌/ 여긔도 저귀도 거긔도 아닌" 곳을 향한 시적 화자의 자기부정과 탈출의 욕망이 분출되고 있다. 그는 먼저 "애비/에미/형제/친척/동모/계집"과 완전한 단절을 감행한다. 그렇다면, 단절과 부정 이후의 새로운 지향점은 무엇인가? 이에 대해 시적 화자는 "아라스카/아라비아/아메리카/아프리카"를 제시하기도 하고 "침몰沈沒하라"라고 소리치기도 한다. 설령 "침몰"하게 될지라도 '지금, 여기'로부터 탈출해야 한다는 당위를 거역할 수 없음을 드러낸다. 그래서 시적 정황은 온통 반항적 열정만이 "웅얼거리는 바다"처럼 들끓고 있다. 이와 같은 절대적 부정은 쉽게 자학적 원시주의와 퇴폐적 충동으로 치닫게 된다.

과연, 그의 첫 시집 『화사』는 이마 위에 "몇방울의 피가" 마를 날이 없이 "병든 수캐 마냥 헐떡이며"(「자화상」) 질주하는, 저주, 관능, 죄악, 정념의 이미지들이 뜨겁게 나뒹군다.

그러나 그의 보들레르적 원죄 의식이 선명하게 드러나는 『화사』의 시적 양상은 어느덧 말미에 이르러 시 ②와 같은 시적 정조와 주제의식이 전혀 다른 층위의 시편을 보여 준다. 절대부정이 절대긍정의 계기성이 되고 있다. 그는 어느새 자기 삶의 원형질을 이루는 토속적인 전통성으로 향하고 있던 것이다. 탈향의 역동성이 귀향의 의지로 귀결되는 형국이다.

시적 화자는 "샤알·보오드레—르처럼 설ㅅ고 괴로운 서울 여자女子를/ 아조 아조 인제는 잊어버려"라고 직설적으로 전언하고 있다. 이것은 두 가지의 내용을 동시에 내포하는 바, 하나는 보들레르적 성향을 청산하겠다는 것이고 다른 하나는 "설ㅅ고 괴로운 서울 여자女子"에 대한 집착을 버리겠다

는 결의이다. 그는 이제 "오매는 남보단 조개를 잘줍고/ 아버지는 등짐 서
룬 말 졌"던 "수대동"에서 살고자 한다. 보들레르로 표상되는 서구적 편향
성이 토속적인 "수대동"의 정서로 대체되고 "설ㅅ고 괴로운 서울 여자女子"
가 "금녀女"로 대체되고 있다. 『화사』의 주조음을 이루던 원시적 분노, 자
학, 반항, 충동의 원색적인 부정의 색채와 격정이 진정되면서 시적 분위기
역시 안정감을 확보하고 있다.

한편, 시집 『화사』를 가득 메우고 있던 병적 감수성을 표상하는 보들레르
와의 연속 선상에서 "설ㅅ고 괴로운 서울 여자女子"가 등장한 배경은 무엇인
가? 그것은 서정주의 구체적인 열애 사건과 직접 연관된다. 이에 대해 서정
주는 훗날 "그 여자는 문학 소녀였고 일본 유학의 대학생이었고 또 전라도
의 한 고향 사람이었는데, 이런 여러 가지 점을 떠나서 나와 다른 것은 언
제나 선택한 여성 앞에 내가 못난이였던 데 비해 이 여자는 모든 남자 앞에
두루 잘날 수 있는 사람이었던 일인 것 같다"고 고백한 바 있다. 다시 말해,
서정주가 21살에 만난 열애의 대상은 근대적 교양주의가 낳은 세련된 문화
예술인의 한 전형이었다. "애비는 종이었다"(「자화상」)고 진술하고 있는 전근
대적 인물에게 그녀는 절대적 동경의 대상이었다. 서정주 초기 시편의 반
항적 열정은 보들레르에 대한 경사와 더불어 근대적 여성에 대한 사랑의 열
병이 엇섞이면서 증폭되고 있었던 것이다.

한편, 여기에서 우리는 「바다」와 「수대동시」 사이의 엄청난 정서적 거리
를 넘어선 절대부정의 내적 계기 이외에 이를 충격하는 외적 작용은 없었
을까? 하고 묻게 된다. 내재적 자기 전개 역시 외적 계기의 충격 없이는 현
실화되지 않기 때문이다. 이러한 문제의식 앞에서 다음과 같은 시편을 만
나게 된다.

머리를 상고로 깍고 나니
어느 시인詩人과도 낯이 다르다.
쫑쫑한 니빨로 우서보니 하눌이 좋다.

566

손톱이 구갑龜甲처럼 투터워가는 것이 기쁘구나.

숫작새 같은 계집의 이얘기는, 벗아
인제 죽거든 저승에서나 하자.
모가지가 가느다란 이태백李太白이처럼
우리는 어째서 양반兩班이어야 했드냐.

포올 베르레—느의 달밤이라도
복동福童이와 가치 나는 새끼를 꼰다.
파촉巴燭의 우름소리가 그래도 들리거든
부끄러운 귀를 깍아버리마

—「엽서葉書—동리에게」 전문

「수대동시」를 창작한 과정을 "동리에게"(김동리) 마치 승인받고 있는 양상을 보여 준다. "숫작새 같은 계집의 이얘기"란 말할 것도 없이 「수대동시」에서의 "샤알·보오드레—르처럼 설스고 괴로운 서울 여자女子를" 가리킨다. "서울 여자女子"와는 완전히 절연하겠으며 "포올 베르레—느"가 떠올라도 이와는 무관하게 "복동福童이와 가치 나는 새끼를" 꼬겠다는 것이다. 그는 김동리를 향해 발레리나 보들레르와 함께 "숫작새 같은 계집"과 완전히 절연하고 자신의 삶의 원상으로 회귀하겠다고 다짐하듯 진술하고 있는 것이다. 그렇다면, 도대체 김동리는 서정주에게 어떤 존재였던가?

나는 꼬박 사흘인가를 걸려서 그 소위 러브레타라는 것을 모두 다섯 줄인가를 써서 보냈다. 동리가 그 편지를 갖다 주었다. 그러나 아무런 회답도 주진 않았고 한 번 픽 웃드라는 것이었다. 픽! 그렇게. 동리는 나더러 되도록이면 빨리 단념하기를 권고하였다. 아무리 권고해도 소용이 없는 것을 알자, 나중에는 내 손목을 잡고 '네가 그렇게 헐값이거

서정주, 입고출신의 미학부의 계보에 관한 재인식

든 어서 죽으라'는 것이었다. 그 말은 나를 울렸다.

─「속 나의 방랑기」(1940)

서정주의 뜨거운 열병에 대해 김동리는 "어서 죽으라"고 충고하고 있다. 서정주가 소설 「화랑의 후예」로 문단에 나온 김동리를 만나게 된 것은 당시 동양 철학자로서 널리 알려진 동리의 큰형 김범부의 소개를 통해서였다. 김범부는 서정주와 김동리를 친구로 맺어준 인물이면서 동시에 이 둘의 정신적 지주였다.

김동리는 스스로 "본디 나의 느끼고 생각하는 힘은 천부天賦의 것이라 하겠지만, 그 방법과 자세를 가리켜 준 이는 내 백씨伯氏다"라고 진술하는 데서 보듯이 그의 문학적 삶은 김범부의 그늘 아래 있었다. 따라서 '어서 죽으라'는 김동리의 목소리 너머에는 김범부가 있었던 것으로 보아도 무방하다. 이와 같이 말할 수 있는 것은 서정주 역시 김범부의 영향권 안에 있었기 때문이다. 김범부는 이 시기 넝마주의를 하며 방황하던 서정주를 불러 지적 깨우침을 전한다. 서정주는 『화랑외사』를 비롯한 저서를 통해 신라정신을 중심으로 한 동방 르네상스를 주장한 김범부의 사상을 나침반으로 삼아 친구의 "어서 죽으라"는 충고에 정신을 곧추세우며 자기긍정의 전통성으로 회귀하고 있었던 것이다.

그리하여 그 역시 자연스럽게 김동리의 경우처럼 화랑들이 활동하는 『삼국유사』의 신라정신에 당도한다. 그의 영원주의의 핵심을 이루는 신라정신은 유교, 불교, 신선도가 집적된 풍류도를 근간으로 한다. 풍류도의 연원은 외래 종교가 유입되기 이전인 국조 단군에게까지 거슬러 오르는 '한국적 전통성의 근원'으로 다시 소급된다. 그래서 그의 영원주의는 선도와 샤머니즘적 속성이 두드러진다. 그는 민족적 원형의 탐색을 통해 전통 서정의 저류를 이루는 보편적 미의식에 당도한 것이다. 첫 시집 『화사집』(1941)을 지나 『귀촉도』(1941), 『서정주 시선』(1956), 『신라초』(1961), 『동천』(1968) 등에서 본격적으로 펼쳐 보인 신라정신을 통한 혼교魂交 혹은 영통靈通으로서의 영원성의 시학이 이를 뚜렷하게 증거한다.

3.

한편, 김범부의 사상과 만나면서 신라정신으로 구체화된, 서정주의 영원주의에 상응하는 창작 방법론은 구체적으로 무엇이었을까? 이러한 물음 앞에 김소월의 전통 서정이 오롯이 빛을 발한다. 다시 말해, 그의 시적 삶의 원적은 김소월의 민족적 원형성의 감각과 어법에 가깝다. 그는 김소월의 시 세계에 '투신 몰입하여 동화하고자'(김윤식) 한 것이었다고 해도 지나치지 않다. 이 점은 그의 시 세계의 특징적인 미의식에서도 감지되지만, 1950년대 후반 「소월의 자연과 유계와 종교」(『신태양』1959. 5.)부터 「소월시에 나타난 사랑의 의미」(『예술원논문집』, 1963. 9.)에 이르는 4편의 소월론에서 좀 더 뚜렷한 논리의 영역으로 확인된다.

> 민족 영원 속에 있어서 이미 그 모양이 없어진 무형의 부분과 모양 있는 현실 사이에는 간격도 없어지는 것으로, 그의 투철한 사랑은 생존해 있는 동포를 대상으로 할 뿐만 아니라 뭇 조상들의 과거사의 세계까지를 융융히 울림 있는 것으로서 만들어 가진다.
>
> ─『서정주전집 2』, 188쪽

김소월의 「임과 벗」「절망」「제이 엠 에스」「무덤」 등의 작품에 대한 서정주의 이와 같은 언급은 곧바로 그의 시적 삶의 지향점이기도 했다. 그의 시 세계는 "민족 영원 속에 있어서 이미 그 모양이 없어진 무형의 부분"을 민족적 지방어의 마술적 어법으로 깨워 자기만의 깊고도 풍성한 시적 성채를 구축했다. "김소월의 시적 재능은 시문학사상 그를 독립시키기 이전에 바로 서정주에게 흡수되어서 완강한 배반을 당한 것이다"(고은, 「서정주 시대의 보고報告). 물론, 이때 "배반"은 부정을 의미하는 것이 아니라 더욱 적극적인 자각적 계승을 의미한다.

그래서 서정주는 '부족 방언의 마술사'라는 확고한 위상을 얻게 된다. 127편의 시를 남긴 채 32세의 젊은 나이에 절명한 김소월과 달리 그는 85세의 연륜 동안 1000여 편의 시를 남길 수 있었다. 그래서 '부족의 방언을 순결하게 닦는 자'라는 말라르메의 시인에 대한 정의가 우리나라에서 가장 잘 부합되는 인물로 그를 선정하는 데 이견을 가지지 않게 된 것이다. 물론 여기에는 단순한 양적 측면만이 아니라 그의 조선적인 지방어의 미의식과 상상력을 누구보다 놀라운 폭과 깊이로 구현해 낸 탁월한 시적 삶의 역정을 바탕으로 한다. 이때, 조선적이란 말은 근대적 분화 이전의 민족적 전통의 원형성을 가리킨다. 짧은 생애를 살다 간 소월의 민족적 전통의 원형성이 생래적 차원에서 개진되었다면 서정주의 경우는 '신라정신'으로 표상되는 과거로의 시간 여행을 통한 미학적 기획 속에서 개진된 것이었다. 그는 근대적 자의식이 스며들기 이전 과거로의 시간 여행을 통해 "민족 영원 속에 있어서 이미 그 모양이 없어진 무형의 부분"을 현재 속에 불러내어 영원성의 시학의 정조와 화법을 구축했던 것이다.

특히 서정주의 영원주의는 전일적인 유기체적 세계관을 특성으로 한다. 그는 스스로 영통 혹은 혼교를 "천지전체天地全體를 불치不治의 등급等級 따로 없는 한 유기적有機的 연관체聯關體의 현실로서 살던 우주관"이라고 전언한다. 그의 시 세계에 드러나는 전일적 세계관과 물활론적 상상력은 이러한 문면에서 선명하게 이해된다. 또한, 서정주의 영원주의에 따른 시간의식은 현세, 전생, 내생이 연속성을 이룬다. 그래서 그의 시 세계에서 존재자의 존재성은 이승과 저승의 경계로부터 자유롭다. 전생의 사랑이 현세의 사랑으로 이어지고 현세의 사랑이 내세의 사랑과 이어지는 경우를 자주 목도한다. 이것은 그가 소월의 「접동새」를 가리켜 언급했던 "남녀 간의 사랑을 여러 가지 정한을 통해서 자연과 유계에까지 접붙였던 그는, 육친애를 가지고도 또 얼룩진 정한의 무늬도 그대로 역력히 자연과 저승을 점령한다"는 인식과 연속성을 이룬다. 그는 민족적 전통 서정의 맥박과 호흡하면서 미분성의 신화적 상상을 펼쳐내고 있었다.

과거로의 시간 여행을 통한 혼교와 영통의 영원성이 경험적 현실의 시간 속에서 노래되면『질마재 신화』(1975)를 낳게 된다. 그래서『질마재 신화』는 현대판 삼국유사라고 할 수 있다.

> 바닷물이 넘쳐서 개울을 타고 올라와서 삼대 울타리 틈으로 새어 옥수수밭 속을 지나서 마당에 흥건히 고이는 날이 우리 외할머니네 집에는 있었습니다. 이런 날 나는 망둥이 새우 새끼를 거기서 찾노라고 이빨 속까지 너무나 기쁜 종달새 새끼 소리가 다 되어 알발로 낄낄거리며 쫓아다녔습니다만. 항시 누에가 실을 뽑듯이 나만 보면 옛날이야기만 무진장 하시던 외할머니는, 이때에는 웬일인지 한마디도 말을 않고 벌써 많이 늙은 얼굴이 엷은 노을빛처럼 불그레해져 바다 쪽만 멍하니 넘어다보고 서 있었습니다.
>
> 그때에는 왜 그러시는지 나는 아직 미처 몰랐읍니다만, 그분이 돌아가신 인제는 그 이유를 간신히 알긴 알 것 같습니다. 우리 외할아버지는 배를 타고 먼 바다로 고기잡이 다니시던 어부로, 내가 생겨나기 전 어느 해 겨울의 모진 바람에 어느 바다에선지 휘말려 빠져 버리곤 영영 돌아오지 못한 채로 있는 것이라 하니, 아마 외할머니는 그 남편의 바닷물이 자기집 마당에 몰려 들어오는 것을 보고 그렇게 말을 못 하고 얼굴만 붉어져 있었던 것이겠지요.
>
> ─「해일海溢」 전문

서정주의 영원주의적 시간의식이 펼쳐지고 있다. 해일의 주름에 이승과 저승이 혼융되어 있다. 외할머니는 "마당에 흥건히 고"이는 물결 앞에서 "늙은 얼굴이 엷은 노을빛처럼 불그레해"진다. 죽은 외할아버지와 통교가 이루어지는 대목이다. 서정주가 김소월의「접동새」를 가리켜 "남녀 간의 사랑을 여러가지 정한을 통해서 자연과 유계에까지 접붙였던 그는, 육친애를 가지고도 또 얼룩진 정한의 무늬도 그대로 역력히 자연과 저승을 점령한다"고 했던 지적이 고스란히 재연되고 있다. 이승과 저승, 삶과 죽음, 유형과 무형의 경계가 없다.

서정주는 질마재의『삼국유사』를 쓰고 있다. 다시 말해, 삼국유사가 영원성의 시학을 통해 현재 속에 재생하고 있는 것이다.『떠돌이의 시詩』를 비롯한 후반기 시 세계 역시 영원주의의 현실화와 이행으로 읽힌다.

4.

이상에서 서정주의 영원주의에 이르는 길에는 김범부의『화랑외사』의 사상과 김소월의 민족적 원형성의 정서가 이정표처럼 놓여 있었음을 논의하였다. 서정주는 영원주의에 도달하면서 시대를 초월하는 보편적 미의식과 우주론적 상상의 언어를 확보했다. 그는 영원성의 시학을 통해 '현재 속에 없는 것과의 신비주의적 합일'을 추구했던 것이다. 그리하여 그의 시편에서 비속한 현실과 찰나적인 존재는 신화적 무한과 공명하는 신성성을 확보하게 된다.

그래서 그가 자신의 시 전집을 앞에 두고 "이것들이 내 사후死後에도 되도록 오래 어느 만큼의 독자들의 심금에 울려 가주었으면 하는" 영생의 바람은 유감없이 현실화되고 있다. 그의 시편들은 "죽을 때 섭섭할 것 없이 죽게 하고, 또 뒤에 남은 끝없이 그리운 것들과, 나보단 앞서 죽은 안 잊히는 것들 사이에 건넬 다리를 놓아 주는" "영생永生"의 노래에 해당하는 영원성의 미학을 밀도 높게 성취하고 있기 때문이다.

히스테리아의 여로

    김이듬의 5편의 시편을 펼쳐본다. 5편 모두 이국적인 거리에서 씌어지고 있다. 일종의 여로형의 시편이다. 그러나 그의 여로는 뚜렷한 목적지가 없다. 프랑스 파리를 중심으로 그저 배회하고 있다. 이국적 도시의 풍속을 탐색하고 관찰하고 기록하는 고현학적 산책과는 처음부터 거리가 멀다. 그에게는 굳이 파리여야 될 이유도 없다. 오직 한국만 아니면 될 것처럼 보인다.

    다음 시편은 14호선 지하철에서 바라보는 자신의 내면과 열차 속도에 따라 피상적으로 스쳐 가는 외적 풍경을 그리고 있다.

       지하의 군중
       맨 끝
       놓친 튜브
       스프링 노트에서 떨어져나간 페이지
       —성 라자로

       거대한 입술이 빨아들이는 파이프 안
       왼편에는 집시

—마들렌느

한 문장도 말하지 않은 날
—아우스터리츠

일어나면 접히는 의자
—생떼밀리옹의 정원

방으로 가는 단어 번역자
남은 한 구역
—미테랑 도서관

소매치기의 빈손
현기증
내벽 보수공사
검표원
—올랭피야드

—「14호선」 전문

연과 연의 연속성이 드러나지 않는다. 오직 연속성을 이루는 것은 후렴구처럼 명시되고 있는 파리 지하철 14호선"의 역사를 이어주는 철로이다. 14호선은 파리 지하철 중에 가장 최근에 완성된 것으로 예술적 감각이 뛰어난 것으로 알려져 있다. 1연의 성 라자로 역은 14호선의 출발지이다. 외적 상황을 간략하게 스케치하고 있다. 지하철의 가속도 앞에서 긴 호흡의 문장은 허용되기 어렵다. 2연 역시 역사에 대한 찰나적 묘사이다. 역사의 정경을 "거대한 입술이 빨아들이는 파이프 안"으로 느낀다. 1연에 비해 심미적 주관성이 깊이 개입되고 있다. 3연은 자신의 상황에 대한 진술이다. 4, 5연에 걸쳐 생떼밀리옹의 정원과 미테랑 도서관 역사를 지나 마지막 연의 올랭피야드에 내린다. "소매치기의 빈손/ 현기증/ 내벽 보수공사/ 검표원" 등의 찰나적 상상과 현상이 무질서하게 나열되고 있다.

　물론 이러한 시적 묘파는 굳이 파리의 14호선이 아니어도 문제가 안 된다. 파리 13호선이든 런던의 어느 지하철이든 그것은 상관없다. 그저 파리 14호선에서 마주치는 생각과 대상을 무연하게 스케치하고 있다. 그럼 김이듬은 왜 이런 배회하는 여로의 시편을 발표하고 있는가. 다시 말해, 그가 파리의 지하철을 서성거리는 저간의 사정은 무엇인가?

　이러한 질문 앞에 그는 다음과 같은 시편을 보여 준다.

　　처음엔 한사코 입을 열지 않는다
　　카메라를 피한다
　　알제리에서 온 젊은 여자 아미나는 2년 넘게 노숙하고 있지만
　　이곳을 떠날 의사가 없다
　　다시 찾아간 늦가을 저녁 철로 변에 그녀가 누워있다
　　이리 들어와
　　이불 안은 더럽고 따뜻하다
　　지하철 환풍기 위에 자리를 잡아 열기가 이불을 데운다
　　머리에 히잡 두르기 싫었어
　　고향에서 도망쳐와 불법체류자로
　　왜 나는 조금 일찍 출발하지 못했을까
　　아미나는 자기 의지로 왔다고 하고
　　딱히 몰아낸 이를 댈 수는 없지만 난 내쫓긴 것 같은데
　　누구라도 동전을 던져주겠지
　　우리는 누워서 휘청거리는 행인을 본다
　　　　　　　　　　　　　　　　　　　　—「인터뷰이」 전문

　인터뷰어와 "인터뷰이"가 서로 다른 둘이면서 하나이다. "인터뷰이"는 알제리 출신이며 2년 넘게 "노숙" 생활을 하고 있다. 파리의 어느 "늦가을

저녁 철로 변"이 그녀의 숙소이다. 늦가을의 추위를 "지하철 환풍기"에 의지해서 견뎌나가고 있다. "한사코 입을 열지 않"던 젊은 여자 아미나가 말을 하기 시작한다. "머리에 히잡 두르기 싫"어서 "고향에서 도망쳐 왔다". 이 말을 듣는 순간 인터뷰어인 시적 화자는 "왜 나는 조금 일찍 출발하지 못했을까"라고 안타까워한다. 아미나와의 깊은 정서적 동질감의 표현이다. "딱히 몰아낸 이를 댈 수는 없지만" 자신도 "내쫓긴 것"은 틀림없다. 아미나는 "자기 의지"로 "고향에서 도망쳐" 왔고 "난 내쫓긴" 점이 다르다. "누구라도 동전을 던져주겠지/ 우리는 누워서 휘청거리는 행인을 본다". 이미 나는 아미나와 한통속이 된 것이다.

그렇다면 시적 화자를 한국에서 "내쫓"은 것은 무엇일까? "딱히 몰아낸 이를 댈 수는 없지만" 그러나 한국 사회의 풍속이 마치 알제리의 "히잡"처럼 그를 옥죄었던 것이다. 히잡은 이슬람 국가에서 여성을 억압, 관리, 통제, 소유하기 위한 복장으로 알려져 있다. 이슬람 경전 코란에서 명시된, '그녀들의 시선을 낮추고 순결을 지키며 밖으로 드러내는 것 외에는 유혹하는 어떤 것도 보여서는 아니' 된다는 율법의 시행 장치가 히잡인 것이다. 알제리의 여성을 차별하는 억압 구조를 피해 국경을 넘어 파리까지 왔다는 아미나의 전언에서 시적 화자는 한국 사회의 남성중심적 억압 구조 속에 타자화되었던 자신을 새삼 환기하고 있는 것이다.

여기에 이르면, 김이듬의 시적 여정이 히스테리아의 신경증과 연관되고 있음을 추정해 볼 수 있다. 히스테리아는 이미 그리스 시대 히포크라테스에 의해 명명된 질환으로 몸속에 떠돌아다니는 자궁(hysteria)을 가리킨다. 물론 이후의 연구를 통해 밝혀진 바대로, 히스테리아는 비단 여성에 국한되는 질병이 아니라 남성에게도 공통적으로 나타나는 외상과 억압에 따른 충동적 증상을 가리킨다. 특히 프로이트는 히스테리아란 성에 대한 기억과 환상이 억압되어 신체적 증후로 바뀐 경우로 설명한다.

김이듬은 바로 지난해에 시집 『히스테리아』를 간행한 바 있다. 그의 시편들에는 우리 사회에 잠재하고 있는 히스테리아의 억압적 욕동과 그 근육 감각이 뜨겁게 숨 쉬고 있었다. 주류사회의 배타적 타자에 해당하는 소수자들, 즉 미혼모, 창녀, 장애인, 동성애자, 정신질환자, 거지, 가난한 노인 등이 빈번하게 등장하여 무의식적 환상, 성애적 요소, 욕동을 상징할 수 있는 신체적 반응 등을 다채롭게 표출하고 있었다.

위의 시편에서 "알제리에서 온 젊은 여자 아미나"와 "나"의 월경越境은 기본적으로 히스테리아의 연속성에서 이해된다. 그는 불안을 자극하는 본능적 소망과 그것에 대한 방어 사이에서 여로형을 선택하고 있는 것이다. 이번 그의 여로는 "택시"를 타고 전개된다.

어쩌다 택시 안에 카메라를 놓고 내렸다고 해보자

어디로 갈 것인가
북쪽 노선 마지막 정거장에서
더 부정적으로 생각해보자

크리스의 형은 과다복용으로 사망했지만 크리스는 약을 한다
비둘기, 우우우우우

어쩌다 백사십 년 전에 지어진 건물에 방을 구했다고 해보자
그것도 하녀의 방이었던 오층 구석
나는 복도를 오가는 큰 쥐를 본다

크리스의 어머니는 다리미를 들고 있다
내 아들이 저러지 않게 네가 도와줘
그 다음에 그녀가 뱉은 말은
여긴 전부 소독을 해야 돼

나는 휠체어를 타고 있다고 해보자

이 많은 계단을 어떻게 내려갈 것인가

우오오오, 제발 크리스
올라와 올라와

이상한 소굴에 방을 구한 건 여권을 분실한 것보다 낫다고 해보자
이 복도의 모든 창틀에서 환영을 보는 거라 해보자
신체적으로 나는

—「코카인」 부분

가정형의 어법을 통해 자신의 상황을 대상화하고 있다. 현실이 가정의 어법으로 치환되면서 실상과 가상의 경계가 무화되고 있다. 장소는 코카인 중독, 비둘기 소리, 큰 쥐 등이 혼재된 파리 뒷골목 슬럼가의 어느 낡고 오래된 집이다. "14호선"이 파리의 전면이라면 이곳은 그 후미진 뒷골목이다. "크리스의 형은 과다복용으로 사망했"고 크리스는 살아있으나 여전히 "약을 한다". 견디기 어려운 열악한 곳이다. 이때 시적 화자는 어느새 적응의 논리를 찾는다. 더 나쁜 상황을 설정하고 보면 주변의 험악한 인물들도 새삼 고맙게 느껴진다. "나는 휠체어를 타고 있다고 해보자/ 이 많은 계단을 어떻게 내려갈 것인가". "제발 크리스/ 올라와 올라와"라고 하지 않겠는가.

어느새 시적 화자는 떠나온 조국이 그리워진다. "이상한 소굴에 방을 구한 건 여권을 분실한 것보다 낫다"는 생각으로 스스로를 위무한다. 여기에서 "여권"이란 귀국의 가능성을 가리킨다. 한국으로부터 "왜 나는 조금 일찍 출발하지 못했을까"라고 했던 어조와는 사뭇 다르다. 파리 역시 시적 화자를 "딱히 몰아낸 이를 댈 수는 없지만" 자신을 "내쫓"(「인터뷰」)고 있는 형국이다.

이때 그의 눈앞에 목도되는 것은 환상이다. 심리적 갈등이 신체적 형태로 나타나고 있는 대목이다.

두 개의 빌딩 사이로 달이 뜰 때

빌딩은 기우뚱한다

두 개의 빌딩은 마주보고 떨며 비낀다

고대의 천문대처럼 초기 회교 사원처럼 건물은 흘러내리려고 한다

두 개의 빌딩 사이로 달이 뜰 때

그 달 너머 더 캄캄한 데로 가는 사람이 있었고

두 개의 빌딩 사이로 보름달 뜰 때

튼튼하고 육중한 다리를 벌려 달덩이를 낳은 내 어머니의 어머니가

내 어머니의 어머니의 어머니의 어머니의 어머나 어쩌다 이런 애를

나는 경악하며 달을 보았다

—「하늘의 모빌」 부분

"두 개의 빌딩 사이로 달이 뜰 때" "건물은 초기 회교 사원처럼 흘러내리려고 한다". 무의식적 환상의 가시적 현상이다. 기억과 환상이 혼재되면서 경악스런 분위기가 배어 나온다. 복잡한 환상이 떠오르는 일종의 불안 히스테리의 양상으로 해석된다. 여기에서 "두 개의 빌딩"은 한국과 파리의 무의식적 표상일 수도 있을 것이다.

따라서 그의 여로형에는 한국과 또 다른 나라와의 "국경을 초월한 잡소리"나 "만국 의성어"가 등장한다. 이미 뚜렷한 시제와 공간의 경계는 별문제가 되지 않는다.

나는 남의 잔치에 불고 치고 노래한다

음식을 얻어먹을 때도 있다

국가를 초월한 음악이라니, 사랑이라니, 만국 의성어를 전쟁으로 번역하는 사람들이나 좋아하는 잡음. 아아, 누가 똥을 안 치웠어? 나는 개똥을 밟았을 뿐인데 그 개가 나를 따라온다 나를 좇아오다가 나의

수호견이라도 된 것처럼 다른 사람들한테 이빨을 드러내며 달려간다
건널목을 건너 내 방문 앞에 먼저 도착해있다

마다가스카르 섬에서는 Taratantara를 역사로 번역하더라도
나는 불어댄다 삐삐빼삐 삐익 끽, 이것은 나의 무의미한 소리라는 걸
아서야죠
나팔에 코를 파묻으려고 개는 날뛰는데
저런 놈은 상종 말라고 잡아먹는 거라고 할아비는 말씀하셨다

—「딴따라」 부분

   할아버지는 "분홍 저고리 위에 복상사"한 풍각쟁이였다. 풍각쟁이의 "딴따라" 혹은 Taratantara는 "불어댄다 삐삐빼삐 삐익 끽"의 의미로서 국경을 초월한 만국 의성어이다. 시적 화자 역시 풍각쟁이의 삶을 산다. 나 역시 "남의 잔치에 불고 치고 노래한다." 할아버지가 살고 겪고 말했던 길을 고스란히 따르고 있다. 물론, 여기에서 할아버지는 그의 가족사와 연관되지 않아도 무방하다. "풍각쟁이"로 표상되는 길 위의 인생은 동서양을 막론하고 오랜 세월 동안 일반화된 비주류의 특징적인 삶이었기 때문이다. 이미 고대에서부터 갈등, 억압, 차별의 심인성에서 비롯된 히스테리아가 있었던 것처럼 인간 삶은 언제, 어디, 누구나 안주하지 못하는 불안과 소외감에 시달리고 있는 것이 사실이다.
   이렇게 보면, "풍각쟁이"의 "딴따라"는 히스테리아의 표출이면서 동시에 치유의 여정으로 해석된다. 김이듬의 시 세계가 그동안 많은 경우에 비주류의 삶을 드러내고 아파하고 노래하고 보살펴 온 까닭이 어느 정도 이해된다. 앞으로는 그의 "풍각쟁이"의 여로가 히스테리아를 충격적으로 드러내기보다는 치유하는 힘으로 작용하길 바란다. 그것이 "딴따라"의 궁극적인 역할이라고 생각되기 때문이다.

어둠으로 그린 높고 위태롭고 환한 길

　김주대는 우리 시대 대표적인 시서화삼절詩書畵三絕이다. 중국 북송北宋의 영향 속에서 고려시대부터 면면히 이어져 왔던 이 땅의 문인화의 전통이 김주대를 만나면서 더욱 친숙하게 법고창신法古創新되고 있다. 그는 '시 중에 그림 있고, 그림 중에 시 있다(詩中有畵 畵中有詩)'는 시화본일률詩畵本一律의 묘리를 체험적 생활 화법으로 구현해 내고 있다. 그의 작품집을 펼치면 시와 그림이 서로 심미적 대화를 나누면서 어느새 독자들을 맑고 고요한 중심으로 인도한다. 시란 말하는 그림이고 그림은 말하지 않는 시라고 했던가. 그는 시를 통해 귀로만 볼 수 있는 풍경을 보여 주고, 그림을 통해 "눈으로만 들을 수 있는 말"(「꽃」)을 들려준다.

　그의 문인화첩에는 "깨지고 굽은" 신산스런 생활사에서부터 꽃, 산, 아이, 동물 등 다양한 대상들이 등장한다. 그는 이러한 시적 대상들에 대해 사실적 형사形寫보다 심원한 정신의 지극함을 구현하는 이형사신 천상묘득以形寫神 遷想妙得의 미의식을 기조로 노래한다.

　여기 밥사발이 놓여 있다. 두터운 그림자 위에 소박하고 정갈하게. 이 밥사발의 존재는 무엇인가. 오랫동안 밥을 담는 그릇이었을 이 용기의 두터운 그림자에서 결코 간단치 않은 모성의 서사가 엿보인다. 「어머니를 나누어 드립니다」는 밥사발이 틈새처럼 개시하는 밥사발의 은폐된 존재성이다. 그것은 가없어 차라리 슬픈 어머니의 사랑이다.

> 고향에 혼자 사는 어머니가 떡을 해서 머리에 이고 아들 그림 전시장
> 에 찾아 왔습니다. 어머니는 앉아 있지 않고, 구경 온 사람들에게 종
> 일 떡을 나누어 주었습니다. 새벽차를 타고 왔던 어머니가 막차로 떠
> 난 뒤에는 아들이 오랫동안 어머니를 나누어 주었습니다.

어머니가 떡을 해서 "아들 그림 전시장"에 왔다. 어머니는 고향에서 새벽차로 오셨지만 피곤함도 잊은 채, "구경 온 사람들에게 종일 떡을 나누어" 준다. 막차 시간이 다가오자 어머니는 어쩔 수 없이 고향으로 다시 떠난다. 어머니가 마저 나누어주지 못한 떡을 아들이 나누어주고 있다. 아들이 나누어주는 떡은 어머니의 정성이고 마음이다. 그리하여 밥사발은 곧 어머니의 존재성이다. 밥사발의 저변을 이루는 겹그림자는 고단하지만 헌신적인 모성의 서사를 머금고 있었던 것이다. 여기에서 밥사발은 어머니의 본성을 내밀하게 예각화한 천상묘득遷想妙得의 결정이다.

김주대의 문인화첩에서 어머니는 「인생」「동행」「풍경」「난전식사」「미황사 가는 길」「어머니 좋은 날이 올까요」 등을 통해 신산스런 인생론의 중심 이미저리로 다양하게 변주된다. 또한 이러한 어머니의 이미지는 그의 화첩을 듬성듬성 밝게 물들이는 꽃나무의 어둡고 구불구불한 가지로 전이되기도 한다. 기굴창연奇崛蒼然이라 했던가. 시커멓고 기이하게 굽은 가지 끝에 은은하게 피어난 고요한 꽃. 그에게 꽃은 "깨지고 굽은 것들에는 우리가 못 가는 길을 간 높고 위태(「첫길」)롭고 아름다운 길이 있음을 보여 주는 표징이다. 그것은 마치 "부러진 관절을 절며 우여곡절 지나온 풍경들"이 불러온 흰 눈 언덕의 적요(「죽음에 대한 기억」)와 같은 세계이다.

실제로 김주대의 문인화첩은 검은 먹빛이 주조를 이룬다. 그러나 이 검은 먹은 스스로 눈부신 빛을 불러온다. 이를테면, "상처로 상처를 짚으며"(「순천

만 물길」) "밤새 어둠을 호흡했던 것"이 "하얗게 망막을 내리 긋는 흰 한 줄"(「폭포」)의 폭포를 걸어놓고 있는 형국이다. 그의 그림이 기운생동氣韻生動하는 풍골風骨을 지니는 배경이 여기에 있다. 어둠의 극점이 새벽을 불러오는 이치에 상응하는 것이다. 아니 좀 더 정확하게 말하면, 불러오는 것이 아니라 짙은 어둠이 "스스로 빛"(「스스로 빛」)을 뿜어내고 있다. 이미 어둠 속에는 빛이 숨 쉬고 있었던 것이다.

이것은 마치 모든 사물에는 부처가 내재되어 있었다는 것과 다르지 않다. 그래서 백제의 석공들은 "정 하나로 돌을 살로 바꾸는 기술, 살이 된 돌을 간지럽혀 웃게 하는 기술"(「마애여래삼존상의 미소」)을 마음대로 부릴 줄 알았다. 김주대는 오늘 다시 백제의 석공이 되어 "정으로 돌을 쪼듯 날카로운 붓 끝으로 종일 종이를" 쪼아 "지그시 눈 감은 부처"를 탄생시킨다. 그래서 그의 화첩에서는 도처에 "따스해진 돌이 종이에 앉아 웃는"(「조각」) 모습을 목도하게 된다. 물론, 그가 이처럼 세상의 도처에서 부처를 깨워낼 수 있는 것은 그가 스스로 어린아이 같은 자신의 맑고 천진한 본성을 견지하고 있기 때문이다. '무릇 맑은 거울이어야 사물의 본모습을 살필 수 있다'(《공자어가》)는 성현의 가르침을 자신도 모르게 이미 실현하고 있는 것이다.

실제로 김주대의 전신사조傳神寫照의 미의식은 어린아이와 고양이를 소재로 한 작품에서 절정에 이른다. 어린아이의 얼굴, 걸음걸이, 눈망울의 영묘함에 어느새 이를 바라보는 독자도 어린아이로 돌아가게 된다. "아이의 눈망울에 깃든 나를 누구도 건져낼 수 없"(「시선」)게 되어버린 것이다.

특히, 김주대의 수묵에서 어린아이와 고양이의 눈동자의 표정은 신묘한 경지를 보여 준다. 그는 눈동자의 묘용을 통해 말로 할 수 없는 말들을 벼락처럼 한순간에 전한다. 중국 동진의 고개지는 정신을 형상화하는 전신론傳神論의 요체는 바로 눈동자에 있다고 전언한다. 그에 따르면 천지의 수가 아무리 많아도 50에 근거해 있는데 극의 숫자인 1로써 나머지 49를 움직일 수 있다는 역학易學의 논법을 빌려와 전신사조에서 눈동자가 극수 1에 해당한다고 설명한다. 물론 여기에서 눈동자는 물상이 아니라 정신이다. 고개지는 혜강의 시를 들어 이 점을 강조하는데, "눈은 멀리 고향을 향해 돌아가는 기러기를 응시하는 듯하고, 손은 다섯 줄의 거문고를 타누나"에서 후자는 그리기 쉬우나 전자는 어렵다(目送歸鴻難)는 것을 지적한다. 그것은 심원한 정신세계의 지극함을 가리키는 천상묘득遷想妙得의 어려움과 가치를 강조한 것이다.

김주대의 「꽃」 「봄」 「묘竗한 대화」 「출처」 「길고양이」 「기지개」 「꽃 보는 아이」 「부자상봉」 등에서는 눈빛만으로 섬세한 마음과 정신의 역동이 유감없이 자재롭게 표현된다. 잠시 "길고양이"의 눈에 귀 기울여 보자.

> 그만 돌아가. 나는 돌아가지 않을래. 어쩌면 나는 이미 어떤 길이거
> 든. 돌아갈 수 없는
>
> ―「길고양이」 전문

비스듬히 뒤돌아보는 "길고양이"의 한쪽 눈이 가슴 속까지 아프게 전하는 말이다. "길고양이"의 운명을 한쪽 눈으로 이토록 극명하게 설핏 드러낼 수 있다니! "길고양이"의 눈빛이 왜 저토록 낯익은가? 저것은 거울에 비친 우리의 눈동자가 아니던가.

김주대는 어느새 모든 존재자의 운명의 심연을 찌르는 전신사조傳神寫照의 유현한 경지를 구가하고 있다. 그래서 그의 문인화첩을 펼치면 "눈 덮인 지평선"이 "지퍼처럼 열"(「봄」)리면서 "목숨의 배후에" 있는 "높은 길"(「소나무」)을 아득히 새겨준다. 김주대는 분명 우리 시대 대표적인 시서화삼절詩書畵三絕이다.

무위의 자화상을 위하여

이미 30여 년의 세월이 흘렀다. 그때 나는 앙상하고 눈만 큰 대학 신입생이었다. 최루탄 냄새가 풀풀 날리는 어수선한 교정을 가로질러 노천극장에 당도했다. 객석은 학생들로 가득 차 있었다. 고은 선생께서 연단에 등장했다. 선생께서는 잠시 먼 허공을 망연히 응시했다. 일순 모두가 조용해졌다. 바로 그 찰나, 선생의 시국 연설의 사자후가 불을 뿜기 시작했다. 그의 목소리의 우렁찬 파문이 화살처럼 사위로 퍼졌다. 나는 그의 목소리가 어느 먼 허공에서 쏟아지고 있다고 느꼈다. 좀 더 구체적으로 감각화하면, 그는 자신의 목소리를 허공으로 던지고 있었고, 허공은 그 목소리를 받아서 청중들을 향해 뿌리고 있었다. 그런 탓일까. 나는 선생의 목소리는 허공의 그 무엇과 닮아있다고 느꼈다. 광대무변한 허공의 아득함 혹은 그 외롭고 서늘한 물결.

나는 그 이후 고은의 시 세계 역시 그때의 목소리와 표정이 보여 주던 허공의 감각과 감성의 연장선에 있다고 느꼈다. 그의 시적 형질의 주조는 허공이라고 생각되었다. 그의 시 세계 특유의 단말마적 울림은 허공이 부르르 떠는 떨림이고 유장한 호흡은 허공이 흘러가는 몸짓으로 느껴졌다. 간혹 그 허공의 지평이 이승을 넘어서면 "눈이 죽음을 덮고 또 무엇을 덮는"(「문의마을

585

에 가서」) 적막한 폐허 속으로 파고들고, "수많은 내일들"(「두고 온 시」)을 향하
면 "하루가 한 생애 이상의 하루"(「동행길」)로 확장되고 있다고 생각했다(과연
그는 2008년에 『허공』이라는 시집을 출간하기도 한다).

　여기 고은의 신작 10편을 마주하면서 이러한 생각은 새삼 더욱 선명한 확
신을 갖게 한다. 다음 시편 역시 허공의 바탕 위에서 허공을 매개로 서로 교
통하고 공명하는 아득한 풍경을 펼쳐 보여 주고 있다.

　　　이곳 키르키스탄 고원의 이름들
　　　얼었다가
　　　녹은 이름들
　　　툴마르
　　　수데마
　　　투르다르
　　　굴미라
　　　지파르굴
　　　아부 드라 주

　　　이런 이름들 저쪽으로 흉터 같은 두고 온 이름들
　　　마마자국의 이름들
　　　태일이
　　　태삼이
　　　병옥이
　　　상렬이
　　　옥순이
　　　복순이
　　　영섭이
　　　칠성이

숙희

기만이

서로 모르는 두 이름들이 서로 모르게

거기서 해 받고

여기서 해 보낸다

함께 언제인가 드높이 울자 구름으로 울자

　　　　　—「중앙아시아와 동북아시아에 대하여」 전문

　중앙아시아와 동북아시아가 허공을 배경으로 서로 연속성을 지닌다. 지상에서는 불연속적으로 단절되어 있지만 허공에서는 한 몸이다. "키르키스탄 고원"과 한국이 서로 정겹고 그리운 공동체이다. "키르키스탄 고원"에서 허공을 향해 "해"를 던지면 허공은 한반도로 "해"를 뿌린다. 허공은 "서로 모르는 두 이름들이 서로 모르게/ 거기서 해 받고/ 여기서 해 보"내는 작업을 묵묵히 돕고 있다. 허공에서는 중앙아시아와 동북아시아가 신화적 기원의 공동체를 그대로 살고 있는 것이다. 그래서 "함께 언제인가 드높이 울자 구름으로 울자"고 하는 것은 굴곡 많은 지상의 역사에 대한 회한과 신화적 원형의 세계에 대한 향수로 읽힌다. 허공이 시상의 보이지 않는 소재이고 주체임을 알 수 있다.

　허공은 이와 같이 아무것도 하지 않으면서 하지 않음이 없는 존재론적 특성을 살고 있었던 것이다. 다시 말해, 허공의 개념화는 바로 무위이다. 다음 시편은 이를 직접적으로 증언한다.

무엇을 하지 않다니

거지가 되거라

비굴산 도둑이 되거라

무엇을 하지 않다니

꽃 지거나
다음 해
꽃 피거라

두견새 오래 울어라 무엇이거라

—「무위에 대하여」 전문

무위란 무엇인가? "무엇을 하지 않"는 것이다. 물론 그렇다고 해서 그 어떤 움직임도 없는 부동태를 가리키는 것은 아니다. 그래서 시적 화자는 "무엇을 하지 않다니"라고 일갈한다. 이 단말마적 일갈은 두 가지 의미를 뿜어낸다. "무엇을 하지 않"음이 아니라는 것과 "무엇을 하지 않"아서는 안 된다는 것. 이 두 가지 의미가 서로 겹쳐지고 길항하면서 "무엇을 하지 않"지만, 그러나 그 "무엇"도 하지 않음이 없는 "무위"의 생동력과 활성을 증폭시키고 있다. 그래서 "무위"는 "거지" "도둑" "꽃" "두견새" 등으로 성큼성큼 전이되고 변주된다. 이들은 서로 어떤 의미소의 개연성도 없다. 그래서 "무위"의 가능성이 무한으로 열려 있음을 유감없이 보여 준다. 모든 우주 생명의 존재론이 무위의 산물이며 질서이다.

그렇다고 해서, 모든 우주 생명이 획일적인 보편성으로 닫혀 있는 것은 아니다. 무위는 보편성이 아니라 특수성의 주재자이다.

인류 각위 그대들이 끝내 지켜야 할 것
아래와 같다

내 발가락부터
내 손가락부터 이미 특수성일 것

내 별 볼 일 없는 얼굴로 하여금
그 누구의 보편성 아닐 것

태풍 뒤 무지개거나
태풍 뒤 무지개 없거나
오늘이
내일의 보편성 아닐 것

—「유언에 대하여」전문

　　우주 생명이 무위의 운행원리에 따라 모이고 흩어지는 과정을 반복한다
고 할지라도 그것이 보편성에 지배받는 것은 아니다. 무위의 질서는 본래의
고유한 제 모습대로 살아가도록 하는 것을 가리킨다. 그래서 어느 드넓은
벌판에도 동일한 풀포기 하나 없다. 인위적으로 만들어낸 무생명의 공산품
만이 보편성에 갇힌다. 따라서 "인류 각위 그대들이 끝내 지켜야 할 것"으
로 "보편성"이 아닌 "특수성"을 힘주어 강조하는 것은 무위에 순응하는 우
주 생명의 존재성에 대한 강조이다. 무위만이 우주의 운행원리이다. 따라
서 자신의 본디 성품대로 사는 것이 곧 스스로 우주 생명의 영성을 지키고
실현하는 것이 된다. "별 볼 일 없는 얼굴로 하여금/ 그 누구의 보편성 아"
니어야 할 것이며, "오늘이/ 내일의 보편성" 또한 아니어야 한다. 모든 존
재는 물론 모든 순간이 제각기 본래의 생리와 표정대로 살아야 한다. 1960
년대 전 세계로 울려 퍼진 영국의 4인조 밴드 비틀즈의 명곡「let it be」(존재하
는 대로 두어라)를 새삼 연상시킨다.
　　물론, 이러한 무위가 존재하는 그대로 두는 질서라고 할지라도 결코 무
심하거나 무감각한 것은 아니다. 그 어느 인위적인 행위보다 섬세하고 정

589

교한 자연의 손길을 보여 준다.

> 겨울햇빛 너는
> 흙 속의 씨앗들을 괜히 깨우지 않는다
> 가만가만
> 그 씨앗들이 잠든 지붕을 쓰다듬고 간다
> 이 세상에서 옳다는 것은
> 그것뿐
> 겨울햇빛 너는
> 지상의 허튼 나뭇가지들의 고귀한 인내를
> 밤새워 달랠 줄도 모르고
> 조금 어루만지고 간다
> 이 세상에서 충만이란 이런 섭섭함인가
> 겨울햇빛 너는
> 아무런 일도 일어나지 않도록
> 아무런 자취도 남기지 않고 그냥 간다
> 지식이 무식보다 얼마나 유죄인가
> 정녕 그렇겠다
>
> —「겨울햇빛에 대하여」 부분

무위는 자연이다. "겨울햇빛"은 무위자연의 감각적 현시이다. "겨울햇빛"은 때로 너무도 자애롭다. "흙 속의 씨앗들을 괜히 깨우지 않"고 "가만가만/ 그 씨앗들이 잠든 지붕을 쓰다듬고 간다". "겨울햇빛"은 때로 너무도 무정하다. "허튼 나뭇가지들의 고귀한 인내를/ 밤새워 달랠 줄도 모"른다. 무위자연이 베푸는 사랑은 사사롭게 치우치는 법이 없기 때문이다. 노자가 《도덕경》에서 설파한 '천지불인天地不仁'의 현장이다. 너무도 정교하고 공평하고 정확한 신비의 질서이다.

이와 같이 무위의 존재성을 노래하는 시적 화자는 어느덧 자신의 자화상으로 "0"을 표상화하고 있다. "0"은 무위의 시각적 표지이다.

> 나는 8·15였다
> 나는 6·25였다
> 나는 4·19 산중이었다.
> 나는 곧 5·16이었다
> 그 뒤
> 나는 5·18이었다
>
> 나는 6·15였다
> 그 뒤
> 나는 무엇이었다 무엇이었다 무엇이 아니었다
>
> 이제 나는 0이다 피투성이 0의 앞과 0의 뒤 사이 여기
> ─「자화상에 대하여」 전문

시적 화자는 스스로 "자화상"을 그려 보여 주고 있다. 나는 누구이며 무엇인가? 나의 존재론에는 우리 현대사의 "8·15/6·25/4·19/5·16/5·18/6·15"가 화석처럼 새겨져 있다. 격정의 현대사를 때로는 타고 넘고 때로는 항거하고 때로는 쟁취하는 일련의 과정들 속에서 "자화상"이 새롭게 형성되고 변화하고 탄생해 왔다. 그래서 "나는" 늘 "무엇"이거나 "무엇이 아"닌 것으로 규정되고 설명되었다. 그러나 그 모든 무엇과 무엇 아닌 것을 살아온 지금 여기에서 "나는 0이다". "0"은 허공의 표지로서 없음이다. 그 무엇으로도 규정하고 설명할 수 없다. 그래서 이것은 어느 편으로도 나누어지지 않고 어느 편에도 속하지 않는다. 잠시도 사사로움이 없다. 그러나 또한 "0"의 없음은 있음의 반대가 아니라 있음의 모태이다. 모든 가능성과 소멸의 출발이면서 궁

극이고 근원이다. 영원히 부재하는 현존이고 현존하는 부재이다. 피타고라스 학파에서 0이 완전형, 만물의 기원이자 만물을 포괄하는 '모나드'를 나타낸다는 인식과 상응한다. 텅 빈 허공을 닮은 "0"은 무위의 자화상인 것이다.

지금까지 고은 시인의 시 세계는 허공의 체질을 닮았다는 전제로 무위의 자화상을 읽어보았다. 노자는 허공에 대해 풀무와 같이 비어있음으로 다함이 없고 움직일수록 더욱 나온다(虛而不屈, 動而愈出)고 했다. 그런 탓일까. 실제로 고은은 비어있는 풀무와 같이 엄청난 문학적 양질의 생산성을 보여주었다. 그의 이러한 문학적 생성과 질적 차원은 앞으로도 이어질 것이다. 이 점은 최근에 보도된 해외에서 가진 기자들의 질문에 대한 답변에서도 거듭 확인된다. "목표를 정하거나 목적지를 만들어두지 않는다. 내가 가는 길은 나 자신도 그 누구도 전혀 알 수 없다. 내 길 위에 시가 남아 있을 것은 분명한 일이지만 어떤 시가 오래 남겨지고 꽃피게 될 지도 모를 일이다". 어째서 그는 이렇게 모른다고 답했을까? 그것은 그의 시 창작의 내용과 방법론이 무위의 허공이기 때문이다. 영원히 부재하면서 현존하고 현존하면서 부재하는 광대무변한 우주 생명의 존재성.